《唐代文学研究年鉴》编委会

主　　编　马自力
副主编　郭　丽
编　　委　(以姓氏笔画为序)
　　　　　马自力　王友胜　李　浩　刘重喜
　　　　　吴在庆　吴相洲　余恕诚　张明非
　　　　　陈尚君　尚永亮　查屏球　赵昌平
　　　　　康　震　郭　丽　葛晓音　董乃斌
　　　　　戴伟华
编　　辑　杨雅茜　路明伟　王鹏程　张　晶
　　　　　葛文慧

唐代文学研究年鉴

【2024】

中国唐代文学学会
首都师范大学文学院 编
广西师范大学出版社

·桂林·

图书在版编目（CIP）数据

唐代文学研究年鉴.2024 / 中国唐代文学学会，首都师范大学文学院，广西师范大学出版社编. -- 桂林：广西师范大学出版社，2024.7. -- ISBN 978-7-5598-7129-9

Ⅰ.I206.2-54

中国国家版本馆 CIP 数据核字第 2024PZ3119 号

广西师范大学出版社出版发行

（广西桂林市五里店路 9 号　邮政编码：541004）

网址：http://www.bbtpress.com

出版人：黄轩庄

全国新华书店经销

广西广大印务有限责任公司印刷

（桂林市临桂区秧塘工业园西城大道北侧广西师范大学出版社集团有限公司创意产业园内　邮政编码：541199）

开本：880 mm × 1 240 mm　1/32

印张：16.125　　　　字数：500 千

2024 年 7 月第 1 版　　2024 年 7 月第 1 次印刷

印数：0 001～1 000 册　定价：88.00 元

如发现印装质量问题，影响阅读，请与出版社发行部门联系调换。

目 录

一年记事

第二届元结文化学术研讨会在河南鲁山召开……………… 3
唐代文学学术集刊暨精品期刊建设专题研讨会在陕西西安召开
………………………………………………………………… 3
《新修增订注释全唐诗》发布会在北京召开……………… 4
全国第三十四届中华诗词暨李白诗词艺术研讨会在四川江油
召开………………………………………………………… 4
唐诗之路研究会第二届年会暨第三次国际学术研讨会在江苏淮
阴召开……………………………………………………… 5
中国·泾川李商隐诗歌研讨暨第七届蟠桃诗会在甘肃泾川召开
………………………………………………………………… 6
考古新发现与唐代文化研究的新议题学术研讨会在陕西西安
召开………………………………………………………… 6
杜诗学文献整理与研究论坛在安徽芜湖召开……………… 7
中国唐代文学学会第十一届理事会暨唐代文学研究高层论坛在
西安、天水召开…………………………………………… 8
东亚唐诗学研究会成立大会暨第二届东亚唐诗学国际学术研讨
会在上海召开……………………………………………… 9
中国杜甫研究会第十一届学术年会暨四川省杜甫学会第二十二
届年会在陕西西安召开…………………………………… 9

第十届柳宗元国际学术研讨会在湖南永州召开 ………… 10
首届李贺诗歌与洛阳文化学术研讨会在河南洛阳召开 …… 11
唐代文学研究青年学者论坛在湖北武汉召开 …………… 11
2023年四川省李白研究会年会暨李白文化学术成果交流会在
　四川江油召开 …………………………………………… 12
浙东唐诗之路命名30周年学术会议在浙江新昌召开 …… 12
中国李白研究会第二十一届年会暨李白学术研讨会在湖南岳阳
　召开 ……………………………………………………… 13
2023年阳山韩愈文化研讨会在广东阳山召开 …………… 13

会议综述

唐代文学学术集刊暨精品期刊建设专题研讨会综述
　………………………………………………… 王早娟 17
唐诗之路研究会第二届年会暨第三次国际学术研讨会综述
　………………………………………………… 袁　丁 29
考古新发现与唐代文化研究的新议题学术研讨会综述
　………………………………………………… 王早娟 36
杜诗学文献整理与研究论坛综述 ………………… 刘长悦 40
东亚唐诗学研究会成立大会暨第二届东亚唐诗学国际学术研讨
　会综述 ………………………………………… 郁婷婷 47
中国杜甫研究会第十一届学术年会暨四川省杜甫学会第二十二
　届年会综述 …………………………………… 乔萌惠 53
第十届柳宗元国际学术研讨会综述 ……… 杨增和　谷显明 59
首届李贺诗歌与洛阳文化学术研讨会综述 ……… 郭发喜 65
唐代文学研究青年学者论坛综述 ………… 骆　蕾　陈美伊 71
中国李白研究会第二十一届年会暨李白学术研讨会综述
　………………………………………………… 王　景 78

一年研究情况综述

初唐文学 ·· 钟乃元 89
盛唐文学 ··· 莫道才 梁观飞 102
中唐文学 ·· 李芳民 117
晚唐五代文学 ··· 亢巧霞 吴在庆 129
王维研究 ··· 曹 璐 康 震 138
李白研究 ··· 许菊芳 王友胜 151
杜甫研究 ··· 奚日城 李 翰 172
韩愈研究 ·· 张弘韬 189
柳宗元研究 ·· 李 乔 203
白居易、元稹研究 ··· 陈才智 214
李商隐、杜牧研究 ····································· 王鑫宇 吴振华 237

新书选评

《唐诗十讲》(刘青海著) ······································ 赵晓华 255
《我认识的唐朝诗人》(陈尚君著) ······························· 师雅惠 263
《唐诗之路与文学空间研究》(胡可先著) ·········· 罗柯娇 267
《从萧门到韩门——中唐通儒文化研究》(李桃著)
·· 田恩铭 274
《粤西唐诗之路探源与诗人寻踪》(莫道才编) ····· 钱 辉 281
《同道中国：韩愈古文的思想世界》(刘宁著) ······ 吴振华 289
《论王维》(王志清著) ·· 刘 娟 295
《唐诗三体家法汇注汇评》(陈斐辑著) ············ 吴晋邦 302
《中唐古诗的尚奇之风》(葛晓音著) ··············· 李 伟 310
《东亚唐诗选本丛刊》(第一辑)(查清华主编) ····· 王连旺 317
《杜诗学通史·唐五代编》(张忠纲著) ············· 龙伟业 323
《杜甫画传》(左汉林著) ······································ 张忠纲 328

《独钓寒江雪:尚永亮讲柳宗元》(尚永亮著) ……… 谷维佳 332
《宫廷文化与唐五代词发展史》(孙艳红著)
　　　………………………………… 张　晶　耿心语 340
《文化生态与唐代诗歌》(戴伟华著) …………… 陈彝秋 348

问题研究综述

浙东唐诗之路研究谱系的建构与探索 …………… 胡可先 357
东亚唐诗论评与唐诗学研究 ……………………… 杨　焄 367

港台及海外研究动态

香港唐代文学研究概况(2022—2023) …………… 吕牧昀 385
台湾唐代文学研究概况(2022—2023) … 洪国恩　林淑贞 396
日本唐代文学研究概况(2022—2023) ………… 佐藤浩一 416
韩国唐代文学研究概况(2022—2023) … 金昌庆　黄玥明 423
《秦妇吟》与北美中国文学史 ………………………… 吴琦幸 439

盛德清风

悼邝健行先生 ………………………………………… 徐希平 455
长者风范,书生本色——追记恩师房日晰先生 …… 魏景波 463
痛悼先师许总先生 …………………………………… 黄立一 470

索引目录

2023年唐代文学研究专著索引 ……………………… 李青杉 481
2023年唐代文学研究论文索引 ……………………… 李青杉 484

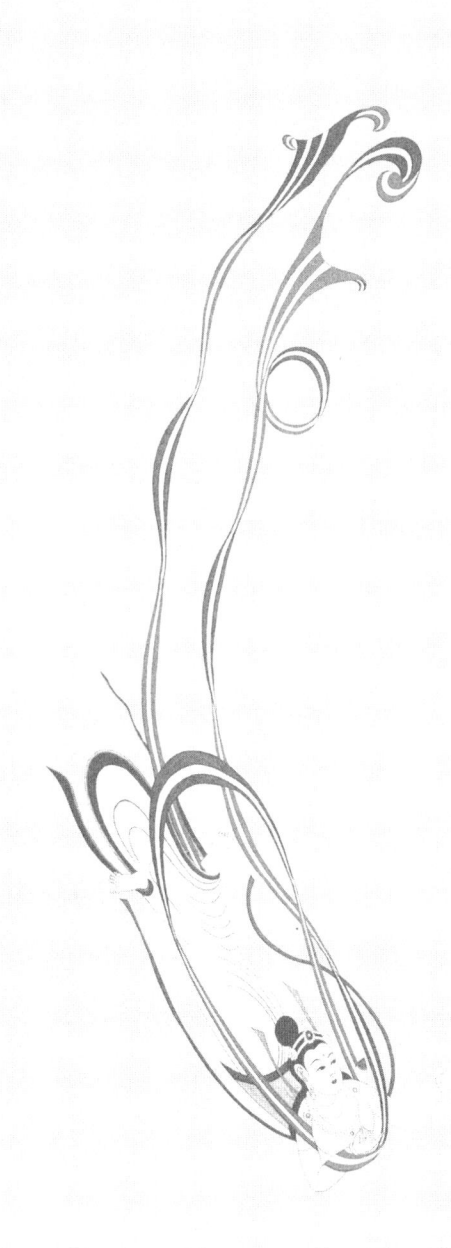

一年记事

第二届元结文化学术研讨会在河南鲁山召开

2023年3月3日至4日,由中共鲁山县委宣传部、鲁山文化广电和旅游局、鲁山县文学艺术界联合会主办,河南省鲁山县第一高级中学和元次山学会承办的"第二届元结文化学术研讨会"在河南省鲁山县第一高级中学召开。鲁山县相关领导和来自美国卫斯理安大学、法国巴黎高等师范学院、武汉大学、中南财经政法大学、河南大学、湖南师范大学、湘南大学等国内外高校的50余位专家学者参加了会议。会议围绕元结诗文研究,元结文史档案资料研究,元结与廉政文化研究,元结与鲁山、元结与道州、元结与容州、元结与祁阳浯溪碑林、元结与江西瑞昌、元结与颜真卿等问题展开讨论。

唐代文学学术集刊暨精品期刊建设专题研讨会在陕西西安召开

2023年3月4日,由中国唐代文学学会、西北大学联合主办,中国唐代文学秘书处和西北大学文学院承办的"唐代文学学术集刊暨精品期刊建设专题研讨会"在陕西西安召开。来自中华书局、中国社会科学杂志社、社会科学文献出版社、国家图书馆以及北京大学、南京大学、首都师范大学等单位的30余位专家学者,就如何建设精品期刊展开研讨。与会专家学者围绕高水平期刊建设、学术期刊如何满足国家和民族的重大需求,如何在帮助读者理解中华文明,弘扬中华文明,让世界更好地认识中国、了解中国的同时,引领创新,坚持高品质、高品位,展示高水平研究成果,繁荣学术研究等问题发表了看法。

《新修增订注释全唐诗》发布会在北京召开

2023年3月15日,由中国社会科学院文学研究所、安徽出版集团联合主办的《新修增订注释全唐诗》新书发布会在北京举行。来自中国社会科学院、中国国家版本馆、中华书局、北京大学、清华大学、中国人民大学、北京师范大学以及中国唐代文学学会等高校、科研机构和学术团体的专家学者参加了发布会。中国社会科学院院长、党组书记高翔出席会议并讲话。高翔表示,《新修增订注释全唐诗》具有重要的思想价值、学术价值和艺术价值,对推动文学研究发展、讲好中国文学故事、传承和弘扬中华优秀传统文化,必将发挥积极引领作用,该书的出版将极大推动唐诗研究的发展,对传承和创新中华文化具有重大的基础性建设意义。

全国第三十四届中华诗词暨李白诗词艺术研讨会在四川江油召开

2023年3月24日,由中华诗词学会主办,四川省李白研究会、四川省诗词协会、江油市文学艺术界联合会、江油市李白纪念馆承办的"全国第三十四届中华诗词暨李白诗词艺术研讨会"

在四川江油召开。来自全国各地的学者、诗人及杂志社、出版机构等单位60余人参加了会议。中共江油市委宣传部常务副部长刘汶主持开幕式,中共江油市委宣传部部长许梅芳、四川省李白研究会会长徐希平、四川省诗词协会会长孙和平、中国李白研究会会长钱志熙、四川省人民政府文史研究馆馆长王元勇分别致辞。中华诗词学会副会长林峰致开幕辞。研讨交流会上,论文作者代表钱志熙、星汉、杨景龙、刘青海、曹辛华、莫真宝、李树喜、徐希平、王红霞、李葆国等近20人做了交流发言,中华诗词学会副会长刘庆霖最后做了总结发言。

唐诗之路研究会第二届年会暨第三次国际学术研讨会在江苏淮阴召开

2023年4月22—23日,由唐诗之路研究会与淮阴师范学院文学院联合主办,淮阴师范学院文学院承办的唐诗之路研究会第二届年会暨第三次国际学术研讨会在淮阴师范学院举行。来自南开大学、复旦大学、浙江大学、南京大学、西北大学、海南大学、扬州大学、首都师范大学等高校及研究机构的近百位专家学者参加了会议。与会学者分别围绕唐诗之路综合研究,唐诗之路本体研究,文化考查、文化转化与发展对策研究,唐诗之路的人地关系研究,唐诗之路的文献考证、文学分析、文化梳理与文遗探究等问题展开讨论。

中国·泾川李商隐诗歌研讨暨第七届蟠桃诗会在甘肃泾川召开

  2023年5月10日,由甘肃省文学艺术界联合会,平凉市委、市政府主办,平凉市文学艺术界联合会,泾川县委、县政府承办的"中国·泾川李商隐诗歌研讨暨第七届蟠桃诗会"在甘肃泾川召开。平凉市委常委、宣传部部长王锦出席开幕式并致辞,中国李商隐研究会会长、鲁东大学教授陈冠明为"中国·李商隐研究会泾川分会"授牌,甘肃省文联副主席王正茂讲话,中国作协诗歌委员会主任、著名诗人吉狄马加宣布诗会开幕。王锦在致辞中说,举办李商隐诗歌研讨会和蟠桃诗会,就是要借助文学艺术的力量,发挥全国全省知名学者和作家的引领作用,搭建艺术平台,扩大文学交流,采用诗歌采风、诗歌朗诵、文化讲座等形式,引导全市艺术工作者、文学爱好者聚焦平凉优秀文化,做强做大"李商隐诗歌研究"和"蟠桃诗会",以源于生活又高于生活的艺术创造,塑造更多吸引人、感染人、打动人的艺术形象,用文艺和文化的温暖力量书写平凉故事,讲好平凉故事,打造平凉文艺亮丽品牌,展现平凉文艺崭新气象。

考古新发现与唐代文化研究的新议题学术研讨会在陕西西安召开

  2023年7月18日,由中国唐代文学学会、陕西省考古研究院和西北大学共同举办的"考古新发现与唐代文化研究的新议题"学术研讨会在西北大学召开。来自北京大学、复旦大学、浙江大学、南京大学、中华书局、文物出版社、上海古籍出版社、《文献》杂志社、《文艺研究》杂志社等单位的40余位专家学者参加了研讨会。会议共有两场专题研讨会。第一场专题研讨会主要围绕大会主题展开讨论，体现了学界对新材料的关注，对新方法、新技术、新视角的预流，呈现了近年来国内相关领域研究的新突破和新成果。第二场开放讨论中，各个领域的学者专家就考古新发现在证史补史、文献补充、文学研究等领域中的功能，流散墓志的有效利用，新材料的研究方法，石刻文献的整理编撰出版等进行了深入交流。

杜诗学文献整理与研究论坛在安徽芜湖召开

2023年8月18—19日，由安徽师范大学中国诗学研究中心、文学院主办的"杜诗学文献整理与研究论坛"在安徽师范大学召开。来自中国社会科学院、南京大学、复旦大学、中山大学、山东大学、吉林大学、西北大学、安徽大学、青岛大学、华侨大学、湖南师范大学、南京师范大学、南宁师范大学、聊城大学、安徽省社科院等高校和科研机构的40多位专家学者参加了论坛。与会学者主要围绕杜诗的文本细读、杜诗学的文献整理、杜诗的文化价值、杜诗的接受史传播史、现代著名学者的杜诗学研究成果等议题展开讨论。

中国唐代文学学会第十一届理事会暨唐代文学研究高层论坛在西安、天水召开

2023年8月19—20日,由中国唐代文学学会主办,陕西师范大学和天水师范学院联合承办的"中国唐代文学学会第十一届理事会暨唐代文学研究高层论坛"先后在陕西西安和甘肃天水召开,来自全国各地的40余位学会理事和学者参加了会议。

会议开幕式由陕西师范大学文学院院长苏仲乐教授主持,陕西师范大学陈新兵副校长、中国唐代文学学会顾问戴伟华教授、中国唐代文学学会会长李浩教授分别致辞。理事会由中国唐代文学学会秘书长、西北大学李芳民教授主持,副秘书长田苗、郭丽汇报了秘书处的日常工作,学会会刊《唐代文学研究》和《唐代文学研究年鉴》的编辑出版情况。学术论坛由中国唐代文学学会副会长、浙江大学胡可先教授主持,中国唐代文学学会副会长、中国社会科学院文学研究所刘宁研究员,台湾逢甲大学廖美玉教授分别致辞,与会学者积极参与讨论。中国唐代文学学会副会长、华南师范大学蒋寅教授做了会议总结。论坛之后,学会理事及与会学者前往天水,就天水师范学院承办下一届年会的相关工作进行考察,并讨论了下一届年会的学术议题。

# 东亚唐诗学研究会成立大会暨第二届东亚唐诗学国际学术研讨会在上海召开

2023年9月1日至3日，由中国唐代文学学会和上海师范大学唐诗学研究中心联合举办的"东亚唐诗学研究会成立大会暨第二届东亚唐诗学国际学术研讨会"在上海师范大学召开。来自北京大学、复旦大学、浙江大学、南开大学、武汉大学、西南交通大学、上海大学、苏州大学、郑州大学、上海社会科学院、日本京都大学、日本广岛大学、韩国延世大学、韩国全南大学等海内外高校和科研机构的100余位学者参加了会议。与会学者分别围绕唐诗文献在东亚各国的传播与整理、东亚各国的唐诗论评、东亚各国诗歌创作对唐诗的接受、宋元明清唐诗学在东亚各国的影响等议题展开讨论。大会还举行了《东亚唐诗选本丛刊》新书发布会，主编查清华教授介绍了新书相关情况。会上还成立了中国唐代文学学会东亚唐诗学研究会。

中国杜甫研究会第十一届学术年会暨四川省杜甫学会第二十二届年会在陕西西安召开

2023年9月23日至26日，中国杜甫研究会与四川省杜甫学会、陕西师范大学文学院、国家社科基金重大项目"唐代到北宋丝绸之路(陆路)上的驿站寺庙、重要古迹与文人活动、文学创作及文化传播"课题组共同主办的"中国杜甫研究会第十一届学术年会暨四川省杜甫学会第二十二届年会"在陕西师范大学召开。来自复旦大学、中国人民大学、南京大学、浙江大学、武汉大学、中山大学、山东大学、四川大学、西南大学、中国社会科学院大学等56个高校和科研院所的120余位专家学者参加了会议。大会共收到论文90篇，议题涵盖杜诗学研究、杜诗思想内容和艺术研究、杜诗接受研究、杜诗地理环境与区域研究、杜诗新材料新方法研究等方面。

第十届柳宗元国际学术研讨会在湖南永州召开

2023年10月20日至22日，由中国唐代文学学会柳宗元研究会、湖南科技学院联合主办，湖南科技学院文法学院承办的"第十届柳宗元国际学术研讨会"在湖南永州召开，来自国内外的百余位专家学者参加了会议。本次研讨会以"柳宗元思想与文化影响——以永州十年为中心"为主题，与会学者分别围绕柳宗元研究的历史和现状、柳宗元的思想及价值、柳宗元作品的多元阐释、柳宗元在地叙事、柳宗元的接受与传播、柳宗元文化的创新性发展和创造性转化等问题展开讨论。会议期间还进行了理事会换届改选，李芳民教授当选为新一届柳宗元研究会会长。

首届李贺诗歌与洛阳文化学术研讨会在河南洛阳召开

2023年10月28日上午,由中国唐代文学学会、洛阳师范学院、宜阳县人民政府联合主办,洛阳师范学院文学院、宜阳县委宣传部承办的"首届李贺诗歌与洛阳文化学术研讨会"在洛阳师范学院举行。来自北京大学、中国人民大学、复旦大学、南开大学、西北大学、人民文学出版社等高校及出版机构的50余位专家学者参加了会议。与会学者主要围绕李贺诗歌与洛阳文化、李贺诗歌作品阐释与解读、李贺诗歌的传播与接受、李贺生平的考证与发覆、海外李贺诗歌研究等问题展开讨论。会议期间,与会学者还参加了在李贺墓园举办的李贺墓碑揭幕仪式。

唐代文学研究青年学者论坛在湖北武汉召开

2023年11月3日至5日,由武汉大学文学院承办、武汉大学人文社会科学青年学术团队"唐诗的海外传播与接受"协办的"唐代文学研究青年学者论坛"在武汉大学召开。来自国内20余所高校和科研机构的30余位学者参加了研讨会,大会共收到论文29篇,论题涵盖家国政治的文学书写、诗意发微与文学流传、诗学与观念、唐代文学的宗教思想因缘等问题。

2023 年四川省李白研究会年会
暨李白文化学术成果交流会在四川江油召开

2023 年 11 月 24 日至 26 日,由四川李白研究会主办,江油李白纪念馆承办的"2023 年四川省李白研究会年会暨李白文化学术成果交流会"在绵阳师范学院召开。来自四川大学、四川省社科院、西南民族大学、四川师范大学、西华大学、西南科技大学、四川外国语大学、绵阳师范学院等高校和研究机构的 60 余位专家学者参加了会议。会议分两个阶段举行,第一阶段为研究会学术成果交流会,第二阶段为推进文化遗产活化利用研讨会。会上还举行了四川省李白研究会已故名誉会长万光治先生、省政府文史研究馆资深馆员王定璋先生缅怀仪式。

浙东唐诗之路命名 30 周年
学术会议在浙江新昌召开

2023 年 11 月 28 日,由中共新昌县委、新昌县人民政府、中国唐代文学学会唐诗之路研究会主办,新昌县文化广电旅游局、浙江日报报业集团"潮新闻"承办的"浙东唐诗之路命名 30 周年学术会议"在新昌白云山庄举行。来自全国各地的唐诗之路研究专家、敦煌学研究专家以及新昌本地文史学者共 30 余人参加了会议。与会专家围绕浙东唐诗之路的发现与发展等问题展开讨论。会上还举行了《白杨集·竺岳兵唐诗之路学术研究文集》首发式。

中国李白研究会第二十一届年会暨李白学术研讨会在湖南岳阳召开

2023年12月8日至10日,由中国李白研究会、湖南理工学院联合主办的"中国李白研究会第二十一届年会暨李白学术研讨会"在湖南理工学院召开。来自北京大学、复旦大学、中国人民大学、南开大学等高校和科研机构的120余位专家学者参加了会议,大会共收到论文90余篇。与会学者主要围绕李白的生平事迹及思想、李白作品的传播与接受、李白研究的数字化、李白与酒文化、李白文化精神与当代中国的文化建设、李白与湖湘文化、李白与楚文化、地域文化与李白的思想和创作等议题展开讨论。

2023年阳山韩愈文化研讨会在广东阳山召开

2023年12月23日,由阳山县与中国唐代文学学会韩愈研究会、华南师范大学文学院共同主办的"韩愈令地 绿美阳山——2023年阳山韩愈文化研讨会"在广东省清远市阳山县文化艺术中心举行,来自全国各地的70多位专家学者参加了会议。与会学者主要围绕韩愈与当代思想文化建设、韩愈与阳山经济社会文化发展、韩愈诗文创作研究、韩愈接受研究、韩学文献研究等议题展开讨论。

会议综述

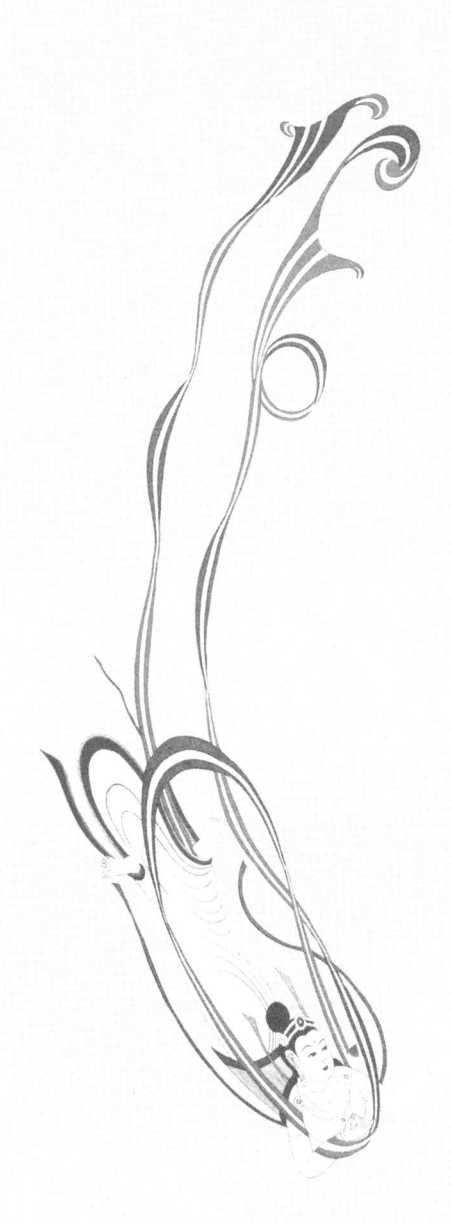

唐代文学学术集刊暨精品期刊建设专题研讨会综述

□ 王早娟

2023年3月4日,由中国唐代文学学会、西北大学联合主办,中国唐代文学秘书处和西北大学文学院承办的"唐代文学学术集刊暨精品期刊建设专题研讨会"在西安隆重召开。来自中华书局、社会科学文献出版社、中国社会科学杂志社、国家图书馆,以及北京大学、南京大学、北京外国语大学、首都师范大学、陕西师范大学、上海师范大学、西北大学等单位的30余位专家学者参与了本次研讨。

本次会议开幕式由中国唐代文学学会秘书长李芳民教授主持。西北大学赖绍聪副校长,西北大学文学院杨遇青副院长,北京外国语大学教授、国家图书馆原馆长、中国唐代文学学会顾问詹福瑞教授,社会科学文献出版社首席编辑兼人文分社社长宋月华编审,中国唐代文学学会会长李浩教授先后在开幕式上致辞。

赖绍聪在讲话中强调了优秀期刊建设对高水平大学发展的重要意义。优秀的人文社科期刊是高水平大学必须具备的学术平台,优秀的学术期刊可以与学校里人文社科专业发展相互促进,高水平大学的人文社科期刊要紧跟时代步伐,将学术理论上的创新与社会实践相结合。西北大学现已办有《唐代文学研究》《中东研究》《西部考古》《中国思想史研究》等一批在学术界已经产生深远影响的哲学社会科学期刊,希望通过这次会议,能够更好地提升学校期刊的办刊水平。

杨遇青回顾了建校120年来文学院的发展历程及取得的光辉成就。西北大学文学院一直重视学术期刊建设,历史上的《唐代文学研究》和《鲁迅研究年刊》在全国都曾拥有重要的影响力。文学院现有《唐代文学研究》《中国文化研究辑刊》《贾平凹研究》《中国文学研究文摘》四个期刊,这些期刊在学界已经产生了良好的影响,初步形成了覆盖集刊与文摘、古典与现代的期刊集群。希望与会专家学者能够一如既往地支持文学院的期刊建设。

詹福瑞指出,本次会议的召开对《唐代文学研究》的未来发展极为重要。唐代文学学会和《唐代文学研究》杂志是自己一直以来都很重视的学会和期刊。西北大学是唐代文学学会的发祥地,第一次全国唐代文学学术研讨会就在这里召开,西北大学为唐代文学学会的创立和发展做出了重要的学术贡献。现任学会会长李浩教授身荷重担、心存高远,对学会和会刊的建设做出了重要探索。本次会议的召开有望达到预先期待。

宋月华在讲话中说,社科文献出版社与西北大学之间已有长期的合作关系。党的二十大报告指出,坚持和发展马克思主义,必须同中华优秀传统文化相结合,唐代文化中的唐代文学在中华优秀传统文化中的重要地位不容置疑,相信依托西北大学文学院和唐代文学学会,社科文献出版社一定能够更好地为唐代文学研究服务,为当下社会文化发展服务,为弘扬中国传统文化、为中国学术发展做好宣传推广和出版工作。

李浩向各位专家学者的到来表示感谢,向西北大学对唐代文学学会及学会刊物建设的支持表示感谢。他说,学会会刊主要用来配合学术年会保存学会重要资料,有重要的历史意义。但时代在变化,在大数据时代,人工智能日益影响生活和学术,学会期刊如何面向世界、面向未来、面向大众搭建高端平台,推出优秀成果,给所有学人提出了切实问题。热切期盼与会专家传经送宝,把脉唐代文学学会两个刊物的发展,探究出学术期刊如何推出原创性成果,如何服务未来,在人文社会科学的学术发展领域开拓出无愧于时代成果的好做法。

本次会议共举行了三场研讨会，与会专家学者围绕"CSSCI来源期刊的规范标准及办刊经验""如何办好集刊""《唐代文学研究》面临的问题及发展设想"等问题展开了热烈讨论。

一、CSSCI来源期刊的规范标准及办刊经验

好的期刊有一系列规范标准，分论坛第一位发言人、南京大学信息管理学院教授、博导，南京大学社会科学研究评价中心副主任沈固朝教授介绍了CSSCI来源刊规范标准："CSSCI的来源刊从指导思想来看，讲三个，一个是讲政治，一个是讲科学，一个是讲规范。""规范性的指标包括出版规范、学术规范、引文规范、审稿制度规范。"CSSCI集刊在评价过程中同样关注学科专家意见。沈固朝教授指出，一本好的集刊虽然形式上是以书代刊，但同样要有期刊的特征，要有出版的时效性，要讲求集刊质量和影响力。集刊时效性就是要按时出版。集刊质量管理的标准基本按照1995年国家新闻出版署发布的《社会科学期刊质量管理标准》执行，但不同的刊物在管理过程中又有所区别。一般而言，集刊质量包括政治质量、学术质量、编校质量、出版质量等方面。集刊的评价包含定量和定性两个方面，定量的指标主要是依据集刊的被引总数和影响因子，定性主要是专家意见。

中国社会科学杂志社副总编辑、《中国社会科学文摘》主编李红岩以"怎样才算是一个优秀编辑"为题，谈了优秀编辑的几点标准。第一，要有高度的情怀。第二，必须讲政治、懂理论。第三，要有一些基本的素养。这些基本素养包括：对自己的媒体的性质和定位要有自己的理解；要具有引领文化发展的高度的理性自觉；要把编辑家跟编辑匠的本领集于一身；要能够做到对学术行情的全盘把握；要能够做到对各类信息的及时关注与了解；要具有高超的选题策划的能力；要坚持编研结合；要了解专业的法律法规。第四，要能够做到正确、准确、精确的统一。

《中国社会科学报》陕西记者站站长陆航介绍了中国社会科学杂志社的刊物构成情况以及杂志社对编辑工作的严格要求。为保证编辑工作的规范统一，中国社会科学杂志社制定了400

多页的编辑工作流程，其中包含整个编辑工作的规范，包括字体、摘引等方方面面的要求，这本流程手册会分发到每一位编辑手里。

南京大学文学院党委书记、《唐代文学研究》编委刘重喜教授介绍了南京大学文学院的期刊发展情况。南京大学文学院办有语言文学类八个C集刊、一个C刊，这是经过两代院长努力建设的成果。一份刊物要从普通刊物办到C刊殊为不易，首先经费的支持很重要，南京大学文学院的经费一般只能支持一份刊物三到五年，这期间如果不能进入C集刊就无法继续支持下去，因此院里也有一些刊物没能办下去。对刊物发展而言，高质量的稿件也很重要，南京大学文学院所办刊物获取好稿件的途径就是举办国际会议。从学科发展的角度看，期刊进入C刊对学科发展非常有帮助。

西北大学《中东研究》先后入选A集刊、南大CSSCI收录集刊、中国社会科学院创新工程准入期刊目录，此外又连续多年获得优秀集刊奖。西北大学社科处处长、《中东研究》主编韩志斌分享了办刊经验。他认为，从学科建设的角度来讲，"学术刊物很重要，学术刊物也是一个学科话语，国内的一流学科几乎都有一流的学术刊物。学术刊物可以更好地彰显学科特色"。《中东研究》的办刊思路有以下几个方面：第一个就是趁势办刊。刊物一定要服务国家战略，区域国别以及"一带一路"是现在的政策方向，因此刊物要与之相适应。第二就是凸显学科特色。比如说结合世界史学科，服务《中东研究》。第三要有刊物的定位，要突出刊物的独特性和学术性。集刊内容当然是以学术为主，集刊的长处是可长可短，可厚可薄，期刊不能发的，集刊就可以发，这是集刊的独特性。第四是要采取提升刊物品质的举措。首先要明确刊物的特色，其次要有良好的编辑保障。编辑部管理的保障就是建立主编、执行主编、执行编辑、编辑的纵向管理体制，明确职责，把编辑工作纳入单位考核之中。然后就是开门办刊，主动约稿。严格实行双向匿名审稿制度，提升办刊质量。编辑部每年召开两次定稿会，确定每期的主题栏目。这些措施都有力保障了刊物的规范发展。

中华书局副总编辑、《文史》副主编俞国林基于《文史》61年的办刊历史及自己长期的编辑工作，谈了四个方面的经验。他首先谈到办刊的经费问题。事业单位的经费是拨付的，企业办刊要追求一定的经济效益，否则刊物难以为继。其次，介绍了在面对每年700多篇来稿，用稿率只有10%左右的情况下，编辑人员如何处理稿件的经验。《文史》对于投稿，从选题的分量、研究的难度、创新的程度、文献的使用、论证的表述、格式的规范等方面有严格的用稿规章。在谈及刊物成果的转化时，俞副总编举了《三联生活周刊》基于《文史》已发文章的考证成果再行探讨相关问题引发公众关注热度，阅读量高达1.5亿，引发2.2万留言讨论的案例，说明了文章提高能见度的方法和途径的重要性。最后，他谈到编辑稿件的经验：完整的三审三校制度、庞大快速准确的引文系统都为《文史》稿件的高质量编辑提供了保障。所有的稿件在《文史》编辑部都会得到认真对待，即使有退稿，编辑也要认真写出退稿函件，提出退稿的学术原因。编辑要与作者之间形成良好的沟通，学术面前人人平等。

北京大学《国学研究》编委程苏东介绍了北京大学中文系目前创办的11个集刊的基本情况。程教授在讲话中谈到高校集刊创办过程中的几个重要问题。其一是刊物的连续性出版问题。《国学研究》1992年创刊，是当时国内最早打出"国学"品牌的集刊，但是后来出于出版规定等各种原因不得不更换刊物名称。其二是由于刊物级别带来的稿源压力问题。为了解决稿源问题，采取了办专辑的方法，《国学研究》先后有经学研究专号、音乐史与文学的交叉专号、中西文明交叉专号，再配合约稿和一些学术会议，解决了稿源问题，但不好的地方在于，专号的文章发多以后会自然限制自由用稿文章，解决方法就是一期专号，一期自由用稿。办刊过程中的第三个重要问题是兼职编辑人员的时间保障问题以及经费问题。编辑人员时间不足、刊物经费不足也会严重制约刊物的发展。

北京大学教授、《西域文史》主编朱玉麒详细介绍了刊物的发展过程及创办经验。《西域文史》内容上的特点有两个，一个是发表优秀的长文章，一般不发万字以下的文章。另外一个是翻译前沿的外文，一般情况下，一期大概有18到20篇的文章，其中会有4篇左右最新的西方译注。有研究波斯语、阿拉伯语的文章，也都会翻译过来介绍给国内学界。《西域文史》的形式特点在于，把所有的文章目录印在封面，背后是英文，这样在融媒体上做介绍以后，国外学界也很快就能看到。《西域文史》还注重培养固定的学者队伍，西域研究是一个比较冷门的学科，也是高精尖的学科，需要有固定的学者队伍，刊物一般会通过约稿的方式提携学术新秀。朱玉麒特别谈到，习近平总书记在给《文史哲》编辑部全体编辑人员的回信中指出，"高品质的学术期刊就是要坚守初心、引领创新，展示高水平研究成果，支持优秀学术人才成长，促进中外学术交流"，以此来看，《西域文史》在前15年中的文章一般都是原创性的。办到第15辑的时候，许多文章都是国内独一份的，比如说发表过段琴教授研究梵文的文章，也发表过研究"驴唇语"的文章。另外，《西域文史》一直努力支持优秀学术人才的成长，在促进中外学术交流方面，《西域文史》也比较突出。朱玉麒认为，北京大学中古史研究中心的《唐研究》是专业类核心集刊的一个很好的代表，尤其在专题和书评两个方面的做法很值得同行借鉴。朱教授也谈到了办刊过程中的困扰。一方面，以书代刊的形式，在出版界一直摇摆不定，为集刊创办带来困扰。第二个是核心刊物资源很有限。刊物的生命是由发表的论文质量来确定的，现在以刊物高下进行学术评估的方式弊大于利。

《西北大学学报》文学栏目编辑赵琴着重分享了学报在审校、推广和提高转载量方面的经验。学报稿件编辑程序严格执行国家的三审三校制度，采取双向匿名审稿制。学报从有微信推送的时候就开始做多渠道传播，在七大平台都有学报的数据，包括知网、维普、万方、超星、人大报刊复印资料、社会评价中心，还有学报的公众号，采取多种途径提升文章的传播率，进行融媒体传播。传播过程中，文章的标题、关键词、摘要都很重要。学报在相关平台采取优势推送，一期出来后，下一期推送新文章的时候会继续推前期的内容，不断循环推送。今后学报还希望能够在小红书等短视频平台推送，通过短视频的方式，采访作者，让作者用一分钟时间介绍自己的作品。推送的目标就是让更多的读者看到文章,引用文章,关注文章。近几年《西北大学学报》文史哲栏目每年虽然发文量不多,但是在四大转载机构都有很高的转载量。决定刊物稿件转载量的一个重要因素是选题。刊物选题要关注热点,可以围绕总书记在哲学社会科学工作座谈会上的重要讲话,还有二十大报告这些热点进行选题策划,另外还要围绕国家社科重大项目和重点项目组稿,有了好的选题策划,刊物就会有良性循环,就会有影响。

二、如何办好集刊

集刊不同于普通期刊,它有自己的独特性。《中东研究》主编韩志斌说:"学术集刊的优势在于内容灵活,可长可短,编校成本比较低,办刊难度也相对较小,在当前刊号不易申请的情况下,学术集刊的发展潜力很大。"因此在推动集刊发展的过程中要把握集刊的特性,才能更好地推动其良性发展。《陕西师范大学学报》主编杜敏认为,集刊迎来了一个很好的发展期,但也遇到了瓶颈期。现在期刊刊号难以申请,这是集刊发展的机遇。问题在于,集刊无法通过出版社连续出版,既要有一个持续的名称,又要以论文集的形式出现,这就是一个矛盾。目前集刊还有一个很重要的机遇期,就是目前很多评价数据库,包括很多平台,也都越来越关注集刊。

杜敏指出,集刊要办出自己的特色,要从三个方面考虑:第一,稿源既要广又要确保质量;第二,要扩大刊物的传播力和影响力;第三,要充分运用移动终端。中国社会科学院 A 刊评刊指标体系有这样几个重要内容:第一,编辑部是否有相应的规章制度;第二,是否有比较专业的编辑团队;第三,发表的论文是否产生了比较大的社会反响及学术反响。社会反响包括发表的文章获奖和批示。学术反响就是在学术圈里产生了什么重要影响,被他人引用情况,或者其他学术影响。文史类编辑在现在的数字时代要有一种意识,既要养成数字时代使用文献及新媒介的素养,也要懂得传播自己的成果。新时代每个作者和读者也同样要提高媒介素养,这样才能更好地使用学术资源、传播自己的学术成果。

上海师范大学人文学院院长查清华教授对《唐代文学研究》以往的办刊优长给予了肯定,他说:"《唐代文学研究》历来非常注重前沿动态和传统的基础研究的结合。也注意到了热点问题和冷门绝学的结合,几乎每一期都有很强的问题意识。还有特别关注名家和青年作者的结合。不但注重本土作家,还有域外作者。"他认为,办好集刊的关键在于提高文章质量。文章的质量是刊物的生命,无论是刊物的影响力、专家认可度还是刊物的引用率,这些都跟文章的质量有关。关于如何提高引用率,查教授提出了四个方法。其一,扩大能见度。这是热爱这个刊物的学者也应该一起承担的责任,以后在唐代文学的年会上,或者是各种专题会议上,甚至理事会上,要多强调,多向各人所在的单位推荐宣传《唐代文学研究》。引用率产生的主体来自各单位研究唐代文学的老师和学生,所以发的文章要让大家及时、广泛地知道。除了发行刊物,同时还借助新媒体,通过公众号,及时推送每期文章。第二个方法是及时向各文摘平台、引文平台推荐优秀成果。第三,刊物编辑过程中要注意大论文和小论文的结合。第四,在不影响学术性的前提下,适当顾及普及性的作用。这可以向《文史知识》学习,《文史知识》里面每一集都有富含新见解、有学术含量的名作佳作赏析。

关于如何提高集刊的影响力问题,沈固朝教授也提出了解决思路。首先要做好刊物定位,了解作者对象;其次要注意刊物开放度,合理安排内稿外稿所占比率,做好同行评审,提高引用率;最后要把好论文质量关,提高论文的科学性、创造性、理论性,还有选题的新颖性。

上海师范大学期刊社社长、总编辑,《高等学校文科学术文摘》主编洪庆明教授认可配合唐代文学学会办《唐代文学研究》集刊的做法。他认为刊物可以很好地发布学术成果,这是"机制性的东西,是保持一个学术机构长盛不衰的秘诀"。在刊号非常难得的时代,办集刊是一个非常好的选择,"因为集刊本来就适用于优势学科、特色学科,以及新兴的学科。办理集刊这样的专业刊物,是一个最好的方式"。如果未来能把《唐代文学研究》办成专业期刊,将会很有意义,"把它变成一个专业性的刊物,能够扩大作者面,扩大视野面,也能够扩大方法和路径面,对于刊物内容的丰富,对于刊物思想境界的提升,都会有极大的帮助"。洪教授认为,办刊物有两重意义。其一,刊物可以传承学术理想,同时兼具学术传承的作用,"办刊过程中,编辑也能践行学术理想,把学术理想和关怀浸透在做刊物的过程当中,让有限的职业生涯过得有意义。在学术传承的链条上履行我们这一代的学术愿望"。其二,集刊可以很好地支撑学术平台,也是培养和凝聚下一代人才的平台。对于如何扩大集刊文章影响力问题,洪教授谈到,集刊发布的文章要有时代意义,要选择能够引起社会共鸣的话题,这也有利于学术在社会面的传播。《中东研究》主编韩志斌同样认为,《唐代文学研究》要有时代性,要和时代连接在一起。

在未来发展的方向上,李红岩认为,《唐代文学研究》与"《红楼梦研究》《鲁迅研究》一样,面临着转型",这种转型"既是国际学术形势的变化使然,也是我们国内中国式现代化总的趋势"。"唐诗研究是被我们前辈学者深耕细作、成就斐然、积累非常丰厚的领域,在新时代,在中国式现代化的整个进程当中,怎么样让我们的唐诗研究上一个新的台阶,发生新的变化,做出我们这代学人的贡献",这是值得思考的一个问题。《唐代文学研究》可以采用主题化的方式,通过顶层设计,形成既能跨学科研究,又不失主体性的研究格局。

《西北大学学报》编辑赵琴为《唐代文学研究》的发展提供了两条建议。其一,重新设置栏目。可以按阐释学的思路以及唐诗哲学的思路重新设置栏目,或者按主题设置,每辑一个主题,效果会更好。其二,培养作者队伍。兼顾学术名家和新人,广泛联络校内外作者。

社科文献出版社古籍文献编辑室主任、《唐代文学研究》责任编辑杜文婕结合编校集刊的经历谈了编校工作中的几点问题。第一,选稿要选优质稿件,希望每期有一到两篇的名家作品,每期编委会可推荐两篇重点文章,以利于后期的公众号宣传以及官方宣传。第二，刊物栏目可以相对固定。第三，编委会在前期审稿的过程中可对出版编辑的工作提供更多支持，作者要保证引文的准确性和注释要素的齐全。第四，文章题目要简短明确，不能过于宽泛；摘要要有实质性内容；关键词要反映文章主题，便于读者判断论文的价值，便于计算机检索和存储。第五，过刊可以推进实现数字化。现在的刊物也可以做成电子刊物发布，在公众号上推送。过刊也可推送，这样可以丰富公众号的内容。可以充分利用刊物的公众号推动期刊发表的文章。第六，推动刊物走出去。把集刊文章译成英文或外文，到国外的出版社去推，还可以把过刊中的优秀的文章按主题集合，形成专题论文集，尝试申报中华学术外译项目。

西北大学中国文化研究中心、《中国文化研究通讯》编辑部王早娟认为，《唐代文学研究》可在三个方面进行调整。一是在栏目设置上既能反映唐代文学研究的多个面相又能够展示具有时代创新特点的研究。有规划地设置不同刊期展示唐代文学研究，包括唐诗、唐五代词、敦煌文学、唐代散文、唐代传奇以及新见唐代文献等多方面内容，做好宏观规划。二是在文章的数字化推广上要多做工作，公众号转载的文章最好能配图推广，以适应视觉化阅读，提高文章点击率。三是在文章内容上可结合重大社科基金项目组稿，展示唐代文学研究前沿成果。

三、《唐代文学研究》面临的问题及发展设想

《唐代文学研究》编辑部成员结合自身编辑工作，汇报了刊物发展过程中遇到的困难，提出了今后发展的设想。

西北大学文学院古代文学教研室主任、《唐代文学研究》编辑部邵颖涛认为，《唐代文学研究》已经有的好的做法是编辑过程实行匿名评审，作者队伍中既有名家也有学术新秀；未来发展的问题是怎样选出优质的稿件，怎样围绕重大选题和热点问题展开组稿，如何选出能够利用新的研究方法、具备严谨的逻辑思维的作品。

编辑部田苗谈到，编辑部面临的问题其一是稿源不足。现

在一年的投稿量大约只有40篇，而且稿件的质量参差不齐，能用的稿子并不多。稿件来源主要依靠年会，但是年会两年一次，加上各单位考核机制所限，不少本校稿件也都是外投的。从整体状况来讲，一期的稿子大约是15篇，一年出两期要用30篇稿子，稿件仍有所欠缺。另外一个问题是编辑人员不足，专业化不够。教师都有教学科研任务，工作压力较大。再者，编辑流程需要加强，虽然实行匿名审稿制度，但是审稿意见以及退稿意见还需规范，今后编辑要更多介入编辑过程。还有就是要优化栏目，增强专业性。今后还要在提升文章关注度上多努力，把微信公众号用好。

编辑部任雅芳提出，今后要扩大稿件获取途径，进一步把控稿件品质，完善评审制度，设置特色栏目，提升编辑能力。

中国唐代文学学会秘书处邱晓谈到自己负责唐代文学研究公众号的情况，2022年一年共发推送40个，有28篇文章，阅读量累计超过了两万人次。他认为今后在《唐代文学研究》刊物文章推广方面可以采取的措施有两个：一个是过刊数字化，另一个是过刊中的优秀论文也可以提出来做外译。

编辑部孟飞结合自己多年参与编辑工作的经验指出，一份期刊中如果有太多年轻人的文章就会影响刊物引用率，好的刊物在编辑过程中都会严格实行匿名评审的制度；刊物的发展也应充分利用地域优势和文化优势；办刊平台要致力于打造一些有特色的精品期刊；经费、稿源、规章制度等问题都是制约期刊向上发展的重要问题。

在发言结束后，《唐代文学研究》主编李浩教授对会议中提出的建议进行了回应。他表示，编辑部将就这些意见和建议进行认真研讨，全面吸纳老师们的意见，努力改进与提高，争取把两个会刊办得更好，也请各位老师一如既往地关注和支持两个会刊和学会的其他工作。

《唐代文学研究》执行主编李芳民教授在会议总结中谈到，本次会议有三个特点。第一个特点是小而精，大家在会议中能够得到比较充分的交流。第二个特点在于这是一个有内涵、有高度、有深度的专题会议。会议内容丰富，有关于期刊评价的标准、遴选的原则、遴选的标准的介绍,还有讲如何做一个好编辑的问题。各刊物编辑交流了各自的编辑体会,谈到学术期刊如何发展、如何提高质量的问题,以及发展的战略目标、途径方法等。会议的高度体现在相关讨论中,除了编辑的技术性问题,涉及期刊的遴选、编辑的原则、编辑素养,这些问题的探讨都能上升到一定的高度。会议的深度体现在有些问题讲得具体且深入。第三个特点是,这次会议是求实效的研讨会,讲到了期刊发展中实实在在的问题。

李芳民教授表示,会议之后编辑部会认真整理专家们的意见和建议,在唐代文学学会会刊的规范化、学术的创新性以及在学界的影响力几个方面下大功夫,不断提高研究本身的学术水平和学术质量,踏踏实实地向高水平不断努力,不断奋进。李芳民教授提出了对《唐代文学研究》集刊发展的希望。他说:"《唐代文学研究》虽然历史很长,但是因为受到很多条件的限制,所以目前还存在着很多发展中的瓶颈,只有克服这些瓶颈,才能使这个刊物不断地向高水平迈进。希望好的期刊能够帮助《唐代文学研究》,提高刊物办刊水平,使刊物更快地进步。中国唐代文学学会代表的是中国唐代文学研究水平,如果会刊的水平上不去,就无法向海外展示学会的真实情况。希望今后各位同道能够积极扶持帮助,使《唐代文学研究》达到更高的水平。"

西北大学文学院谷鹏飞院长感谢莅临会议的各位专家学者多年来给予西北大学中国语言文学学科发展的指导与帮助,也感谢专家学者在会议中交流思想、贡献智慧,为提高《唐代文学研究》的办刊水平,给予了很多指导与帮助。他希望与会老师更多地在今后工作中支持集刊的建设,支持文学院的发展。

唐诗之路研究会第二届年会暨第三次国际学术研讨会综述

□ 袁 丁

2023年4月22—23日,唐诗之路研究会第二届年会在淮阴师范学院举行。会议由唐诗之路研究会与淮阴师范学院文学院联合主办,淮阴师范学院文学院承办。来自全国各大高校与研究机构的近百位专家学者与会。

大会学术研讨部分由主题发言和小组讨论两部分组成,与会专家就区域诗路、水陆诗路、具体作家与诗路等方面展开了广泛而深入的讨论,推出了一批唐诗之路研究的最新成果,反映了当下唐诗之路研究的总体状况,指明了唐诗之路研究的未来趋势。

一、区域诗路研究

区域诗路研究是唐诗之路研究的重要组成部分,是唐诗之路研究从地理空间上的细化,这方面具有很大开拓空间,也是本次大会论文选题重点。

卢盛江《中唐前期浙东唐诗之路的发展》着眼于浙东地区诗路研究,通过细致的数据统计,发现中唐前期50年间浙东诗人总数几乎与初盛唐138年相当;而中唐诗人留下浙东诗的总数,则超过初盛唐138年的总和;写有浙东诗的中唐诗人中,曾游浙东的占绝大多数,也远远超过初盛唐。究其原因,与地理位置和山水以及经济发展和交通有关。但是能吸引文人的,更主要的是浙东自东晋以来形成的文化氛围,特别是名士文化氛围。同样刚刚经历战乱,同样避乱南奔和文化南移,很容易唤起人们的历史记忆,形成新的名士氛围,吸引大量文人来游。胡可先《唐代洛阳诗歌的时空探索》立足于唐代洛阳诗坛的空间形态,参合时间演变的流程,从特定的侧面对唐代洛阳诗歌加以阐述,也对前人与时贤注意较少或研究未尽的地方加以开拓。吴强、吴夏平《唐代大庾岭诗路的文学渊源》通过溯源的方式,发现魏晋南北朝时期文学作品中存在一批与大庾岭相关的作品,这些作品呈现出与主流文学高度一致的嬗变轨迹,同时又明显受到大庾岭地域特征的影响。通过深入文本,发现陆机、谢灵运、江总等名家作品的创作范式、审美空间、文学意象等皆对唐代大庾岭诗歌创作产生了较深刻的影响。郝殊姝《湖湘唐诗之路与"湘江北流"诗研究》认为唐代贬谪湖湘、岭南的诗人群体是湖湘唐诗之路形成的主要推动者。湖湘唐诗之路上的主要站点往往是行人往来交通的必经站点或临歧分路之处。湖湘唐诗之路有其显著的文化特性,如楚地风物与文化、贬谪主题、悲怨传统等,唐代诗人在沿线留下了数量丰富的贬谪诗。"湘江北流"及其同类诗歌的出现,是唐代湖湘贬谪文化、潇湘形象变迁及初唐诗人承袭六朝句法等因素共同作用的结果,其中蕴含了诗人怀北思君的心态。

此外,像戴伟华《〈地域文化与唐诗之路〉跋》与海滨《〈西域文化与唐诗之路〉提要》,虽然只对两书作了简要的介绍,但已经让我们感受到了著作的学术分量,标志着区域唐诗之路研究走向深入。

二、水陆诗路研究

水陆交通是诗歌传播的重要路径,也是诗人创作的背景与载体。以水陆交通路线切入,既能细化诗人生平研究,也有助于对诗人作品创作深入理解。本次大会论文对此问题进行了深入研究,尤其是水上诗路的研究。

水上诗路研究中,运河诗路得到了与会专家的特别关注。

顾建国《运河诗路名物研究四题》论述了与运河相关的四个问题，认为京杭大运河开通后，人们可以坐船到北京。淮河入海的通道一直存在，时至明代，淮泗水泽依然可见海气雾浮的景象。古淮河是从淮阴县治（在今淮阴区马头镇）北部流向山阳湾的，与现今黄淮河的河道大致吻合。宋代，称末口以西三十里的淮河段为"山阳湾"。魏晋时，邗沟运河水位高于淮河。元杂剧中，"清江浦"已然是地名了。以"清江"名之，含有复见清流的深切用意，也意指这段由清江浦通达长江的水色是清澈的。"公路浦"，又称"袁浦"，它不是后来的"清江浦"。宋代淮扬运河上"二斗门只能在建安军，不可能在淮安"的这个观点，值得商榷。滕汉洋《运河交通与唐诗中的"浊汴"和"清淮"》分析了唐诗中的"浊汴清淮"主题，认为汴水浑浊，淮水清澈，二者成为唐代运河行旅诗中重要的关注对象，各有其意义承载。而汴、淮交汇处水质清浊不同的地理现象及其背后所承载的地域分野观念，使得"浊汴"和"清淮"两个诗歌意象由现实中的运河行旅书写，进而表现更广阔的人生内容，生发诸多新的意蕴。滥觞于唐诗中的"浊汴清淮"吟咏，其主题和内涵在宋人手中得到了继承和进一步的拓展，此后则随着运河改道而逐渐淡出文人的视野。"浊汴清淮"吟咏因汴、淮运河交通之生而生，因汴、淮运河交通之止而止，是一个与运河交通共命运的诗歌主题。王淋淋、王兆鹏《南宋常州运河诗路的构成与书写》以常州运河诗路为关注对象，认为常州运河西起吕城，东至望亭，是南宋的交通要道之一；经行者甚多，吟咏亦不绝，堪称一诗路。诗路包括"路""景""人"三部分，如生命体之骨、血肉和灵魂。运道本身、河上的奔牛、望亭闸，以及道旁的荆溪馆，构常州运河诗路之骨；运河旁的名胜惠山景观，成其血肉；而以杨万里为代表的诗人的行迹与书写，铸其魂。诗人的赋作，为路增添了沉甸甸的诗意；而路也接纳了行者的身体和情绪，抚慰并治愈着他们内心的不甘与伤痛。荀德麟《淮安，唐宋元明清时期的大运河中部"诗路"》重点关注淮安段运河诗路，认为淮安是地跨古淮河两岸的历古之名郡，是黄淮运河交汇处的枢纽；淮安是明清时期的"运河之都"，是唐宋元明清时期大运河中部的"诗路"；淮安运河诗词作者多、名家多、作品多;淮安运河诗词彰显了鲜明的时代特色与地域特色;大运河孕育了淮安"诗城"。

还有一些学者也关注了其他水上诗路。杨一恒《略论诗路文化记忆的生成与深化——以唐代峡江诗路书写为例》,以文化记忆为切入点,以峡江诗路为关注对象,认为依唐人的文化感知,峡江的形成浸润在大禹疏凿通江这一记忆的历史之中,峡江既是具有交通意义的"峡路",也是承载着后人想象的"禹迹"。峡江诗路的"知觉中心"在巫峡,历代巫咏之作的层叠积累对峡江诗路文化记忆的生成起到了重要的作用,巫咏经典的遴选也代表着峡江诗路文化记忆的凝定。同时,作为景观镜像和情感意象的峡江,都是其自然特征与情感特质的记忆投影和文学再现,送别诗中的峡江,也展现着送别者的心理距离与空间记忆。反复的文学书写使峡江景观渐趋符号化和文本化,而峡江诗路文化记忆也由此不断传承和深化。景遐东《唐代山水诗与隐逸诗中的若耶溪》关注了若耶溪诗路,认为若耶溪是唐诗中的重要地理意象,泛舟若耶溪是唐人游历会稽的重要活动。唐诗若耶溪书写,集中于绿水青山、草绿花香、鸟兽徜徉的自然之美,为江南山水景观书写的代表。唐人写若耶溪又多写溪边佛寺,并将之比作桃花源,寄托理想禅修与世外仙境之志。若耶溪宴集赋诗也是唐代江南颇具影响的文学活动。若耶溪题材的山水与隐逸诗具有清幽秀美、宁静淡雅的风格。明清以来江南山水文化的一些基本特质在唐诗若耶溪书写中开始显现。

部分学者关注到了陆上诗路,黄友建《骑田岭古道在唐诗之路中的作用》从骑田岭秦汉古道的形成原因起笔,阐述了骑田岭古道在唐诗之路中的作用,指出了骑田岭秦汉古道是外界了解连州信息之道、文人的友谊之道、古代文化之道。这条被誉为"最具内涵的古道",2017年成功入选"中国十大古道"。张仲裁《金牛道北段的变迁:以唐宋诗为中心的考察》认为金牛道北段路线有几个关键的交通节点:五盘、筹笔驿、百牢关、三泉县。五盘的地望,不可能在嘉陵江东岸,而只能是今川陕交界处之七盘关。筹笔驿只能在龙门阁以北,以其为明清以后的神宣驿是最为合理的。根据现存文献,唐宋时期百牢关向西移动的说法并不成立，只能遵照《元和郡县图志》之说。在确定这几处地理位置的前提下，可以断定金牛道北段的路线情况：此段水陆兼通，金牛是陆路北端之节点，三泉县是水路北端之节点；陆路必经五盘—筹笔驿—龙门阁一线，不可能沿嘉陵江岸而行；宋代受三泉县战略地位之影响，五盘至金牛一段主驿道有向西摆动之情形。吴淑玲《驿路唐诗安南书写的题材类型》认为唐时的安南指东到广西那坡、靖西和龙州、宁明、防城等地，南抵越南河静、广平省界，西至红河黑水之间，北抵今云南南盘江、广西西林、广西环江毛南族自治县的广大地区。但唐诗中走向安南的文学书写绝不止于这些地区，也包括岭南一些地区。驿路唐诗的安南书写主要题材类型有：走向安南的奇异物候和风俗、官吏任职生活的反映、被贬人员的生活和内心的反映、科考士子送往迎来的情况等。这些题材是唐朝人走向安南的生活的真实反映，记录了那个时代唐朝版图内南边绝域生活的真实境况，是中国文学第一次真实、具体、形象的安南书写。范佳《"南方丝绸之路"和"唐诗之路"的互动研究》主要从唐诗之路对南方丝绸之路的政治书写、唐诗之路见证南方丝绸之路的经济贸易、唐诗之路记录南方丝绸之路的文化交流等方面深入探讨唐诗之路的内涵问题。以南方丝绸之路在政治、经济、文化、民族、交通等方面的研究成果与唐诗之路的关系为切入点，进一步论证和拓宽唐诗之路的内涵。将丝绸之路研究的视角与唐诗之路进行深度结合，从新的角度再认识唐诗之路的内涵，以期对唐诗之路研究有些许补充。

三、诗人与诗路研究

诗人是诗路研究中的核心内容，没有诗人就无所谓诗路，因此，诗人与作品研究是诗路研究的题中之义。与会专家以诗路视角切入经典作家生平与创作的研究，为经典诗人研究提供了新的思路。

所论诗人贯穿初唐至晚唐，初唐诗人中王勃受到的关注最多。刘亮《王勃入越州时间及创作考》辨析了王勃入越时间与创作。认为王勃入越时间是在上元二年（675）八月下旬至九月初，而不是《初唐四杰年谱》中所说的乾封二年(667)。《上巳浮江宴序》《山亭兴序》两篇序文并非作于越州。《三月上巳袚禊序》(《修禊于云门王献之山亭序》)系伪作。《采莲曲》属于乐府拟作,其创作时地难以确认。在王勃入越州的创作中,还有《秋日宴季处士宅序》及其在永兴(萧山)三台山仙人石上所刻的一首七绝值得关注。盛唐时期诗人主要关注到了李白,卢燕新《李白的商於之旅及其古道记忆》考释李白诗中所见商於之路地名诗、"四皓""商山皓"等地名、人名及人事,并考述李白商於之旅路线及其古道记忆。此外,还有方丽萍《边省地区文化传统的选择与赓续——以清代贵州李白接受为中心》考察了李白在古代贵州的影响,认为出于知识理性,他们深信"未至";但出于地域心理、文化传统等因素又希望"确至"。"地以人显",贵州历史上缺乏文化名人"润色山川",贵州的文人士大夫以李白为媒介"怀贤志胜"。附会李白在贵州的行迹,既有"援引殊方已负盛名之古人为闾里荣"的地域心理,也是边省文化向心力、中华民族强大凝聚力的具体表现。胡永杰《元丹丘颍阳山居暨李白〈将进酒〉写作地实考》剖析《将近酒》写作地点诸说,认为诸说之中,"作于元丹丘颍阳山居说"是最合理、最圆通的解释,其他诸说皆存在难以通顺的疑点。所以,该文运用文献笺释和实地印证相结合的方法,对李白诗中关于元丹丘颍阳山居的描述及明清文献中关于颍阳当地"丹丘涧"的记述进行考证,初步断定元丹丘颍阳山居的具体位置乃在位于今登封市颍阳镇东北10公里处的马鞍山南麓、君召乡黄城村附近的黄城遗址一带。

中唐时期诗人被关注的较多,涉及韩愈、刘禹锡、顾况、李绅等。尚永亮《韩愈两度南贬与诗路书写窃论》考察韩愈的阳山之贬和潮州之贬过程中的诗歌创作,认为其诗路创作,除数量之大幅增加、质量之显著提升外,于写景记异、纪地述行、特别事件与人事交往、人文景观及其历史文化内涵诸方面,均独具特色。仅就其两度南贬途中正面涉及之主要地点、景观言,即达三十余处,其中不少具有唯一性和标识性价值。至于像蓝关、武关、层峰驿、楚昭王庙、洞庭湖、岳阳楼、汨罗江等,虽已有不少诗人涉及,但韩诗的描写或角度独特,或感触深挚,某种程度上为其增添了贬官视野中所特有的地理色彩和文化印记。质言之,这既是自然景观与文化风俗异质性不断刺激的结果,也是作者遭受政治打击所导致的发泄欲望的表现。至于常被人忽略的诗路同伴(阳山路途之张署,潮州路途之韩湘)及沿途酬赠诗创作,亦为了解韩愈诗路书写之一要项,而不宜轻易放过。曹春生《唐代诗豪刘禹锡以诗文教化连州》考察了刘禹锡被贬连州的创作与对地方的教化,认为刘禹锡在连州以诗歌文章为抓手,既记录了连州的风土人情、风景名胜,也教化了连州的民众;刘禹锡的不朽的诗文,既是他在连州从政的心路历程,也是他以文教化连州的记载。刘禹锡以他在连州的政绩,不但推动了粤北的社会发展,也对当时整个岭南的文化发展产生了深远的影响。黄世康《刘禹锡与唐代连州〈海阳十咏〉的园林艺术》则通过刘禹锡所写的《海阳十咏》,一窥一代"诗豪"刘禹锡眼中的唐代园林石景艺术和理念。胡正武《追寻顾况〈仙游记〉遗踪及观感》考察了顾况《仙游记》内容,并溯源遗踪。徐永恩《李绅游天台及其诗作考探》探究李绅游览天台山的次数、旅程及其所留下诗篇的不妥之处,力求还原其诗篇的本来面目。

晚唐诗人涉及较少,仅有张海《贯休入蜀考论》,考察了贯休入蜀前的蜀中形势,其入蜀的原因、时间和路程以及在蜀中的活动。

除了以上研究,还有学者关注到诗路文化(景观),如何海玲《东山的文化价值研究》、李建军《方之内外:司马承祯道教和艺文造诣与初盛唐文人修道群体》、李谟润《唐代诗人漫游佛寺探究》、刘重喜《"每为中原登此山":南宋使臣盱眙第一山摩崖题名的文学意义》、徐跃龙《刘勰〈梁建安王造剡山石城寺石像碑〉石刻文献考略》、石天飞《宜州南山〈牧童〉诗石刻考述》等。安祖朝《寒山子与国际诗路》和文艳蓉《日本平安学问僧东传唐诗考》考察了域外诗路,虽然本次会议关于这一领域的讨论较少,但却是唐诗之路研究中值得开发的有价值的课题。

总体而言,此次学术研讨会反映了唐诗之路研究的最新成果,开掘了新的研究领域,将唐诗之路研究推向深入,为下一阶段唐诗之路研究夯实了基础。

考古新发现与唐代文化研究的新议题学术研讨会综述

□ 王早娟

2023年7月18日,由中国唐代文学学会、陕西省考古研究院和西北大学共同举办的"考古新发现与唐代文化研究的新议题"学术研讨会在西安举行。来自北京大学、复旦大学、浙江大学、南京大学、中华书局、文物出版社、上海古籍出版社、《文献》杂志社、《文艺研究》杂志社等单位的40余位专家学者参加了本次研讨会。

大会开幕式由陕西省考古研究院副院长王小蒙主持,西北大学副校长常江、陕西省考古研究院院长孙周勇先后致辞。南京大学古典文献研究所所长、全国古籍整理出版规划领导小组成员程章灿教授,陕西师范大学教授、中国唐史学会会长拜根兴教授,北京大学中文系主任杜晓勤教授进行了专家致辞。

常江说,长安作为唐王朝的都城所在地,见证了唐朝近三百年的历史兴衰,是唐代文化的典型代表,具有得天独厚的文物资源,也积淀了深厚的文化底蕴。今天的西安因历史的长安而成为唐代文化研究重镇,围绕着唐都长安丝绸之路与中外文化交流、唐代文物与文化等相关问题取得了诸多学术成果。西安地区的出土文物为唐代文化的研究提供了相当丰富的材料,尤其是大量墓志的出土,对探究唐人生活与精神世界有着极其重要的价值。这次学术研讨会在西安召开,对促进相关领域研究者关注新材料有着重要意义,对促进西北大学人文社会科学研有着积极意义。

2020年9月28日,习近平总书记在主持中央政治局第二十三次集体学习时对中国考古学取得的重大成就给予充分肯定并强调:"考古工作是一项重要文化事业,也是一项具有重大社会政治意义的工作。""认识历史离不开考古学。"陕西省考古研究院院长孙周勇谈到,考古是新材料发现的重要途径。已经出土的柳公权撰书墓志为研究柳公权书法提供了重要材料,这些材料可以从考古、历史、文学、书法等多角度进行研究,希望与会专家能够进一步在考古材料基础上推动历史、文学等学科的相关研究。

程章灿结合自己多年在唐代石刻刻工领域的研究谈到,自己撰写的《石刻刻工研究》以及《作为物质文化的石刻文献》两部书中用到的很多石刻材料都是由陕西考古界提供的。正如德国哲学家雅斯贝尔斯所说:"教育意味着一棵树摇动另一棵树,一朵云推动另一朵云。"石刻文献之间往往具有关联性,研究者应当注意这种关联性。本次会议为研究者搭建了很好的平台,可以促进研究者之间的相互学习。

中国唐史学会和中国唐代文学学会都设在西安,两个学会之间的合作可以更好地促进唐研究。中国唐史学会会长拜根兴在介绍了自己有关新罗、百济碑刻研究的情况后提出,中国唐代文学学会对唐代文学的普及和研究做了很大贡献,希望两个学会之间以后可以加强合作。

杜晓勤回顾了自己读书期间参加黄永年老师"古籍整理概论"课程的学习情况,以及多次前往碑林博物馆学习的经历和撰写《从阿史那忠墓志考骆宾王从军西域史实》的过程,指出考古新材料对文学研究具有极为重要的意义。

开幕式后的第一场专题研讨会由西北大学历史学院院长、中国唐史学会副会长李军教授主持。会上,陕西省考古研究院陈徐玮向与会专家介绍了长安出土的柳公权撰书墓志的基本情况,并说明了该项发掘对厘清冯翊严氏家族谱系及其与河东柳氏的姻亲关系等问题的重要意义。

西北大学李浩教授通过对《严公贶墓志》《卢淑墓志》的细致

考察，进一步阐释了严氏父子在中唐奉天之难、平定刘辟之乱中的作用，细化了相关人物的生平经历和相互交游。并从严氏父子同题的《汉洲西湖》诗作切入，指出多位诗人共同构建了汉洲房公湖的文化记忆。他还据此考证了柳宗元为严公贶撰《送严公贶下第归兴元觐省诗序》的时间，并指出严震家族与权德舆家族、柳公权家族、唐款家族通过联姻建立起的社会关系网。这个研究案例展示了考古新发现多角度深化发掘的可能性，为史料溯源、史事互证与史实挖掘提供了重要的方法论参考。

南京大学徐兴无教授结合柳公权书法，探讨了唐楷的历史价值和时代价值，并重新阐释了"颜筋柳骨"的书写特征和美学特色。文物出版社原总编葛承雍教授运用陕西汉唐石刻博物馆公布的唐代椁壁石屏风画，印证了唐诗所载的仕女手持金丝鸟笼的真实状况，为理解"图像证史""以诗证史"的细节提供了重要案例，指出传统文学叙事转化为空间图像叙事是探索学术前沿的重要途径。浙江大学胡可先教授介绍了运用诗人墓志与传世文献进行对比研究的成果，结合典型案例指出墓志在记载诗人政治浮沉、读书治学、思想变化、科举生活、宗教生活、文学成就等方面重要的史料价值。复旦大学查屏球教授从《雁塔题名》中蔡京与李商隐的同题之作出发，以小见大地探讨了二者与令狐家族的关系变迁，以及李商隐在大中年间政治态度之细节。汉景帝阳陵博物院李明副院长介绍了目前发现的时代最早、规模最大的北周墓葬——大野贞家族墓园，并根据出土的李贞碑指出《新唐书》宗室世系表记载的多处缺误。中华书局朱兆虎编审以"慵"字为例，探讨了将墓志碑刻、传世文献、敦煌写本结合进行墓志体例整理的新思考。

诸位专家针对考古新发现使用的新方法、新视角、新探索，引发了与会学者的热切关注。在西北大学郝润华教授主持的第二场开放讨论中，各个领域的学者专家继续就考古新发现在证史补史、文献补充、文学研究等领域中的功能，流散墓志的有效利用，新材料的研究方法，石刻文献的整理编撰出版等进行了深入交流。

中国唐代文学学会秘书长、西北大学文学院李芳民教授主持大会闭幕式。西北大学中国文化研究中心主任、中国唐代文学学会会长李浩教授做总结发言。李浩教授首先对国家社科规划办和陕西省考古研究院的支持表示了感谢。他指出对新材料的关注,对新方法、新技术、新视角的预流,已经成为国际学术研究的重要方向。本次研讨会呈现了近年来国内相关领域研究的新突破、新成果,是一次非常有意义、有价值的学术交流。陕西近年来新发现了上千方的古代墓志,作为学者,应对这些材料保持敏锐性。中国唐代文学学会作为唐文化研究的重要阵地,此次与陕西省考古研究院、西北大学联合主办这次的学术研讨会,正是打破人为壁垒,推动跨学科、跨领域合作,推进考古新材料综合研究的积极尝试。希望这样的探索以后能成为常态,为新文科的学术发展搭建更为广阔的平台。

杜诗学文献整理与研究论坛综述

□ 刘长悦

2023年8月18日至19日,由安徽师范大学中国诗学研究中心、安徽师范大学文学院主办的"杜诗学文献整理与研究论坛"在安徽芜湖召开。来自中国社会科学院文学研究所、复旦大学、南京大学、山东大学、吉林大学、西北大学、安徽大学、湖南师范大学、南京师范大学、南宁师范大学、安徽省社会科学院文学研究所等高校、科研机构的40多位专家学者参会,共收到论文30余篇。

论坛开幕式由安徽师范大学文学院院长项念东主持。校党委常委、副校长高峰,中国诗学研究中心主任胡传志,南京大学文学院教授、安徽师范大学特聘教授许结,西北大学文学院教授郝润华,安徽大学文学院院长吴怀东先后致辞。高峰对参与论坛的专家学者表示热烈欢迎,并向大家介绍了安徽师范大学的办学情况和中国诗学研究中心的发展历史,对诗学中心近期取得的一系列成绩给予充分肯定,同时殷切期盼与会专家继续关心支持学校建设发展,并预祝此次会议取得圆满成功。胡传志对与会学者甘冒酷暑参与论坛表示感谢。许结、郝润华及吴怀东在致辞中对诗学中心、文学院取得的科研成果给予高度评价,分别从文化、文献、文本等角度论述杜诗学研究的学术意义与价值,为本次论坛的讨论环节奠定了扎实的学术基础。本次会议主要围绕以下四个专题展开讨论。

一、杜甫诗文本体研究

杜甫诗文本体研究是杜甫研究领域里最基础的研究,前辈学者的研究成果蔚为大观,在此基础上,本次论坛研究者主要从以下三个方面寻求突破:

一是立足宏观视野来探讨杜甫诗文的性质、特征和思想内涵。如吴怀东《杜甫〈天狗赋〉"献赋"性质考论》论证了杜甫《天狗赋》的"献赋"性质,指出作为献赋求仕的必要环节,韦氏家族为杜甫提供了重要帮助,而杜甫执着献赋以求仕进,具有多方面的指标意义。王树森《杜甫与盛唐气象论纲》着重论述了杜甫在安史之乱后的诗歌创作与"盛唐气象"之关系,认为杜甫在安史之乱以后的伟大创作,既根本得益于"盛唐气象"的深远影响,更代表诗歌史上"盛唐气象"在李白之后的另一座高峰。马涛《"龙"图腾崇拜与杜诗审美意境的生成》认为"龙"图腾崇拜及其所牵涉的文化因素,对杜甫的价值取向、思维方法、情感态度、审美意识等产生潜移默化的影响。此外,借助原始互渗律思维及神秘文化传统的引导,杜诗着意营造出奇古神秘、壮烈崇高的美感境界。唐振《"推"而"诚":杜诗对原始儒家致思模式的内化与显现》分析了杜甫对儒家"推己及人"这一致思模式的继承、内化与外显,并提出把此思维模式推溯至"诚"这一更为原始的人性心理,可以更加切近地理解和体会杜甫及其诗歌的艺术魅力和人文精神。

二是力求深入对具体字句的发微和考辨。如陈道贵《杜诗释词辨证五例》对杜诗中"无凭""寂寞""透""聚萤""开"等五处重要词语释意之歧见进行了详尽的考辨,可视为对莫砺锋先生《杜诗学疑难问题举隅》一文所提问题的回应与再论。郭自虎《杜诗自称词及其意蕴》关注杜诗中的自称词,认为其富于变化、淬炼蕴藉,指出杜甫总能选择贴切的自称词,表达出细腻的心理感受,研究者恰可透过此窗口来窥探诗人丰富的内心世界,因而鉴赏杜诗需悉心体会其字里行间的精妙之处。马旭《杜诗异文再辨析——以〈绝句漫兴九首〉其七"稚子"异文为例》对杜甫《绝句漫兴九首》其七"笋(一作竹)根稚(一作雉)子无人见"异文进行了辨析,通过对比杜诗注本注释,并结合诗话相关文献的分析,厘定异文"笋"与"稚"的本字。

三是通过文本解读与艺术赏析等方式探讨杜诗的诗法、诗风等问题。如黄立一《论杜诗的表现与再现》分析了杜甫对传统诗歌表现、再现手法的改造,认为杜诗通过再现写实以达到表现之目的与通过真切写情以达到再现之效果都达到某种程度的创新。徐婉琦《开阖排宕,抑扬纵横——论杜甫排律的诗法》探讨了杜甫排律的诗法特点,认为杜甫排律在初盛唐基础上开拓诗法,从章法层次、体式互融、用韵炼句等方面为后代创作导夫先路,立乎范式,示以津逮。徐铭《家常细语、情感景观与诗意呈现:日常饮食视域下的杜诗创作》认为杜甫的饮食诗创作是饮食滋味与人生之味相互碰撞出的百感交集。多样复杂的情感景观与诗意也在其日常饮食生活的书写中一一展现,使其饮食诗同时具备日常化和诗意化双重特性,日常饮食书写的诗意化亦是其高超诗艺的一大呈现。

二、杜诗文献整理与接受研究

从宋代"千家注杜"现象到清代再兴注杜热潮,为后世整理与阐释杜诗提供了丰富资料,并且影响了汉文化圈国家对于杜甫思想、杜诗的接受问题。基于此,本专题研讨主要从以下三方面开展:

一是杜诗注本、选本相关研究。如郝润华《再谈〈杜诗镜铨〉的特点价值及其他》考察了杨伦《杜诗镜铨》文献征引情况、诠释特点及文献价值,认为该书广泛征引自宋迄清的20余种杜诗注本,并引邵长蘅、李因笃、蒋金式等诸家评点,兼容并包,形成了一部集评、笺注、评点为一体的综合性杜诗诠解著作。孙微《赵星海及其〈杜解传薪〉考论》重点探究了赵星海《杜解传薪》一书的解杜特色,认为该书可谓瑕瑜互见,其深细的解诗优点与主观凿深之弊端均表现得十分明显,但瑕不掩瑜,此书仍不失为一部颇具特色的杜诗评注本。张学芬《论杨慎〈杜诗选〉的诗学观及其价值》提出《杜诗选》一书整体上呈现出杨慎求实的诗学观以及求古倾向的诗学思想,认为该书在杜甫古体诗之彰显、杨慎之抑宋思想、开考据式杜诗评点之风气方面具有重要价值。刘重喜《杜集"底本"校勘法的确立——〈钱注杜诗〉的校勘思想、方法和影响》认为《钱注杜诗》一书以"底本＋校本＋参校文献"为新范式的"底本"校勘法不仅极大推动了清代杜集版本学和校勘学的发展,也对洪业、萧涤非、吉川幸次郎等现代杜诗研究者产生了深远的影响。何江波《〈昭昧詹言〉评点杜诗所用底本与〈钱注杜诗〉传播途径》考证了《昭昧詹言》评点杜诗所用底本情况,认为该书为《钱注杜诗》的传播提供了"选本"这一别样的途径,对《钱注杜诗》遭禁毁后的流传起到积极作用。黄金灿《转韵论:仇兆鳌杜诗声韵学的一个维面》指出仇兆鳌《杜诗详注》中的转韵批评是其杜诗声韵学建构的重要组成,借助数量可观的杜诗文本分析实践,他形成了围绕韵意同换、韵换意不换、意换韵不换等模式展开批评的成熟方法和系统观点。

二是桐城杜诗学研究。如任群《别具只眼批杜诗——〈桐城三家批点杜甫诗〉小议》探讨了《桐城三家批点杜甫诗》中方苞、姚范和张裕钊等人的杜诗评点特色,以及姚永概对方、张二位所撰评语之态度(姚范的评点纯是符号),并认为这四家对杜诗的批点,构成了桐城派数代人杜诗阅读的生动写照。童岳敏《杜诗批评与清初龙眠诗学生态》探讨了杜诗批评与清初龙眠诗学生态的关系,认为明清易代之际,作为典型的诗学事件,杜诗批评是龙眠诗学生态重要的呈现,其"诗史"的意义生成,有着兵燹之灾与遗民心曲的时代性加持。胡健《吴汝纶杜诗评点及其影响》分析了吴汝纶评点杜诗的方式以及评语特色,重点考证了"横截"评点术语的内涵,认为吴氏评点是对方东树《昭昧詹言》以文法论诗方式的继承,并对吴闿生《古今诗范》的评点影响巨大。宋永祥《方拱乾批注吴见思〈杜诗论文〉简说》认为方拱乾在吴见思《杜诗论文》的基础上对杜诗的章法、句法、字法等进行了批解,补充了吴作因体例而缺少的关于杜诗的必要注解,其中所展现出的"历史眼光"和"以文论诗"之法,彰显的是一种客观且公允的诗史观。

三是杜诗接受研究。如卞东波《文采风流今尚存——论日本江户时代的杜诗学》分析了日本江户时代杜诗学与日本儒学、书肆之关系,并考证了日本在该时代以藏、刻、注、评、集、拟、图等形式流传至今的主要杜诗学文献,力图开拓杜诗学域外文献整理与接受研究的新空间。王茹钰《刊刻、阅读与阐释:江户时代杜诗学文献研究》分析了杜诗学文献在江户时代的传播和接受情况,由此勾勒出杜诗学文献在这一时期传播和接受的基本面貌,并揭示杜诗学文献对于中日书籍交流史、日本杜诗学史研究的重要意义。何振《日本国立国会图书馆藏〈徂徕先醒杜律考〉考论》认为《徂徕先醒杜律考》参考《杜律集解》及其他杜诗注本,考校优劣,既可使我们了解徂徕早年注诗的风格及思想变化,也能够弥补徂徕学派杜诗接受方面文献上的不足,对日本杜诗研究有补遗之功,具有很高的文献价值。沈文凡《杜甫诗歌的现实主义精神与民胞物与的人文情怀——兼谈杜甫"大庇"思想对韩国上梁文的影响》认为杜甫具有生命厚度的"大庇"思想,对后世及域外东亚日韩皆有广泛、深刻、全面的影响。韩国存世的两千余篇"上梁文",清晰地记载了从古至今韩国建筑民俗文化的演变历史,其中杜甫"大庇"思想始终贯穿其中。程蒙《赵翼对杜诗的接受及其意义》认为赵翼崇杜诗学观念的形成有一个曲折变化的历程,集中体现在他对杜诗的诗学思考和创作模拟上。对此进行探索,不仅可以推动赵翼研究,展示杜诗的经典魅力,而且能有效推动清代诗学的继承与创新研究。

三、杜诗学术史研究

杜诗学术史研究是构建当代杜诗学的重要内容之一,本专题既有高屋建瓴式的总结,又有细致入微的考证。如陶慧《论〈新唐书〉对唐代诗史的宋型建构——以"沈宋"、杜甫传论为中心》提出《新唐书》中"沈宋"传论与杜甫传赞是对唐代诗史的隐性建构。这种书写策略系统梳理并构筑了唐代诗歌发展的纵向历史谱系,并从侧面体现了以《新唐书》史臣为代表的北宋官方建立文学秩序的深层用意,为宋诗的发展方向提出了期望与指引。曾绍皇《现代杜诗学体系的初步建构——谢淑颐〈杜诗学〉考论》考证了湖南师范大学图书馆所藏民国才女谢淑颐在就读国立师范学院国文系时所写的本科毕业论文《杜诗学》，认为其紧扣"诗旨""诗史"与"诗法"三个关键问题立论，拥有构建杜诗学理论体系的潜在意识，在现代杜诗学史上具有独特的文献价值和理论意义。莫山洪《论余恕诚先生的杜诗研究》总结了余恕诚先生对杜诗研究的贡献，认为主要体现在揭示盛唐气象下杜诗的风貌特征、阐释政治对杜诗创作的推动作用、探析杜甫诗歌与赋之间的相互影响、精当且启发性强的杜诗鉴赏等四个方面。蒋晓光《许永璋先生的诗学追求与教学实践——以〈诗词备课笔记〉〈杜诗新话〉为例》认为《诗词备课笔记》一书可视为当代古典诗词教学的垂范，体现了许先生求真的学术勇气、求索的学术精神以及宏渊的学术眼光；《杜诗新话》更是凸显了许先生对于人本而自由的诗学追求。

四、杜诗学范畴研究

杜诗学范畴研究往往涉及杜诗学研究的热点论题或重要话题，因而亦是值得重点关注的领域。本专题围绕"沉郁顿挫"说、"李杜酒徒"说、杜甫无题诗与"无端诗学"等问题展开研讨。如许结《杜甫"沉郁顿挫"说赋体义证》回归赋域，探讨杜甫论赋提出"沉郁顿挫"的意义，将杜甫这一进"赋"之语回归于辞赋写作传统，结合杜赋创作的时代背景，回溯赋体的承续关联，兼及词法变迁与诗赋互渗，并考述从"体国经野"到"沉郁顿挫"的赋史意义。潘务正《桐城派"沉郁顿挫"论》指出桐城派极为重视"沉郁顿挫"之法，将其视为抵制诗文通俗化的有效手段，特别是在诗文通俗化倾向日益显著之际，桐城派为维护正统士人文言文化的统治地位，将"沉郁顿挫"与本派的审美追求结合起来，赋予其新的意蕴，雅俗之别被浓缩在这一文法之中。金生奎《论明弘、正间"李杜酒徒"说的提出》认为"李杜酒徒"说体现的是群体性的朝廷政事制度之设置要求与个体性的文学爱好之偏向之间的一种对立。同时，也反映了台阁力量与郎署阶层在文化心态与文学观念上的冲突,又暗含了台阁僚臣之间因个性气质、文学才华的偏差而导致的半隐半显的抵牾冲突。程维《从"感兴"到"漫兴":论唐代的无端诗学与无题诗歌》指出从"有端"到"无端",是唐代诗歌发生学上的重要变革。唐代无端诗学的重要呈现形式是无题类诗歌。以杜甫《漫兴九首》为代表的无题类诗歌与唐代"无端"诗学的产生关系密切。"无端诗学"受到佛教遮诠观念的影响,消解了"有端诗学"中诗歌与外在事、物的浅层对应性,而将诠释语境引入深层空间。

论坛闭幕式由安徽师范大学文学院副院长李伟主持。复旦大学中文系教授查屏球特别就杜甫与元稹的诗缘关系做了深入的探讨。吉林大学文学院教授沈文凡、山东大学儒学高等研究院教授孙微、南京大学文学院教授卞东波、湖南师范大学文学院教授曾绍皇发表论坛观察感言。四位专家对本次论坛提交的论文质量都给予高度肯定,一致认为本次论坛虽然规模不大,但堪称"小而精",在关于杜诗的文本重读、文献发现、研究方法创新、研究视角转换等层面都有新见解、新突破。安徽师范大学中国诗学研究中心副主任潘务正最后作论坛总结发言,再次对各位专家学者拨冗与会和关心、指导青年学者表达谢意,并代表中国诗学研究中心及文学院"古代文学与文献学研究团队"表示要充分学习吸收本次论坛的学术成果,在坚持本土特色的前提下也要打开视野,争取在杜诗学研究领域取得更好的成绩。

一直以来,杜甫研究都是中国古代文学研究领域的重镇之一,无数学者将学术热情、智慧和心血倾注其中,方才造就了当下研究的盛况与可观的成就。本次学术论坛在总结近年研究成果的基础之上又有新的提升,不仅重视解决重点难点问题,而且努力探索新的理论与视角,充分展现了学者们的学术眼光和创新精神。具体而言,此次论坛通过对杜诗的文本细读、杜诗学的文献整理、杜诗的文化价值,以及杜诗的传播接受等方面展开深入研讨,在文献发掘和方法创新上都有所突破,也彰显了杜诗学研究蓬勃发展的良好势头。

东亚唐诗学研究会成立大会
暨第二届东亚唐诗学国际学术研讨会综述

□ 郁婷婷

2023年9月1日至3日,由中国唐代文学学会和上海师范大学唐诗学研究中心联合举办的"东亚唐诗学研究会成立大会暨第二届东亚唐诗学国际学术研讨会"在上海召开。来自中、日、韩三国的百余位学者参加会议,共收到论文87篇。会议开幕式由东亚唐诗学研究会会长查清华主持,上海师范大学党委书记林在勇致欢迎辞,上海师范大学唐诗学研究中心名誉主任陈伯海书面致辞,中国唐代文学学会名誉会长陈尚君、国家图书馆原馆长詹福瑞、中国唐代文学学会秘书长李芳民分别致辞。会议讨论围绕以下三个主题展开。

一、中国历代唐诗接受研究

宏观的理论构架方面,罗时进(苏州大学)提出,唐诗之路研究需要专门性、特色化的研究方法。他认为可以将路程、生活、经验作为唐诗之路的三重构境,通过唐人的行走路程,表现唐人丰富的生活和情感,抉发唐诗书写的经验贮存和审美意识。杨晓霭(兰州理工大学)认为,把唐诗学置于跨文化传播视域时,应充分利用唐诗教学资源,提高来华留学生、本土汉语学习者对中国文化的兴趣和学习质量。关注具体问题的论文可分为三大板块。一是唐代诗人及其作品接受研究。以杜甫接受研究为中心,胡可先(浙江大学)考察了宋人注杜的三种整理本,对《杜诗赵次公先后解辑校》《新定杜工部草堂诗笺斠证》《新刊校定集注杜诗》三本著作的价值进行了探讨。胡永杰(河南省社会科学院)对杜甫、杜佑家族房分歧异及世系相混之问题进行了考辨。吴夏平(上海师范大学)从史源角度对"杜诗入史"现象与早期杜诗学话语体系作了揭示。孟国栋(武汉大学)探讨了《御选唐宋诗醇》"崇杜"倾向的原因,以及杜诗因几乎成为各种考试场合的"考试大纲"而出现的社会性的接受趋势。张慧玲(浙江越秀外国语学院)对欧阳修的杜诗学"欧公亦不甚喜杜诗"辨进行了探讨。在韩愈接受研究方面,查金萍(合肥学院)探讨了毛泽东对韩愈诗文的接受。张智炳(嘉兴南湖学院)论述了清人对韩愈诗风变革路向建构的逻辑三层次及其内涵。吴留营(上海师范大学)则对清初李商隐诗歌接受的多重语境与现象补构作了阐述。二是唐代诗学的研究。钟志辉(武汉大学)论述了唐代诗学生成的空间转变,对盛唐以后的诗学生成由京城向地方的转变作了揭示。张一南(北京大学)论述了沈宋在五言古体、五言律体和七言诗三个方面对《选》诗体系的继承与开拓。李思弦(天津师范大学)考察了《文镜秘府论》中"二十九种对"对诗意"远""近"及诗句整体表达效果的影响。三是诗学思想与诗学现象研究。李芳民(西北大学)以渭城、《渭城曲》与《阳关图》研究为中心,探讨了"渭城"作为一个诗路别离意象的生成与经典化。张震英(《南宁师范大学学报》编辑部)对李怀民《主客图诗论》诗学思想及清中期高密诗派的核心诗学主张进行了探讨。杨焄(复旦大学)对蒋学坚所撰《衲唐词》作了系统梳理,考证了集唐人诗作成句来写成一个词学的曲子这种现象。徐海容(广东省东莞理工学院)对洪迈提出的"唐诗无避隐"一说展开了研讨。丁震寰(上海师范大学)对宋明时期"唐人七律第一"之争的成因及反思作了分析。杨霖(湖州师范学院)对清代诗人徐熊飞的唐诗观展开了论述。此外,海滨(海南大学)回顾了薛天纬前辈的学术成果,明确其学术理念与治学路径,有助于我们在前辈研究的基础上继续开拓。

二、唐诗的本体研究

关于唐诗与社会文化,肖瑞峰(浙江工业大学)将刘禹锡的唱和诗置于唐诗新变的视域中进行考察,揭示了它的个性特征及其在唐诗演进历程中的地位与影响。查屏球(复旦大学)通过对日藏古抄卷《翰林学士集》与殷璠"贞观末标格渐高"笺解,论述了唐太宗征辽后的唱和活动与贞观诗风转向。李德辉(湖南科技大学)探讨了唐代文学的南行北归题材。他提出,南行北归不仅是交通上的大事,还是文学生产的机制。道坂昭广(日本京都大学)探讨了"初唐四杰"对陶渊明的接受和塑造。滕汉洋(江苏海洋大学)论述了唐太宗《帝京篇》组诗的文体特征及其在唐诗演进中不容低估的意义。叶跃武(中山大学)探讨了白居易"独善"的二重性(遂性与见性)及其思想渊源。黄鸿秋(上海师范大学)考察了安史之乱中陷伪士人的心灵危机及其此后的创作实践对诗风的影响。韩达(中国政法大学)探讨了开元政争与王维诗歌表现书写之间的关系。邵文彬(上海师范大学)从心理学视域探讨了杜诗"剑"意。黄炬(上海师范大学)论述了两税法与中晚唐诗歌的流变关系。关于唐诗与文献考证,戴伟华(广州大学)通过对杜甫《秦州杂诗》之十二的现地解读,探讨了诗歌创作现场与环境的还原及方法。罗宁(西南交通大学)对杜甫《幽人》《昔游》诗进行了解读与系年考证,并论述了杜甫及其幽人朋友的隐逸活动。陈翀(日本广岛大学)论证了《游紫霄宫》诗非白居易本人之作,而是由宋元文人据佚名诗作所改写的游戏诗。李成晴(北京大学)通过回归唐集诗前副文本"以书为序—以序为题"传统,推定了李商隐"今月二日"六十六字在唐写卷中的文本形态。关于唐诗与音乐艺术,柏红秀(扬州大学)、张梦锦(扬州大学)阐述了中唐乐人诗受宴乐之风影响在内容与情思上所作的新开拓。胡秋妍(上海师范大学)通过考察唐大曲的音乐结构、形态及大曲歌辞的入乐方式,揭示了大曲歌辞的文本特征。关于唐诗与语言艺术,卢燕新(南开大学)探讨了李白诗"药"意象及其情感意蕴。李翰(上海大学)论述了李商隐诗中"互诠"的特点兼及"互诠"作为一种诗学阐释方法及其应用。王书艳（浙江工商大学）探讨了唐代文人笔下的幽独情思与园林幽境的审美关系。龙珍华（湖北第二师范学院）从语言学角度分析饥和饿的区别，讨论了唐诗中的饥饿书写。马里扬（上海师范大学）以"金盘陀"与"感恩多"为中心，对唐诗所见域外语言与音乐交流进行了探讨。程悦（中国社科院语言研究所）考察了杜甫五言诗句法与联绵词的互动及其源流和特点。

三、日韩越唐诗学研究

这是近年来新兴的学术增长点，吸引了较多学者的关注。日本的唐诗学研究方面，主要分为四个板块。一是唐诗与日韩文学、文化关系。卢盛江（南开大学）从唐诗之路一段故事的角度考察了日僧空海与王昌龄《诗格》，探讨了域外人士在海外传播汉籍和唐诗时形成的海外唐诗之路。文艳蓉（中国矿业大学）以日本公私文库所保存的宝贵唐抄本为基础，从唐诗五七言分体意识、唐诗编集修改情况、唐代愿文文体发展等三个方面论述了唐代文体的初期形态和原始面貌。田苗（西北大学）以李白诗中日本的服饰名物日本裘、朝鲜半岛高句丽的服饰名物折风帽为切入点，探讨了诗歌中异域名物的文化意义。高超（山西师范大学）论述了日本汉学家斋藤茂、赤井益久对孟郊诗歌风格的阐释。潘伟利（绍兴文理学院）考察了唐日文学交流中的浙东元素。聂改风（聊城大学）从"歌仙"到"诗歌仙"探讨了日本的唐风文化倾向。宋洁鑫（上海师范大学）探讨了日本近代唐诗文献学索引方法的确立及其影响。二是唐诗与日本汉诗创作研究。李寅生（广西大学）论述了菅原道真对白居易诗歌的感悟与认知。吴雨平（苏州大学）探讨了《和汉朗咏集》中的日本汉诗。王连旺（郑州大学）考察了中世日本诗画轴中的杜甫及杜诗文献。刘晓（上海师范大学）以野村篁园《采花集》为中心，论述了江户后期的唐诗集句集及其诗学示范意义。但白瑾（上海师范大学）探讨了韩愈《秋怀诗十一首》在日本汉诗中的接受。沈儒康（上海师范大学）考察了江户汉诗中的寻隐不遇书写。山口莉慧（暨南大学)分析了唐诗、俳句、汉俳之间的多元关系。杨照(重庆师范大学)以"三平调"为中心考察了中古中日诗格的诗律意识与盛唐五言诗创作实践之关系。潘牧天(上海师范大学)、潘琳卓娜(上海师范大学)对留守友信《语录译义》所释唐诗词语进行了探论。方舒雅(南京大学)考察了周弼《三体诗》象喻艺术与五山时期的诗体转型。李准(中国海洋大学)论述了邵傅在《杜律集解》中提出的杜诗五、七律关系论及其在江户日本的受容。三是日本唐诗选本研究。查清华(上海师范大学)探讨了日本唐诗选本的批评方式及文化意义。汪欣欣(华南师范大学)对日本《杜律要约》的著者、刊刻时间、参照底本、文献价值及诠释特点作了研讨。张超(徐州工程学院)、林雅馨(上海师范大学)、郭少辰(上海师范大学)、郁婷婷(上海师范大学)、刘召禄(苏州大学)分别对《唐诗选》《唐诗训解》《三体诗》《唐宋诗醇》《唐诗选画本》《千载佳句》《和汉朗咏集》等唐诗选本在日本的流传与接受情况、编选特点等作了个案分析。四是唐诗与日本诗学批评研究。刘洁(西南大学)探讨了日本汉诗学中的李杜优劣问题。何振(安徽师范大学)论述了日本江户诗坛唐、明之诗的离与合。雒志达(湖南理工学院)探讨了唐诗与江户古文辞学派的楚辞受容路径。皮昊诗(贵阳学院)阐述了日本江户时期大儒荻生徂徕的唐诗学主张。张波(上海师范大学)考察了江户汉诗学唐的不同方式。

　　韩越的唐诗学研究方面，许敬震(韩国延世大学)对手抄本《李白七言》谚解的作者进行了考论。沈文凡(吉林大学)通过对黄巢《自题像》的探赜与索隐，探讨了韩国南羲采《龟磵诗话》对唐诗的举证价值。徐宝余(韩国全南大学)对高丽时期《百家衣集》中的唐人诗句进行了考辨。左江(深圳大学)以"诗风""战争""易代"为中心，探讨了朝鲜行纪中的次杜诗。刘畅(上海师范大学)论述了新罗末期宾贡诸子崔致远等人诗歌创作中所受晚唐诗风的影响及其形成缘由。张景昆(山西大学)对宣祖时期唐诗接受特点以及唐诗对朝鲜汉诗诗学建构的意义展开了论述。安生(武汉大学)论述了朝鲜时代"不平则鸣"批评话语的异质重构及其文化内核。徐婉琦(青岛大学)论述了司空图隐逸思想在韩国的接受及其对韩国文艺批评及文化观点所产生的影响。彭睿(上海师范大学)分析了朝鲜后期文人朴泰淳《玉溪生集纂解》成书的背景。殷星欢(上海师范大学)探讨了朝鲜汉诗宗唐兴起与明人复古思潮。刘玉珺(西南交通大学)论述了《唐诗合选详解》在越南的传播与影响。陆小燕(红河学院)对越南阮朝绍治帝步韵《秋兴八首》进行了分析和考论。

  闭幕式上,胡永杰(河南省社会科学院)、柏红秀(扬州大学)、吴雨平(苏州大学)、高超(山西师范大学)进行分会场总结汇报;东亚唐诗学研究会副会长、北京大学中文系主任杜晓勤进行会议总结;中国唐代文学学会副会长、东亚唐诗学研究会副会长查屏球致闭幕辞。查屏球表示,唐诗成为东亚的共同经典,其审美范式与审美理念磨砺出了东亚文化共同体的诗学意识。东亚唐诗学将成为中国唐代文学一个新的学术亮点,成为唐代文学研究的一个新的推力,必将促进中国唐代文学研究。

中国杜甫研究会第十一届学术年会暨四川省杜甫学会第二十二届年会综述

□ 乔萌惠

2023年9月23—26日,由中国杜甫研究会与四川省杜甫学会、陕西师范大学文学院、国家社科基金重大项目"唐代到北宋丝绸之路(陆路)上的驿站寺庙、重要古迹与文人活动、文学创作及文化传播"课题组共同主办,陕西师范大学文学院、丝路文学课题组承办的"中国杜甫研究会第十一届学术年会暨四川省杜甫学会第二十二届年会",在西安隆重召开。来自复旦大学、中国人民大学、南京大学、浙江大学、武汉大学、中山大学、山东大学、四川大学、西南大学、中国社会科学院大学等56个全国各地的高校和科研院所共120多位专家学者参加会议。年会由理事会、开幕式、小组发言和闭幕式组成。

本次年会共收到学术论文90篇,涵盖了杜诗学研究、杜诗思想内容和艺术研究、杜诗接受研究、杜诗地理环境与区域研究、杜诗新材料新方法研究等方面,与会专家学者在小组发言中讨论热烈。

一、杜诗学研究

胡可先《宋人注杜的三种整理本考察》对上海古籍出版社整理出版的三种宋人杜诗注本《杜诗赵次公先后解辑校》《新定杜

工部草堂诗笺斟证》《新刊校定集注杜诗》在原貌恢复、规范遵守、创新,以及辑佚、校勘、注释等诸多方面的特色、成就及存在的问题进行了细致的考察。刘明华、黄珊怡《清代杜诗学文献补辑六种》对凌云《乐此吟》、宋之绳手批杜集、孙毓汶《集杜联语》等新辑的六种清代杜诗学文献作了专门介绍。刘欢《再论赵次公编次杜诗的成就》阐发了赵次公编次杜诗的成就意义、编次体例及系年编次方法。王继甫《明代杜集在杜诗篇目确定中的过渡意义》梳理探讨了明代流传的高编刘批本及刊行的新编全集、选集,对杜集篇目稳定态起到的作用。张月《宋人五种杜甫年谱歧见四题考——兼论杜诗学场域下的研究方法》关注五种现存宋代杜甫年谱的编年歧见问题,阐述了"诗史互证"和"以杜证杜"法在文本场域和阐释场域的方法论意义。刘重喜《详和略:杜诗编年的两个谱系之争》聚焦以浦起龙和钱谦益为代表的杜诗编年"详"和"略"两个谱系,对两个谱系之争的形成过程、时代风气及争论焦点进行梳理检讨。耿建龙《"困窘"的注本:清中期杜诗注释的文本转型与价值重估》围绕阐释旨趣、注释理念和编纂方式等方面的变化,探究清代前中期杜诗注释何以形成与清初不同的平庸化面貌,并探讨这一转型的意义。

二、杜诗思想内容与艺术研究

吴怀东《"寂寂春将晚,欣欣物自私"——论杜甫草堂诗生活与环境景物描写及其思想史意义》认为杜甫草堂诗的环境景物描写受到儒道思想影响,表现出了"民胞物与"的情怀、"格物"见性的思想方式、"格物"自乐的心态、道通天地的境界,具有思想史意义。傅绍良《论杜甫退朝后的曲江饮酒诗及其醉中史笔》、杨胜宽《杜甫的草堂酒诗说》二文,都围绕杜甫在重要时段的类型诗作,以饮酒诗为考察对象,阐发其心态与笔致。徐铭的《论"随时敏捷"与"诗圣"杜甫的诗歌创作》认为杜甫的"随时敏捷"既包含敏捷诗才,又蕴含志在天下的人生信念和推己及人的仁爱精神,探讨了宫廷语境下"随时敏捷"的内涵,"随时敏捷"的创作实践,及其与"诗史""沉郁顿挫"和"集大成"的交织关联等内容。刘晓《"回首"的诗学:杜甫诗歌中的"回首"及诗境建构》着重阐发"回首"一词的内涵及其之于杜诗意旨呈现与境界塑造的诗学意义。周相录的《杜甫诗歌所体现的人生境界散论》论述了杜甫在困顿而不退隐、饥寒而能悯人饥寒,以及对复杂社会现象超越性的观察与思考等方面所达到的人生境界,由此说明他人难以企及的杜甫的伟大。吴中胜的《杜甫的理想伦理人格》则从胸次隘宇宙、一饮一食未尝忘君、穷年忧黎元、净洗甲兵长不用、月是故乡明、人生交契无老少等角度,阐发了杜甫在个人伦理、家庭伦理、国家伦理、宇宙伦理等方面形成的理想伦理人格典范。葛景春《"晚节渐于诗律细"与"老去诗篇浑漫与"——论杜甫晚年律诗和绝句创作的两种倾向》,从"求正"与"容变"两个维度,探讨了杜甫晚年近体诗创作的两个面向及其典范性、创新性意义。王树森《杜甫与盛唐气象论纲》则着眼于杜诗整体风貌,认为杜诗始终贯注着"盛唐气象",安史之乱后的各时期创作,既延续了"盛唐气象"的风神,更强化了"盛唐气象"的优秀品格。细部研究则有吴淑玲的《论〈秋雨叹三首〉的直笔曲用和曲笔直用》,着眼于杜甫曲直笔致及其所折射出的思想与心态。袁书会的《杜诗的集大成说再探——以杜诗中"马"的形象建构为中心》、张锦辉和张琪悦的《论杜甫对"泪"意象的文本形塑》、王燕飞的《杜甫的仆人书写及其文学史意义》等文,围绕杜诗意象塑造,探讨杜诗内涵、技法、风格、意义等。

三、杜诗接受研究

杜诗接受方面的研究,陈才智《从新题乐府到新乐府——元白诗派如何学习杜甫》厘清了新乐府与元白诗派成立之间的关系。查屏球《元稹为什么能给杜甫作墓志——元杜诗缘考》从杜甫和元稹的关系入手,论述了元稹较早接触到杜诗,并以杜诗为基础形成了自己的诗学观念,同时也是杜嗣业找元稹写《杜甫墓志铭》而元稹又能够写好的原因。田恩铭《为杜甫定位:元稹的杜诗阅读史》论述了元稹为杜甫在文学史中定位对于杜甫形象接受史、杜诗接受史的深远影响。谷曙光的《稀缺性与穿透力：从〈玉华宫〉〈九成宫〉探察杜诗如何开宋调法门》以杜甫《玉华宫》《九成宫》为中心和例证，聚焦其艺术的穿透力、单一作品予宋诗的典型意义。李寅生《杜甫诗歌对日本松尾芭蕉俳句的影响》简单论述了杜诗对松尾芭蕉俳句的影响。刘文军《高丽朝鲜时代"诗史"说考论》梳理了高丽朝鲜时代"诗史"说的话语呈现。贾兵《杜诗接受的另一面向：论杜诗在官修唐史的生成与注释中所起的作用》聚焦杜诗与唐史的关系，着力于探讨杜诗对《旧唐书》《新唐书》《资治通鉴·唐纪》等官修唐史的影响。廖善维《清代壮族诗人张鹏展对杜诗学的接受与创作实践》结合清代嘉道之际历史文化背景，探究壮族诗人张鹏展的杜诗学接受的新形态及其诗歌创作成就。沈润冰《杜甫赋文的后世流变与文本生成——基于异文进行的量化考察》以杜赋为个案，尝试对诸本异文进行定量分析，为探讨文本变异与杜集流传的互动关系提供新的研究思路。

四、杜诗地理环境与区域研究

在地理环境与区域研究方面，海滨的《唐诗中的西域"银山"与"铁关"》对"银山"和"铁关"这两个重要关口的地理位置进行了详细的论述。李芳民《风土、胜迹与山川——杜甫夔州诗的地理书写及其文化意涵》，围绕杜甫夔州时期的诗歌，对风土、胜迹与山川题材深入探讨杜甫诗歌的儒家文化内蕴，论述了这类诗歌既具有地方地理书写的诗史价值，同时也具有深厚的文化意涵。刘晓凤《华夷山不断，吴蜀水相通——文化交流视野下的杜甫及其诗歌兼谈杜甫与南方丝绸之路》从文化交流的角度和诗人的足迹论述杜甫是联通西域丝绸之路与南方丝绸之路的媒介。宋开玉《山分积草岭，路异明水县——由杜甫〈积草岭〉诗今地考谈文献地理考证》从杜诗文本出发，将文献资料搜辑与现地调查相结合，爬梳相关地域历代政区规划及道里变迁，确定积草岭的今地位置。王治田《常蓄东游之志:杜甫晚年神仙思想的地理传记学考察》从地理传记的角度探索杜甫晚年的行踪。左汉林《历代杜公祠遗址及其文学地理学考察》用时数年对遍及全国的杜公祠进行实地考察,较为全面地呈现作为重要文学景观的杜公祠遗址的历史、现状和相关情况。简锦松《我怎么作〈唐长安城数字新图〉》用现地研究法对唐长安城精确定位从而作出数字新图,令人耳目一新。李小成《杜诗中长安古今地名寻绎》寻绎杜诗中所涉及的长安的地名,阐述杜甫在长安为官前后的生活。曾亚兰《论杜甫秦州诗的流落苦情与玄肃情怀》探索杜甫流寓秦州时期的生活面貌、处境状况和情感表现。刘雁翔《杜甫〈秦州杂诗〉"山空鸟鼠秋"说解》结合鸟鼠山的地理位置和文化探讨杜诗名句的创作机缘。

五、杜诗新材料新方法研究

本次年会的亮点是用新材料新方法对杜诗进行研究,在墓志碑刻方面,霍志军的《出土石刻史料与杜甫研究新论》据新出土的《韩泆墓志》,综合各种史料,考证"韩十四"应是韩泆,弥补了千年以来杜诗笺注的一个缺失;《出土石刻文献中新见唐人著述辑考》以近年来新出土的唐代墓志为基础,共辑佚出13位唐人的著述文献22种,包括完整的唐诗3首,有助于了解有唐一代全部著述之整体情况,同时纠正了部分传世文献记载的讹误,弥补了传世唐代史料记载的不足。李霞峰的《成都杜甫草堂工部祠〈诗圣杜拾遗像〉碑刻小考》,对《诗圣杜拾遗像》石碑的图像摹绘者和题名者,以及杜像摹绘时间、立碑时间、图像来源作了进一步的考证。在文学图像研究方面,安天鹏《图文协商:杜甫形象塑造中的图像制造》梳理塑造杜甫形象的文本系统和图像谱系,将有关杜甫的图像从符号学视域置于其原初语境中,考察两个媒介系统在塑造杜甫形象中如何展开对话、合作、竞争与协商,由此探究在杜甫形象塑造背后的社会、历史、文化如何运作。陈婷的《柴门与草阁:〈江深草阁图〉的视觉隐喻》,从典型的文人画入手,论述了《江深草阁图》空间艺术,从布局上凸显了柴门草阁隔断内外的重要意义,深挖诗歌中"柴门"与"草阁"的隐喻文化。

大会闭幕式由中国杜甫研究会副会长孙微主持,副会长吴怀东作大会总结,副会长兼秘书长刘锋焘发表大会感言,鼓励青年学者参会交流,名誉会长张忠纲致电祝贺,会长刘明华宣布本届年会新增理事,并通告了下一届中国杜甫研究会年会的主办单位。

第十届柳宗元国际学术研讨会综述

杨增和　谷显明

2023年10月20日至22日,第十届柳宗元国际学术研讨会在湖南永州召开。本次研讨会由中国唐代文学学会柳宗元研究会与湖南科技学院联合主办,湖南科技学院文法学院承办,会议的主题是"柳宗元思想与文化影响——以永州十年为中心",共有来自海内外的专家学者100余人参加了本次会议。会议开幕式由湖南科技学院党委委员、副校长何福林主持,党委副书记宋宏福致欢迎辞,中国柳宗元研究会会长、陕西师范大学特聘教授尚永亮致开幕辞。本次会议先后举行了两场大会报告及三个小组的分组讨论,其中12位学者做了大会主题报告,50余位学者在小组研讨交流中分享了其研究心得。

本次研讨会有三个较为显著的特点。一是会议汇总并呈现了近年来柳学研究的相关成果,展示了柳宗元研究会近年来的新成绩。如尚永亮教授的《独钓寒江雪》、李芳民教授的《李杜韩柳的文学世界》、翟满桂教授的《柳宗元年谱长编》等颇有分量的学术专著,以及杨再喜教授、吕国康先生联合编著的《湖湘唐诗之路视野下的柳宗元研究集成》,吕国康、徐海斌先生主编的《柳子庙文献汇编》,韩国洪承直教授翻译的韩文本《柳宗元集》(1—4册)等重要柳学文献。二是结合本次学术研讨会,为高校师生举行了数场与柳宗元文学及文化相关的学术讲座,以弘扬中华优秀传统文化。三是将柳宗元作品的文本研究与创作现地的考察相结合,通过对朝阳岩、潇湘二水汇流处、钴鉧潭、西小丘、小石潭等柳宗元诗文所及之地理景观以及柳宗元愚溪草堂遗址的实地考察，深化了对柳宗元作品的认识与理解。

本次研讨会共收到论文95篇，为研究会历届年会论文数量之冠。论文所涉及的领域较广，论题较为丰富多样，视野亦较开阔，大致可分为以下六个方面。

一、对柳宗元研究历史的梳理与当代柳宗元研究成果的评析

湖南科技学院翟满桂教授对明代的柳宗元研究进行梳理，认为明代柳宗元研究有向两个极致发展的倾向：一是将数个朝代、多位作家（包括柳宗元）放在一起进行集合研究，一是单独深入的柳宗元个体研究。福建师范大学刘璐等回顾、反思与展望了新时期柳宗元散文理论研究，对柳宗元散文理论本体、散文理论的渊源与传播及接受、散文理论的比较等进行了梳理。桂林航天工业学院言瑶等运用知识图谱分析工具，分析柳宗元研究的前沿热点分布及发展趋势。永州市教育局吕国康以《柳宗元研究集成》为例，探索柳宗元诗系年。山西祁世坤介绍了山西永济（河东）的柳文化研究和推广状况。黑龙江八一农垦大学田恩铭教授论述了尚永亮在柳宗元研究中形成的贬谪文学、接受传播、文学创作和作品评鉴等学术话题，认为尚永亮建立起了柳宗元文学研究的基本体系。陕西师范大学文学院尚永亮教授认为，安徽师范大学张勇教授的《柳宗元儒佛道三教观新论》、湖南科技学院翟满桂教授的《柳宗元年谱长编》是近年来柳宗元研究中的新创获；张著围绕旧著提出的相关问题，不断深化思考，旧课题有了新内容，旧思考有了新深度，翟著以相关文献的搜集和整理为例，力求其全。安徽师范大学朱憬臻、倪缘认为，张著把柳宗元学术思想研究推到一个新高度。湖南科技学院杨金砖教授认为，翟著经纬分明、体例独特、考辨精细。

二、围绕柳宗元思想及其价值的讨论

西北大学李芳民教授以《非国语》为中心，讨论柳宗元"大

中"思想的独特性及其思想史意义,认为柳宗元借助历史批评抉发圣人思想之本义,提出了许多新颖的见解。华中科技大学刘真伦教授从柳宗元《舜禹之事》与韩愈《对禹问》的比较出发,认为柳宗元重新讨论了禅让的必要性以及违背这一原则带来的危险。湘潭大学李伏清教授等认为,柳宗元继承荀子、王充的思想路线,对传统"天人感应论"进行彻底解构,从宇宙论角度还原"天"的"自然"性,提出"天人不相预"观点,彰显"人道原则"。南京师范大学杨智雄博士认为,柳宗元的"顺天致性"突破了人在天和神观念下的自我统治和自我束缚的传统理念,是对天人感应思想的超越。西藏民族大学薛晨光则论述了柳宗元"顺天致性"思想中蕴含的教育理念。山西师范大学郭媛论述了柳宗元三教融合思想与其散文主题的演变的关系。武汉大学蒋润博士论述了柳宗元的家族认同观念及其贬谪心态。永州市零陵区柳宗元纪念馆副馆长郭星论述了柳宗元的传记文学思想。湖南科技学院向薛峰论述了柳宗元的"无极"观。

三、对柳宗元作品的多元阐释

郭新庆研究员认为,柳宗元在永州的山水游记创立了山水游记的新范式。运城学院高胜利博士、郭晓芸以《永州八记》为例,论述了贬谪文化视域下的柳宗元山水游记创作。永州市文联主席刘翼平从《永州八记》的特性分析其文学标高。永州易小兵认为,柳宗元山水文学高超的意境构成使其成为文学经典。永州市政府蔡自新论述了山水文学发展脉络和古文运动中的游记散文。广州理工学院张学松教授以柳宗元为中心,论述了流寓作家与山水之美的发现。湖南科技学院吴同和详细讨论了柳宗元绝句的情感与艺术。广西科技师范学院王正刚博士探讨了柳宗元粤西山水游记的文学景观价值。湖南师范大学蒋振华教授认为,柳宗元游记体式的确认,创建了中国古典美学的多种审美范式,标志着柳宗元山水游记对中国古典美学作出了重要贡献。湖南科技学院肖献军博士把柳宗元的山水游记放在中国文人山水精神的谱系中观照。广西师范大学吴彬彬论述了柳宗元诗歌中的自然物象及其作用。陕西师范大学李向阳论述了柳宗元写景散文的审美心理和美学哲学。南宁师范大学何婵娟论述了柳宗元植物意象之审美。湖南科技学院潘雁飞教授论证《永州八记》是自然审美的艺术再造而非单纯的写实再现。永州成少华认为《永州八记》深蕴艺术辩证法，对立统一的辩证之美贯穿"八记"始终。永州职业技术学院王亮从《永州八记》讨论柳宗元独特的美学思想。湖南艺术职业学院俞渊博士论述了《种树郭橐驼传》内含的美学意蕴。金陵科技学院惠联芳论述柳宗元《江雪》审美对象的嬗变。湛江科技学院曾文鑫从不同维度重新解读《江雪》。湖北大学任继昉教授探讨了柳宗元的首创典故及其流变。海南师范大学阮忠教授论述了柳宗元散文的"三体"与务奇趣味。陕西师范大学蒋旅佳辨析了柳宗元序文的文体归类，认为柳宗元有以"序"为"记"的倾向。桂林航天工业学院徐艺萍论述了柳宗元的七律诗法及其诗学影响。广西师范大学宋莹莹论述了柳宗元对《选》诗的熟悉程度和接受力度。柳州文庙博物馆李都安辨析了《柳子厚咏柳山水文》与《柳河东集》《柳宗元集校注》的文本差异。河北大学荣可欣分析了柳宗元论说文的修辞和语言艺术。

四、柳宗元在地化叙事分析

一是柳宗元在永州、柳州、桂林。广西师范大学莫道才教授对柳宗元写桂林的唯一一篇山水记《訾家洲亭记》中的"富且庶"做了详细考辨。韩山师院许晓云从柳宗元永州、柳州时期的诗歌分析了他的心态变化。永州易先根论述柳宗元与永州民俗之间的关系。永州蒋海琰考察了柳宗元女儿和娘与八仙女神何仙姑之关系。南宁师范大学教授莫山洪以韩愈的叙述为中心考察了柳宗元的柳州事迹。二是柳宗元在长安、洛阳等地。河北大学栗碧霞论述了柳宗元的长安情结与家国情怀。洛阳隋唐大运河博物馆苏江探讨了柳宗元的洛阳情怀。宝鸡文理学院张乃良教授分析柳宗元两度经行秦岭缺诗的原因。广西师范大学马文博探讨了柳宗元粤西诗创作心态。中国石化巴陵石化公司李茂春等考证了柳宗元六渡洞庭。西藏民族大学严寅春教授对柳宗元曾祖父柳从俗墓志进行了考释。三是柳子信仰崇拜的地方性呈现。广西师范大学马一博论述《龙城石刻》的神化历程，揭示了凝聚民间社会柳侯信仰的力量。广西师范大学蒋肖云论述了中唐时期柳州地方形势下罗池庙建立的意义。永州柳宗元纪念馆馆长徐海斌描述了柳子庙的历史演变。柳州市委党校莫德惠、梁萌探讨了柳州祭祀柳宗元的现象及其当代价值。

五、柳宗元与前代文学及思想之关系、作品的后世接受以及当代柳宗元思想文化的传播

一是柳宗元与前代文学、文化的关系。华中师范大学蔡靖泉教授认为，骚学在唐代因柳宗元而光大，柳宗元的"美志"思想是对屈骚"美政"思想的继承和发展。安徽师范大学文学院张勇教授认为柳宗元从《论语》中挖掘"大公之道"、心性资源，对后世产生了重要影响。南京大学徐家贵博士研究柳宗元的"明德"思想与实践，认为柳宗元怀"明德"之心以治世。湖南科技学院杨增和教授论述了柳宗元对尧舜之道的接受。胡忠岳从言舜诗文、民生基础等方面探讨了柳宗元的舜源思想。

二是柳宗元思想和文学在后世的传播与接受。湖南师范大学吕双伟教授论述了柳宗元骈文在明清的接受，认为晚明王志坚编《四六法海》、清人孙梅《四六丛话》为柳宗元骈文接受的两大高峰，并通过梳理柳宗元骈文在明清的接受，展现了当时骈文兴衰与文学思潮演变对柳宗元骈文地位的影响。桂林航天工业学院教授叶桂郴、广西政协《文史春秋》编辑部黄坚，论述了清代对柳宗元诗歌的认知与接受。湖南科技学院周玉华博士论述了刘基对柳宗元"天人说"的接受。郝仰宁探析了柳宗元古文的习得之路及创作历程。许仕刚论述了柳宗元、苏轼文章之间的渊源关系和不同境界。白城师范学院王玉姝论述了柳宗元、苏轼与佛教的关系。湖南临湘市李旭宇通过《资治通鉴》对柳宗元的记载论述了柳宗元在唐代文化史上的地位。广西教育学院刘城在文学接受视野中，论述了《种树郭橐驼传》从幻设为文成为文

章经典的过程。柳州市博物馆刘冬从柳州摩崖石刻考察了柳宗元对古代柳州旅游活动的影响。永州日报社杨中瑜考证了柳宗元与韩、刘、白、元的交游。

三是柳宗元思想和文学在当代的传播和推广。柳州市博物馆董劲林汇报了在柳侯祠建成1200年之际，柳州市委、市政府开展柳宗元文化传承与发展的系列重要活动。永州市政府李鼎荣讨论了柳宗元《永州八记》在新媒体形式中的传播与创新。西安电影制片厂编导杨琳提出了电影《柳宗元在永州》的制作构想。广西大学文学院李寅生教授通过两首日本汉诗来透视日本汉学家眼中的柳宗元形象。韩国顺天乡大学洪承直教授对20世纪以来韩国的柳宗元研究做了回顾，并介绍了《柳宗元集》韩文译本的翻译、出版情况。

六、围绕柳宗元及其思想的当代价值与意义的讨论

南京师范大学舒乙以粤西地区柳江流域文化教育发展为中心，论述了柳宗元对岭南汉文化与各民族文化交融的积极作用。柳州铁道职业技术学院李欢论述了柳宗元文化在柳州地区大学生思想政治教育中的价值。柳州市委党校陆校讨论了柳宗元廉政思想对当代廉政文化建设的现实意义。永州市柳宗元纪念馆唐慧珍讨论了柳宗元的人格精神及其现代价值。湛江科技学院骆正军教授通过详细分析柳宗元的爱情、亲情，认为柳宗元是一个情动天地的伟丈夫。欧阳辉亮讨论了柳宗元的"均税"理念对当今减税降费政策可能带来的启发。俞一见联系林学发展特征论述了柳宗元"顺天致性"思想的积极效应。湖南永州异蛇生物制药有限公司谭群英介绍了柳宗元笔下永州异蛇的商业价值和开发前景。

本次会议还进行了换届选举，推选出了新一届理事会，推举西北大学李芳民教授为新一届研究会会长，王基伦、田恩铭、吕双伟、张勇、莫山洪、莫道才、黄利捷、翟满桂为副会长。经研究会理事会讨论，一致同意聘请尚永亮教授为本会名誉会长。

首届李贺诗歌与洛阳文化学术研讨会综述

□ 郭发喜

2023年10月27—29日,首届李贺诗歌与洛阳文化学术研讨会在洛阳师范学院召开。本次研讨会由中国唐代文学学会、洛阳师范学院、宜阳县人民政府联合主办,洛阳师范学院文学院、宜阳县委宣传部承办。会议受到洛阳市委宣传部、洛阳市社科联、洛阳市隋唐史学会、宜阳县三乡镇人民政府、宜阳县文联、宜阳文化广电和旅游局等政府与民间单位的倾力支持与帮助。来自北京大学、中国人民大学、复旦大学、南开大学、人民文学出版社等高校和出版机构的50余位专家学者齐聚一堂,共同就李贺诗歌与洛阳文化相关议题展开了深入的交流和讨论。洛阳师范学院赵海彦副校长、中国唐代文学学会会长李浩教授、新疆师范大学薛天纬教授、唐诗之路研究会会长卢盛江教授先后致辞。

洛阳师范学院赵海彦教授致欢迎辞时指出,李贺是继屈原、李白之后,中国文学史上又一位颇享盛誉的浪漫主义诗人。其诗歌构思奇特,想象诡奇,风格冷艳怪丽,别具一格,极具主观色彩。李贺诗歌不仅开拓了唐代诗歌的新境界,也对后世文学创作产生了深远的影响。参加此次会议的学者,既有德高望重的长者,也有朝气蓬勃的青年,体现了数代学者的有序传承。

中国唐代文学学会会长、西北大学李浩教授在致辞中动情地说,他在青年读书时,曾以《李贺诗歌中的"辞"与"理"》为题撰写本科毕业论文,一直以来都非常关注李贺研究的新进展。他指出,新中国成立以后到21世纪初是李贺研究的一个高峰期,迄今缓慢推进,还没有出现新的峰顶。当前李贺研究主要表现出专题研究活动增多、新注本不断出现、文献总集搜罗更加全面、文学史新见迭出、推广普及程度进一步加深等几个特点。本次会议定名为"首届李贺诗歌与洛阳文化学术研讨会",突显了洛阳师范学院、宜阳政府现任班子和在岗在职的学人们具有文化自觉和文化担当的使命感、责任感。

唐诗之路研究会会长、南开大学卢盛江教授以《做好唐诗之路,深入研究李贺诗歌与洛阳文化》为题展开演讲。他在致辞中说,李贺是唐代著名的诗人之一,是洛阳人民的骄傲。新疆师范大学薛天纬教授为李贺撰写了墓碑碑文,并盛情邀请国内知名学者参与批评讨论,是为本次会议的缘起。这个机缘是非常特殊的,又是特别有意义的。卢教授在本次会议中提出以下建议:第一,唐代著名诗人如李白、杜甫等,都有专门的研究学会,李贺也应该成立一个独立的研究学会,建议将洛阳师范学院作为李贺研究会秘书处的挂靠单位;第二,洛阳地区的唐诗文化资源特别丰富,很多地方都需要认真考察,仔细研究,建议在洛阳师范学院召开 2024 年的唐诗之路年会。同时,他呼吁学者抓住洛阳文化特点和优势展开研究,让洛阳文化焕发光彩。

开幕式上,新疆师范大学薛天纬教授、南开大学卢盛江教授、复旦大学查屏球教授、湖南科技大学王友胜教授、北京大学朱玉麒教授、南开大学卢燕新教授分别作大会主旨发言。陕西师范大学刘锋焘教授、西北大学李芳民教授分别就上述发言依次点评。其后,会议围绕"李贺生平的考证与发覆""李贺诗歌作品阐释与解读""李贺诗歌的传播与接受"等议题展开分组讨论。

一、李贺生平的考证与发覆

"知人论世"是古典文学领域的传统研究方法,也是多数李贺研究者立论的主要门径。在本次会议提交的论文中,采用实证研究者仍为大宗,广泛涉及李贺的家庭、交游、入仕等各种问题,其中不乏真知灼见。

中国人民大学孟宪实教授《李贺举进士问题》对"李贺与韩愈的关系""家讳问题""元和二年贡举资格诏"等问题展开讨论。

文章认为,李贺参加了进士考试,韩愈是其保人;唐人因为李贺父亲名讳问题而反对其参加科举,不符合唐代名讳文化的习惯,也超出了法律的制度性规范;官方在元和二年(807)颁行贡举资格诏,更加重视参加进士举者的道德品行,而文学"词艺"则居于次位,李贺受此诏书的影响可能性极高。

北京大学朱玉麒教授《唐代奉礼郎考》以李贺所任职的奉礼郎为角度,对其生平和诗歌创作进行思考。文章认为,唐代九寺官总体较三省六部官地位确实有所下降,但依旧是入流的晋身之阶,而且由奉礼郎起家而迁转入高层文官者,亦不乏其人。同时,对于文献中关于李贺曾出任协律郎的记载,也不可轻易否定。

洛阳师范学院郭发喜博士《论宗室诗人李贺的仕进问题及诗歌创作》从李贺的宗室身份出发,对其仕进与诗歌创作问题进行了考论。文章认为,李贺符合唐代宗室进士考试的资格,但他却选择了难度更大的进士科。由于考试失利,他最终通过门荫的方式进入仕途。政治失意使他对自己的宗室身份怀有复杂而矛盾的心理,并反映到诗歌创作上。

二、李贺诗歌作品阐释与解读

李贺有"鬼仙"之称,其诗歌充满奇崛冷艳和荒诞离奇的色彩,历来为学者所称道。本次会议代表所提交的关于李贺诗歌阐释与解读的论文,角度多样,视野开阔,既有对脍炙人口名篇的个案再阐释,也有对其整体风格的重新解读。

广东外语外贸大学曹胜高教授《昌谷风物与李贺歌诗的文本建构》指出,李贺27岁卒,其21年居于故乡昌谷。昌谷有连昌宫,元稹作《连昌宫词》,言唐明皇曾在连昌宫排练《霓裳羽衣曲》,李贺的音乐素养出于连昌乐工。李贺故居对面的女儿山,为唐人隐居、修仙的名山,相传有仙人居住,李贺歌行的神仙想象当得益于此。特别是兰香神女庙的形象,是李贺建构神女形象的想象来源。

河南大学郑慧霞教授《李贺〈雁门太守行〉之解——以"黑云

压城城欲摧"为考察中心》认为,李贺《雁门太守行》所咏之史实乃南北朝时发生在"雁门"的一场卫国战争。李贺咏其行而壮其事,借"雁门太守行"而暗伤之。

海南大学海滨教授《纵横与虚实——试论李贺两首箜篌诗》以李贺的两首箜篌诗《李凭箜篌引》《箜篌引》为研究对象展开论述。文章认为由纵向而言,《箜篌引》是乐府古题"公无渡河"主题系列创作在唐朝的代表作;由横向而言,《李凭箜篌引》是唐代西域器乐箜篌诗的代表作。作为乐府拟作,李贺《箜篌引》以写实的方式,为公无渡河补充了细节;作为音乐诗,《李凭箜篌引》以虚写的方式,为唐诗开辟了新世界。两首诗合而观之,虚实相生,妙在其中。

陕西师范大学姜卓博士和乔萌惠博士《李贺〈马诗〉的相马元素及遇、用书写》指出,李贺《马诗》二十三首以"愍骥伤士"的主题和情意线索统摄和贯穿全篇,既与咏马传统相承、相合,且富于相马元素,更有匠心独运的"不经人道语"。李贺《马诗》融入相马知识,具相马视角,特色鲜明。马的种种生命情境,则通过相关历史典故、神话传说——呈现。

上海大学赵一《论长吉体之"势"》认为,"长吉体"为人推崇的关键不在设色、修辞和意象,而在于境高势峭、文思飞动。"长吉体"诗"势"依循文体而成,其"形"凝固坚硬,其"态"流宕不收,表现于流动性、速度感和生命力三个方面,有着急转飘荡、情思飞动的特点。在具体行文过程中,无论是起"势"、铺"势"、落"势"还是余"势",均与长吉作诗歌求取情状、裁定时空的思路、方法相关,推动着"长吉体"的具体形成。

三、李贺诗歌的传播与接受

李贺诗歌具有很高的历史价值和文学价值,其诗歌中所蕴含的人格精神与艺术气质,对后世诗人的文学创作产生深远影响。本次会议所提交的论文,对李贺的文学史地位、李贺诗歌的艺术渊源、李贺诗歌在后世的文学评价等话题都进行了广泛而深入的讨论。

新疆师范大学薛天纬教授《唐代的第一流诗人李贺》认为，李贺的一生虽然只有27年，存世233首诗歌，但"在韩愈周围的诗人中，艺术成就最高的就是李贺"。作为唐代的第一流诗人，李贺天分极高且出身皇族，其人生目标主要在两个方面：其一是建功立业，其二则是做好一个诗人。他在"幽寒"的现实处境中仍然抱定高远的心志，不向命运屈服，为后世青少年留下了一个努力奋进的榜样，注入一股精神力量。李贺诗歌的艺术个性及艺术价值，突出表现在两个方面：其一是天才的想象，其二是戛戛独造的语言，具有永不消减的生命力，给后世留下珍贵的精神财富。

湖南科技大学王友胜教授《李贺诗歌艺术三论》深入探讨了李贺诗歌的艺术特色。文章认为李贺诗歌在构思上出人意表，具有较强的艺术感染力。但在章法上难免有些散乱与疏漏，给人以零碎、拼凑的感觉。在意象的来源上，李贺诗歌意象有较大的虚幻性与想象性，具有柔婉与冷艳的特色。在用字、使词及造句上，力避平淡浅易，不愿使用"经人道语"，力求"笔补造化"，创造了许多名言警句，形成了出俗反常、瑰美奇峭的语言特色。在修辞手法上，善于运用比喻、夸张、借代、比拟（拟人、拟物）、通感、双关、顶真、倒装等多种艺术技巧。认为李贺继承了屈原、李白等人的浪漫主义文学传统、汉魏六朝乐府与齐梁宫体诗，善于汲取当代人的创作理论与经验，对当时及后代诗人产生了较大影响。

复旦大学查屏球教授《唐人拟写〈文选〉之风与李贺拟作类型——李贺〈古邺城童子谣效王粲刺曹操〉考述》认为李贺存诗中有多首拟写《文选》之作，可分为直拟、改拟、意拟等多种类型。李贺《古邺城童子谣效王粲刺曹操》可视为对王粲《从军行五首》的反拟；内容上，改变《文选》中曹操形象的正面色彩，而突出其奸雄凶暴的个性，诗人走出正史中"忠臣强将"的界定，更多接受了民间的三国戏说拥蜀反曹的立场；手法上，以擅长的虚拟情节法，设想出王粲借邺城童谣刺曹这一场景，颇具故事性与戏剧性；诗体上，采用三言童谣体，增强了诗的喜剧性。此诗比较集中地体现了昌谷诗法，即多由《文选》中获取诗意，善于构拟古事场景,好用乐府句式与诗体,追求歌谣的节奏感与明快感。

四、其他相关议题

本次会议还涉及其他与洛阳相关的议题。首都师范大学郭丽副教授《论〈洛阳道〉的本事及主题流变》指出,乐府诗《洛阳道》的本事最初与洛阳城有关,之后不断累积,梁陈时期融入潘岳游玩洛阳道事,表现出层垒叠加的特点。《洛阳道》在后世有很多拟作,主题也多有新变。南朝至唐的《洛阳道》主要描写洛阳王孙公子贵游生活、城市自然景观、百姓日常生活。宋元明清《洛阳道》的主题在沿袭南朝至唐传统主题的同时,又增加了今昔对比、怀古伤今,尖锐讽刺、表达不满,淡泊名利、厌倦官场等新主题。

安徽师范大学胡传志教授《元好问的三乡诗思》指出,元好问贞祐四年(1216)南下避乱,在河南三乡一带生活了一两年时间。三乡优美的自然风光、良好的人文环境,促进了元好问诗歌创作与理论思考。兴定元年(1217),拜访赵秉文前后,元好问对诗歌理论的思考更加深入和系统,在此背景下他写下了不朽的经典之作《论诗三十首》。

综上所述,本次会议所提交的论文整体上质量较高,对李贺研讨的方方面面都有涉及。经过紧张的学术讨论和思想交流,首届李贺诗歌与洛阳文化学术研讨会圆满谢幕。中国唐代学会会长、西北大学李浩教授在会议总结中说,本次会议是全国第一次以李贺为主题的学术研讨会,是李贺研究史上的奠基石和里程碑,具有重要的学术史意义。他提倡青年学者要从以下三个方面出发,共同开创李贺研究的新局面:一是在基础研究中,要倡导创新性研究,特别是要推崇原创研究。二是在应用实践中,要从文旅融合的视野,加强李贺故地景观大遗址的保护,要用新材料、新工具展示李贺的创作与人生。三是在文化对外传播中,要推动包括李贺诗歌在内的古代文学经典走出去,让李贺走向世界,让世界更多地了解李贺。

唐代文学研究青年学者论坛综述

□ 骆 蕾 陈美伊

2023年11月3—5日,由武汉大学文学院承办、武汉大学人文社会科学青年学术团队"唐诗的海外传播与接受"协办的唐代文学研究青年学者论坛在武汉大学召开。来自内地及香港等地20余所高校和科研机构的30多位学者参加了研讨会。4日上午举行的开幕式上,武汉大学文学院院长于亭、中国唐代文学学会副会长罗时进、胡可先先后致辞,分别对武汉大学在唐代文学研究方面的成就,近40年唐代文学研究的历程、现状和未来走向等问题进行了回顾与总结。会议共收到论文29篇,议题主要集中在以下四个方面。

第一,政治迁变与文学书写。唐玄宗无疑是对唐朝的统治历程产生过重要影响的人物,其统治前期和后期,唐王朝的政治形势发生了翻天覆地的变化,进而也影响到了文学书写和士人心态。本次会议有多篇论文都围绕玄宗时期的政局变动与文学书写展开。玄宗早年励精图治,致力于太平盛世的营造。香港城市大学吕家慧重点考察了唐玄宗的盛世观念及其为构建太平盛世付出的努力。唐王朝走向鼎盛的过程中也充满了曲折。某些偶然的政治事件往往会对个人仕历、家族走向甚至国家命运产生重要影响。浙江大学杨琼通过对玄宗朝宰相崔日用的起家经历及其家族成员政治取向的探讨,指出崔日用后人依靠门荫进入仕途以后未能及时转型投身科举,是其家族提前走向衰落的关键因素。中国政法大学韩达重新梳理了王维的早年经历,考辨了其贬谪时间,探讨了其旅次长安、被贬济州等关键问题与开元政争之间的具体关联。安史之乱的爆发,不仅中断了李唐王朝的全盛之路,由此带来的权力重置与士人浮沉更是前所未有。上海师范大学黄鸿秋重点还原了文学创作的历史现场,从永王事件切入,探讨唐王朝在动乱中的权力重整,并在此脉络中讨论南方士人,尤其是李白的出处进退的问题,也由此指出晚年李白政治突围以悲剧收场的必然性。中国社会科学院徐焕着重在上层文学集团的创作序列中考察昭陵神道碑的体用与受容,昭陵神道碑作为唐帝国早期形塑国史的文学制品,其文学体制和叙事策略都寄寓着统治集团的集体记忆与时代情绪,张扬意识形态与话语权力。武汉大学王启玮从范仲淹《岳阳楼记》中"先忧后乐"的二元范畴视角出发,指出此种强调利他的偏至型理念和孔、孟讲求协和的守道原则以及达则兼济、穷则独善的出处策略存在差异,但与韩愈"忧天下之心"一脉相承。以范为代表的忧济者的言说折射出科举士人的主体观念与政治诉求,昭示公共责任感的内转和下移。西安碑林博物馆王庆卫聚焦于麹嗣良墓志志文信息表达的家族记忆和情感认同,根据文本分析麹崇裕之后麹氏家族的生活状况与高昌麹氏的政治变化,指出其呈献的不仅有高昌麹氏承袭失载的重要信息,也是一个归唐族群的家族生命史。

"家国同构"是中国帝制时代家国关系的基本特色,唐代政治意义上的"文学"兼顾了文人、文学的政治性和社会性,从而达到文学与政治的相互成就。各位学者的发言从不同角度对家族盛衰、文学兴替与政治因素的关系进行阐释,使我们对唐代家国政治的文学书写有了更加深刻的理解。

第二,语境还原与概念重释。中国古代文学史上的很多经典作品和文学概念之所以会有歧说,关键在于后人对这些作品和概念产生的语境不太了解,以及古今对话的不畅。这次会议有多篇论文试图通过语境还原对一些有争议的概念进行重新阐释。华中师范大学陈燕妮基于李白全集的创作风貌,集中讨论了李白诗歌的法度、现实性、重复感三个问题。李白诗歌的章法因超乎时代诗学规范而不被时人理解,但以今天的视角看来主次明确、秩序井然、变化有序,同样有其内在法度。其诗歌中不乏隐晦关注时政担忧君权旁落、为尊者讳淡化安史之乱影响、以古喻今暗指政治更迭等例子，因而包含现实主义成分。诗歌的重复感源于某些高频出现的内容主题与固定不变的结构用语。北京外国语大学徐晓峰从杜甫《又呈吴郎》诗旧注"得民情"入手，对本诗作了全新阐释。历代注疏均忽略了"吴郎"的司法官身份，诗题《又呈吴郎》应是《又呈吴郎司法》的简称，因而本诗实则旨在启发作为司法官员的吴郎正确看待"西邻妇人扑枣"一事进而正确体察民情。同时将杜甫的"广厦"诗与白居易"大裘"诗作比较，指出白居易作为被启发者，在评价杜甫时潜移默化地受到了杜甫的影响。物境、情境和意境"三境说"是王昌龄提出的重要诗学概念，华东师范大学赵晓华结合王昌龄在《论文意》中提出的"黄昏物色堪入诗"，引入黄昏这一维度，又结合王昌龄的创作实践和"三境说"产生的背景，肯定王昌龄对情景关系的自觉探索，指出这是对齐梁至初唐理论与创作中重视修辞、忽视诗人情志的一个重要反拨。她还指出，黄昏诗学强调要表现物色的真象，也与王昌龄的"三境说"重点讨论物、情、意如何真实表现相一致，可以说，"真境"理论是王昌龄论文的核心。柳宗元在《答韦中立论师道书》中提到"参之《离骚》以致其幽，参之《太史》以著其洁"，后人由此衍生出"洁"这一重要文学概念。江南大学周游注意到清人和今人对柳宗元这一说法的阐释存在较大偏差，进而上溯到《离骚》和《史记》，认为柳宗元只是要学习《史记》"洁"的特点，并对前人歧说的成因进行了评析。中山大学叶跃武探讨了宋代"平淡"诗学溯源中白居易的地位问题，指出白居易自觉的"拙淡"审美追求对宋代"平淡"诗学实际上影响很深。学界此前追寻宋代之前的平淡传统时，无论从诗歌理论角度还是诗歌史角度分析，均没有白居易的位置。而事实上白居易有自觉的"拙淡"审美追求，表现在其诗论、乐论、人生追求等方面，并基于这种追求大力挖掘陶渊明、韦应物的诗学价值，为自己的审美主张提供传统依据，对宋代的"平淡"诗学影响深远。

　　以上参会学者从多个角度展现了不同时代、不同文化圈层的读者如何依据主观需要对唐代文学进行有选择的接受，并最终形成了某些个性化的阐释。这些阐释各具特色，交织成了百家争鸣的文学世界,但是否合乎唐人的本意,只有回复到诗文生成的原始语境才能得到更好的揭示。

第三,诗学观念与文化交流。很多诗学观念并非一成不变的,而是由诗人在创作实践中归纳得出的。在中国文学的长河中,唐代是一个文学观念开拓创新、文学形式与内涵极大丰富的时期。本次会议有多篇论文都围绕唐代诗学观念、形式与内涵的生成过程及其在域外的重构展开。武汉大学钟志辉重点考察了诗人的身份认同在唐代的形成过程,指出初盛唐诗人自身认同感有限,其身份认同正式建立的时间点大致在盛唐后期,尤以杜甫的登场为最重要的标志。初盛唐时,诗歌文本缺乏充分的独立性,评价视角固定局限,诗人在交游时也不从诗人角度互相论列。而杜甫登上诗坛后,大量创作论诗诗,全面审视诗歌与诗人,也带动众多诗人参与到论诗活动中来。从盛唐后期起,越来越多以诗歌为志业的职业诗人出现,他们追求苦吟,宣言诗歌有超越一切的意义。中晚唐之后,诗人不仅在举荐选官场合以诗才自我标榜,也将诗歌用为评价家族先人、建立家族认同的重要因素。重庆师范大学杨照详细分析了五律变体"蜂腰格"在唐代的发展变化与体式特征。"蜂腰格"指五律只有第三联对仗而前两联均为散句,并且内容意义连贯而下。这种创作形式在齐梁少量出现,到初唐稍有增加,盛唐则明显增多。盛唐时期"蜂腰格"的体式特征与五古有密切联系,但大多数"蜂腰格"又具有比较稳定的五律属性。"蜂腰格"在形式上可以减缓意义节奏、减弱形式感,内容上则使五律的情感表达更趋私人化,是盛唐时期比较突出的一种五律变格。南京大学刘雅萌以《尚书正义》为例,指出唐人"随义为文"的解经方式突破了汉代以来"微言大义"的解经范式,使五经从王教政典的现实意义中解脱出来,恢复文本作为上古之书本来的自然面貌,凸显自身作为文章的文章学意义。《尚书正义》内部关注经文对偶及韵律结构的解经方式,某种程度上受到魏晋以来骈俪之风与韵文创作的影响,成为时人不自觉的审美风尚、书写习惯与思维逻辑结构。上海师范大学刘晓重点关注了唐代咏物赋中文人"南方经验"的继承与创新,指出随着文人履迹南方,"南物"从"殊方异物"转变为"身边信物",在传统的咏贡物视角上有所开拓。一方面,唐人南方咏物赋沿袭传统贡物体系,既承续六朝贡物文学传统,关合称颂王化的主旨,又在科举贡士的语境中,分离出以"贡物"类比"贡士"的士不遇主题。另一方面,唐人南方咏物赋类物比兴更加多元,除了兴发弃置边缘的坎壈哀怨,也激发其重塑独立而自由的内心世界,还在客观上更新了自《楚辞》建立的南方感物文学的象喻系统。这种多元面相可被视为唐赋对楚骚汉赋讽颂、美刺传统的延续和复归,而非"中衰"。香港中文大学梁树风钩稽了被以往学者忽略的7—9世纪域外文献中有关沉香的记载,诸如沉香的贸易、用法、所涉的宗教元素以及翻译中的错误,揭示了初唐和晚唐时期沉香在诗歌书写中的不同表现。武汉大学安生通过对朝鲜文献的梳理,指出朝鲜士人在对韩愈"不平则鸣"诗论的接受中一直侧重强调"鸣国家之盛"。基于尊周慕华进而建构朝鲜"小中华"地位的国家立场与民族心理,"鸣国家之盛"俨然成为朝鲜士人慨然自任的普遍理想抱负。而明清易代、华夷变态后,朝鲜士人以华自居,更是简单粗暴地将不平之鸣视为衰世之音。治国政略与程朱理学的共同影响,使朝鲜逐渐形成了以社会政治伦理为核心的强调文学经世致用的外展型价值取向与以心性义理为核心的注重文学温柔敦厚的内敛型审美取向的融合,这成为朝鲜重构"不平则鸣"批评话语的文化内核。

  此外,可靠的文学分析需建立在文献学研究的基础之上。山东大学刘占召分享了自己新发现的《史通》乌丝栏明钞宋本,指出《史通》无宋本传世,乌丝栏钞本保留唐代文本的用字习惯,是今存与宋本渊源最近、最接近《史通》文本原貌的版本,具有重要的文献价值。同时,乌丝栏钞本为探究明清版本尤其是作为通行本的浦起龙《史通通释》的文本改动问题,提供了版本依据。

  上述学者从不同角度探讨了文学观念、形式与内涵在唐代的历时演变过程,展现某些我们习以为常的文学概念是如何在具体的创作实践中被唐人开拓、建构,乃至在异域被重构的,我们由此可以进一步重新审视文学史,挖掘更多习焉不察的文学脉络。

  第四,思想渊源与文学空间。唐代是一个思想较为开放的时代，儒释道的论辩与融合，从思想上为文学作品的生发提供了足够的空间。复旦大学李猛对《幽冥缘》《辩证论》等佛教灵验故事里的"反佛帝王"进行了考察，认为这些灵验故事的写作意图不只是对废佛帝王的反抗，也是宗教徒的心理寄托，是一种警示和宣传。四川大学戴莹莹以阳岳寺2号龛表现的"西方净土变"主题为切入点，重点对《阿弥陀佛龛赞》进行了文本解读和艺术特色分析，指出其与现存的9篇唐人《阿弥陀佛赞》相比，文本的宗教性、文学性、音乐性更强。华中师范大学何安平对吴筠道教思想的传承脉络予以补充，指出其在思想上认同茅山上清经派，坚持道教立场，所提出的"言而蕴道"的文学创作观点具有宗教与文学的双重价值。在宗教方面，吴筠通过他的写作将道教理论的表达提升到了文学艺术的高度，帮助了"道"的阐释；在文学方面，吴筠的主要作品中论理的成分较大，对拓展旧有文体的边界和功能提供了有益的尝试。以上几位青年学者各自从不同角度阐释了唐代文学中佛教和道教的相关理论和思想因缘，宗教赋予了文学创作更多的可能性，文学的表达形式更是让宗教部分内容提升到了文学艺术的高度。武汉大学程磊以中国隐逸文化为切入点，将其与历史悠久且人文意蕴深厚的山林传统结合而论，对山林传统的内涵及其与隐逸精神价值的动态变迁线索作出了宏观描述，以阐明山林对于隐逸文化的重要意义。中国隐逸文化所包含的文化功能、人生哲学及审美旨趣，使隐逸与山林有着天然密切的联系，与此同时，山水更是将隐逸精神与士人的价值追询和心灵体认联系起来的最具亲和力的媒介，因此，山林传统无疑是我们理解中国隐逸文化、士人山水诗画园林艺术的一个绝佳窗口。西北大学田苗从前人较少论及的"独坐"现象入手，重点考察了唐诗对"独坐"姿态的形塑。与前代相比，涉及"独坐"场景的诗歌数量在唐代急剧增加，这是由于唐代坐具坐姿发生重要变化，正处于坐文化的转型期，"坐"的形象日益进入唐人审美视野。唐人在坐文化的历史空间基础上，拓展了独坐的场所空间，注重通过气氛之物营造独坐的气氛空间，进而深化开拓了独坐的心理空间。浙江大学咸晓婷以贺知章的归隐经历为出发点，探讨其诗歌中镜湖空间隐喻意义的生成过程。镜湖在唐代为越州代表性风景,虽题咏颇多却不具精神意蕴。唐人的贺知章叙事不关注"玄宗赐湖",宋人却将其经典化而使得贺知章成为镜湖的文化精神代表。镜湖书写从此与贺知章归隐密切关联,不再是单纯的地理空间概念,而成为隐喻意义的载体与文化精神的象征。

在唐代儒道释三家思想合流的背景下,文学与宗教信仰、宗教仪式的关联愈加紧密,与宗教有关的内容大量出现在文学作品中。上述学者从不同侧面对唐代文学的宗教、思想因缘进行了深而有力的透视和开掘,不仅对研究诸种思想交融背景下的唐代诗文有重要参考价值,也有助于我们重新认识唐代的宗教观念、文学思想与文化现象。

唐代文学是中国各断代文学中研究积淀最为厚实者,名家辈出、成果丰硕。近年来优秀的青年学者也不断涌现,如何能够在前人的基础上更进一步,继续保持唐代文学研究的繁盛局面,是多年来学界一直在思索的问题。本次会议旨在为青年学者提供互相学习、互相启发的平台。刘宁研究员感慨,唐代文学是人类文明的重要精神遗产,唐代诗文是中国古典文学的高峰,对唐代文学的艺术成就进行深入阐释是很大的挑战,也是青年学者的责任。本次会议还邀请了唐代文学学会的四位副会长为青年学者把脉,分别对四场报告进行了严格的评议,指出了各自的问题所在。尚永亮教授特别提示青年学者一定要重视研究对象的选择,研究目标不能太过宏观,但也不能过于琐碎,要警惕学术研究碎片化、技术化的问题。同时希望青年学者能够不断提升理论素养,观察问题的眼光要更加锐利,生命体验也有待于进一步加强,唯有如此,方能切实推进唐代文学研究。武汉大学文学院副院长程芸表示文学院一定会持续支持青年学者茁壮成长,同时希望武汉大学的青年学者们继续承办唐代文学研究相关活动,力争把它办出特色,办成品牌。

中国李白研究会第二十一届年会暨李白学术研讨会综述

□ 王 景

2023年12月8日至10日,"中国李白研究会第二十一届年会暨李白学术研讨会"在湖南理工学院召开。来自各大高校及科研院所的120余位学者与会,大会共收到论文90余篇,论题涵盖广泛,对李白诗歌艺术的研究比较集中,涉及渊源、体裁、创作理念、艺术风格等多个方面。同时,本次会议对李白的思想、生平以及相关文献、后世接受、域外传播等问题都有所推进,从多个角度展现了李白研究的最新学术成果。

一、文献研究

文献是文学研究的基础,数篇论文不仅以严谨的文献考证见长,同时将文献研究与编集流传、笺注阐释等问题相结合。薛天纬《关于在青山李白墓园重刻重树范传正〈唐左拾遗翰林学士李公新墓碑〉的建议》指出《文苑英华》本"范传正碑"优于"李白集"本,并对青山李白墓的文物保护提出具体建议。任雅芳《景宋咸淳本〈李翰林集〉溯源——兼论李白集当涂刊本与元刊分类补注本的关系》指出咸淳本的祖本为当涂郡斋旧本,《元刊分类补注李太白诗》部分内容与当涂刊本同出一源,咸淳本呈现出层累的文本面貌和汇集地方遗文的特色。张佩《明玉几山人校刻本〈分类补注李太白诗〉考述》指出玉几山人校刻本对杨齐贤、萧士赟注释有所精简,其中主观发挥与考证之处删减较多,似有意减少注家观点和情感的影响。王永波《明代李杜全集合编、合刻现象及其文学史意义》指出明人编刻李杜集主要包括宋元人编纂、本朝人编纂以及明人注解三种类型,三者具有先后传承关系。合编、合刻李杜集是明人的创举,是明代唐诗学的贡献。

二、思想与生平研究

李白思想内容丰富、层面众多,儒、道、释、纵横诸家在其思想中都有表现,是李白研究的一个难点。钱志熙《李白融合佛道的生命哲学试探——联系东晋以来士大夫接受佛道两教的历史背景》指出,东晋南朝士大夫信仰从传统崇道转向崇佛,或由单纯信仰道教转向佛道兼修的现象,到唐代仍在延续。李白对道家、道教及佛教的追求,形成了他的生命本体论。从生命哲学来看,李白融合道家的有无与佛教的空色,同时深入佛教生命哲学,尤其是"实相""涅槃"等思想。李白自由地出入道、佛、仙、隐,都是为了解决现实问题。通过接受佛教的生命哲学,李白承自汉魏的对生命短暂的焦虑有所解决。

将李白的经历与创作还原到历史情境,进而理解其个性与思想表现,是本次会议探讨李白生平问题的一个特点。查屏球《天宝初宗正寺扩容与李白心迹——墓志文献中属籍记录与李白寻李彦允本末》根据《李湛墓志》等文献,指出开元末天宝初玄宗曾有宗正属籍扩容之事,李白天宝三载出京后直接去找李彦允的活动与此事有关;其天宝前后自称身世的变化,也当缘于此事。结合这一背景可以理解李白相关作品中不平等与压抑感的由来,亦可见诗人的进取精神。王树森《游走在府县之间的李白》强调地方经历对李白的影响,李白对功名的追求和对政治的判断,与地方府县有关。李白诗歌较全面描写地方官员群体的工作生活状态,深入表达政治见解。而地方官员对李白形象的建构,为其历史地位的确立奠定了基础。吴增辉《李白社交话语的演变与个体语境的建构》指出李白受到蜀地文化及先秦纵横文化影响,话语模式与官场有所不同,这造成他早期干谒的失败。李白主动调整社交话语的同时,创建一种面向心灵的个体化语境,以消解现实痛苦。李振中《从供奉翰林时的京官交游看李白仕途之维艰》结合盛唐京官交游情况分析李白的仕途遭际。

一些论文在考证中结合交通、天文等材料,进一步细化李白的生平行迹与创作背景。李芳民《李白晚年南游岳州时间考》结合贾至、杜甫等人的诗作,以及史籍记载和唐人行旅的一般情况,推定李白乾元二年(759)遇赦后,南游江夏首途时间约在八月六日之后,抵达岳州应在八月十六日之后,与贾至等人洞庭泛舟唱和约在八月十六日至二十日之间。朱蔚婷《安史之乱初期李白行踪疑点考证》通过路程计算,提出安史之乱初期李白没有与妻子宗氏会面,而是北上洛阳、经太原长安驿道,试图前往长安面见玄宗。李白这次北上之行终于华山,之后避乱南方。

一些论文就杜甫、元丹丘等与李白有交游关系的人物展开。郑园《安史之乱后杜甫对李白的理解》指出杜甫任左拾遗期间,通过阅读肃宗起居注和肃宗制敕,对永王璘事件的真实细节有所了解,其后期赠李白的诗体现出非同寻常的同情共感。孙恩博《李白出川后行踪新考》结合司马承祯生平,考证李白开元十二年(724)出川后先在九嶷山一带游历,之后沿潇水、湘水北返至洞庭湖。胡永杰《元丹丘颍阳山居所在地考》结合文献和实地印证,初步断定元丹丘颍阳山居位于今登封市颍阳镇东北10公里处的马鞍山南麓,并根据明清文献推断应在黄城遗址附近。

三、诗歌艺术研究

诗歌艺术是李白研究的重要内容,本次研讨会上,与会学者从取法渊源、体裁特征、创作思想、艺术风格等角度,对李白的诗赋艺术展开讨论。

(一)李白诗赋的溯源取法

李白诗歌艺术的独特表现,是在创造性继承前代诗歌艺术传统的基础上形成的。李宾雁《论李白诗对屈原的接受》指出,李白学习骚体创作杂言体,采用楚辞的题材内容,形成奇之又奇的风格。李金坤、魏彩霞《李白游仙诗的神妙世界——兼议对〈楚辞〉游仙体式的接受》指出，李白学习《楚辞》，创造了"以幻写仙""以梦写仙"和"以游写仙"三种抒写游仙世界的新异模式。黄冰清《出〈庄〉、近〈骚〉、效汉：祝尧〈古赋辨体〉对李白赋的解读》指出，李白赋采众家之长，是对《庄》、《骚》、汉三者的破创而自成一体。

《楚辞》之外，李白还广泛取法汉魏六朝诗人，其诗歌所用典故也来源广泛。卢燕新《由语典因革看谢灵运对李白的影响》归纳李白援引谢诗典故、引用谢诗所创语汇之例，指出李白用谢诗语汇加以变化、化用谢诗自述己志，是对大谢诗歌的拓新。郭树伟《论李白诗歌的"十五尚奇书"》指出纵横家书、辞赋、《庄子》等奇书典故大量出现在李白诗歌中，是李白诗歌自我表达的重要材料。

(二) 乐府歌行研究

李白诗歌体裁多样，每种体裁都有相应的语言风格与表达方式，本次研讨会上，多位学者就乐府歌行一体展开讨论。李德辉《早期"篇"的体制特征及李白之"篇"》指出汉晋歌篇之"篇"指文献载体形式，其构思和体制受到简册制约。李白创作"篇"诗，集合了乐府和非乐府两类作品，部分可视为对汉魏晋古篇体制措辞的模仿，同时在用途、主题、句式等方面有所突破。魏娜《从李白乐府诗自注看其乐府诗创作观》指出李白自注多交代乐府旧题始辞及题目特点，强调对古题的回归，体现出推尊本事的自觉意识。

部分论文就李白歌行的创作方法、艺术特点展开论述。刘青海《李白乐府对诗歌叙事传统的发展》指出李白兼取汉魏乐府、《楚辞》，以叙事为抒情，寄托深远；同时，李白以汉魏叙事充实齐梁乐府，在模拟齐梁旧题中恢复叙事和比兴传统，体现对叙事传统的发展。辛晓娟《曼声促节到俊逸错综——李白对歌行体节奏的开拓》指出，"曼声促节"是鲍照诗歌的特色，也是歌行体形成初期较为普遍的节奏特点。"俊逸错综"是李白歌行的节奏特点，也是唐诗歌行体的主流。鲍照歌行到李白歌行的发展，代表了六朝至唐代歌行的演变过程。王景《李白对七言歌行抒情艺术的发展——以王闿运"李白始为叙情长篇"为视角》指出，李白歌行广泛取法楚骚与汉魏晋宋文人诗，以"叙情长篇"革新梁陈至初盛唐七言歌行的缘题赋写模式。

（三）创作思想与艺术风格

李白有自觉的诗学观念和创作思想，这是其诗歌艺术研究的重要方面。赵晓华《论李白〈拟古〉十二首的创作方法、创作思想——兼论比兴诗学在李白创作中的形成与实践》指出，李白《拟古》重新诠释古诗主旨，用丰富的比兴形象表现古诗主题，形成古意浑厚、比兴深婉的审美特质。

一些论文结合具体情境、意象，分析李白诗歌的艺术表现。高璐、陈奕羲《李白诗中的丧乱书写》指出，李白诗歌通过凸显细节、运用"广角"等独特方式建构丧乱景象，不仅展现了李白晚年思想情感的丰富性、复杂性，也为后来叙事诗的丧乱书写提供了范本。李有梁《李白岳州诗的时空意识及其艺术特色》指出，李白岳州诗的时间和空间意识往往交融在一起，形成时空交错的写景叙事方式。李欣宇《从李白与刘长卿诗中的"万""千"看诗风的转变》指出，"万里""千里""千载"等词在二人诗中有境界阔大与渺小的差异，反映了盛唐至大历的诗风转变。邓青红《李杜湖湘诗风意象之比较》、李菲、刘红麟《李杜诗歌中的泪意象比较》等对比李杜诗歌中的相似意象，分析其成因与文化内涵。

与会学者还从主题、用韵等角度出发，探讨李白诗歌的艺术成就与精神思想。吴振华、王鑫宇《试论李白送别诗的特征及其艺术成就》指出，李白送别诗体裁全备，重气骨气象，具有情景交融、体制新奇及以诗为传等特点。查正贤《试论李白诗歌的转韵现象》指出，李白诗歌转韵源于汉魏乐府，同时突破了与乐章属性相关的特征，强化了作品内部自由结撰意脉的结构功能。方智炜、刘小芬《李白游侠诗中的"侠义观"书写及其入世精神探微》指出，游侠诗、游仙诗代表了李白的入世进取精神，前者更关注个人英雄，后者则包含对社会政治的批判。魏祥、何志怡《梦觉之间：李白诗歌的叙事逻辑》从现实与理想分析李白诗歌的叙事逻辑。樊梦瑶《在真实自我与"文本身份"之间——论李白代言类诗歌中的"自我戏剧化"因素》分析李白在真实与文本之间的身份切换，这种"自我戏剧化"体现出诗人对自身与人类命运的思索。

四、接受史研究

有关李白对后世影响的研究不如杜甫之多，这种情况近年来有所转变。本次会议中，多位学者就李白诗歌、形象的流传与接受展开讨论，这类问题反映了不同时代创作风气与评论标准的变化，包含丰富的文学史内容。

（一）后人对李白的学习

后代诗人对李白最直接的接受，就是在创作中学习、继承李白诗歌。张瑞君《元好问与李白诗歌的继承关系》结合元好问的阅读史，指出元好问对李白诗歌非常熟悉，其诗学思想继承李白，主张真性情抒发；创作中引用、化用李白诗句，毫不隐讳对李白诗歌的模仿、转化。元好问吸收李白诗豪迈奔放、自然直率的神韵，但开拓性和个性等方面存在缺憾。张世敏、万紫燕《超仙而入凡——论铁崖乐府对"二李"之气的传承与发展》指出，杨维桢古乐府师法李白、李贺，同时熔铸旷达与耿介之气，故能自成一家，弥合了复古与抒情之间的矛盾。吕双伟《黄景仁对李白诗歌的接受》分析黄景仁对李诗字词、句法的模仿。

一些论文从整体上论述李白诗歌对后世的影响。崔际银《试论李白诗歌的文学效应》指出，李白生前声名远播，离世后形成强大而深远的文学效应，后人欣赏其作品、赞誉其诗风、编辑其诗集、学习其章法，彰显出李白千载不衰的影响力。过江丽《从乐府诗看前七子对李白的接受》指出，前七子不仅在诗句、意象、诗风上模拟李白，还学习李白"古乐府"要义，内容推陈出新、拟题求新求变、体式以古为主。张夏薇《论明人对李白〈古风五十九首〉的追摹》分析明人在体制、题材、诗句、意象上对《古风》的模拟，这种复古汉魏、崇尚天然的创作蕴含了明人的诗学观念和审美趣味。徐希平《李杜诗对西南少数民族作家的影响》梳理古代至当代西南地区少数民族诗人对李杜的接受。

(二)诗论与注本中的李白

后人编刻、注释李白诗文,以及在诗话、诗论中评价李白,也是李白接受史的重要内容。一些论文就某一名作的接受展开,沈文凡、彭伟《〈黄鹤楼〉诗的接受——以崔李竞诗为中心》结合历代诗评与研究,指出各家不同意见主要集中在《黄鹤楼》首句异文、整首体式和结句意境三个方面,这构成《黄鹤楼》接受史上最值得关注的现象。谢天鹏《解释的循环——杜甫〈春日忆李白〉接受史考论》指出,《春日忆李白》在古代阐释中受到"扬杜抑李论"和"求实"辨析等不同观念的影响,现代研究逐渐将此诗主旨重归于"忆"的主题。郑迪《李白〈望庐山瀑布〉(其二)的经典化探析》从历代选本、历代评价、后世仿作三个角度分析《望庐山瀑布》的流传和经典化过程。徐小洁《李白诗歌的"互文性"阐释及其文化延伸——以李白诗文古注本为中心》比较朱谏《李诗选注》与杨齐贤、萧士赟注,指出朱谏对道释类词语的注解比较独特,不仅注明出处,还阐明诗中意蕴,形成一种文化延伸。

(三)李白形象的传说与塑造

李宏哲《宋词中的李白形象论析》指出,宋词作者重塑"谪仙"李白的天才形象,在理性的宋型文化之外寄托自由精神。魏静力《论李白三大民间传说故事的流传与演变》分析后代对"力士脱靴""李郭互救""骑鲸飞升"故事的演绎。吴要利《李白政治神话辨析》分析李白被诏翰林、赐金放还、从永王璘等故事的构造与接受。田恩铭《塑造孟浩然:传记文本中孟浩然与李白交集的形象书写》梳理20世纪80年代以来李白传记与孟浩然传记中,叙述孟、李交往事件的变化。张海、方平《简论朱樟笔下的李白故里》结合朱樟蜀中的诗歌与交游,重现清代前期江油的历史和山川风光。

（四）域外文人对李白的接受

作为诗歌史上极具魅力的诗人，李白及其创作对东亚文化圈产生了深远的影响，数篇论文就李白诗赋在东亚地区的传播与接受展开，其中对朝鲜文人学习李白的研究比较集中和深入。王红霞《古代朝鲜文人拟次李白赋探析》指出，今存《李太白全集》中的8篇赋作，共有20位朝鲜文人拟次，拟次之作多达24篇。这些拟次之作既继承李白原文主题，又呈现出主题的翻新；创作上既沿袭"伤春悲秋"的传统，也呈现出"祖述屈原"的特征。古代朝鲜文人拟次李白赋，既显示了李白对朝鲜半岛的影响，也是朝鲜文人赋学观的呈现。张骏翚、洪仕建《蔡彭胤次韵李白诗歌探析》将朝鲜诗人蔡彭胤次韵李白的诗歌分为前后两期，后期次韵之作表现为对李白山水诗的接受，从中可见李朝前期到中期诗人对李诗认识的深化。雒志达《论服部南郭〈咏怀十五首〉对李白〈古风五十九首〉的接受》指出服部南郭《咏怀》组诗融汇汉魏至唐的同类作品，在气魄与精神上步趋李白。

五、文本释读与文化研究

（一）文本释读

一些与会专家从主旨、背景、辞章艺术等方面对李白的具体作品进行了细致的分析。邓伊达《李白〈塞下曲六首〉主旨探微》指出，《塞下曲六首》是一组具有颂美性质的新乐府辞，可能是李白表明政治期许的主动献纳之作。孙宁《关于〈静夜思〉的几个思考》论证诗中的床指卧具，李白望月应在室内，与宋朝《静夜思》版本相合。杨栩生《李白〈古风五十九首〉诗题篇数定自何人之探讨》认为《古风》诗题、篇数为李白所定，或与《黄帝内经》有关，昭示针砭时弊之志。郑慧霞《李白〈金陵酒肆留别〉之"香"》指出，首句之"香"不仅是花香、酒香，也是包涵"别情"的取景造境。马子懿《〈奔亡道中〉与李白安史之乱初期的现实感遇及爱国实践》指出，《奔亡道中》不仅是李白逃难的记录，也是其报国理想的表达。李元芝《也谈李白〈将进酒〉中将字的读音》结合《诗经》中"将"的音注与用例，论证诗题应读作"将（ciāng）进酒"。

(二) 文化研究

部分论文将李白研究与地域文化、地域诗学相结合。沈曙东《论巴蜀文化对李白的影响》分析巴蜀道风以及陈子昂、扬雄等蜀地文人对李白的影响。吴夏平《从李白与陶诗关系论其地域诗学贡献》分析天宝以后李白诗歌对"陶令"的发现。刘红麟《李白诗歌中的洞庭书写》指出，李白诗歌从情感、艺术上更新了洞庭文学。

一些论文从传播与文化角度展开。程宏亮《李白的文学传播观论述》从儒道与守真、尚善、颂美等分析李白的文学传播观念。葛景春《略谈李白诗歌的吟唱与传播》结合诗歌与音乐关系，指出吟咏和演唱是李诗传播的重要途径。徐阳《视野·实践·情怀——试论李白的音乐文化记录》梳理李白诗中"乐"的相关素材。海滨《西域酒俗文化与李白饮酒诗共通性论略》归纳李白诗中的西域元素并分析其与西域酒俗文化的关系。

上述内容之外，与会学者还对李白研究成果进行梳理。如鲍蕾《乔象锺先生的李白研究》介绍了乔象锺先生在李白诗歌的研究与赏析、传记书写、文学史编纂等方面的贡献。本次大会还提交了有关诗路文化、语文教学等议题的论文数十篇，与会学者就上述问题展开了交流。

一年研究情况综述

初唐文学

□ 钟乃元

根据中国知网、维普期刊数据库等资源检索统计,2023年直接或间接涉及初唐文学研究的期刊论文、学位论文共计141篇。相关成果着眼于初唐文学的宏观、中观、微观问题,研究方法多样,研究领域涵盖了初唐重要的作家和文学现象,在既往研究的基础上持续深耕,有所创获。现就年度研究成果择要综述。

一、初唐文学总论

本年度从整体角度讨论初唐文学的文章有20多篇,既有立足初唐时段的共时性阐释,也有将初唐文学置于长时段文学史发展链条下的历时性观照。从方法上看,除了习见的文史互证、文献与理论结合、广阔的文化学视野,还有新文科背景下文理结合、文工结合方法的运用,尽管结论不见得有多大的创新,方法不啻一种有益的尝试。

立足于初唐时段的共时性文学研究,论及初唐文人的精神世界、价值观与文学的关系,以及初唐各类型文学的情况。郭丽《初盛唐帝王师式诗人与唐诗风骨》(《唐代文学研究》第21辑)认为魏徵、初唐四杰、陈子昂、张说等风骨倡导者或为帝王师,或以帝王师自许,都是帝王师式诗人,他们都把崇尚风骨当作理想文学的重要内涵。魏徵把王通诗歌化成天下的观念转化为诗歌创作风格,写出了《述怀》那样的刚健之作;四杰进一步揭示了义理与风骨的关系,对风骨的形态做了具体描述,写出了一批骨力遒劲之作;陈子昂标举"兴寄",把风骨这一审美目标变成具体操作方法,写出了《登幽州台歌》《感遇》等骨气端翔之作;张说积极倡导文治,以王霸缘饰文明,大力倡导刚健诗风,造就了一批帝王师式的诗人,这些诗人在推动诗歌表现风骨进程中起到了独特作用。研究者还从多个角度研究初唐文学类型,例如单婷婷《初唐宴饮活动及宴饮诗研究》(长江大学2023年硕士学位论文)从初唐宴饮活动与宴饮诗考察初唐诗人文化心态与应制诗,徐焕《昭陵碑志与初唐女性文学考论》(《杜甫研究学刊》2023年第2期)从碑志资料来考究初唐女性文学具体情况等。

本年度有较多文章从前代文学与初唐文学前后相续的视角,来探讨初唐文学的发展和文学观念的新变。杨照《论初唐贬谪现象较唐前的变化和对贬谪诗的影响》(《中国文化研究》2023年春之卷)认为,贬谪这一特殊政治现象在经过南北朝、隋代的复杂变化进入初唐后,出现了大规模、高频率且有一定习惯的特征。这些特征与贬谪诗的创作之间经由一种"痛苦而稳定"的微妙状态相联系,由此引发诗作数量大增,诗人身份认同、诗歌风格、诗歌情感抒发的变化。李伟《"文""儒"分合与南朝至初唐时期的文学史观建构——基于"文人"阶层形成的历史视角》(《青海社会科学》2023年第1期)认为,自屈原、宋玉开启了"文人"阶层形成的历史进程,以楚辞为代表重视审美的特点就被视为"文""儒"分流的重要标志,南朝时期的裴子野、沈约、刘勰等人的文学史谱系中,又透露出"文人"视角下从"文""儒"分流到"文""儒"相合的历史趋势,这种相互交融的差异性与共通性,对初唐四杰的文学史观念影响很大。舒乙《孔颖达"诗缘政"说发微》(《古代文学理论研究》2023年第56辑)认为,"诗缘政"说是继先秦"诗言志"、西晋"诗缘情"之后,由孔颖达编撰《毛诗正义》时提出一个新的诗学理论,诞生于文学与经学、文学与时代的逻辑互动之下。"诗缘政"之"政",首要之义非"政事""政治"之"政",而是其本义"正",表匡正之意。面对初唐前期诗歌所处的"六朝的尾"这样一个粗糙的过渡期,孔颖达为"诗缘政"文学理想的实现找到了两条思维路径:一是复古正变,一是"诗述民志"。"复古正变"思想至少在理论认识层面开唐代诗歌以复古为革新之先。"诗述民志"强调诗人作诗是"从生活中来,到生活中去",赋予诗歌强烈的现实主义精神。其他的一些成果注意到隋炀帝宫廷文学与初唐文学、庾信赋与初唐七言歌行之间的关系,都是用发展的眼光来进行研究。

新文科建设强调学科方法的交叉融合,本年度的初唐文学研究有若干篇文章即做出了尝试。项乙妻《初盛唐天文入诗现象研究》(上海师范大学 2023 年硕士学位论文)认为,本属于自然科学范畴的天文学的发展对于文学创作有深刻影响。天文入诗有悠久历史的创作传统。唐诗中,有 238 首天文入诗的作品,诗歌内容方面,"北斗""斗柄""大火""紫微""斗牛"等天文元素的出现频次较高;诗歌数量方面,杜甫、李白、宋之问、李峤等诗人创作的天文诗数量较多。初盛唐诗歌创作以天文星象与系统的天文理论构成了自身文学的独特价值。马明、沈凡起、张朝元《基于 NLP 和统计方法的唐代不同时期诗歌风格特征分析》(《大理大学学报》2023 年第 12 期)一文,基于自然语言处理(natural language processing,NLP),利用 K-means++聚类分析、重复测量方差分析和配对样本 t 检验等统计方法对初唐、盛唐、中唐、晚唐 4 个时期诗歌的风格特征和差异进行分析。结果发现,初唐和盛唐两个时期的诗歌风格具有较为明显的差异,中唐和晚唐差异较小。陆泉宇《永明体到近体句内声调对立规则的嬗变——以"蜂腰"与"二四异声"为代表》(《数字人文》2023 年第 1 期)一文,将海内外诗格、诗论文献与诗人创作实践相结合,基于数字人文方法,以《广韵》为参考韵书,以南北朝至隋唐诸诗人的五言诗歌为样本,对永明体至近体发展过程中的"蜂腰"规则的三个版本(永明蜂腰、元兢蜂腰、初腰)与"二四异声"的两个版本(四声相异、平仄相对)进行分作者的历时考察,以探究这一过程中,此二种句内声调对立规则及其遵守情况的演变。

此外,本年度还有一些成果从语言学角度研究初唐诗,如段曹林《初唐诗歌修辞的继承与新变》〔《北华大学学报(社会科学版)》2023 年第 5 期〕;对域外汉学家的初唐文学研究进行论析,如高超《论宇文所安唐诗史书写中的"文化唐朝"》(《北方工业大学学报》2023 年第 5 期);对一些不太有名的类书文献和文人进行考证,如张杰《〈琱玉集〉成书新论及其价值分析》〔《北京化工大学学报(社会科学版)》2023 年第 3 期〕和伍纯初《纂类与修史:初唐张大素生平考述》(《唐史论丛》第 37 辑)考证了《琱玉集》和初唐诗人张大素。

二、初唐帝王及重臣与文学研究

此类文章有 10 余篇,主要研究唐太宗及虞世南、唐高宗、武则天及上官仪等人与文学的关系。

对唐太宗的研究,涉及其帝王活动对文学的影响和文学作品价值的阐发。杨晓霭《唐太宗、玄宗畋狩诗之军礼衍义与诗教互摄》〔《西北师大学报(社会科学版)》2023 年第 3 期〕认为,狩猎是先民基本的生活方式,发展为帝王的特权之后,纳入军礼的畋狩与练武密切结合,《大唐开元礼》明确划分成皇帝讲武礼与皇帝畋狩礼。随着"礼"的建设、"仪"的实施,"诗"也相伴产生了"校猎""冬狩"一类。唐太宗、玄宗的创作可谓典型个例,具有位居尊极决策者与躬身践行者双重身份的创作主体,军礼衍义与诗教主张相互感发,代入式的现场效应,推动了"诗"与"礼"的同步发展。畋狩礼执行中的"度",又引发了谏猎诗的创作,"主文而谲谏"风气的形成,助力了贞观之治、开元全盛日"文教资武功"政治氛围的营造,从一个侧面展示了诗歌走向黄金时代的灿烂图景。孙琳音《帝京书写与帝国建设——论唐太宗〈帝京篇〉的书写价值及意义》〔《河北北方学院学报(社会科学版)》2023 年第 1 期〕认为,唐太宗在《帝京篇》中不着意于绘写帝京繁华风貌,也鲜少使用与都城相关的典故,而是专写典雅节制的宫廷生活。在这种独特的写作模式下,唐太宗将帝京塑造成一个合乎礼仪的理想世界,并用这个世界隐喻自己贤明君主的形象,这些都反映出太宗对自己帝王身份的认同和对诗歌文教功能的追求,这也是太宗试图将文艺观念转换为创作实践的尝试。在初唐时期百废待兴的语境下,《帝京篇》是初唐帝国初期文化建设的一环。

有关唐高宗、武则天与文学关系的研究,主要涉及高宗封禅、高宗谥号和武则天御制碑、武则天对上官仪态度等情事及其文学影响。可注意者有2篇文章。李思语、陈飞《唐〈高宗谥议〉读释》〔《河南师范大学学报（哲学社会科学版）》2023年第1期〕认为，唐代皇帝谥号主要由中书省、门下省、尚书省、御史台等部门官员集体议定，上奏朝廷确认。《高宗谥议》的作者涉及执笔者、身份作者、精神作者等多重关系，虽以中宗口吻表达，实反映武后的意志。其按语关于"天""皇""大"的解释，或循旧例，或据经典，或为新创，与武后及官方的习惯说法不尽一致。高宗谥号"天皇大帝"应理解为"天皇""大帝"的合称，文中关于高宗谥号的解释及其"九德"的过度虚美，杂糅诸家思想学说，大抵以儒家为根本，以道家为归宿。武后将高宗神圣化，与其特定的现实背景和政治用意有关。卢娇《论武则天与"龙朔变体"的兴衰》〔《淮北师范大学学报（哲学社会科学版）》2023年第1期〕认为，"上官体"在诗歌境界、语言和诗人主体精神风貌方面都是贞观诗坛之一大变，但其在产生初期影响不大，直至高宗龙朔年间随着上官仪本人的"贵显"才风靡于诗坛，最终形成"龙朔变体"。上官仪政治地位的提高，其诗歌得以流行的社会文化氛围，特别是仿效其诗的大量后进文士能够登上宫廷诗坛，都与武则天有着密切的关系，因而可以说"龙朔变体"的形成离不开武则天的影响。在武则天直接干预下的上官仪伏诛事件，引起了创作和理论领域对上官仪及"龙朔变体"的超越、批判和反思，即"龙朔变体"的快速消歇亦由武则天所致。从中可见武则天对初唐宫廷诗坛影响之深刻。

三、初唐其他作家作品研究

（一）王绩研究

本年度直接或间接涉及王绩研究的文章有8篇，但新见不多。李双《唐诗"琴酒"意象研究》（辽宁师范大学2023年硕士学位论文）论及王绩诗歌中的"琴酒"意象，认为归隐之后的王绩，以清琴、浊酒为伴侣，"琴酒"在其隐逸人生中所起的作用便主要是解忧,且这解忧的功效往往只是一时,最终诗人仍是没有获得真正的解脱。张玥莹《唐宋诗歌中"醉乡"意象的审美内涵源流探析》(《四川省干部函授学院(四川文化产业职业学院)学报》2023年第3期)认为,"醉乡"是王绩提出的一个富含审美内涵的概念,其审美内涵可概括为醉者神全以游无何有之乡。这一概念被唐宋诗人广泛接受,并创作了大量的"醉乡"诗歌。在梳理"醉乡"审美生成的基础上,探讨了"醉乡"在唐宋时期的审美接受,认为"醉乡"上承庄子"醉""乡"之思与魏晋隐逸之风,下启唐宋文人以醉为乡、游于醉乡的诗歌风尚。

(二)"初唐四杰"研究

有关"初唐四杰"的文章有24篇,既有总论"四杰"之文,也有单论"四杰"中一人之作。总论"四杰"之文,主要论及"四杰"经典地位的形成和"四杰"诗赋互渗的现象。洪迎华《论初唐四杰文学经典地位的形成——兼及人物并称与内涵的发展变化》(《文学遗产》2023年第2期)认为,"四杰"这一群体在当世有很高的知名度,但因长期被"器识"抹杀,其诗史意义至元末《唐音》才开始被重视。入明以后,随着"四唐"说的定型,"四杰"不仅在称谓上与"初唐"连缀,其接受境遇也与"初唐"在"四唐"轩轾中的地位息息相关。嘉靖时初唐派的兴起,使得复古派取法乎上、将经典文本从盛唐扩及初唐,"四杰"不仅被确立为诗歌摹习的典范,其唐音肇始的诗学意义也在中晚明被揭示和定位。万历以后因性灵思潮的冲击,明人的才性观发生变化,"四杰"终于从器识品行的揶揄中释放出来,文集与声名得以全面推显。至此,其经典化过程才基本完成。其间,从有才无行的"才子"到诗史上"初唐"的代表,四人并称的具体内涵也发生了变化。卢雅雯《初唐四杰诗赋互渗现象研究》(广西师范大学2023年硕士学位论文)认为,"初唐四杰"的诗赋互渗现象非常明显,包括赋的诗化和七言歌行的赋化两种情况。"初唐四杰"赋的诗化现象表现在五个方面:一是赋中运用五七言诗句;二是以楚辞体诗句入赋;三是追求气势的壮大飞动;四是赋中具有诗性的意境;五是咏物赋中抒情性的增强。他们赋的诗化现象表现了对传统辞赋演变的承袭和创新。"初唐四杰"七言歌行的赋化现象表现在四个方面：一是援赋入诗，铺张扬厉；二是曲终奏雅，感慨深沉；三是铺叙中夹以抒情；四是篇幅加长，规模宏大。初唐时期七言歌行的赋化现象特别显著，尤以"初唐四杰"为代表，影响后代的歌行创作。"初唐四杰"诗赋互渗现象显示出诗体和赋体之间非常紧密的关系，而诗赋二者的互渗现象也成为文学发展的动力之一。

个体研究方面，本年度论及王勃和骆宾王的文章较多。研究王勃的文章最多，有10余篇，涉及经典作品《滕王阁序》的阐释、作品文献整理、诗歌与骈文类型的研究。江蕾《"落霞"、"孤鹜"辨——王勃〈秋日登洪府滕王阁饯别序〉》(《作家天地》2023年第5期)认为，王勃名句"落霞与孤鹜齐飞，秋水共长天一色"中"落霞"与"孤鹜"意象所表达的具体事物众说纷纭，该文就"落霞"的昆虫、飞鸟说及朝霞说，"孤鹜"的"凫""鹜""雾"之别进行辨析，寻求正确的释义。"落霞"应为落日余晖下的云霞，"孤鹜"应为孤单的飞鸟，大体与现代释义相同。汪政《〈王子安集〉理校刍议》(《骈文研究》第6辑)认为，王勃文集整理因传世文献有限而难以为继，立足当下的条件，对现有材料合理运用理校的手段，或能取得突破，解决较多其他校勘方式难以有效解决的问题。黄恒靓《王勃骈文用典研究——以赋、序为中心》(广西师范大学2023年硕士学位论文)对王勃骈文典故的典源文献来源和分布情况，事典的人物类型，语典典源的书目类型，典面构成方式，骈文用典的艺术特色等进行了概括和分析。

骆宾王研究主要涉及其名篇《在狱咏蝉》《咏鹅》《讨武氏檄》的阐释，以及骆宾王在后世的影响及形象的重塑。葛晓音《说骆宾王〈咏鹅〉》(《文史知识》2023年第8期)认为，从咏物技巧来说，李商隐和李郢的两首咏鹅诗确实比骆宾王的《咏鹅》成熟，事实上从初唐到晚唐，咏物诗经过长期的发展，成就也远非南朝和唐初可比，但是骆宾王诗中天真活泼的表情和稚嫩可爱的口吻，在成年人的诗里是找不到的，因而《咏鹅》的难能可贵之处，就在于充满童趣。张巍《战争文学视角下的〈讨武氏檄〉》(《聊城大学学报(社会科学版)》2023年第5期)认为，骆宾王《讨武氏檄》兼顾骈体和檄文的双重特点,充分发挥骈文长处而力避其短,成为檄文中的千古名篇。《讨武氏檄》全面仿效隋末祖君彦《为李密檄洛州文》,重要原因是徐敬业祖父徐世勣曾在李密麾下任职。该檄文的篇题、首句及末句在不同书籍载录中差异颇大,多与骆宾王原作有所不同。徐敬业起兵很快以失败告终,而骆宾王的檄文长久流传,战争自身与宣示战争的檄文之间形成巨大反差。

(三)"文章四友"研究

"文章四友"研究仅有5篇文章,主要涉及杜审言诗的中日接受异同和李峤诗在域外的传播、接受和影响。沈儒康《杜审言〈早春游望〉中日接受异同探略》(《杜甫研究学刊》2023年第3期)认为,梳理杜审言《早春游望》在中日两国的接受文献,可以展现此诗在中日两国的典范化路径。南宋周弼的《三体唐诗》是其典范化进程中最重要的发现者。元明学者延续并拓展周弼对《早春游望》的阐释,使其得到了"初唐五言律第一"的荣誉;清代学者则进一步推动了其向着大众的典范发展。日本五山时期读者通过《三体唐诗》对《早春游望》有了初步的接受;到江户时期则形成了国字解与摘句创作实践两种具有特色的接受文献。《早春游望》在中日两国的接受差异显示,唐诗的意义随接受主体的变化而不断生成,中日文化交流促进了唐诗意义的丰富和发展。黄一丁《日本假名文献于域外汉籍研究的学术意义——以〈百咏和歌〉假名注中所见异本〈李峤杂咏注〉为例》(《域外汉籍研究集刊》第25辑)指出,日本文化史学界观点认为,公元10世纪初是日本文化史的重要的分水岭,它标志着日本列岛从崇尚中国文化的"唐风文化"时代过渡到注重日本本土文化的"国风文化"时代。随着"国风文化"的兴起,从平安时代中期开始,以汉语文言文书写的域外汉籍以及以汉语文言文或变体汉文书写的日本汉语文献日渐式微,而以假名文字书写的文献成为日域文献的主流。目前,学界多关注"唐风文化"时代传入日本的域外汉籍文献,忽略"国风文化"时代产生的假名文献。该文以假名文献《百咏和歌》假名注所参考的异本《李峤杂咏注》为例,探索了现存日本假名文献在域外汉籍文献校勘与研究中的文本价值,并在此基础上解释日藏《李峤杂咏注》与敦煌残卷本《李峤杂咏注》之间的关系,从而证明日本假名文献在域外汉籍研究领域的重要意义。另一方面,假名文献中存在的大量参考自域外汉籍的内容,也说明在"国风文化"时代,域外汉籍所代表的中华文化在日本依旧拥有强大影响力,"汉文化圈"的现象在日本"国风文化"时代依旧稳定存在。

(四)陈子昂研究

本年度陈子昂研究有10余篇文章,涉及陈子昂生平事迹、作品和诗歌理论以及陈子昂接受等问题。陈子昂生平行事研究,有2篇文章可注意。胡旭、高萌《陈子昂之死发覆》(《中国文学研究(辑刊)》2023年第36辑)认为陈子昂之死有复杂的原因。首先是官军在东硖石谷之战失败后,陈子昂向武攸宜进谏时,显得冲动、莽撞甚至无礼,触怒了武攸宜。其次,陈子昂对战败身死的王孝杰评价苛刻,与朝廷高层对英雄、功臣的看法截然不同,让自己站到强大政治势力的对立面。再次,陈子昂与乔知之的深厚友谊,使他成为武承嗣的敌人;对上官仪的批评,则使他成为上官婉儿的眼中钉;武三思为此向陈子昂伸出了毒手。陈子昂作为武周政权的拥趸,其死因发人深省。张一南《诗人陈子昂的三次远行与成长》(《文史知识》2023年第7期)认为,陈子昂的三次远行,每一次都为他带来了诗学上的成长。出蜀之行开拓了他的眼界,让他得以在现实中拥抱他在典籍中看到的世界;西域之行是他初尝政治打击的滋味,是他近体诗的成熟与写作古体诗的开始;征辽之行让他吸收了山东的诗学文化,在诗学上最终成熟,达到了他古体诗写作的顶点,也让他的近体诗吸收了古体诗的优点,产生了经典之作。陈子昂作品研究,值得关注的是赵晓华《论陈子昂〈感遇〉的整体性、主题渊源及复古价值》(《文艺理论研究》2023年第6期)一文。赵文认为,陈子昂《感遇》三十八首继承汉代士不遇赋的主题,从自然天道、历史兴废、时俗盛衰的角度对"时、才、命"关系进行了系统的思考,自然荣枯、时俗颓风、朝政弊端这些看似纷繁的主题都统一在"士不遇"的主题之下,具有高度的整体性,可视作"组诗"。同时,时俗与朝政问题也是"感士不遇"的最终旨归,陈子昂在道不合时、幽居林隐的境遇下依然心系魏阙,通过批评现实来寄寓他的治世主张,体现了士人始终"以天下为己任"的儒家生命价值观。因此,陈子昂的诗歌复古理想与政治复古理想相勾连,《感遇》三十八首不仅恢复了汉魏古诗的体制,同时也复兴了士道精神,奠定了唐代诗歌复古的基本内容、创作宗旨,同样对中唐古文复兴有重要的精神指导。关于陈子昂在后世的接受,李家仪《中唐文人对陈子昂诗学的接受研究》(青海师范大学 2023 年硕士学位论文)认为,中唐是文学发展的转折时期,此一时期文人对待陈子昂的态度出现分歧。重功利、写实一派,如元白、韩柳等人均对陈子昂推崇备至,对其"兴寄"理论也多有继承;而重艺术、形式一派,如颜真卿、皎然则对陈子昂诗学表示质疑并进行批评。

(五)沈宋研究

直接或间接涉及沈宋研究的文章有 9 篇,有作品阐释、作品考证、诗歌之路视野下的深度挖掘等。盛大林《沈佺期〈古意〉通考梳理》〔《太原学院学报(社会科学版)》2023 年第 3 期〕认为,沈佺期《古意》异文很多,其中"催下叶"与"催木叶"、"谁知"与"谁为"、"使妾"与"更教",历代诗家曾争论不休。现在通行的版本大都为"催木叶""谁为""更教",而《才调集》《文苑英华》《乐府诗集》的宋刻本均为"催下叶""谁知""使妾"。这些讹变源于明初的《唐诗品汇》,改"催下叶"为"催木叶"可能是因为理解的偏差,而改"谁知""使妾"为"谁为""更教"的目的是合律。实际上《古意》"半律半古",本来就不是严格意义上的律诗。本诗诗题应为《古意》,而非现在流行的《独不见》。孙利政《宋之问〈函谷关〉诗证伪》(《江海学刊》2023 年第 1 期)认为,季振宜《全唐诗稿本》、彭定求等编《全唐诗》载宋之问《函谷关》诗,陶敏、易淑琼《宋之问集校注》已怀疑非宋之问作品,赵庶洋《唐诗疑伪考辨》考证为宋陈棐诗。该文据明嘉靖刊本《灵宝县志·词翰》认为作者乃明陈棐。闫梦涵《宋之问二贬岭南行程及诗路书写考论》〔《中国文学研究(辑刊)》2023 年第 37 辑〕认为,宋之问神龙元年(705)与景云元年(710)先后被贬泷州、钦州,多次行经湘、赣二水路和岭南道内许多地点,他最具代表性的诗几乎全部创作于这个阶段。多次往返的行程使宋之问成为初唐时期南下岭表经历最丰富、最具代表性的诗人。因此,分别对其两次南贬的路线选择、水陆里程、通行时间等进行细致考辨,能够尽可能真实地还原初唐时人南下岭表的行路生态。此外,宋之问二贬岭南过程中的诗路书写亦颇具特色,从度大庾岭题诗和端州驿题壁两个案例中,可了解他对地理分界线的感知与把握、对经典意象的选用,并一窥其"异域书写"。此外,周婷《唐代梅关古道诗歌研究》(赣南师范大学2023年硕士学位论文)亦论及沈、宋的纪行诗。

(六)王梵志研究

本年度王梵志研究有5篇文章,涉及王梵志诗的写本学研究和口头诗学研究。郝雪丽《敦煌王梵志诗写本缀合拾补》(《敦煌吐鲁番研究》2023年第22卷)一文,在前人研究基础上,从写本学角度调查每件王梵志诗写本研究学术史,厘清王梵志诗写本的编号情况,重点考述了三种王梵志诗缀合写本。赵建军《口头诗学视阈下的王梵志诗研究》(贵州师范大学2023年硕士学位论文)一文,从中国文学的口头传统和佛教文学的口头传统两个角度,对王梵志诗的口头特征生成做了解释。指出王梵志诗是传统诗歌、民间说唱文学和佛教文学相互影响之下的产物,为进一步从口头诗学角度分析王梵志诗奠定了基础。通过量化分析,得到了王梵志诗中存在大量程式化表达的确凿证据,而"程式"正是最明显的"口头特征"。王梵志诗中最明显的程式有两种:语言程式和叙述程式。同时,"程式"受到了"固定主题"的制约。从仪式文学的角度尝试探索王梵志诗的真实运用状态:它并非以案头读物的形式为唯一存在目的,相反,它被作为启蒙的读物、传道的唱辞、仪式的"点缀"。

(七)张九龄研究

本年度张九龄研究有7篇文章,涉及其作品整理、文化阐释、诗歌理论、后世接受等论题。熊飞《传统廉洁教育文化与张九龄廉政思想的形成——张九龄廉政思想生成的文化之源》(《韶关学院学报》2023年第7期)一文,从传统廉洁教育角度探寻张九龄廉政思想形成的文化根源。家庭廉洁教育为张九龄廉政思想的形成奠定初步的文化基础,学校廉洁教育为张九龄廉政思想的形成打下深厚的文化知识基础,君主对官吏的廉洁从政教育为张九龄廉政思想的最终定型再增助力,传统自我廉洁教育为张九龄廉政思想的形成画上完美的句号。赵晓华《论张九龄的兴寄诗学与创作实践》〔《北京大学学报(哲学社会科学版)》2023年第1期〕一文认为,张九龄提倡"风雅之道,兴寄为主",明确提出诗歌以"兴寄"为基本的创作精神与艺术手法,这是他在陈子昂兴寄思想的影响下,在自己的创作实践中形成和确立起来的诗学。开元前期中朝诗坛有着传播陈子昂兴寄思想的有利条件,群体唱和也多重比兴,这是张九龄兴寄诗学形成的诗坛环境。而个体的寒素身份意识与仕途遭遇又促使他突破群体的比兴程式,尤其是外放洪州及荆州时在感激忧思的情境中,他进一步发展了以景兴情的创作,突出了兴寄诗学兴发的特点。《感遇》十二首则是他在丰富的创作实践的基础上,进一步从源头上学习诗骚感物兴发的思维本质和陈子昂林居观化的思理,立意新颖而兴寄遥深,展现了张九龄兴寄诗学的自我突围。武雅欣《论张九龄诗在明代的接受——以唐诗选本的定量分析为考察中心》(《韶关学院学报》2023年第4期)指出,张九龄诗在明代唐诗选本中的选量位列初唐名家前五位,在初唐诗人群体中总体接受度较高,在明中期偶有起伏,呈现出明前后期高、中期下降的总体风貌。明代唐诗选本对张九龄诗作的接受,体裁以五言诗为主,且呈现出五古少于五律、五排的特征,这主要与明人崇尚"以体制为先""以气象风格为本"的辨体意识相关;题材以应制诗为主兼及其他类型,且随社会时局、文学思潮等变化而变化,表现出应制诗减少、其他诗作题材增加的总体倾向。

(八)张若虚《春江花月夜》研究

相关文章有20多篇。可注意者有3篇。一是域外汉诗视域下的《春江花月夜》研究。卞东波《"世界中"的唐诗:〈春江花月夜〉与东亚汉文学》(《社会科学》2023年第5期)指出,唐诗经典张若虚的《春江花月夜》随着明人所编的唐诗选本流传到日本和朝鲜。江户时代中期受到荻生徂徕为代表的"古文辞学派"的影响,旧题李攀龙所编的《唐诗选》流行一时,成为当时最受欢迎的唐诗读本,《春江花月夜》因为收录于《唐诗选》,也获得了广泛的阅读。日本也产生了众多《唐诗选》的注本,其中就有对《春江花月夜》的大量评注,这些评注大多着眼于艺术鉴赏,对《春江花月夜》的评析颇有深度。中国、日本、朝鲜也产生了多篇《春江花月夜》的次韵和拟作,中国的拟作与原诗比较贴近,日本的拟作较有思想深度,且与彼时的注释相呼应,而朝鲜皆为次韵诗,亦融入朝鲜的文化元素。作为文学经典的《春江花月夜》经受了时间的淘沥,同时突破了空间的阻隔,成为受到其他国家人民欣赏的"世界文学"。二是《春江花月夜》的文学艺术、审美、文化研究。李金坤《张若虚〈春江花月夜〉思想与艺术审美十论》(《语文学刊》2023年第2期)认为,《春江花月夜》的艺术审美价值主要体现在创新美、结构美、语言美、修辞美、韵律美、画面美、情感美、哲理美、意境美、禅意美十个方面。三是从乐府学的角度研究《春江花月夜》。廖文瀚《乐府〈春江花月夜〉流变考》(《乐府学》2023年第1期)认为,《春江花月夜》自陈后主创调以来,经隋唐而逐渐派生出三种篇体模式:五言短制的宫体类型、七言歌行的叙景寄情类型、寄寓兴亡的咏史怀古类型。明清以降的拟作在此基础上形成三大系统,各有得失,呈现出题材、风格、文体的复杂演变现象。随着后世对张若虚《春江花月夜》的接受,拟张歌行系统兴起,怀古系统独创性突出。曹雪芹《代别离·秋窗风雨夕》拟张若虚格调,以乐府拟代传统配合小说情节,展现出文体融合的巨大潜力。梳理乐府《春江花月夜》的流变,为探索乐府传统中复古与新变的张力增补了个案。

综上,本年度初唐文学研究选题广泛,方法多样,成果颇丰,期待来年的成果更上一层楼。

盛唐文学

□ 莫道才　梁观飞

据中国知网全文数据库、国家哲学社会科学学术期刊数据库、维普期刊数据库查询,2023年盛唐文学研究的有关论文及论著共200余篇(不包括李白、杜甫、王维),与往年研究基本持平。本年度研究既着眼于文学本体,也涉及文学与外部的关系,研究较为多样。综合相关数据分析,研究的内容仍主要涉及盛唐文学的整体研究、山水田园诗派和相关作家研究、边塞诗派和相关作家研究、盛唐其他作家研究,以及文学理论研究。现就本年度的盛唐文学研究情况择要综述。

一、整体研究

本年度盛唐文学的整体研究角度较为多样,突出了文学本体及其内外的联系,注重从文学的外部来考察文学,虽然讨论整个唐代文学但涉及盛唐的有戴伟华《文化生态与唐代诗歌》(中华书局2023年)、孙艳红《宫廷文化与唐五代词发展史》(中国社会科学出版社2023年)、丁红丽《流浪的诗歌与山河:唐代西南流寓诗歌及其传播》(社会科学文献出版社2023年)等。这些论著从多种角度切入盛唐文学的研究。《文化生态与唐代诗歌》从唐代文化生态考察了"盛唐气象"及文学时运的关系、《河岳英灵集》、岑参边塞诗等。《宫廷文化与唐五代词发展史》认为盛唐的宫廷文化与词体的生成有密切的关系,该书从盛唐宫廷诗与词体的关系、宫廷应制词与词体形成的关系、李白非应制词与宫廷文化的关系三方面讨论盛唐宫廷文化与唐词的发展。《流浪的诗歌与山河:唐代西南流寓诗歌及其传播》考察了诗人的行旅经历与诗歌创作的情况,在盛唐部分主要关注杜甫在成都的流寓、岑参在嘉州的流寓,论述了二人西南流寓与其文学创作的关系。

有关盛唐之"盛"的研究历来是盛唐文学研究的重点,本年度也有很多探讨。关于盛唐气象如刘学锴《大历诗风与盛唐余响》(《学术界》2023 年第 9 期)认为大历诗不只有气骨之衰的一面,而是仍有盛唐余响,具有一些盛唐气象的特征。作者指出,由盛唐巅峰的杜甫到大历诗的演变具有渐进性和多重性,诗歌的盛唐气象有一个完整的从盛到衰的过程,大历诗歌盛唐气象的渐变特征影响其分期归属,从盛唐诗风变化的全过程来看,大历诗应该划归盛唐。关于"盛唐"作为一种意象,金玥函、张春兰《试论宋人的"盛唐"意象——以北宋时期笔记小说为中心的探讨》(《宋史研究论丛》2023 年第 1 辑)认为"盛唐"成为一个固定的文学意象,频繁地出现在北宋时期的笔记小说之中,北宋兴起了"唐鉴"之风,宋人有"崇唐"心态。"盛唐"意象的频繁出现,反映了北宋人的唐史记忆、借鉴唐世的希望、对唐代制度的效仿、崇拜唐人的心理。北宋人使用"盛唐"意象本质,既表达了对唐朝的崇拜,更体现了宋人对海晏河清、四海升平景象的追忆和美好憧憬。宋人崇拜盛唐是社会心理的多重表现,是盛唐对后世的重大影响,也是后世对盛世的崇慕与追求。关于盛世与文学文体的关系,吕家慧《容告神明:盛世叙事传统与玄宗时代的典礼颂》(《学术研究》2023 年第 3 期)考察了颂体与太平盛世的关系,其认为"颂"与盛世叙事传统密切相关。在现代的文学观念中,颂作为一种古代文体不属于文学文体,其内容被认为是装点政治、缺乏情志之作,故被摈弃于文学史范围之外,不受研究者重视。但在古代的盛世叙事传统中,颂不仅是歌颂盛世的文体,颂声的出现本身即被视为盛世的表征,成为盛世叙事的对象,同时又是盛世叙事的媒介与形式。在盛世叙事中,颂的文体功能是颂美盛德并将其成功告于神明,由此关乎天人秩序。在古代的文体秩序中,颂处于极高的位置,是一种神圣文体。颂作为古代盛世叙事的核心文体,其意义不仅是文学的,更是政治的、文化的。

关于盛唐诗歌的本体研究是本年度研究的重点。一是关于诗歌的意象问题。龙正华《盛唐诗歌中的胡儿形象》(《阴山学刊》2023 年第 5 期)认为盛唐诗歌中有怯懦孱弱类、强悍勇猛类、矫健洒脱类三种胡儿形象,三类胡儿形象丰富了盛唐诗歌的艺术形象,提升了情感强度,深化了表现题材。盛唐诗歌三类胡儿形象的形成具有其独特的原因:盛唐诗人运用对比创作手法塑造唐人丰功伟绩、雄壮英勇需要以怯懦类胡儿形成对比;政治、社会的变化增强盛唐诗人的客观与理性,尤其是安史之乱后,他们不得不重新审视胡儿,改变对胡儿的认知,胡儿的形象趋于强悍勇猛;盛唐诗人的任侠精神投射到尚武胡儿身上,胡儿寄托了盛唐诗人的理想,对胡儿的倾慕造就了洒脱矫健的胡儿形象。王爽、杨勇《论唐诗中的琵琶意象》(《山西广播电视大学学报》2023 年第 2 期)认为盛唐时期的琵琶诗在盛唐气质和边塞特质的影响下,琵琶形象的指向更为明确,文化内涵更加丰富。边塞诗风和琵琶形象相辅相成,造就了盛唐边塞诗的新高度。二是关于盛唐诗的创作问题。黄琪《盛唐诗用事的比兴精神、创作范式及诗史意义》(《文学评论》2023 年第 3 期)认为用事是盛唐诗人表现诗歌抒情本质的一种基本方法,盛唐诗人的用事以比兴诗学精神为根基,进行了自觉的创作实践,创造了唐诗"无论兴象,兼复故实"的艺术范式。盛唐诗以用事融合比兴,寄托当时士人在社会政治境遇中对进退出处等普遍性命题的思索,用艺术的方式实现了盛唐时代共同的文化人格。用事的意义也超出修辞层面,产生了民族文化心理上的价值。盛唐诗用事所达到的如盐化水的美学风格,揭示出诗歌语言功能与诗歌艺术境界之间的复杂关系。诗歌语言至唐代进入收获期,盛唐诗具有将典故化为鲜明的自然意象的语言优势,达到用事入化。但相较于中唐至北宋诗歌语言功能的开拓造极,盛唐诗又是以抒情性为主、以语言功能为次的,在用事手法的错综变化方面尚有不够充分之处。段曹林《盛唐五绝修辞的成就和创新》(《四川文理学院学报》2023 年第 6 期)以盛唐五绝主要诗人为对象进行考察,认为五绝创作在盛唐迎来高峰期,王维、李白双峰对峙,孟浩然、杜甫、崔颢、崔国辅等人因对修辞的重用而成为五绝发展的重要贡献者。盛唐五绝主要为乐府体，言语风格或倾向于平淡含蓄，或倾向于绚烂明快，在中唐得以延续。杜甫五绝以徒诗体为主，言语风格总体倾向于谨严典雅，对晚唐有所影响。三是唐诗的批评与接受的问题。杨照《盛唐五言诗古近辨体要素论析——基于历代唐诗评选》(《中国典籍与文化》2023年第3期)从历代唐诗评选本着眼考察盛唐五言古近体诗，认为盛唐五言古近体的体裁特征及相互关系与多种体裁要素的综合影响有关。对比历代唐诗评选中存在体裁分歧的与分体一致的盛唐五言诗，声律的区别较为突出，但单独凸显声律的辨体作用可能会忽略"律中带古"与"古中带律"的相似性。对偶要素的影响在长篇中更为明显，并且作品中后部的散句可能增加体裁的不确定性。句法、章法的影响需要结合声律、对偶作综合判断。结合体裁渊源、艺术价值以及古律相参的程度，"律中带古"的情形易为评选家所赞赏，而"古中带律"可能造成的体裁混淆更反映出盛唐五古尚在寻找独立之途的诗史事实。赵彬《元人"唐诗分期"谫论》(《内蒙古民族大学学报(社会科学版)》2023年第2期)认为元诗多宗唐，推崇"盛唐"诗风。元人在接受前人理论基础上，逐渐从"三唐说""五唐说"推出"四唐说"，从而完成唐诗"四唐分期"即"初唐""盛唐""中唐""晚唐"的诗学体系建构。元人唐诗分期标准的迥异，对唐诗分期的标准，包括对唐代诗人的批评，都具有强烈的主观性，在主观性背后承载着元人独特的诗学见解，体现了元人在宗唐背景下多元的诗学观，而不同的诗学观的现实意义是元人指摘当时诗弊继而促进元诗的发展。四是对不同题材、不同类型唐诗的考察和研究。刘晓旭《程式与个性：唐代早朝诗的延承与新变》(《唐代文学研究》第23辑)以唐代早朝诗为考察对象，认为初盛唐早朝诗每以大朝会和朔望朝参为书写对象，多产生于君臣唱和或同僚唱和，典雅高华，具有强烈的象征意义，诗人们常着眼于早朝宏大场景的铺排和肃穆氛围的营构，在词藻的使用和结构的组织上呈现出一种程式化的特征，这一特征集中体现于盛唐时期的《早朝大明宫》唱和中。吴玉婵《唐代早朝诗研究》(天津师范大学2023年硕士学位论文)、罗通迅《唐代粤西流寓诗文研究》（西北民族大学 2023 年硕士学位论文）等也都涉及盛唐时期不同题材、类型诗歌的考察和研究。

关于盛唐文学与其他领域的关系也得到研究者的关注。田恩铭《唐代文学史上的第三次吏治与文学之争》（《北方论丛》2023 年第 2 期）认为房琯与贺兰进明之争是盛中唐时期的第三次吏治与文学之争，从房琯奉诏传位于肃宗开始，玄肃之争便与文学、吏治之争不可分割。房琯遭逢乱世，置身唐玄宗与唐肃宗之间，难以持平两端。房琯被贬、文儒集团瓦解，贾至、杜甫等人陆续贬黜。第三次吏治与文学之争的结果与贾至、杜甫等人文学创作的高峰期的到来有密切的关系。龙成松《唐代内迁突厥的汉化与汉文学——兼论其民族文化融合的典范意义》（《民族学论丛》2023 年第 1 期）认为盛中唐哥舒翰家族的文学崛起与突厥内迁、突厥汉化、民族融合有重要联系。龙正华《胡笳文化与盛唐诗歌》〔《宁夏大学学报（人文社会科学版）》2023 年第 6 期〕考察了胡笳文化与盛唐诗人、诗歌的关系，认为胡笳在唐人的生活中占据了独一无二的位置，是盛唐诗人一个具有特殊抒情功能的诗歌意象。胡笳对盛唐诗歌产生了较为重要的影响：其一，促进音乐诗的繁荣发展；其二，衬托诗人的颂美之情，提升奉和、应制诗的抒情效果及艺术感染力；其三，深化诗歌的悲情情愫，形成了悲壮的风格特征。

盛唐文学文献的考证辨析问题得到学者的持续关注，如汪业全、廖灵灵《〈全唐五代诗〉〈全唐文〉初盛唐韵文作家籍贯献疑——以〈中国历史地图集（第五册　隋·唐·五代十国时期）〉及〈中国历史地名大辞典〉为参照》（《中国韵文学刊》2023 年第 1 期），论文检视《全唐五代诗》《全唐文》少数初盛唐韵文作家的籍贯信息，发现其存在错讹之疑。疑误情况主要表现在误作临近州县、将前后时期有地域相重关系的古地名并列、误用简称、同地异名截头取尾、同名郡县表述不确切等方面。

当下社会热点刺激盛唐文学的研究也是本年度较显著的特点，热映电影《长安三万里》催生了大量有关盛唐诗歌的文章。王一川《中华文明史高峰气象的动画构型——〈长安三万里〉观后》（《当代电影》2023 年第 8 期）认为"以唐画唐"之法为盛唐气象提供了可信而可靠的动画构型,创造双线交叉叙事体以便呈现高适回忆中的李白形象,透过唐诗与人而观照两种诗风与人生道路,在双重文本中揭示盛唐气象的由盛转衰悲剧,设置双主角以达到高、李故事和唐诗展示两种效果。该片尽管存在"抑李扬高"等不足,但仍在中华文明史高峰气象的动画构型上进行了一次集大成式的尝试,为今后中国动画片的中华文明史叙事迈出了开创性步伐。杨晓林、邓兆宇《〈长安三万里〉:盛唐风尚及诗坛的新颖讲述》(《电影评介》2023年第17期)认为在对盛唐气象的表现上,影片抓住了渴望建功立业的时代风尚,在叙事层面推陈出新,以散文电影的叙事手法展现了盛唐诗坛风貌,采用高适的平民视点,以双主叙事和双叙事线结构,让观众能共鸣共情。但影片白璧有瑕,未能深度探讨李白人生命运的悲剧的个人原因,在人设方面亦有瑕疵纰漏。然而瑕不掩瑜,该片选题上突破常规讲述诗史,叙事上勇于创新。关于影片与盛唐文学的关系的论文达十余篇,但是这一部分论文往往是评论式的,研究深度不足,与盛唐文学研究有一定的距离,也说明盛唐文学的影响力扩展至影视界了。

二、山水田园诗派和相关作家研究

本年度山水田园诗派和相关作家研究以孟浩然为重点,关于孟浩然的研究角度较为多样,主要有文学本体研究、文学接受研究、文学作品外译研究等。关于孟浩然文学作品本体的研究,梁炜婧《频作泛舟行——解读孟浩然舟行诗中的线性叙述结构》〔《九江学院学报(社会科学版)》2023年第3期〕以孟浩然数量众多的舟行诗为例,从地理及交通的角度解读,认为孟浩然的诗歌结构以线性叙述为特点,具体表现为遵循时间、空间发展的自然顺序,注重对时空变化的整体印象式把握,在诗歌中形成时空交织、表明起止的线性叙述结构。在行旅泛舟的时空观照中,灵动变化的时空与舟船位移的视角,让诗人有了特殊的审美感受与生命体验,也开拓了水域活动的地理空间。孟浩然对行舟活动的敏锐把握,使诗歌篇章结构体现出循序渐进、连贯流畅、自然浑成的特点,也是孟浩然区别于其他盛唐诗人的重要特征之一。李明《人事有代谢,往来成古今——论孟浩然诗歌的哲学意蕴》(《湖北科技学院学报》2023年第3期)认为孟浩然"语淡而味终不薄"的诗风深受佛教偈语影响,用淡语表达哲理是作者有意识的追求。其诗歌的哲学意蕴表现在"儒道虽异门,云林颇同调"的辩证思维;"求之不可得,沿月棹歌还"的扬弃思维;"草木本无性,荣枯自有时"的自然观;"人事有代谢,往来成古今"的历史观。孟浩然文学作品与作家的关系相关论文也有所涉及,如吴怀东《孟浩然:好"卧"好"游"的隐士及其心理机制——兼论李白〈赠孟浩然〉诗对孟浩然的描述与认知》(《学术界》2023年第3期)从分析李白《赠孟浩然》诗着眼,讨论孟浩然及其诗,认为"卧"这个词语和意象在孟浩然诗中大量使用,"卧"正是最有代表性的隐逸生活方式。孟浩然好与佛、道往还,游山玩水,推崇陶渊明,格调清雅,这是隐士生活的具体内容。尽管孟浩然也追求仕进,但科考失败,使得他有意突出归隐之心和林泉之趣,高自标置,以期获得心理平衡。李白对孟浩然隐士形象的理解与推崇,完全符合孟浩然刻意留给世人的总体印象,而李白与孟浩然在推崇隐逸、崇尚高洁人格方面的心心相印,正是盛唐文化"风流"的反映。邬海川《两山之间:论襄阳鹿门山与岘山对孟浩然的影响和塑造》(《襄阳职业技术学院学报》2023年第1期)则通过文学地理学的视野,讨论襄阳两山与孟浩然及其作品的关系,认为孟浩然与故乡襄阳彼此注解、彼此成全,襄阳的山川风物不仅组成了孟浩然的物质生活环境,而且对其诗人形象及诗歌精神的变化都有深远的影响。鹿门山与岘山作为孟诗中襄阳最重要的山林,两山各自所代表的庞德公与羊祜的典故文化及背后仕与隐的不同处世态度,在孟浩然生前、身后不同阶段有着不同的影响和塑造。

本年度孟浩然的文学接受研究,主要从孟浩然的前后接受两方面入手。关于孟浩然接受前辈作家的研究,邓雨佳《孟浩然与魏晋风流》(《名作欣赏》2023年第15期)从冯友兰提出的魏晋风流的四个标准入手,将孟浩然和魏晋时代、作家结合起来,认为孟浩然受到魏晋风流的影响颇深:在"玄心"方面,孟浩然具有"达"之言行与超越感;在"洞见"方面,孟浩然拥有直觉"妙悟"的洞见能力与言约旨达的"见"的语言;在"妙赏"方面,孟浩然以"清"著称的人格与诗歌风格,与魏晋"清"的审美相契;在"深情"方面,孟浩然能与宇宙万物共情共鸣,这与魏晋名士对世界与生命的思索相类。赵建明《论王维和孟浩然对屈原的接受》(《杜甫研究学刊》2023年第2期)认为王维、孟浩然深切同情屈子的不幸遭际,秉承了屈原忠洁、孤傲的高尚品质,在诗歌创作中无论是内容上还是艺术方面皆汲取屈骚营养,尤其是在山水诗中体现出了他们对屈骚幽寂阒寂意境的继承与发展。关于后人对孟浩然的接受和批评,尚莹轩《王士禛对孟浩然诗歌书写的接受》(《湖北文理学院学报》2023年第9期)认为王士禛山水诗多宗唐代的王孟一派,尤与孟音一脉相承,山水诗歌创作取法孟浩然颇多。王士禛早年求学时曾抄写孟诗并且仿制孟诗,后期精进诗艺、重申诗学宗旨之时,又多次将孟诗作为神韵诗作的典范编选入册,并在创作实践中将襄阳风范化为己用,锻造了属于自己的创作风格。王士禛山水诗歌既是清初文坛的新发展,又是孟浩然山水诗风的绵延与回响。雷正娟《〈临洞庭〉〈登岳阳楼〉阐释变迁及其诗学意义》(《洛阳理工学院学报(社会科学版)》2023年第3期)则涉及孟浩然、杜甫具体作品的阐释和接受的问题,比较《临洞庭》《登岳阳楼》阐释历程,宋代孟浩然不如杜甫,明代难分伯仲,清代持论客观。二诗首联律间出古,被看作五律起句之法。二诗颔联气势壮阔,但写景有精疏之别,《登岳阳楼》不如《临洞庭》精切,这与杜甫晚年"眼复几时暗"的视力障碍有关。二诗后四句褒贬不一,争论亦多。综观二诗阐释历程,其中五律起句之法、写景虚实笔法、诗篇情格问题等对五律鉴赏具有借鉴和典范意义。

孟浩然文学作品的外译研究在本年度也得到关注。江岚《"汉风禅境"里的孟浩然诗歌域外英译》(《唐代文学研究》第23辑)认为唐诗域外英译的百年历程中,孟浩然虽然早就和其他诗人一起进入了英语世界,但他在很长一段时间里没有得到足够的重视。21世纪以来,文学界译家赋予孟浩然"禅意诗人"的形象,学者译家也随之对他产生兴趣。英译孟诗先与汉传佛教在英美的发展同步,再与当代盛行的生态整体主义相呼应,迅速成为世界文学"汉风"小传统的经典之一。其过程体现了孟诗解读的多元化、时代性视角,也凸显了中国自然山水文化精神的当代意义。王玥颖《"求真"与"务实"——保罗·克罗尔〈孟浩然诗歌〉意象英译管窥》〔《湖南工程学院学报(社会科学版)》2023年第4期〕考察具体译家的孟浩然作品翻译的现象,以译者行为批评理论模式中的"求真—务实"连续统评价系统为理论基石,指出克罗尔译本在翻译自然意象时,以"求真"为主、"务实"为辅;在翻译人文意象时,以"务实"为主、"求真"为辅。从翻译效果来看,自然意象的翻译不仅传达出境之美,也兼顾原诗的留白空间。而人文意象的翻译则体现出三点:揭示诗人社交圈层;展现历史人物背景;展示出"儒道佛"三种不同教义的哲学观,借古喻今。

盛唐山水诗派的其他作家如常建、储光羲也得到了一些关注。雷卫豪《常建诗歌用韵考》(《湘南学院学报》2023年第6期)指出常建诗歌用韵严格,近体诗与古体诗的用韵基本一致,都较为严格地遵守了《广韵》独用同用的规定,基本符合前人考证的隋—中唐音系和盛唐诗韵26部系统。常建诗歌中偶然出现的借韵及通押用例,符合时代诗韵惯例,也反映了当时语音的发展变化,为考察盛唐时期的实际语音提供了线索。万伯江《论常建诗歌的荒寒意境》〔《淮北师范大学学报(哲学社会科学版)》2023年第3期〕从诗歌意境入手,认为盛唐诗人中常建对荒寒诗境的偏爱与表现最为典型,盛世沦落的遭际造成心理的灰冷、服膺释道精神而栖心荒寒、文人偏好清寒意境的传统及楚辞的影响共同促成了常建的荒寒诗境。程龙《储光羲组诗的结构形态与意境创造——兼论其诗歌史意义》(《东莞理工学院学报》2023年第6期)认为储光羲组诗的结构形态繁复多样,主要可分为起结有序和错杂无序两种模式,多以意义的承接、题材的相同、抒情的一致而出现。储光羲的组诗,其突出特征就是统合于境,即各诗(局部)意境能够统一于组诗的整体意境。此外,储光羲关怀社会现实、兴寄田园生活的"比兴体田园组诗",是其诗美理想及诗歌史意义的重要体现。

三、边塞诗派和相关作家研究

本年度边塞诗派和相关作家研究主要围绕高适、王昌龄、岑参等作家,既有文学本体的研究,也有其他文化视野下的研究,研究角度较为丰富。关于边塞诗本体的研究,邵洋洋《论岑参边塞诗的精神美》(《中央民族大学学报(哲学社会科学版)》2023年第4期)指出岑参的边塞诗塑造了边关将士的群体英雄形象,描绘了壮美的边塞风物民情,表现了包括诗人在内的戍边军民建功报国的壮烈志向和宏伟抱负,蕴含着奇情妙想、深邃旷远的壮阔意境。岑参的边塞诗对后世的边塞诗发展产生了很大的影响,对唐朝文化审美情趣向壮美方向转化也有相当的影响。岑参边塞诗表现出的边塞生活融合之美、塞外风物民情的壮阔之美、英雄主义的无畏之美和报效祖国的正义之美,有力地展示了浓郁的精神美。高建新《"孤城遥望玉门关"——王昌龄笔下的丝路戍守》(《内蒙古大学学报(哲学社会科学版)》2023年第3期)认为盛唐时期描写"丝绸之路"戍守最为杰出的诗人是王昌龄。其诗内容主要包括戍守的艰辛与危险、戍守的庄严与喜悦、戍守中的怀念与感伤、戍守中对战争的反思。边塞行丰富了诗人的情感,扩大了诗人的眼界。诗人观察细致、思考深入、体验深刻,所作内容深厚,有玉壶冰心的朗洁。

从不同文化视野考察也是本年度边塞诗派研究的热点,文学地理学、文化传播学、地域文化等多视角切入边塞诗研究皆有成果。张雅洁《文学地理学视域下王昌龄贬谪时期的诗歌创作研究》(《洛阳理工学院学报(社会科学版)》2023年第5期)从文学地理学角度考察王昌龄贬谪诗歌,认为王昌龄贬谪岭南、龙标期间创作了大量诗歌,既反映了其人生经历与心态,也展现了诸多文学地理信息。王昌龄诗作地理空间的文学书写、民俗风情、地方景观以及贬谪心态等,揭示了地理环境与诗人创作之间的双向互动关系,具有丰富独特的文学地理学意义。冉娟《文化传播视域下岑参边塞诗中〈诗经〉要素解析》(《名作欣赏》2023年第15期)从《诗经》的传播视野考察岑参诗歌和唐代诗学风气,认为岑参边塞诗成就与《诗经》有着密切的关系。岑参出塞诗的"王事""伐鼓""崔嵬""醉舞"等《诗经》要素体现了岑参的边塞生活与诗学文化传播的联系。唐代科举制度、当时用《诗》的社会风气以及岑参个人的《诗经》修养与人际交往也是其用《诗》的原因。王逸帆《梁宋文化在高适送别诗中的文本呈现与情感表达》(《保定学院学报》2023年第3期)则从地域文化与诗歌的关系分析高适送别诗,指出梁宋地区富丽包容、积极进取、纵横任侠的文化风貌对高适产生了深刻影响。高适在梁宋地区创作的送别诗充分彰显了地域特色,展现出气势富丽、情韵深厚的美学风貌。在文本呈现上,梁宋地域特色通过送别诗中的自然景观和人文遗迹得到充分体现;在情感生发上,梁宋地域文化、历史古迹涵养了高适送别诗的深厚情感。在具体诗歌篇目的研究中,也有文化视角的深度介入,如沈英英、张高宇《文化阐释视角下王昌龄〈闺怨〉诗的内涵探析》(《阿坝师范学院学报》2023年第2期)以文化视角阐释《闺怨》,从唐代广泛的社会文化解读王昌龄及其诗中的闺中女性,研究较为新颖。

本年度的边塞诗研究也有涉及写本文献和诗人交游考辨的内容。张琴《敦煌写本P.3862〈高适诗集〉异文的类型与特征》(《文物鉴定与鉴赏》2023年第12期)认为敦煌写本P.3862《高适诗集》中的校勘性异文可以与传世刻本互相勘正;其中的用字性异文反映了抄手使用俗字的习惯;其中的修辞性异文类型复杂、源流不一。论者指出此卷写本的很多异文不仅优长于传世刻本,也间接反映出写本可能传抄自可靠的草书底本。刘明川、董灏《高适、李白、杜甫、李邕"济南之会"考辨》〔《洛阳理工学院学报(社会科学版)》2023年第1期〕涉及高适的交游问题,认为高适参加了"济南之会"。

四、盛唐其他作家研究

本年度盛唐其他作家的研究主要集中在张九龄等人,涉及张九龄有多篇论文,且研究角度较为丰富。杭勇、马莉娜《论张九龄的文化史意义》〔《哈尔滨工业大学学报(社会科学版)》2023

年第 5 期〕从文化史的角度考察张九龄的政治史、诗史、地域文化史意义,指出张九龄在政治、文学和岭南经济文化的发展方面都做出了很大贡献。从政治史上看,张九龄的经历和用人观打破了魏晋以来贵族政治的传统,刚正儒雅的"九龄风度"成为后世文官的典范,标志着中国古代文官政治的初步形成。从唐诗史上看,张九龄诗歌体现了鲜明的盛唐时代精神,是盛唐气象形成最为显著的标志。从岭南地域文化史上看,张九龄极大地推动了岭南地区社会政治经济文化与内地一体化发展,是岭南地域崇高的乡贤典范,为岭南社会文化发展提供了巨大的精神驱动力,从深层次加速了岭南进一步融入中华民族的步伐。王利民、周婷《论张九龄独特的庾岭体验与书写》(《赣南师范大学学报》2023 年第 2 期)从文学地理学的视野研究张九龄涉庾岭诗作,认为张九龄与众不同的庾岭感受与其内心深处的乡邦意识以及地缘性亲和感有必然联系。张九龄庾岭诗作《自始兴溪夜上赴岭》《和王司马折梅寄京邑昆弟》《二弟宰邑南海,见群雁南飞,因成咏以寄》分别寄寓了羁旅之感中的归隐之思、对昆弟的谆谆教诲以及思乡之情、兄弟之情中的警醒之意。三首庾岭诗作表现出张九龄庾岭体验的清澹平和,揭橥张九龄的故土情结,其庾岭意象消弭了北方诗人笔下出现时的异乡特征。三首庾岭诗作在语言风格、意象选取、意境营造、思想内涵方面体现了张九龄诗歌清省醇厚的审美风格。

关于盛中唐之际相关作家的一些问题在本年度也得到关注,如胡可先《〈唐李幼卿墓志〉及其相关问题谫论》(《文学遗产》2023 年第 1 期)、徐艳芹《唐代李华生卒年研究述评》(《社会科学动态》2023 年第 7 期)等。胡文以出土文献《唐李幼卿墓志》为研究对象,考察安史之乱前后的诗人和散文家李幼卿,着重探讨李幼卿在安史之乱中的表现、李幼卿的文学活动,以及墓志撰者柳识的文学成就等问题。徐文评述了盛中唐之际重要作家李华生卒年的研究状况,认为李华生于玄宗开元二年(714),卒于代宗大历九年(774),终年 61 岁。

五、文学理论研究

本年度有关盛唐阶段文学理论研究主要集中在"诗格"研究和《河岳英灵集》研究。关于"诗格"研究,方静《王昌龄〈诗格〉"假物不如真象"辨》(《名作欣赏》2023年第9期)认为在自然景物的描写上,王昌龄提倡"假物不如真象"。王昌龄并非反对运用比喻,而是一方面注重诗歌创作的"意兴",不排斥没有情蕴的物喻;另一方面崇尚天然,推崇表达的直率本真、自出机杼,不提倡借用外物以增色。王昌龄"假物不如真象"有助于启示创作者审慎地对待比喻和白描手法,树立正确的修辞观。张世衡《论王昌龄〈诗格〉身体理论的创构》(《太原学院学报(社会科学版)》2023年第3期)指出王昌龄《诗格》的身体理论涵盖文学构思与文学创作两个阶段。构思阶段的理论重视生理基础:首先,"身在意中"要求"睡来任睡"以养足精神,尊重身体的生理需要;其次,王昌龄强调生理感官以及身心之间的互动张力对构思活动发挥的重要作用。创作阶段的理论创设了"忘身"与"安身"两个重要命题:"忘身"是指自由且专注的创作状态,"安身"是指以身心体验为参照,完成物色与意相惬的艺术创作要求。其身体理论细化了文学构思活动,揭示了诗歌情境交融的具体实现方式,同时又为"意境"等重要概念的阐释提供身体之维。此外,以西方美学理论观照中国古典诗学也被研究者关注,周思钊《王昌龄"物境"说的激活及其理论效应——基于当代西方环境美学视域》(《中国文学批评》2023年第1期)就以西方环境美学剖析、阐释王昌龄《诗格》中的"物境"说,指出从当代西方环境美学视域重新解读"物境",能够实现传统理论的当代转化,扭转"物境"未被重视的局面。首先,"物境"与卡尔森所主张的"自然环境模式"可相互阐发,以此发掘"物境"的自然审美内涵,构建自然审美"物境"模式;其次,"物境"与物相、物性、物史、物功一起,可完善自然美特性系统,为自然审美批评提供比较全面的理论框架;再次,"物境"说深刻诠释了"身—心—境"三元论美学模式,为环境美学、生态美学提供了理论借鉴;最后,"物境"说已经融入园林艺术、环境规划活动中,富有实践品格。

关于《河岳英灵集》的理论研究,卢燕新《论钟嵘〈诗品〉与殷璠〈河岳英灵集〉选编理论的构建》(《社会科学战线》2023年第12期)考察了《诗品》与《河岳英灵集》的关系。卢文认为殷璠《河岳英灵集》的选编理论很大程度上受益于钟嵘《诗品》,具体可从五个方面管窥:《诗品》"网罗今古"与《河岳英灵集》"审鉴诸体,委详所来"的"编纪"观;《诗品》"文质"论与《河岳英灵集》"文质半取"的芟剪标准;《诗品》"掎摭病利"与《河岳英灵集》选本中植入品藻的编集体例;《诗品》"宗流"观与《河岳英灵集》源流比较法;《诗品》"警策"论与《河岳英灵集》的摘句品次。通过研究《河岳英灵集》选本理论与《诗品》的关系,可以探究《诗品》的传播与接受,也可以追溯殷璠选本主张的文化渊源,更好地认知《河岳英灵集》的诗歌批评特点。王雨晴《〈河岳英灵集〉评孟浩然"半遵雅调"辨》(《荆楚学刊》2023年第1期)关注殷璠对孟浩然"半遵雅调"的批评,认为有独特的理论意义。王文指出在盛唐诗学语境内,"雅"拥有丰富的审美内涵,于孟诗中得到充分表现。"半遵"之判定,则是由其五律"以古行律"的体式特色所导致。"雅调"之外的另一半,是"逸"的美学特质。"雅"与"逸"作为相对的美学范畴,既排斥又相容,既对立又统一,在矛盾冲突中达至平衡局面,构成了孟诗和谐又富于张力的美学风貌。"半遵雅调"的个体成因,可能与才能所限与喜好追求相关。殷璠此评对认知盛唐人对孟浩然的当代接受、古近诗体交流互渗的诗坛现象,以及时人的辨体意识和尊体观念,均有重要意义。

"诗格"、《河岳英灵集》以外的文学理论研究也受到一定的关注,如赵晓华《论张九龄的兴寄诗学与创作实践》〔《北京大学学报(哲学社会科学版)》2023年第1期〕。赵文认为张九龄提倡"风雅之道,兴寄为主",明确提出诗歌以"兴寄"为基本的创作精神与艺术手法,这是他在陈子昂兴寄思想的影响下,在自己的创作实践中形成和确立起来的诗学。开元前期中朝诗坛有着传播陈子昂兴寄思想的有利条件,群体唱和也多重比兴,这是张九龄兴寄诗学形成的诗坛环境。而个体的寒素身份意识与仕途遭遇又促使他突破群体的比兴程式,尤其是外放洪州及荆州时在感激忧思的情境中,他进一步发展了以景兴情的创作,突出了兴寄诗学兴发的特点。《感遇》十二首则是他在丰富的创作实践的基础上,进一步从源头上学习诗骚感物兴发的思维本质和陈子昂林居观化的思理,立意新颖而兴寄遥深,展现了张九龄兴寄诗学的自我突围。论文从诗学和具体创作两方面的互动考察张九龄的文学理论,具有一定的新意。

总体而言,本年度的盛唐文学研究成果较多,成绩较为明显。一方面注重文学本体的继续深入考察,得到不少新的发现和了解;另一方面注意不同领域的结合、不同视角的考察,多层次地展现了盛唐文学的研究,尤其是出现了多篇中外互动的研究,为盛唐文学的研究提供了新视野和借鉴。当然,本年度研究也有文学本体研究深度不够、跨学科研究理论结合牵强生硬的现象,在今后的研究中注意和解决相关问题,盛唐文学研究一定能出现更多优秀、扎实的成果。

中唐文学

□ 李芳民

根据中国知网学术期刊数据库及中国人民大学报刊资料中心所编《中国古代、近代文学研究》两者统计,2023 年度有关中唐文学研究的论文有 100 篇左右(不包括白居易、元稹、韩愈与柳宗元四家之专论),论文总数与上年度相差不多。本年度的基本情况是,宏观综合性研究,论文有十余篇,就论题与切入的角度看,不乏值得称道者。作家作品研究论文所占比重最大,研究重心则主要集中于刘禹锡、李贺二家。唐人小说研究本年度成绩不佳,不仅论文总数有所下降,且有突破性与创新性的论文亦较少。以下就上述几个方面,择其要者略作介绍。

一、综合性研究

本年度围绕中唐文学的宏观综合性研究,涉及的内容大致包括大历诗风、韩孟诗派、中唐文学的新变、中唐政治与文学、地理空间与文学,以及特定地域的文学唱和等几个方面。

关于大历诗风,近几年的讨论已较少,本年度刘学锴《大历诗风与盛唐余响》(《学术界》2023 年第 9 期)一文,则围绕大历诗风中的盛唐余响问题,做了新的讨论。文章在梳理历史上相关批评与当代研究成果的基础上,围绕胡应麟《诗薮》评论大历诗歌"气骨顿衰"与"盛唐余响"两个侧面,结合几位诗人的具体创作,着重就大历诗风中"盛唐余响"一面做了重点分析,指出大历诗风的特点,并不只有气骨之衰,还有"盛唐余响",乃至还有自成高格的韦应物。由此认为,若从盛唐诗风变化的全过程考虑,将大历诗风划归盛唐或更为合适,也即盛唐可划分为以李白、王维为代表的兴盛期,以杜甫为代表的巅峰期,以大历诗人为代表的衰变期或余响期;而以韩孟元白刘(禹锡)柳与李贺为代表的中唐诗歌时限,则可从韩愈登台的贞元八年(792)划到李商隐登台的大和初。

孙羽津《韩孟诗派最后十年的孤芳与微澜——以备受争议的〈石鼎联句〉为中心》(《北京师范大学学报》2023年第4期)一文,则通过《石鼎联句》这一联句唱和作品的深细解读,阐发本事与意旨,探索深隐之幽赜,并进而分析其在韩孟诗派演变中的独特意义。文章回顾了自宋至清《石鼎联句》的阐释史以及围绕作品本事与作年之聚讼,分析了《石鼎联句》的独特特点。在此基础上就联句的本事与作年做了进一步的探讨,揭櫫其贬(皇甫)镈崇(裴)度之幽旨。尤值得注意的是文章由此联句对韩孟诗派盛衰格局变化意义的揭示,认为《石鼎联句》在韩孟诗派中具有难以替代的位置,它既是诗派中兴的顶点,也是中兴的终点,在韩孟诗派中兴事业的苗圃中,它绽放为一枝绝异的孤芳,漾开几许涟漪。

中唐文学的新变向来备受关注,本年度吕家慧《感人心而天下和平:中唐政治观念与文章新变》(《北京大学学报》2023年第3期)一文,则从一个新的角度,对中唐文学新变的原因做了新的阐发。文章认为中唐文学的新变,与盛中唐政治观念的变化密切相关,由于政治观念的转向,文章观念及文章的内容也因而发生了变化。也即盛唐是以礼乐制作为圣王致太平的标志与必要程序的,故文章从属于礼乐,文士则以润色鸿业、颂美盛世为职志;而安史之乱后,盛世不再,中唐面临秩序重建的迫切问题,由此《易传》"感人心而天下和平"成为中唐盛世观念的经典基础。中唐政治观念的这一变化深刻地影响了中唐文学,由此,中唐改良现实的时政褒贬之文,取代了盛唐的礼乐雅颂之文。相对于盛唐文士以雅颂之文配合礼乐建设、润色鸿业,中唐文士则欲以美刺褒贬之文达到"感人心"的目标,借此参加到中唐秩序重建的理想当中。

同为阐发盛唐之后文学观念的新变，刘顺《唐代中后期的"以理言道""言意之辨"与诗文观念》(《上海师范大学学报》2023年第5期)一文，关注的则是唐代中后期儒者围绕"理"以及与之相关的"言意之辨"和诗文新变问题。文章认为，唐代中期思想世界所出现的以论理为言道的认知新风，源于中唐士人对于时代与思想危机之压迫的回应，作为人生态度与理念之"理"与一般之"理"，成为唐代中后期文本书写与诗文观念中的重要内容。而"陈言之务去"及"造化争衡"则是"理"范畴化对于唐代中后期文学影响的另一明证。"言能尽意"大体可视为此时期的基本共识，言意关系的再问题化以"如何尽意"为焦点，也深化了同时期文论在技法与观念诸层面的讨论，由此，也更易见出唐宋之间在思想方式之根本范畴及其衍生问题上的连续性。

　　唐代吏治与文学之争的话题，前曾有学人展开过讨论，本年度田恩铭《唐代文学史上的第三次吏治与文学之争》(《北方论丛》2023年第2期)一文，可说是对此前讨论的延伸思考。文章认为，盛唐尝有吏治与文学之争，而在张说、张九龄之后，党争并未消歇，安史之乱前后，围绕玄肃之争引发的文学事件依然存在且与吏治关联密切，房琯与贺兰进明之争即盛中唐时期的第三次吏治与文学之争。文章通过对贾至《自蜀奉册往朔中途中呈韦左相文部房尚书门下崔侍郎》诗及安史之乱后围绕玄肃父子恩怨的相关史实的解读，就房琯文儒集团的形成及与之相关的第三次吏治与文学之争做了论析，指出第三次吏治与文学之争与前两次的不同是，房琯遭逢乱世，置身于玄肃之间难以持平两端。房琯被贬，文儒集团瓦解，陆续贬黜的贾至、杜甫等人则迎来了文学创作的高峰期。

　　中唐诗歌的"吏隐"主题，前曾引起过学人的关注与讨论，本年度徐贺安《京畿空间与中唐吏隐诗学的体系建构》(《杜甫研究学刊》2023年第3期)一文，则以钱起、韦应物、白居易、姚合等曾任职京兆府畿县县官的中唐诗人为观照对象，就京畿这一特定空间与中唐吏隐诗学的关系做了论析。文章主要围绕中唐吏隐诗学产生的地理因素与政治因缘，京畿空间视野里的中唐吏隐诗学体系涉及作者的身份特征与仕宦心态，诗人的情感表达与创作心态、诗体、诗题的选择与呈现、审美的具体形态与发展演变、中唐京畿吏隐诗学与中唐吏隐诗学之间衍生、转变、发展的关系展开讨论，分析了京畿空间对于中唐吏隐诗学建构的意义。

文艳蓉《中唐杭越唱和及其文学史意义》（《中国文化研究》2023 年冬之卷）一文，则就长庆、宝历时期以元稹、白居易为核心的杭越诗人的唱和活动做了梳理，并论其所具有的文学史意义。文章围绕杭越唱和始末、唱和特点、唱和与中唐诗人的关系及其域外回响几个方面展开，认为这一唱和活动不仅历时较长，存世作品较为丰富，涉及诗人众多，还开拓了诗人唱和的新风气，促进了诗人的编集意识，重构了中唐诗人间的关系，对中晚唐诗坛发展动向具有重大影响，其在异域也产生了较大的回响，对日本汉文学发展有着积极的作用，因而这一唱和具有重要的文学史意义。

围绕中唐新乐府诗人创作的讨论，本年度则有马兰州《"采诗观风"：中唐新乐府诗人对诗歌舆情功能的张扬》（《文学与文化》2023 年第 2 期）一文。文章追溯了先秦时期"采诗观风"的制度，认为这种制度能使诗歌发挥舆情功能，而中唐新乐府诗人倡导恢复"采诗观风"制度，创作上践行"采诗观风"思想，搜集舆情，一事一吟，随事立题，旨在上达人主，故这类诗歌每每有"报道"新情况的意味，带有浓厚的舆情色彩。

二、作家作品研究

本年度中唐作家作品研究，涉及的作家大致有元结、顾况、刘长卿、韦应物、李幼卿、常衮、钱起、李端、孟郊、穆质、卢仝、贾岛、姚合、王建、武元衡、刘禹锡、李贺、沈亚之等 20 余位，不过整体而论，所涉作家论文的数量与质量并不平衡，以下仅择要介绍。

与其他中唐作家相比，钱起近年来的关注度不高，本年度许柳泓《论钱起诗歌中的"片"》（《广东开放大学学报》2023 年第 1 期）一文则于钱起诗歌艺术有一些新探索。作者注意到钱起诗歌多用"片"字，由此从词义角度考察了"片"之多重语义，分析了钱诗中以"片"修饰物象时呈现的实体实象与实体虚象两种类型。认为钱诗中"片"的基本义"些少、零散"多用于对实体实象的修饰，表"宽阔、绵长"的派生义则多用于实体虚象的修饰，其以"片"修饰实体虚象之物时将物象模糊化，修饰实体实象之物时化刚为柔，二者共同创造出空灵的诗境，而这样的诗境则是诗人在艺术创造中实现对痛苦现实的自我超越的表现。

韦应物研究本年度有论文数篇，其中焦缨添《"慕谢始精文"——也论韦应物的诗歌渊源与风格》（《西安文理学院学报》2023年第2期）一文，围绕韦诗"慕陶""慕谢"及韦诗的风格特点问题展开讨论。认为韦应物的创作虽兼取陶、谢二家，但接触谢灵运应更早，谢灵运对其创作的影响贯穿始终，对其诗歌风格的形成影响更大，其诗在谋篇布局、用词、情感表达上常可看到大谢的影子。韦对陶的关注主要集中在罢官闲居期间，拟陶、效陶之作多诞生于闲居之时，在写法上吸收了陶的古直，但其少有田园诗，其诗歌主旨与陶的田园意趣并不相同。韦诗的最大特点是呈现出"至淡而至浓""至浅却至难"风貌，这也是他能够区别于大历诸子而自成一家，并在中唐文坛独树一帜的原因。

图像传播是唐诗传播的方式之一，本年度朱万章《〈卢仝烹茶图〉的时代演进与图式变迁》（《美术学报》2023年第2期）一文，就历代画家对中唐诗人卢仝《走笔谢孟谏议寄新茶》（《七碗茶歌》《茶歌》）一诗的绘画表现做了梳理与分析。指出作为以卢仝煎茶为主题的传统故实画，《卢仝烹茶图》自宋代以降至20世纪，先后有刘松年、牟益、钱选、仇英、唐寅、丁云鹏、陈洪绶、金农、贺良朴、金城、俞明、溥伒、叶昀等画家画过此画，其画之图式大致有"茅屋式""芭蕉式""钱选式"三种，其中职业画家大多忠实于某一固定的图式，而文人画大多仿其意而未遵循任一图式。"卢仝烹茶"的题材之所以受到持续的追捧，一方面源于对诗人卢仝的追忆与缅怀，另一方面，则既有对宋代刘松年等人的《卢仝烹茶图》的继承与创新，延续图像教化的社会功能，又反映出"卢仝烹茶"所宣扬的一种文人生活方式在后世文人中的共鸣。卢仝赋诗、烹茶的隐逸生活，是历代文人在世俗的喧嚣中借以寻求的精神和物质的双重慰藉,在宋以降诸家之《卢仝烹茶图》中,可以看到这种生活方式的传承与延续。

诗人贾岛的研究,本年度以葛晓音《贾岛奇思"入僻"的理路及其古、律之分》(《中山大学学报》2023年第1期)一文最为出色。文章指出,贾岛历来被归入韩孟奇险诗派,但历代诗论一致认为其五律"清僻",这与韩、孟评价其诗"狂怪"相差甚远,因此作者从分析贾岛创作历程及求奇思路在古、律诗之中的差异与联系诸方面,就此做了富有新意与说服力的阐发。认为贾岛"狂怪"诗风主要见于早期的五古诗,这一时期他在构思与表现上效仿孟郊,常善于将行状、体量相差悬殊的意象组合在一起,追求出人意料的效果,但这种生峭怪异的思路在要求顺序构句的古诗中难以有拓展的余地,而在容许不按正常语法逻辑构句的五律中却有自由发挥的空间,这很可能是贾岛后来创作转向以五律为主的内在原因。尤其在他熟悉的荒寂澹冷的环境中,通过对事理物态的细致观察,借助构句方式的变化和意象不相论类的组合,能充分表现其对生存处境和世间相的感悟,这就导致了其五律形成了清绝幽僻的特色。因此,贾岛的五古、五律不同的风格特点,实与其由奇入僻的理路在两种诗体中不同的表现方式有关。

葛晓音本年度还有一篇论文《李贺诗歌"求取情状"的两种思路》(《文艺研究》2023年第2期),也是本年度李贺研究的出色之作。文章指出,杜牧关于贺诗"求取情状,离绝远去笔墨畦径间"的评论,贴切地指出了李贺创作的特色,但贺"求取情状"的笔墨与前人有何不同,其背后是否还有更深一层的艺术探索,则罕有学者论及。作者认为,贺诗"求取情状"的新奇有不同于前人的两种思路,其一是采用以实写虚的多种手法,依托场景处理的技巧写活臆造的情境,这主要表现于"探寻前事"一类诗歌中,也见于其他题材的十篇;另一则是力求表现难以名状的情状,努力捕捉人对外界环境的心灵感应,发掘感觉事物的深度,较多表现在描写节气物候和日常生活的题材里。李贺的这两种思路,目标和效果看似相反却并不矛盾,其不少名作实是两种思路的自然结合。贺诗的艺术表现,看似离绝笔墨畦径间,实则其创作的艺术原理可溯源到汉乐府与杜诗,而其"求取情状"的两种思路,则可说体现了他"笔补造化"的创作意图以及他对诗歌本质特征的深刻认识。

葛文之外,本年度戚昊《〈沧浪诗话〉"天仙""鬼仙"条考辨》(《安徽大学学报》2023年第2期)一文,围绕严羽批评李白、李贺的"天仙""鬼仙"之语的含义进行探讨,其中涉及李贺的"鬼仙"之义的阐释,亦值得李贺研究者参考。文章指出,严羽《沧浪诗话》中将李白、李贺以"天仙""鬼仙"并列对举,历来注家对之解读都存在一些逻辑上的问题,难以自圆其说。通过考察相关文献,指出严羽之评语实本于道教。在道教相关文献中,仙分鬼仙、人仙、地仙、神仙、天仙五等,"鬼仙"为五种仙阶中较为低等的一种,而"天仙"为最高一级仙阶。严羽真正要表达的诗学观念,是说世人将"仙""鬼"的标签分别贴给李白、李贺是不对的。李白诗仙气郁然,李贺诗也迥出尘表,富有仙意,只是二者相较,李白属"天仙",纯然无杂,李贺属"鬼仙",间有鬼气而已,二人是同中有异。而只有将严羽的话语带入道教文化语境,才能将"天仙""鬼仙"之义从逻辑上解释通。

张悦、李均洋的《李贺诗集在日版本的流布与传承》(《外语研究》2023年第2期),则以李贺诗集在日本的版本为研究对象,对李贺诗集在日本传播与流传情况做了考察。据该文所考,李贺诗集初传日本在公元1370年以前,现存日本最早的李贺诗集为《李长吉歌诗》院本,院本的成立证明《李长吉歌诗》至元刊本在日本曾经确实存在。江户时期的汉学家林罗山抄录并收藏的《李长吉歌诗》即为林本,林及其后人对李长吉歌诗的喜爱与推崇,对李贺诗在日本的传播起了重要作用。又据《商舶载来书目》载,宽政年间有《李长吉歌诗》舶载至日本,经考为《李长吉歌诗》王琦汇解本。日本文政元年《李长吉歌诗》官板刊行,对近代以后李贺诗在日本的传播具有重要意义。近代以后,李贺诗集被多次翻印、刊刻并收藏于日本各大图书馆。20世纪30年代以后,贺诗日译本相继出现,标志着日本对汉籍的受容发展到了内化并再创造的新阶段。

刘禹锡是本年度研究成绩较为突出的作家之一,论文约有十多篇,其中出色者有肖瑞峰《唐诗新变视域中的刘禹锡唱和诗》(《文学遗产》2023年第5期)、蒋寅《论刘禹锡七律的典范性》(《华南师范大学学报》2023年第2期)、戴伟华《刘禹锡〈忆江南〉及其"曲拍为句"新探》(《学术研究》2023年第2期),以及戴一菲《景图在文学传播中的生成机制与意义——以刘禹锡〈答东阳于令涵碧图诗〉及其"涵碧"意象为例》(《学术研究》2023年第11期)等篇。

肖文以刘禹锡唱和诗为对象考察刘诗所具有的新变特点与意义。文章首先从白居易"诗到元和体变新"诗句本意辨析入手,指出白的这一夫子自道语,只是限于七言长律范畴内的自我总结,并非指元和诗坛整体的革新趋势,但客观上却恰好可以概括元和诗人刻意求新求变的倾向。由此,作者将刘诗置于唐诗新变的视域,从诗歌内容与艺术两个层面,对其新变特点做了概括与分析。认为刘禹锡一方面将含蕴丰厚、耐人寻味的哲理意趣和豪健爽朗、催人奋进的抒情格调注入其唱和诗中,展现出鲜有其伦的思想刻度和精神刻度,为后人树立了一种人格范型;另一方面,则着力探索、完善唱和诗的艺术形式,具体表现为体裁丰富多变,不专于唐代唱和诗习用的五七言近体,精华内敛、微言寄讽的独特笔法,典故与比喻的精当运用及以戏谑笔调营造情趣。而刘唱和诗特异风貌与新变意义,对后人也具有开启法门的示范意义,宋代唱和诗在融入哲学元素、注重文字来历、习用典故比喻、辅以戏谑笔调等方面即深受刘之影响。

蒋文关注讨论刘禹锡七律的艺术成就与典范性。指出刘禹锡的七律、七绝历来获得很高评价,但当代学者重视其七绝而很少关注其七律,未对其七律的成就和典范意义有所揭示。文章以刘禹锡184首七律中的唱和、赠答、送别、题咏等题材为对象,对其创作的艺术成就与典范性做了论析。认为其主要表现为具有很强的把握体制的能力,不仅善于根据特定类型的体制要求来运用才能,更能根据写作意图和对象灵活处理内容与结构,突破传统规范的约束,创建新的规范。从刘禹锡那些最出色的作品中,可以看到其更多的创造性,而一般作品也能切题、切景、切事,称得上妥帖得体,技法圆熟,这使得其七律与七绝一样,为学者所瞩目。

戴伟华文通过对刘禹锡、白居易《忆江南》唱和词题下原注的细致分析,探讨文人词形成这一具有重要学术意义的问题。文章指出,白居易《忆江南》三首原注"此曲亦名《谢秋娘》,每首五句",是将文字词与音乐曲调作区别,曲调名《谢秋娘》是音乐范畴,"每首五句"是文学范畴,可以进一步理解原注明确了曲、词之分;而刘禹锡的"和乐天春词依忆江南曲拍为句"是对白词注的原版加注,说明刘禹锡和白居易词已有文字规定格式,而"曲拍"只是指《忆江南》曲调,类似后世的词谱,无音乐功能,"曲拍"为句的实际意义指依词式填词,而非依曲调填词。白的《忆江南》为三首,而刘和词只有二首,原因是刘所和乃白"春词"《忆江南》二首,其"山寺月中寻桂子"一首为"秋词"内容,故不在唱和范围内,刘词并没有遗逸。刘和白词的不同版本题名有差异,说明初词依调填词方式与音乐的关联,后变为依词填词与音乐分离的词体创作状态,而调名随内容而易名,反映了词由调名与内容一致向内容与调名分离的过程。

戴一菲文以刘禹锡《答东阳于令涵碧图诗》为讨论对象,考察景观、图绘与诗歌三者关系,探讨景观、绘画在文学意象传播过程中的特殊意义。文章分析了"涵碧"从景到图、从图到诗、从一处景观到广泛采用的多次传播,以期回答"涵碧"作为文学意象在其生成与传播过程中,对后世影响到底更多缘于文学的加持还是景观本身的特殊性,复现景观的涵碧图在其中又起着什么样的作用的问题。作者认为,"涵碧"在经过了由景到图和由图到景的两次传播后,多以景观为物质载体在文人群体中被广泛使用。传播过程中,以其审美视觉特性完成了景—图—诗的准确复制,因刘禹锡的名人效应,生成了特殊意义,建立了为政清明与"涵碧"景观之间的正向联系,并使文人雅趣在历史积淀中不断得到深入与强化。

与中唐文学相关的出土文献及作家作品考证研究,本年度也有不少成果,其中出色者有李浩《新见柳宗元七世祖柳庆夫妇合祔志初探》(《文献》2023年第1期)、胡可先《〈唐李幼卿墓志〉及其相关问题谫论》(《文学遗产》2023年第1期)、黄大宏与梁明玉《唐人常衮诗文辑署舛乱及伪作辨正——兼说卢纶诗误署常衮的讹误》(《内江师范学院学报》2023 年第 5 期)、史航《王建任侍御史新考》(《哈尔滨师范大学社会科学学报》2023 年第 3 期)、苏利国《从贞元"龙虎榜"进士穆赞身份到〈与僧彦范书〉作者的文献考察》(《图书与情报》2023 年第 5 期)数文。

李文以榆林市榆阳区古代碑刻艺术博物馆新入藏的柳庆与夫人裴丽华的两方墓志为主,对之作录文整理,并结合新出土的柳氏家族的其他墓志,对柳氏家族西眷房支的相关史实做了梳理。认为新材料可补史书四点之不足:一是关于柳僧习诸子的人数及柳庆的排行;二是柳庆子嗣数量及名字;三是柳庆的婚配;四是柳裴两个河东著姓之间长期的"姻娅周旋"以及北归士人与北方胡姓的"圈内婚姻"。

李幼卿是安史之乱前后的重要诗人与散文家,胡文以新出土的李幼卿墓志为中心,着重讨论了李幼卿在安史之乱中的表现、李幼卿的文学活动以及墓志撰者古文家柳识的情况。认为《唐李幼卿墓志》记载了李幼卿的家世、科第、仕宦、卒葬等,是其一生的真实记录;其中记载李幼卿在安史之乱中的经历、文学交游与诗歌创作,为研究安史之乱前后的政治与文学提供了难得的实证材料;而墓志撰者柳识,则是中唐前期的一位古文家,其所撰《唐李幼卿墓志》也是一篇堪称典范的古文。

黄、梁文则就现存文献中有关常衮诗文所存在的署名讹误、误题、文字舛乱等问题进行了考证辨析,指出现存常衮诗文署名讹误 30 篇(含误辑 8 篇)、误题 2 篇、文字舛乱 1 篇、伪作 1 篇。除应确认撰者、改拟题目及文字舛乱者外,有 21 篇应予删正。

史文则就王建任侍御史的时间问题展开讨论,文章在梳理学界相关研究的基础上,重新检索文献,提出了新的看法。认为王建任侍御史一职并非在其任陕州司马前,结合唐代兼官制度、唐代官职称呼习惯,王建之任侍御史非独立官职,应是地方官兼领京衔的情况,其始任时间在大和二年(828)秋。

唐贞元八年(792)科举"龙虎榜"中有穆赞,因对其人的记载较少,故其人身份信息的确定未能有令人信服的定论,苏文即是对穆赞其人情况的考证。经作者考证认为,穆赞为穆审之子,穆宁之侄,与赞、质、员、赏为从兄弟,是僖宗时宣武节度使仁裕之父,曾任兵部员外郎。由此断定《全唐文》卷五二四所收《与僧彦范书》的作者并非穆质而是穆赘。

三、传奇小说研究

本年度有关传奇小说研究的论文有20余篇,不过有创新突破的论文甚少。其中,朱银宁的《术语翻译、比较研究与"唐人传奇"概念的现代演化》(《文艺理论研究》2023年第1期)、侯晓晨的《论唐传奇微观地理空间叙事》(《曲靖师范学院学报》2023年第1期)以及谷文彬与李雨薇的《唐传奇中的窥视叙事及其文化意蕴》(《天中学刊》2023年第1期),是较为出色者。

围绕"唐人传奇"术语概念,近年学界多有讨论,朱文在此前讨论的基础上,就概念之演化过程再作考察分析。文章从晚清民国时期的术语翻译与比较研究入手,通过原始资料的解析,梳理了"唐人传奇"概念从古典义向今义演化的具体过程。作者认为这一过程的发生发展,除了鲁迅的个人作用外,至少涉及三个因素,即概念古典义的理论基础、文学全球化的环境风气以及本土批评方式的学理机制。由此其从"'传奇':与文体概念Romanc(罗曼史)的对接""'唐人小说之风':与批评术语Romanticism(浪漫主义)的混同""'唐人传奇':新概念的生成与运用"几个方面进行了梳理。指出在面对外来理论与研究时,国人一方面表现出对古典文学研究的现代性的追求,另一方面沿用了偏重时代因素的本土批评方式,两者在互动纠缠中建构出今天的"唐人传奇"概念,成为"知识"而干扰学术研究。

侯文属于唐传奇的叙事研究。作者按照唐传奇地名标示范围的大小,将之分为宏观地理空间与微观地理空间,而文章关注的则是微观地理空间,也即由标示里坊街巷等较小范围的地名建构的地理空间。主要讨论唐传奇中微观地理空间叙事的技巧与功能,分析其技法渊源以及微观地理空间叙事在宋元小说中的演变。认为唐传奇中微观地理空间的基本功能是以其真实的地理方位增强小说的真实感,部分作品中使用的微观地理空间链,承担了推动情节发展和增强叙事合理性的双重功能;唐传奇微观地理空间链叙事,可能与文本写定前的口述需要、作者本人的长安空间经验以及"长安想象"这三个因素有关。由于作者与读者不再具备同城化的空间默契,宋元小说中的微观地理空间呈现式微之态;与之相反,由于"说—听"环节上的同城性,宋元话本小说则继续运用微观地理空间叙事。

谷、李文也属于唐传奇的叙事研究范畴。叙事视角本是叙事学研究的一个重要方面,但此文讨论的则是唐传奇中的窥视叙事,论题较为独特。作者将唐传奇窥视叙事分为四类,即有意窥视、从无心到有意窥视、处于无心到有意之间的窥视、偷看者受到偷看对象反制的窥视。窥视叙事的功能,主要体现在人物视线的聚焦、形成复杂的叙事结构、调节叙事结构、增强故事的真实感、凸显人物性格、推动情节发展几个方面。认为唐传奇窥视叙事,是对"非礼勿视,非礼勿听"传统道德观的挑战,也是佛道文化的投影,亦是当时文士追求风流的集体无意识的自然流露。

晚唐五代文学

□ 亢巧霞 吴在庆

2023年晚唐五代文学研究取得较丰硕的成果,发表的文章较去年而言,在数量上有一定提高。学界在进一步细化诗人研究的同时,对于唐五代小说和文的研究逐渐减少,现从以下方面分别进行述评。

一、唐五代诗人和诗风研究

(一)诗人研究

赵庶洋《许浑诗集的稿本与定本之辨》(《文献》2023年第4期)一文认为宋蜀刻本《许用晦文集》应是许浑诗集定本。文章将乌丝栏诗与宋蜀刻本进行对比,作者提出许浑在大中四年(850)抄写完乌丝栏诗之后的十年时间里,重新审视之前诗作并进行一定程度的改动,这是导致乌丝栏诗真迹与宋蜀刻本出现众多异文的根本原因。文章认为岳珂《宝真斋法书赞》卷六所收许浑乌丝栏诗真迹虽由许浑亲笔所书,但只是其诗集形成过程中一个中间环节,是许浑诗歌的一个早期稿本,非最终定本。刘学锴《温庭筠段成式晚年经历交游考》(《安徽师范大学学报》2023年第3期)一文考证得出段成式任江州刺史的时间,上限为大中十四年(860)五六月,下限为咸通二年(861)秋。文章进而考出段成式、温庭筠晚年交游及经历大概。作者认为温庭筠大中十三年(859)始贬隋县尉及入徐商襄阳幕之说不可信。另外,作者提出温庭筠咸通三(或四)年(862或863)从荆州东归吴中旧乡,路由广陵,受辱,亲至京师谒公卿诉冤的史籍记载亦不足信。文章提出温庭筠咸通中没有任何东归吴中的条件,其《商山早行》等诗中的"故乡",只能是作为第二故乡的长安鄠郊别墅,而非吴中旧乡。罗曼《韦庄〈又玄集〉版本流传及相关问题考论》(《山东图书馆学刊》2023年第3期)一文溯清韦庄《又玄集》的成书和流传过程。文章认为《又玄集》成书于光化三年(900),在五代时期该集颇受人追捧,宋代真本《又玄集》保持完整且流传广泛,元代《又玄集》仅偶尔现于类书,元末已极罕见。明清时期,真本《又玄集》已失传,清康熙年间王士禛所编《十种唐诗选》中收录的《又玄集》为赝造。20世纪50年代,经京都大学清水茂教授持赠,亡佚数百年的《又玄集》重归中土。作者认为该版本当属宋元刻本系统。另外,王艺诺《中唐至五代江浙吴语区诗人用韵:皎然、许浑、贯休诗韵对比》(《连云港师范高等专科学校学报》2023年第3期)一文立足文本,从音韵学角度考察三位诗人的用韵。

葛晓音《温庭筠乐府效法"长吉体"的取向》(《中国文化研究》2023年秋之卷)一文从李贺诗歌"探寻前事"注重提炼场景、善于表现内心的深层感觉以及用细节暗示情思这三个方面,分析温庭筠对"长吉体"的取舍。文章认为温庭筠"探寻前事"的乐府诗效仿长吉体主要在于其用细节真实还原历史场景,且只取与现实生活相符的片段。对于李贺用非现实的想象虚构历史情景的做法则有所不取。同时,温庭筠乐府诗既能体悟李贺发掘心理感觉的创作追求,又能融入自己独特的生活体验和巧妙创意,并充分发挥其构思深曲的特长。文章认为温庭筠通过新颖的立意和变化多端的章法使其乐府诗保持七古的声调体势,体现其视南朝陈隋乐府为本色当行的体式意识和诗学理念。作者提出中唐新题乐府经白居易和李贺的变革后,在温庭筠手里再度创新,又向乐府歌行体最初的风貌回归。李杰《韩偓诗歌隐逸情怀研究》(《西安航空学院学报》2023年第2期)一文从诗歌内容、思想动机、隐逸主体三个方面论析韩偓隐逸情怀。文章认为韩偓的隐逸情怀贯穿其整个诗歌创作生涯,且具有鲜明的阶段性。作者提出从诗歌内容来看,韩偓隐逸情怀产生原因由青中年爱情、科举、仕途受挫的个人因素演变为晚年王朝变迁的社会因素。从思想动机来看,由进士及第前单一的儒家思想扩大到及第后儒道并行再到囊括儒释道三教。杨熹《唐彦谦诗歌风格特色及意义影响探论》(《常州工学院学报》2023 年第 3 期)一文提出,唐彦谦在诗歌艺术风格上除效法温、李诗风的绮丽与凄怆外,又追求质朴深沉之感。文章认为唐彦谦的诗歌讽喻悠远,在诗意晓畅与用典深奥之间达到美的平衡。作者提出唐彦谦诗歌影响宋初西昆体的写作,同时成为黄庭坚师从杜甫的桥梁。赵玉龙《独具特色,备矇瞍之采:晚唐于濆诗歌艺术论》(《新乡学院学报》2023 年第 2 期)一文认为于濆诗歌最典型特征是语言浅显,这与中唐元白诗派一脉相承。文章提出于濆坚持现实主义的创作道路,力矫晚唐诗坛绮靡柔弱的弊俗,形成自己独特的诗歌艺术风格。作者认为于濆诗歌意象新颖、构思独特,善于选取典型人物和事件,并巧妙化用历史人物和故实,运用对比烘托等手法。赵玉龙《于濆:晚唐苦难代言人》(《文史天地》2023 年第 6 期)一文提出于濆是一位以反映社会现实和民生疾苦的卓然自立的诗人,其诗歌内容丰富,情感充溢,语言平易而意蕴深厚。罗尚荣《耒阳江口春山绿,恸哭应寻杜甫坟——郑谷诗对杜少陵的接受蠡析》(《湖南工程学院学报》2023 年第 1 期)一文提出郑谷对杜甫的接受既存在于诗歌创作层面,也着眼于典范人格之高度,二人都将时代悲苦与自身命运的坎坷用沉郁苍凉的笔调以诗记之。钟云兴《裴说诗歌特点分析》(《汉字文化》2023 年第 2 期)一文认为裴说诗歌用词大有贾岛、李洞之遗风。

林婉心《晚唐李咸用诗歌论稿》(吉林大学 2023 年硕士学位论文)、郭晓芸《晚唐鱼玄机诗歌研究与整理》(上海师范大学 2023 年硕士学位论文)、王思琪《韩偓〈香奁集〉对宋词的影响研究》(华东师范大学 2023 年硕士学位论文)皆是围绕晚唐五代诗人选题的硕士论文。

另外,李巍《司空图〈二十四诗品〉的批评特色和审美风格》(《宝鸡文理学院学报》2023 年第 3 期)一文认为《二十四诗品》继承钟嵘《诗品》、杜甫《戏为六绝句》,可视为一种"以诗论诗"的批评方式。作者提出司空图借用各类意象创造出"不着一字,尽得风流"的审美世界,将"拟象批评"这一批评方法运用到了极致。文章认为司空图这种审美世界的打造离不开《庄子》语汇的使用以及司空图对道家美学的追求,其作品也创造了清淡自然、含蓄朦胧的诗美世界。董丽《〈二十四诗品〉"含蓄"与"超诣"风格差异研究》(《汉字文化》2023年第8期)一文提出司空图"含蓄"风格的侧重点在"言","超诣"之境则偏重的是"象"。

(二)诗风和社会风尚研究

傅绍良《试论唐末的"僧侣伴直"现象》(《中州学刊》2023年第5期)一文探讨的是唐末朝官寓直多邀请僧人陪伴现象的文化背景与原因。文章认为晚唐时期,僧人与朝官交游密切,从情感上达到知己的境界,这种知己感,使得朝官和僧人既同怀伤感乱世之心,又共有避隐山林之趣,这构成了"僧侣伴直"的情感基础。晚唐时期官署把寓直作为习禅养心的现象十分普遍。同时,文章提出伴直僧侣和寓直文人通过品茶和谈静的交流方式,二者达到精神默契,从而淡化个人与时代的焦虑。侯琳琳、和谈《论唐末易代文人的焦虑心态及文学书写——以杨凝式、冯道、和凝为考察中心》(《哈尔滨工业大学学报》2023年第1期)一文以杨凝式、冯道、和凝的诗文为切入点,考察他们在易代之际心态的多面性和复杂性,加深了对唐末易代文学的研究。张笑《中晚唐诗作中"中原美学"书写的三个维度》(《文学研究》2023年第22期)一文从历史书写、苦难书写与心境书写三个维度探究中晚唐中原诗人的书写习惯。杨琼《中晚唐高氏家族的学术与仕进——以新发现高少逸墓志为中心的考察》(《浙江大学学报》2023年第6期)一文考证新发现的《高少逸墓志》所载高少逸科举、仕宦、学术经历,补正与完善两《唐书》高少逸传记;进而将墓志内容与中晚唐政治、文化环境联系,探讨高氏家族政治振兴与家学传统之间的关联。作者认为中唐高少逸、高元裕兄弟一辈再次跻身高级官僚序列,为晚唐高璩超迁担任宰相奠定了基础。文章提出《高少逸墓志》为学界从个人的宦海浮沉观察整个家族的兴衰荣辱提供了宝贵资料。刘顺《唐代中后期的"以理言道"

"言意之辨"与诗文观念》(《上海师范大学学报》2023 年第 5 期)一文提出,唐代中后期思想世界所出现的以论理为言道的认知新风,源于中唐士人对于时代与思想危机之压迫的回应。作者认为唐代中后期"理"成为文本书写与诗文观念中的重要内容。

吴玉婵《世积乱离与中晚唐早朝诗》(《唐山师范学院学报》2023 年第 1 期)一文提出中晚唐早朝诗歌的新变在于内容上由单纯颂圣转变为文人聊以消忧的窗口。文章认为中晚唐的早朝诗在意象、风格和诗人心态三个方面皆呈现出较大变化。侯佳宁《论中晚唐游仙诗的世俗化——以曹唐为例》(《邢台学院学报》2023 年第 1 期)一文从三个方面观照中晚唐游仙诗的新变。文章认为曹唐的游仙诗最能体现中晚唐游仙诗世俗化的特点,曹唐游仙诗展现人间化的仙界,而且语言不假雕琢,表达通俗。何鑫妍《中晚唐乐舞诗中"霓裳羽衣"意象的生成与审美》(《湖北文理学院学报》2023 年第 10 期)一文提出中晚唐时期共有五十余首诗歌涉及"霓裳羽衣"曲。"霓裳羽衣"意象在中唐诗歌中拥有更多的盛世感慨与宴饮欢娱,在晚唐诗歌中则更具亡国之意与求仙隐秘。文章认为经中晚唐诗人的书写,"霓裳羽衣"意象产生广泛影响,并为后世创作提供重要素材。白婧《中晚唐时期边塞诗中长城的美学意境》(《中国民族博览》2023 年第 9 期)一文提出,中晚唐边塞诗中,长城经常和月亮、羌笛、琵琶、胡笳、战马、旌旗、风沙、大雁、秋风、草木、大漠、长河、阳关、玉门关等意象同时出现,共同构成肃杀、悲壮的氛围,营造了含蓄的唯美意境,体现出中晚唐边塞诗歌的写实主义思想,表达了诗人对战争的厌倦、对戍边将士和思妇的同情。陈思凝《论中晚唐咏柳诗中的生命意识》(《新楚文化》2023 年第 11 期)一文提出中晚唐诗人借咏柳表达女性审美的诗歌大量增多,诗人对女性的书写也由外及内。同时,这一时期的咏柳诗对柳的体认从外在形态延伸至内在气质。作者认为中晚唐咏柳诗的新变也表现出哀落时代对士人人生价值的影响。

二、唐五代词研究

（一）《花间集》与花间词人研究

杨传庆《〈花间集〉的诞生——基于后蜀初年伎乐建设及"诗客曲子词"创作的考察》(《文学遗产》2023 年第 3 期)一文提出，后蜀初年伎乐建设对新曲新词的迫切需求，为《花间集》的诞生提供了历史契机。文章认为，欧阳炯《花间集叙》中对南朝"宫体"与"倡风"的批评亦是以前蜀为鉴戒的反映，同时，唐季五代"诗客"词人敢于突破传统乐曲规定，积极创制新调。他们创作的声律谐婉、歌词精雅的"诗客曲子词"，强化了曲子词的文学性，提升了艳词的审美层次，满足了编选者对新型歌词的需要，是《花间集》得以编选成功的文本基础。文章认为《花间集》首次对"诗客曲子词"加以汇集，其诞生是曲子词发展史上的一个里程碑。《花间集》的编选体现了对"诗客曲子词"的维护与推尊，为"词"这一新兴文体在未来的大发展奠定了坚实基础。郭艳华《论"诗骚传统"与花间词的精神向度》(《中山大学学报》2023 年第 2 期)一文提出，"诗骚传统"对花间词精神向度的牵引与塑造主要体现在理论层面和创作层面这两个方面。在理论层面，作者认为花间词人延续雅正观念与瑰丽文辞相统一的创作精神，将"清绝"之质与"侧艳"之辞融合一体，超越传统诗教而释放艺术活力；在创作层面，花间词人以"诗骚传统"中的现实精神为价值皈依，秉持"比兴寄托"的创作原则，赋予词体特定的时代精神与思想内涵。孙静静《浅析〈花间集〉的词作特点及文化意蕴》(《汉字文化》2023 年第 15 期)一文提出《花间集》对女性的描写多以视觉描述入手，能从这些词作中感受到女性的日常生活，也可以从侧面窥探到封建制度下女性困囿于一方天地的生存环境的不易和难以掌控自身命运的无可奈何。

朱博杨《温庭筠词的设色与意象建构》(《广西民族师范学院学报》2023 年第 1 期)一文以《菩萨蛮》十四首为例，对温庭筠的设色与意象建构进行探究。作者认为温庭筠善于将情感隐藏于词的意象之后,他通过"因情设色"的方式创造了许多秾艳的意象,使意象呈现在读者眼前,情感藏于意象之后。同时,文章提出温庭筠的词不仅单一意象具有含混性,多重意象的组合、连缀方式也使其词作在理解上产生大量可以填充的空白,由读者自行填补,从而使文本产生无尽的想象空间。吕晓琪《温庭筠词时空建构的创新意义》(《汉字文化》2023 年第 4 期)一文提出温庭筠词在时间上多以侵晓、日暮、夜半和三春为主要选取对象,在空间上则注重轻巧柔丽的外部空间表现和奢华的闺帏内部描摹,这些时间与空间的组合转换、虚实相生共同构造出温词深致密丽的词境,使其细腻的情感溢于词境之外,并产生富丽靡艳而又梦幻缥缈的审美效果。

村上哲见是日本持续研究词学的学者之一。杨操、邱美琼《日本学者村上哲见的唐五代词研究》(《绍兴文理学院学报》2023 年第 5 期)一文提出村上哲见的唐五代词研究,在词学通论性研究方面有诸多创见,体现出其"诗词贯通"的基本学术思想和以实证为基、重视对比研究的特征。文章认为村上哲见的唐五代词研究主要体现在三个方面:一是探讨了词体源流的相关论题;二是对中唐的词进行探讨,对本身是绝句而被看作歌辞的作品和由诗人创作非诗长短句的词进行了辨析;三是着眼于西蜀词和南唐词这两大五代词群体,对五代词的发展脉络进行了讨论。杨操、邱美琼《日本学者村上哲见的温庭筠研究综论》(《成都师范学院学报》2023 年第 1 期)一文从四个方面梳理村上哲见对温庭筠的研究成果。文章认为村上哲见对温庭筠的研究,既借鉴中国学者的研究成果,又有其自身的精深钻研,已成为温庭筠研究成果的重要组成部分。

(二)南唐词人研究

王岩《李煜词的内容与语言特色探析》(《白城师范学院学报》2023 年第 4 期)一文认为李煜无论身处皇宫内院,还是被囚禁在都城汴京,词作中所凝结的主观情感真挚,毫无矫揉造作之感;从语言运用上来看,李煜词中大量使用白描手法,直白明快,本色自然,浅显易懂。吴昌林、张蕊《李煜诗中的"二律背反"》

(《山西大同大学学报》2023 年第 5 期)一文结合康德哲学中"二律背反"的观点,探析李煜 18 首诗歌。文章认为李煜诗歌中存在三对"二律背反",一是有我之境与无我之境的意境背反,二是明艳之象与寥落之意的意象背反,三是无意为帝与奈何为帝的命运背反。隋宏宇《论冯延巳词中的愁绪书写》(《汉字文化》2023 年第 2 期)一文认为南唐冯延巳词作中的愁绪书写,沉郁顿挫又充满哲理。强心怡《冯延巳词作悲情意象研究》(《闽西职业技术学院学报》2023 年第 3 期)一文以自然景物意象、动物意象、感觉意象以及色彩意象这四类不同属性的悲情意象为切入点,阐析冯延巳词作特点。文章认为冯延巳词作多表达离别之情与羁旅之思,体现政治抱负难以舒展的悲苦和孤身奋战无人理解的寂寥,寄寓岁月易逝、时不我待的生命意识思考。冯延巳词作在审美情调与词意风雅层面拓展了词的意境。张金晶《试论冯延巳词对韩偓诗的接受》(《文学教育》2023 年第 4 期)一文认为冯延巳词中热烈执着"九死不悔"的精神内涵与他对韩偓诗歌的学习继承是分不开的。文章提出韩偓与冯延巳相似的处境造成了他们对时政、世事、人生等相似的看法与体验,这种相似的体验是韩偓诗能引起冯延巳共鸣的原因。张金晶《试论冯延巳词对李商隐诗歌"朦胧美"的接受》(《名作欣赏》2023 年第 17 期)一文从意象、意境和意旨三个角度阐析冯延巳词作对李商隐诗朦胧美的继承。

另外,袁虹《浅析唐五代词中情感符号的运用》(《名作欣赏》2023 年第 3 期)一文以唐五代词作中的典型作品为例,从三个方面分析作品中情感符号运用的相同性、相异性和组合性及其与语言表达之间的关系。同时,作者提出唐五代词有一半之多是写女性的,这些文本为我们研究古代女性的生活史和心理史提供了极其丰富的宝藏。潘良运《晚唐五代词中山水画屏的研究》(《民族艺林》2023 年第 2 期)一文以晚唐五代词中的山水画屏为基点,从诗词中的"屏山"意象、五代词中的山水画屏、五代词中山水画屏的绘画风格、五代词中山水画屏对词的意义四个方面进行阐析。

2023 年学界对于唐五代小说的关注度不高,研究成果较少。王晶《〈太平广记〉引〈酉阳杂俎〉文字异文研究——以〈酉阳杂俎·诺皋记〉为例》(《巢湖学院学报》2023年第2期)一文从异体字、古今字、通假字、正俗字四个方面,以段成式志怪笔记小说《酉阳杂俎·诺皋记》为例进行文字异文研究。张乾宇《唐五代小说中的女性与科举研究》(辽宁师范大学2023年硕士学位论文)、贾路阳《唐五代小说中唐人神异化现象研究》(辽宁大学2023年硕士学位论文)是围绕唐五代小说选题的硕士论文。

综合来看,2023年晚唐五代文学研究成果斐然。就诗人来说,第一是细化了诗人研究,学界继续关注到一些小诗人,如唐彦谦、于濆等。第二是拓宽了研究面,比如对花间词人温庭筠,研究其词作的同时,对其诗歌的研究有所加强。第三是进一步加强了文献古籍研究,比如对许浑诗集稿本与定本之辨、韦庄《又玄集》流传过程、温庭筠段成式交游考等。就词人来说,关注到境外学者的研究成果。

王维研究

□ 曹 璐 康 震

2023年王维研究在继承往年研究成果的基础上有一定程度的开拓。本年度出版王维研究的专著2部：王志清《坐看云起：王维的三十二相》（河南人民出版社2023年）、王志清《论王维》（商务印书馆2023年）；王维诗集的选注本1部：赵仁珪、王贺选注《王维诗选》（中华书局2023年）；王维传记1部：张清华《王维传》（民主与建设出版社2023年）。中国知网检索表明，2023年王维研究的相关论文数量有所减少，期刊论文、会议论文约70篇，硕士论文共3篇。以上研究成果按论题可大致分为生平与作品考证、思想与文化研究、艺术特征研究、影响接受研究、中外比较和译介研究等几方面。下文择要予以评述。

一、生平与作品考证

本年度在王维生平事迹和诗文作品考证方面都有较为出色的研究成果。生平方面，学界一直较为关注王维安史之乱中的陷伪经历。黄鸿秋《王维晚年陷伪行实考》（《杜甫研究学刊》2023年第4期），重新发覆《太平御览》所引"唐书"中的相关材料，考证王维乱中的"伪疾将遁"实是"佯中风"以制造瘖疾假象，同时辅以"服药取痢"的程序，以期达到进一步加强风疾假象、迷惑叛军的目的，回应了此前学者认为《太平御览》中王维"佯中风失音"与新旧《唐书》的记载不符的判断。作者进一步考证说明王维在长安伪疾失败被捕后很快被缚送至洛阳，度过了一段遭遇非人囚禁以致"溲溺不离"但仍力图保全气节的晦暗岁月，终于在《韦斌神道碑铭并序》中所述与韦斌推诚交谈以前迫受了伪署，回应了王维不曾受伪署的新说。该文从细致的文本解读入手，串联文本细节，结合史书、医书等多种材料，细化了王维陷伪时期的行为实况考证。此外，李广洁《王维先祖及籍贯考》(《晋阳学刊》2023年第3期)，根据《晋书》《杨炯集》《陈子昂集》等文献和相关碑刻资料进行考辨，提出王维的十七代祖是"永嘉之乱"时迁居河东的太原王氏后代、西晋给事中王卓，王维的籍贯应为河中猗氏县(今山西省运城市临猗县)，而非《旧唐书》《新唐书》所记载的太原祁(今山西祁县)或蒲州(今山西永济市)。该文对太原王氏与河东王氏进行了细密的考辨，所得结论较有说服力。

交游方面，王志清《王维科举拔得头筹，是哪位"贵主"帮的忙》(《博览群书》2023年第2期)，认为薛用弱《集异记》里的"郁轮袍"故事虽有虚构成分，但基本上符合王维早年独身游宦两京、深得诸王贵主热捧的正史依据，乃作者为美化王维而进行的合理虚构。但该文逐一否定了故事中"贵主"是太平公主说、玉真公主说、九公主说的三种误读，认为故事并不等同于历史事实，助考王维的"贵主"实则是王维自己。傅绍良《玉堂伴直：王孟故事在唐宋的误传与接受》(《人文杂志》2023年第7期)，考证了宋代流传较广的王维、孟浩然"玉堂伴直"的故事乃唐末文人误传，并解释了误传缘由。文章从唐代宫禁和寓直制度的角度说明了孟浩然夜伴王维寓直的不可能性。唐末有"秘省伴直""玉堂同直"现象，而孟浩然"间游秘省"和"夜伴金銮"的传说与这两种现象容易混杂，当宋代苏轼吟出"玉堂伴直"的诗句后，宋人便把王孟故事定格为"玉堂伴直"。实际上宋代诗人的"玉堂伴直"题写，只是在当时宫禁制度不允许前提下的一种想象。

诗文作品考辨方面，对于王维山水诗的实地考察是近年来王维作品考证的热点。20世纪50年代以来，学界对王维诗中"终南别业"和"辋川别业"是两处还是一处，始终存在争论。陈贻焮和陈铁民持"两处"说，陈允吉持名异实同说。张进《王维"终南别业"：究竟是有还是无》(《文学遗产》2023年第5期)，从诗题的演变入手,考证思路清晰,证据有力,厘清了"终南别业"是否实有这一困扰学界多年的争议。该文通过考证《终南别业》诗题自唐至北宋诸选本中的演变,指出王维《终南别业》诗题并非出自王维之手,而是出自北宋《文苑英华》编纂者的改写。其证据为:该诗题在《河岳英灵集》中题为《入山寄城中故人》,《国秀集》中题为《初至山中》,《文苑英华》中该诗重出,"寄赠"类中作《入山寄城中故人》,"居处"门"别业"类中改题为《终南山别业》,与王维《辋川别业》等诗并列,当为编纂者应门目之需所改。北宋蜀刻本《王摩诘文集》受《文苑英华》的影响,首以《终南别业》为题,其后具有重要影响的唐诗选本及王维集校注本均题为《终南别业》。作者进一步指出由于王维在终南山隐居是短期行为,历时不到一年,很有可能并未在终南山营建别业。而终南隐居与辋川亦官亦隐实属不同的两个空间、两种状态,对于王维来说"终南别业"与"辋川别业"不当混淆。最终得到结论,王维"终南别业"在唐代本不存在,编选者的改写导致了读者对王维"终南别业"的探究与认定。

此外,刘雅雅《〈王维集〉版本述要》(《图书馆界》2023年第1期)详细梳理了宋元明清时期《王维集》的各种版本情况,包括宋代建昌本、蜀本,元须溪本、刘辰翁评点本与吴兴本,明广信本、苏本、铜活字本、武陵本勾吴本,清玉渊堂本、赵殿成本等。指出今存世两种宋本《王维集》,一为蜀本,一为麻沙本,通过分析后者刻工姓名大量来自江西地区,结合顾千里、傅增湘等人的说法,考证其实际应为建昌本。石飞飞、刘怀荣《〈扶南曲〉考论》(《乐府学》2023年第27辑)考证了扶南乐的传入、表演及流变,指出王维的《扶南曲歌词五首》是现存最早的《扶南曲》歌词,应是为了配合歌舞表演而作。

二、思想与文化研究

王维以"诗佛"著称,以往关于王维思想与文化的研究以佛禅思想为主,本年度关于王维佛禅思想研究的论文有所减少。高玮、李琦《论儒家思想下对"诗佛"王维、"诗仙"李白的误读》

(《三峡大学学报》2023年第5期),对过往研究王维等诗人的思想侧重三教融合论进行了质疑。作者将学界对王维的思想研究分为三类:儒家思想主流论、前后变化论和儒释道三教融合论。认为强调三教思想的融合性模糊了其诗的独特性和标识性。该文系统地分析了从儒家视角出发对王维、李白等诗人造成误读的原因,包括从意图上以儒家为正统、研究者对宗教经典及实修方法的陌生、过于重人性而轻神性的语境变迁,以及受儒家或儒释道思想综合影响为主的读者接受。结合王维和李白其人其作,从清晰界定宗教信徒身份、客观判断信仰是否忠实、接受信仰实现方式的多样性、精确解读文本及客观解读人生经历等方面,说明了如何避免误读。

本年度对于王维及其作品的思想研究较为关注佛禅思想以外的其他因素,尤其是儒家思想、道教文化、亦官亦隐的经历等,对以佛禅视角为主观照王维其人其作形成了一定的反思。邵明珍《论王维〈与魏居士书〉——兼论王维作品被"误读"之深层原因》(《求是学刊》2023年第1期)指出历来对王维《与魏居士书》存在误读,即批评此文是王维以"无可无不可"为自己的妥协处世态度辩护。该文从《与魏居士书》的写作背景出发,认为王维写作此信乃是在安史之乱尚未平定之时朝廷亟须利用"贞观故事"收拢人心,而王维怀有对唐肃宗和朝廷的感愧和感恩,试图劝说魏徵后人出来做官以报效朝廷。从对这篇书信存在的误读出发,作者进一步指出,尽管王维受释道思想影响很深,但儒家"不废大伦",积极入世才是其思想的主导方面。引申至历来对王维的《酬张少府》《竹里馆》等作品存在的"误读",作者认为王维集中"辋川之什"以及系于"天宝下"的不少作品反映了其对朝政之关切与忧虑。邵明珍另有《耿耿不寐,如有隐忧》——再论王维〈竹里馆〉》(《文学与文化》2023年第3期)一文,将《竹里馆》一诗中"独坐""幽篁""弹琴""长啸"及"月下""不寐"等意象溯源至《诗经》《楚辞》及汉魏六朝诗,从意象传承的角度说明了其中蕴含着王维对现实政治的忧思,而非"隐士""高人"之悠闲自在。此外,姚懿《论王维〈终南别业〉的文化内涵》(《汉字文化》2023年第8期)也着力分析王维表面闲情逸致下隐藏着亦仕亦隐的纠结苦楚。王志清《王维是"人民诗人"吗》(《博览群书》2023年第10期)通过阐释王维的《赠房卢氏琯》《送李判官府江东》《请回前任司职田粟施贫人粥状》等诗文,确证其"忘己爱苍生"的思想,并结合其捐献别业、施献职田的行为,反驳了学界关于王维"对于民生漠不关心"的评价。吴怀东《王维〈终南山〉诗的政治倾向与道教文化》(《淮南师范学院学报》2023年第1期)解读历来被视作山水风景诗的《终南山》,认为其表达了对政局的逃避,同时受到道教思想文化的微妙影响。诗中"天都""太乙"等概念来自道教,"白云""青霭"意象与道教具有关联,这些道教词汇或意象的使用赋予了此诗独特的清虚韵味。作者指出:"用'诗佛'来概称王维思想与诗歌的文化特点,虽然突出了王维思想的突出特点,却难免忽视王维日常思想感受的丰富性、复杂性。"

对于王维思想的研究还体现在其人格特质、人生价值观念方面。尤其值得关注的是本年度出版的两本王维研究专著,即王志清的《坐看云起:王维的三十二相》(河南人民出版社2023年)和《论王维》(商务印书馆2023年)。作者在王维研究领域深耕数十年,研究成果丰盛。这两本新著都侧重写王维其人,较之单篇论文更加关注王维其人的整体性和一贯性,提出"坐看云起"的随缘任运是王维诗的核心思想,也是其人的核心价值观。在《写罢〈坐看云起〉,我愈加怀疑自己》(《博览群书》2023年第5期)中,王志清将对王维的认识概括为:王维是超人而非完人;王维是个"干净人";王维性格偏于内向;王维一生节俭,崇尚至简;王维慈悲为怀,与人为善,有非常好的人际关系。《论王维》的第一章探讨"王维的哲学思想",强调王维思想乃三教兼摄通融。此外,刘桢《王维自然田园诗中的人格研究》(《汉字文化》2023年第4期)认为王维在山水田园诗中体现了安逸闲适和高洁不屈两种人格。

文化研究方面,部分论文关注到王维的山水观念与写作心态。陈才智《仙境、梦境与诗境——王维〈桃源行〉重绎》(《湖南师范大学学报》2023年第5期)梳理桃源母题极为详尽,重点探讨《桃源行》相较陶渊明《桃花源记》而言增添的慕仙与思乡元素在后世的接受问题。文章解读视角多元,从文学、哲学、政治学的多维视角,揭示了《桃源行》所蕴含的道教的洞天福地思想、佛教净土思想等多重意蕴,将王维少年创作的《桃源行》视为他由桃源而辋川的一生的诗化寓言,颇有新意。谭雪姣《游观方式与中古山水诗、画的审美空间形成及会通关系研究》(广西师范大学2023年硕士学位论文)以诗画比较作为研究方法,总结山水诗游观方式的特点及演变,梳理山水诗画审美空间的形成与会通,重点对谢灵运、谢朓、王维山水诗的游观进行了个案比较研究。文章指出由于佛禅的影响,王维山水诗呈现外"居游"而内"心游"的游观形式,山水在其笔下变得更加亲近可居,并上升到宇宙自然的高度,空间也得到了无限扩大与超越。纵观从谢灵运、谢朓到王维,山水诗的游观由动到静、由外向内,山水观发生了由载道到抒情再到写意的演变。

三、艺术特征研究

王维诗歌的艺术特征研究历来是颇受关注的热点问题,本年度相关研究依然成果颇丰。现从诗画关系、意象与意境、体式与题材、修辞与技法四方面择要评述。

王维诗歌以"诗中有画,画中有诗"著称,诗画关系历来是研究热点之一,本年度依然很受关注,但取得进展和突破的研究成果并不多。凌超《试论王维辋川诗集中负空间的认识论及"诗中有画"》(《文化软实力研究》2023年第3期)一文提出"负空间"(negative space)的概念。负空间本是山水画的概念,指不通过笔墨进行表现的实际空间,作者将之延伸到山水诗中,指向语言未明确指明而读者依靠现实经验可以联想补充的空间。这里选择"负空间"而非传统的"留白",意在凸显诗画在空间呈现上的关联性。并对王维的二十首辋川诗进行了细致的解读,指出王维大量依靠河流和云朵这些负空间来言说转换和超越,乃是因为云水这些负空间同时代表着虚空与实体、空与存在的两种极端状态,符合禅宗的空性观。此文解读较为细致,用负空间的概念来沟通诗画关系,对于从空间视角解读王维诗歌的禅意有一定突破。此外,赖姝伶《王维"诗中有画"之空境界分析》(《新美域》2023年第11期)对王维的《长江积雪图》《袁安卧雪图》《江干雪霁图》《雪溪图》等作品进行了构图、色彩、技法层面的分析,不过对王维诗歌的分析停留于对"空"字的检索,而较少对具体文本的解读,在诗画之间的交融性上有所不足。

意象与意境方面,李芳民《渭城、〈渭城曲〉与〈阳关图〉:一个诗路别离意象的生成与经典化》(《中州学刊》2023年第8期),首先梳理了历史地理学意义上的渭城。渭城是秦都之旧地,又是唐都长安西行出发的送别之地,在唐宋逐渐成为诗歌意象。其次,通过考察王维《送元二使安西》的传播和接受,探究"渭城"意象的生成和经典化,指出在王维诗歌配乐传唱的过程中,原诗题被改为《渭城》《阳关》,两个地名作为歌曲的亮点而受到关注,强化了送别意味。中唐以降,该诗被塑造为赠别诗的经典,渭城也成为离别意象的代表。再者,着重分析宋代李公麟《阳关图》对王维原诗进行的创造性的发挥以及由此对"渭城"的意义空间的拓展。本文的亮点在于揭示了"渭城"与"阳关"形成的呼应关系所引发的对长安西行塞外的想象,确立了"渭城"作为长安西行诗路上的别离意象的标志性和特殊性。此外,兰翠《王维为西北留下的自然镜像——"走进文学看西北"之二》(《博览群书》2023年第8期)一文,梳理了王维早期的边塞、豪侠诗以及以监察御史兼节度叛军身份赴凉州河西节度崔希逸幕府期间所作的诗歌,提炼出了黄云与瀚海、白草与空碛、孤烟与落日、萧鼓与赛神四组典型西北意象。吕军、侯海荣《论王维诗歌中的"云"意象》(《文化学刊》2023年第9期),从"云"喻高远、"云"喻尘世、"云"见情操、"云"喻禅意四个角度出发,阐述王维诗歌中"云"的不同意象。赵建明《论王维和孟浩然对屈原的接受》(《杜甫研究学刊》2023年第2期)一文认为王维、孟浩然同情屈子的不幸遭际,秉承了屈子忠洁孤傲的高尚品质,并在诗歌创作中大量借用和化用屈骚诗句。文章特别提出在山水诗中王维对屈骚幽寂阒寂意境的重现与发展,幽寂意象与意境在王维诗里不再带有屈骚中的冥晦恐惧色彩,而是诗人表达回归自然思想与体悟禅理的载体。

体式与题材方面,本年度对王维诗歌体式关注不多,集中于对王维田园山水诗的研究。辛雪芳《王维和韦应物山水诗比较探析》(《名作欣赏》2023年第32期)着眼于王维和韦应物在意象选取和词语偏好上的对比。指出王维山水诗好用清新明丽的色调,而韦应物山水诗偏好淡雅;韦应物将对社会的认识和对历史的感受带进山水诗中,营造"有我之境",而没有王维山水诗"无我之境"的飘逸。进而分析二人山水诗在归隐心态上的异同,将韦应物山水诗归结于盛唐向中唐山水诗转变的过渡。黄敏《王维山水田园诗中的"空"与"有"》(《名作欣赏》2023年第35期)分析了王维山水田园诗中的"空"为山水的空灵与禅意,而"有"则是诗中的真实情感流露。范敏、赵生学、徐善文《基于理想化认知模型王维田园诗歌的语篇连贯认知研究》(《皖西学院学报》2023年第1期)从认知诗学的角度,基于理想化认知模型理论,围绕命题结构原则、意象图式结构原则、隐喻映射原则和转喻映射原则,从微观角度对王维山水田园诗歌的连贯性进行阐释,揭示了王维田园诗语篇连贯背后的认知机制。此外,王怡然《王维哀悼诗浅析》(《名作欣赏》2023年第8期)选题较有新意,将王维哀悼诗分为哭诗和挽歌诗两种类型。哭诗皆为悼念私人朋友之作,哀婉动人,情感内涵丰富;挽歌诗为配合丧葬礼仪的需要,多应诏之作,对象皆为皇室成员或官僚,具有鲜明的实用性和礼仪性。文章分析了王维哀悼诗广用典实以颂美、移情于景以表哀的艺术特点,认为其受到传统哀悼诗和唐代丧葬礼仪的影响。

修辞与技法方面,王媛《论王维诗歌的简朴技巧》(《白城师范学院学报》2023年第1期)和刘向斌、李帅《论王维诗"简朴"技巧及其成因》(《忻州师范学院学报》2023年第4期)两篇文章,在宇文所安提出"简朴的技巧"(《盛唐诗》,生活·读书·新知三联书店2014年)的基础上,进一步指出王维诗歌的简朴技巧主要表现在语言简洁、擅用白描、结构平衡整饬等方面,并追溯其成因:除了前人提及的对《诗经》《楚辞》以及陶渊明诗歌的模仿之外,还与个人的政治经历、佛禅思想的渗透、诗画意交融的创作理念有关。刘莉莉《论王维诗中的青色系词》(《连云港师范高等专科学校学报》2023年第1期)统计王维诗中青色系词出现95次,仅次于出现频率最高的白色系词。文章探讨了王维在诗中大量运用青色系词,通过单色运用、搭配同色、搭配他色、追光写影等多种方法,不仅促成了诗歌中画意的生成,而且使诗歌具有"设青状物""赋青造境""借青抒情"的艺术效果,并指出在赋青造景方面启迪了后世诗人如陈与义。

四、影响接受研究

本年度关于王维的影响接受研究具有较强的问题意识,切入视角颇具新意,挖掘出了一些颇具价值的接受问题。与王维在安史乱中任伪职的生平经历备受关注一致,王维的道德品节问题在接受研究中也尤为受到关注,与理学背景下的道德批评、易代之际的道德敏感问题等产生紧密关联。邵明珍《论朱熹的道德批评及其在文学史上的影响——以朱熹对屈原与扬雄、陶渊明与王维的评价为例》(《上海大学学报》2023年第1期),指出朱熹强烈的道德批评意识与现实关怀,体现在对屈原与扬雄、陶渊明与王维的一正一反的具体批评之中,以道德评判代替文学批评,以"忠节"作为衡量其人其作之准绳,批评王维"陷贼中,不能死""词虽清雅,亦萎弱少气骨",影响到后代如刘因、吴师道、范文澜等人对王维的"污名化"评价。高林广《语图视阈下的元代〈辋川图〉题咏》(《内蒙古师范大学学报》2023年第3期),关注到易代之际文人对辋川画道德内涵的论争,如元初著名理学家刘因在《辋川图记》中对王维的品节提出了严厉批评,遗民文人家铉翁和李钰在《辋川图》题跋中对王维陷贼任伪职颇有微词,认为《辋川图》所描述的繁复、广远之境类于豪客贵翁穷奢角奇,非隐士淡泊遁世之境。文章指出他们对王维《辋川图》的态度实则与易代之际弥漫士林之中的仕隐抉择有关,引出重要的思想史、心态史问题。

王维诗画兼擅,历年来对王维绘画的接受也构成了重要的学术议题。牛国栋《"蜀中王维"与"江南王维"——论北宋晚期收藏群体对王维画风的形塑》(《南京艺术学院学报(美术与设计)》2023年第3期]一文聚焦北宋中后期王维绘画的收藏与接受。因北宋中后期《辋川图》过度传摹导致其风格变异、分化,难以重建王维画风,以米芾、王诜为主的文人收藏家试图从巴蜀和江南两地的"隔世古画"中搜寻契合文人审美趣味的王维作品,分别形塑了两种王维山水画风,即"蜀中王维"和"江南王维"。该文通过对《宣和画谱》、米芾《画史》及宋人诗集中收录的大量王维画作及题跋的考察,将其风格类型分为重深、雄奇的蜀地风格和清雅、虚旷的江南风格,并探究了两种画风的影响。"蜀中王维"虽然也被宋人普遍认为是王维真迹,但并未在画坛引起广泛追摹,"江南王维"却深得皇室画家及文人收藏家的喜爱,并由此带动了"江湖景""小景画"的繁荣,直到南宋中后期逐渐式微。此外,高林广《语图视阈下的元代〈辋川图〉题咏》(《内蒙古师范大学学报》2023年第3期)梳理了元人对《辋川图》的艺术价值、画史地位所作的阐释,以及对该图蕴含的文人品节、"高人"风范、佛禅思想、雅趣清致、诗图关系所进行的细致解读,由此认为《辋川图》经典地位的确立不在唐宋,而在元代。

以文体为切入点展开的王维接受研究也颇有新意。成书军《明代王维题材戏曲研究》(伊犁师范大学2023年硕士学位论文)围绕明代王维戏的稽考、戏曲中的王维形象、明代社会文人心态、明代王维戏的文化内涵与影响四个部分展开。着眼于明代戏曲创作者对于王维形象和故事情节的改编,从中挖掘出明代文人对科举制度的弊端和不足的认识、对世情的厌倦心理。元文广《论明清正变诗学观对王维、杜甫五七言律诗接受的影响》(《社会科学论坛》2023年第6期),关注唐代五七言律诗的接受问题,提出明清以前人们普遍以杜甫为宗,明清开始出现王维杜甫五七言律诗高下的激烈争论,指出争论原因来自明清正变诗学观。作者认为明清主张"伸正拙变"者,以明代七子复古派和清代汪琬为代表,他们以王维诗为正体、杜甫诗为变体,认为王维五七言律诗胜于杜甫,而持"正变皆正"诗学观者则主张杜甫五七言律诗高于王维。

此外,佛禅思想在王维影响接受研究中依然受到关注。侯本塔《论王维诗歌在禅林中的传播与接受——兼及"禅林唐诗学"的史料范围》(《中北大学学报》2023年第3期)关注到王维诗歌在禅林接受的特殊形态。在现存400余首王维的诗歌中,被禅宗文献征引与运用的超过40首,引用频次300余次。禅宗僧人将王维诗歌运用到佛经解说、公案颂古、上堂说法和诗文创作等场合,有着辅助佛禅理念解读、充当全新禅学文本和用于审美体验抒发的目的,同时,也为王维诗歌带来了新的阐释空间与传播形态。这种"引诗证禅"现象与僧人所编诗选、僧人所撰诗话和僧人所作诗歌共同构成了集"选—评—作—用"于一体的"禅林唐诗学"研究体系。

五、中外比较和译介研究

2023年王维诗歌的中外比较研究较为薄弱,研究成果集中于英译研究,具有创新性的成果较少。部分论文宏观展现了王维诗歌在跨文化翻译和传播中的情况。高昌浩《跨文化视角下王维诗歌的传播研究》(山西大学2023年硕士学位论文),重点剖析了宇文所安、魏玛莎、余宝琳、入谷仙介、柳晟俊等人对王维及其诗歌的研究,揭示王维诗歌接受的东西差异性:英语世界的王维研究使用英美新批评理论、象征主义诗学等研究方法,对王维的认识由单纯的山水诗人变为多种身份融合的矛盾诗人,王维诗歌的特质也由静谧转向冲突;而日韩两国由于深受中国传统文化之影响,更注重对王维佛禅思想和诗歌中禅意的发掘。文章指出宗教哲学和思维模式、文化土壤和价值观、语言差异三个方面对于王维诗歌跨文化传播所产生的影响。谭夏阳《王维:无我的争辩——西方视域中的王维诗歌及翻译》(《上海文化》2023年第7期),重在对美国学者艾略特·温伯格《观看王维的十九种方式》及后增补的一共三十六种《鹿柴》译本进行分析和评述。该文聚焦《鹿柴》一诗,梳理了斯奈德、波顿、辛顿、帕斯等人的翻译策略,侧重诗中无我、无时间的翻译效果,指出结合诗画关系来翻译王维诗歌的可行性。黄璐《中国山水诗对外译介效果研究》(《牡丹江教育学院学报》2023年第3期)一文分析了中国山水诗在海外的译介情况,指出王维诗歌在海外的馆藏量、普通读者和专业读者评价最多,关注度最高。部分论文研究王维诗歌的意象和意境在译介中的传达。陈莹莹、贾学睿《"三化论"视角下王维山水诗汉英翻译之意境美探析——以许渊冲译本为例》(《汉字文化》2023年第4期)选择了王维部分山水诗的英文译例,以"三化论"为方法论,从画面美、禅意美、意象美三个角度出发,探索了在深化、浅化、等化的方法指导下对诗歌意境之美的传达。

此外,本年度出版王维诗集选注本1种:赵仁珪、王贺选注《王维诗选》(中华书局2023年)。该选注本从现存王维诗歌中精选出有代表性的130首进行校注评点,以生平年谱为线索进行排序,注释精确,在疏通诗意的基础上较为关注诗歌体式特点。新出版王维传记1部:张清华《王维传》(民主与建设出版社2023年)。该书以王维优游于仕隐之间的经历为经,以其经典诗歌为纬,勾勒王维生平经历。深入浅出,内容充实,兼具学术性与普及性。

本年度出版王维研究专著2部,即王志清的《坐看云起:王维的三十二相》(河南人民出版社2023年)和《论王维》(商务印书馆2023年)。前者共八章,分别从"大雅风仪""少年精神""生存智慧""人性自觉""君子情怀""仁者柔德""闲极状态"与"虚静境界"八个方面开展,对王维的"三十二相"展开了动态考察与立体展示。杨光《王志清的"偏袒"与王维的大美》(《博览群书》2023年第5期)对此书给予了很高评价,指出此书最重要的做法在于作者始终有一种对比的自觉,拿王维与唐代诗人比较,并且充满了"正本清源"即为王维正名的辨析。后者共九章,分别从"哲学思想""政治风度""高人气格""人际关系""家国情怀""悲悯意识""美学观念""诗体特征""诗学贡献"九方面对王维其人作出了更全面的论述。全书章节形成严整的逻辑框架,贯穿着清晰的学术思路。论述之细密和融通,较前人的研究有不同程度的深化。

纵观2023年度的王维研究,总体来看呈现出了全面化、细致化、多样化的发展倾向。两部研究专著的出版大力推动了王维的综合性、全面性研究,选注本和传记的更新则有助于王维其人其作的普及化传播。期刊论文尽管在王维的山水田园诗、中外译介研究中依然存在同质化、浅层化的问题,但在生平和作品考证、接受影响方面颇有创获。出色的研究成果往往体现出鲜明的问题意识,无论是对王维生平考证材料的重新解读、对王维诗集各版本的细致考辨,还是对王维后代影响接受的多维关注,都因对某一问题的深挖而取得进展。王维研究已积累了较为丰厚的研究基础,拓展研究空间离不开新视角、新材料的发掘,更需要深厚的学术眼光的淘洗、鲜明的问题意识的打磨。期待在本年度的研究基础上,王维研究向更精深、更创新的方向发展。

李白研究

□ 许菊芳　王友胜

作为盛唐乃至中国古代诗人的典范,李白的历史价值与现实意义都不容小觑。在当今建设文化强国的时代语境下,李白更成为弘扬中国传统文化的重要"名片"。2023年度李白研究虽在成果数量上有所减少,但高质量成果仍不在少数。相较于古代文学研究的整体态势,2023年度的李白研究依然呈现繁盛之势。据不完全统计,本年度出版的各类李白研究著作凡4种,论文100余篇,其中硕士学位论文4篇。其研究整体呈现出以下特点:李白思想人格和诗歌艺术依然是讨论的重点,文的研究亦有所突破;李白诗歌的译介传播和跨学科研究较为活跃;李白精神的当代价值与现实转化意义备受关注;资深学者的李白研究在深度上不断推进,青年学者日渐涌现。

本年度出版的李白研究著作有4部,现简述如次。王红霞与刘铠齐《孤本品诗仙:〈瑶台风露〉整理与研究》(商务印书馆2023年)一书对晚清时期鲍瑞骏、王鸿朗所编选的现存唯一的李白五言古诗选本《瑶台风露》进行了整理与研究。该书分上下两编,上编依照《瑶台风露》原貌,整理选本的选诗与评点,在比对《瑶台风露》选诗与各李白集版本异文情况的同时,参考历代对具体作品的评价,对该书的诗文和批语进行了详细校注。下编则主要从三个方面对《瑶台风露》选本展开了全面研究:其一,通过遍检文献、钩沉材料,结合史书与方志,梳理《瑶台风露》的编选者鲍瑞骏和王鸿朗的生平,并从他们的诗文著述中考证出二人的交游情况和选诗经过。其二,将具有代表性的古今李白诗歌选本与《瑶台风露》进行对比，从选诗篇目的题材分类、创作时间、创作地点、应酬对象四个方面讨论了《瑶台风露》的选诗倾向，并进一步归纳出该书在思想情旨、艺术风格、创作技法上重视行文章法的选诗宗旨。其三，联系编选者自身的相关情况和清代诗学的发展轨迹，综合归纳出《瑶台风露》的评点特征和论诗主张。李致忠等《诗仙归来——李白〈嘲王历阳不肯饮酒帖〉诗稿的鉴定与探析》(文化艺术出版社2023年)一书集中收录了李白《嘲王历阳不肯饮酒帖》诗帖归国前后诸位名家从笔法墨色、纸张成分直至历史考据的鉴定和多位书法评论家关于其艺术价值的探讨文章，以及重要报刊的相关报道。该书包含李致忠《诗仙归来——〈李白嘲王历阳不肯饮酒帖〉回归记》《李白〈嘲王历阳不肯饮酒帖〉诗稿的鉴定历程与艺术价值探析》《李白〈嘲王历阳不肯饮酒〉诗稿考论》、傅申《李白〈嘲王历阳不肯饮酒帖〉考》、林从龙和肖志丹《李白〈嘲王历阳不肯饮酒〉诗的创作年代考》、蒋朝显《李白墨迹〈嘲王历阳不肯饮酒帖〉在日本的递藏》、崔传桢《从李白〈嘲王历阳不肯饮酒帖〉感受中国文化自信强大》、武铭泽《两岸文物专家持续关注唐帖》、武兵川《方寸之间感悟文化之美》等九篇文章。内容既涉及李白的生平交游活动，《王历阳帖》的创作背景和艺术价值，还涉及古帖的鉴定方法和鉴定知识，更可以从《王历阳帖》流传归国中体悟国宝回归的艰辛历程和相关专家学者等人拳拳的报国之情。中国李白研究会与马鞍山李白研究所合编《中国李白研究》(黄山书社2023年)收录李白研究论文33篇，其内容涉及李白思想、诗文题材内容、艺术风格、传播与接受、历史文化意义等多方面。

　　本年度关于李白研究有两次学术会议。2023年11月24—26日，四川省李白研究会年会暨李白文化学术成果交流会在绵阳举行。会议围绕"李白文化与企业的融合"等议题展开了探讨，年会组织方还作了2023年学会工作情况报告和2024年工作计划。这次会议不仅对于推动李白文化研究具有重要的学术意义，而且对促进李白文化的创造性转化和创新性发展具有重要的理论意义和现实意义。2023年12月8—10日，由中国李白研究会、湖南理工学院联合主办的中国李白研究会第二十一届年会暨李白学术研讨会在岳阳湖南理工学院举行。会议围绕"李白与湖湘文化、楚文化"的主题展开，全方位、多层次地深入探讨李白的文学和思想，并就进一步深挖和弘扬李白精神文化以及中华优秀传统文化进行了深入探讨。其间，中国李白研究会会长、北京大学钱志熙教授在会议开幕式中倡导，要重点关注李白的接受史与影响史，关注李白在当代的影响与传播，尤其是当代文化以多种形式来传播李白的情况。

本文重点对2023年度李白研究论文择要进行归纳梳理，分别综述，以为李白研究者参考之资。

一、生平交游研究

李白一生身世谜题较多，其人生中大半光阴是在游走名山大川与结识友朋故旧中度过，而其诗作多抒情而鲜叙事，故其人生诸多行踪后人难于确考。因此，关于其生平交游史实考证一直是李白研究的重要论题。本年度关于李白生平与交游研究虽成果不多，但相关论题仍在延续。

生平考订上，刘明川、董灏《高适、李白、杜甫、李邕"济南之会"考辨》(《洛阳理工学院学报(社会科学版)》2023年第1期)一文考辨了李白生平中是否参与高适、杜甫、李邕"济南之会"的问题。通过研究高适、李白、杜甫、李邕等四人在"济南之会"的前后行踪，分析相关作品，得出的结论是：李邕是在天宝四载(745)夏由汲郡转任北海途中路过济南，高适和杜甫参加此次聚会，三人各有诗作留下，而李白没有参加"济南之会"。薛天纬《"范碑"不朽 李白不朽》(《名作欣赏》2023年第13期)一文详细赏读并评析了范传正《唐左拾遗翰林学士李公新墓碑并序》的内容，其中不仅涉及李白的生平故实，还包含范传正为李白寻访后人，编辑文集及撰写墓志等事迹，认为范碑内容详尽可信，充分肯定其对李白生平记载的不朽价值。此外，山柏《李白身陷谋反案，是阴谋还是另有隐情？》(《公民与法(综合版)》2023年第8期)一文也梳理了李白因李璘事件被流放的内幕，罪名是"反逆缘坐"，而李璘的谋反罪名亦是政权更迭的结果。

关于李白与地方文化的关系，也有部分代表性的文章。其中，唐元元、黄晓东《李白诗歌中的古铜陵及铜文化》(《铜陵学院学报》2023年第3期)一文辨析了李白生平研究中的"南陵之争"，梳理了李白的铜陵之行及其诗歌创作，并挖掘了其铜陵诗歌创作中蕴含的铜文化。朱绍斌《"我本楚狂人"——李白与湖北安陆》(《武汉文史资料》2023年第11期)一文梳理了李白与湖北安陆的关系，肯定了安陆十年生活对李白诗文创作及其"大济苍生"人生理想形成的重要影响。

关于李白交谊问题，本年度论文不多，较有代表性的有文爽《〈春日忆李白〉：文人相轻还是相亲？》(《文史杂志》2023年第3期)和辛晓娟《与君同传万古名——杜甫眼中的李白》(《光明日报》2023年11月24日)两篇。前者通过探析杜甫与李白的诗歌主张，杜甫对李白、庾信、鲍照及阴铿等人的态度，深入辨析了杜甫因《春日忆李白》颔联"清新庾开府，俊逸鲍参军"以及末句"重与细论文"曾引发的"文人相轻"论，认定《春日忆李白》反映出杜甫对李白的相亲相厚，而非相轻相忌。后者则具体形象地回望了杜甫与李白的交游过程，突出了杜甫对李白的"追仙""画仙""梦仙"追随历程，强调了李白在杜甫成长之路中的重要作用。另外，杜红燕《论李白诗歌中的友谊》(《青年文学家》2023年第2期)一文亦通过解读李白诗歌，探析了李白与汪伦、杜甫、孟浩然及曹衢等人交谊的具体情形。

二、思想人格研究

李白的思想复杂，性情豪迈，为人极度自信，其人格魅力对后世影响深远。因此，关于其思想与人格的研究，一直是备受关注的论题。本年度有关李白思想与人格的研究，一方面仍延续着传统思想研究的路数，探究李白的儒道思想、纵横家思想、任侠精神及自由精神等；另一方面则借鉴现代心理学理论与分析方法，分析李白人格形成的条件与过程、精神困境与自恋心理等问题。

儒道思想方面，主要探究了儒道思想在李白诗歌中的表现及其影响。表现方面,林韫琨《浅论李白〈将进酒〉中的儒道结合》(《名作欣赏》2023年第20期)一文以《将进酒》为研究对象,重点从诗句的情感抒发、诗作的表达方式、诗人的价值观等方面探究了儒道结合的思想在其作品中的具体呈现。影响方面,主要有两篇文章。高玮、李琦《论儒家思想下对"诗佛"王维、"诗仙"李白的误读》〔《三峡大学学报(人文社会科学版)》2023年第5期〕一文重点从李白道教信徒的宗教身份出发,阐释了在传统儒家思想影响下,人们对李白诗歌的误读时有发生,并探究了避免误读的方法包括"清晰界定宗教信徒身份""客观判断信仰是否忠实""接受信仰实现方式的多样性""精确解读文本""客观解读人生经历"等。袁培尧《从山水诗创作看道教对李白的影响》(《商丘职业技术学院学报》2023年第5期)一文以李白山水诗为研究对象,重点探究了李白山水诗的道教文化烙印,认为李白的山水诗构筑了神奇瑰丽的神仙世界,并体现出道家的"齐物论"思想。

纵横家思想方面,林柏豪、周建军《从诗与文看李白的纵横家思想》(《文化创新比较研究》2023年第7期)一文重点论述了李白干谒诗文中纵横家思想的具体表现,认为其诗文中的纵横家思想主要表现为"以铺陈藻饰的语言夸赞自己或他人以求官""讽刺谩骂他人,以让他人栽培自己""以危言耸听的语言来劝谏统治者"。

关于李白的任侠精神,主要有两篇文章。黄柳嘉《试论李白咏侠诗的任侠精神及其形成原因》(《名作欣赏》2023年第2期)一文梳理分析了李白60余首咏侠诗中任侠精神的表现,并从统治者推举、城市经济发展、胡风盛行与民族融合、家庭与个人因素等方面分析了其任侠精神形成的原因。段旭丹、李春霞《李白咏侠诗中的英雄主义初探》(《今古文创》2023年7期)一文主要探究了李白咏侠诗的英雄主义表现及其英雄主义形成的原因,认为其原因主要为盛唐的时代环境、社会风尚和诗人追求公平正义的意识等。

关于李白的自由精神,有刘宁《论李白作品中的自由精神》(《文化学刊》2023年第2期)、纳薇玥《论李白诗歌的自由精神》

(《青年文学家》2023年第18期)两文。前者从李白的身世背景、成长遭遇及性格思想等方面入手，对李白的自由精神进行了综合探析。后者分析了李白诗歌自由主义风格形成的原因，具体阐述了其在李白诗歌中的表现。

关于李白的人格研究主要从李白人格形成条件与过程、心理分析两个层面展开。从人格形成条件与过程方面展开的文章主要有崔际银《试述李白人格形成的前提条件》(《绵阳师范学院学报》2023年第3期)，该文重点论述了李白人格形成的前提条件，包括自身的先天禀赋资质、宽松的家庭环境、密切的亲情关系、良好的物质条件与环境氛围，以及生活在大唐盛世形成的自信心与进取精神。刘思阳《自信、自恋、自狂——从李白早年交游诗文探究其性格的形成》(《名作欣赏》2023年第27期)一文则从李白早年的交游诗文出发，探究了李白性格形成的过程，认为其性格发展经历了自信、自恋、自狂三个阶段，自信源于其"学以蓄博才，道以养仙性"，自恋彰显在他的"大鹏情结"与"成功妄想"中，自狂则呈现为因狂而悲、由悲转狂，并最终处于在悲与狂之间循环往复的状态。并认为，李白这一性格的形成，对其一生命运影响巨大。

从心理分析角度展开的论文有王锐、徐定辉《"天才的白日梦"与"现实苦闷"的挣扎——李白诗中精神困境探奥》(《绵阳师范学院学报》2023年第7期)，该文运用精神分析的研究方法，具体阐释了李白的"白日梦"精神特质，及在此基础上表现出的理想主义情结，并因此成就了其诗歌悲壮的崇高美。另外，余果儿《从人格心理学看李白的自恋》(《百科知识》2023年第12期)一文则从人格心理学角度分析李白的自恋情结。

三、题材内容研究

题材内容研究历年来皆为李白研究的热门话题，本年度这方面的成果依然丰富。其中既有园林题材、山水题材、酬赠题材及神话题材等的专门研究，亦有特殊意象研究，还有一部分针对具体文本进行分析的论文。

园林题材研究。李小奇《李白诗文园林文化空间的建构与续构》〔《新疆大学学报（哲学社会科学版）》2023年第1期〕一文从李白游历的36处园林与40余篇诗文出发，以园林视角解读李白及其作品，同时寻绎出李白诗文与后世园林建构、园林绘画及琴曲创作的关联，揭橥李白诗文在后世园林空间续构中的审美价值及其文化内蕴。作者认为李白的诗文影响了后世的园林建构实践，在后世的园林题咏中不断被书写，其诗文意境不断被后世的园林绘画、音乐艺术再现续构出新的物质园林空间、文本空间和画本乐本空间，从而形成具有李白烙印的多重艺术空间。

山水题材研究。张诏涵《盛唐诗人漫游吴越诗歌研究——以孟浩然、李白为例》（湖北师范大学2023年硕士学位论文）一文选取吴越地域范畴，以盛唐诗人孟浩然与李白漫游吴越诗歌为研究对象，深入探讨吴越地理文化与诗歌创作的密切关系。文中第四章以李白漫游吴越诗歌作为研究对象，探析了诗人漫游吴越的原因，并根据创作诗歌的时间、地点绘制了李白漫游吴越的路线，总结了其漫游诗歌蕴含的咏史、咏怀、游览、赠答主题，探析了这类诗歌的审美内蕴及艺术特色。第五章从孟浩然、李白漫游吴越诗歌的地位与贡献两个角度展开论述，认为孟浩然吴越诗歌的"清、淡、旷、逸"与李白吴越诗歌的"灵秀""细腻"，使得吴越诗歌在孟、李二人的全部诗歌作品中占据举足轻重的地位。从贡献来看，孟浩然、李白的漫游吴越诗歌创新了盛唐诗歌的创作题材、语言风格，充实了盛唐气象。欧阳丽娜《李白涉山诗的空间书写研究》（海南大学2023年硕士学位论文）一文从空间角度入手，根据李白一生游历山岳的地理线索，重点分析李白诗歌中的山岳意象，并通过研究涉山诗中的自然空间与人文空间，把握其生命历程，全方位、多角度地揭示了山岳、李白与涉山诗之间复杂而微妙的辩证关系。在自然空间里，作者以再现与表现两种方式，深入挖掘李白涉山诗中的空间呈现方式，感受全景式的空间呈现效果，极大地拓宽了涉山诗中的横向与纵向空间，增强了诗歌的立体感。在人文空间里，作者通过梳理李白游历山岳的轨迹，剖析其涉山诗中的地理空间，发现山岳既作为李白涉山诗的表现对象，又是李白精神世界不可或缺的载体，在李白不同的人生选择节点中扮演着重要的角色。

酬赠题材研究。殷可《李白赠诗研究》(上海师范大学2023年硕士学位论文)一文以李白的赠诗为研究对象,论述了李白赠诗的创作时间与赠送对象、赠诗内容与诗歌结构以及赠诗体裁,比较了李白赠诗与他人赠诗的创作异同,探究了李白赠诗的礼物属性及其艺术价值。作者认为李白赠诗具备实用性与审美性两种特点,出于不同的目的以及不同的馈赠对象,赠诗中集中体现的特点也有所不同。李白的赠诗创作是诗人主动选择馈赠对象,带有既定目的、具有沟通性质的诗歌题材,与其他诗歌大多只有诗人自身参与有所不同,赠诗是两个及以上人的共同参与,也是情志表达的重要媒介。这项研究,对于李白诗文的创作特点、交游交际和思想情感等诸多方面的研究具有辅助、补充价值。

神话题材研究。丁佐湘、郑玉兰《"十五游神仙,仙游未曾歇"——从诗歌看李白与神话》(《绵阳师范学院学报》2023年第3期)一文重点探究了李白神话题材的诗作,分析了其青年、中年、晚年等不同阶段的神话诗,并从盛唐的时代精神、李白对屈原和陶渊明的接受、道教与道家的影响等方面探究了李白诗歌神话色彩浓厚的原因。

关于李白诗歌意象的研究,主要涉及"人"意象、"侠"意象、"天马"意象、"月"意象等。首先,"人"意象研究。王素美《李白诗"人"意象的文化内涵与天人合一的境界》(《河北大学学报(哲学社会科学版)》2023年第1期]一文别出新意,探究了李白诗歌中的"人"意象,并从儒释道三个文化层面出发,分别论述了"圣人""贤人""至人""真人""天人""神人""仙人""故人"等具体的"人"意象,阐释了李白不仅儒释道兼容认知,而且将这种情感认知内化为个体主体精神,并在更高范畴上与中国哲学的知情意保持了很强的一致性,以力求实现情感与意志的超越,从而达到天人合一的思想境界。其次,"侠"意象研究。王昕怡《李白诗歌中侠意象的文化内涵》(《中国民族博览》2023年第11期)阐述了李白是唐朝"侠"意象文化内涵发展的关键人物,其诗歌中"侠"意象出现次数较多,不限于对"侠"这一形象的描写,还扩大至具有侠特征的品格与精神。文章对唐以前"侠"意象文化内涵的流变进行梳理;通过对比,具体探索李白诗歌中"侠"意象文化内涵对前代的延续与创新,并从社会与个人两个角度探究其文化内涵形成的原因。再次,"天马"意象研究。武晓红《乐府诗"天马"意象考证及其对唐诗之影响》(《乐府学》2023年第1期)一文是其代表。该文颇具深度,作者在考察"天马"意象时,充分肯定了李白《天马歌》对于"天马"意象塑造的意义,认为其不仅强化了天马形象的精神内涵,而且使其闪现出神性的光辉。此外,关于"月"意象的研究依然是李白诗歌意象研究的重点。本年度相关研究成果有郑泽卉《浅析〈李太白全集〉中的部分月意象》(《文学艺术周刊》2023年第9期),该文涉及李白诗歌中关于邀月、问月、歌月的描写,认为李白对传统月的意象进行了突破与创新,他的月亮是他自己的化身,具有从不曾有过的生命与灵魂。潘虹《古诗意象意义的生成及发展——以峨眉月诗词为例》(《中国民族博览》2023年第5期)一文以李白《峨眉山月歌》及《峨眉山月歌送蜀僧晏入中京》为重点研究对象,探讨了峨眉月诗词意义的生成,并在此基础上分析了这一意象的发展及延伸意义。此外,孙欣《月亦有情递心声——浅谈李白诗歌中的"月"意象》(《青年文学家》2023年第3期)一文继续探寻了"月"意象的丰富内涵。

关于李白诗文具体作品的研究,主要涉及李白的《赠孟浩然》《独坐敬亭山》《蜀道难》《清平调》《将进酒》等作品。其中,吴怀东撰有两篇文章。其一是《孟浩然:好"卧"好"游"的隐士及其心理机制——兼论李白〈赠孟浩然〉诗对孟浩然的描述与认知》(《学术界》2023年第3期),该文在论述孟浩然隐士心理机制中,兼及论述了李白《赠孟浩然》诗对孟浩然的描述与认知,认为李白赠诗最突出的特征是用"卧"这个意象描述孟浩然的清高、淡泊,而"卧"这个词语和意象也在孟浩然诗中大量使用,"卧"正是最有代表性的隐逸生活方式。李白对孟浩然隐士形象的理解与推崇,完全符合孟浩然刻意留给世人的总体印象,而李白与孟浩然在推崇隐逸、崇尚高洁人格方面的心心相印,正是盛唐文化"风流"的反映。其二为《"思入风云变态中"——李白〈独坐敬亭山〉二题》(《绥化学院学报》2023年第12期),该文以李白《独坐敬亭山》为研究对象,从文学地理学角度出发,探讨了前贤尚未涉及的此诗孤独感的成因与感情、意象的继承性问题。作者认为《独坐敬亭山》是李白与谢朓、陶渊明跨越时空的心灵对话——李白基于他深刻的生活经历和生命体验,在学习谢朓、陶渊明等前代诗人的基础上再创造的结果;也是李白与敬亭山的精神交流——敬亭山和《独坐敬亭山》诗相互生成,成为永恒的中国文化风景。此外,次仁吉《〈蜀道难〉——一首深蕴傲骨的旷世仙歌》(《中国民族博览》2023年第5期)一文从文本细读出发,辩驳了大多数人对《蜀道难》的意蕴为赠别去蜀之友人,暗含劝慰其道途艰险早日归还,以及讽谏时事,映射现实的理解。作者认为该诗还隐含着一个极为高远深邃的境界,《蜀道难》可谓不是人之作,而是仙之歌,是太白谪仙傲视凡俗的旷世仙歌。陈前进《〈清平调〉新解——兼论李白被"赐金放还"》(《杜甫研究学刊》2023年第3期)一文深入阐述了李白《清平调》三首之间严密的逻辑关系,第一首写玄宗与杨妃未见时,第二首写两人初见时,第三首写其长相守。就三首诗的主旨而言,李白在此并无讥刺之意,而当以褒为主,李白是借三首诗奉迎"礼同皇后"的杨妃。并且认为,李白被"赐金放还"当与李白"不拘细行"的性格和玄宗极为重视礼法的态度有很大关系,同时无论是李白被招入长安还是后来被逐出长安,都与玄宗对道教的态度有关。戴兆国《哲思视域中饮者精神世界的多维面向——论〈将进酒〉的诗化人生与醉意生活》〔《江南大学学报(人文社会科学版)》2023年第1期〕一文具体深入解读了李白《将进酒》,发掘了其中蕴含的饮者之问、饮者之信、饮者之乐、饮者之歌、饮者之名及饮者之愁,并以此呈现出李白诗化人生与醉意生活的统一。

四、诗文艺术研究

本年度关于李白诗文艺术研究的成果不多,较具代表性的有三篇。王秋秋《论李白〈古风〉艺术的"复古"与"创革"》(《理论界》2023年第6期)一文围绕李白《古风五十九首》,探讨了从魏晋时期的拟代传统到盛唐时期李白的《古风五十九首》的发展过程，阐述了李白《古风五十九首》形成的必然性。作者从《古风五十九首》所表达的思想内容和艺术手法两个方面，阐明了李白《古风》之"复古"追求与"创革"精神的重要联系，指出了《古风》在倾"世道大乱"之诉求和求"深沉含蓄、浅酌低吟之美"之间的艺术关系，以及《古风五十九首》的社会价值与艺术价值。另有一篇关于李白赞文的研究。赵聪、莫山洪《论李白的赞文》（《漯河职业技术学院学报》2023年第1期）一文以李白17篇赞文为研究中心，站在中国古代赞文发展史的角度探析了李白赞文的思想内容和艺术特色，表达了李白赞文在唐代赞文中具有重要的地位，其赞文形式美、音韵和谐、语言清新俊逸，并以此为切入点深入探讨李白的宗教信仰、交友观念和唐人的精神风貌。李金坤、魏彩霞《李白游仙诗的神妙世界——兼议对〈楚辞〉游仙体式的接受》（《中国李白研究》，黄山书社2023年）一文阐述了李白在道教文化的影响下，从神仙道教的角度驾驭神仙题材来传达其思想感情，吸收《楚辞》游仙的精神内核与表达形式，突破了六朝以来一味升登求仙而企慕长生的游仙题材与颇为单纯的游仙意象，结合自身遭遇，融合现实时事，在浓烈的性情中涂抹上相当个性化的梦幻色彩，创造了"以幻写仙""以梦写仙"与"以游写仙"的三种抒写游仙世界的新异模式。其才力之大、想象力之丰、个性之显，洵无愧"诗仙"之名。而其广阔的堂庑，既为道教神仙世界努力拓展了人性化的空间，也为游仙诗史树起了一座继往开来的丰碑。

此外，李昀姝《李白诗歌中的写实与写意》（《作家天地》2023年第3期）一文重点探讨了李白诗歌中的现实主义因素。肖卓锟《浅谈李白散文的艺术特点》（《青年文学家》2023年第5期）侧重探究了李白散文的艺术特点。张印发《〈黄鹤楼送孟浩然之广陵〉的艺术特征研究》（《作家天地》2023年第20期）一文通过对诗歌的结语进行分析，可以看到诗歌的主题是友情和离别，同时也体现了诗人对人生的思考和对命运的感慨。肖瑾《解读李白诗词中的独特语言风格》〔《文学教育（下）》2023年第8期〕一文探讨了李白诗词的语言特色，阐述了李白诗词语言有让人如梦如醉的洒脱美、自信不羁的豪放美、情感跳脱的变化美、想象大胆的奇特美,展现出鲜明的个人特色。

五、创作渊源与传播接受研究

李白的诗文创作博采众家之长,其独特的文学魅力对后世国内外创作者产生了巨大影响,成为人们竞相模仿的对象。本年度李白创作渊源与传播接受研究,主要从李白诗歌的创作渊源、中国古今诗人对李白的接受、李白对传统诗学理论建构的意义、李白对区域文化建设的影响等角度展开。

探究李白创作渊源的文章主要有王福栋、王艳平《李白之"士气"与〈史记〉人物形象》(《渭南师范学院学报》2023年第7期)。该文主要阐述了李白诗歌对《史记》人物形象的接受情况,阐明了李白对《史记》人物"士气"的关注,这些士气大致可分为侠刺之士气、国士之士气和隐士之士气三类。并肯定这些不同的士气共同指向李白的功业理想。

关于李白诗文的传播与接受研究成果较丰富。首先,从后世古人的创作角度看对李白诗文的接受。刘岩《误读与重塑——论李纲对李白的评价与接受》(《国学学刊》2023年第1期)通过定量分析李纲引用李白诗句的40首诗,挖掘出李纲按照自己的理想与诉求对李白进行了误读与重塑。具体体现在:在诗歌上,李纲多化用李白诗中有浓郁道教色彩的篇章;于人格评价而言,李纲对李白的评价出现了神仙化、符号化的明显趋向。这种误读,主观上表现出李纲对李白坚守道义,傲岸独立,不与权贵合污这一理想人格的追求,客观上起到了在两宋之际提升李白地位的作用。万羽《论苏轼词对李白的接受》(《西安石油大学学报(社会科学版)》第3期)一文探讨了苏轼词对李白接受的过程及其特点,认为苏轼词对李白的接受经历了从简单地化用李白的诗文、事迹到体验李白的心境,再到引李白为知己相励相慰,呈现精神层面的沟通,是一个流动变化的过程。

其次,从传统诗学理论角度论述李白的后世传播与接受。李鹏飞《杨齐贤、萧士赟、徐祯卿三家李白诗注与宋元明诗学》

(《励耘学刊》2023年第1辑)一文从注释学角度出发,综合阐述了杨齐贤、萧士赟、徐祯卿三家注李白诗的特点、成就及其成因,认为:"一方面,杨、萧注皆有博而不约、祖述宋人记录、以史证诗的特点,但徐注的尚简主情与两家也不无渊源。另一方面,萧注在诗语出处、诗章结构、诗人寓意处下功夫,徐注以诗旨概说、句意笺注为特色。三家注释话语的离合轨迹,既关乎注家情感动机,也是取舍《文选》李善注与五臣注不同理路的结果,更受到宋元明文本诠释分工、李杜接受纷争与诗学向心力的影响。"花志红《〈瓯北诗话〉之"李青莲诗"简析》(《名作欣赏》2023年第35期)一文以《瓯北诗话》中所涉及的李白生平事迹及其诗歌进行了解读,具体阐述了《瓯北诗话》对李白及其诗歌的接受。潘如忆《从"兴趣"说看严羽对李白漫游诗之批评》(《大众文艺》2023年第10期)一文以李白漫游诗为例,通过分析"兴趣"的美学内涵,论述了严羽对李白漫游诗歌的接受。

再次,从今人文学创作角度论述李白风格的当下传承。此类文章主要有两篇:其一,谢莉《翱翔于中国诗学星空的大鹏——试谈李白诗中的大鹏意象兼及赵义山先生对大鹏意象的新创》(《文史杂志》2023年第3期)一文通过李白《大鹏赋》与赵义山《大鹏歌》的文本细读,探讨了赵义山对李白大鹏意象的继承与发展。李白自拟大鹏,书写个性特征,展现盛唐精神;赵义山承传太白风神豪情,借大鹏意象描绘时代风貌,寄寓个人壮怀。认为太白以鹏自比,是生性不羁、充满奇思妙想和高度自信自负的体现;赵义山的大鹏,有对太白高度自信的直接继承,也有对无边想象力和创造力的赞扬。其二,赵姝书《〈蜀道难〉的时空穿越——由李白〈蜀道难〉的开拓到赵义山蜀道主题的现代重塑》(《文史杂志》2023年第3期)一文认为李白《蜀道难》的创作将乐府旧题《蜀道难》推向了一个前所未有的创作高峰,当代学人赵义山对《蜀道难》的新创与现代重塑,为"蜀道难"再次赋予了新意蕴,使乐府旧题《蜀道难》一系列的蜀道诗文得以继续发展。由李白《蜀道难》的开拓到义山先生蜀道主题的现代重塑,可以看到中国古体诗歌不断发展创新之过程,中国古体诗歌的现代重塑亦将由此深受启发。

最后，从区域文化角度讨论李白的影响。代表性文章有方丽萍《边省地区文化传统的选择与赓续——以清代贵州李白接受为中心》（《临沂大学学报》2023年第4期），该文重点梳理了清代贵州地区重建李白诗迹、撰文志事、雅集游览、考证"李白至夜郎"等李白接受活动，阐述了清代贵州接受李白的原因在于"地以人显"、借李白"润色山川""援引殊方已负盛名之古人为闾里荣"的传统观念，探讨了中国边省地区继承文化传统的路径问题，展现了传统文化在边省地区强大的影响力与凝聚力。此外，还有曾江《太白故里看文化传承》（《中国社会科学报》2023年2月10日）一文是记者曾江亲临李白故乡江油县李白读书台、李白纪念馆，感受当地弘扬与传承李白文化的新春新气象的记录。

六、比较研究

比较研究是文学研究的一种重要方法。本年度运用比较方法研究李白及其诗文作品的论文中，既有李白与国内诗人的比较，也有与海外诗人的比较；既有特定意象的文学比较，亦有文化观念的对比分析。

李白与国内诗人的比较。从任侠精神角度进行比较的有两篇文章。张焕《郑愁予与李白任侠精神之比较》（《名作欣赏》2023年第9期）一文将当代台湾诗人郑愁予与李白的任侠精神相比较，指出其相同之处在于诗人对国家前途和人民命运的担忧和同情，但时代和性格使得他们在很多方面也存在着较大的差异性。王佳宁《千古文人侠客梦，肯将碧血写丹青——曹植与李白游侠诗之比较》（《青年文学家》2023年第8期）一文以曹植与李白的游侠诗为对象进行比较研究。另外，关于李杜的比较也有部分成果。付秀宏《李白和杜甫的旷古诗意》（《群言》2023年第4期）一文探求了李白与杜甫二人因性格与思想观念差异造成的不同的诗意表达。张程《李白、杜甫的舍与得》（《文史天地》2023年第6期）一文综合论述了李白与杜甫的交谊及其人生志业上的取舍问题。此外，有李白与曹植自荐文的比较研究。高榕《浅析〈求自试表〉和〈与韩荆州书〉的表达艺术》（《青年文学家》2023年第17期)一文以曹植《求自试表》与李白《与韩荆州书》为参照对象,探究了二人自荐文书的艺术特色表现为:在语言艺术上精练有道,采用了以退为进的表达技巧,表明了各自真挚诚恳的情感态度。

李白与国外诗人比较。这主要从题材、意象、文化观念等方面展开。有关诗歌题材比较,汪程《李白与威廉·布莱克诗歌中的神话比较研究》(《绥化学院学报》2023年第12期)一文重点探讨了李白与威廉·布莱克二人诗歌中神话元素使用的特点。认为这两位诗人诗作中通过神话表现了迥然各异的浪漫主义,体现了独特的民族性。李白沿袭了中华民族上古神话系统,其神话思维中的具象性与象征性都基于热爱祖国的情怀;布莱克却将西方传统圣经神话系统全盘推翻,其以想象力为武器,向当时的统治者宣战。

诗歌意象比较。胡嘉卿《李白与莎士比亚诗歌花意象对比研究——以芙蓉和玫瑰为例》(《名作欣赏》2023年第12期)一文深入分析了李白与莎士比亚诗歌中花意象的异同之处,认为芙蓉与玫瑰分别为李白与莎士比亚诗歌花意象的典型代表,具有独特的意蕴与文化印记。李白诗歌中的芙蓉意象与莎士比亚十四行诗中的玫瑰意象均映射出"美"与"情"两大主题,不同在于芙蓉意象反映出儒家思想、佛教、道教在李白诗歌中的有机结合,玫瑰意象则体现了莎士比亚十四行诗的永恒性主题。吴慧《语料库下的东西方诗歌隐喻意象比较研究——以雪莱和李白诗歌为例》(《开封文化艺术职业学院学报》2023年第3期)一文利用在线语料库和隐喻识别,将李白与雪莱诗歌里的常见隐喻意象进行比较,发现东西方浪漫主义诗歌里常见意象由于文化背景不同而表现不一样,但都描述出丰富多彩的大自然,呈现出人和自然和谐相融的关系。

文化观念比较。代春艳《井原西鹤与李白文学作品中的女性爱情观比较》(《今古文创》2023年第3期)一文通过对李白与日本近代诗人井原西鹤二人诗作中的女性书写进行比较,探究中日文学中女性爱情观的差异并分析其原因,认为江户女性爱情观扭曲,唐朝女性爱情观为忠贞。另有张艳《汉英诗歌折射的时间观——以李白的〈将进酒〉和雪莱的〈时间〉为例》(《青年文学家》2023年第8期)一文通过对李白《将进酒》和雪莱《时间》二诗的比较分析,阐述了汉英人不同的时间观。

七、译介研究

译介研究作为李白文学域外传播与接受的重要侧面,近年来一直颇受关注,且呈现欣欣向荣的态势。本年度李白诗文译介研究主要集中在李白诗歌具体作品的译文研究,也有不同译文的对比研究;有经典译文范本的综合研究,也有诗歌翻译策略、译介效果等的研究。

具体作品的译文研究。陈佳怡、李梓铭《李白〈将进酒〉英译本研究概述》(《现代英语》2023年第9期)一文对李白《将进酒》不同英译本研究进行整理归纳,以期拓宽其英译研究视域。本诗现有英译本对比研究主要从"三美"理论、"信、达、雅"翻译标准以及及物性理论三种角度着手,该文比较不同英译本在字词斟酌、韵律形式、意象表达等方面的差异,并分析其中蕴含的翻译方法和翻译技巧。武浩《生态翻译学视角下的〈将进酒〉译文研究》(《今古文创》2023年第25期)一文以许渊冲、孙大雨的译本为基础,运用生态翻译学中的语言维、文化维和交际维的"三维"转换理论,对这两种文本进行比较分析,探讨了译文之间的异同。

不同译文的比较研究。高博《李白〈黄鹤楼送孟浩然之广陵〉多译本的翻译策略体系比较研究》(《南华大学学报(社会科学版)》2023年第1期)一文以汉语古诗英译策略体系为理论框架,从译诗语言的易化策略、译诗形式的多样化策略、译诗词语的转换策略以及附翻译扩展策略四个维度,对《黄鹤楼送孟浩然之广陵》一诗的五个代表性译本加以比较分析。研究结果表明,不同译者在译诗语言、词语、形式和附翻译应用层面上各具特色,每个译本的内部策略也都各成体系。潘曼曼《关联论视域下〈长干行〉中文化负载词翻译对比研究》(《今古文创》2023年第12期)一文指出,文化负载词是指各民族国家之间地理位置、民俗文化等差异在语言词汇层面上的表现。文章从关联理论出发,以地点、习语典故、民俗文化为例,比较许渊冲先生和埃兹拉·庞德《长干行》英译本中文化负载词的翻译,发现庞德在翻译过程中存在错译、误译现象,尤其是体现在中国特色地名、传统文化的翻译上,而许渊冲先生在译入语的词汇选择上并没有实现完全的语用对等。梁晶《汉诗英译的"绝对节奏"与"可变音步"——以〈长干行〉两译本为例》(《外国语文研究》2023年第3期)一文,通过对庞德《长干行》与威廉斯《桂树集》中的译诗《长干行》的比较分析,发现二者的翻译策略迥异,庞德的"绝对节奏"译诗策略联结主体情感与智性两极,威廉斯的"可变音步"策略终极指向也是主体之"思",但较之庞德的"绝对节奏",威廉斯的"可变音步"意欲更有效地贴合现时的现实生活世界。两种翻译策略背后,浓缩的是美国自由诗音乐性的嬗变。卢琪《李白〈将进酒〉英译本中汉语文化负载词翻译研究》(《今古文创》2023年第39期)一文结合奈达对文化负载词的分类,分析许渊冲先生和宇文所安两位译者的《将进酒》英译本,对比研究他们对于《将进酒》中文化负载词的翻译策略。研究发现,李白《将进酒》英译过程中运用的汉语文化负载词对于汉语文化在英语世界里的传播起到了重要作用,同时也为人们深入了解李白提供了一个新的视角,丰富了诗歌翻译学研究的内容。

李白经典诗文译本的综合研究。蒋向艳《诗仙远游:〈玉书〉里的李白》(《中国文学研究》2023年第4期)一文,探究了法国女诗人朱迪特·戈蒂耶的中国古诗法文创译集《白玉诗书》(即《玉书》)对李白诗歌在欧美国家传播的重要影响,认为《玉书》是中国古诗词海外传播和中法文学关系史上的一部重要作品。并挖掘出李白在《玉书》中的主角诗人地位,在这部中国诗创译集中,李白的肖像第一次出现在西方出版的书籍里。《玉书》里大量诗歌彰显了李白诗的色彩,同时,《玉书》所选的"李白诗"证明本诗集是18世纪欧洲的"中国风"在19世纪末20世纪初欧洲文坛的延续。随着《玉书》多个外语转译本的出版,李白的诗名由欧入美,走向了更为广阔的文学世界。石春让、戴玉霞、梁丽群《第一部李白诗集英译本的百年出版传奇》(《出版科学》2023

年第4期)一文介绍了世界上第一部李白诗歌英译文集,由日本学者小畑薰良翻译的《李白诗集》的出版与印行情况。这部诗集收录了李白诗歌124首,并介绍了李白的生平和诗歌成就。100年来,该诗集在美国、英国、日本等国家印行20余次,创造了中国古典诗歌作品在西方世界的出版传奇。该诗集的出版概况、出版特征、封面设计、馆藏情况都呈现出独特特征,对当下中国典籍外译仍有启迪意义。

李白诗歌翻译策略与译介效果研究。郑春光、齐冬梅《宇文所安与路易·艾黎的李白诗英译译者主体性研究》(《哈尔滨学院学报》2023年第8期)一文从李白诗歌英译翻译者的主体性角度出发,从翻译者受动性、能动性、为我性三个要素入手,分析两位译者不同的主体声音对诗歌翻译策略和翻译效果的重要影响,为汉诗英译乃至中国文学英译提供了启示和借鉴。常红婧、梁娟《"软硬皆施":李白诗歌英译本在美国的译介效果及影响因素研究》(《绥化学院学报》2023年第12期)一文通过考察李白诗歌英译本在美国的"软效果"和"硬效果",发现李白诗歌获得了英美国际学术场域的认可,对美国文学选材、诗歌创作以及音乐艺术等产生深远影响。但其主要英译本销量排名总体靠后,在普通读者群中影响力有限。在涉及影响李白诗歌译介效果的各要素中,译介控制和译介内容发挥了主要作用。中国古典诗歌译介应重视专业读者和普通读者的差异化效果体现,通过助推译介各要素,合力促进李白诗歌在海外产生更好的译介效果。

八、跨学科及其他研究

本年度关于李白的跨学科研究呈现出多学科交叉的丰富性,其议题主要从文献学、学术史、数字科技、文学地理学、文学史学及艺术等领域展开。

李白诗文故实考辨。这方面的成果主要有五篇。詹福瑞《李白〈行路难〉三首用典释读与系年再议》(《唐代文学研究》第23辑)一文通过对李白《行路难》三首诗中典故的深入解析,推断出这三首诗皆为李白去朝前这一时期内所作。这一观点,具有重要的翻案意义。关于李白《行路难》三首的创作时间问题，学界一直未有定论。20世纪80年代以前，学界把三首皆定为李白天宝三载离京前所作。李白生平考证中的二入长安说出现后，关于此三首诗的系年出现了分歧，有学者怀疑这三首诗不是同时所作，将前二首系于一入长安。但无论是定为一入长安作品，还是二入长安之作，都无文献作为确证，而是通过对作品的理解得出结论的。而作者通过对诗中典故的深入细读，推断出李白在被玄宗疏远后，并未马上要求离京，曾有一段"浪迹纵酒，以自昏秽"的生活，而《行路难》三首都是作于这个阶段。曾涧《李白〈上安州裴长史书〉中"郡督马公"考辨》（《扬州职业大学学报》2023年第2期）一文重点考辨了李白《上安州裴长史书》中"郡督马公"的具体所指，认为其所指不是开元十五、十六年出任安州都督的马正会，而是马克麾，因马正会实卒于开元九年（721）前。张立华《李白〈蜀道难〉异文改笔研究及疑难辨正》（《文史知识》2023年第7期）一文结合李白的创作心迹，对《蜀道难》的一些重要异文如"西当太白有鸟道，可以横绝峨眉巅"中"何以"与"可以"，"地崩山摧"与"蛇崩山摧"，"悲鸟"与"悲乌"，"古木"与"枯木"，"雌从"与"从雌"，"林间"与"花间"，"子规啼夜月"与"子规啼月"，改笔如"连峰去天不盈尺"与"连峰入烟几千尺"等进行了考辨。杨硕硕《李白〈峨眉山月歌〉诠释之争评议》（《名作欣赏》2023年第5期）一文从地理学及文学意象角度对李白《峨眉山月歌》中的地名"平羌江""清溪""三峡"及"君"字所指作了细致梳理与考辨，认为"平羌江即为青衣江""清溪位于犍为县清水溪镇""三峡意为巴东三峡""'君'应指月亮"。另有两文从名物角度考辨了李白《静夜思》中"床"的具体所指。刘继才《母亲的床与李白的"床"》（《博览群书》2023年第4期）一文从博物学角度，辨析了李白《静夜思》中"床"字的实物为"井床"，亦可理解为"卧具"。张宏《从传统木作和酿酒技术看李白〈静夜思〉之"床"》（《中国民族博览》2023年第7期）一文从传统木作和酿酒技术出发，辨析了李白《静夜思》中的"床"除有"坐具说""井栏说""檐廊说"等说法外，还可以是"卧具"，也可能是"酒床"。

李白研究的学术史。这方面的成果，有李白研究综述、部分学者或著述的李白研究成就等的论述。李白研究综述方面,林大志《三十年来福建地区的李白研究论略》(《闽南师范大学学报(哲学社会科学版)》2023年第1期)一文,通过对中国李白研究会成立三十余年来福建地区的李白研究成果加以回顾和总结,论述了福建地区李白研究的三个阶段及其成就,研究方法及研究空间。认为第一阶段以陈祥耀、黄炳辉、孙绍振等为代表,第二阶段以林继中、陈节、贾晋华等为代表,第三阶段以李小荣、胡旭等为代表。三代学人分别在三个阶段做出贡献。举其要者,当以第二阶段学者的研究成果影响最大,成绩亦更为显著,而以第三阶段学者初露锋芒,发展空间尚大。从研究方法的视角观之,福建省学者李白研究的视角具有多样化特点,传统研究范式及跨学科新视角研究两种类型兼而有之。概言之,三十年以来福建地区的李白研究都还显得相对薄弱,相对分散。部分学者或著述的李白研究成就方面,海滨《充实之谓美,积健而为雄——简述薛天纬先生的李白及唐诗研究》(《名作欣赏》2023年第12期)一文概述了薛天纬对唐代诗人李白、杜甫及唐诗其他相关问题的研究成就,认为其沉潜于李白的全面研究,具有集大成、善创新的明显特征。概括出薛天纬治学的特点为:其研究内容是"言之有物"的"实",其学术表达是"绝无虚文"的"实",真体内充,超心炼冶,乘之愈往,识之愈真,充实之谓美,积健而为雄。陈玉强《生命诗学视野下的李白研究——读詹福瑞〈诗仙·酒神·孤独旅人:李白诗文中的生命意识〉》(《名作欣赏》2023年第19期)一文评述了詹福瑞《诗仙·酒神·孤独旅人:李白诗文中的生命意识》一书的价值。文章认为詹福瑞采用了文本悟入与哲学阐释的研究路径,探究了"生命意识研究何以可能""李白生命意识的内在构成""李白生命意识研究的多维路径""李白生命意识研究的意义"等议题,肯定该书弥补了当下文学研究中对中国古代经典作家生命诗学阐释的缺失,为学界建构了生命诗学视野下中国古代经典阐释的新路径。

李白知识图谱的数字化研究。沈雪莹、欧石燕、卢彤彤《中国古代文人生平知识图谱构建与应用——以李白和杜甫为例》(《数字图书馆论坛》2023年第8期)在实例部分,以李白和杜甫为对象,基于构建的古代文人语义模型,对他们的生平和作品信息进行半自动标注,构建"李杜"生平知识图谱,并存入 neo4j 图数据库,采用可视化技术展示和分析两位文人的人际关系、生平事件、时空轨迹、作品风格演变。关注文人生平的时空信息,将他们的生平事件与作品特征关联起来,从而直观地观察他们的生平经历与思想感情变化之间的联系,为传统人文研究助力。

李白诗文的文学地理学研究。徐定辉、段小曼《地域文化中的生命放歌——李白湖北诗文之生命意识书写》(《湖北民族大学学报(哲学社会科学版)》2023 年第 1 期)一文从文学地理学角度出发,对李白游历及寓居湖北期间创作的 95 首诗和 18 篇文展开研究,具体分析了其诗文中呈现出来的春秋代序的时间感悟、功业不朽的理想追寻、怀古感今的生命沉思等生命意识。

李白诗歌的史学价值研究。王雪凝《论李白诗作中的历史意识》(《绵阳师范学院学报》2023 年第 7 期)一文从李白诗作的文本细读出发,概括出李白诗歌的历史意识表现为:珍视文学创作传统、客观评价历史人物、借古之事以喻今世等方面。

李白诗文与音乐艺术研究。明言《李白音乐批评初探》(《北方音乐》2023 年第 2 期)一文站在音乐的角度审视李白的经典诗词名篇,用音乐批评的手法对李白的听(抚)琴诗、观伎乐诗、乐人品藻诗等类别的诗词作品给予了文本解析。

关于李白研究,本年度相关的其他成果还有:查屏球《李白与宣城》(《三联生活周刊》2023 年第 32 期)、卢燕新《唐诗选本中李杜优劣观的嬗变》(《光明日报》2023 年 9 月 4 日)、《今天,我们为什么重读李白?》(《安徽时评》2023 年 12 月 29 日)、贾克帅《让"李白名片"成为读懂中国的窗口》(《安徽日报》2023 年 12 月 25 日)等文,从选本研究、李白的精神价值、新时代文化创建意义等方面展开了探讨。

杜甫研究

□ 奚日城 李翰

2023年,中国大陆各类学术期刊公开发表的杜甫研究相关论文有230余篇,出版相关专著30余部,相关硕博学位论文12篇,涉及文学、历史、文艺理论、翻译、学科教育等多个领域,研究的广度与深度不断拓展。随着数字互联网技术的发展,新的技术手段被引入,现有文献被更为科学化、精细化整理、归纳,海外文献也不断被发掘研究,产生了许多优秀成果。现从杜甫生平思想研究、杜诗艺术研究、杜诗学研究、专著与学位论文等几个方面择要予以介绍。

一、生平思想研究

(一)杜甫生平研究

杜甫生平研究在某些方面存在一些有争议的问题。例如,关于天宝六载(747)杜甫是否参加制举,以及他献赋的动机是否源于制举失败,献赋后是否因此获得官职等。近年来,学术界在这些问题上取得了一些新的研究成果。

吴怀东《杜甫〈天狗赋〉"献赋"性质考论》(《文学遗产》2023年第6期)考述了杜甫献赋时的处境、心态。该文认为杜甫在创作《雕赋》《封西岳赋》时,常常借机透露自己"卖药都市,寄食朋友""常困于衣食"之类的窘境,而《天狗赋》并未刻意突出"天狗"的处境艰难,只强调其"英雄无用武之地",由此可推断《天狗赋》

创作于天宝六载(747)制举考试失败之后。彼时杜甫初入长安，处境尚可。杜甫制举失败后，坚持不懈地献赋，洞察社会复杂性，调整内容，抓住机缘，升于庙堂，是其履践儒家精神的表现。

自宋人赵子栎揭出杜甫曾参加天宝六载制举并落第后，经过南宋鲁訔与黄鹤的补充，杜甫在天宝中参加制举一说被学界广泛接受。不过，仍然有一些学者对此表示怀疑，本年度有几篇论文就该问题作了更翔实的论述。如李煜东《杜甫天宝六载应制举说献疑——兼说献赋前后杜诗之内涵与系年》(《唐研究》2023年第28卷)追溯杜甫天宝六载应制举说之源头，兼与史家传记、杜甫诗文内涵比对，发现史家传记与诗文中并无符合时间叙述的诗句，该文据此推断出杜甫天宝六载制举之事为前人未证实之假说。卢多果《杜甫应天宝六载制举事质疑——兼论天宝中杜甫的行止》(《文史》2023年第1辑)通过文本细读考述杜甫长安行止，也认为宋人的判断不足采信。除了天宝参加制举一事，对于长安陷落前后杜甫的行踪问题，也有新的考述成果。孙微、王新芳在《长安陷落前后杜甫行止考辨》(《安徽大学学报》2023年第2期)通过考察杜甫《往在》《白水崔少府十九翁高斋三十韵》两首诗，认为杜甫在叛军攻陷潼关之前便已率家小由奉先逃到白水，至六月上旬当可抵达鄜州羌村。叛军攻陷长安之前，杜甫又只身返回长安，目睹了叛军焚烧九庙，屠杀嫔妃之暴行。以此为时间锚点，可证《新唐书·杜甫传》对杜甫诗文的一些误解，亦能说明《避地》诗实为后人伪托。

杜甫献赋后未能立即授官，也是杜甫生平研究的热点问题，学界对此的解释大抵有拖延说、李林甫作梗说、守选说三种。孙微《杜甫献〈三大礼赋〉后未能立即授官原因新考》(《文学遗产》2023年第6期)则从《册府元龟》天宝间求贤诏书与杜甫相关诗文入手，考证相关背景，批驳了拖延说与守选说，揭示了杜甫未被授官的真实原因，即在天宝十载(751)诏"怀材抱器"举，文人应诏献赋试文之后，李林甫出于对文士的忌刻，依旧延续了对文士的打压政策，再次将文士斥落。

还有一些论文，通过考察杜甫身世经历深化对杜诗的理解。如陈尧《杜诗凉州书写的文学主题与文本地理空间》(《杜甫研究学刊》2023年第3期)认为杜甫从未到过凉州,但在诗文中对凉州甚为关注,这是因为杜甫的家族、亲友与凉州有着颇深的渊源,杜甫通过自己的认知想象创造了独特的凉州文本地理空间,并表露了个人的人生愿景、军事眼光和边防情怀。同样,杜甫从未有过出塞经历,却以亲历者视角做了前后《出塞》诗,李俊《精神实录与边塞想象:杜甫〈前出塞〉〈后出塞〉疏证》(《复旦学报》2023年第5期)对杜甫两诗的创作背景进行考释,认为杜甫在诗中的军事、边塞想象与书写是受岑参的影响。另外,杜甫死后葬地颇多争议,李煜东《杜甫祔葬偃师杜预墓之论的生成与建构》(《杜甫研究学刊》2023年第4期)考察了杜甫祔葬偃师杜预墓的说法的来源及其流变,对相关争议的源流脉络作了较细致的清理,有一定价值。

杜甫交游是其生平研究的重要问题,尤其是天宝初与李白、高适的交游,历来是学术热点。刘明川、董灏《高适、李白、杜甫、李邕"济南之会"考辨》(《洛阳理工学院学报》2023年第1期)通过研究高适、李白、杜甫、李邕等四人在"济南之会"的前后行踪,分析相关作品,发现李邕是在天宝四载夏由汲郡转任北海途中路过济南,高适和杜甫参加了此次聚会,三人各有诗作留下,而李白并没有参加"济南之会"。本文将杜甫与高适等的"济南之会"的时间、诗作、前后行踪等作了较详细的梳理,有很高的参考价值。

另外,沈雪莹、鸥石燕、卢彤彤《中国古代文人生平知识图谱构建与应用——以李白和杜甫为例》(《数字图书馆论坛》2023年第8期)以李白、杜甫为例,展示了如何应用数字技术,可视化地展示和分析诗人的人际关系、生平事件、时空轨迹、作品风格演变等问题。文章认为,数字化技术可将文人生平的时空信息、生平事件、诗文作品的特征等环节关联起来,直观地观察诗人的生平经历、思想、情感变化等,以新技术手段为传统人文研究拓展了道路。这一研究方法和思路或将在以后的唐诗研究中得到广泛的应用,值得充分关注。

（二）杜甫形象研究

历史人物的形象建构源自文字留存、历史遗迹等物质或精神的文化遗产，再通过后辈一代代的叙述和解读，使得人们提及该人物时，能得到大致轮廓与总体印象，并能抓住个别特征。杜甫形象的建构除了史传的塑造之外，很大部分都来自杜诗中的自我塑造，本年度有几篇论文关注到这一方面，并作了较深入的探究。

杜甫不仅是"诗圣""情圣"，还是一个饱受疾病侵扰的"病号"，他将自己的疾苦与自我疗愈写入诗中，吴怀东、孙梦伟《杜甫的疾病及其自我疗救》（《宝鸡文理学院学报》2023 年第 3 期）以杜甫的疾病诗为根据，填写杜甫的"病例报告"，并对其患病原因、治疗手段进行考察。该文展现了一个超越疾病痛苦，满怀生命热情的坚韧的杜甫形象。杜甫一生中参加过无数宴会，在不少场合都是以陪客的身份出现，傅绍良《论杜甫陪宴诗中的角色特征及成因》（《唐代文学研究》第 23 辑）研究了杜甫不同时期的陪宴诗，发现杜甫不同人生阶段所扮演的社会角色和性格特质在其陪宴诗中都有体现，从陪宴诗中可直观看见杜甫形象、思想发展变化的轨迹。

在杜甫的晚年，他常常回忆自己在朝廷短暂的谏官生涯，并诉之以诗。傅绍良《论杜甫的朝班记忆与谏官形象重塑》（《陕西师范大学学报》2023 年第 5 期）认为杜甫诗中的朝班记忆书写是通过对过去经历的选择和改造，对自己的谏官形象进行了重新塑造的过程。

（三）杜甫思想研究

本年度杜甫思想研究主要还是围绕其儒家思想的主体来展开，同时也兼顾杜甫思想的其他方面。杜甫在长安为官期间，其家属分居在鄜州，在分居与探亲期间杜甫写了不少诗歌，通过自家的遭际反映动乱的时代。王小艳《从鄜州诗歌看杜甫的仁者情怀》（《湖北开放职业学院学报》2023 年第 6 期）关注到此期诗歌中透露出的博大仁者情怀，即杜甫既重视家庭伦理道德，舐犊情切、棠棣情悌、鹡鸰情深,又心怀家国治理,对家人、邻人、人民有着深挚的感情。刘桢《杜甫"家国同构"观念中的"家"研究》(《汉字文化》2023年第6期)则着重探究杜甫的家庭观念,文章认为杜甫"家国同构"的观念以"家"为内核,以家风树德、家学立言为两翼,家教育儿为理念保证,使其"小家"上升为"家国一体"的格局,对杜甫家国理念作出了创新性阐释,值得注意。王之意《杜甫〈伤春五首〉其二"兄弟"异解》(《玉溪师范学院学报》2023年第4期)对杜甫"不是无兄弟,其如有别离"一联中"兄弟"一词进行考述,认为"兄弟"既是指杜甫自家兄弟,同时亦兼指王室宗亲,兼具家国二义。因此,从诗中"兄弟"一词不仅可看出中国古代家国同构的血缘政治,更是杜甫国身通一情怀理念的表露。

杜甫思想的其他方面,如王新芳、孙微《杜甫家族中的道教信仰及相关杜诗新解》(《中国文学研究》2023年第1期)考察杜甫的道教思想,值得注意。文章通过对《唐故范阳太君卢氏墓志》中隐含的线索进行发掘,发现杜甫道教信仰的家庭因素,认为由卢氏家族传入杜氏家族的天师道信仰,以及杜审言与道士的交往起到很大的作用。文章认为从道教信仰视角对杜甫诗文进行观照,既可以扭转和修正杜诗旧注的一些附会、歧误之处,也为解读李杜二人的友谊基础提供了新的视角。

在生命的最后十余年间,杜甫避乱于秦州、成都、梓州、夔州、江陵、公安等地,在天涯漂泊中,他创作了不少的卜居诗。谭思思《杜甫卜居诗的生命意识探微》(《四川职业技术学院学报》2023年第2期)与李玉蓉《杜甫卜居心态研究——以夔州时期的卜居诗为例》(《古典文学研究》2023年第7辑)考察杜甫后期的卜居诗,发掘这些诗中潜藏的流寓之感、生存之忧、隐逸之思、家国之情等复杂的情感,并追溯其渊源。两篇文章分析得非常具体、细致,有助于深化对杜甫晚期思想的认识。

二、杜诗研究

本年度杜诗研究,包括杜诗的编年考订以及诗歌艺术等方面,以杜诗艺术研究成果最多,主要集中在题材、渊源、艺术风格、典型意象等方面,涉及面较广,研究的深度也在不断推进。

杜诗编年考订方面,本年度论文不多。张诺丕《杜诗〈冬日洛城北谒玄元皇帝庙〉编年考》(《杜甫研究学刊》2023年第1期)考订杜甫在洛阳所写的一首诗,该文通过诗中所叙"世家遗旧史,道德付今王"的历史故事,结合杜甫赴洛阳应试的经历,推断此诗作于开元二十三年(735)初冬,认为这一编年可反拨《钱注杜诗》的一些误判,有一定的参考价值。日本学者陈翀《"怕春"考——杜甫〈文选〉李善注受容例证》(《杜甫研究学刊》2023年第2期)以杜甫的《江畔独步寻花》为例,重新考查了《文选》李善注,找到杜诗中"怕春"的出典所在,为准确理解草堂时期杜甫的思想心态提供了重要参考。

杜诗的艺术研究方面,本年度一些论文分别从思想、艺术、文本等方面展开对杜诗艺术渊源的探讨,都很有深度。刘强《论杜甫的经学与诗学》(《复旦学报》2023年第1期)认为杜诗融会了杜甫深厚的经学修养、圣贤志向以及醇儒抱负,由此成就了其思想深度与诗学高度。该文从杜甫经学与诗学修养入手探讨杜甫开创的"诗世界",还探讨了中唐儒学复兴、北宋理学奠基与杜诗经典化之间的联系。杜甫奉儒守官,儒学不仅是杜甫的精神支柱,也是其诗歌的艺术与思想渊源,余承儒《〈论语〉对杜甫诗歌创作的影响》(《名作欣赏》2023年第17期)以《论语》为例,对此作了详细探讨。文章考察了《论语》的核心思想、词语、典故等在杜诗中的应用,认为杜甫将这些资源熔铸在诗歌之中,并赋予新的含义,在艺术与思想上都达到很高的境地。

陈华《杜甫在诗风与创作上对庾信的接受》(《文学教育》2023年第3期)认为杜诗中的"清新""老成"风格来自庾信。杜甫发现庾信诗赋中的某些特质,产生了思想上的共鸣,因而能自觉继承庾信诗赋的韵律、章法、字句、用典等艺术手法,形成了既"清新"又"老成"的风格。

从题材与写作的角度探讨杜诗艺术,是文学本位意识的落实和深化,傅绍良《"昔"与"忆昔":杜甫往事书写的文学史意义》(《杜甫研究学刊》2023年第3期)作出了很好的示范。该文回顾了唐前诗歌创作中"昔"与"忆昔"的题材与表现手法,认为唐前"忆昔"句式仅在挽歌、伤悼情感抒发时偶尔用及,内容情感并不深刻复杂,而杜甫"忆昔"诗句和诗题则在书写主题和艺术上有着重大突破,杜甫以"忆昔"书写个人经历、时代往事、政治评判,具有唐人共性,展现了独特的文学价值。董露艳《大哉乾坤内,吾道长悠悠——杜甫陇蜀道纪行组诗论析》(《甘肃开放大学学报》2023年第2期)分析了杜甫避乱西南途中,陇蜀道上所作的纪行组诗,发掘了杜甫蕴藏在组诗中的壮志蹉跎的忧伤、光阴虚度的感慨以及忧国忧民的炽热情怀。

从写作学的角度阐释杜诗的艺术特色,是本年度杜甫研究的亮点所在,出现不少优秀的论文。李谟润、卢盛江《论杜诗中连贯句的运用艺术》(《河南师范大学学报》2023年第4期)关注到杜诗中运用高超的连贯句艺术,认为杜甫以连贯句抒情、叙事、议论、描写,融节奏、韵律、情感于一体,为诗风注入了一股新的元素。文章认为,连贯句对全面了解杜诗艺术及文学史影响,有着重要的参考价值。

此外,韦敏珠《论杜诗的虚构之境》(《陇东学院学报》2023年第1期)对杜诗虚构造境的内涵、意义进行了探讨,颇有新意。白松涛《构建事象:杜甫体物之法与古典诗歌叙事性》(《河南科技大学学报》2023年第5期)则对杜甫咏物诗的叙事之法进行探析,认为杜甫善于调动多种叙事策略,如建构虚实事境、变换时空结构、选择特定角度、移情于物等来表现个人的复杂体验。叙事性不仅使杜诗之物像承载深厚情志内涵,更能彰显其"诗史品质"。杜甫自号"少陵野老","野"既是其形象定位,同时也是其诗学境界的体现。杨衍亮《论杜诗之"野"》(《重庆第二师范学院学报》2023年第1期)通过考察杜甫诗歌之"野"来探析杜甫创作心态及其诗学理念,角度也很新颖。浦仕金《"诗史"中的实录与想象——以杜甫〈奉先咏怀〉中华清宫宴会书写为中心的讨论》(《九江学院学报》2023年第2期)通过具体作品的剖析,认为杜甫的"诗史"性质不应狭隘地从"实录"来理解,更应关注其基于史实,进行提炼概括和艺术处理的"想象"。

在杜诗研究中,比较研究是重要的研究方法,这种比较既可以是杜诗内在各要素的比较,也可以是其他文献、文本与杜诗的比较。本年度不少论文即采取了这一研究方法。王启涛《从吐鲁番文献到杜诗》(《杜甫研究学刊》2023年第1期)将杜诗中16个疑难词语与处于同一时空语境中的吐鲁番出土文献作横向比较,从政治、经济、军事、法律、语言、文字、文献、宗教、文化、民俗等角度展开研究,大大拓展了杜诗研究的新视野。还有诗与画的比较,如杨衍亮《论杜甫的诗法与画法》(《湖北文理学院学报》2023年第10期)认为杜甫移画法入诗法,使摹写如画,层次如画,诗境如画,因此在诗歌史上有着重要意义。此外,杜甫的题画诗善于以"言志""表真"表现画外之音、象外之意,宋以后的画家文人也常取杜甫诗意入画。

意象研究历来是诗歌艺术研究的热点,杜诗创造了众多典型意象,对后世诗歌产生了重要的影响,本年度不少论文专注于杜诗意象的探讨。如李煜东《发轫在远壑:论杜甫与山之关系》(《唐都学刊》2023年第1期)考察杜诗所叙写的登山意象,认为杜甫诗中写到望山、山行、登山,但很少写到登顶。文章分析这是因为存在着客观的政治与时间的限制,杜甫的游山憧憬与政治遭遇一样,无法真正达成,从中也可见中国古代知识分子在仕与隐方面存在违迕两难的处境与心境。还有一些文章对杜诗的典型意象作情感、文化等方面的分析,如杜宇翔《杜诗崆峒书写探微》(《甘肃开放大学学报》2023年第3期)对杜诗中的"崆峒"意象进行探究,认为唐代的漫游立功精神、关陇独特的地理环境、杜甫个人的经历与修养、君臣比兴传统等是影响杜甫崆峒书写的重要因素,这一意象渗透了诗人不同阶段的人生体验。类似的论文还有贡静文《论杜甫诗歌中鱼意象的情感意蕴》(《河北北方学院学报》2023年第1期)、王素美《论杜甫诗中的"人"意象及其文化内涵》(《邢台职业技术学院学报》2023年第2期)、蒲向明、陈江英《论杜甫陇蜀诗的边地意象》(《淮北师范大学学报》2023年第5期)、孙萍萍《论杜甫诗中的鹰意象》(《文学教育》2023年第8期)等,都有一定的参考价值。

杜甫作品体裁繁多,内蕴丰富,不同体裁之间既有共性,又有差别,这为文体的交叉研究提供了极好的范本。谷曙光《诗文一理、聚观通证:杜甫诗与文章学关系综论》(《中国人民大学学报》2023年第3期)探究杜甫诗歌与文章的关系,便属于文体交叉研究。该文认为杜诗是践行诗文一理、聚观通证的代表,杜诗中可见其诗法、文法的兼收并蓄、调和运用。杜诗将载道提升到新的高度,还能借文体恢宏诗体,这是杜诗独特的个性特征的重要成因。也有学者专注于发掘杜诗不同体裁的艺术价值,如葛景春《"晚节渐于诗律细"与"老去诗篇浑漫与"——论杜甫晚年律诗和绝句创作的两种倾向》(《杜甫研究学刊》2023年第3期),认为杜甫晚年律诗与绝句创作存在着严守声律与去声律化两种倾向,从中可见其晚年诗歌既守正又革新的艺术特征。彭凯、徐定辉《杜甫代言体诗歌的心理透视》(《西安文理学院学报》2023年第3期)则从杜甫的"代言体"诗歌入手,认为这类诗歌既有女性视角,也有男性视角,女性视角的代言体诗歌中隐藏着第二性、屈从皇权的臣妾性格,而男性视角则表现对家国命运的深切关注,自然视角则化身自然,物我同一。吴淑玲、韩成武《杜诗几种特殊诗体体制研究及后世接受之述评》(《南都学坛》2023年第1期)探讨了杜甫创制的"同谷七歌体""曲江三章五句体""存殁口号体"等特殊诗体的体制特征,认为这几种体制引起了后世诗人的注意、效法,为后人诗歌创作提供了新的诗体模式。程得中《杜甫蜀中临江诗对山水诗的开拓创新》(《文学教育》2023年第1期)认为杜甫入蜀之后的临江诗,既有常规的山风水月自然景观,又纳入了大量民风民俗,拓展和丰富了山水诗题材、技法和内涵。

另外,本年度还有不少解读、阐释杜诗篇章句段的论文。如苏勇强、温司《杜甫〈绝句〉一诗解析——兼与葛晓音商榷》(《贵阳学院学报》2023年第2期),通过考索诗人的创作意图,认为"门泊东吴万里船"一句应勾连三国历史,以东吴战胜曹操喻官军战胜乱臣贼子之喜悦,颇有新意。张慧佳、潘链钰《杜甫〈牵牛织女〉诗之理、事、情的三维观照》(《湘潭大学学报》2023年第3期)从理、事、情三个维度透视杜甫《牵牛织女》一诗,认为该诗反映了杜甫对明皇、杨贵妃情感的复杂态度,从中也表现了诗人忧心国家、主文谲谏的儒者情怀。蒲琳《杜甫〈乐游园歌〉"鞍马"考》(《辽宁工业大学学报》2023年第4期)考察杜诗中"鞍马"一词的相关笺释，通过梳理比较和综合研判，认为《乐游园歌》"更调鞍马狂欢赏"一句中"鞍马"应作酒令名。陈莉《试论杜甫〈咏怀古迹五首〉用韵与情感之关系》（《汉字文化》2023年第6期）关注到杜甫诗歌韵律与情感表达之间的联系，认为杜甫善于采用"洪亮级"韵部以表现慷慨悲凉的主题，间杂以"柔和级"和"细微级"韵部，使诗情在韵部的调整与转换中更加鲜明而又复杂化，以此辅助诗歌情感的抒发。

还有一些论文尝试应用新的方式、视角来剖析杜诗创作技巧、内涵，呈现出一定的新意。如魏笑《杜甫〈同诸公登慈恩寺塔〉的文学评议——以〈文心雕龙〉"六观说"为视角》（《文化学刊》2023年第8期）从位体、置辞、通变、奇正、事义和宫商六个方面评议杜甫的《同诸公登慈恩寺塔》，探究诗中蕴含的忧国忧民思想以及沉郁顿挫的风格。金沛晨《杜甫〈赠陈二补阙〉考论》（《中国诗歌研究》第24辑）认为杜甫《赠陈二补阙》并非勉励友人之作，而是一首干谒诗。它拉开了杜甫天宝十三载（754）干谒的序幕，对其创作、心态、干谒策略产生了不同程度的影响，与《自京赴奉先县咏怀五百字》分别构成该时期诗人干谒活动的首尾两端。王婷《空间、审美与情感：杜甫诗歌的文学地理学阐释》（《美与时代》2023年第6期）从空间、审美、情感三个维度，对杜诗作文学地理学的阐释，角度比较新颖。杜珍珍《从杜甫诗歌中探讨其艺术审美观》（《今古文创》2023年第3期）考察杜诗中所呈现的对艺术鉴赏方面的独到见解，认为杜甫"瘦硬通神"的审美观对后世书法、绘画均产生较大的影响。华若男《杜甫诗歌的"以古入律"及诗史意义》（《乐山师范学院学报》2023年第10期）则注重探究杜甫的破题意识，认为杜甫善于在律诗中融入汉魏古诗的精神，尤其在五律中更为突出，这便于其书写广阔的社会现实。徐铭《论"随时敏捷"与"诗圣"杜甫的诗歌创作》（《杜甫研究学刊》2023年第1期）就《进〈雕赋〉表》中"随时敏捷"一词展开讨论，杜甫在该诗中以这一词来作自我评价，作者对此表示认同，并进一步认为"随时敏捷"与"沉郁顿挫"相辅相成，共同赋予杜甫诗歌独特的魅力。

三、杜诗学研究

自宋迄清,学者们不断地注杜、评杜,将杜诗推向典范,这些将杜诗典范化的学术成果,构成杜诗学的主体。本年度相关论文有 40 余篇,下面择要介绍。

(一)杜诗注本、评点研究

注本研究。自宋以降,杜诗注本极多,出现了赵次公、黄文焕、仇兆鳌、杨伦等注杜名家,这些学者以及他们的杜诗注本,现正成为杜诗学研究的热点。本年度相关论文有孙联博《〈杜诗详注〉征引江淹诗赋考辨》(《天水师范学院学报》2023 年第 5 期),作者在研究中发现仇注杜诗中至少征引了 189 处江淹诗赋,这说明了杜诗对江淹诗赋的继承。该文还对仇注杜诗中的一些讹误进行了纠正,有一定的参考价值。耿建龙《黄文焕〈杜诗掣碧〉考论》(《古代文学理论研究》第 56 辑)考察明人黄文焕的杜诗评注本《杜诗掣碧》,认为该书重视诗歌情境的开掘和阐发,重视作诗之法以指明学诗路径,特点鲜明,对于完善明末清初杜诗文献的学术体系、丰富形式诗学研究等方面,都具有重要价值。

清初杜集版本出现私修与官修齐头并进的发展态势,姬喻波《论清初私修杜集与官修杜集关系——以杜诗异文为中心》(《中国文学研究》2023 年第 1 期)通过比对清初私修《钱注杜诗》与官修《全唐诗》中的杜诗异文,认为此时的私修与官修杜诗呈现良性互动关系,《钱注杜诗》影响了官修杜集的纂修,而私修成果凭借官修得以延伸。

评点研究。曾绍皇《徐昂发杜诗批点两种考论》(《贵阳学院学报》2023 年第 4 期)考察徐昂发的杜诗批点过录本,认为以徐昂发为代表的大量明清杜诗手批本为清代杜诗学的繁盛提供了坚实的文献基础,徐昂发杜诗批不作烦琐的笺注考释,而是针对杜诗文本作批评性的评点,是明清时期以"评"为主的批评型手批本的代表之一,具有杜诗学史和文学批评史双重价值。张东艳《沈德潜论杜诗诗法》(《天水师范学院学报》2023 年第 2 期)

考察沈德潜在《唐诗别裁集》《杜诗偶评》以及《说诗晬语》中对杜诗的字法、句法、章法等方面的评点，认为沈德潜通过诗法研究，发掘了杜诗艺术的独创性和典范性，引领了学杜的健康发展道路，推进了杜诗在清代的经典化历程。

(二)接受、影响研究

本年度杜诗接受研究，主要体现在如下三个方面。

杜诗的整体接受与经典化探讨。如黄爱平《"集大成"作为诗歌创作理论的建构——宋诗话的杜诗接受》(《杜甫研究学刊》2023年第3期)认为宋人过于关注杜甫的"集大成"，反而一定程度忽略杜甫的主体能动性，由此反映了宋诗在接受时的某些局限性。"集大成"是杜诗接受中最显赫的一个概念，该文从不同角度质疑与思考，难能可贵。吴夏平《"杜诗入史"现象与早期杜诗学话语体系》(《南京师大学报》2023年第5期)发现"杜诗入史"现象，注意到早期杜诗作为史源有三种不同使用倾向：正史关注杜诗自叙经历，杂史偏向杜诗中的宫廷秘闻，笔记小说注重诗艺。认为不同的择取行为和立场，形成了以杜诗为核心的早期杜诗学话语体系。元文广《论明清正变诗学观对王维、杜甫五七言律诗接受的影响》(《社会科学论坛》2023年第6期)认为受正变诗学观的影响，明清学者对于王维与杜甫五七言律诗高下争论激烈，由此有了"伸正拙变"与"正变皆正"的诗学观争论，这是杜甫接受史中非常重要的现象。胡书晟、赫润华《评杜·拟杜·书杜——论马一浮对杜甫的接受》(《唐代文学研究》第23辑)探讨近现代思想家、文学家马一浮对杜甫的接受，认为马一浮对杜甫的批评呈现出多元化的特征，他既能揭示杜甫诗品与人品的关系，又能看到杜诗之瑕疵，以及后人学杜的得失。同时，马一浮在创作上拟杜而又能创新，取得很高的艺术成就。

对杜诗某一体裁、名篇的接受以及杜诗影响研究。如庄文龙《杜甫七绝别体在清代的确立、倾赏与呼应》(《国学学刊》2023年第1期)考察清人对杜甫七绝的接受，杜甫七绝相较于盛唐李白、王昌龄等经典体式，可谓别具一格，历来评价褒贬不一。该文认为清人对杜甫七绝在艺术上的肯定以及创作上的呼应，说明杜甫七绝的地位是在清代才发生翻案。张金梅、张中宇《杜甫〈自京赴奉先县咏怀五百字〉在明清的接受与经典化》(《景德镇学院学报》2023年第5期)认为清代受明后期社会思潮、诗学审美多元化的影响,对《咏怀五百字》的接受达到高峰,此诗的经典地位由此确立。这类论文能详细梳理历代杜甫接受的相关史料,通过具体个案绘制杜甫接受、杜诗经典化的轨迹,值得充分肯定。

后世诗人对杜诗的接受与杜诗对创作的影响研究。如高明祥《钱谦益论诗诗对杜甫〈戏为六绝句〉的承传与新变》(《求是学刊》2023年第3期)探讨钱谦益对杜甫《戏为六绝句》的继承,钱仿效杜甫,也以绝句的形式论诗,批评当时诗坛流弊,此可见杜甫《戏为六绝句》对后世论诗诗的重要影响。韩国学者金惠镇《黄庭坚化用杜甫诗句的创作实践——以创新意义为重点》(《理论界》2023年第5期)关注到黄庭坚对杜甫诗句的学习、化用,认为黄庭坚学杜,能做到推陈出新,取得较大发展。程维《清前中期桐城杜诗阅读传统与桐城义法的生成》(《文学遗产》2023年第6期)关注到了清前中期桐城杜诗学者通过对杜诗的集体阅读、研讨,形成了一个乡邦阅读社群,并以过录、序跋等形式,生成其"以意逆志"的诗学义法,为桐城派的形成以及"因声求气""由粗入精"理论的提出奠定基础。

吴怀东、潘雪婷《李商隐〈河清与赵氏昆季宴集得拟杜工部〉学杜释证》(《云梦学刊》2023年第3期)则是考察李商隐对杜甫的学习与继承,认为《河清与赵氏昆季宴集得拟杜工部》一诗是李商隐前期模拟、学习杜诗结构、章法、情景、语言、形式的鲜明例证。叶汝骏《从诗艺到"诗史":王阳明诗风递嬗中的杜甫因素》(《杜甫研究学刊》2023年第1期)认为王阳明"龙场悟道"后的诗风转变,关键在于"发现杜甫",王阳明通过摩习次韵、深化体验、以杜证心、以诗纪史等方式与杜甫共鸣,完成诗风的更迭。另有几篇论文如程蒙《赵翼对杜诗的接受及其意义》(《杜甫研究学刊》2023年第2期),黄桂凤《黄庭坚对杜诗接受浅论》(《安阳师范学院学报》2023年第4期),张东艳《蒋士铨与清代杜诗的经典化》(《上饶师范学院学报》2023年第2期)等,探讨历代诗人在创作过程中受到杜诗的影响,与杜诗产生共鸣,他们通过接受、学习与创新,一方面提高了自己的创作水准,另一方面延续了杜诗的不朽,确证了杜诗的经典地位。

四、域外接受与译介

近年来,随着国际交流融合的频繁,杜甫研究也进入了跨学科、跨国界、跨文化的新阶段,杜诗的域外接受与译介得到不少学者的关注,本年度在这方面有不少论文值得关注。

域外接受方面,查屏球《关于西方三部论杜著作的评价》(《杜甫研究学刊》2023年第4期)认为英国广播公司(BBC)所拍摄的《杜甫:中国最伟大的诗人》与《剑桥中国文学史》《哥伦比亚中国文学史》将杜甫、杜诗作为中国精神、儒家文化的代表,三部作品以不同的形式,展现了杜诗的文化、文学价值,表明杜甫正不断走进西方学人视野。王茹钰、卞东波《作为东亚"世界文学"的杜诗——〈秋兴八首〉在日本的阅读、阐释与拟效》(《杜甫研究学刊》2023年第2期)考述了《秋兴八首》在日本的传播史,认为杜集在承和时期传入日本,镰仓、室町时代广泛传播,江户时代得到更为广泛的阅读与接受,此后不断被本土化理解、阐释、拟效。张德懿《〈秋兴八首〉在日本江户时期的接受研究》(《中国诗学研究》第23辑)考察日本江户时期对杜甫的接受,认为随着杜诗相关诗集、选本、诗话、拟作的流传,江户时期杜诗的日本读者群体得以扩大,且对杜诗的认识不断深化。杜甫的《秋兴八首》还以书画、习语、意境等样态,就此流传于日本。李煜东《读左江的〈高丽朝鲜时代杜甫评论资料汇编〉》(《社会科学动态》2023年第2辑)是对左江教授整理的高丽中后期及朝鲜时代出现的杜诗点评、诗话、拟杜资料汇编的评介。该文认为此书充分展示了古代高丽、朝鲜论杜的成就,为研究高丽、朝鲜杜诗学以及中外杜诗学对比提供了可能。

译介方面,王敏琴、罗妙华《〈群玉山头〉中英译杜甫诗的文化误读及其应对措施》(《湖南大学学报》2023年第5期)以《唐诗三百首》英译本中《群玉山头》为研究对象,以后殖民主义理论视角,分析译者在动植物、乐器、地理等物质文化和伦理、历史典故等精神文化两个层面对中国文化产生的误读现象。文章探讨如何准确输出文化作品译本,消除文化流失与误读等文学文化译介问题,对文学作品的翻译、文化交流均具有较大的参考价值。高玥《归化异化理论下杜甫诗歌翻译研究——以路易·艾黎英译〈望岳〉为例》(《海外英语》2023 年第 4 期)基于韦努蒂提出的归化异化翻译理论,以路易·艾黎的《望岳》英译本为研究对象,从语形、语音和语义三个层面对其进行了分析。

此外,李霞《视其所读,察其所译——宇文所安译杜镜鉴读杜综论》(《杜甫研究学刊》2023 年第 2 期)考察宇文所安所译杜甫相关著作,认为宇文所安观照杜诗有四个视角,即自我映照、意象对立、祈愿语气及溢余价值。文章还将宇文所译杜诗与其他著名的杜诗英译进行综合比较,指出各自的特点。该文旨在将杜诗放在世界语境中,进行多元的文化与文学互动,这是杜诗走向世界必然产生的现象。

唐诗英译名家许渊冲先生曾提出的译诗"三美"原则,本年度一些学者将其引入杜诗英译的比较评介中,如王丹、唐丽君《基于三美论的唐诗英译对比研究——以杜甫的〈绝句〉其三为例》(《名作欣赏》2023 年第 8 期)和丁冠郦《三美原则指导下杜甫诗歌的英译》(《名作欣赏》2023 年第 8 期)等。这些文章主要集中于语言学领域,从形、音、意视角来考察杜诗英译,对不断提高杜诗的英译水准,有一定的指导意义。

五、专著与学位论文

本年度出版与杜甫有关的著作有 30 余种,主要包括传记类、杜诗集、专著等,还有部分再版著作及科普类读本。

新出的传记类著作有朱琦的《读懂诗圣杜甫》(北京联合出版公司 2023 年),左汉林的《杜甫画传》(商务印书馆 2023 年),吕正惠的《诗圣杜甫》(九州出版社 2023 年),梅寒的《杜甫传》(浙江人民出版社 2023 年)等,数量较为可观。

杜诗集有张家壮校注三种宋刊杜诗残本,即《门类增广十注杜工部诗》《门类增广集注杜诗》《草堂先生杜工部诗集》(凤凰出版社2023年)。这三部宋刊的杜诗残卷非常珍贵,具有重要的文献价值,将其合在一起编纂出版,为杜诗研究提供了极大的便利。闵泽平校注《杜甫诗全集汇校汇注汇评(上中下)》(崇文书局2023年)值得注意。方弘静《杜甫诗话校注》(安徽师范大学出版社2023年),汇编校注与杜甫相关的诗话,有很重要的诗学批评价值。

新出的杜甫研究相关专著有左江的《杜诗与朝鲜时代汉文学》(中华书局2023年),考察杜甫对朝鲜时代汉文学的影响,是本年度域外杜诗学的重要成果。方伟《漂泊西南天地间 杜甫行踪遗迹考察》(巴蜀书社2023年),考察杜甫在巴蜀的行踪,属于文学地理学研究;近年来这一领域的唐诗研究著作甚多。张慧玲《李杜之争与宋代杜诗地位的浮沉》(上海古籍出版社2023年),则是杜甫接受学的研究专著,考察了宋代李、杜优劣的争论,细致地描述了杜诗在宋代地位浮沉的情状。还有魏浩《杜甫在梓州》(四川民族出版社2023年)、张炜《也说李白与杜甫》(人民出版社2023年)等著作。

此外,普及性读本如陈才智《中国古典诗词精品赏读——杜甫》(五洲传播出版社2023年)、夏昆《趣讲唐诗——从初唐四杰到诗圣杜甫》(天地出版社2023年)等,对杜诗的普及与推广有极大的促进作用。

以上著作有学术专著,也有文学创作、人物传记、历史故事等,主题多样,内容涵盖广泛,构成本年度杜甫研究专著出版的多样化景象。

学位论文方面,本年度杜甫研究相关的硕士论文有12篇,包括杜甫研究、杜诗本体研究、杜诗学研究、杜诗译介研究等。

杜甫研究有罗婷《杜诗记忆空间研究》(江西师范大学2023年),通过杜诗所叙写的记忆,展开对杜甫的情感、思想的研究。杜诗本体研究有吕东东《杜甫夔州诗中的自我形象书写》(河南大学2023年)、于杰《杜甫诗歌植物意象研究》(宁夏师范学院2023年)、张文丽《杜甫诗歌中的成语研究》(山东大学2023年)、刘婧怡《杜甫诗歌中的外来文明意象——以胡人、胡马、胡乐为中心》(北京外国语大学2023年)、张琨《杜诗引用"五经"研究》(长春师范大学2023年)。杜诗本体研究的论文涉及杜诗多个方面,在本年度杜甫研究相关硕士论文中占比最多。

  杜诗学研究有陈许《胡震亨〈杜诗通〉研究》(西北师范大学2023年)、王寒宇《江户时代杜律注本研究》(山东大学2023年)、张宇辰《宋代杜诗注本征引〈世说新语〉研究》(山东大学2023年)以及耿子晴《徐文弼〈诗法度针〉的杜诗评注研究》(山东大学2023年)等。杜诗译介研究有王珺《接受理论视角下宇文所安〈杜甫诗〉英译研究》(上海外国语大学2023年)和王倩《域外之镜:论宇文所安的杜甫诗研究》(华东师范大学2023年)。

  总体看来,本年度杜甫研究仍然保持极大的热度。就研究内容而言,近年来学术界对于杜甫相关传世作品不断挖掘,对杜甫的生平思想也展开了深入的探索,在这一方面的研究已经较为饱和,因此不少学者将重点转向了杜诗艺术和杜诗学的研究。通过对杜诗的文学表现和艺术风格的深入研究,进一步提升了对杜甫作品的鉴赏和理解。从研究视野和方法来看,国际视野、文化对比,以及新的研究手段如数字人文等也更多地进入了杜甫研究领域,这为学者们打开了广阔的研究空间,使得他们能够更深入地探索杜甫作品的内涵和意义。尤其是数字人文的应用,使大规模的文本分析和数据可视化成为可能,为研究者提供了更全面、系统的视角来考察杜甫的作品。相信在将来,这些新的研究方法和技术的成熟应用,必将为杜甫研究带来新的气象,推动杜甫研究的繁荣和发展。

韩愈研究

□ 张弘韬

2023年度的韩愈研究既有传统研究的深入与延续,也反映出新的趋向。据不完全统计,本年度出版各类韩愈研究相关专著4部,发表学术论文百余篇,其中硕士论文4篇。这些研究从多层面拓展了韩愈研究的广度与深度,呈现出兼收并蓄、深入挖掘、开拓创新的特点。特别是一些知名专家发表高水平专著和论文,更有青年学者加入韩学研究的队伍,显现出韩学研究鲜活的生命力。兹择要综述如下。

一、生平与作品研究

韩愈生平虽然已有大量研究,但仍存在模糊之处。本年度关于韩愈生平的研究更深入细化,特别是韩愈生平经历对其诗文的影响。陈尚君的两篇文章分别记叙了韩愈初入仕途和生命的最后时光,《韩愈在汴州》(《文史知识》2023年第7期)认为韩愈从贞元十二年(796)七月到十五年(799)二月在汴州的两年半时间,学到了董晋之公忠体国,结识了一生的挚友孟郊和张籍,也理解了国家存在的严重问题与朝廷的苟且无为;《韩愈的最后时光》(《读写月报》2023年第13期)记述韩愈生命最后时日之所为,借其本人诗文与友人观感,特别是张籍长诗对韩愈归休以后细节的可贵记录,可以说明他坚持始终,大节无亏,坦然通达,临终不乱。王悦笛《似是而非的摩羯座——韩愈、苏轼生日考辨》(《文史知识》2023年第9期)根据《三星行》描绘的场景认为韩愈绝非摩羯座生人,并指出《东坡志林》里"仆乃以磨蝎为命"只表明韩之身宫、苏之命宫皆为摩羯而已,但不能得出韩愈、苏轼是摩羯座的结论,与韩、苏任何一人现代意义上的星座都无关。

本年度贬谪文学受到了学者们的关注,尚永亮有三篇论文研究韩愈两次南贬及相关问题。《韩愈两度南贬行程行期考辨》(《文学遗产》2023年第4期)联系韩愈诗文及唐代贬官相关规定,细致比对两次前半大致相同之行程,对韩愈两度南贬行程行期加以考辨,为韩愈南贬作品进行具体系年,也为唐诗之路研究提供了范例。《韩愈两度南贬与诗路书写刍论》(《北京大学学报》2023年第2期)认为韩愈阳山之贬和潮州之贬的诗路创作,除数量之大幅增加、质量之显著提升外,于写景记异、纪地述行、特别事件与人事交往、人文景观及其历史文化内涵诸方面,均独具特色。韩诗的描写或角度独特,或感触深挚,某种程度上为其增添了贬官视野中所特有的地理色彩和文化印记。《论韩愈两度南贬之心性特征与诗风转变》(《中山大学学报》2023年第6期)指出韩愈两度南贬时因年龄、心气变化,其心理性格及诗歌风格均发生明显变化。阳山之贬时,韩愈面对的主要是在他看来属于暗中使坏而随之失利的一拨"群小",故其所作诗歌讽喻与指斥并行,复仇与扳援同在,形成突出的政治性、攻击性特点,郁怒愤懑,劲气直达,所写物象、景观多险怪动荡,展现出奇险豪横的风格;而潮州之贬时,其所面对的乃是掌握生杀予夺权力的最高统治者,除政治强权的压力外,其内心深处也未尝不包括因《上佛骨表》言行不敬而产生的自我反思,以及借助传播将悔过态度上达天听的意图,故其诗作自悲自叹中杂以自悔,生命忧恐中伴以求情,颇为收敛,险怪描写减少,郁怒之气渐收,其风格趋向悲缓平和。尹逸如《韩愈刘禹锡连州贬谪文学之比较》(《今古文创》2023年第15期)对比研究韩愈、刘禹锡的连州贬谪文学,认为二人山水观相异,心理调适之法不同,为政观同中有异,诗风各呈异彩。史航《创作现场与韩愈贬潮驿路中的诗歌》(《汕头大学学报》2023年第5期)从创作现场的地形地貌、交通状况等视角出发,对韩愈贬潮驿路中的诗歌进行再阐释,探讨贬潮驿路中的险隘、馆驿等创作地点对韩愈诗歌在创作动机、内容书写、表达技巧等方面的影响。

王树森《长安之外的韩愈》(《学术界》2023年第3期)认为韩愈长达十二年的地方经历培育了他的政治器识，使其成长为中唐时期一位见识深远、风骨刚健的知识分子。韩愈作诗务求奇险，但真正具有更为持久思想和艺术生命力的，还是那些包含深刻政治内涵、深广人生感慨与深郁诗情诗境之作。那种"自然雄厚博大"的诗歌本色之所以在其手中得以回归，同样离不开多次地方生命体验的特殊支撑。陈昱杉《藩镇割据对韩愈创作及文学观的影响》(《炎黄地理》2023年第6期)认为两次入幕府再前往中央任职的人生经历，让韩愈对藩镇有了更深的见解，既体现在韩愈的诗文创作内容上，也体现在其文学观中。余可涵《浅析韩愈治理潮州始末及功绩》(《莲池周刊》2023年第34期)分析了韩愈贬潮的原因是党派斗争、政治打压和谏迎佛骨、崇儒兴教，其治潮的方法有驱鳄、助农、赎奴、兴学。

关于韩愈诗文中的异文，沈文凡、尹亦凝《韩愈〈南山诗〉版本异文缉考》(《唐代文学研究》第23辑)指出《南山诗》的文字问题主要在于顺序颠倒和因形、音、义而造成的讹误两个方面，其版本异文与作品所记录的诗人实际经历、表意及艺术效果密切相关。在《南山诗》文本流传和变化的过程中，历代学韩诸家不仅致力于比对版本、考察文字，也注重从声韵、句法、叙事、用典等多个角度入手对其中的版本异文进行解读和推断。张树成《"骆驼"与"橐驼"——韩愈〈石鼓歌〉辩析》(《对联》2023年第14期)认为《石鼓歌》"毡包席裹可立致，十鼓只载数骆驼"流传的版本有错，正确的版本应该是其所收藏的拓本：骆驼作橐驼。

孙羽津《韩孟诗派最后十年的孤芳与微澜——以备受争议的〈石鼎联句〉为中心》(《北京师范大学学报》2023年第4期)沿朱熹—魏源一派"去序考诗"的研究路径统计分析《石鼎联句》，指出《石鼎联句》继承了韩孟诗派鼎盛时期的联句形制，借物托讽，突破了双人联句平分秋色的基本格局，孕育着韩孟诗派结构性变革及其与古文运动融合发展的美妙契机，可谓韩孟诗派最后十年的重大关捩。吴振华《岑参之"奇"与韩愈之"奇"——"解密岑参"之四》(《博览群书》2023年第1期)指出岑参诗歌表现的奇景与韩诗故意追求"奇险"惊悚效果有明显区别,岑参诗歌的设喻都依据意象的客观自然状态,不像韩愈那样在天神与自然物象中贯注强烈的个性色彩。自然界的"寒冷"已经不仅是真实的客观存在,更是一个主观意念上的概念,这根源于韩愈诗学观念的极限思维,故意将诗歌引向奇险很重的艰涩境界。陈伟《韩愈〈南山诗〉的艺术特色》(《韩山师范学院学报》2023年第2期)认为《南山诗》在诗歌艺术上,以赋法入五古,开启了长篇山水诗的创作门径;在遣词造句上,险语迭出,是韩愈怪僻奇险诗歌语言的集大成者;在章法上,以文为诗,将古文创作诸因素引入诗歌创作;在风格上,是山水诗的变格,是对六朝以来传统山水诗的变革创新。易莉慧《韩愈〈山石〉诗编年系地考》(《惠州学院学报》2023年第2期)根据韩愈《山石》诗所描绘的岭南夏景,结合韩愈三次寓居岭南的经历及其排佛思想的消长,认为《山石》诗的创作时间应为贞元二十年(804)夏,作于贬所阳山县。黄园园《唐代歌行体桃源诗的承与变》(《荆楚学刊》2023年第4期)认为韩愈《桃源图》诗一反桃花源遇仙故事的主题,批判桃源中的神仙世界,在思想上与《桃花源记》和王维《桃源行》诗异趣,在一定程度上是《桃花源诗》的回归。此外,韩诗在题材上有所创新,以题图之法咏桃源之事,虚实相生,夹叙夹议,是桃源主题诗歌的又一创变。

张萍、魏耕原《韩愈七绝的雄直倔强拗折论》(《周口师范学院学报》2023年第3期)指出韩愈七绝追求雄直刚劲的风格,以拗折的强力企图开辟出大境界、大景观,以刚笔硬语写大题材,气酣神扬,不乏含蓄之致。邓喻丹《韩愈涉病诗文及其病中心理研究》(《韶关学院学报》2023年第10期)以韩愈涉病诗文为考察中心,分析了其病中心理以及中唐社会动荡和士人心态转变的关联。毛利贞《论韩愈寄赠张籍诗作的艺术特色》(《青年文学家》2023年第6期)指出韩愈对张籍的寄赠诗造语奇险,诗意率真朴直,有自然深味,主要表现出诗风多变、多古体诗、诗多喻言三方面的特征。

关于韩愈碑志文,刘宁《从对才性品评的疏离看韩愈碑文的艺术创变》(《华南师范大学学报》2023年第1期)认为蔡邕碑文对唐代碑文创作有显著影响,韩愈之前及同时代的古文作家,基本没有完全摆脱蔡邕碑文的影响。韩愈的碑文不追求对碑主进行面面俱到的"通人"刻画,而是着重突出其忠义仁爱的品性和奇倔的性情,在语言上也极大地摆脱了蔡邕碑文所树立的品评语言传统。王伟、曹宇瑄《韩愈墓志创作与古文文体新变之关系研究》(《天水师范学院学报》2023年第5期)认为韩愈之墓志创作实现了"变骈为散"的文体变革,开辟了散体化墓志写作之先河,具有独特的文学价值。李欣蔚《试论韩愈碑志文特点》(《美化生活》2023年第15期)认为韩愈碑志文突破了六朝以来碑志文体在形式和内容上的常规体制,主要在体制、语言、艺术手法三个方面创新。韩愈对于细节和爱好的描写,增添了碑志文的传奇性和趣味性,体现着韩愈尚奇的审美特征。李冰艳《韩愈赋体特色研究》(《青年文学家》2023年第9期)从韩愈赋体的内容、形式、思想和语言四个方面,结合其生平和具体作品进行探讨与归纳。武丽娜《韩愈杂文首创成语的语言文化分析》(《焦作大学学报》2023年第1期)对韩愈47篇杂文(含杂著)中的53条首创成语进行了语法、语义和文化分析,总结出韩愈杂文中首创成语的结构特点、语义变化和文化意蕴。

孙羽津《韩柳〈天说〉的话语形态与历史世界》(《文学遗产》2023年第2期)指出韩愈、柳宗元同题共作之文《天说》折射出"韩柳异同"的复杂面向,是韩柳假借天人话语,批判唐德宗晚期政局的托讽之文。韩柳在《天说》中的对立是柳宗元加入王叔文集团之后,与韩愈在政治立场上的分化所致。然而,韩柳政治立场的异趣别径,并未妨碍二人古文创作的同气相求。在《天说》中,韩柳将借物托讽、叙事警世、感时说理熔于一炉,充分反映了说体文的创作倾向,集中体现了说体文的文体特质,共同开辟了与论体文貌合神离的复绝之境。唐元《论韩愈对贞元十九年关中旱灾书写的话语价值》(《湘潭大学学报》2023年第4期)认为韩愈对贞元十九年(803)关中旱灾的书写,表现出他强烈的民本意识,也塑造了他为人与为文的个性风格,兴、观、群、怨之道在韩愈诗文中充盈。韩愈此次因抗灾上疏被贬的事件,还牵扯到他与两位文坛好友刘禹锡、柳宗元之间关系的隐情。范有为《时代、立场、动机——论韩愈汴州之乱书写》(《连云港师范高等专科学校学报》2023年第2期)认为贞元十五年(799),汴州兵变在文人和史官笔下呈现出不同的面貌和因果,与他们各自所处的时代、立场、动机有关,体现了文史互动的复杂性。韩愈基于文人相惜心态和中央本位立场回护罹难者,强调士卒杀帅的事件结果,史官则叙述了兵变的起因。

任富强《以圣人之化,抵抗西域氏之教——从议论的针对性看〈师说〉》(《语文学习》2023年第2期)认为《师说》不是一般意义上讨论或宣谕教育教学原理的文章,从议论的针对性来看,不论是立论,还是论证,都显示出特殊的目的性和说服力。范吕超《文章要载道 气盛言自宜——解析〈师说〉的"三性"》(《中学语文》2023年第24期)指出《师说》的文体特征主要体现为观点的针对性、说理的充分性、说理的情感性。田江芬《古文中的"说"与"论"之异——以〈师说〉〈六国论〉为例》(《教育研究与评论》2023年第11期)以韩愈《师说》、苏洵《六国论》为例,分析了古文中两种论说文体之间的差异:在文体规范方面表现为"说"以"喻巧"为纲,"论"以"辨正"为本;在论证逻辑方面表现为"说"逻辑完整,叙议结合,"论"则逻辑严密,气势恢宏;在主题内容方面表现为"说"重在抒发个人性情,"论"则多聚焦于经国大业。杨宝山《浅谈〈师说〉中的议论三绝》(《语文天地》2023年第5期)和张金兰《〈师说〉的艺术特色赏析》〔《语数外学习(高中版上旬)》2023年第4期〕分别从《师说》的议论和艺术特色进行了分析。

二、思想研究

韩愈的儒学思想、文学思想和教育思想仍是本年度学者们关注的重点。

刘真伦《传子、传贤与立长、立贤:君权传承的机制与体制——柳宗元〈舜禹之事〉与韩愈〈对禹问〉比较研究》(《周口师范学院学报》2023年第1期、第3期)认为柳宗元《舜禹之事》与韩愈《对禹问》讨论王权时代最为敏感的话题：君权传承的机制与体制。柳文着重讨论禅让的必备条件"前者忘后者系"的必要性以及违背这一原则给朝廷乃至国家安危带来的现实危险和道义责任。韩文从"前定则不争""不前定则争且乱"入手，着重讨论立长、立贤的利弊得失。二者的目标同在社会稳定、民生安定，其着眼点均在百姓的接受与认同，体现了中世纪与近现代之交的历史转折点上，中唐政治思想的时代高度。同时，二者以考较史实、辨析事理为掩护，实际上暗藏着自己强烈的现实批判精神。对解析和理解中唐德宗、顺宗、宪宗君权传承之际波诡云谲的政坛风云，具有重要的史料价值。

张弘韬《韩愈的初心与〈原道〉》(《周口师范学院学报》2023年第6期)通过考察韩愈仕履、思想的发展变化，指出《原道》等文章当写于三十七岁，任阳山令的贞元二十年(804)秋冬至二十一年(805)春。此时韩愈在宽闲的环境里，在朋友们的支持下和读书研究的基础上，道统思想成熟，写成了《原道》等一系列文章。这是韩愈对自己儒学思想的全面总结，达成了他著"唐之一经"的初心，表明他的儒道思想已经成熟，道统思想业已形成。杨波《韩愈的"文"与"道"》(《秘书工作》2023年第2期)认为韩愈所倡导的"气盛言宜"的文学观、"尊儒排佛"的道统观、"为国树本"的人才观等思想观念，具有超越时空的学术价值，对于当前的经济社会文化建设仍具有借鉴意义。盛宁《儒学复兴运动视域下儒家生死观更新的两种路向——以韩愈、李翱、周敦颐的生死观为中心》(《哲学分析》2023年第6期)从韩愈、李翱、周敦颐三人如何转变态度、响应生死议题的内在逻辑、对传统儒学生死观的更新等方面进行研究，展示出在近世儒学复兴中，其应对佛教挑战过程中的角色意识转变。王宁《唐宋儒学形上建构与文道关系的演变——以韩愈、周敦颐为中心的考察》(《人文天下》2023年第4期)认为韩愈提倡"文以贯道""文以明道"，主张"文"与"道"并重；周敦颐主张"道"是理学家们追求的最高本体，"文"只是"道"的感性显现。这一转变与儒家学者的形上本体的建构密切相关。二者之间的互动生成，对文人群体、文学创作和"文以载道"思潮产生了影响。郭新庆《韩柳与宋代理学的异同》

(《湖南科技学院学报》2023年第1期)认为宋代理学思想的形成与韩愈和柳宗元思想的影响密切相关。韩愈效法佛道创建了道统说,柳宗元主张的大中之道与韩愈和程朱理学都不一样。刘鑫源《韩愈儒家文化人格的矛盾性及其在文学创作上的表现》(《韩山师范学院学报》2023年第4期)认为韩愈儒家文化人格渗透于文学创作之中,表现出唐代文人的普遍共性,又在诗歌创作上形成了"奇崛中见平正"的独特个性。霍兴聪《韩愈治潮的思想史意义》(《韩山师范学院学报》2023年第2期)认为韩愈的治潮举措是宋学在潮州历史上的第一次实践。他的治潮观念主要体现在三方面:经术上,韩愈坚守了先王之道与对君子固穷的信仰;政事上,韩愈推行了安民除害与尊孔兴学的善政;传承上,韩愈招揽弟子并且受祭于潮,成为一方宗师。

刘雯雯《韩愈排佛与中唐儒学复兴探析》(《华夏文化》2023年第2期)结合中唐儒学复兴的背景,分析韩愈与同时代儒家知识分子对待佛教的态度,进而探析韩愈排佛的理论建构及其影响。唐秋楠《论韩愈的鬼神观念——从"多尚驳杂无实之说"谈起》(《巢湖学院学报》2023年第1期)认为韩愈古文"驳杂无实"的特征,反映出其信仰世界中的鬼神观念,形成因素是古代鬼神观念的影响、自身儒墨并用的意识及其早年经历。

胡江涵《论"陈言之务去"的阐释路径》(《今古文创》2023年第30期)从文辞修饰、文质统一与文体因革分析了后世对于韩愈的文学主张"陈言之务去"的三种阐释路径。帅子怡《韩愈气盛言宜文气观的形成及其影响》(《文学教育(上)》2023年第7期)指出韩愈受到中唐时代风气的影响,继承了前人的"文气"论,以"文以载道"为基础思想,发展了孟子的"知言养气"说,并以此为基础创造性地提出了"气盛言宜"的文气观,影响了同时代以及后世文人的文气观。

陈扬《〈师说〉中"师道"的现代意义探寻》(《语文教学之友》2023年第8期)认为《师说》阐述的是关于教育的发展规律,是教师在教育发展过程中的功能与作用。郭静《〈师说〉中韩愈的教育思想及现代价值》(《中学语文》2023年第11期)从教学目的观、教学内容观、学习观、教师观以及教师与学生之间的关系等多个角度探讨其教育思想的内涵与现代价值。

李峥旸《韩愈〈石鼓歌〉书学思想研究》〔《大观（论坛）》2023年第8期〕指出韩愈在《石鼓歌》中对以《石鼓文》为代表的诸多先秦书法作品作出了极高的评价，并提出了"羲之俗书趁姿媚"这一尖锐的论断，批驳当时以"学王"为主流的书坛，这与韩愈在"古文运动"中一贯强调的复古思想与儒学道统密不可分。

三、接受研究

关于韩愈对前人的接受，有张庆利、张莹《韩愈对子夏作〈毛诗序〉的否定及其理论意义》(《辽宁师范大学学报》2023年第2期)分析了韩愈否定子夏作《序》的三点理由：一是《诗序》中的内容存在谬误疏陋之处；二是《毛诗序》中记载了诸侯的丑乱之迹、帷薄之私，这既不合六经旨意，也不被《春秋》记载；三是《序》中的讽谏内容并不避讳尚在人世的诸侯及其后代不符合常理。韩愈否定子夏作《序》动摇了《毛诗》及其经学阐释系统的权威性，改变了传统的释《诗》方式，开启了《诗经》宋学的新格局。

本年度学者们比较关注两《唐书》与韩愈的关系。陶慧《复调交响：再论〈新唐书·韩愈传〉与北宋古文运动之关系》(《暨南学报》2023年第10期)指出《新唐书》用正面叙写和侧面烘托两种方法，着意将韩愈树立为有唐"一代文宗"，本质目的乃是借"崇韩"来重建以儒学为核心的社会文化秩序。在文学评价层面，《新唐书》主要称颂韩愈"陈言务去"的创新精神，对其古文并未多加措意，实可视为其时另一种"崇韩"声音，与所谓"古文运动"共同构成了北宋文坛儒学复兴主题下的复调交响。强心怡《从两〈唐书·韩愈传〉的比较看韩愈形象演变》(《浙江万里学院学报》2023年第4期)分析了《新唐书》与《旧唐书》两篇《韩愈传》的差异，认为主要呈现在韩愈的生平家世、品性好尚、政治经历、采摭古文、概括评价以及对于传记的整体安排上。其中呈现出的韩愈形象随着时代的变化发生了演变，其原因透视出两《唐书》在时代与撰者的共同作用下所产生的不同文学史观。李洁《〈新唐书·吴元济传〉采录韩愈〈平淮西碑〉考论》(《西夏研究》

2023年第1期)认为两《唐书》对《平淮西碑》采录的差异,不但反映了时代环境、史家价值判断、情感倾向对史书编修者的影响,而且展现了中唐至北宋时期史家思想观念的嬗变。

宋宇轩《初期宋学与韩愈思想》(《洛阳理工学院学报》2023年第1期)通过分析柳开、石介、欧阳修、王安石四人对韩愈思想的态度,指出宋人不论是尊韩还是非韩,均试图吸收韩愈思想,在尊孟的共识下,进行文化秩序的重建。陈凯伦《试以"无施不可"论欧阳修与韩愈之互文性》(《韩江学刊》2023年第3期)从互文性的角度论述了欧阳修不仅推崇韩愈的古文,更在韩愈诗歌的题材或效能的扩大上下功夫,使宋诗因此走上一条有别于唐诗的道路。张敏、赵超《王安石与韩愈"以问为诗"的对比研究》(《周口师范学院学报》2023年第4期)认为王安石的问在选词造句、立意手法等方面都对韩愈进行了研习,又在诗问广度、艺术性、诗歌意境上对韩愈实现了新变和超越,形成了自己的诗歌风格,并深刻影响了宋诗"好议论、重学问"的整体面目的形成。樊祎《浅论韩愈"以文为诗"的诗歌创作理念》(《青年文学家》2023年第28期)从"以文为诗"创作理念的形成、"以文为诗"创作理念的表现、"以文为诗"创作理念的影响等角度,分析了韩愈诗歌的特点与对宋诗的影响。

宿美丽、赵娟《从文道之辨到文集校勘——北宋前期韩愈文集传播论略》(《鲁东大学学报》2023年第6期)通过考查韩文在北宋前期的传播情况,探究北宋古文运动的发展轨迹,从而深化认识北宋古文运动的特征。王东峰《宋代川籍学者的韩集整理及韩集评注成果叙录》(《四川省干部函授学院学报》2023年第2期)指出川籍学者韩集整理及韩集评注成果在宋代韩学中的地位尤为突出,为韩集的定型及流传做出了巨大贡献。卜晓雪、焦体检《论宋代〈韩愈年谱〉的编纂及意义》(《周口师范学院学报》2023年第6期)认为对于韩诗编年及对应生平事件的研究是北宋文人关注的重点。从宋代韩愈年谱的逐步发展可见年谱从最初简单的系年记事,发展为考证严谨、诗文与传记相互补充的完备学术形式的全部历程。

莫琼《走向下层:明代科举视域下韩愈古文的流播》(《杜甫

研究学刊》2023年第3期)通过分析明代地方学官刊刻或购买韩愈文集或相关古文选本,存藏至地方学校藏书楼中,作为生员摹写习作的文章范本,随着提学官的迁转,他们的督学理念、文学主张以及韩愈古文乃至唐宋大家的古文也会随之流播。文章指出常民的文学世界往往与主流文学场域有别,在近古社会文化转型的背景下,文化走向下层的脉络清晰可观。严琴、许松《论郑珍次韩诗及其文学史意义》(《陕西理工大学学报》2023年第5期)依创作时间将郑珍创作的五首次韩诗划分为"学韩""似韩"与"变韩"三个时期,指出"以文为诗"是郑诗学韩的中心线索。

诸雨辰《隐微叙事与清人对韩愈墓志铭的批评》(《中国文学研究》2023年第3期)指出林云铭、何焯、沈德潜等人运用文史互证、春秋笔法、志铭互证等治经研史的方法阐释韩愈墓志文中的隐微叙事与微旨讽喻,以《唐宋文醇》为代表的官方评点则将韩碑重新定位为尽忠报国、以史为鉴的政教之文,桐城派的义法批评则转向技法与风格,隐微叙事的批评传统开始消歇,直到晚清才逐渐复兴。隐微叙事的发现体现了清人对"知人论世"批评模式的创造性转化,在时代、作者与文本之间形成双向阐释,并形成了多元化的文学解读。戴斌《论〈御选唐宋诗醇〉的编撰及其对韩诗典范性的重构价值》(《重庆城市管理职业学院学报》2023年第2期)认为《御选唐宋诗醇》的编撰与清王朝的政治统治密切相关并起到了巨大的推动作用,也为唐宋诗歌在清代的发展奠定了官方基础,更是对韩愈诗歌的典范性进行了重新建构,使韩愈诗歌能够在清朝甚至整个文学史上得以绽放光彩。梁观飞《论〈四库全书总目〉对韩愈的评价与尊崇》(《宁波开放大学学报》2023年第2期)认为四库馆臣引前人评论韩愈语、将韩愈文章言论经典化、为韩愈辩护,《总目》整体上以尊韩为主,以柳宗元等人为韩愈的应和者和追随者。出于对正统学术观念的继承和道统的维护,《总目》尊崇韩愈的倾向是明显的,这种倾向也对近现代文学史的构建产生了影响。鲜敏《方成珪〈韩集笺正〉校注特色探析》(《宜春学院学报》2023年第2期)认为方成珪《韩集笺正》以深厚的小学知识为基础,结合以韩证韩的思路,遵循严谨求是的原则,对韩集进行校注,体现出清中期考据学盛行下韩集整理的特点。姜云鹏、陈梦妍《清代韩愈古文评点本叙录》(《青年文学家》2023年第10期)对十部存世的清代韩文评点本进行了介绍和分析,认为清代韩文评点的最大特点便是濡染了清代重考据的学术理路,在一定程度上改变了过往韩文评点流于虚浮的弊端,从而大大推动和促进了韩文评点的发展。

韩愈的《毛颖传》受到了学者们的关注。李三卫《俳谐的沉浮:韩愈〈毛颖传〉的经典化历程》(《天中学刊》2023年第6期)认为《毛颖传》的经典化过程经历了受抑与萌发、生成与确立、深化与普及三个阶段,是从群体的压抑到精英的推举,再到大众的应和的过程,其与韩愈古文地位的升降沉浮既存在一致之处,又存在背离的地方。高惠《韩愈〈毛颖传〉与明代假传文新论》(《南京师范大学文学院学报》2023年第1期)认为明代假传文创作在韩愈《毛颖传》基础上渐成一种新文体,相较于《毛颖传》的托讽意味,明代假传文强调虚、实与真、幻的"幻笔"特征,以及在表达上呈现世俗教化之趋向。陈芳《由〈毛颖传〉的文体归属看古典"传记"的特质》(《现代传记研究》2023年第1期)认为由于古典"传记"与现代传记文体概念的差异,《毛颖传》在古代多被纳入"传记"的范畴,而现当代传记研究大多将其排除在外。

张克军《韩愈散文在朝鲜古代的传播与经典化建构》(《东北师大学报》2023年第4期)指出,韩愈散文在朝鲜古代千余年的传播与接受中经历了由高丽朝文人士子自下而上的推动、朝鲜朝初期深度参与意识形态建设、17世纪达到高潮、朝鲜朝后期发生分化的过程。师存勋《朝鲜王朝使行录中的韩愈书写》(《汕头大学学报》2023年第5期)认为朝鲜王朝使行录中的韩愈书写集中于三个方面:作为多数朝鲜王朝使臣赴北京途中的必经之地,韩愈祖居地昌黎县及邻近的抚宁县总能够激发众多朝鲜使臣之于韩愈的赞美;北京国子监石鼓随时激活朝鲜王朝使臣的韩愈《石鼓歌》记忆;"毕竟潮州困一官"——由文人担任的朝鲜王朝使者对同为文人的韩愈及其宦海沉浮存有发自内心的感慨与惺惜。王成《朝鲜金泽荣对韩愈散文的批评与接受》(《殷都学刊》2023年第2期)认为朝鲜朝后期文人金泽荣吸收韩愈"气盛言宜""务去陈言"等理论又有所变通。

四、专著和硕士论文

本年度共出版相关专著4部。刘宁《同道中国：韩愈古文的思想世界》（生活·读书·新知三联书店2023年）以贯通中国文章史、思想史的视野，对韩愈通过"文教"传统在中国思想史和中华文明史上的重大贡献，做了独到而深入的发明，从成体之功、造语之力、文道追求三个主要角度，全面探讨了韩愈古文在文体、文法、语言、观念上的新创，以及这些创新与其儒学复兴思考的深层联系，揭示了韩愈古文深邃丰富的思想世界。李桃《从萧门到韩门：中唐通儒文化研究》（中国社会科学出版社2023年）聚焦从萧颖士到韩愈这一因师门关系而形成的文学流派，在厘清流派主要成员及其传承谱系的基础上，重点分析他们作为通儒型人才所具有的共同特征，包括礼官身份、史官身份、传奇作家、地方循吏等，最终阐明萧—韩流派成员作为中唐通儒群体的代表，如何在唐宋文学、文化转型的大背景下开启士人从文儒到通儒的身份转型，继而影响到宋代官僚士大夫政治体系的定型。雷恩海、蒋凡《韩愈诗文艺术谭》（读者出版社2023年）精选了韩愈传世诗文佳作200余篇进行简明注释和讲评，既可供文学爱好者阅览欣赏，亦可供研究者参考。中共阳山县委宣传部编著《韩愈与阳山》（广东人民出版社2023年）分"韩愈传略""结缘阳山""泽被阳山""悟道阳山"和"韩愈阳山诗文录"五大部分对阳山韩愈文化进行挖掘整理，增添了许多正统史书未录或记载不全的内容，是韩愈与地方文化研究的新成果。

本年度有4篇相关硕士学位论文，无相关博士学位论文。黄灵芝《韩愈涉佛诗文研究》（上海师范大学2023年）对韩愈的涉佛事迹、涉佛诗文进行整理和研究。郭金金《韩愈论说文研究》（长春理工大学2023年）认为韩愈的论说文内容质实、说服力强，尚实用，对论说类文本原、辩、解的独立，说与问对写作体制的更新与完善做出了贡献。鲜敏《方成珪及其〈韩集笺正〉研究》（陕西理工大学2023年）认为方成珪《韩集笺正》综合运用多种校勘与注释方法,在笺注方面具有善于运用小学知识笺注韩集、注重考证韩愈诗文系年、遵循严谨客观的治学态度、征引文献丰富翔实四大特色。但《韩集笺正》也存在注解偏颇、引文不明、漏标出处等问题。周子涵《〈韩文起〉研究》(辽宁大学 2023 年)认为林云铭的《韩文起》采用考据、评点相结合的方式,引入时文之法,以八股文的视角,细致入微地解析韩文文法,在历代韩文评校典籍中独树一帜。

另外,12 月 23—24 日,广东省清远市阳山县举行了"韩愈令地　绿美阳山——2023 年阳山韩愈文化研讨会",来自全国各地的 70 多名专家学者参加,围绕韩愈与当代思想文化建设、韩愈与阳山经济社会文化发展、韩愈诗文创作研究、韩愈接受研究、韩学文献研究等多个议题展开讨论。

柳宗元研究

□ 李 乔

已知2023年内出版有柳宗元著作五种。古家臻的《清代柳文评点研究》(西南交通大学出版社2023年)对清代柳文评点的基本文献进行了全面、细致地梳理,将评点本分为全集本、专选本以及大家类三种类别,归纳评点本中的序跋、题下批、眉批、旁批、夹批、尾批以及圈点符号,分析评点目的、选本体例及评点形式,剖析评点者在柳文选篇、文体、立意、文法、文风以及渊源等方面的特色。尚永亮的《独钓寒江雪:尚永亮讲柳宗元》(湖南文艺出版社2023年)为"大家讲人文"丛书的一种,从柳宗元的生命悲感与性格变异、寓意山水的个体忧怨与美学追求——柳宗元游记诗文的直接象征性和间接表现性、柳宗元古近体诗与表述类型之关联及其嬗变、柳宗元书法造诣与承传论略等方面,讲述了柳宗元置身苦难,品味苦难并超出苦难的心路历程。任林举的《寒江独钓:柳宗元传》(作家出版社2023年)为"中国历史文化名人传"丛书的一种,分为暗夜星辰、树古根深、生逢乱世、永贞风云、贬途惊梦、境至苦寒等十一章,描写了柳宗元所处时代的社会风貌和政治风云,对柳宗元的政治活动、思想轨迹、精神脉络、文学成就进行了立体性的展示。王明辉的《柳宗元》(五洲传播出版社2023年)为"中国古典诗词精品赏读"丛书的一种,对《初秋夜坐赠吴武陵》《从崔中丞过卢少府郊居》《杨白花》等柳宗元的优秀作品作了详尽通俗的译注和评解。钟志辉的《柳宗元》(中华书局2023年)为"中华人物故事汇"丛书的一种,分为年少多艰、科场坎坷、为仕长安、戴罪永州、再贬柳州等五部分,用一系列故事讲述了柳宗元的政治理想和政治作为。

在学术论文方面,2023 年以柳宗元为主题的期刊学术论文共 59 篇,单从数量上看,本年度的柳宗元研究,仍然延续着比较低迷的状态,为二十年来的新低(见下图)。

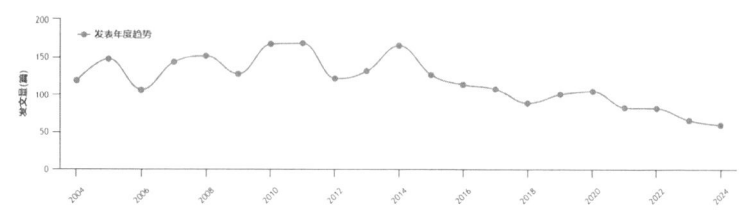

二十年来以柳宗元为主题的期刊文章发表趋势图

从内容分析,2023 年内学术论文仍然是围绕柳宗元生平思想、诗文研究、柳宗元与其他作家的比较、柳宗元思想渊源与影响等展开,限于篇幅,下面择要予以介绍。

一、生平思想研究

在柳宗元生活态度方面,陈胤《试论柳宗元岭南生活的隐忍与融入》(《广西科技师范学院学报》2023 年第 1 期)指出,柳宗元再次南贬后,在生活及心态上表现出积极融入岭南的显著特征。其原因有以下三个方面:一是中唐时期南方较北方安定,柳宗元的亲友故旧多南来任职,他也因长期生活在南方,对岭南地域并无明显疏离感;二是柳宗元将《春秋》王道观念化为人生的"隐忍"态度,在治理柳州的同时,言行心理都积极融入岭南;三是柳宗元数次被贬,他对佛法"忍辱"观念的深入理解是他积极融入岭南生活的潜在因素。张春萍《论柳宗元哀祭文里的人生观》(《运城学院学报》2023 年第 2 期)认为,柳宗元哀祭文所体现的人生观主要聚焦在不满现实、百折不挠的人生态度,"利安元元为务"的人生目的,实现"辅时及物""褒贬讽喻"的人生价值三个方面,这些人生观的形成与柳宗元所处的时代背景、家庭环境、儒家思想有着一定的联系。

在柳宗元的家族观念方面,蒋润《柳宗元家族认同及贬谪心态析论》〔《温州大学学报(社会科学版)》2023年第5期〕指出,柳氏家族成员从北周至初唐皆与统治阶级关系密切,故一直享有较高的政治与社会地位,但经历了柳奭被杀的挫折之后,柳氏家族的政治地位便一落千丈。柳宗元对家族的兴盛与挫折有深切的体会,他怀抱强烈的家族认同感,时时想在政治上振兴日益衰微的柳氏家族。柳宗元早期仕宦非常顺利,是其家族复振的最大希望所在,然而永贞时期的被贬使得他所有的希望化为泡影。贬谪期间家族成员的去世、迁葬先祖坟茔心愿的落空,亦增添了他对家族的愧疚感。这种基于家族认同之上的忏悔心态,与他对自我信念的坚持,既互相对抗,又彼此交融,形成了他贬谪时期复杂心态重要的一面。

在哲学思想方面,吴根友、孙邦金《尊经明道,出入经史百子——柳宗元的经子关系思想探论》(《周易研究》2023年第4期)指出,在处理儒、释、道三教异同以及经学与子学的关系问题上,柳宗元独树一帜,既表现出"唯以中正信义为志,以兴尧、舜、孔子之道"的尊经尊孔立场,也表现出"统合儒释,宣涤疑滞"和以经为"本"、以子为"参"的兼综诸子百家的开放包容气度,卓然成为中晚唐思想界最具有批判意识与兼容并包气象的儒家思想家,为宋代新儒学开辟了思想的道路。从经子关系的角度看,在唐宋八大家中,柳宗元最为重视先秦诸子的立言特色,其众多议论文也体现了"博明万事为子,适辨一理为论"的子学典范意义。柳宗元既依五经立义又取法诸子的经子关系思想架构,其实代表了中晚唐时期"以文明道"思潮中最为重视认知理性与反思理性的一个面向,接近荀子而迥异于孟子,与韩愈存在巨大的差异。刘绍卫、徐家贵《柳宗元"明德"思想及其实践研究》(《柳州职业技术学院学报》2023年第4期)认为,柳宗元的"明德"思想、"明德"之心、"明德"之事,深深植根于中华文化土壤,充分挖掘和弘扬以柳宗元等为代表的士大夫的"明德"思想,并进行时代转换,将有利于提升中华优秀传统文化水平,进一步坚定文化自信。陈静婷、王守雪《柳宗元"勇儒"人格的生命美学建构》(《湖南科技学院学报》2023年第4期)认为,柳宗元"勇儒"人格的生命美学建构与其曲折的生命历程息息相关。具体分为三个时期:居长安时,主要显示其对道的追求与生命精神的弘扬;贬永州时,则致力于生命的调适与完善;再贬柳州时,展示了其生命境界的艺术升华。他在对国家朝政、社会时事、日常生活、自然山水等的观察与审视中,逐渐认识到生命的真谛与存在的意义,心凝形释,与造化为一,以大自然博大的精神充实生命,显现出一种超越的"大勇",由此形成了其特有的生命美学建构。

在政治思想方面,陶笛平《柳宗元"民本官仆"思想的形成和实践》(《西部学刊》2023 年第 21 期)认为,柳宗元的"以民为本"与"吏为民役"的为官思想是在贬谪永州期间逐渐形成的。他积极革除当地奴婢买卖陋习;重修孔庙,宣扬儒家教化,发展教育以改良社会风气;凿井、植树以改善民生,促进了柳州的发展。但他推崇佛教思想,同时恪守儒家"重农抑商"的传统,影响了当地商业贸易的发展,反映出其政治思想及实践的时代局限性。

在教育思想方面,杨智雄《"章句"师风与柳宗元"传道"师论的建构》(《天中学刊》2023 年第 3 期)认为,柳宗元的教育思想与当时的教育风气、思潮有紧密联系。他提出的"避名求实""交以为师"等一系列的师道论,是基于唐代教育发展失衡现状的直接传述,也是躬亲实践的策略需要。"避名求实"之"避名"是柳宗元"传道"教育思想的保护外壳,它更偏重直接的践履策略,而不是等同于思想内质。这里的"实"为应对经学"章句"师风而提出,是柳宗元系列师道论建构的思想基础。

二、诗文研究

理论探讨方面,周水涛、张学松《论柳宗元流寓文学创作的意象图式与隐喻编码》(《江汉论坛》2023 年第 4 期)认为,承载柳宗元隐喻思维的意象图式可大致分为两大类,第一类是源域与目标域只存在一组对应关系,柳宗元的流寓文学创作中使用频率较高的单质意象图式,有以下三种隐喻建构方式:一是基于自己的审美情趣与流寓心理,选择带有民族印记、积淀着历史文化的"表象"以构建意象图式;二是在传统隐喻结构上添加语码,赋予已有意象图式新的隐喻功能;三是进行个人化的"表象赋值",在特定语境中自然生成单质意象图式。第二类是源域与目标域之间至少存在两组对应关系,能够高效阐释柳宗元特殊而复杂的流寓心理的化合意象图式,有以下两种隐喻建构方式:第一种方式是采用古代典籍中的人和事作为"表象",通过化用、截取、转喻、串连、融会等方式,建构具有两个或两个以上子域(子集)的隐喻结构;第二种方式是利用"表象"的复杂属性作为映射源,构建源域与目标域存在多组对应关系的隐喻结构。王开冉《试谈柳宗元的骈文创作理论》(《新楚文化》2023年第31期)认为,柳宗元的骈文既继承了前代宏大瑰丽的文章风格,又吸收了唐代文学家们的革新成果,在形式上庄重典雅,在论事上得体大方,文质并重,婉转深厚却又荡气回肠。柳宗元对宋代的骈文变体产生了重要影响,在文学思想上坚持"文以明道",在创作态度上形成了"感激愤悱"的独特风格,在文学理论上讲求"文质并重"。在其创作理论的指引下,骈文的创作方法和行文风格都有了崭新的面貌,扭转了骈文陈旧、呆滞的印象,是文学史上骈文创作的重要转折点,具有承上启下且十分重要的意义。张伟《本事批评与文学阐释:柳宗元〈谪龙说〉新探》(《天中学刊》2023年第3期)认为,从内证(文本)和外证(史实)可推知,《谪龙说》是柳宗元应王叔文的要求,为时居母丧的王叔文提供声援所作,创作时间大体为永贞元年(805)六月至七月之间,地点在京师。《谪龙说》与时事关系密切,是政治斗争的产物,艺术性不及柳宗元其他寓言作品。

散文研究方面,吴丹《柳宗元动物寓言的悲剧意识研究》(《今古文创》2023年第27期)认为,柳宗元动物寓言体现出的悲剧意识,与柳宗元年少时家庭沉重记忆的影响,贬官时期的感官体验与反思相关。刘翼平《从〈永州八记〉的特性看其文学贡献》(《湖南科技学院学报》2023年第2期)从独特的心情、独特的山水、独特的文章、独特的贡献四个角度对柳宗元的《永州八记》分析后认为,《永州八记》呈现柳宗元寄情于山水,绘山水以奇异,融情于山水,赋山水以灵魂的特色。丁炜《〈永州八记〉的空间书写与柳宗元的精神困境》(《豫章师范学院学报》2023年第4期)认为,《永州八记》在文本结构上打破了单一的时间顺序,呈现出立体化和空间化的叙事结构模式。除此之外,《永州八记》中呈现的山水空间还是柳宗元以永州地理空间为依托,将永州的景观与意象等通过艺术加工的方式建构起来的文学审美空间。作品中建构的永州山水地理空间氛围透露出的幽深清冷,更是柳宗元谪居永州时期人生境遇的寄托与写照。

诗歌研究方面,李忠营《"事"与"声":理解柳宗元村居诗之"钥"》(《今古文创》2023年第14期)认为,柳宗元贬谪期间的村居诗创作呈现出两个主要特点:一方面,诗中的"人物速写"继承了柳宗元小品文的写作特色,人物塑造成就突出;另一方面,诗中"声音景观"的运用颇为独特,营造出五音繁会的湖湘风情"音乐会"。而"事"与"声"背后隐藏的则是柳宗元贬谪期间孤独苦闷而又凄凉彷徨的精神世界和心路历程。

三、比较研究

柳宗元与韩愈比较研究方面,刘真伦《传子、传贤与立长、立贤:君权传承的机制与体制——柳宗元〈舜禹之事〉与韩愈〈对禹问〉比较研究》(《周口师范学院学报》2023年第1期)认为,柳宗元《舜禹之事》与韩愈《对禹问》虽然讨论的都是君权传承的机制与体制这一王权时代最为敏感的话题,但二者却有着不同的侧重点。柳文着重讨论禅让的必备条件"前者忘后者系"的必要性,以及违背这一原则给朝廷乃至国家安危带来的现实危险和道义责任;韩文从"前定则不争""不前定则争且乱"入手,着重讨论立长、立贤的利弊得失。二者的目标同在社会稳定、民生安定,其着眼点均在百姓的接受和认同,体现了中世纪与近现代之交的历史转折点上,中唐政治思想的时代高度。同时,二者以考较史实、辨析事理为掩护,实际上暗藏着自己强烈的现实批判精神。二文对于解析和理解中唐德宗、顺宗、宪宗君权传承之际波诡云谲的政坛风云,具有重要的史料价值。张起、朱昱璇《"古文运动"新论》(《文史杂志》2023年第2期)指出,韩、柳二人在文学上是好友,政治上却是敌人,他们倡扬的古文运动是有差异的,主要体现在以下几个方面:柳宗元是纯粹于文学形式上的需要；韩愈则是中兴传统社会政治目的的需要。韩愈以古文载道，宣扬儒家道德观、价值观，试图给堕落的社会注入正能量，挽回失落的贵族世界；柳宗元则以散文记录永州、柳州见闻，传记小人物事迹，记录被侮辱被伤害的悲哀女人，记录自己的病痛，其寓言论说词锋犀利，讽刺辛辣。柳宗元那些精敏绝伦的哲思趣味、卓伟精致的散文，却未能照亮社会，只照亮了他贬谪痛苦的后半生。从这个意义上看，柳宗元的散文是无法与韩愈的《进学解》《师说》等文比肩的。孙羽津《韩柳〈天说〉的话语形态与历史世界》（《文学遗产》2023 年第 2 期）认为，韩愈、柳宗元同题共作之文《天说》并非一般意义的辨名析理之作，而是韩柳假借天人话语，批判唐德宗晚期政局的托讽之文。韩柳在《天说》中的对立姿态，本质上亦非哲学观点的对立，而是柳宗元加入王叔文集团之后，与韩愈在政治立场上的分化所致。然而，韩柳政治立场的异趣别径，并未妨碍二人古文创作的同气相求。在《天说》中，韩柳将借物托讽、叙事警世、感时说理熔于一炉，充分反映了说体文的创作倾向，集中体现了说体文的文体特质，共同开辟了与论体文貌合神离的复绝之境。

柳宗元与刘禹锡比较研究方面，张春萍《迁客骚人刘禹锡、柳宗元被贬岭南所作诗歌之比较》（《清远职业技术学院学报》2023 年第 5 期）认为，刘禹锡、柳宗元人生经历相似，两人同因参加永贞革新被贬岭南地区，所作的部分诗歌都体现了讽刺意蕴以及佛教思想。不同的是，刘禹锡贬连州时所作诗歌多关注身外，具有政治夙愿，柳宗元贬柳州所作诗歌多写贬后惨况，沉郁顿挫。

郭新庆《韩柳与宋代理学的异同》（《湖南科技学院学报》2023 年第 1 期）对柳宗元与宋代理学进行了比较，认为柳宗元讲惟民，程朱理学讲惟官；柳宗元格物求大中，程朱理学格物修心性。

四、影响与接受

在思想接受方面，张勇、于珊珊《〈论语〉学史上的柳宗元》

(《东南大学学报(哲学社会科学版)》2023年第5期)指出,柳宗元将《论语》编纂者考定为"曾子之徒",将《尧曰》首章主旨推定为孔子的"讽道之辞",将"乘桴浮于海"训释为"复于至道而游息",体现其《论语》学的三大特色:"以知道为宗",通经致用,援佛入儒。在中唐特定的社会文化环境中,柳宗元《论语》学具有特别重要的现实意义,表现在:从《论语》中挖掘"大公之道",为打击藩镇势力、重建"大一统"皇权专制政治提供理论支持;援佛入儒,挖掘《论语》心性资源,为儒学复兴指明一条新路;抛弃章句之学,空言解经,标志着"汉学"传统的终结与"宋学"传统的开启。柳宗元《论语》学的理论观点与学术方法都对后世产生了重要影响。姚艾《〈庄子〉之"愚"与柳宗元处世品格的修正》(《天中学刊》2023年第5期)指出,为了突破现实困境,贬谪时期的柳宗元必须对之前恣肆显扬的处世品格进行调整修正,对内他要处理好贬谪骚怨与仕进理想之间的矛盾,对外要应对宵小之徒的谗言,他选择以《庄子》之"愚"重新建构自己的处世品格。在其处世品格的内在结构中,"愚"的特质是"无用",其修养方式是去除智巧,而最终的归向则是"道"。柳宗元通过体认《庄子》之"愚"进行处世品格的修正,取得了一定的成效,同时他将"愚"上升到《庄子》式的生存审美维度,体味到了生命本真的快乐,但因心存复起之念,有时他会冲破理性的管理。

对后世影响方面,成明明《柳宗元诗歌的简淡至味在宋代的因缘际会》(《复旦学报(社会科学版)》2023年第3期)认为,次韵追和的戚戚共鸣、语典诗意的巧妙化用、诗话选本的甄别摘录等构成简淡至味的艺术实践;奇趣淡泊、从容舒缓、省力精妙和言约意丰等,构成此风格的审美体验。柳诗与陶诗相近的特点,使其无可争议地成为宋人借鉴与超越前代诗歌艺术的榜样和路径。简淡至味风格的被选择和形塑,同宋人面对苦难从容超越的文化心理及平和淡泊的人生境界息息相关。周玉华《论清初诗坛盟主钱谦益批评柳宗元的复杂性》(《湖南科技学院学报》2023年第1期)认为,钱谦益高度评价柳宗元的诗文成就,认同其对儒释思想融合,但对其参与永贞革新却持否定态度。钱谦益对柳宗元接受的复杂性与其思想以及经历有密切关系。梁观飞《论清代康乾时期官方的柳宗元批评》(《湖南科技学院学报》2023年第2期)指出，康熙时期对柳宗元文章的批评主要聚焦于其技法、雅正文风，注重从文章创作的角度对柳文进行剖析、评点。到乾隆时期，柳文的"有用""实用"得到强调，集中于柳文的圣贤之道的精神内核，载道、风化功用逐渐成为文章批评的重心。关于柳宗元其人，从肯定到批评，最后回归到《新唐书》《旧唐书》官修史书的正统观念。

在桐城派对柳宗元文接受方面，黄文浩、付琼《方苞暨桐城派"抑柳为甚"论平议》(《绍兴文理学院学报》2023年第9期)指出，方苞的柳文批评外厉而内温，其外厉的一面引发了桐城派内部的强烈反驳，其内温的一面为桐城派内部的柳文批评转向导夫先路。方苞之后，桐城派的柳文批评由抑柳向尊柳发展，出现了刘大櫆、林纾、吴汝纶、吴闿生等尊柳批评家。清人有"方苞抑柳为甚"的判断，其实方苞并没有到否定韩柳并称的严重程度，他对柳宗元山水游记的称许，对柳宗元文学成就的知重，即使在明清时期的柳文批评家中也屈指可数。后来"方苞抑柳为甚"论泛化为"桐城派抑柳为甚"论，与实际情况并不相符。

五、其他

在文献研究方面，李浩《新见柳宗元七世祖柳庆夫妇合祔志初探》(《文献》2023年第1期)对新见的柳宗元七世祖柳庆与夫人裴丽华的合祔志进行录文整理，结合柳氏家族其他文献，并与传世文献往复比较，重点对柳氏家族西眷房支的相关史实进行了梳理，补充了新史料。文章认为新见墓志披露的贞石录文，可印证南北朝时期士人的迁徙流动，回溯柳氏"西眷"的北归；订正柳氏家族叙述中的一些问题，对柳氏家学等相关问题提出新的认识。许恒之、李奕琪《从明代前期唐诗选本对柳宗元诗歌收录情况探究其选诗观》(《汉字文化》2023年第8期)指出，明代前期唐诗选本中，高棅的《唐诗品汇》《唐诗正声》对柳宗元的五言古诗大量收录并对诗人"名家"品级进行划定，康麟的《雅音会编》对柳宗元近体诗创作有较高的关注。从各选本柳诗收录情况看,虽然明代前期选家的选诗观念受到了"推崇盛唐"的影响,但他们并未对中晚唐诗歌视而不见,而是以一种较为客观公允的态度进行编选。王一珂、孙仁歌《2021—2023年柳宗元"文以名道"研究评述》(《文化创新比较研究》2023年第22期)认为,2021—2023年柳宗元"文以名道"研究具有以下特点:一是学者们拣取宋元至清诸多评家论述,多以"文道"思想多元性、柳学散文形式发展性的角度探究中唐古文的影响,重点分析古文"文道观"历史发展进程中的思想社会背景;二是将"文以明道"文论观的形成与发展的叙述脉络放置于后代漫长的历史轴线中,发掘儒家经世实用的"古道"与思辨性议论之"文"的结合。王玉姝《清代柳宗元研究文献考论》(《兴义民族师范学院学报》2023年第4期)从政治、思想和文学三个方面对清代柳宗元研究文献进行了述评。邱美琼、杨衍亮《20世纪以来日本学者的柳宗元研究述要》(《忻州师范学院学报》2023年第3期)从柳宗元作品整理与研究、柳宗元生平与思想研究、柳宗元诗歌与散文的研究、柳宗元的比较研究、柳宗元与地域文化的研究等五个方面,对20世纪以来日本学者的柳宗元研究进行了总结,认为日本研究柳宗元的专家和成果颇多,不少新观点和新角度对我国进行柳宗元的研究具有启发意义。

在对外传播方面,罗琼《柳宗元山水散文中佛儒思想的异域传播——以石听泉英译〈永州八记〉为例》(《湖南科技学院学报》2023年第1期)认为,汉学家石听泉翻译的山水散文《永州八记》忠实地重构了柳宗元笔下的山水意象,重现了中国古代文人特有的山水隐喻,重现了柳宗元的自然观,在异域文化中重现了柳宗元特有的"自然之异",将中国哲学中"物我同根""禅意静境""统合儒释"等思想植根于异域文化的土壤中。他的翻译符合英语读者的期待视野和阅读习惯,引起了英语读者的诗意共鸣,为中国古代经典文学的异域传播做出了贡献。

在《柳文指要》研究方面,郭华清《〈柳文指要〉论文与道的关系》(《玉林师范学院学报》2023年第1期)认为,在文学作品的艺术性与思想性哪个更重要的问题上,《柳文指要》的看法有时前后矛盾。但总的看来,《柳文指要》倾向"文重于道",即文章的艺术性重于思想性。

在柳宗元与地方文化方面,张淑华《论山水散文与永州文生旅融合发展》(《湖南科技学院学报》2023 年第 4 期)从山水散文与永州的渊源和发展新趋势出发,分析了山水散文在文生旅发展中的作用、山水散文对永州的作用,以及山水散文在推动永州旅游业发展中存在的不足,提出山水散文与永州文生旅融合发展的对策。

白居易、元稹研究

□ 陈才智

作为唐代文学宝库中灿烂的一分子,元白文学及其研究一向受到充分关注,2023年的学术进展和更新速度同往年相比毫不逊色。值得一提的是,长江国家文化公园九江段的开发,带动了琵琶亭的升级改造。2023年春,琵琶亭升级改造完工之际,昔日浔阳江头的琵琶声穿越千年,再次响起。到了夏天,《长安三万里》的热映,使得盛唐李杜的热度也波及中唐的元白,普及与学术、社会与学界的关联得到分外的加强。随着中国传统文化创造性转化、创新性发展的不断推动,雅俗同赏的白居易,不仅被视为一位伟大的诗人,更像其后世仰慕者苏东坡一样,被推为文化名人,成为"中国文化走出去"的先行者乃至典范人物,由此极大地带动了在多维文化视野下展开的文学外部研究。具体而言,2023年的元白研究有以下几个特点。

一、从文体文类角度展开的内部研究不断深入

谢思炜在其《白居易五律中的句式新变》(《文学遗产》2021年第3期)之后,又发表《白居易七言诗特殊句式探考》(《数字人文》2023年第1期),继续从语言学研究思路切入来深入研究和分析古典诗歌,通过调查白居易七言诗在句式使用上的创新和变化,总结出一系列违反七言句通常节奏的类型,有使用多字词、两字组合、后四字介宾结构、第五字使用助词或连词结构造成的主要节点变化(打破四三节奏句式),还有位于上四字之内

的一三式、三一式、一二一式的次要节点变化。文章材料丰富，论说严密，作者认为，白居易七言诗中的特殊句式，与其五言诗情况类似，很大一部分都与节点的变动有关。只是前人对此句式的调查尚不够全面，也很少涉及白居易诗作。从杜甫到白居易，七言句式处在丰富发展的过程中，白居易对此有颇多贡献。在杜甫七律中首先得到运用的各种形式的中心语句，在白居易七言诗中也大量出现，并有新的变化。相关研究还有张炳文《唐代联章七绝典范新论——以王昌龄、杜甫、白居易为中心》（《南海学刊》2023年第6期）等。

白居易于唐穆宗长庆三年（823）撰写了《冷泉亭记》，1200年过去，这篇文章已经成为千古传诵的名篇佳制。胡可先《白居易〈冷泉亭记〉解读》（《文史知识》2023年第12期）认为，记体散文《冷泉亭记》文学表现异常精彩，突出表现在山水之胜、季节之和、游览之逸、建亭之功、禅意之境等五个方面。这五个方面，恰好应和了《冷泉亭记》所记载的五位杭州刺史，这五位杭州刺史不仅都富有文才，而且在杭州刺史任上政绩显著。五位杭州刺史对于杭州的贡献之一就是各自建造了一座名亭，使其成为当时的游览胜地。"有相里君造作虚白亭，有韩仆射皋作候仙亭，有裴庶子棠棣作观风亭，有卢给事元辅作见山亭，及右司郎中河南元藇最后作此亭，于是五亭相望"。而今的杭州，仅剩冷泉亭风貌依旧，其他四亭只能依据《冷泉亭记》以及后世的吟咏而引发思古之遐想。古人于冷泉亭吟咏最多，如苏轼《闻林夫当徙灵隐寺寓居戏作灵隐前一首》："灵隐前，天竺后，两涧春淙一灵鹫。不知水从何处来，跳波赴壑如奔雷。无情有意两莫测，肯向冷泉亭下相萦回。我在钱塘六百日，山中暂来不暖席。今君欲作灵隐居，葛布草屦随僧蔬。能与冷泉作主一百日，不用二十四考书中书。"最值得称道者是宋人毛友知杭州时，对于冷泉亭的修葺，其作《冷泉亭诗序》云："昔人以为冷泉未极其妙，因加小亭其上，然泠然水光，滃然山翠，以故去者过半。予以谓不必加工，但去其尤赘者，斯善也。如明镜中而加缋画，非不美好，所以为清明者逝矣。拂拭菑翳，旧观复还。"诗云："面山取势俯山中，亭外安亭自蔽蒙。眼界已通无碍物，胸中陡觉有真空。试寻橹响惊时变,却听猿啼与旧同。万事须臾成坏里,我来阅世一初终。"是知宋人在冷泉亭上因山取势,加葺小亭。毛友知杭州时,芟夷周围多余景观,使得亭宇更加清明。与之相关,夏炎《白居易〈冷泉亭记〉所见唐代杭州官方建亭立石与区域治理》(《唐史论丛》第36辑)从历史学的维度分析唐代杭州官方建亭立石与区域治理的关联,可以参读。

《序洛诗》是白居易晚年将洛阳所作四百余首诗歌编集而写的序,体现了诗人从早年推崇诗言六义之志至倡导诗缘情的重要转变,部分文字阐发了其后期对诗歌创作的看法,与早年讽喻诗论存在着较大差距,因而为后世所瞩目。文艳蓉《白居易〈序洛诗〉新证》(《文史知识》2023年第11期)在多方爬梳中日相关文献后,认为利用保持原貌的日本古抄本及相关文献,可以梳理《序洛诗》的流传过程,揭示其作品文字修改的真相,了解白居易晚年创作心态的变迁。例如,关于《序洛诗》的作年,文末有"甲寅岁七月十日云尔",即大和八年(834),与文中"自三年春至八年夏"所云颇合。但日本古抄本《管见抄》卷九中,却作"时开成五年冬乐天自序云尔",早稻田大学藏那波本和蓬左文库藏那波本(二本为17世纪日本学者以古抄本相校的版本)的校语亦基本相同。《洛中集》编于开成五年(840)十一月,共十卷八百篇诗歌,白居易有《香山寺白氏洛中集记》存世,诗集已佚,《新唐书》记载"《洛中集》七卷"。白居易编《洛中集》时,把《序洛诗》作为集序收入,同时文末新署开成五年作,所以《管见抄》、早稻田本、蓬左本等有此异文。白居易可能曾对正文予以修改,《管见抄》"集而序之"下,增有"藏唐龙门香山寺院"八字,与《香山寺白氏洛中集记》颇合。又,早稻田本、蓬左本校本还有两处异文,极可能保存了大和八年《序洛诗》的最初面貌。时移事易,开成五年,白居易将《序洛诗》用作《洛中集》序时,对原作进行了修改增删,并于文末重署时间。异文中,白居易用"词质""韵逸"概括自己前后两期的诗歌创作,对时人苛评加以正面回复,对诗风加以自我诠释,刻意突出自己诗歌之"乐",也体现出自己一以贯之的创新意识。或许知道这样的辩驳未必能够得到世人的一致认可,故在最后感慨"亦犹罪丘知丘,皆以《春秋》耳",自诩为孔子删述

《春秋》，以此聊作安慰。开成四年（839）冬，白居易患风痹之疾，病情加重，自以为不久于人世，于是放妓、卖马。次年春，足疾稍愈，十一月，编《洛中集》，已经看淡是非，将《序洛诗》放在《洛中集》作序时，删除了为自己辩解的话，改成如今传世之文。于是原来的"寄怀于山水园林，寄欢于风景琴酒"，被简化成"寄怀于酒，或取意于琴"，及"饰之以山水风月"。经此一改，《序洛诗》主题集中为诗歌不仅可写悲情，也能抒乐意。然而，大和八年《序洛诗》写作之际，政局已经非常混乱，次年即发生震惊中外的"甘露之变"，白居易在此时大谈在洛之乐，与早期直言怒谏的斗士形象恰成反衬。在经历一生坎坷与时光消磨之后，白居易的诗学观转为强调个人情感的抒写，这是无奈之举，也是时代之悲。

《不能忘情吟》是白居易写于开成四年的作品。在《序》中，白居易讲述自己取消放妓卖马的计划。谢思炜《白居易集综论》认为，这体现了白居易"中人"的自我认知，丸山茂《唐代文化与诗人之心》认为，"不能忘情"是"支撑白诗抒情性的品质"，裴斐《看不透的人生》则谴责白居易把人和马等同的"虚伪"。那么，后人究竟应该如何理解白居易曾取消放妓卖马的计划，而一年后又实施的行为？作为歌妓的樊素，在诗人白居易眼中，是被视为人还是视为物？针对以上疑问，陈嘉焮《白居易〈不能忘情吟〉中"不能忘情"的一些内涵》（《文史知识》2023年第10期）认为，白居易将歌妓与马视为非一般的物品，有着深厚的感情。《不能忘情吟序》中，暗用王戎的名言"圣人忘情，最下不及情；情之所钟，正在我辈"（《世说新语·伤逝》）。此外，《世说新语·言语》还提到"忘情故不泣，不能忘情故泣"，这也是白居易"不能忘情"的来处之一。这是通过使用"不能忘情"这个字眼，以及设置启发与被启发这对关系，使"不能忘情"的对象扩大到物，并启示读者进一步发现"情"更丰富的内涵和价值，让自己的"情"得到世人的接纳。放妓卖马的行为，在当时本身是合理且对双方有益的，一年后，樊素也离开了白居易。但在写下《不能忘情吟》的这一天，由于歌妓与马对主人有情，白居易对歌妓与马这意义非凡的物，亦怀有不能忘的深情，他们推迟了最终必有的离别，暂时沉浸在动听的《杨柳枝》和醉人的美酒中。

陈思羽《〈长恨歌〉与〈李夫人〉的同质题材和主题分歧》(《沈阳工程学院学报》2023年第3期)认为，白居易《长恨歌》与《李夫人》均以帝妃爱情为书写对象，二者题材具有很高的同质性，甚至可能同时存在于诗人的构思中。但《长恨歌》着意于爱情悲剧的讲述，《新乐府》五十首之一的《李夫人》则通过议论部分，对同质的题材做出了新的解读，使主题变为"鉴嬖惑"。在这种变化的背后，是白居易诗歌"感伤"与"讽喻"类别的不同属性的影响。作为讽喻诗代表，《李夫人》所属组诗《新乐府》，是有意识、有目的的讽谏性创作，《李夫人》自然也要传达利于政治的公共价值观。但在实际表达上，题材和诗人无意识的影响使《李夫人》整体上依然呈现出爱情感伤之色，与主题发生了错位。《新乐府》为了读者接受效果达到预期，甚至有意使"其言直而切""其文敷而实""其体顺而肆"，力求质朴。但作为诗歌，讽喻诗依然属于文学艺术，在实际创作中，诗人仍会不自觉地遵循诗歌创作的逻辑，从而使个人的情感态度流露于其中。相比之下，"感伤"类的《长恨歌》便不存在政治讽谏与文学审美的矛盾。

钱吉兰《〈长恨歌〉中的"芙蓉"和"梨花"意象》(《青年文学家》2023年第9期)从《长恨歌》的艺术表现技巧与叙述背景入手，探索白居易对"芙蓉""梨花"两大意象的运用，思考其所代表的多元含义。作者认为，《长恨歌》对"芙蓉"和"梨花"两种意象进行了深度运用，两种意象是作品的点睛之笔。一方面指代"美人多娇"，以花的艳丽来修饰杨贵妃的倾国倾城，"芙蓉"意象出现三次：从"芙蓉帐暖度春宵"到"太液芙蓉未央柳"，再到"芙蓉如面柳如眉"；而"梨花一枝春带雨"形容的不仅是杨贵妃哭泣的模样，更包含了对杨贵妃娇柔体态的赞美。另一方面，诗人对美色误国的批判，对唐玄宗和杨贵妃情感的感慨，也是借用"芙蓉"和"梨花"两种意象表现出来。文章还认为："作为'诗王'，白居易在盛唐的文化时代始终坚持自己的文化风格。"这一点，笔者不敢苟同，真正的诗王，应该是杜甫。由于杜甫对白居易影响巨大，以致后人将本属于杜甫的"诗王"之称，误置给了白居易。

陈才智《论诗王》(《杜甫研究学刊》2023年第2期)在其《白居易资料新编》基础上，追索相关工具书和数字文献，认为"诗王"之称源自《云仙散录》"陈芳国"（又作文星典吏），"诗王本在陈芳国"是一则颇有玄幻色彩的小说家言，但指向杜甫则毫无疑问。此后"诗王本在陈芳国"成为诗歌典故，为诗家常用。《诗话类编》和《唱经堂杜诗解》《杜诗详注》等均承其说而无异议。对此，《汉语大词典》《中国诗学大辞典》《全唐诗大辞典》《事物异名分类词典》等专门设有"诗王"词条的辞书，也是据《云仙散录》所引《文览》释"诗王"为杜甫。从"诗王"一称见于中国历代典籍的梳理，可以见出杜甫接受史的别样视角。文无第一，武无第二，争论究竟谁是诗王，并非让关公战秦琼，其意其实是辨析一朝之内、两代之间诗坛领袖的迁变。如果放在中国诗歌的发展史上看，前辈杜子美当仁不让。尽管如此，值得我们思考的还有，第一，李白、李煜都曾被尊为词王，蒲松龄被称为中国短篇小说之王，不同的文学体裁在追踪溯源与求高致大之间有何标准？第二，为什么白乐天也会被误认为是"诗王"？只是因为两位诗歌大家，不仅创作质量均属上乘，而且数量也在伯仲之间？这是《云仙散录》中引录的"声振扶桑享天福"所引起的误解吗？还是"广大教化主"白居易，只是在老一代"诗王"之后，被新一代文坛所推举出来的 2.0 版的"诗王"？神仙下凡，天人感应，文星典吏，人文互动，借用"李杜诗篇万口传"的作者、清代诗人赵翼的话说，正可谓——江山代有诗王出，各领风骚数百年！

二、从多元文化视野展开的外部研究百花齐放

"缭绫缭绫何所似？不似罗绡与纨绮"，白居易《缭绫》描写的缭绫，是一种唐绫的品名。千载以降，后人虽然还能传诵白居易的诗篇，却无缘见到缭绫这种珍贵的织品。1987 年，陕西扶风法门寺地宫开启，数以千计的唐代珍宝中包括多件丝织品，同时，在地宫发现的《衣物帐》中也明确记载有"缭绫浴袍五副各二事"。经过陕西省考古研究院和中国丝绸博物馆专家的共同研究，确定编号为 T68—D 的直领对襟团窠纹长衫，就是《衣物帐》记载的"缭绫浴袍"。在文物保护"全链条"的理念下，赵丰组织多个学院团队与公司，着手缭绫的复原工作。在选用合适的原

料、确定组织、密度与纹样后,顺利复原出浴袍面料。之后进一步尝试还原缭绫的色彩,采用天然染料与传统工艺,选择生叶揉染、制靛浸染等工艺,尝试马蓝、蓼蓝等不同植物制备染料。经过多次试验,确定品种以及合适的比例、温度、时间等要素,成功复原出蓝、绿两春水色,复现了白居易诗中的"染作江南春水色"。经过多年研究,作为最终成果的赵丰《寻找缭绫:白居易〈缭绫〉诗与唐代丝绸》(浙江古籍出版社 2023 年),从白居易《缭绫》诗出发,结合唐代遗存的丝绸图像,以及工艺图解等资料,分析唐代丝绸及丝织业的发展、成就,不仅阐释其中的美学意义,还延伸至相关的社会文化史背景。对白居易新乐府组诗,乃至唐代丝绸种类与纹样、丝织业的生产制度与规范、唐代的服饰妆容文化等各个方面进行全方位解读。并在文物保护"全链条"理念的指导下,依据出土实物重现了唐代缭绫织品。该书拈取白居易《缭绫》中的诗句为章节命名,由诗到物,从技术解诗词,以诗词释实物,由是串联历史——人物遭际、政治事件、织造制度——和唐代丝绸的方方面面,以缜密的构思,近乎周备的证据链,讲述了一个充满细节的故事,全面梳理了缭绫的名义、工艺、制度及社会文化,展现了唐代丝织的繁荣图景。《寻找缭绫》的封面使用了缭绫纹样,让读者可以直观地感受唐代丝绸纹样,更加接近白居易《缭绫》诗。文本解读与名物研究如何结合?此书堪称范例。

白居易新乐府有《立部伎》一题,收录在宋人郭茂倩编撰的《乐府诗集·新乐府辞》中。诗中"舞双剑"当作何解,历来说法各异,但都涉及唐代"剑舞"(或称"舞剑")和公孙大娘"剑器舞"。"舞双剑"究竟是否即为"剑舞"或"剑器舞",郭丽《白居易〈立部伎〉"舞双剑"新解》(《舞蹈》2023 年第 1 期)认为,杜诗中公孙大娘"舞剑器"所用舞具确实为剑,作为舞具的剑可称为"剑器",故该舞名为"剑器舞"。但是,剑器舞是名副其实的教坊舞蹈,与文献记载中的寻常"舞剑"不同,亦与白居易《立部伎》中"舞双剑"不同。剑器舞在唐代经历了一个发展演变过程,其表演形态可分为前后两期:初盛唐时期是女子独舞,舞具为剑;中唐以降演变为大型男子队舞,列阵表演,模拟军容,舞具或剑或刀,兼有弓、旗帜、火炬等。公孙大娘表演的剑器舞是该舞的前期表演形态。大型男子队舞形态的剑器舞一直延续到宋代，演变为宫廷小儿队表演的舞曲。白居易诗中的"舞双剑"与"跳九丸"并称，此时"舞剑"又称"跳剑"，是唐代百戏之一种。唐代百戏表演中跳剑之数并不恒定，剑数自二至七不等。"舞双剑"中的"双"，仅指白居易所咏立部伎表演的舞剑之数为二。

文学史上，张籍是元白新乐府运动的羽翼，彼此有共同的文学主张与密切的交往。对此，自胡适以降，至朱宏恢、纪作亮、李一飞、谢思炜、徐希平、迟乃鹏、焦体检、徐礼节、张煜等学者于此皆有所探讨，但张籍与白居易交往的细节，尚多有可发之覆。陈尚君《诗人张籍与白居易的交往始末》（《文史知识》2023 年第 10 期）探讨了四个问题。第一，重新解读白居易的《读张籍古乐府》，认为白居易所表彰的张籍古乐府，并非他那些用旧题乐府反映现实的作品，而是他写重大社会问题的古体诗，近乎白居易的《秦中吟》。就此言，张、白皆致力乐府诗写作，精神相通，体式则大不相同。第二，细致描画白居易与张籍结交初期阶段的细节。张籍认识白居易，可能始于元和初。最早的记录，张籍有《寄白学士》，可能作于元和四年（809），即白居易入翰林院之次年。白居易答以《答张籍因以代书》。元和五年（810）秋，张籍又作《病中寄白学士拾遗》，白居易答以《酬张太祝晚秋卧病见寄》，以上两组唱和，是白居易任学士期间与张籍来往之作。二人认识，但还没有成为挚友。元和六年（811），他与张籍的关系也有了根本改变，称呼改为张十八，有三首赠张诗《寄张十八》《重到城七绝句·张十八》《读张籍古乐府》。第三，分析二人各自人生经历的悲欢荣退。视白居易为知己的张太祝，在改变白居易人生轨迹的元和十年（815），并没有留下与白居易相关的诗歌。元和十一年（816），张籍终于转任从六品上的国子助教，其间白居易在远方。不久，张籍又任正六品上的广文博士。接着受到韩愈推荐，出任正五品上的国子监博士。因为这一职位，张籍终于得缘参与朝会。其时白居易也得还朝，任主客郎中、知制诰。长庆元年（821），张籍与韩愈、白居易都在京城。张籍由延康坊迁居靖安坊，与韩愈为邻居。白居易也购入新昌坊新居，作《新昌新居书事四十韵因寄元郎中张博士》，将自己迁入新居的喜悦，与最好的朋友元稹、张籍分享。不久，白居易迁中书舍人，张籍作《寄白二十二舍人》，白居易作《曲江独行招张十八》，张籍作《酬白二十二舍人早春曲江见招》，积极响应。不久，因韩愈推荐，张籍受任为水部员外郎，白居易适逢草制，《张籍可水部员外郎制》极肆表彰。第四，梳理张、白交往的最后八年。最精彩的就是结尾这一句："张籍卒后，贾岛、无可有悼诗，白居易没有留下悼念文字，原因不明。"戛然而止，值得赞叹。

元稹和白居易都是中唐时期笃信佛教的典型诗人，接受和学习佛理深刻地影响了他们的人生道路和文学创作。罗尚荣、黄旗艳《论元稹与白居易佛教接受之差异》（《豫章师范学院学报》2023年第3期）认为，由于元、白与佛教接触的渊源相异和个性上的差异，他们的佛教接受在功利观和生命意识方面也有所不同。相较之下，元稹苦苦执迷于功名却可以看淡生死；白居易可以洒脱对待功名富贵，视其为浮云，却又具有强烈的生命意识，难以超脱生死所赋予的厚重枷锁。

白居易诗，有一种"以诗代柬"的写法，即以诗的形式向友人发出请柬，盛情相邀，饮酒叙旧，观景赏花。郭杰《以诗代柬：白居易的别趣诗情》（《文史知识》2023年第10期）分析了白居易《问刘十九》《刘十九同宿》《蔷薇正开春酒初熟因招刘十九张大夫崔二十四同饮》《期宿客不至》《招东邻》《府酒五绝·招客》《招王质夫》《招萧处士》《招韬光禅师》《招山僧》《江楼夕望招客》《答张籍因以代书》《雨中招张司业宿》等以诗代柬的诗歌作品，认为以诗代柬实即以诗代书的一种特殊形式，别具情致，风趣盎然，富于人间烟火气，在亲切随意之中，更能见出人品性情。白居易以诗代柬，可谓炉火纯青。他用这种别出心裁的形式，把诗歌的艺术功能生活化了，使其更加风趣活泼、亲切生动，堪称对诗歌创作的别样探索。

白居易年轻时与符离邻家女湘灵的独特恋爱经历，对其一生的思想及文学写作影响至深。木斋《论白居易的湘灵之恋与讽喻诗写作》（《天中学刊》2023年第3期）以白居易讽喻诗中的代表性篇章《井底引银瓶》《续古诗十首》为线索，勾勒出其恋情始末。认为《井底引银瓶》诗篇中,可以窥测白、湘之恋的一些细节,诗中所写"到君家舍五六年"两人同居,一直到"君家大人频有言"被迫诀别,则两者同居共有五六年时间。白居易的《长相思》采用南朝乐府歌诗形式,以女性口吻诉说二人的缠绵恋情,应该是为湘灵代言,写出二人"夜半无人私语时"的恋人话语。如果将《续古诗十首》视为一个有机整体的组诗,则第一首所写的就是类似故事背景的缘起、发端,实际上大体可以确认为白居易回忆当年参加科考、离别恋人湘灵的悲惨瞬间。白居易早年恋情超越了儒家伦理,其故事却隐含在表达兼济之志的儒家教化诗中。白居易在理论上不能不以儒家道德作为人生的规范,而在实践上却不断突破和超越这些规范。白居易与符离乡下邻家女湘灵的恋情延续到其 34 岁左右,先后将湘灵接回长安和下邽金氏村,但都不能逃脱儒家伦理的桎梏,最终不得不分手,这也是他写作《长恨歌》的主要背景。《长恨歌》虽取材于唐明皇杨贵妃之间的恋情原型故事,但写作动机以及细节原型,很多是根据白居易自己的人生经历熔铸而成的。木斋、张昶《白居易与中晚唐文学思潮》(世界汉学书局 2023 年)也是聚焦于白居易青年时代与符离乡下邻家女湘灵的恋情史,除了论述白居易早期湘灵之恋与讽喻诗写作之外,还有白居易"后湘灵恋情时期"与《琵琶行》写作,以及白居易《长恨歌》的写作背景与恋情寄托等内容。后附张昶《白居易传》,通过"成为有情人""成为士大夫""成为白居易""唯觅少年心"四个篇章构成白居易寻找自己、成为自己的过程。

《刘小川读白居易》(商务印书馆 2023 年)分为"乐天的传记"和"乐天的诗"两部分。"乐天的诗"部分,以中小学课本为参照,从《白氏长庆集》中精选古诗四十余首,配以详尽的注释、精美的古画。传记部分,主要内容来自作者的《品中国文人》(上海文艺出版社 2008 年),略有修改,叙述了白居易仕途的沉浮与处世心态的变化,即从出仕青云得意到晚年贬谪江州,从"为民请命""兼济天下"到"独善其身""明哲保身"。作者认为,白居易身上,有两股力量给人印象很深,一是求官,二是用情。二者生发无穷的东西,包括他的艺术。在白居易作品中,有两点比较突出,一是异乎寻常的平民化倾向,二是他的至性至情,后者也包括男女之情。白居易掀起的新乐府运动,有一些效用他自己也是始料不及。以诗干政,这在今天看来是太浪漫了,浪漫却有结果。他标新立异,不乏标新立异的条件和理由。相关研究有丁锦《浅析白居易诗歌中的女性形象》(《青年文学家》2023 年第 7 期)、覃莫艳《浅论白居易爱情诗歌的文学价值》(《青年文学家》2023 年第 11 期)等。

赵银芳《中华先贤人物故事汇·白居易》(中华书局 2023 年),意在以翔实可靠的史料为依据,细腻动人的故事为载体,真实地呈现白居易的事迹和精神风貌,彰显其文学创作的特点和功绩。全书篇幅不大,分为两个部分。第一部分以时间为序,分为"居易弗易""三登甲乙第""一篇长恨有风情""十首秦吟近正声""惟歌生民病""亲爱零落尽""江州司马青衫湿""最忆东坡红烂漫""唯惭老病披朝服""江南好,风景旧曾谙""老爱东都好寄身"等若干单元,展现了白居易的创作生涯。第二部分是白居易生平简表。全书虽然语言通俗,但格调清新,并不媚俗,在短短的篇幅里,准确而生动地叙述勾勒出白居易的一生,颇见世情冷暖,人情薄厚。有些细节,如以银匙赠送阿罗和阿龟等,形象生动,富于感染力,相比 20 世纪五六十年代出版的几种白居易小传,毫不逊色。相关书籍还有言诗语《白居易传——长恨春归无觅处》(江苏凤凰文艺出版社 2023 年)。

署名"历史的囚徒"所著《5 分钟爆笑诗词·白居易篇》(湖南文艺出版社 2023 年)以生动的历史故事、活泼幽默的笔触,将白居易的一生徐徐展开。作者说,在白居易出道前,唐诗在各方面皆有标杆,但没有谁像白居易那样直白和勇敢。他不只勇敢,生命力出奇地旺盛,结结实实活了 75 岁。白居易的活跃时期正值中唐,宦官专权于内,藩镇割据于外,帝国在下坡路上疾驰。白居易以诗歌为武器,勇敢抨击丑恶现象。他的笔锋所指是统治阶层,令其"变色""扼腕""切齿"。全书在故事情境中,解读白居易重要的诗歌,将白居易的诗歌从六大版块分类拆解:友情诗、仕途诗、讽喻诗、闲适诗、亲情诗以及感伤诗,意在帮助读者全方位了解诗人和他的作品。相关书籍还有常迎春、兰川《语文书里的大诗人苏轼、白居易、王昌龄》(湖南教育出版社2023年)。

三、从时间角度展开的接受史研究继续拓展

宋、元、明、清以来,中国文人对白居易的接受和景慕,始终绵延未断,汇成一条多姿多彩的醉白之路。"醉白"二字,完美而恰切地表达出笔者对这位醉吟居士的倾慕。因此,为了总结和回顾自己三十年的白居易研究之路,拙著《醉白之路:品读白居易》(河南人民出版社2023年)重点选择与白居易接受史研究相关的论题加以展开,内容涉及学术史纵览、乐天之风范、风景与节气、诗歌之双璧、散文之风度、藏书与空间。白居易不仅诗文并擅,文体全面,而且文学成就之外,在书法、园林、建筑、饮食、茶艺、香道等方面也多有可称道之处。醉吟诗风的遗响和余波不仅遍及华夏南北东西,而且作为中国唐代具有世界级别的伟大诗人,"广大教化主"白居易生前之影响就冲出了华夏,波及日本、东南亚等国,死后更是声誉日隆。所过者化,所存者神。醉白之路上的历代文人,承继醉吟诗风,将日常与风流组合为双重变奏,在生活场景和日常心情的描写中,融纳人生的反思和体悟,铺就了诗歌史上的一条融风流于日常的别有意味的醉白之路。台湾学者陈金现教授填《定风波》词为《醉白之路:品读白居易》出版作读后感,其词云:"乐天深情又达生。贬官司马泪盈盈。伊水龙门波镜碧,闲适,晚烟风笛任飘零。　降伏诗魔频自咏,非病。文歌琴赋共争鸣。历数古今贤圣者,屈蛇龙舞与君行。"

2023年里,中国传统文化海外传播成为亮点,这无疑也将接受史研究从时间脉络延至空间视野。例如,日本江户诗坛受中国明代诗学影响深远,诗坛风尚之演变亦大体相同。聂改风《江户中后期诗坛性灵论主导下的白居易诗歌接受》(《聊城大学学报》2023年第1期)分析认为,为抗衡获生徂徕古文辞派,江户中后期诗风转向清新性灵,力推中晚唐诗与宋诗,白居易作为理想型诗人之一备受青睐。"闲披白集喜和平"的释六如

(1737—1801)，是继诗僧元政之后江户诗坛颇负盛名的禅林大家，在其《葛原诗话》及《后编》中亦屡次论及白居易，接受白诗于温和平易诗风中而自能用熟字以出新的特色。江户中后期儒学者尾藤二洲(1745—1813)，在《读白氏长庆集二首》中称："偶读白家集，有感欲学之。日日不释手，朗诵无已时。蹯蹯颁白翁，而效少年为。为之得似否，将来未可知。莫问旁人笑，行探香山奇。香山奇奈何，淡泊无余事。此味真不穷，何人同吾意。好之忘倦者，赋性喜坦易。乐天若有知，必不我遐弃。"他对白居易诗歌的接受，主要体现在"以淡为奇"论，这也为其门人长野丰山(1783—1837)所继承。与释六如交往甚密的市河宽斋(1749—1820)，也是以白居易为效仿的理想诗人，倡导白居易写自我真性情的诗歌风格，将自己为盟主的江湖社称为香山社。其《答休文见寄二首》称："除却白香山集外，案头唯有我兄诗。欲效元和酬唱意，愁多气力日消磨。赖逢长夜难成梦，呼取诗魔换睡魔。"将仿作之愁苦，消解于自嘲式的洒脱之中。虽云梦难成，而实正学得白诗之神似。宽斋在创作中还有对白居易《新乐府》讽喻诗的仿作。

　　白居易《劝酒十四首》由《何处难忘酒七首》和《不如来饮酒七首》两部分构成。其共同点是都在第一句和第七句使用反复句，从不同侧面表现多样情绪。尤其是《何处难忘酒七首》使用"何处难忘酒""此时无一盏"等反复句，来表露出人生哀欢这一普遍情绪，用以触发朝鲜文人的共鸣和感兴，从而成为创作时模仿的对象。金卿东《白居易〈劝酒十四首〉在朝鲜的接受及其意义》(《汉语言文学研究》2023年第2期)将朝鲜文人模作白居易《劝酒十四首》作为对象，分析了白居易《劝酒十四首》是如何被朝鲜文人接受和修改的，并进一步探讨这一文化接受过程的意义所在。相关研究还有常馨予《白居易诗歌对高丽文人李奎报影响研究》(《东北师大学报》2023年第4期)、柳珂《白居易与菅原道真咏白花诗歌之比较》(《青年文学家》2023年第7期)等。

　　人物名号入诗，涉及接受史的问题。因为作者对该人物的认识与评价，必然同时体现在诗中。关于白居易在宋代的接受，学界已有较多研究，但专从名号入诗的角度入手讨论的成果至今尚付阙如。洪嘉俊《由名号入诗看白居易在宋代的接受》(《西安文理学院学报》2023年第3期)认为,不同于史传、散文、笔记、诗话中的显意识书写,诗中述及白居易名号,或是专意而为,或是随意提及,借由诗歌诗性话语和特殊艺术形式所呈现的人物形象及产生的表达效果,能够传达出许多有益的内容。考察白居易名号入宋诗的有关情况,有助于呈现宋人眼中白居易的不同面相和丰富细节,深化对宋代白居易接受的认识。宋诗提及白居易,或为专述,或为旁涉,包括因其地思其人、阅读仿效追和其诗、评价其人其诗其事、用其典故四种情境。以不同名号、情感色彩入诗,与不同地域、作品关联入诗,呈现出差异化的白居易形象。经众人手笔,其形象又逐渐趋同,集中呈现为闲适隐逸、才子诗人、文人雅聚、为官有为、学佛参禅、多情风流、多病长寿、后嗣艰难等类型。与白居易搭配入诗的人物,同样事关其接受。宋诗中白居易常与元稹等人并称,与陶渊明等人对举,这推动了白居易形象的定格。

刘莹、张中宇《元稹诗在明代的接受起伏及其原因——以唐诗选本为考察中心》(《丽水学院学报》2023年第1期)分析说,明前、中期200多年间,重要唐诗选本对元稹诗选录极少,影响最大的《唐诗选》仅录1首。至明后期,诗学审美趋于多元化,元稹诗的价值重新被挖掘,其中《唐诗镜》最具胆识,选元稹诗121首,居中唐第三。明前、中期,诗学家多评元稹诗为"淫言媟语""鄙俚浅俗",元稹诗因不符"雍容温和"审美观念而遭到排斥,这与统治者倡导"和而正"的文学思潮密切相关;明代后期弊政丛生,士人盛世理想逐渐破灭,更重视性情的自由抒发,元稹诗歌的"真性情"为陆时雍等人所肯定,方渐受推崇。

肖城城《方东树〈昭昧詹言〉评白乐天述论》(《安庆师范大学学报》2023年第1期)认为,方东树《昭昧詹言》在中唐诸家中为白居易留了一方天地。《昭昧詹言》共选评了9首白居易诗歌:《西湖留别》《钱塘湖春行》《夜归》《西湖晚归回望孤山寺赠诸客》《江楼夕望招客》《庾楼晓望》《与梦得沽酒闲饮且约后期》《寄殷协律》《欲与元八卜邻先有是赠》。这9首诗歌以写景诗与寄赠诗为主,这两类诗歌都可归入白居易闲适诗的范畴中。方东树既没有一味以俚俗看待白诗，认为白诗有其本色，同时又肯定了白诗中的"意匠经营"。但是，方东树已然不迷信《御选唐宋诗醇》对白居易的定调，审美标准也逐渐偏移到"重文法"的宋诗一派。在选评白居易六首写景诗、三首寄赠诗时，他以"文法高妙""兴象高妙""用意高妙"作评点，与稍早一点或当时的诗坛大家相比，他有所纠偏，亦有所缺漏，这也是方东树力图调和唐宋诗之争的一个缩影。

张勇耀《金章宗故事与〈长恨歌〉题材的演变》（《文史知识》2023 年第 10 期）分析，金元文坛对《长恨歌》题材的重视，首先自才华特出的金章宗发起。金章宗派人把马嵬坡题咏杨贵妃的诗抄录回来，多达五百多首。章宗让词臣对搜集回来的题墓诗进行排名，陕西武功人杜佺诗在"高等"，得到表彰。与题墓诗同样兴盛的是题画诗。任询画有《华清宫图》，赵秉文题画诗《南麓画华清宫图》以四十句长诗对此事大发议论，赵秉文还有《题王摩诘画明皇剑阁图》。对唐玄宗逸乐亡国故事的题咏，在元初诗坛依然是主题之一。陈孚《李妃妆台歌》对章宗与李妃的传奇故事进行演绎，几乎全仿《长恨歌》基调，李妃酷似杨贵妃，章宗也酷似唐明皇。"六宫珠翠无光辉"用白诗"三千宠爱在一身"诗意，"君王浓香梦魂里，紫宸晏朝酣不知"与"君王从此不早朝"意同。李妃被卫绍王诛杀，颇似杨贵妃缢死马嵬，"宝钿零落今安在"，与白诗"金钗委地无人收"意同。可见完全将李妃当作杨贵妃来塑造，"妖容寸斩何足惜，金源自此鸿图衰"，道出"女祸亡国"主题。金元文坛是《长恨歌》题材演进的高峰。目前保存完整的白朴《唐明皇秋夜梧桐雨》，对《长恨歌》题材故事进行放大性改写。唐明皇哭香囊的典故，则衍生出关汉卿的杂剧《唐明皇启瘗哭香囊》（佚）。杂剧具有诗、词、赋难以达到的表达效果，剧作家往往会借剧中人物之口道出自己的心事。白朴《唐明皇秋夜梧桐雨》便借唐明皇之口为杨贵妃辩白云："他又无罪过，颇贤达，须不似周褒姒举火取笑，纣妲己敲胫觑人。""他是朵娇滴滴海棠花，怎做得闹荒荒亡国祸根芽？"这是金元之际《长恨歌》题材衍化中在史观上最具进步性的一面。

《琵琶行》流传至今，早已成为经典名篇。黄晓璐《〈琵琶行

(并序)〉经典化的重要途径》(《名作欣赏》2023年第12期)探讨其经典化途径。作者认为,他人评点、化用以及教育传播是促使《琵琶行》经典化的重要途径。他人的评点涉及《琵琶行》的内容叙事、艺术情感、语言表达和影响地位等诸多方面,从多角度阐释了《琵琶行》的文学内涵。后人或化用《琵琶行》的句式,或取其词语意象,或沿用主题改编,诗、词、杂剧、传奇等各种体裁都有涉及。不管是评点、化用还是教育传播,这三个方面不仅能够体现一代人的思想、立场和文学素养,还对《琵琶行》的经典化以及人们理解《琵琶行》有着不可或缺的作用。加上社会、文化、政治等其他因素的影响,《琵琶行》被书籍收录的频率很高,直至今天我们仍能在教材中看到它的身影,《琵琶行》的文学意义被后人反复地、多角度地阐释,文学价值在不断地解读当中得到发掘、认可和传播,其经典化过程得以逐渐推动。拙作《古典诗歌的阅读与理解——以白居易的〈琵琶行〉为例》(《杜甫研究学刊》2016年第2期)曾从文本演变史、选本沉浮史、作品阐释史、作品模仿史、诗迹流传史、题材流播史、书画题写史、文本翻译史等八个方面分析过同样的论题,该文作者看来并未留意。

　　《琵琶行》诞生以后,"江州司马青衫湿"的故事,被后代文人剧作家改编成戏曲剧本传演于舞台。王琳《"琵琶行"故事戏曲改编流变及原因探究》(《民族艺林》2023年第2期)认为,由于社会文化环境和作者主观情感不同,各个改编版本呈现出不同的艺术风貌。文章在梳理"琵琶行"戏曲作品改编版本的基础上,对元代马致远杂剧《青衫泪》、明代顾大典传奇《青衫记》、清代蒋士铨杂剧《四弦秋》以及当代王仁杰昆曲《琵琶行》四部"琵琶行"故事题材改编作品进行对比研究,分析其成因,探究其演变的内在逻辑与深层意蕴。作者认为,马致远《青衫泪》有意影射元代不重文治的社会风气,对商人加以讽刺,这是社会底层文人的反抗。在杂剧中,白居易与好友辗转于教坊喝酒取乐,与裴兴奴一见倾心,是个多情的浪子形象。而故事最终白、裴二人圆满,白居易官复旧职,这种大团圆式结局恰恰是作者的一种心理补偿,是对理想生活的美好憧憬,也是作为失意文人的马致远对生命强烈的欲求和留恋。由此可见汉族文人对元人统治的愤懑情绪,从中窥探出元代混乱的社会政治面貌。顾大典《青衫记》一改元杂剧质朴本色的写实面貌,充满了富丽典雅的士大夫气息,以叛军谋反战乱为社会背景,借用才子佳人故事模式来点染一段生活波折,终成团圆结局。这是明代文人惯用的传奇创作套路。琵琶女的恪守妇道,樊素与小蛮的宽容品格,体现了封建社会对于理想妻妾关系的向往与追求。这是顾大典作为文人士子自我浪漫心境的构建,同时也侧面体现了传奇戏曲的封建教化意义。蒋士铨《四弦秋》借白居易表现自己对国与君的忠诚与抱负,借花退红的遭遇表现自己内心的凄凉哀叹之情。同时对剧中以宰相韦贯之、张宏靖为代表的黑暗势力发出无情嘲讽与谴责。这种削弱故事性而产生深沉强烈的屈心抑志之情,借他人酒杯浇自己心中块垒,更能引人强烈共鸣,直击灵魂深处。王仁杰昆曲《琵琶行》重在挖掘人物灵魂深处的情感,专写天涯沦落之恨。从琵琶女身世着手,刻画了性格、思想更为突出的女性形象。倩娘与白居易知音相遇,二人说尽海角天涯惆怅事,倩娘为《琵琶行》谱曲而双目失明,怀抱琵琶沿街卖唱。她与白居易之间微妙的情感超越了爱情,是倩娘的精神支撑,是"无关风月,花草无涉"的相互悲悯之情。这种情感与古色古香的昆曲结合得相得益彰,创造出韵味十足的意境,这种处理比靠情节取胜的剧本更加柔软且有力量。

四、从空间角度展开的文学地理学研究势头未减

刘禹锡、白居易在扬州有过一场诗会,刘禹锡发表了《西塞山怀古》《金陵五题》,并留下"扬州初逢"酬唱诗,事成佳话,诗为经典,自唐以来就为诸多诗话或诗选所载录。然而,从实际交通线路看,刘禹锡由和州到洛阳,扬州不是必经之路,他可直接北上,经寿州达汝、颍入洛阳,全程约一千五百里,用时约一个月。如刘禹锡作有《和州送钱侍御自宣州幕拜官便于华州觐省》,所送者为钱徽之子钱可复,其由宣州到华州,在当涂县(属宣州)过江,再经和州直接北上。若走扬州,则需先沿江东行再过江北上,多出近三百里。如此舍近求远,应有他因。查屏球《运河上

的新作发表会——刘禹锡〈金陵五题〉与刘白扬州诗会》(《文史知识》2023年第12期)通过解析此事,对相关作品加以进一步的笺解。文章认为,刘白扬州之会,是刘禹锡有意选择的新作发表会,是他重返诗坛中心的"首秀"之举。由《西塞山怀古》《金陵五题》写作过程看,刘禹锡为这次新作发表做了精心准备。《西塞山怀古》与《金陵五题》一为七律,一为七绝,诗体不同,在艺术思维上却是一脉相承的。《西塞山怀古》成功之处,就是善于以细节如"王濬楼船""铁锁沉江""一片降幡"等,将人带入具体的时空情景中,又以具体的场景沟通古今,如"山形依旧枕寒流""故垒萧萧芦荻秋",让人在特定的氛围中感受历史的运势。《金陵五题》对此更有发挥,不是以历史题材作为某一观点的论据,也不是像引用典故一样,只取用历史与结论之间固定的关系,不站在道德制高点作是非对错的判断,而是引人进入特定的历史情境中去思考,感叹人在历史的运势面前的无奈与伤感,诗人是咏史而不是写作史论。这种艺术意境表达了一代学人对整个时代的感受,拉开了晚唐感伤诗风的序幕。自此之后,这种意调与抒情模式在晚唐诗中屡屡出现。由刘禹锡这段时间对这类诗的集中书写与反复修改看,他对这种探索是非常自觉的,北归途中专访金陵,就是为修改旧作而做实地考察。禹锡晚年与少傅白居易友善,诗笔文章,时无在其右者。和州、苏州近二年唱和,刘白二人已由相识到相知,由一般读者上升为知心诗友。扬州之会是他们交流最密之时。这场发生在运河上的诗会,当时就在长安诗坛产生了反响。细理《金陵五题》及刘白扬州酬唱诗创作过程,可发现名作产生含有必然因素与偶然因素两个方面。深邃的学识、细节的掌握,对历史衰势的无奈与伤感,这是刘禹锡咏史怀古诗的创新点;对己受冤的悲愤,对人遭辱的同情,分别是刘白相会时的情绪,这些都是可以直接判断出来的必然因素。诗起于悬想成于实地考察,二十多年后重逢并能同行百日,修改初赠之作,这些又是产生《金陵五题》与刘白扬州酬唱诗的特殊因素,尤其是白居易作为第一读者长时间近距离感受刘诗之魅力,更是激发白居易诗情的重要原因。这些都是没有预设的偶然因素,多被作品正文过滤了。

长安既是唐帝国的政治中心与文化中心，又是唐代文人的雅集中心与文学创作中心。魏景波《再议"长安居，大不易"》（《中国社会科学报》2023年12月8日）认为，白居易拜谒顾况的故事出自晚唐时期《幽闲鼓吹》的作者等"好事者"的杜撰，并非历史事实。当然，从另一个角度而言，这个故事虽不符合历史事实，但合乎一定的逻辑，也就是说伪材料中蕴含着真信息：一个必须有"故事"的科场明星，一个蕴含着"梗"的名字，一位性情诙谐而又恃才傲物的文坛前辈，一个充满着传奇色彩的都会，还有一首脍炙人口的需要补齐"本事"的诗歌，几大元素"风云际会"，于是白居易长安谒顾况的故事"应运而生"，并获得了奇佳的传播效果。魏景波《政治舞台与烟火人间》（《社会科学报》2023年12月21日）同样聚焦长安，探讨白居易居住在长安期间的政治活动。白居易从贞元十五年（799）赴长安应进士试开始，至大和三年（829）以太子宾客分司东都永别长安，前后跨越整三十年，其间白居易先后在秘书省、翰林院、门下省、京兆府、东宫、礼部、中书省、刑部等府署任职，官阶从正九品上的校书郎累迁至从三品的秘书监。白居易在长安的时间长达十二年，其长安情结，经历了从疏离到认同、从依恋到淡然的嬗变。

白居易不仅是诗人，还是一名造园艺术家。关于白居易在传统造园领域的历史地位和贡献，学术界已经形成了较为普遍的共识。继周维权、王毅、杨晓山、赵建梅等学者的相关论著以及王铎、郭薇、高长山、王南希、吕明伟、董璁等研究论文之后，张延林《典范的型塑：白居易的洛阳履道里宅院》（《民族艺林》2023年第3期）认为，白居易的履道里宅院作为中唐文化转型在园林艺术领域的典型体现，开辟了传统造园新的风格和范式，推动城市园林和文人园林的发展进入新阶段。作者以白居易在东都洛阳履道里的宅院为研究对象，从其营建的思想基础、景观呈现、传承方式三个方面进行分析，共时性和历时性相结合，对于履道里宅院在中国文人园林发展史上的典范性进行立体化的解读，阐述了白居易履道里宅院在中国传统造园史上的重要历史价值。文章认为，中隐思想蕴含的符号性、象征性及社会文化过程，显现出文人心灵中深刻而重要的志趣，使得中国传统造园的目的得以明晰。作为文化空间和人格空间,强调士人与园林中变化的自然能动关系,发掘普通事物和日常生活的价值,使得园林空间成为具有文化意义和诗意化美学特征的多维度场景,对后世造园的风格具有形塑的作用。园林自此成为具有文化属性的舒适物设施的集合,而园借文传的特殊方式更是促进了其永恒不朽的精神价值和典范意义的生成。以白居易履道里宅院为典型的士人园林,所携带的审美和文化印记与当代景观设计发展趋势的深层理念和结构属性相一致,同时为园林景观注重身体娱乐而忽视心灵安慰的突出问题的解决提供了参考价值。

五、从文献学角度展开的文本研究一脉相承

白居易《李翱虞部郎中制》有作于元和二年(807)至六年翰林制诰和长庆元年(821)中书制诰两种观点,制文收入白集翰林制诰中。曾涧《白居易〈李翱虞部郎中制〉写作年代考》(《扬州教育学院学报》2023年第4期)据陕西西安新出土《唐尚书虞部郎中李公夫人岐阳郡君京兆韦氏墓志铭并序》等七方石刻文献,印证传世史料,考得李翱元和八年(813)春由金州刺史入为虞部郎中,制文内容基本属实,制文即作于元和八年。此制并非存疑之作,亦并非中书制诰,当为白居易出翰林院后的拟制。在元和八年春,白居易丁忧已近两年、行将服除之时,丧母之悲已弱,起复之愿趋浓,喜闻好友李宗闵之父李翱由金州刺史入朝担任虞部郎中,于是草拟了这通《李翱虞部郎中制》。

元白诗无论是宋本以来的传世版本系统,还是日藏古抄本系统,都存在着题下注羼入诗题的变貌。唐集诗题、题注的羼乱,随着年湮世远,积非成是,明清诗人在制题时有意模仿唐诗的文本体制、义例,并没有悟出所模仿的文本模式可能并非唐集诗题原貌,后代据写本刊刻时也会有某种习惯的处理。题下注与诗题相混的情况,有可能是写卷传抄时就有的,也有可能是刊刻时出现的,有时确实很难判断。李成晴《元白集诗题的"应然"与"例校"》(《文献》2023年第4期)认为,从体制、义例角度切入,可发现元白诗在从唐写到宋刻的流变过程中,许多卷轴古本

中的题下注羼入诗题之中。宋刊《元氏长庆集》《白氏文集》将这种变貌加以固化，并在后世渐渐形成了阴差阳错的制题"传统"。通过元稹、白居易诗集内部文本体制和义例之比类归纳，辅以唐集文本通例之互证，可发现元白诗题目结穴之文本体制有"酬……见寄""厶厶韵""厶厶首"及歌引等例；元白诗题下之题注有"时"字作为题注追述的文本标识、名讳字例皆入题注、题下注来诗之梗概、诗作体制诠解入题下注等例；元白诗人物名物类诗题，有人物诠释、名物地名诠释皆入题下注等例。凡此之类，皆可参酌唐人诗题的制题规律抽绎文本通例，并对已经失传的元稹、白居易写卷"手集"中的诗题体制、义例进行基于"应然"逻辑的"例校"。在古籍整理实践中，"例校"可以提供方法论层面的启示，但在实际唐集整理时，"例校"成果仅宜通过校记说明，不宜径改底本。相关研究还有文艳蓉《〈白居易诗集校注〉补正三则》(《江海学刊》2023 年第 2 期)等。

田恩铭《〈白居易诗品汇〉评介》(《新阅读》2023 年第 10 期)认为，需要将《白居易诗品汇》放在学术研究的四维空间中加以审视。第一维空间是辨析资料而品汇立论。作者采撷资料加以辨析之过程可分为三种情况：第一种情况是与已有结论商榷而有所得，第二种情况是细读文本而直接道出自家见识，第三种情况是排比古今析出问题而解决之。第二维空间是注重诗派而阐释诗情。该书甄选 25 篇与元稹相关的诗作，自《秋雨中赠元九》至《哭刘尚书梦得二首》，既梳理了元白交谊唱和史，又呈现了元白关系发展史，以诗派勾连文本，自然可以凭依重绘文学图景而阐释诗情。第三维空间是立足接受而通览篇章。如《赋得古原草送别》分为三个解读步骤：第一步是以干谒顾况的故事引出系年问题；第二步是取"野火烧不尽"一联诸家评论中侧重褒扬者梳理辨析；第三步是举出"不同的声音"，体现接受史存在的多样性；第四步是围绕《赋得古原草送别》的经典化内涵提出自家的见解，认为"这是一曲野草颂，更是一曲生命颂"。全篇内容安排步步为营而又井然有序，显然不是刻意为文而是材料自在胸中，因叙述需要取之成篇而已。第四维空间是根于研究而品鉴经典。最为典型的是名篇《长恨歌》的品鉴，首先申说主题，以创作时间言及陈寅恪歌、传一体的说法并引出主题：生死与爱恨；随之梳理学术界爱情说、同情说、讽喻说、双重主题说等不同的观点；而后引出域外"爱的长恨"说法，结合白居易"一篇长恨有风情"认定为歌风情之作；接着是诗意分析，从热恋到兵变人亡，写物是人非，写"天人永隔之长恨"，两个人的故事因之变成天下人共情的悲慨情怀。其次，介绍批评史中的发展轨迹，分析创作成因，时为盩厔县尉的白居易因所在地邻马嵬，故而因地唤起文化记忆，凝情成诗；接着引出接受史关于"诗旨与诗艺的双重责难"，在梳理评点中论及自己的认同之处；再叙述"梨花一枝春带雨"的诗句接受状况，宋元明清时期文学创作接受和批评史接受情况，呈现了《长恨歌》的经典化进程。最后，是《长恨歌》与《琵琶引》的比较分析，在著者看来，历史与现实的题材入诗自然有着明显的叙事效果差异。这部最新出版的《白居易诗品汇》已然构成白居易诗歌接受史研究的基本雏形，在朱金城《白居易集笺校》和谢思炜《白居易诗集校注》《白居易文集校注》之后，创造了白诗选本的高光时刻。有此诗歌接受史雏形，就给了我们一帧图景，有此高光时刻，也就给了我们一份期待，一部纵横捭阖的《白居易接受史研究》业已呼之欲出、距之不远矣。

六、结语

2023年年初，大家盛传一句流行语：别回头，向前走；前面有光，出口有人间烟火。而在眼下的年末，我们必须再回首——不能忘记来时的源，才能更好走稳下面的路。若将回首的视野从眼下再放远一些，回望73年前《元白诗笺证稿》出版之际的学界研究状况，则2023年元白研究的成绩也已经足以令人自信。陈寅恪、胡适等代表所开启的中国学术的现代性转型，在元白研究领域得到酝酿、开花和结果，过程足称完美。在20世纪五六十年代，白居易甚至荣登学术舞台的焦点位置，白居易早期诗学观的核心是"文章合为时而著，歌诗合为事而作"，其讽喻诗为时为事而写，崇尚写实、通俗、讲民本、讲功利，追求情采的统一，主张根情说。对此，蓝日强、谭菲《如何把握白居易诗学观的人民性》〔《文学教育(下)》2023年第4期〕解释:"今天,我们强调以人民为中心,文艺要为人民服务,为社会主义服务,为实现中华民族伟大复兴服务,这与白居易的诗学观是一致的。然而,白居易的诗学观又是特定历史的产物,有不科学和尚待完善的地方,需要我们用马克思主义的文艺观去扬弃。"与之相似,恰在这时,笔者读到杨天石先生刚刚出版的古典文学研究文集,里面收录的白居易研究成果,皆来自其参撰的《中国文学史》(署名北京大学中文系文学专门化55级集体编著),那正是白居易被推为现实主义文学代表并"受到充分关注"的高光时刻。两相比对,令人顿生"今之视昔,当犹后之视今"之感。白居易在江州"长笑灵均不知命,江蓠丛畔苦悲吟",但屈灵均孤绝独往的精神,轹古切今,惊采绝艳,难与并能,更接近于现代主义。与之相比,白居易似乎倒更近于古典主义。时移世变,我们对过去一年元白研究成果的导航仪更新,就此暂告结束,明年再见。

李商隐、杜牧研究

□ 王鑫宇　吴振华

与往年相比,2023 年度李商隐、杜牧研究渐趋平缓。相对来说,关于李商隐的研究比较充分,而杜牧的研究则稍显薄弱。就搜集所得,各级各类期刊共发表论文近 80 篇,有关李商隐研究的论文 50 余篇,杜牧研究的论文 20 余篇,下面对本年度的"小李杜"研究情况作一综述。

一、李商隐研究

(一)生平、思想与作品考证研究

中晚唐时期的牛李党争持续四十年之久,李商隐求学干禄、应试考试和宦海沉浮皆处于此时间段,所以李商隐生平研究的文章多与牛李党争密切相关,本年度亦是如此。翟志娟《李商隐桂管之行前后的心路历程》(《焦作大学学报》2023 年第 2 期)指出大中元年(847),李商隐南下桂林入幕桂管,这是其一生中最远的一次游幕,也是其人生中极其重要的一个事件。该文结合李商隐远赴桂管前、身处桂管时以及自广西北归三个时期创作的诗作,探究李商隐桂林之行前后的心路历程,了解其真实的政治倾向,以及其与李、牛两党的关系,并由此澄清李商隐在党争中的许多疑点。该文认为李商隐的悲剧,是一个单纯、正直又软弱的知识分子被卷入政治的悲剧,是其多重矛盾的复杂性格造成的悲剧,也正是这种性格,造成其在党争中的表现,既态度鲜明,又扑朔迷离,因而引起后人无穷的猜疑与争讼。高莲芳、马洁涛《从李商隐宦海沉浮中探究其悲剧命运》(《文学教育(下)》2023年第5期)认为李商隐作为晚唐诗坛上的巨擘,大部分诗作都是在抒发自己宦海沉浮、怀才不遇的苦闷。从少小失怙到佣书贩舂,从胸怀鸿鹄之志到卷入牛李之争,从飘零宦游到郁郁而终,李商隐从未放弃过对晚唐统治者的竭力讽喻。李商隐的一生是悲苦的一生、失意的一生、漂泊的一生,也是尴尬的一生。宦海沉浮是其饱受漂泊之苦的直接原因,牛李党争是其悲剧命运的根源。

何林军、田时哲《晚唐文学中"道统"思想的消隐——以李商隐为例》(《湘南学院学报》2023年第3期)认为自韩愈提出"道统"观念以来,在文学创作上"道"与"文"的结合成为一种趋势,中唐的诗歌创作由此多"轻声韵"而以"名教为宗"。但进入晚唐后,社会混乱,儒生退隐山林,文学创作中的道统思想逐渐消隐,"文"的追求由此占据了上风。在这一过程中,文道分离的时代特征鲜明地反映在当时文人的创作之中,其中尤以李商隐最具代表性。李商隐顺应变化,大胆地提出种种文学改制的观点,并身体力行地进行创作实践,由此成为晚唐文学"道统"思想消亡的重要推力与体现者。文章从其生平经历与作品创作出发,见微知著地探究晚唐文学"道统"衰败的历程。

李俊标、庄璞山《朝鲜活字本〈李商隐诗集〉考论》(《中国诗学研究》2023年第23辑)认为中国国家图书馆所藏朝鲜活字本《李商隐诗集》是《李商隐诗歌集解》鲜见利用的稀见版本。其文本与今存众版之间存在大量相异之处,未能归属于一个统一系统。其文字良莠兼呈,有诸多嘉善之处可以弥补今日版本校勘之不足,有助文本是非之论断,具有较高校勘价值,对李商隐诗歌之文献、文学研究均有亟待发掘之可贵意义。李昌平《李商隐〈公子〉(外戚封侯自有恩)考论》(《淮南师范学院学报》2023年第3期)指出李商隐《公子》一诗的创作时间和诗旨尚无定论,叶葱奇、邓中龙将其系在唐宣宗大中二年(848)之说还需进一步商榷。该文结合现实文献与出土墓志,将此诗系于唐文宗开成二年(837)李商隐进士及第之时。文章从时政暗喻、自谴以及戏咏皇室姻亲三种角度推测此诗的诗旨,对研究李商隐的科举之路及政治心态有一定参考。

(二)诗歌艺术研究

从宏观角度考察李商隐诗歌整体艺术风格一直是学界研究热点。赵晓辉《李商隐诗的佛教观照》(《北方工业大学学报》2023年第2期)认为李商隐晚年刻意事佛,其佛学造诣颇为深厚,佛教义理对李商隐的诗歌创作影响深刻。此种影响一方面体现在李商隐与僧侣交游、观览佛寺以及参悟佛典等诗作中,可以看到诗人对佛学典籍的博览综观,精诚专注地研习修炼;另一方面,佛教还赋予李商隐诗一种独特的观照视野,对义山诗中特有的炽情致幻、无常幻灭的诗境之形成,以及所呈现的对物象的省思观照方式也有潜在影响。自然,李商隐的诗有着沉博幽邃的多元性和丰富性,并非能简单以道教或佛教理念加以诠释或图解,只有反复涵泳其全部诗作方能体会其幽微要眇的诗心。王梅《李商隐对屈原诗歌艺术的继承与发展》〔《辽宁工业大学学报(社会科学版)》2023年第5期〕认为屈原的骚体诗"衣被词人,非一代也",李商隐开创深情蕴藉、绵邈迂回的诗风,诗中大量使用意象来表达其深沉的情感,这与屈原《离骚》的比兴传统一脉相承。李商隐诗歌的比兴寄托艺术在继承屈原的香草美人艺术手法的基础上,扩大了"所托之物"的表现范围,尤其是在典事的运用上,更加注重心象与物象的融合,使诗歌的意境更加柔婉幽微。董雨逸《悲剧化的绮丽:试论李商隐朦胧诗境中的直觉与表现》(《芒种》2023年第10期)认为李商隐诗在表现幽微意境、沉绵情感方面成就卓越。文章结合克罗齐的美学理论,认为李商隐朦胧诗境中所呈现的遥深精细,具有直觉性的表现主义色彩,其朦胧诗境主观化的直觉审美倾向,以对意象的绮丽化修饰和悲剧性渲染来加以落成,形成了幽深的审美空间。

陶鸿敏《李商隐诗歌中的〈世说新语〉典》(《今古文创》2023年第6期)认为隶事用典是李商隐诗的一大特色,其作品使用了许多《世说新语》的典故,主要是语典和事典两类,有直接引用原意之典,也有反用典故,还有借用和化用。典故的使用包含诗人丰富的情感，有对《世说新语》中人物潇洒风度的向往，也有借其中的名流赞誉他人。李商隐喜欢《世说新语》，既因晚唐的衰败与六朝的混乱有相似性，又因李商隐与魏晋名士都有个人的感伤。

李商隐诗歌中的意象也备受关注。龚慧兰《留得残荷听雨声——谈李商隐诗歌意象的使用特点》(《名作欣赏》2023年第35期)认为李商隐在诗歌创作中突破传统荷意象的用法，进一步开拓其内涵，在诗歌创作时，他有意识地选择与枯荷意象相统一之意象，构造和谐统一的诗境。李商隐对枯荷意象的独具匠心，与个体命运、诗艺追求、时代气运都有关。晚唐动荡的社会政治格局，李商隐个人沉沦不遇的身世际遇和对文艺创作的独特体悟，熔铸成其诗歌幽深婉转的风格。李商隐之"枯荷"诗流露出的孤寂、伤感，是其个人命运的哀叹之曲，同时也是其生活时代之写照。韩大强《李商隐诗歌夜意象描写》(《信阳师范学院学报(哲学社会科学版)》2023年第6期)认为夜意象是中国传统诗歌的书写主题，唐代诗歌夜意象描写丰富而且多元，李商隐近600首诗歌中，关于夜意象的描写很多，且以"夜"为核心的词汇非常丰富，他不仅善于运用夜意象，而且夜意象描写丰富、密集。李商隐诗歌的夜意象具有时间、情感、社会指向，大致可以归纳为黄昏意象、灯烛意象、月意象、梦意象等几种类型，这些意象显示出其诗歌的凄寒孤寂、朦胧哀艳、幽怨感伤等审美特征，而这种特征是由晚唐时代风貌、精神流变等社会因素以及身世家庭、性格爱好等个体因素使然。丰富多彩的夜意象构成了李商隐诗歌独特的风景线，他一生中有许多谜一样的情感经历，悲剧性的生命意象，以及用灵魂深处最隐秘的符号进行象征、暗示的诗歌创作，千百年来使无数读者流连忘返、沉迷其中。

对李商隐无题诗的研究有两类，一是针对其无题诗整体的研究。蒋寅《李商隐〈无题〉与中国诗歌诠释传统》(《华南师范大学学报(社会科学版)》2023年第5期)认为李商隐诗歌多用高唐神女典故，《有感》一诗流露出某种辩解的意味。但"一自高唐赋成后，楚天云雨尽堪疑""楚雨含情皆有托"适足成为某种暗示，引发后人作各种猜测和臆解，香草美人隐喻传统为这种诠释路径提供了依据,"作者何必然,读者何必不然"的主张又赋予诠释者以权力,两者共同构成了李商隐《无题》诗诠释的路径和历史,不仅强有力地主导了李商隐诗歌的诠释,也对后代诗人的《无题》诗写作产生深远影响。陈艳萍《论李商隐无题诗的"召唤结构"》(《名作欣赏》2023年第20期)认为李商隐以造诣极高的无题诗扬名后世,无题诗向称难解,与倾力表现社会现实的诗人不同,李商隐长于表达微妙的内心世界和情感体验,加之措辞隐晦,寄托遥深,内容指向性含混不明,文本由此生成众多"不确定性和意义空白",呈现出接受美学理论中的"召唤结构"。无题诗"召唤结构"的具体构建主要仰赖于诗无自序、结构跳跃、比兴象征、使事用典、意象迭出五个方面,形成一种开放性的语言结构。这也是李商隐无题诗大有可观、别于他者的重要因素,千百年来模仿者不可胜数,大多未能窥其藩篱,足见诗之精妙独特。

另一类是针对无题诗中的某一首进行研究分析。吴微星《以典攻情:解李商隐〈锦瑟〉之朦胧》(《文学教育(上)》2023年第9期)认为《锦瑟》其名摘自首二字,看似有题实则无题,加之诗中用典密集,使得全诗朦胧不定,历来难解,也一直为人们所关注。对于其主旨的解说难有定论,主要有:咏瑟说、恋情说、悼亡说、自伤说等。文章将《锦瑟》定位为典故抒情诗,结合典故及诗人的生平经历,认为此诗为悼亡诗,非但不朦胧,且暗含一条确切的逻辑关系,即诗人以四个典故追忆与亡妻的四段经历,为本诗提供一种新的解读思路。崔海教《破译李商隐千古名诗的谜团》(《新阅读》2023年第8期)认为《锦瑟》一诗极华美,思想上却极消沉,此诗将过去与现在、梦境与现实、自然与社会、生命体验与人生哲学交织在一起,通过复杂的意象和朦胧的意境,表达了复杂的情感和对生命深刻的反思,从而引发后人不断吟咏、阐释与追寻。刘瑾《梦境与现实的边缘——创新解读〈锦瑟〉》(《课外语文》2023年第5期)则认为《锦瑟》是李商隐隐含在梦境之中的人生理想,但青春已逝、梦想落空、年华虚度的无可奈何与无能为力,梦境与现实的矛盾成为缠绕诗人一生的遗憾,让人读来也与之同哀、与之共鸣。

除无题诗外,李商隐其他题材的诗歌也受到不同程度的关注。赵雯、胡洪强《论李商隐爱情诗的缺失性体验》(《青年文学家》2023年第20期)认为李商隐爱情诗的创作与其独特的缺失性体验有密切联系。悲观消极的个人思想、失意苦闷的仕途之路、颇不如意的爱情经历是李商隐爱情诗缺失性体验的成因,它带给李商隐的独特感受,使爱情诗的意境婉约曲折,内涵朦胧多义,情感真挚热烈。昂俞暄《"刻意伤春"为哪般?——李商隐伤春诗鉴赏》(《中文自修》2023年第1期)认为中国古人对季节时令体察敏锐,建立起一种自然时空与社会生活、人类生命相对应的联系。对文人骚客来说,寒暖交替的过渡性季节尤其蕴藏着普泛的情感意义。文章结合李商隐多愁善感的伤春佳作,指出其"刻意伤春"不是小儿女为赋新词强说愁的无病呻吟,而是将忧国伤时之慨、困顿失意之感寄寓其中。

另外,还有一些针对单篇作品进行研究的文章。吴怀东、潘雪婷《李商隐〈河清与赵氏昆季宴集得拟杜工部〉学杜释证》(《云梦学刊》2023年第3期)认为《河清与赵氏昆季宴集得拟杜工部》一诗是李商隐前期以学杜为目的的作品。此诗应酬唱和写景,主题、风格与多首杜诗颇为相似;其对仗句的结构安排、章法结构与情景关系的处理、明丽的意象等语言与形式技巧方面,明显师承杜诗;对比思维与反省意识、出处、仕隐的矛盾纠结与生活的悲剧感受,则是对杜诗感知世界方式的深刻继承。此诗带有明显模拟、学习性质,属于诗人前期的作品,诗人思想情感表现得并不充分,思想艺术成就并不高,却具有一定的批评史价值,反映出杜诗影响的扩大,表明杜诗及其特点已被准确认知。申浪《登览情兴与高歌悲慨——读李商隐〈安定城楼〉》(《文史知识》2023年第7期)认为《安定城楼》虽不在晦涩难懂的作品之列,但作为李商隐的代表作之一,此诗是情兴与悲慨的复杂交织,诗义清晰而诗思曲折百转,"安定城楼"作为诗题具有反讽的意义,起句高屋建瓴而结句卒章显志,由悲愁而慷慨,不同于其一般诗歌的"凄艳浑融"风格。

(三)文章艺术研究

对文章艺术的研究主要集中在对李商隐的骈文研究上。戴斌《晚唐政治视域下李商隐祭文的情感表达》(《闽西职业技术学院学报》2023年第3期)认为李商隐的祭文形式华美、声情并茂,是其骈文诸体中最富"情采"的一种文体。在祭文中,李商隐抒发对逝去亲人的思念,表达自己的哀伤,并将自己的坎坷身世融入其中,书写人生志向,弥补了骈文内容空泛的不足。李商隐的祭文有自书之作与代笔之作,二者在内容叙述上具有差异化,但在情感抒发上具有一定的相通之处,对后世祭文创作产生深远影响。廖镇翠《使事精博、独具风骨——论李商隐〈太尉卫公会昌一品集序〉》(《今古文创》2023年第33期)认为李商隐作为唐代著名的骈文大家,《太尉卫公会昌一品集序》是其代拟骈文的代表作,通过分析作品创作背景,进一步窥探李商隐的骈文风格:骈散兼行、工于用典、藻饰浓丽、气骨兼备、长于抒情等。李商隐的骈文别具一格,深刻影响后世骈文的创作,具有很高的文学价值,同时人们能感受到李商隐对自身命运的感慨,从而更加深入地了解李商隐的内心世界。

(四)比较和译介研究

比较研究。曲秋萌《杜甫与李商隐七律诗色彩词比较》(《贵州文史丛刊》2023年第1期)认为杜甫、李商隐的七律诗作品中都使用了大量的色彩词,并且都取得了很大的成就,呈现出风格大体一致,但同中有异的特点。文章提取杜甫、李商隐的七律诗作品中与色彩有关的词语,对色彩词使用进行比对,指出都偏爱使用浅色系的色彩词,但杜甫诗中的色彩词更多以直接呈现色彩的方式出现,李商隐诗歌中的色彩使用则更多以间接呈现色彩的方式出现,但都没有为诗歌格律所限。解欢欢《"温李"诗词风格与意象浅析》(《青年文学家》2023年第1期)将温李放在时代氛围下进行对比,得出李商隐诗意象及其内在意蕴为朦胧与隐约、欣赏女性美以及惆怅与伤感,温庭筠词意象及其内在意蕴为纤巧柔弱的景物、辞藻艳丽的闺阁和悲情凄冷的色调。

译介研究。陆玲超《归化异化视角下李商隐诗歌中双关语的传译——以许渊冲的译本为例》(《大众文艺》2023年第2期)认为古诗承载着中华历史文明,在我国文学中占据着重要的地位,其中修辞手法的运用对诗人情感和意图的表现具有重大作用。在众多修辞手法中,双关这一特色修辞的翻译一直以来都是难点及重点,这要求译者在翻译过程中恰当、有效地结合翻译理论知识,做出取舍,权衡不同翻译策略的利弊。文章通过对双关语进行分类,从归化异化的角度,以许渊冲的英译本为例,对李商隐古诗中双关语的传译进行了具体例证分析,旨在展现出归化异化对中国古诗双关语的翻译具有的指导意义。

(五)艺术传承与接受史研究

李商隐的艺术传承与接受史的研究也是学界关注的重点。张金晶《试论冯延巳词对李商隐诗歌"朦胧美"的接受》(《名作欣赏》2023年第17期)指出冯延巳是南唐词坛成就最高的词人之一,在词体的发展历史中具有承前启后的作用。认为冯词中体现的朦胧美与李商隐的诗歌风貌如出一辙,不难推测冯延巳曾有意识学习义山诗的艺术成就、模仿义山诗的艺术风格。文章论述冯延巳对李商隐诗歌"朦胧美"的接受,指出冯延巳师法李商隐并非偶然:一方面是因为冯延巳与李商隐有相似的人生境遇与时代背景,即二人当时都身处末世;另一方面则是在晚唐诗"词化"的背景下,冯延巳有意识接受词化之诗的艺术经验。张明华《李商隐诗文被称"西昆体"之解读》(《南昌师范学院学报》2023年第2期)认为自宋代开始,学者将李商隐诗文称为"西昆体",其中蕴含着突出的感情变化。最早持此说的惠洪对李商隐诗歌深恶痛绝,不过百年之后的元好问虽然使用同样的称谓,却表现出对李商隐诗歌的由衷赞美。由明至清,随着钱谦益虞山诗派的兴起,李商隐受到更多的重视,当学者使用"西昆体"指代其诗时,常常带有褒美的意味。"西昆体"最初指北宋前期以杨亿、刘筠、钱惟演等人为代表的诗歌风尚,用以指代李商隐诗文是其内涵不断演变和扩大的结果,其路径可概括为从杨刘诗到其文、从杨刘诗到李商隐诗和从李商隐诗到其文三种。李商隐诗文被称为"西昆体",其原因或者是误解,或者是连类而及,或者属于故意使用借代修辞。顾思程《"李商隐印象"的重塑与清初吴中诗学的发轫》(《湖南人文科技学院学报》2023年第1期)

认为李商隐诗歌笺注的萧条之状自清初发生转变，推求至隐的解读使其一扫晚唐以降诡激轻薄的恶名，以心怀忠愤、寄托遥深的形象出现在清初文人的历史想象中。重塑李商隐形象的风潮肇端于吴中，呈现出显著的地域性特征，钱谦益则是这一风潮的先导。而晚明比兴之说流布，以脂黛男女寄托规讽劝诫，象征晚唐深婉绮艳格调的李商隐诗，与虞山诗派对诗歌的玩索异常契合，李商隐由此被冯班、冯舒等人推上唐宋诗之争的风口浪尖。此外，在清初的历史想象中，阴郁诡谲的"晚唐意绪"也在鼓励一种审定行年、推求至隐的解诗思路。龙雨欣《〈载酒园诗话〉批评视野中的李商隐诗歌》〔《文学教育（上）》2023年第8期〕指出贺裳《载酒园诗话》对李商隐诗歌批评的观点主要有四点：第一，李商隐的诗歌虽似不合常理，但以"情理"感动人心，所谓"无理之理"，涉及艺术的想象虚构；第二，对李商隐诗歌"用事"有褒有贬；第三，称赞李商隐诗歌用意深远，但也存在迂回曲折的弊病；第四，指出李商隐古诗学杜甫颇能质朴，但"犹失其昧"，绮艳为其本色。由此说明贺裳对义山诗确有独到的体悟。

最后补充介绍2023年度出版的李商隐相关专著。聂作平《此情可待：李商隐的人生地理》（北京联合出版公司2023年），作者追寻李商隐毕生行踪，考察李商隐的人生轨迹，凭吊李商隐生活旧址、旅行旧迹以及歌咏过的山川风物，以诗人生平为线索，从他的屐痕所及入手，结合诗作与时代背景写尽了诗人坎坷艰难的一生。黄世中选注《李商隐诗选》（中华书局2023年）精选185首李商隐的诗歌作品，尤以七言律绝为主。在题解和注释中，对诗歌的创作背景、字词、典故予以详细的注解，帮助读者理解诗意。纪云裳、邢超《李商隐传》（民主与建设出版社2023年），由传记作家纪云裳、邢超撰写，是一本深情满满且又引人深思的李商隐传记。以义山诗词为主线，集生平传记及其诗作鉴赏为一体，深度还原一个真实、立体的李商隐形象。多番考证，笔触细腻，细节丰富，理解独特，语言充满诗意。董乃斌《天意怜幽草：董乃斌讲李商隐》（湖南文艺出版社2023年），以隽永的笔致、精湛的诗学，展示李商隐的情思与才华，探索李商隐深邃幽微的心灵世界，带读者领略李商隐——唐诗最明丽的夕阳的生命精神。

二、杜牧研究

(一)思想与作品考证研究

韦统顺、朱寒冬《杜牧经世思想略论》(《洛阳师范学院学报》2023年第9期)认为杜牧熟读史书,多年为官,积极探求治国安邦之道,形成了以史为鉴的鉴戒意识、"征诸人事、将施有政"的资政思维、提倡华夷之辩的民族忧患意识。其鉴戒意识体现了对明君贤臣的渴望;其资政思维说明了对于天下大同的期待;其民族忧患意识则反映出对于收复失地的希冀。该文对杜牧上疏建言及后世对杜牧经世思想的梳理,为研究中晚唐历史提供新的思路。深入研究杜牧经世思想,既深化了学界对杜牧的研究,又梳理出晚唐经世思想发展的脉络。

武国强、余阳、邵宇航《〈清明〉一诗作者归属再探》(《赤峰学院学报(哲学社会科学版)》2023年第1期)认为《清明》的作者归属问题,在学术界一直是一段悬而未决的公案,目前学界有三种观点:一是杜牧所作,二是许浑所作,三是出自宋人之手。为辨章学术考镜源流,文章在前人众多成果的基础上,从文献记载、诗歌影响、文本内证、文化人类学等角度重新进行阐释,更加清晰地说明问题产生的缘由以及作者当是杜牧的原因。杨民仆《七绝〈清明〉的作者是杜牧吗》(《新华日报》2023年3月31日),认为古人《别集》常有佚作,后来才重见于世,这种情况确实比较常见,但这首诗出现在南宋后期坊间低劣诗选中,确实令人怀疑,但目前尚无直接文献证据,所以对此诗作者的归属,还难成定论。

(二)诗歌艺术研究

李倩《杜牧诗歌的用典艺术》(《对联》2023年第12期)认为用典是诗歌创作常用的一种艺术手法,历史上善于用典的诗人数不胜数,杜牧就是其中极具代表性的一位诗人。杜牧用典独具个人特色,表现在用典繁密、一典多用、加倍用典以及因事用典等方面。同时,典故的运用不仅使语言风格更加含蓄、凝练,而且深化诗人的情感表达,彰显其诗风特色以及个人艺术水准,加深诗歌的文化底蕴和现实意义。

杜牧的咏史诗较受关注。孙海姣《杜牧咏史诗中的理性精神》(《作家天地》2023年第15期)一文旨在浅析杜牧咏史诗中蕴含的理性精神,从理性思维的展现和理性情感的表达两个方面分析杜牧咏史诗中理性精神的表现形式。通过对历史事件和人物的客观分析、对权力和政治的冷静观察以及对历史悲剧和人性弱点的思考和反思,展示了杜牧咏史诗中理性精神的多样性。魏杨妍《从〈赤壁〉探索杜牧咏史诗的艺术风格》(《名作欣赏》2023年第8期)指出杜牧以一枚折戟凭吊三国赤壁之战,对这一历史上的著名战事作了极为生动而饶有风趣的评论,展现了其独特的诗歌风格。认为杜牧咏史诗推陈出新、不拘泥于历史本身的诗歌风格,并且着眼女性,以女性人物入手挖掘历史微镜头,为其原本峭直冷峻的诗风增添了几分柔婉圆润。杜牧作为晚唐咏史诗的集大成者,以其独特的诗风丰富了咏史诗的底蕴,为咏史诗的发展作出了巨大贡献。

杜牧其他题材诗歌研究。"凭栏倚楼"一类诗也受到关注。张恩艳《论杜牧诗中的"凭栏倚楼"书写》(《青年文学家》2023年第18期)指出"凭栏倚楼"诗歌在中国诗歌史上有重要地位,历代文人墨客凭栏远眺、临楼观赏、踞亭兴叹,佳句频出。其中,杜牧的诗歌独具特色,涉及离别怀乡书写、望远怀古书写、女性凭栏书写,以及隐逸情怀书写,审美意蕴悠远。在栏杆创设的半开放空间中,诗人在"自我"和"现实"空间中反复横越,以栏杆、高楼为中心,配合"水"意象与"花"意象创设出了独属自我的"栏下世界"。

方麟《江南的春天》(《阅读与成才》2023年第3期)认为杜牧诗风"清俊爽朗",《江南春》就是很好的体现。指出杜牧写江南的春天,只是作为南朝的背景,所以色彩从秾丽转为黑白,画卷从金碧山水变成水墨山水,在乐景中泛起几许哀情。诗人抓住江南的典型特征,从现实写到历史,从动态写到静态,从晴朗写到烟雨,从秾丽写到凄迷,结构井然有序,名为写景,实为抒怀,读来感觉雄姿英发,又风神摇曳。

(三)比较研究

黄思佳《日僧一休宗纯汉诗中的杜牧形象——〈狂云集〉中"风流"意识阐释》(《豫章师范学院学报》2023年第3期)认为日本五山禅僧一休宗纯的《狂云集》频繁使用"风流"一词,追溯词源并非为日本之用法即仅局限于衣服装饰之华美,而与中国文人"风流"同根同源。一休钦慕杜牧,其汉诗作品多次提及杜牧之音,勾勒风流才子形象,自证禅风道心。一休与杜牧所经之事较为相似:生于高门,长于朝野、禅林没落之际的同时寄语风流,文学作品中女性角色频繁出现。一休似乎在杜牧身上找寻到自己的身影,在不为世俗目光理解下寻禅风道骨之时从杜牧身上寻找慰藉,为禅僧风流正名。从一休宗纯生平经历与汉诗作品入手,分析其汉诗中杜牧身影,以此可观照一休宗纯汉诗中诗僧"风流"的日本本土化自我表达。

(四)地理视域下杜牧诗文研究

2023年度仅张玮航、张喜贵有三篇文章在地理视域下研究杜牧诗文。如《论京都长安地理视域下杜牧的诗歌创作心态》(《芒种》2023年第4期)认为京都长安是杜牧诗歌创作生涯所涉及的一个重要地域,因为它是具有文化向心力的都城,也是杜牧难以忘怀的故乡。京都长安影响杜牧的创作心态,其诗中更多投射为乡土情结和恋阙情结,融汇为一种复杂的京都情结,并反作用于杜牧的诗歌创作,从而使其逐渐形成独特而成熟的艺术风格,完成诗歌中思辨和抒情的结合。《论地理空间对杜牧诗歌风格的影响——以长安、扬州为例》(《汉字文化》2023年第11期)认为长安、扬州两地是杜牧诗歌创作的重要地理空间,两地的区域自然环境较多地进入杜牧的审美视域,并以其独特的地域特点和文化气息,潜移默化地影响着杜牧的个性气质和创作风格。长安涵养了诗人飒爽豪迈的气质,促成了其诗歌激昂慷慨的格调,扬州则赋予了诗人更为丰富细腻的情感,为其诗歌注入流情秀倩的情采,使其逐渐形成"豪而艳,宕而丽"的诗歌风格。《论京都长安的社会现象与杜牧的诗歌创作》(《西安文理学院学报(社会科学版)》2023年第3期)指出京都长安的生活贯穿杜牧一生,影响杜牧的诗歌创作,杜牧的诗歌也反映京都长安诸多方面。杜牧充分发挥了诗歌批判、疗救社会的功能,在诗中反映京都的时局及政治问题、讽刺京都的腐朽政权、鞭挞贵族统治阶级、观照封建统治下的普通民众,呈现晚唐时期京都的种种社会现象,指摘社会弊病。

另外,米彦青《"小李杜"诗文中晚唐长安的历史记忆》(《内蒙古社会科学》2023年第2期)指出长安作为唐王朝的都城,衍生出多重社会网络,成为唐代诗人的"记忆之场"。长安在"小李杜"诗文中呈现出樊川别业和樊南新居带来的物质性,宫廷政变、牛李党争、藩镇割据、河湟争夺带来的功能性,围绕李贺、元白诗学认知带来的象征性等特点。三者互为条件,成为不同时代的读者感受长安并以长安为内核突破各种边界持续交往、彼此认同的基础和动力。

(五)杜牧诗歌的教学研究

杜牧的一些优秀作品入选中小学语文课本,教学论文也从一个方面反映杜牧作品在当代的传播接受情况。孙迪《相同意象 别样情怀——杜牧〈赤壁〉与苏轼〈赤壁赋〉比较阅读》(《黑龙江教育》2023年第8期)指出《普通高中语文课程标准》(2017年版,2020年修订)在文学阅读与写作任务群中提倡运用比较阅读,激发学生阅读兴趣。在中华优秀传统文化的古典诗词中,许多诗人选择的意象都是相同的,但不同的作者使用同一意象表达的情怀不同。针对统编版语文教材中所选《赤壁赋》和《赤壁》两篇文章,从情怀和赤壁意象入手,分析写作角度,探究其情怀的缘由,进行比较阅读,使学生更加深刻地了解杜牧和苏轼借

"赤壁"想要表达的不同情感,更加清晰地看出文赋和词两种文体在表达上的差异,促进学生思维的发展,增加学生审美体验,提升诗词鉴赏能力。

杜牧《阿房宫赋》的教学研究备受关注。马月亮、张丽丽《惜墨如金耐思量　意蕴悠长叹兴亡——析〈阿房宫赋〉中两处简笔的妙用》(《中学语文教学参考》2023年第13期)认为杜牧《阿房宫赋》中的两处简笔,语言简洁有力,用词准确恰当,构思巧妙严谨,留白意蕴深长,有无穷的张力,产生了震撼人心、耐人深思的效果,从中可读出一个文学家的雄健笔力,读出一个臣子的赤诚情怀。余倩雯《鉴史料·析文体·辨真意——部级精品课〈阿房宫赋〉品赏》(《语文教学通讯》2023年第16期)指出文言文教学,"文字""文章""文学""文化"一体四面、同向偕行,应加强文字落实,深化文章鉴赏,获得文学启迪,进行文化熏陶。教学时"身临其境,走进历史现场""史料对比,还原文化语境""开掘文体,想见其人促思辨"三环节相扣,旨在抵达文本内核,落实核心素养。张伟《妙用修辞显文采,严守逻辑自有为——〈阿房宫赋〉中六个"多于"赏析教学举隅》(《学语文》2023年第1期)认为《阿房宫赋》言辞华美,极富美感,其中六个"多于"部分尤为精彩,历来为人称道。但中学教师在教学中对其赏析大多停留在修辞层面,未能对背后的作者观点和思维方式进行深入探讨。事实上,杜牧写六个"多于",匠心独具,以比喻构成排句刻画出秦统治者残民自肥的形象,展现了扎实的历史功底和鲜明的儒学底色。汪琼《以赋为体,发谏诤之声——〈阿房宫赋〉教学设计》(《学语文》2023年第6期)认为《阿房宫赋》作为古今第一赋,不仅语言华美、声律和谐,而且内涵深刻,蕴含深沉的忧患意识,令人击节赞叹;但大量铺排,夸张扬厉,对学生的阅读鉴赏能力具有较高要求。

最后补充介绍2023年度出版的杜牧相关专著。有关杜牧的出版著作不多,本年度图书市场新出版的仅有1部,胡可先选注的《杜牧诗选》(中华书局2023年)。该书选编杜牧诗作185首,分为编年与未编年两个部分,在题解和注释中对诗歌的创作背景、典故、字词进行讲解，以辅助读者阅读。

  总的来说，2023年度对"小李杜"的研究在前人研究的基础上继续发展。但缺乏名家的参与，也缺少分量足的成果。选题缺乏新意，有创见的文章不多。"重李轻杜"与"重诗轻文"的现象尚未有明显改观。我们应该更多思考如何挖掘"小李杜"研究内涵、拓展新的研究方向并做出更有价值的成果，同时期待更多高水平研究者在"小李杜"研究方面推出厚重扎实的论著。

新书选评

《唐诗十讲》

□ 赵晓华

(刘青海著　北京大学出版社　2023年1月)

自五四新文化运动始,文言被白话取代,语言直接关乎我们的表达方式、思维习惯,所以被取代的不仅是说话的语词,更改变了我们的文艺形态、审美倾向。而今传统媒体渐衰,新媒体侵染了每一个人的生活,阅读方式、文艺思想再度主动或被动地受到改变。而古老的唐诗却永恒地出现在大众视角里。它们或被置于象牙塔里正襟危坐地研究,或在各种流光溢彩的电视节目上被神采奕奕地传诵着千古共通的感动;或出现在短视频里,叫人错愕又欣慰——唐诗确实以它崇高的价值飞入寻常百姓家。那么,讲了近一个世纪,至于今日"快阅读"的时代,唐诗还需要讲吗?还能从故纸堆里拈出新的一瓣心香吗?回答当然是肯定的,正如唐诗艺术的浩瀚无边,唐诗魅力的探索永无穷尽。而真正与唐诗对话,也唯有倚赖传统的阅读方式。刘青海教授的这部书呈现了学人最新的努力成果,恰如灵丹一粒,循着传统的幽径而点化出阅读唐诗的无数可能。

本书以主题为纲,这当然是很传统的做法,可以追溯到《昭明文选》的体例。作者在后记中也特意提到,唐诗主题丰富多样,选出的十种自然是作者认为最重要的。而结合唐诗的发展、繁荣来看,它们也代表了唐诗艺术的最高成就。如山水田园、边塞、送别几种,都在我们一般所称的"盛唐风骨"范畴之内。但如悼亡、音乐这两类主题,专门抽绎出来作为唐诗的代表则比较少见。然而，我们阅读作者所赏析的作品，又颇觉匠心独妙。这两个主题主要选择的是中晚唐的诗作，甚至联系到宋代欧、苏的词作。所谓"诗到元和体变新"，中晚唐的诗歌成就主要在求新求异，艺术之高华浑成、含蓄蕴藉则远不如盛唐，但这两类主题，却呈现出中唐以来诗词艺术雅丽深致的一面。另外，主题分类下我们也领会到作者的学术思考。现代的学术研究常言"田园山水诗派"，作者则把二者作为两种不同的题材来认识，原因在于它们所呈现的士人审美情趣并不完全一致。再如我们一般概而言之的女子怨情，书中却强调闺怨诗与宫怨诗所怨对象不同，故呈现出率真活泼和含蓄婉转两种不同的风格特点。具体举到李白《长相思》之柔情缱绻、武则天《如意娘》之柔中见刚，与孟郊《怨诗》直至决绝的风格评点，用词精准形象，不仅熨帖地区别开三者同样关乎怨情的题材，也启发我们进一步联想此处扼要点出的诗人诗风的整体差异。李白诗但目为豪放飘逸，而其言情之温柔缱绻也是古今无二，而孟郊之搜索枯肠、寒硬萧索正是其诗风之典型。又如悼亡与爱情内涵上无疑有交叉，书中却有意分开，姑妄思之，也是因为二者所怀对象身份迥异，故诗风也显出较大的不同。

因此，作者通过主题来讲解唐诗风貌，看起来是章节结构安排的一种策略，其实正关切着唐诗的风格审美、思想内核。同时，作者不限于从唐诗中抽取相应的主题简单归类，而是有意把笔触深入唐前的历史、生活、情感，呈现出每类题材的渊源流变。由此我们知道，习惯以男子作闺音的宫怨诗，原来最早正是汉宫失宠的女子为自己命运的歌唱；后来在文人诗里以高洁形象出现的蝉，正源于先民在日复一日的农事活动中与自然的相亲相近。而边塞与思妇，在《诗经》的歌谣里便难舍难分——唐诗扣人心弦的情感，正是源于古老歌谣里真实平淡又难免忧乐相与的日常生活。当然，《诗经》时代的农耕生活方式对我们来说已经很陌生了，丈夫远征不归或色衰爱弛而自怨自艾、无心妆扮的情感在新时代女性的立场来看也偏于消极。但唐诗的高妙就在于，它通过情景的相互作用，把前代这些日常的生活片断提纯为精巧又含韵无穷的诗境，打破情感的壁垒、直抵人心共有的兴感。而作者正像一位妙解音律的高手，通透明白地点出是在哪里稍作调弦便成就了这天然曼妙的乐曲。同时，在考镜源流的思维方式下，我们也可以看到作者谨慎的态度，比如田园、山水，作者指出《诗经》里便有像《七月》这样的农事诗，也屡见描写物色的成分，楚辞里更是有许多感动人心的风景佳句，但都称不上成熟的田园、山水作品，因为二者是关乎士人特定的审美旨趣的。

当我们进一步跟着作者深入唐诗的世界，自然就发现题材的溯源只是一帘帷幕，其真正要进入的是诗歌艺术的渊源流变。比如通过讲李白的《玉阶怨》对谢朓的拟与变，探讨李白"光明洞彻"诗风的渊源与个性。不仅是抒情场景旖旎的宫怨诗，即便是山水作品，李白在低首谢宣城时，也将小谢之清空山水"提纯为晶莹透明的诗境"（第118页），看似风格迥异的不同题材，在同一个诗人笔下竟呈现出相近的诗境，读来有耳目一新之感，细思又合情合理。书中又举到岑参"千树万树梨花开"反以花喻雪、李白"烟花三月下扬州"中"下"字的妙处，以及王昌龄的"洛阳亲友如相问，一片冰心在玉壶"，指出它寄托诗人高洁情操之用意，在送别题材中别具一格。又如王昌龄《长信秋词》一般都肯定此诗后两句借物兴喻的巧妙，而作者则通过与吴均、柳恽的作品比较，一则指出王诗之措辞立意并非其首创，二来也阐明首二句代班婕妤所抒"暂将团扇共徘徊"的场景，堪为班婕妤传神写照，并不逊色于广为传诵的后两句。此类艺术的源流辨析在书中俯拾即是，都让我们看到唐人在寻常语词、意象、譬喻思维上的创造力。对读者而言因过分熟悉而颇觉平常的诗句，作者则在诗歌长河中优游，慧眼如炬地辨识出其中珠玉来，使得寻常诗句焕然一新。正如李白之生花妙笔，生活中的寻常物象在他笔下总能焕发新奇的感染力。同时也让我们深刻认识到，唐诗的碧波荡漾正是含蓄了缓慢的春意萌动而别开一番爽气鲜新。

作者不仅以曼妙的笔触洇染开诗歌长河的柔美碧波，在春水清灵和鸣的乐律中，作者也敏锐地捡拾出其中不同的音符。比如书中从对偶的层面讨论王孟五律，王维是极为严整中见自然，孟浩然则不拘对属，极为细小、具体的比照，却又不拘于对偶的艺术,而能照见二人整体的诗作风格,传神地点出王孟诗风之不同,二人的精神气质亦跃然纸上。又如关于高岑边塞诗风格的细致辨析,作者由二人的诗学取法之不同揭示其同中有异的风格,这里自然要求很深厚的学术积累,显示了作者研究诗歌艺术能入而能出的宏阔视野。再如书中关于王维《桃源行》兼学陶谢,以及王维山水诗在"表现"与"再现"的融合中"再现"取法大谢的判断,由诗法而及艺术风格的整体观照,正是内部研究最值得用力的方向。

然而,关于唐诗与前代诗歌的渊源,或者不同诗人之间的立意措辞,其所关涉的又不仅是艺术鉴赏力的问题,它更深层的意义在于直抵诗人的精神世界。所谓文学皆人学,不仅是说我们要知人论世,而且要深入文学艺术内部,这才真正把握了作家的精神内核。因此,刘青海教授从题材切入,牖中窥月,由一个侧面,实际包容了诗人的主要诗风,其最终含蕴的正是对诗人不同之情性、不同之身份、不同之时代的整体把握与深刻理解。前举李白与小谢的异同,同样是典型的例子。李白倾心于小谢之清发,他又加之以明月光的色泽,这当然也是盛唐气象的一种照耀。又如从体制层面论其山水诗,用歌谣体,杂用古文和楚辞的句法,在体制上别有创造,便是其精神世界在山水中的投射。(第111页)又如王绩、王维与陶诗之不同,因为隐逸生活具体形态之不同、诗人所达到的精神境界、宗教信仰的差异,使得同样是田园题材,也呈现出不同的面貌。这里面所涉及的社会、思想、士人身份问题当然是很深广的,此书意在品析作品,碍于体例不便展开,却引领读者来到一个矿口,无穷宝藏自待有心人去探寻。刘青海教授对作家作品的深细辨析,着实让我们赞叹,原来每一首诗、每一个诗句,都是诗人的小宇宙!

因此,宏观的诗歌史发展的判断最终都立足于诗歌文本的措语构思问题上,这无疑需要大量的文本阅读,这本是古人诗学之根柢,但在现代快节奏的工作生活中,这一沉潜的功夫实际上已是一项甘苦自知的工作。然而诗歌从来是陶冶性灵之物,尤其对于有创作热情的学者来说,"坐冷板凳"的艰苦首先是获得内心的丰盈与沉静。长久积累,谈论艺术必是字字珠玑,同时也在创作上金针度人。如果你对作者稍有熟悉，阅读过程中定会多次莞尔——这些珠玑都是作者同时作为诗人的会心之言！如书中论及李商隐咏蝉之"一树碧无情"，其上承杜甫、下开姜夔的创意揭示，不啻一篇创作论。又如谈到鲍照《代出自蓟北门行》对高适《燕歌行》开篇及王维、岑参边塞诗的启发（第129页），徐陵《关山月》、李白《关山月》及王翰《凉州词》、王昌龄《出塞》诗之间局部的借鉴以及不同诗体的同中有异，在细致的比照之下，艺术的高低一览无遗。而关于王维"江流天地外，山色有无中"、李白"山随平野尽，江入大荒流"、杜甫"星垂平野阔，月涌大江流"几句的精妙批评，作者写来神完气足，读者也不禁拍案叫绝。若有心留意此间渊源承变之法门，有志于古典诗词创作者随即采撷到古人的匠心独妙，何况作者也明确点透，太白用"玲珑望秋月"拟谢朓之"流萤飞复息"，"师其意而易其语与象，知此则诗之用为无穷矣"，并指出太白诗不对人物形貌作具体刻画而更具传神写照之美。（第13页）书中逗漏出的诗词创作心得如此种种不一而足，亦可谓无尽藏也！

探究诗句的渊源流变，作者在后记中戏称为研究者的积习。这当然是一句稍带戏谑，但是十分认真的做法。作者循着传统研究的理路，入而能出、时有新见。比如白居易"幽咽泉流冰下难"写琵琶声悲戚的特点，比喻精妙，像是白居易自己的创造。而作者则指出出自汉乐府《陇头水》"陇头流水，鸣声幽咽"，见出白居易用事而不觉的艺术追求。我们一般认为白居易的诗歌艺术以平易见长，正与有意用事相悖，此处作者却指出了白诗艺术以往有所忽略的一面，带来耳目一新的看法，体现了作者作为专业研究者学力深厚的一面。此外，此书学理丰厚还体现在作者由艺术而推及诗学，或者说文学的基本规律、本质特点。如咏物诗的立意构思源于先民的比兴思维，作者便从遥远的《诗经》中的比兴艺术讲起。又如李商隐的《无题》诗的用词措语具有阐释的多义性，古今以比兴解诗者往往深挖其政治寓意，作者则用一"以偏概全"，一语道破其中迷障，同时也将李商隐意义丰富的艳情诗放在中晚唐整体的诗坛环境中去认识，显示作者关乎诗心及艺术创作规律的精准把握，与直探本质的学术眼光。这对于初涉古典文学堂庑的学生来说,无疑是源头活水。

当然,撇开这些学术思考,即便是一名不从事古典文学研究的读者,这本书依然能带来赏心悦目的阅读感受。首先体现在对一些诗句的品读和诗境的再现上,如王绩"相逢秋月满,更值夜萤飞"两句,作者描绘出这样的一幅月夜乡居图:"此刻夭心月满,清辉遍洒在村庄和田野,一切都安宁静谧,正值流萤飞过,一切都恰到好处"(第66页),不啻一首清新灵动的散文诗。又如王维《山居秋暝》,本是一首很有生活气息的诗歌,然而因其古典让我们颇觉遥远。作者则以"整首诗充满了秋山新雨后的明快和愉悦,像是一首甜美的小夜曲",瞬间将遥远的诗意拉回到读者的日常生活中。书中赏析王维《辋川集》多用此法,带领读者进入古老而熟悉的自然深境中,与诗情画意猝然相会。这里,不需要过多的艺术的剖析,正如作者前文所讲王维强调天分在领会自然时所起的作用,赏读王维五绝,只有天然纯妙的精神世界,最终领略到的色或空,"都与我们自身的根性与心境相关"。不拘一格的赏析作品的方式,使得这部著作厚重中见空灵。

同时,书中处处迸发着从古典中融化出的现代的诗意,让我们感受到作者并非从一个与现代生活相对的古代的视角出发去诠释唐诗,而是以活泼泼的生活化的情感与意绪去赏玩这些与我们相隔千年的作品。比如说因为陶渊明"是带着对仕途的回忆来体验田园的"所以他的田园诗"有一种兴高采烈的喜悦",是真的对陶诗有会心之悟,方得如此个性而率真的断语,读来顿觉故纸堆确是一片澄明桃源,无数落英缤纷。又言古代的田园诗整体"体现出人与自然的和谐,是在大地上的诗意栖居"(第53页),这可说是当下的流行语了,而因了古诗的情境流行语词亦古意横生。又如讲到班婕妤《怨歌行》"而不久以后,她终究迎来了她生命中的秋天,以及被弃捐的命运",讲骆宾王的《在狱咏蝉》"这样的处境让他深感人生如寄,感到人生不过是一段注定要无望而终的旅程。一个'侵'字……我们仿佛可以感受到,寒意是如何一点一点由蝉声侵入诗人的心灵,让他难以自持"(第36页)。读到这里,凡是经历过人生的困苦彷徨的读者,也不自觉地与诗人一起难以自持。这些语言的感发力,不亚于诗歌本身。作者处处从现代生活的经验与体悟出发，传达古典之于现代的审美与感动，用隽永诗意的现代语言去描述古诗的境界。让我们直观而深刻地感受到，古典距离现代并不遥远，感物之情古今不易，这些题材所构设的情感境界，正是我们共同的生命原乡。

此外，作者还因阅读所及而举现代诗中相同的题材与古诗对读。如讲古代"秋日蝉声"的意蕴时举到周梦蝶的《咏蝉》、冯至的《十四行诗》的第二首，分析音乐"写声的艺术"时举到徐志摩的《半夜深巷琵琶》，更突出说明虽然语言形式根本变化了，但现代诗人仍从古典诗词的语言中寻找灵感，感物传统依然深刻地影响着现代诗的思维，甚至，他们走得更远，如借蝉鸣的无穷反复去勾连庄子的生命哲学。这当然也体现出现代诗更加自由、伸缩自如的体制特征。作者的笔触自由地穿梭于古今之间，随意点染，便铺开一纸春日写意图供读者自由思索驰骋。又如讲述宫怨诗最后以《红楼梦》"千红一窟，万艳同悲"（第22页）作结，再次直观地展现出经典的诗歌题材与审美思维对后世各类文体的启发意义。

孔子说："小子何莫学夫《诗》，《诗》可以兴，可以观，可以群，可以怨……多识于鸟兽草木之名。"古诗的兴观群怨毫无保留地在作者鄞鄞善感的笔调下流出，而古代的风物艺术之美，也时见于作者灵活发散的思维中。书中联系唐代服饰形态、音乐特点将文本解读落到细处，跨学科的研究无疑是一门吃力的活儿，尤其是对于古代而言，文献的爬梳极耗心力，当然也见功力。作者也在后记中津津有味地提到这些"探头探脑"，可以想见辛苦之余作者的兴致勃勃，而对阅读者而言，同时收获了趣味和知识，也因这些与日常生活联系更为密切的事物而拉近了与古诗的距离。再如咏物篇论以蝉比兴时，作者说到柳、梧桐同为蝉的栖身之所，意蕴却不同（第30页），细微的辨析，真正契合了诗人精神与诗歌格调。同时让我们恍悟，身边这些惯见如不见的植物，这些默默无言的无情之物，竟在古代的生命意识中有如此重要的意义，曾经浸润着古人如此丰富的精神世界！自然草木与人心一样，都是天地化成，本是息息相通。从此，我们身边多了一些无言却又有情的朋友。这是唐诗给我们带来的感动,经由作者的灵心妙笔绘制出来,千载而下依然鲜活亲切。也因此,唐诗永远年轻,永远富有活泼的生命力。

"良人正该归来,为何还不归来!"刘青海教授的讲解在这一声喟然叹息中结束了,余音犹在耳边盘旋。这是一个终点,却又是一个新的起点——读者依然在年复一年落英缤纷的古老桃源徜徉,心灵与这些鲜活文字自由相遇。此刻我们无疑确信,诗心不死,唐诗恒在。

《我认识的唐朝诗人》

□ 师雅惠

（陈尚君著　中华书局　2023 年 3 月）

　　文人在后世的形象与声名，固然有赖于他自身的作品，更有赖于历史书写者的理解与塑造。而知人论世，何其难也，即以唐代诗人而论，中国人对唐代诗人诗作的解读、研究，迄今已逾千年，各类著述浩如烟海，但仍然很难说我们已经全面、透彻地了解了那些人、那些诗。这对于专业研究者来说，可能意味着挑战与压力，但对于普通读者，却是一种阅读上的利好，意味着我们可以源源不断地看到关于唐诗的新说与新书。

　　复旦大学陈尚君先生深耕唐诗文献数十年，江湖上曾有传言，说只要给出一个唐代文人的名字，陈先生就能把他每天都干了什么考证出来。可见陈先生对唐代文献的熟悉程度。但陈先生又曾在多个场合强调过，文学研究应该是以人为中心的研究，最理想的研究文字应该是用鲜活的文字重现古人的世界。中华书局最新推出的《我认识的唐朝诗人》，是陈先生在辑录《唐五代诗全编》过程中的副产品，既是一本活泼生动的"唐代诗人印象记"，也是陈先生深厚的文献功底与"以人为中心"的研究思路相结合的精美之作。

　　阅读这本书，最大的感受是陈先生的平恕之心与通达之见。史学家的"恕"，用章学诚的话说，"非宽容之谓也，能为古人设身而处地也"（章学诚著，叶瑛校注《文史通义》，中华书局 1994 年，第278页)。每个人的人生都有许多面相,有可以公开称扬的光明之面,也有不愿为人所知的灰暗面。作为研究者,对古人最大的尊重,并不是替古人"隐恶",而是切实地体察古人的所处环境,揣摩他们的所思所想,做古人的异代知己。这样,无论是对古人进行褒扬还是批评,都能够无愧于研究对象,也无愧于自己的本心。陈先生这本书所论述对象,包括从初唐到唐末的五十余位诗人,作者自言对每一位对象均"穷搜文献,务知始末",因此,书中对古人的评判,均能原原本本,平静的叙述中蕴含着绝大的说服力。

比如《裴度的人生感悟与诗歌情怀》一篇,裴度作为中唐名相,文治武功名动天下,但作者却通过裴度以及当时人的众多诗歌,勾勒出了平定淮西叛乱后威望、权势都极盛的裴晋公谨慎、无奈的内心世界。文中关于裴度与中唐著名文士韩愈、白居易、刘禹锡、张籍等人交往的描述,旁征博引,兴味盎然。裴度赠张籍良马,向白居易索要白鹤,由此引起一众文人的游戏吟咏,看似"无事忙",但却不是毫无缘由。文中谈到,唐文宗大和九年(835)十二月,裴度与刘禹锡、白居易等联句。时值甘露之变后的第二个月,他们的不少友人惨死于这次事变。然而在他们的联句作品中,"好议时政的刘禹锡什么都没有说,身系天下安危的裴度也什么都没有表示,像没事人一样在老友聚会时表达巨大的欢悦。其实他们都各有想法,只是什么都不想说,所谓心如死灰,知不可为而不言"(第123页)。裴度身系天下之望,然而当日朝政错综复杂,牵制太多,皇帝尚且无能为力,臣子又能有多大施展空间呢?裴度的沉默不言,是迫不得已,其中有着巨大的悲哀和孤独。短短数千字,描画出一位千古名臣复杂的内心世界。此种文章,可谓能得史家之"恕"。

因为抱持"恕"心,故书中的不少篇目,都能有通达之见,议论不囿于文学史定见,也不拘执于古人的道德观。比如《陈子昂的孤寂与苦闷》一篇,论述陈子昂在武后朝的作为,不讳言他的"媚悦"主上,对他的政治底线也做了客观详尽的描述。文章最后一部分,写卢藏用在子昂死后克尽友道,引用卢氏怀子昂之诗,认为后人对陈子昂的评价,在卢氏这里已经定下了基调,"卢藏用无愧是子昂一生最好的、可以开布心迹的朋友"(第46页)。卢藏用在史书上被称为"随驾隐士"(《新唐书》卷一二三),其形象似乎是一个秉持实用主义的小人,但就与子昂的友谊来说,卢氏的诚挚值得肯定。又比如《韩愈与柳宗元的友谊》一篇,剖析了韩愈、柳宗元这两位政见不同但相友终身的文学史著名人物之间交往的几个节点,认为二人虽人生荣辱有别,在政治、文学方面意见也多有不同,但二人能彼此尊重,"携手一代,辉炳千春"(第162页),其间心胸气度,令人赞叹佩服。这些题目、角度、论述,既体现了作者阅读文献的细致,也反映出作者温厚、通达的人生智慧。

又如《欧阳詹的生死情恋》一篇,欧阳詹是韩愈笔下的著名人物,欧阳詹突然辞世后,韩愈曾写下《欧阳生哀辞》,把他描绘成一位道德完人:"事父母尽孝道,仁于妻子,于朋友义以诚",又"志在古文"。陈先生此文却从欧阳詹诗歌作品和唐宋笔记记载中钩沉出欧阳詹死因的另一种说法——欧阳詹任太学属官时,在太原结识了一位官妓,二人誓同生死,然而身份悬隔,只得暂别。分别后,欧阳詹为二人团聚颇费心思,太原女子则苦思成疾,在临终前引刀割下发髻,盛在匣中,令侍儿转交欧阳詹。后来欧阳詹派使者去迎接女子,迎回来的却是情人的遗念。欧阳詹"启函阅之,又见其诗,一恸而卒"。这是一个凄美而富有传奇性的故事,文章引用众多材料,证明此说并非空穴来风。与日后善于"忍情"的元稹相比,欧阳詹无疑是深于情、不理智的,因此与欧阳詹同时的孟简在记述这件事时,要发一通议论警醒读者:"丈夫早通脱,巧笑安能干?……后生莫沉迷,沉迷丧其真。"妻子岂应关大计,孟简的批评,实在也不能说错。然而陈先生却认为来自闽地的欧阳詹,保持了淳朴的天性,其情其事真诚而可敬:"中国古代文人多以道德示人,为爱情而情动五内,以身相殉者,则少之又少,欧阳詹之特别可贵处正在于此。"(第100页)这是建立在充分"了解"基础上的"同情",古人如若有知,亦应感激陈先生为自己抒写心声。

总而言之,《我认识的唐朝诗人》中所论述的五十余位诗人,其名字大多为一般读者所熟悉。然而书中所展示的史实,所得出的结论,又高出普通爱好者的识见。因此阅读此书的过程,便是惊叹、会心、感动与佩服相交织的过程。在此书自序中,陈先生以韩愈诗"夜梦多见之,昼思反微茫"自谦,实际上,我们应该感谢陈先生,感谢中华书局《文史知识》编辑部,为我们带来了这样一本具有"恕"心与真情的,令人回味无穷的好书。

《唐诗之路与文学空间研究》

□ 罗柯娇

（胡可先著　中华书局　2023年3月）

中国古代早有以地理分类编纂和以地理命集的做法,譬如《诗经》《楚辞》,后人对于这类作品也多从地理的角度出发注解阐释名物、方言、风俗等,可见文学与地理的渊源之深。但以往的中国古代文学研究偏重线性的时间脉络,虽有知人论世涉及作者生平和诗文写作地点,总体上对空间研究还是不够深入。20世纪以来,中国文学地理学开始发展,80年代地方文化热潮兴起,空间因素越来越为文学研究者所重视,逐渐成为学术研究的热点之一。1991年,新昌文人竺岳兵首先提出"浙东唐诗之路",此概念后被推向全省、全国。2019年中国唐诗之路研究会成立,并推出"唐诗之路研究丛书",胡可先所著《唐诗之路与文学空间研究》(中华书局2023年)便是丛书第一辑之一。此书充分运用传统文献、出土墓志、摩崖石刻和海外文献,实地考察唐诗之路的地理形态,详尽考证与分析诗人行迹及其相关创作活动,涉及宗教学、考古学、艺术学等多个领域,体现出沉潜材料、发掘问题、全面综合的研究特点以及承前启后、锐意创新的示范作用。

一、以问题为核心,发掘唐诗之路的地理特色

本书五编十五章,选取五条唐诗之路,分别是核心区域长安

与洛阳,关键区域浙东、浙西和西蜀。在唐朝辽阔的疆域和近三百年的统治期间,长安和洛阳作为帝京,是唐朝繁荣强大的象征,毋庸置疑地占据全国文学中心的地位,吸引举国官僚文士聚集活跃,又向四方辐射京城文学潮流,而浙东、浙西和西蜀在中晚唐时期跃居为东南和西南地区的文学中心,颇有代表性,揭示唐诗之路具有的区域、辐射、地理、传播等多重研究视野。

"诗"是文学,"路"是地理,融合"诗""路"才能构建合理的唐诗之路,进行系统综合的文学研究。其一是"诗",体现鲜明的文化特点,因此论述的地域范围既不能太宽泛,也不能太狭隘。本书对所选诗路进行了科学严格的界定,以便突出核心的文学问题。比如将登封石淙诗碑纳入"诗路洛阳",拓展以洛阳帝都为核心的宫廷文学研究;再如"浙东唐诗之路",竺岳兵提出"以剡溪为中心,经曹娥江、剡溪、天台等地"的"浙东唐诗之路",胡教授通过实地考察水道和故驿,参考唐代行旅诗文,认为"浙东唐诗之路"其实是"一条干线和两条支线的格局"(第286页),开拓了该条诗路上的山水名胜、文学内涵与传播交流格局。

其二是"路",应融合时空因素,详细地描绘"路"的地理形态,考察其在历史过程中行政区划与关键地点名称的变化。清人徐松《唐两京城坊考序》云:"校书之暇,采集金石传记,合以程大昌、李好问之《长安图》,作《唐两京城坊考》,以为吟咏唐贤篇什之助。"(徐松撰,张穆校补,方严点校《唐两京城坊考》,中华书局1985年,第1页)本书主要利用地理著作和地方志乘,结合考古发掘,细致还原每条诗路的空间场景。例如第二章"唐大明宫与大明宫诗",综合运用《唐大明宫遗址考古发现与研究》等考古成果和《唐两京城坊考》等文献记载,叙述大明宫建置与构造形式,为大明宫诗与长安气象提供真实具体、壮观雄伟的感知对象。重要地名的古今对应是题中应有之义,本书第八章正是一个凝练的示例,通过爬梳地理文献,得出"西陵"与"西兴"名称的变迁与地理位置的固定,从而推出西陵驿在今杭州西兴大桥南岸。

不同的诗路有其形成、发展的过程,厘清诸条诗路之上多种要素的动态变化,探究诗路之间的区别与联系,方能更好把握关键因素的作用。本书对此都做了相关考察,在鲍防部分,胡教授指出:"安史之乱后,影响唐代文学发展的重要因素,除了方镇使府以外,地理环境更为重要。安史之乱后,文化重心逐渐南移,与南方固有的经济、地域优势相融合,促进了中唐文学的发展。"(第230页)

此外,本书还深入挖掘同一条诗路上的关键地点,既以点带面,定下诗路基调,又追溯各自地域风格的形成过程,关注同中有异。譬如本书第三编"诗路浙东",整条浙东诗路山水优美,佛寺道观众多,文化底蕴深厚。其上的越州有魏晋衣冠南渡、会稽文人雅集的历史积淀,唐代本土诗人继起,又有各种类型的外来诗人留下许多诗作,以鲍防集团与元稹集团为典型,题材繁多、形式多样。西陵与渔浦,从魏晋南北朝起成为南来北往的重要渡口和驿站,文人墨客吟咏奇山异水,抒发羁旅怀乡之思,留下许多诗文名篇,成为中国古代山水诗的发源之地。天台山,自东晋孙绰《游天台山赋》后吟咏之作长盛不衰,中唐以后成为儒道佛三教融会最深的地区。同时台州是海上口岸,从台州到明州是海上丝绸之路的重要节点,第九章便以《送最澄上人还日本国》组诗和入唐僧圆仁、圆珍的行记与过所,着重论述了唐朝与日本的交流,丰富的文学创作与宗教思想在此互动传播。

二、以诗人为线索,考察唐诗之路的文学风貌

以空间因素为切入点,聚焦诗人的诗路活动,容易写成简单的地方文学史,或是一般的作家论、作家传记。陈寅恪在《元白诗笺证稿》中说:"苟今世之编著文学史者,能尽取当时诸文人之作品,考定时间先后,空间离合,而总汇于一书,如史家长编之所为,则其间必有启发,而得以知当时诸文士之各竭其才智,竞造胜境,为不可及也。"(陈寅恪《元白诗笺证稿》,生活·读书·新知三联书店2009年,第9页)因此考察诗路,要注重空间、时间与人物三者的对应,将人的温度融入历史地理学之中,注意与相关研究和文学问题的联系。

诗路上的诗人规模与诗文数量可观,文学交游活动频繁,限

于篇幅与研究主题，本书详略有致地挑选出重要诗人及其代表作、文学事件及相关地域总集进行分析论述，揭示出立体的诗人形象、诗文的地域风格与文学活动的新变。胡教授长于人物考证，在唐代文学与政治事件、文学家族等领域多年深耕，书中处处可见诗人诗文与时地、社会背景的关合，征引广博，论证严密，体现出深厚的学术积淀。以下分诗人个案研究与诗人群体研究两个部分加以阐释。

一是诗人个案研究。以某人与某地的形式展开，考察诗人何时走上、何时离开诗路，在这条诗路上的生活状态与创作活动等方面，集中挖掘其人与其地的关系，又从个体的地缘交游拓展开去，有时述及后世影响。这样的研究方式能够紧密勾连诗人与诗路，从其诗文之中探知彼时彼地的思想情怀，又有适度的延伸拓展，考见诗人与诗路深远持久的互动。

例如第六章"白居易与洛阳龙门"第二节，对其登览游赏龙门名胜所作的三十余首写景纪游诗进行年代梳理，举其要者论述，发现既有描绘龙门胜景、表达隐逸志趣的诗作，如《秋日与张宾客舒著作同游龙门醉中狂歌凡二百三十八字》，又有写龙门险地，寄寓对民生疾苦关怀与同情的诗作，如《开龙门八节石滩诗二首》，可见白居易对龙门一地的熟悉与热爱。而本章第三节着重叙述白居易与龙门香山寺深厚的情谊，他晚年捐资六七十万贯重修香山寺，写下《修香山寺记》，极大地提高了香山寺的知名度，使之成为"龙门十寺"之一。

值得注意的是本书还涉及地理条件与诗人生活细节，这些细节流露在他们的诗文之中，更生动细腻地揭示出他们的日常状态与心理。第三章以李德裕的平泉庄为例，从其吟咏此庄的诗中可见用心经营景物，借此表达自己坚贞的品格、高尚的志趣；第四章以洛阳履道坊为个案，主要考察白居易和崔群，此时他们已经拥有自己的住宅，不再寓居与租赁，笔下流露出颇为满意的情绪，可见"唐代诗人处于不同的职位时，居住条件是有很大差别的"（第134页）。

二是诗人群体研究。以宫廷宴集、幕府酬唱、友朋往还等多种形式呈现，一批具有共通之处的文人，或志趣相投，或身份相近,在风景优美的地方相聚游赏,在和融愉快的氛围里联句或制诗,能够集中展现诗路浓墨重彩的文学与时代图景。在这些场合留下的诗文无疑是即景即事的,虽有一定的套路与规制,但依旧能反映出当时文学的某些转变和流传的社会风习。

第五章"登封石淙集会与武后宫廷文学",石淙唱和诗描摹宴会与风景,使用"驾鹤乘龙""凤麟洲""三山"等大量道教词汇,带有浓厚深刻的道教意味,可以佐证久视元年(700)武则天极为崇道,群臣应制迎合她的信仰。此外,这十七首七律诗还是七律演化的文本证据,本书对它们进行格律考察,发现了一些完全符合格律的七律,又结合与会诗人李峤、沈佺期的其他七言应制诗,得出武则天时期的君臣唱和活动为七律的发展与成熟提供了特定的环境。

其他章节论述湖州皎然集团、颜真卿集团、越州鲍防集团和元稹集团,苏州三任刺史韦应物、白居易、刘禹锡,通过他们的幕府活动,展露中晚唐时期东南地区的文学风貌。亦涉及杜甫、高适、岑参、储光羲同登慈恩寺,贾至、杜甫、王维、岑参早朝大明宫之类的交游,可见诗歌与地理互相作用生发。文学家族是其中较为特殊的一类,本书以湖州钱氏家族为例,从钱起、钱徽、钱可复、钱珝四位人物身上得以窥见家学渊源与湖州文学特征。

三、以诗文为本位,拓展唐诗之路的美学维度

唐代文人有漫游山水、林下隐逸的传统,出于宦游、流放、贬谪、避乱等缘由又不得不踏上征路或寓居某地,与地理结下了深厚的缘分,"文学地理情结的形成,还紧密地联系着民族、家族以及文人外任贬官一类地理迁徙,他从这个地域到那个地域的民俗反差和精神体验"(杨义《文学地图与文化还原——从叙事学、诗学到诸子学》,北京师范大学出版社2011年,第33页)。本书收集地域相关的诗文,考察地域总集的特色,分析其中的地域特征和艺术风格,并留意诗路遗存,以多种形式揭示地理因素对诗路美学的建构作用。本文试从四方面作简要概括。

一是借助诗路空间的延伸,诗歌物象更加独特丰富,带来别

具一格的阅读感受。诗人身临其境，见识与感受新奇的风土人情、悠久的名胜古迹，乃至在一座亲手营造的住宅里，形诸笔端，真切生动。本书以地理位置为核心，单列章节论述长安与洛阳气势恢宏的建筑群，洛阳平泉庄、履道坊的住宅和龙门及香山寺，登封石淙，浙东西陵、渔浦渡和天台山，浙西润州北固山和西安至成都的蜀道，通过大量诗文展现唐代东西南北相差甚大的地理景观与风俗人情。第十二章"唐诗与苏州"则对三任苏州刺史于该地所作的诗歌分类，划出韦应物的怀古诗、风物诗，白居易的登览诗、咏物诗，刘禹锡的写景诗、怀古诗，阊门、虎丘寺、姑苏台等历史胜地和樱桃、青橘、莲花等果蔬物产不常见于他们此前之作。

二是诗歌关合诗路景物，运用艺术手法和诗歌本身形体传达诗人复杂的思想感情和社会局势，"应物斯感，感物吟志，莫非自然"（刘勰著，范文澜注《文心雕龙注》，人民文学出版社 1958 年，第 65 页），尤以组诗为胜，意象密集，韵味深长。此处试举一例，即杜甫的蜀道纪行诗，从秦州到同谷有《发秦州》等十二首，从同谷到成都有《发同谷县》等十二首。这两段行程组成的二十四首组诗以地名命题，不仅完整真切地记录了唐代蜀道的地理形貌，还对蜀道来源进行追溯与记述，流露出感时伤乱和个人命运的心绪。杜甫多用仄声韵表现蜀道的奇险，体现出随物赋形的特点，且整组诗和具体诗作谋篇布局富于变化，前后协调，譬如《法镜寺》侧重寺间晴旭之趣，突出奇古，《剑门》借《易经》和《蜀都赋》的典故表现险要，将山势与唐代政治形势相连。

三是诗路遗存，除了唐代建筑遗址和自然风景，石刻不仅具有壮阔的气势，也是留存唐人诗文的重要载体，自然就成为一道屹立的文化景观。比如登封的石淙诗碑，不但录下夏日游石淙诗十七首和序一篇，而且充分展现薛曜瘦硬有神、细劲疏朗的书法艺术；又如蜀道上的石门题刻群，唐代孙樵的《兴元新路记》多写褒斜道的名胜风光，《书褒城驿壁》借驿站盛衰议论社会变化，而刘禹锡《山南西道新修驿路记》以叙事为主，皆是其中典范之作，增添诗路魅力。

四是多种类型的唐代地域文集，为我们理解和想象诗路的文化盛况提供了文献依据。其中多数属于酬唱性质，比如《大历年浙东联唱集》记录鲍防集团联句赋诗的活动，《三州唱和集》反映元稹与邻州刺史白居易、崔玄亮的寄诗活动。此外也有诗人自己整理编集，如白居易《洛中集》收录他在洛阳所作的诗文，以及时人选本，如殷璠《丹阳集》以描绘江南山水、寄托隐逸情怀为标准选录吴越诗人的作品。更有后人搜罗一地前人诗作，如宋代孔延之《会稽掇英集》，集中存录北宋以前的越州诗文。部分诗文已经湮灭不存，另一些包括零散篇章，则被幸运地流传下来。

　　中国的地理书附属于史学，从地理的角度提出"诗路"概念来研究文学，依然在文史结合的传统视野之内，其目的是返回文学的原生环境。近年来，随着实地考察的便利、海外文献的传播和考古发掘、出土文献的新进展，更多资料得以搜集利用。本书立足实证，在前人研究基础之上继续拓展和加深长安文学表现、登封石淙诗碑文学艺术、浙东诗路支线文学、石门题刻的文学内涵和价值等专题，融合"诗""路"、时空、诗与人，引入政治、宗教、艺术等视角，将唐诗之路做得更深更细更全面；同时发现一些有待进一步研究的问题，如杭州与睦州文学、长安应制诗、唐代诗僧群体等，给予我们良多有益的借鉴与启发。期待在本书的研究实践之上，进一步形成唐诗之路独特的思考方式，从理论的高度对此进行突破和提升。

《从萧门到韩门——中唐通儒文化研究》

□ 田恩铭

(李桃著 中国社会科学出版社 2023年4月)

"中唐"是文学史、思想史研究学者共同关注的一个时段,这个时段与"唐宋变革""唐宋思想转型"关联甚深。我们常常论及的"古文运动"至中唐始成规模,又呈现出明显的代群传承过程。清人赵翼就曾经追溯中唐时期古文发展的轨迹,认为韩愈之前,萧颖士、李华、独孤及早有提倡。近些年来,围绕萧颖士、独孤及、梁肃、韩愈、柳宗元、李翱的相关研究亦有所深入,这些成果多以文史结合而侧重文献整理,以别集整理、年谱编纂、资料考辨为主。如何在考辨的基础上继续向前推进,从而形成文学文化研究的新成果,则是需要学界深耕的一个研究层面。李桃《从萧门到韩门——中唐通儒文化研究》一书提供了可以参考的研究范本。

一、"通儒"与"流派":研究视野的确定

切入中唐,文学文化研究,既要有基于时段的考察视野,也要有俯瞰文学史的论证高度。仅就当代学术史而言,关于中唐儒学、史学与文学的研究已经有丰富的成果累积,陈贻焮、傅璇琮、陶敏、葛晓音、孟二冬、蒋寅、查屏球等学者均有重要著述出版并产生较大的学术影响;关于古文发展传承研究,郭预衡、孙昌武、阎琦、刘宁、黄大宏等学者均有所建树。纵观唐代儒学与

文学研究领域,通常提出的是"文儒"概念,主要论述时段是盛唐及盛中唐过渡阶段。中唐时期,文儒特质还在,时代盛衰变化之际,更加注重吏能,故而,李桃拈出"通儒"概念。自萧颖士到韩愈,存在文学共同体的传承过程,故而,李桃拈出"流派"概念。"通儒""流派"放在一起彼此融合,形成了中唐文学文化研究的选题眼光与独到视角。

"通儒"是对自"萧门"到"韩门"这个文化共同体的身份定位。盛唐时期,文儒是知识阶层的核心力量。安史之乱以后,"通儒"应时而生。如作者所言:"活跃于中唐政坛的士人大多带有浓厚的儒家色彩并且重视诗赋文采,因为他们在盛唐文儒风范影响下成长,并且很多人在开天时代受过文儒大员的提拔,如果没有天宝战乱,他们会和先辈们一样怀揣着礼乐治国的理想,用经史礼法之学和斐然文采打造自己的前程。"(第37页)如何为"通儒"下定义?李桃借用郭绍虞所说的"识时务、达政体"概括之。著者遍查正史,自《汉书》至《明史》,对于"通儒"内涵的变迁进行梳理,所指或经术家,或经学家,或礼法大家,至唐代将通晓经书、识务达政集于一身。中唐通儒的特征得以概括:礼学、史学、吏能兼具。

盛唐文儒与中唐通儒在身份上有哪些变化?李桃认为:"吏能是盛唐文儒与中唐通儒最大的区别。"(第39页)文儒在盛唐形成规模,"能够根据儒家思想中的礼乐文化观念把文章创作和国家建设紧密结合起来,使作品既能保留文学的审美特征,又可达到礼乐治世的目的"(第41页)。结合葛晓音、李伟、刘顺等学者关于文儒的论述,李桃拈出初盛唐文儒的代表人物进行个案分析,王勃、张说、张九龄、裴耀卿、孙逖陆续进入视野,而后传承至萧颖士、李华、柳芳,文儒向通儒开始渐变。"初盛之际的文儒代表基本上是以礼乐统合诗文,有能力在政治文化体系中确立儒学与文学的契合点,使政教与文学、治国与修身之间达到相对平衡的朝廷大员,基本上可用三个特征来概括:重礼乐、美文章、居高位。"(第45页)渐变的过程中,存在核心价值观的差异,因此唐宋变革视野中的这个文学流派便有了新内涵。盛唐文儒生活在承平时代,故而崇尚文学而尊礼乐;中唐通儒经受社会变革之影响，更看重以儒家思想的社会实践解决问题。无论是思想观念，还是士人心态，均表现出明显的差异。乱后初定，重振盛世风采成为士人群体的理想，"初盛唐文儒的理想是礼乐治国、弥纶王事"，而"中唐受现实所迫，除了从经义礼制、史家意识中寻求人心归向、救民水火之道，还自觉提高自身吏能，他们的关注点不再是高高在上的礼制，而是落到实处，直面时弊，完成下层政事，以实才吏干推动国家政治和文化重建"。（第48页）

"流派"则是对自"萧门"到"韩门"这个文化共同体的文学归属认定。李桃通过对"流派"概念的梳理后重新界定，通过分析刘扬忠、郭英德、许总、吴怀东等学人的研究成果，认为："一个真正的文学流派应该是这样一个文人群体：他们生活在一段相对连续的历史时期内，以血缘姻亲师生等方式完成代际传承，几代成员之间有着明确的宗主师承关系，在艺术思想、文学理念、创作风格乃至性情喜好、社会身份上相似相容，并通过大量的作品和一以贯之的理论在当时和后世产生巨大的影响。"（第67页）基于此，李桃认为明确的师承关系、传承时间上的延续性构成文学流派的两个重要特征，据此，她敢于打破常规，认定"萧—韩文学流派"是中国文学史上第一个真正意义上的文学流派，"他们是中国文学史上第一个七代相承的文人群体，之前从未有哪个群体有此规模并延续七代之久"（第71页）。划定流派并梳理代际关系，著者显然是下了大功夫，这是基于学术史先破后立的文化考察，展示了深入"流派"之中苦苦求索的过程，破中有思理，立中有依据，极具学术创新意义。

二、找准立足点：史学、礼学、吏治三维空间

通儒、流派均已有概述，接下来就要抓住要点，分而论之。通儒文化研究中，著者已经拈出史学、礼学、吏能加以申说，本书专题研究因这三个方面形成四章进行详论。基础已成，立其枝干，沿着自己构建的学术园地层层推进辛苦耕耘，融思理创见于文本空间之中。

安史之乱后，礼制复兴成为士人群体思考的议题。第三章

"作为礼官的萧—韩文学流派作家"以《韦宾客宅宴集诗序》引出话题，归纳出文学流派中曾经担任礼官的有三十多位，足见礼官身份对于萧—韩文学集团的重要性。第一节从唐代礼官职务说起，自礼部、太常寺、礼仪使三部分中梳理出曾经担任礼官的成员并列表，在此基础上，论述玄宗到宪宗朝知贡举礼官对萧—韩流派形成的影响。第二节"流派礼官对中唐复礼中兴的意义"则主要探讨两个方面：一个方面是萧—韩流派礼官关于礼制重建的举措，以独孤及担任太常博士期间的郊祭礼仪、祭祖礼制论争为例加以分析；另一个方面则是从政治、思想、文学等方面分析流派礼官的礼制复建对唐代中兴的意义。流派礼官群体"他们不仅以深厚的儒学素养及礼学知识正君臣、别名分，推原礼制之本，仲裁礼制之纷，以礼法规则来清理社会秩序，而且还发掘儒家思想的实质及现实功能，重构文化理念，确立士林风气"（第126页）。因此，流派礼官群体发挥了改变科举文风的作用，主要体现在"轻诗赋，复归儒学礼教""强调文章的实用功能"等两方面。礼官身份是通儒特征中的一重角色，付诸文学创作中则留下重道崇礼的印迹。

因"史才"在科考过程中就是重点考察的要素，故而士子于此均有积淀。一旦担任史职，史才便得以发挥。"史官"部分共包括两章，第四章"作为史官的萧—韩文学流派作家"写法上与礼官相类，先是梳理流派成员担任史官的情况，论述"史家家传和师承观念与流派的形成"之关系。李桃认为："萧—韩流派中很多成员曾经担任过史官，他们的作品和成果在唐代史学界占有重要地位。"（第144页）于是，就流派论史学，韦述、柳芳、韩愈、李翰、柳冕进入学术视野；再就流派作家谈历史观，主要抓住史书写作、史官职分两点申论。本章最后一部分回到文学，专门考察史官意识对古文运动的影响。这部分有三个特色：一是分析史作中的文质变化，以词句引用列表呈示《汉书》的影响；二是以史官视角分析为平民立传之风气；三是选择非史官流派作家探讨史官实用思想的普遍性。第五章"作为传奇创作者的萧—韩文学流派作家"则是因史家史学而衍生出来的，故而切入点就是史传与传奇的关联性。研究内容分为三步：第一步梳理出流派作家创作的传奇作品;第二步分析流派成员兼具史官与传奇作家的双重身份带来的影响;第三步则顺着实录—传闻—虚构的文本内涵探讨作家与问题的关系。纵观第五章,呈现出三点特色:一是以作家、文本为中心展开分析,还原文学研究之本色;二是善于就论题进行归纳总结,如史官意识对传奇文发展的三个影响、史笔在传奇中呈现的三个特征;三是善于在文本分析中建立文本间的联系,文本并不是孤立存在,而是因流派而具有群体意义。上述两章以"作家""作品"为关键词突出了文学本位研究之特质。

因流派作家的循吏身份,故而吏能主要指社会治理能力。第六章"作为循吏的萧—韩流派作家"与前两部分写法不同,分别以"帝国经济之才""幕府智囊""吏治一方"为题安排三节的内容。如作者所论:"流派成员通达干练的行政能力,无论是恢复帝国经济、幕府中坚还是吏治一方,都体现了中唐士人在特殊时代环境中的一种自我期许,萧—韩流派成员身上兼具社会责任感和通经致用的能力,这是他们在同时代的士人中能够脱颖而出、胜任胥吏僚佐之职能、承担护国安民重任的重要原因。"因此,对于后世产生影响,"这种通儒身份的觉醒给了宋代士人以启示,他们逐渐将文学、经学、政务、吏能作为士人的必备素质、努力把'政治主体、文学主体和学术主体'集于一身,并创造了属于中国近世的官僚士大夫政治形态"。(第220页)

长期的学术研究使李桃具备多种知识储备,故而其跨越文史、经济、吏能而从容论之。陶文鹏先生"序"中说:"李桃的学术专业是文学,但在她这部文学史论书稿中,我发觉她对唐代史学、礼学、政治、经济都有比较丰富的知识储备,对史学尤有兴趣。"("序"第3页)读罢三个主体内容部分,有两点明晰的阅读印象:一是能透过表象深入肌理,让结论落得实实在在;二是史学部分既见扎实功力,又能穿透文本而得显新意。

三、立足唐宋变革:向后延伸的文化传承阐释

正是因为萧—李文学流派成员能够具备通儒本色,故而不

仅前所未有,还为后来的文学发展提供了一条变革的通途。内藤湖南《概括的唐宋时代观》提出的"唐宋变革说"对于学界影响极大。在这条学术的延长线上,随着包弼德《斯文:唐宋思想的转型》出版,学界就学术思想接续研究进一步深化。中唐至北宋时期哲学、史学、文学领域相互融通的研究成果层出不穷,李桃以通儒文化为主线将文学流派的影响放在唐宋变革的视野下考察,自然会得出新的结论,文学观念的文化传承谱系更加明晰。

中唐被称为"百代之中",将这一文学流派放在唐宋变革视域下进行论述虽然仅有一章,即第七章"唐宋变革视野中的萧—韩文学流派",却完成了画龙点睛式的研究意义提升。第一节"唐宋变革的多元内涵"主要梳理自内藤湖南、宫崎市定等日本学界关注经济、文化的"唐宋变革说"到欧美学界包弼德、刘子健关注士大夫阶层与学术思想发掘的"唐宋思想转型",认为"自唐宋变革说出现以来,各种角度和层面的剖析不断丰富多元,抛开研究方法和关注点的不同,中国古代的这一转折期能在世界范围内引起史学家的重视,就在于它以新的社会经济结构为基础,政体、军事、经济、教育、法律等制度,哲学、文学、学术、宗教、风俗等意识形态都出现了根本性的变革"(第225页)。基于此,接着论述中唐文化与宋学形成,正是因为继承中唐通儒精神,北宋士大夫在代群传承中建构宋学文化。如作者所论,完成了"从被动接受社会环境改造变成主动建立内心秩序和自我期许的过程"(第228页)。第二节则抓住主体性分析中唐通儒到北宋士大夫的身份认同问题,内容可分一纵一横两个视角,纵的一面紧扣中唐至北宋初期,横的一面则分析价值观念与身份认同的关联度。第三节"萧—韩文学流派与官僚士大夫政治形态的形成"则分别以"士与官僚士大夫""从中唐通儒到北宋官僚士大夫""'复合型人才'的盛世"立题,层层推进,揭示了"复合型人才"形成的演进进程。作者认为,中唐的通儒群体是"中古向近世转型期多重身份士人的发起者,他们具有在乱世危局中以礼学重振朝纲、以史学龟鉴兴亡、以吏干兼济天下的身份特征",由此开启了"复合型人才"的生成空间。

主体结构之外,著作还有两个附录:一个是"萧—韩流派成员活动年表(735—836 年)"，为我们提供了通儒文化的建构进程；另一个是"流派中人物生平考证等前人研究成果综述"，为我们提供了学术史研究的累积景观。两个附录与主体内容相互补充，选题的社会文化背景与学术研究背景兼具。

  概而言之，李桃以广阔的学术视野观照中唐萧—韩文学流派，能够辨章学术，考镜源流，能够坚持自己的学术见解。著者在已有成果的基础上，以批判性思维总揽全局，能够提出己见并加以论证。若刻意寻找可拓展之处，则如作者所述，佛教与文学流派的关系亦是不可忽略的问题，文体与作家的身份关系也同样重要，除传奇外，诗、文若有专题则更加完善。日后若能由此打开通儒文化研究的另外两扇门，则研究体系更加完备，为学界贡献出别具自家风采的学术成果。

《粤西唐诗之路探源与诗人寻踪》

□ 钱 辉

（莫道才编 中华书局 2023年4月）

一、粤西唐诗之路的研究现状

20世纪80年代，浙江学者竺岳兵先生提出"唐诗之路"的概念，将浙江地域文化与唐诗的研究结合起来，至2019年11月3日中国唐代文学学会唐诗之路研究会成立，唐诗之路的研究在不断地深入，唐诗之路的研究也进入了新的阶段。

从地域来看，当前研究最为深入的当数浙东唐诗之路。据统计，唐代有450余位诗人到过浙东，留下了1500多首唐诗。这些诗作为浙东唐诗之路的研究提供了客观的便利条件。竺岳兵《唐诗之路唐诗总集》、卢盛江《浙东唐诗之路唐诗全编》等做了文献的整理；竺岳兵《唐诗之路唐代诗人行迹考》做出了诗人足迹等相关的历史性考察；胡可先《唐诗之路与文学空间研究》、娄国耀《辞君向天姥——浙东唐诗之路诗歌解读》、邹志方《浙东唐诗之路》等著作做出了文学的解读；李招红《浙东唐诗之路学术文化编年史》更从学术史的角度对浙东唐诗之路的研究进行了回顾。浙东唐诗之路的研究可谓取得了丰硕的成果。

除此之外，亦有许多学者开拓了譬如陇右唐诗之路、齐鲁唐诗之路、京洛唐诗之路、湖湘唐诗之路、皖南唐诗之路、西域唐诗之路等唐诗之路新的研究方向。出版有戴伟华《地域文化与唐诗之路》、石云涛《唐诗镜像中的丝绸之路变迁》、杨再喜和吕国康《湖湘唐诗之路视野下的柳宗元研究集成》、朱曙辉《皖南唐诗之路研究》等著作，更有诸多高质量的论文。

广西，古称"八桂""粤西"。宋人李彦弼《八桂堂记》记载："湘水之南，粤壤之西，是为桂林。"宋人多有以粤西称广西的现象。明清以粤西指广西者更为普遍，明代《徐霞客游记》中有《粤西游日记》，清代汪森有《粤西诗载》《粤西文载》《粤西丛载》等等。粤西（广西）在唐代的范围大致同于桂管、容管、邕管。《唐六典》卷三："岭南道，古扬州之南境……桂、昭、富、梧、贺、龚、象、柳、宜、融、古、严（已上桂府管内），容、藤、义、窦、禺、白、廉、绣、党、牢、岩、郁林、平琴（已上容府管内），邕、宾、贵、横、钦、浔、瀼、笼、田、武、环、澄（已上邕府管内）。"（李林甫等撰，陈仲夫点校《唐六典》，中华书局1992年，第71页）《元和郡县图志》卷三七"岭南道"条："桂管经略使……管州十二：桂州、梧州、贺州、昭州、象州、柳州、严州、融州、龚州、富州、蒙州、思唐州。县四十七。"（李吉甫撰，贺次君点校《元和郡县图志》，中华书局1983年，第917页）卷三八："邕管经略使……管八州：邕州、贵州、宾州、澄州、横州、钦州、浔州、峦州。县三十三。"（李吉甫撰，贺次君点校《元和郡县图志》，中华书局1983年，第945页）谭其骧《中国历史地图集》隋唐五代卷有《岭南五府经略使管州表》："桂管经略使：桂州、昭州、富州、梧州、贺州、龚州、象州、柳州、宜州、融州、环州、蒙州、古州、严州、芝州；容管经略使：容州、藤州、义州、窦州、禺州、白州、廉州、绣州、党州、牢州、岩州、郁林州、平琴州、山州；邕管经略使：邕州、宾州、贵州、横州、钦州、浔州、瀼州、笼州、田州、澄州、淳州。"（谭其骧主编《中国历史地图集·隋、唐、五代十国时期》，中国地图出版社1996年，第五册，第70页）以上所列"三管"地区在唐时管辖范围也有变化，但基本覆盖了广西全境。唯窦州今属广东，今属广西边缘的极少数地区如全州等未列入"三管"范围。

唐以前粤西地区的文学发展滞后于中原地区，诗歌作家、作品相对较少。这一现象到唐代有所改观。唐代粤西地区著名的本土诗人有曹唐、曹邺等人。而出于各种原因到达粤西地区并留下诗歌作品的著名诗人遍及唐代。初唐时期有沈佺期、宋之问、张九龄等,中唐时期有柳宗元、戎昱、戴叔伦等,晚唐时期有李商隐等人。除本土诗人外,这些文人来到广西的原因繁多。如做官,唐代以诗赋取士,官员多为文人。郁贤皓先生考证唐代粤西有多达550多名刺史,戴伟华先生《唐方镇文职僚佐考》考证官员手下粤西文职僚佐接近百人。再如贬谪,尚永亮《唐五代逐臣与贬谪文学研究》统计贬谪而至粤西的有38人。也有如李商隐担任幕僚。其他诸如干谒、漫游者亦不在少数。这些诗人在粤西大地上留下了足迹,也留下了为数不少的诗歌。

可惜的是,"粤西唐诗之路"这一提法仍未被学界广泛觉察。对于唐代粤西诗歌的研究,多集中在历史考证、作家的生平、诗歌的赏析、粤西文化与文学等方面,研究对象也集中在几位大家,如二曹、柳宗元、李商隐等。很少有学者从"唐诗之路"这一角度对唐代粤西诗歌进行探讨。然而从历史的客观性来看,无论是粤西本土作家走出粤西还是粤西以外的作家走进粤西,他们足迹与作品都存在一条诗歌之路——粤西唐诗之路。

二、该书编纂的详情

广西师范大学文学院莫道才教授所编《粤西唐诗之路探源与诗人寻踪》(中华书局2023年)是粤西唐诗之路领域的开创性著作。该书分三编,分别为:粤西诗路与诗歌创作、诗路诗人寻踪、粤西诗路丛考。从粤西唐诗作品分析、粤西唐诗作家考证、粤西唐诗道路上的历史考证等角度选文。

第一部分为"粤西诗路与诗歌创作",收文7篇。张明非先生《唐代粤西生态环境与贬谪诗》(第101—118页)及殷祝胜教授《唐代桂州的文学创作活动考述》(第119—149页)等文章,从宏观视角对唐代粤西诗歌进行了考察。张明非先生《唐代粤西生态环境与贬谪诗》提出粤西的生态环境特征对唐代粤西诗的创作产生了显著的影响。唐代粤西诗创作的主体并不是本土诗人,而是粤西以外的诗人。他们的创作既受粤西生态环境的影响,也赋予粤西地域文化以新的内容。受粤西生态环境影响最大的是贬谪诗人,粤西贬谪诗对前代贬谪诗的突破主要表现在题材的扩大、风格的变化和对诗人心态的深入开掘等方面。殷祝胜教授《唐代桂州的文学创作活动考述》一文认为唐代桂州的创作活动主要出现于中晚唐时期,初盛唐时期较少。创作主体绝大多数出自桂管使府,其中连帅达 10 位,与幕僚平分秋色。较大规模的宴集赋诗见诸记载的虽只有两次,然以桂府连帅、幕僚风雅之士众多的情形来推测,此类活动当不会太少。创作体裁与题材比较多样,有诗有文,偶尔还有志怪小说;就题材而言,大量的以山水为题材的作品的产生,初步展现了桂林山水的魅力。这期间出现的本地出生的著名文士,表明唐代桂州地区文化水平已有很大提高。另有钟乃元《论初唐流贬岭南诗人的生命体验及其诗歌创作》(第 164—180 页)讨论以张说、沈佺期、宋之问、杜审言等人为代表的初唐流贬岭南的诗人。他们有着复杂的生命体验,包括流贬的挫折感,精神上的折磨,炎荒之地的风土人情,获赦北归的惊喜等等。大悲大喜的人生经历使他们有着强烈的创作动机,丰富了他们诗歌的意象,增强了诗歌情感的浓度,并引起了诗歌抒情模式的变化,对有关岭南的诗歌风格产生了较大的影响。这些特点呈现出粤西初唐时期的诗歌风貌。

叶嘉莹先生《李义山〈海上谣〉与桂林山水及当日政局》(第 3—33 页)及李宜学《论李商隐流寓桂林时期诗作的空间书写》(第 34—77 页)两篇文章讨论李商隐在粤西的诗歌创作。叶嘉莹先生《李义山〈海上谣〉与桂林山水及当日政局》讨论李商隐《海上谣》一诗与李商隐所处之环境——桂林山水、李商隐所处之历史环境——当日政局之间的联系。认为该诗是一首难解的诗,其含义前人有多种解读,但多有学者忽略这首诗的本身。叶先生将《海上谣》置于桂林山水的文化环境之下,将其意象与神话之故实相结合,分析其历史之背景等,探讨了《海上谣》一诗所具有的寓意。李宜学《论李商隐流寓桂林时期诗作的空间书写》一文讨论李商隐唐宣宗大中元年(847)三月来桂林在桂管观察史郑亚幕下担任"支使"期间的诗歌创作。李宜学认为李商隐赴郑亚桂幕是其后半生、近十二年流寓生涯的起点,于其生命中具有指标意义。李商隐在桂幕仅约十个月,但诗作数量却占了其诗歌总数的五分之一，这是李商隐诗歌创作历程中的一个高峰。以李商隐流寓桂林时期诗作为研究对象，透过文本分析，探赜李商隐此一阶段的心灵世界。李宜学借法国加斯东·巴什拉（Gaston Bachelard）在《空间诗学》中所揭示的空间理论，观察李商隐桂管时期诗作如何描绘桂林；如何塑造桂林地景，以承载其流寓生涯的孤独感；又如何透过此私密性的孤独感，激发日梦，转化空间为地方，创造出充满个人地方感的桂林文学地景。故而深刻探讨了李商隐流寓桂林时期的诗艺表现及潜在心理。

户崎哲彦《惊恐的喻象——从韩愈、柳宗元笔下的岭南山水看其贬谪心态》（第78—100页）及莫山洪《从永州到柳州：贬谪诗路与柳宗元山水诗的演变》（第150—163页）以柳宗元为个案探讨粤西唐诗。日本学者户崎哲彦在《惊恐的喻象——从韩愈、柳宗元笔下的岭南山水看其贬谪心态》一文认为韩、柳二人被贬岭南所描写的岭南山水都很新颖，他们将岭南的石山比作剑戟，将山林比作牢狱，对山水有着共同的"负"面的恐怖、憎恶的情绪。同时，他们既领略南方特有的青山秀水，又嫌憎南方特有的穷山恶水，对南方的山水都有赞美、惊恐的正负两面。这样的矛盾心态与岭南地区的自然环境、人文环境密切相关，他们对山水环境的恐惧感更多缘于心理方面的因素。莫山洪《从永州到柳州：贬谪诗路与柳宗元山水诗的演变》认为柳宗元的诗歌创作主要分为永州和柳州两个时期，其山水诗也主要创作于这两个时期。这两个时期的山水诗在形式上是从五言到七言，从以古体为主到以近体为主，在意象上是从清秀澄明到奇崛险怪，在情感上是从忧伤到绝望，由此也就构成柳宗元山水诗的演变轨迹。由此也可看出粤西山水与柳宗元山水诗歌创作之间的联系。

第二部分为"诗路诗人寻踪"，收录考证类文章，考证唐代粤西诗人的生平、创作、行迹。梁超然先生《唐末五代广西籍诗人考论》（第183—196页）、《晚唐桂林诗人曹唐考略》（第207—217页）分别依据《全唐诗》对晚唐五代广西籍诗人以及桂林诗人曹唐进行了考证。《唐末五代广西籍诗人考论》一文对晚唐五代时期广西籍诗人的生平经历、诗歌创作等进行考证。考证出唐代粤西本土诗人除了曹邺、曹唐以外，还有翁宏、王元、陆蟾、赵观文、林楚材等人。他们为唐诗的发展,为广西文化的发展做出了贡献。《晚唐桂林诗人曹唐考略》一文依据晚唐桂林诗人曹唐的诗歌考证其大略行踪。曹唐主要活动于穆宗长庆至宣宗大中年间。结合其他材料,也可大致推断其生卒年、交游等情况。曹唐诗集在唐宋时广为流传,《全唐诗》中两卷曹唐诗是明人重辑。目前,曹唐诗仍有大量散佚未见。

陶敏《宋之问卒于桂州考》(第197—206页)、莫道才《李商隐寓桂居所遗址考》(第218—224页)两篇文章考证宋之问、李商隐在粤西的行迹。陶敏《宋之问卒于桂州考》一文认为宋之问卒于钦州的两条史料难以成立,新旧唐书等史料能够证实宋之问卒于桂州。宋之问在桂州时南行目的地并非钦州而是广州。宋之问流放钦州时应是从越州出发,后经端州、藤州到达钦州。莫道才《李商隐寓桂居所遗址考》根据李商隐诗文提供的材料和实地考察,结合当时及后代的笔记、方志等文献材料,初步推测李商隐在桂居所疑在今叠彩山东南山脚紧靠江滨处。

第三部分为"粤西诗路丛考",收录与唐代粤西文化、历史、文献相关的4篇论文。孙昌武《粤西唐诗之路的佛教文化:唐岭南节度使马总为禅宗六祖慧能竖碑事》(第227—246页)一文从元和十年(815)岭南节度使马总奏请朝廷褒扬禅宗六祖慧能,诏赐"大鉴禅师"师号、"灵照之塔"塔号,请时任柳州刺史的柳宗元撰写《曹溪第六祖赐谥大鉴禅师碑》一事出发,探讨唐代粤西的思想文化的一个方面。柳宗元基于"统合儒释"立场,强调慧能禅宗思想"其教人,始以性善,终以性善"的教化作用与意义,并大力表扬马总的功绩。《大鉴禅师碑》则揭示了当时岭南地方统治者支持禅宗"统合儒释""以教辅政"的发展态势。柳宗元的碑文作为禅宗史和文化史的重要文献,对于全面认识中晚唐禅宗乃至佛教的整体状况具有重要价值。将粤西的思想文化发展程度置于全国乃至中国历史中来进行考察。

日本学者户崎哲彦撰写《唐代古桂柳运河"相思埭"水系的实地勘访与新编地方志的记载校正》(第247—254页)一文由莫道才翻译、廖国一校对发表。是文以实地考察为依据,经调查"相思埭"遗址,可见部分新编地方志中记载相思江的水系有误。

相思水的河流就是古相思江,相思埭还有"西渠"等别称。户崎哲彦认为唐代的桂州有两条重要的运河,一是灵渠,为北渠;二是相思埭,为南渠。桂柳运河"相思埭"连接了桂州与柳州,弥补了"灵渠"在交通上的不足。

莫道才《从"麻兰"到"兰麻"——兼论柳宗元之"麻兰"与李商隐之"兰麻"之关系》(第255—265页)考证了柳宗元《寄韦珩》篇中"麻兰"与李商隐《赛兰麻神文》篇中"兰麻",二者所指为同一地名。但柳宗元笔下"麻兰"应是指干栏式建筑,而李商隐"兰麻"应是从原来的"麻兰"讹传而转指具体地名。

林京海《李渤〈留别南溪〉石刻考》(第266—276页)考证了位于桂林市南溪山白龙洞口石壁的《留别南溪》石刻。该石刻历来被认为是李渤所题。然而,清代开始即有学者发现该石刻所记时间与史书所载李渤在桂时间有所出入。根据现有材料推断,《留别南溪》石刻内容为李渤所作,但时间并非在大和二年(828)。而诗中李渤对桂林山水的热爱却是真切的。从中也可以看到中晚唐时期文人之间对桂林山水"发明"和"称道"的风尚。

三、该书的贡献

《粤西唐诗之路探源与诗人寻踪》一书完成了对粤西唐诗之路的建构。其一,梳理了唐代重要的粤西诗人;其二,点明了唐代粤西重要的文化景观;其三,建构了粤西唐诗之路的研究路径;其四,书后附录《粤西唐诗之路研究著作论文索引》(第277—293页)为后来研究者提供了便利。

《粤西唐诗之路探源与诗人寻踪》所收文章梳理了唐代重要的粤西诗人。我们可以看到,粤西唐代诗人重要的有初唐时期的宋之问、张九龄等,中唐时期的柳宗元等人,晚唐时期的李商隐、李渤、曹唐、曹邺等人。而他们的身份也多种多样,有粤西本土诗人,有贬谪来粤西的诗人,有官员,有幕僚。而以宋之问、柳宗元、李商隐等最具代表性,最具研究价值,成果也较丰富。

《粤西唐诗之路探源与诗人寻踪》探讨了唐代粤西重要的文

化景观。以桂林山水为代表的独特的粤西景观,是唐代来到粤西诗人的生活和创作环境。异于中原的气候环境也在诗人的诗歌中体现出来。身处远离中原的粤西,对于诗人的身体和心理都有极大的考验。身体的感受、正面或负面的情绪在诗歌中的呈现都与诗人的心态、思想、宗教信仰等都密切相关。

《粤西唐诗之路探源与诗人寻踪》揭示了粤西唐诗之路的研究路径。以作家作品为"点",以作家行迹为"线",从而形成对粤西唐诗之路"面"的考察,进行系统性的研究。亦需要将作品分析与事实考证相结合,将文学研究与文化研究相结合。同时,实地考察与文献相结合也是极为重要的。粤西有着大量的陆路古道、水路要道,唐代粤西诗人在这些古道上的足迹与诗歌需要研究者进行充分的实地考察,需要研究者有历史地理的相关知识。

《粤西唐诗之路探源与诗人寻踪》书后附录《粤西唐诗之路研究著作论文索引》,收录了粤西唐诗之路相关的文学文献的研究成果,历史、地理相关的研究成果,思想哲学相关的研究成果,范围较广。时间上包括唐以来的原典文献,也包括上至民国下至当下的报纸期刊等文献,较为全面。

总体来看,《粤西唐诗之路探源与诗人寻踪》作为一本论文集,在选收论文时达到了全面性、系统性、学术性的要求。对于粤西唐诗之路的建构、对于粤西唐诗之路的研究具有启发性意义。粤西唐诗之路无疑是唐诗之路研究的一个新的方向。

《同道中国：韩愈古文的思想世界》

□ 吴振华

（刘宁著　生活·读书·新知三联书店　2023年5月）

　　自从 20 世纪任继愈、卞孝萱、傅璇琮、孙昌武、张清华、刘真伦等先生大力提倡"韩学"以来，韩学研究一直是学术的热点，无论韩愈诗文集的整理，还是相关的理论研究，都呈现出一派兴旺繁盛的可喜局面。但平心而论，真正堪称经典的学术著作还是比较少的，很多成果多为低层次的重复，因此韩学研究呼唤有学术深度和精辟创见的大著作。经历了近二十年的深度学术思考，刘宁教授的新著《同道中国：韩愈古文的思想世界》（生活·读书·新知三联书店 2023 年，以下简称"刘著"），迅速成为学术界热议话题，成为热门畅销书。全书聚焦于韩愈古文的思想世界，除导论和结语之外，共分上篇"成体"（第一章：拟圣精神；第二章：追寻"定名"；第三章：开放的师道；第四章：天性忠诚；第五章：屈骚之变）、中篇"造语"（第六章：语言激变；第七章：伟辞中的身体力量）、下篇"明道"（第八章："文质论"在汉唐之间的流行；第九章：韩愈建构"文道观"）三大部分，全书结构显然经过著者周密的整体考虑。总体上看，刘著运用文学、哲学、史学、社会学、语言学相结合的综合研究方法，站位高、视野阔、开掘深、辨析细、语言准，是一部具有很高学术价值的著作。

　　首先，思想站位高远，学术视野开阔。刘著能够从中国文学史和思想史的双重视角来审视韩愈古文具有的文学价值和思想价值。因为中唐时期处在安史之乱后中国封建文化秩序重建的关键时刻，一方面封建社会秩序需要重建，要树立中央皇权的主导地位，抑制藩镇跋扈的势头，一方面士人的精神世界面临危机也需要重建，又面临佛学思想的冲击，所以韩愈主张恢复古文传统，打击初盛唐兴盛的骈文，呼唤重建儒家道统。他领导的古文运动既是一场语言文学的革新运动，也是一场救亡图存的思想革命。韩愈复兴儒学、修辞明道，意在对儒学传统进行创造性转化，以挺立华夏礼乐文明与秩序，强化"中国之为中国"的基本特性与主体地位。韩愈以孔孟仁义为核心的"道统说"和修辞明道的"古文"实际上是表里相连的关系，建构儒家"道统"及弘扬儒家的积极入世精神，都要依靠古文来传达，其古文因而具有范式意义。后代接受韩愈古文或者传承韩愈恢复的儒家"道统"说，都必须以古文为纽带，这样"道统"与"文统"就统一起来了，无论谈"道统"或"文统"都绕不开韩愈，所以韩愈成为中国文化和中华文明的一个象征符号，后代出现"尊韩"和"辟韩"都是片面性的观点，因为无法抹去韩愈对中国文化的重要影响。刘著认为，韩愈古文建构了中国士人的精神传统，并从"天下公言"的角度，重建儒家的普遍性，认为儒家伦理的核心是绝对信念和内在责任的统一体，因而缔造了"同道中国"，即"在古文的化育下，成为彼此同道相应的精神共同体"，"立足于绝对信念的信仰、对内在责任的担当，其同道情怀无须依赖亲情的纽带和礼法的牵系"。（第29页）费孝通先生提出的"乡土中国"，启发人们关注依赖亲情血缘的乡土社会对中国文化的影响，而刘著提出的"同道中国"则揭示了中国社会超越血缘、地域与乡土的精神共同体，韩愈所开创的古文传统，对涵育这个共同体，发挥了关键作用。刘著指出"同道中国""让中国人摆脱外在依傍，追求道德的绝对性和内在性，树立了同道的思想价值基础，通过文以明道，让同道拥有丰富的情感文化基础；通过发明师道，让同道拥有交流传承的基础"。最后，刘著得出结论说："韩愈古文是塑造中华文明精神的'深文本'，其深刻的意义、深邃的思想以及复杂的语言，需要以贯通古今的视野，在复杂的文本环境中加以解读。"（第437页）这是对韩愈古文的崇高评价，也是对韩愈古文开创的精神世界的准确把握。由此可见，一部学术著作只有在开阔的文化视野下,才能取得超越性的学术成就。

其次,开掘精深。刘宁教授擅长理性思辨,长期耕耘于中国文化的思想史领域,又涵泳韩文数十年,对韩愈古文的创造性体味很深。如论述韩愈的"拟圣"追求时,先剖析先秦诸子论著的"述圣"旨趣,目标是追寻"成一家之言"的名山事业,而韩愈则判然有别,他的"拟圣"带有高自树立的神圣性追求,因而韩文"自树立,不因循",创造出一种全新的文体形式。韩愈对圣人的神圣性理解,有别于汉人崇拜圣人而走向怪诞神秘,强调尽管"圣不可齐"但能够"师圣为贤",注重内在的德性修养,刘著认为"韩愈继承荀子'学以成德'的道路,接续孟子对内在德性的重视,而又非常关注外在学习的意义","是对荀孟的独特融合"(第49页)。指出这种融合在"士人思考身心修养问题,多从佛道入手"的中唐时代思想环境中,"是值得关注的思想创造"(第50页)。刘著并未就此停住,而是继续深入挖掘,通过与柳宗元有意识融合儒释道三教思想的辨析,从文与道的关系来看,柳宗元理性化的观点认为"圣人之文"的核心是"道",得"道"甚至可以"遗其辞",而韩愈则认为"圣人之文"与"道"共在,要通过"文"来达"道","要通过对'圣人之文'的涵养体验来感知","只有在对'文'的全身心地沉浸之中才能清晰分辨,并做出抉择。理性化的柳宗元,在'中道'的原则下,看到了前代之'文'各自具备的长处,但在对'文'的复杂层次的细腻体验上,则不如韩愈"(第54页)。作这样的区分,才能看到韩文真正的长处,接着刘著顺流而下,探讨对宋儒的影响,指出宋儒追求"工夫"达于"本体",强调对"心性"的体认,与韩愈古文思想中的修养论有明显区别,但程颐、朱熹等宋儒的格物致知论,强调对于外在事物的考究,"与韩愈的古文修养论有可以相互启发之处"。尽管朱熹对韩愈有所批评,"但他对韩愈、欧阳修等人的古文成就是很关注的,他的工夫论思考与韩愈古文修养论的联系,从一个独特的角度再次反映了韩愈古文在思想史上的重要意义"(第60页)。结论辩证通达,令人信服。这只是刘著开掘精深的一例,全书这样的精彩章节比比皆是。如论述韩愈"五原"的文体创新时,由"正名"走向"定名",在文体溯源的基础上,结合先秦哲学史中的名学观,分析孔子到荀子的正名思想,指出董仲舒将正名建立在天意的基础上,接着讨论王充以元气来说明人性的观点,认为"'五原'对'本义'追求一种绝对而明确的界定,这在儒家正名思想的发展史上,颇具特色"(第65页),韩愈"以仁、义、礼、智、信五种德性来确立性的内涵,并认为中品之性,在于五种德性不够坚劳纯粹;下品之性,在于完全违背五种德性。从这个意义上看,他继承了孟子的性善论,确立了善之于性的根本意义。……韩愈的(性)三品说相对于董仲舒、王充有了明显的新创造,也直接启发了宋儒的人性思考"(第69页)。刘著进一步指出,韩愈认为荀孟皆从变异言性,故所论止于中品之性,韩愈对此是不满的,他对汉唐的人性论思想进行了深入改造,借助性三品说上品之善的恒定不移,确立了人性之善的绝对性,在这个基础上明确用儒家伦理的五常之德规定人性本质。(第71页)这个见解发人所未发,揭示了韩愈的理论创新。论述韩愈"五原"的思想成就之后,刘著继续深挖,指出"原"体具有"颇邪义"的作用,通过与宗密《原人论》比较,辨析"论体"与"原体"的差别,既看到了宗密《原人论》与韩愈《原人》的联系,也指出"虽然在义理上对佛教明确排斥,但佛教的思维方式、思想风格,对于韩愈也会存在一种刺激。韩愈'原'体构思具有不遑辞辩、直揭本原的特点,与唐代禅宗的思维方式有某种类似之处,或许韩愈正是用这种方式来回应禅宗的广泛影响"(第81页),因而"创立了风格简明的弘扬儒道的新形式"(第82页)。这应该是我所见的分析韩愈"五原"最深刻、最有创见的文字。第八章论述"文质论"在汉唐之间的流行,也是一篇气势磅礴的妙文,尤其讨论"文质论"与中唐《春秋》学、《春秋》义例学之间的关系,更为精彩,可以看到刘宁教授能够将长期研究《春秋左传》的学术积累,与韩愈"文道观"相联系,既看到了韩愈"文道观"的学术继承路径,也看到了韩愈"文道观"的"主体自觉"和"中国自觉",让人感觉韩愈夷夏观念不是凭空而来,而是在中唐特殊的文化背景下自然而然生成的,其对后代的深刻影响也是必然的。

第三,辨析细微。刘宁教授擅长细密的文本分析,也是刘著的一大特色。如论述"韩碑之变",抓住韩愈碑文对碑主才性品评的疏离这个根本点,通过细致分析蔡邕碑文与韩愈碑文,指出韩愈笔下的碑主"往往不是诸善备美的兼才通人,而是或忠孝仁爱、或才学超众、或性情卓荦的奇绝之士,而在尚奇的旨趣中,他又表现了复兴儒学、以忠孝仁爱为立身大节的追求"(第94页)。并结合刑名学对中古文体观念的影响,指出"韩愈古文围绕名学新追求所形成的运思理路,有着大变八代文章的意味"(第114页)。又如对千古传诵名文《师说》的解读,认为韩愈有着开放的师道观,"开篇的'受业',长期被误解为'授业',遮蔽了此文的真精神"(第115页),通过细致辨析,认为《师说》创作是以学生视角论述师道,学生自尊才能尊师,韩愈主张圣人无常师,要突破门户之见,建立"道之所存、师之所存"的新型师生关系。为了更深刻讲清这个道理,刘著详细考察韩愈国学学官的人生经历和当时的历史文化环境,指出韩愈提倡师道,虽是一种孤独的呼喊,但体现了韩愈的担当勇气,又通过与柳宗元进行对比,辨析韩愈"师其人"与柳宗元"明其理"的区别。"如果说韩愈'师其人'的师古之法,在创作中要避免优孟衣冠而落入僵硬模仿,柳宗元在'明其理'基础上的创新,则要避免被文章程式所束缚"(第154页)。而这种细微的差别,正是韩柳文章形成独特风格的深层原因。如此细密的学理分析,让人叹服。再如,对"天性忠诚"的剖析,也相当精彩。刘著结合安史之乱中睢阳保卫战的相关历史事实,梳理大量材料,指出睢阳褒忠的朝野态度不同,又将柳宗元以骈体的"王言"褒忠进行对比,指出"虽然尊王是忠义的旨归,也是中唐朝野矛盾下推扬忠义必须强调的内容,但仅仅通过强调中央权威来树立忠义精神,是有失简单化的。韩愈面临同样的现实矛盾,以'天性忠诚'的道德主义立意回应对忠臣的冷漠与非议"(第176页)。刘著还通过对《毛颖传》的解读来理解韩愈的忠臣观,并与杜甫的忠君进行对比,认为"韩愈和杜甫一样,都追求对'忠'的内在体验。所不同的是,韩愈更多地表达对忠的内在而绝对的信念,杜甫的'忠君'则更具亲厚眷恋的情感体验"(第201页)。还有论述韩文通过"抑遏蔽掩"的独特方式来改变屈骚旋律,既不平则鸣又抒写"不怨之怨",具有深意顿挫之美,与杜甫的沉郁顿挫极为相似,而与柳宗元倾心屈骚并接受楚文化中巫鬼仪式及天人观念影响,通过骚体文来安顿痛苦无助的身心是有区别的。如此细入毫发的辨析,成为刘著最显著的特色。

最后,语言精准。学术著作的学术言语是有规范的,要求简明准确。刘著在这方面也堪称典范,第六章专论韩愈古文的语言激变特征,主要解决韩愈"务反近体"的问题,指出韩愈避骈就散的选择是鲜明而自觉的,达到了骈散对抗性融合的新境界。运用语言学的方法,详细分析韩文中的各种句法和词汇,认为"韩愈文章的激进追求,不仅创造了古文新文体,更作为一种文化追求,深刻地塑造了中国人对文学创作和文化变革的理解"(第261页)。刘著论述骈文的思想性格、韩碑造句之奇和伟辞中的身体力量等,都体现了语言准确精当、细致入微的特点。

当然,刘著也有一些小问题,大约成书时间较长,前后文风不一致。也有论述轻重失衡的问题,如论述韩文追求奇险狠重之美,引用了大量韩诗作为参照,论述从"文质论"到"文道论"的变化,大量引述《春秋》义例学的内容,尽管也是阐述韩愈古文所必需,但由于篇幅过长,有冲淡韩愈古文的嫌疑,阅读过程中有轻重失衡之感。总体上看,刘著是韩学研究取得重大进展的标志性成果。

《论王维》

□ 刘 娟

（王志清著 商务印书馆 2023年5月）

王志清先生这部《论王维》是他研究王维的第五部专著，代表着王志清先生在王维研究领域的新突破。"朝廷左相笔，天下右丞诗"这一对句流行于唐代，反映了王维诗独步当时、风行海内的盛况，并非溢美之词。杜甫也说"最传秀句寰区满，未绝风流相国能"，对王维的诗文十分赞赏。殷璠在《河岳英灵集序》中，称王维、王昌龄等二十五人为"河岳英灵"，而王维为之冠，谓其"词秀调雅，意新理惬，在泉成珠，着壁成绘，一字一句，皆出常境"。代宗皇帝好文，下令编辑王维诗歌，并作了"抗行周雅、长揖楚辞""时论归美、诵于人口"的评价。作为盛唐三大诗人之一，王维及其诗歌向来受到研究者的极大关注。然而，王志清先生研究王维并非出于某些功利的目的，而是因为他认识到"王维德行与艺术的高度与他现处的文学史地位和美学评价实不相匹配"的现状，从而毅然决然地走向王维。近些年来，随着接受美学与唐诗学研究的迅速兴起，王维诗歌接受研究的成果同样蔚为大观，而王志清先生不落窠臼，另辟蹊径，以王维的诗为依据，探索诗人本身，从而走近王维。正如王志清先生在书中所说："走向王维，不仅是一种冲动，也是一种缘分，是我内在精神需求与投合的一种积极回应。"这种冲动和缘分使他写下《论王维》这一抵达诗人人性深度的佳作。

一、《论王维》的特点

（一）雅致自然的文章结构

王志清先生认为"唐诗是唐人不死的灵魂，唐诗研究也是人的研究，如果只谈诗之气韵风骨，而不论诗人的操守性情，是很难不误读的"。正是基于这种观点，《论王维》的九章内容中，前七章都是围绕诗人本人展开研究，分别从王维的哲学思想、政治风度、高人气格、人际关系、家国情怀、悲悯意识和美学观念等方面，为我们描摹出一位"达人无不可""忘己爱苍生"的世间高人的形象。在第八章中，王志清先生总结了王维鲜明的诗体特征和个体印记，使读者感知到诗人思想的深邃性和艺术的超诣性。而在最后一章中，王志清先生将视野置于整个中国古代文学史中，叙述了王维在中国古代诗学上的贡献，认为王维对中国诗学最大的贡献是"将意境做到极致"。此观点恰与文论家罗宗强先生的见解不谋而合。毫无疑问，尾章是作者对全书内容进行的一次总结和升华。另外，在每章的大标题下都有四个小标题，把每章分为四节进行叙写，最典型的是第七章和第九章。作者把王维的美学观念概括为自然美学观、性气美学观、象外美学观和情境美学观，还认为王维的诗学贡献在于意境做到极致、山水诗臻于极顶、为文已变当时体、引禅入诗的审美意义。可以说，这本书的每个部分既是有机的统一，又可以独立存在，是对某一个问题的具体研究，也是整体的一个纵观脉络。这部佳作清晰明了的框架结构，将王维的一生栩栩如生地呈现在读者们面前，同时也揭示了王维在文学史上的重要地位。

（二）严丝合缝的论证逻辑

文学作品是作家思想的结晶，无一不烙上作者本人的印记。对于王志清先生这样一位学术谨严的学者来说，逻辑的严密是必须遵守的准则。因此，《论王维》的每一章节中的内容都与主题思想有着千丝万缕的联系，没有任何冗余的成分。例如，在第一章的"三教兼摄通融"一节中,认为《漆园》一诗描述庄子这个"傲吏"坚拒楚威王以"厚币迎之""许以为相"的承诺反而自愿在蒙邑为吏的行为,是诗人王维对庄子"行隐两适"而恬淡自足的人生态度与生存智慧的放大,由此体现了王维三教共融的思想。但一向逻辑缜密的王志清先生并不认为一个例子就足以说明这一点,于是又提出《与魏居士书》中的"长林丰草,岂与官署门阑有异乎?"是诗人"亦官亦隐"的人生态度与生存智慧的生动体现和精练总结,并且认为王维"这种既入世又出世的选择,顺应天命而安于自然之分,表现出以安天命而养心缮性为宗旨的'漆园'境界和生命精神",从而得出"王维的这种鱼与熊掌两者兼得的生存智慧,源自其儒教与庄、禅的兼容,反映了他将儒释道打通而融合的睿智"的结论。无独有偶,在第三章中,王志清先生为了论证王维"独心向唐的节义观"提出了多个论据。其一是杜甫在《奉赠王中允》一诗中表达出"王维可以与庾信媲美,不能与陈琳并论"的结论,而且清人王嗣奭也持此观点。其二是王维在动乱时期冒死写下的《凝碧》一诗得到了仇兆鳌的高度评价,并被宋人阮阅列入《忠义门》。其三是在以德为先的古代,许多文字资料都记录了王维的"高人"事迹,如《旧唐书》《进王右丞集表》《答王缙进王维集表诏》中的记载,还有时人储光羲、王昌龄、王缙对王维人品道德的正面评价和高度认同。这种层层论证的逻辑十分严密,因此结论也具有相当高的真实性。

　　其实,王维的"亦官亦隐"与其人格理想和政治理想是密不可分的。有着"诗佛"之称的王维一生参禅悟道,但是,他的精神主体以儒家为内核。儒家一直倡导"穷则独善其身,达则兼济天下"的理念,王维有时会探究佛理,有时坐论谈道,这些都是他的消遣之举。他诗中多次谈及和友人一起谈论"道",惋惜"道"未能实现,"道之不行"实质上是他的政治理想和人格理想未能实现的一种无奈感慨。王维尊奉的仍然是儒家所提倡的忠君恋阙的观念,他一直怀着济世救民的政治理想,想成为一名辅弼明君的贤臣。它们共同构成了王维山水田园诗中"诗中有画"的"画中人"之人格美。王维的这种优游通达、隐逸潇洒的风范,成为后代文人推崇和效仿的典型人生模式,他高雅平淡的情怀也构成了中国士大夫文化中人格内涵的一个重要内容。在文学史上,继陶渊明后,王维的这种洒脱与归隐,也给后世无数士大夫提供了一种人生选择,当他们遇到人生坎坷时,或多或少地会投入王维的山水田园之境,寻求一种心灵的慰藉。

(三)诗化的叙述语言

"文章本天成,妙手偶得之"是陆游对文学创作的本质理解。一部好的文学作品往往不是人工刻意雕琢和堆砌起来的,而是自然天成的,是积淀深厚的作者在偶然间灵感迸发的必然结果。王志清先生在对王维诗歌进行解析时,其叙述语言清丽秀雅,与王维"诗中有画"的意境美融为一体,十分贴切,读来令人回味无穷。文人因美妙的诗歌语言而陶醉,而诗歌又在文人的笔下被解读出独有的浪漫。作品有外在的形式结构,也有内在的思想情感特征。

以第八章为例,在第一节"诗中唯其有画"中,王先生将《山中》的"蓝溪白石出,玉川红叶稀。山路元无语,空翠湿人衣"解释为"诗写初冬山行之景,色泽鲜明,情采斑斓。诗人不仅调动了视觉感官,写其似幻似真的诗意感受。人行空翠之中,而有细雨湿衣的凉意,整个身心都受到浸染与滋润。这是诗,这也是画,画境亦诗境,不是泛言物色,且情味弥漫,纯然一种纯粹'寄畅山水'的心态与幽趣"。用充满诗意的语言解读了这幅令人神往的初冬山行图,清新自然的语言文字读来令人甚觉心旷神怡。以及在第二节"诗中因为有禅"中,为了体现禅对王维诗歌的渗透性,作者写下了这样一段话:"笔随意运,任意所至,抑扬得所,趣舍无违,慧识性灵包藏于无意识之山水深处,而其诗中呈现出来的意象多具隐喻性,譬如《木兰柴》《华子冈》里秋山斜阳,归鸟夕岚,以其明灭缥缈的状态隐喻着人生无常、人世多变;《竹里馆》《鹿柴》里返影入林,悬月幽篁,其斑斓陆离的形象隐喻人生美丽自在,却也幽暗虚空;《栾家濑》《辛夷坞》里绿波白鹭,辛夷开落,隐喻自然界自生自灭,无有常住;《孟城坳》则从新居门前的古柳感悟到兴衰变化的命运,表现出不必执着、苦空无常的理谛。王维的这些诗,入乎禅又出乎禅,不着一字而尽得风流,一片神行,如清风出袖,若明月入怀。"王志清先生用排比句式罗列出王维诗中的禅意意象并解读出其隐喻,再多化用成语将其串联起来,语言清丽空灵,俨然一首沉博绝丽的现代小诗,可谓是"清水出芙蓉,天然去雕饰",同时也阐释和证明了自己的观点,呼应了本节标题。

二、《论王维》的价值

(一)王维研究的新天地

王先生在引论中写道:"虽然近三十年来王维研究也风生水起,然在投入力量与取得成效上还与王维的实际价值不符合,王维似乎还在一二流诗人间低走,王维与其诗被污名化的影响尚未真正得到廓清,其被边缘化的现状甚至还并未得到彻底改观。如果研究中有将王维与李杜并提的说法甚至还会被人嗤之以鼻。"王志清先生出于对王维高洁人格的崇敬和为了王维"鸣不平",潜心研究王维三十余年,他说"我成为了一个长跑者,也成为了一个虔诚而拘谨的'插茱萸'者"。王志清先生在王维研究尚不被重视的时代毅然决然地扛起了这面大旗,其间历经了多少不为人知的艰辛,从而开辟了王维研究的新天地。这种不趋炎附势的学术坚守正是我们这个浮躁不安的社会所缺乏的,也是我们所崇敬和必须学习的精神。

(二)全新的解读视角

王志清先生的王维研究是全方位的,涵盖了思想、诗歌、生平经历等多方面。他在引论中这样谈自己的王维研究方向:"由重诗的研究转向重人的研究,由'诗'的视角而转向了'人'的视角,即由在美学上使力,而于探求和解析诗人审美创作心理上侧重,转向人学与人性维度,重人的为人处世与人格人性的考察。"本书的前七章都是对王维此人的研究,且前七章的小标题都省略了主体"王维",就是对全书以人的研究为主的一个很好的例证。在序言中,蒋寅先生也认为"研究视角的转变赋予了本书更广阔的学术视野,对王维的研究也由以往集中于诗歌文本乃至某些焦点问题如'诗中有画'之类转向对王维的人格、思想、美学和诗歌艺术的全面研究,成为真正意义上的王维研究,而不只是传统的王维诗歌研究"。这种全新的解读视角带给读者更新颖的阅读体验,也给王维研究注入了一股新鲜血液。

(三)学者主体生命体验的融入

王维的一生是复杂的,他是官僚,又是隐士,是一个极具才情的诗人,也是一个另辟蹊径的画家。他还精通音乐,长于文字,"才华炳焕,笼罩一时"。他歌颂过"动为苍谋"的辅臣,也嘲笑过"窗间著一经"的腐儒,他有过"报国取龙庭"的酬赠之语,也有过"济人然后拂衣去"的高蹈之志。但"少年不足言,识道年已长",安史之乱的巨大波折使他从小根植于心中的佛禅意识开始发芽。他"晚年异平生",越来越趋向于"静","晚年惟好静,万事不关心",他隐于朝廷,遁入空门,吟诗作画,怡情山水,成立名副其实的维摩诘居士。王维在不同阶段呈现出的不同心境需要有深刻生活经历和思想积淀之人方可体会,且其多才多艺的品质又恰与王志清先生精通各种文体的特点相符合,无怪乎王先生能与王维研究结缘,并最终走近王维!

三、结语

开创了山水诗派的谢灵运,虽一心向往山水,却始终迷恋于世俗生活;开创了田园诗派的陶渊明,不为五斗米折腰,早早避世。然而,王维不沉浸于官场,寄情于山水田园之中,在诗歌上,集谢、陶二人之大成,山水题材和田园题材在他的创作中实现了合流,丰富了诗歌发展的内涵。从古至今,人们对王维的好评都不绝于耳,如清人乔亿在《剑溪说诗》中评价王维应制诗:"王维冠裳佩玉,而丰容绝世也。"唐李肇《唐国史补》卷上说:"王维好释氏,故字摩诘,性高致,得宋之问辋川别业,山水胜绝。今清源寺是也。"明胡应麟《诗薮》内编卷六评曰:"摩诘五言绝,穷幽极玄。"又说:"右丞《辋川》诸作,却是自出机轴,名言两忘,色相俱泯。"清施补华《佣说诗》称"《辋川》诸五绝清幽绝俗"。清方东树《昭昧詹言》卷十六说："王摩诘《辋川》于诗，亦称一绝。"又说："《辋川》叙题细密不漏，又能设色取景，虚实布置，一一如画。"殷璠在《河岳英灵集》中论王维"词秀调雅"。近几十年来，王维与其他诗人相异的独特之处被逐渐发掘出来，因此，王维研究也逐渐风生水起，但如今学界对王维的整体评价依旧是一二流诗人，且投入力量与取得的成效还远远不够。王志清先生的《论王维》一书是王维研究的一部创新之作，它以王维的诗歌和生平经历为依据，把研究重心放到王维本人身上，跳出了以往"以诗为主"的视角，开启了王维研究的新领域。全书以雅致的文章结构、简约的文本内容和诗化的叙述语言为特点，为其后的王维研究提供了方向和方法的参考以及全新的解读视角，融入学者的主体生命体验，呈现出王维人格的特有浪漫，具有开创性意义，不断给予后世学者以启发和思考。此外，王先生与王维灵魂碰撞擦出的火花可以说是一场双向奔赴，王先生这位"插茱萸者"毅然投身王维研究给我们带来的感动与震撼，也远不是这篇小小文章所能道尽的。

《唐诗三体家法汇注汇评》

吴晋邦

（陈斐辑著　凤凰出版社　2023年6月）

近年来，唐诗选本的整理与出版是个热点。不少稀见选本被纳入丛书影印出版，从此海内易见；一些别具特色的选本得到点校整理，方便研读使用；部分影响深远的经典选本，则有笺注、汇评等较为深度的整理成果问世。中国艺术研究院陈斐先生辑著的《唐诗三体家法汇注汇评》（凤凰出版社2023年）一书，就是新近出版的一部谨严而有新意的唐诗"深度整理"之作。

《唐诗三体家法》是南宋周弼编选的一部颇有特色的唐诗选本。该选按诗法分体编排，体量适中，尤便初学，"嘉靖以前童儿皆能倒诵"（何焯语，见陈斐《唐诗三体家法汇注汇评》第957页），在我国元明两代及古代日本影响巨大。清代以降，体现宋人诗学趣味、注重诗法、多选中晚唐诗的《唐诗三体家法》逐渐失去曾经的地位；近代以来，以时序、依人系篇的体例成为选本编排的主流方式，按诗法分体编排的《唐诗三体家法》更显陌生。选本承载着不同时代、地域对诗歌的不同好尚，跳出几种已经知名的选本之藩篱，回顾这部曾盛行一时且重视诗法的选本，无疑既有裨于研治历史上的诗学理念、诗歌接受，也有助于我们在浩如烟海的唐诗中发掘新的经典，特别是可以提示我们从诗法、创作的视角审视中华诗词传统，这是以往基于精英诗学的研究惯性所忽视的。海外学者宇文所安不受本土成见束缚，带着"异域之眼"讲中国文论，即颇重视诗法，在《中国文学思想读本：原典·英译·解说》中将此书与《文心雕龙》《沧浪诗话》等并论。作者十余年前即致力于南宋唐诗选本研究,对《唐诗三体家法》的编者生平、成书情况、版本源流、诗学意义等问题早有深切体察(陈斐《南宋唐诗选本与诗学考论》,大象出版社2013年,第167—286页);复积一纪之功,裒辑各家注评,参以己意,附录相关资料,为读者提供了一部周详可据、启人思索的《唐诗三体家法》"新善本"。其优长之处大略有三。

一曰搜罗完备,文献可靠。作者在目验实物、亲加比勘后,按时间序次将《唐诗三体家法》的版本谱系梳理为无注原本(世已不存)、圆至注本、裴庾注本、碛砂本(盛传敏与王谦纂释本)、高士奇补正本、何焯批校本六类,同时也留意此选东传日本、朝鲜的情况。明晰源流后,诗作正文选择目前能见的最早最全版本(中国台湾)"国家图书馆"藏元刊《唐三体诗说》二十一卷本为底本,参用上述各本对校,充分保证文献上的可信性;为便于读者检索、对照,按四库本分卷将全书厘为六卷。这一做法既忠于文献,又便于利用,可谓两全其美。

《唐诗三体家法汇注汇评》纂辑圆至、裴庾、碛砂(盛传敏与王谦)、高士奇、何焯、何焯弟子与日人大槻崇七家的注评、批校,尽数囊括自元至清的品评文字。七家注评,各有特色。圆至注开其先河,训释典故语词总体而言较为准确,时有附会之弊;裴庾注国内早佚,但流行于日本、朝鲜,据作者考证应是在圆至注基础上所作,多注地理、职官、典故,也辑录前人说诗之语。以上两种为元注,清代的几种评注皆在圆至注的基础上展开。盛传敏与王谦对圆至注加以删削、补释,兼有阐释诗意、剖析意脉之处;高士奇主要校勘文字、删削圆至注,新增注评寥寥。批校大家何焯"以此书为读本,十余年内,有得辄记卷内,故是正旧注之处多而且精"(王重民《中国善本书提要》,上海古籍出版社1983年,第463页),补注本事、典故颇多,阐释诗法,时有妙语;其门生对此选亦有一些点评。《唐诗三体家法》风行东瀛,长期是日本学诗者的必读书,大槻崇的评点时有佳语,体现了域外学者评注唐诗的特别视角。各家注评或重语词训释,或重比兴寄托,或重诗艺发微,读之自饶意趣;后人评点对前人注文多有增删商权,读者可徜徉其中寻求会心之解,亦可谛观说诗风气之递嬗。

　　作者不仅重视对诗作文字、前人注评的校勘,在进行补注时也不轻信他人,而是详加比勘,务求准确。补注大量引用近年来的校注本别集、选本乃至学术论著,其中"征引的前人文献,皆核校了原书,庶乎既不没人辑录、发明之功,又能确保准确"(凡例第4页)。作者自陈仅寥寥两行,但背后实有极大的工作量。转引文字与原书多有不符,而作者利用的前人文献又极多,一一核校,难度可想而知!笔者曾随取书中所引前人著作与之对勘,一条之内即见作者校改达九处之多,全书诗注近九百页,其间甘苦,可以想见。作者不惜心力、务求谨严的态度,最大程度避免了以讹传讹,这正是此书质量的保障。

　　《唐诗三体家法汇注汇评》不唯将前人注评搜罗殆尽,还纂辑了相当丰富的研究资料。附录中的资料汇编基本竭尽了《唐诗三体家法》编者、注者、评者的生平资料,详载各版本的序跋、古今著录情况,又从各类别集、诗话、笔记、选本中辑出诸家对此选本的品评,附以该选本的传播影响资料。举凡与《唐诗三体家法》相关的论述,基本皆荟萃于此,为研究者提供了莫大的便利。附录还收录了日人大槻崇所编选的《周选唐贤绝句拾遗》。此选秉承周弼体例,仍以诗法编排,体现出日本学界对《唐诗三体家法》的独到兴味,清丽可人,足资吟咏。《唐诗三体家法汇注汇评》内容宏富而次第井然、体式周详,足见编排之力。

　　二曰补注详赡,解诗精当。在确保文献全面可靠后,"汇注汇评"之语已得落实。但作者的目标不止于此,而是要补充旧注评的阙失、匡正旧注评的疏漏,为读者提供一个不仅总结历史注家成果、更能体现当代唐诗研究水平的优秀注本。"注书亦如积薪,后来者居上"(谢思炜《杜甫集校注》,前言第8页),后出的注本完全可以在前人旧注的基础上更进一步。当下与古代的诗歌创作环境、今人与古人的知识结构皆已不同,今人在诗艺的理解上往往不逮古人,但随着学术的进步、技术手段的应用,许多古人受限于时代而无法确解、说有未谛之处,今人完全有条件予以解决。部分被刻板、穿凿理解的词汇、典故,可有较通达的解说;地理、职官等专门之学,今人亦有较大推进,相关学术成果皆可为当代注家所吸收。作者既本着"同情之理解"的心态,对旧注有较为公允的评价,又意识到旧注客观上的不足,吸取近年来的学术研究成果,对归属存疑之诗、理解疑难之处力加廓清,撰写了大量的考证与补注,从而使《唐诗三体家法汇注汇评》成为一部收束前代旧注、汇辑当代新注而又颇具个人风格的新注本。

作者补注"总共两千余条、三十余万字。补注时,首先参考今人所著学术性较强的唐诗别集、选本之笺注本,若其已注明,则径直采用;其有疏误,亦时或纠辨,并抒己见"。(凡例第4页)较之别集,选本所涉作者众多,笺注时头绪更繁。《唐诗三体家法》多收中晚唐小家的作品,这些作品此前往往缺乏优良注本,尤其需要作者着意网罗前人之说、断以己意。作者纠正前人误注凡二百余条,此皆细密功夫,足见识力。同时,唐诗重出互见者甚多,作者在参考佟培基《全唐诗重出误收考》等前人成果的基础上,对两属的作品一一进行说明,庶几不致讹误之处继续因袭。现代学术发展已经百年,成果颇丰,但一些可成定谳之论,至今仍未在社会上取代成说、成为共识,只在学界获得广泛认可,这不能不说是一种遗憾。选本作为流通广泛、影响巨大的文学批评方式,理应保有其前沿性,将客观、可靠的最新研究成果纳入其中,庶几学人心血发挥最大价值。从这一点来说,《唐诗三体家法汇注汇评》补注工作中博采众家、断以己意的方式,理应成为诗歌注释中的应有之义。

作者引用前人论著、参考各类辞书甚多,但并不囿于前人之论,而是在理解诗歌文本、剖析诗歌意脉的同时辩驳旧说、续有发明。这在名物地理、语词考释、诗艺阐发上都颇有体现,不妨随举数例,以见其要。解说名物,如注戴叔伦《湘南即事》中的"卢橘"一词,通过寻绎诗意、辨析时令,指出"卢橘"二义:夏季开花,秋冬果熟者为金橘,秋冬开花、夏季果熟者为枇杷,唐诗中多指枇杷,从而纠正了诸多唐诗注释中的疏漏。笺注地理,如注贾岛《早秋寄题天竺灵隐寺》中的"石楼",认为该地在杭州而不在明州,不宜因明州有此地名就牵合而论,指出诗歌注释中专名与泛指相混淆的问题,具有普遍意义。语词考释,如从格律上辨李咸用《春日》"花时不称贫"中的"称"为去声,此句意谓己与花时不相称,驳正前人旧说甚确;考察唐彦谦《韦曲》中"练潋"一词之义,发辞书所未发。诗艺阐发,如解郑谷《中年》"愁破方知酒有权"为设想之辞,解孙鲂《甘露寺》"昼灯笼雁塔,夜磬彻渔汀"一联体物之精妙,皆中鹄的。这些论断,识者自可会心。

三曰揭示选本意义,提供整理范式。文献可靠、补注精当,已使《唐诗三体家法汇注汇评》成为一部优秀的整理本,但作者仍有更高的追求,即抉发《唐诗三体家法》在诗学史上的意义,通过《唐诗三体家法》的整理工作为选本的"深度整理"提供方法上的启示。这两种追求,较集中地体现于前言与附录三《数字化时代诗歌注释存在的问题及对策》之中,诗作注评部分也时见其妙。两篇文字一在开头,一为收束,皆洋洋数万言,使得《唐诗三体家法汇注汇评》对唐宋诗学与诗歌阐释都颇具意义。

在前言中,作者详细讨论了《唐诗三体家法》的诗学观念、时代地位等问题,庶几读者阅后即可对周弼与其选本在诗学上具有较全面的认知,为目前认知颇为粗疏的晚宋诗学史发掘出了一部价值、影响堪与《瀛奎律髓》对垒的经典。通过对唐诗选本的纵横比照,考察南宋江西、江湖诗学对唐诗的不同取法,作者指出《唐诗三体家法》是"南宋以晚唐为诗到元、明以盛唐为诗的过渡"(前言第31页),具有典范意义。周弼喜言开元、大历而选目多中晚唐的问题,本是一大疑点。作者通过细密的分析,认为宋元人论诗不局限于作者时代而更多着眼于诗篇风格,周弼认定的开元、大历诗风与中晚唐诗共有华丽、婉曲的风格,周弼既有不满晚唐的一面,但又受时代的审美惯性影响,为此问题提供了合理而透辟的解释。作者还指出,《唐诗三体家法》以诗法编排,既是唐代以来"规范诗学"的延续,也是南宋"以诗行谒"时代风气下的产物。"规范诗学"虽然不登大雅之堂,却往往体现出诗歌创作中的底层逻辑,是初学者的必由之径。《唐诗三体家法》作为诗法类选本的典型代表,与《瀛奎律髓》有着同样重要的意义,二书各明一义,分别代表了南宋宗唐派和江西诗派的诗学观念。《瀛奎律髓》中众多针对《唐诗三体家法》情景论、虚实论的微词,也能够证明其影响力。《唐诗三体家法》的系统性、规范性与启蒙性,正是此书在元明两代及域外风行不衰的原因;时至今日，书中的一些理念和诗法，仍可为有志于旧体诗词创作的读者提供参考和指导。

作者一直警惕人文学术研究的"技术化"倾向（陈斐《警惕人文学术研究的"技术化"！》，汪文顶、李树峰主编《推进朱子学与闽学的深入研究——朱子闽学与亚洲文化论坛论文集》，文化艺术出版社2017年，第280—284页），在信息化、数字化浪潮下，如何在研究中利用技术更好地进行"深度整理"而不被"技术化"，是作者的关切所在。当下诗歌注释的困难，通常不在信息阙失，而在如何从纷繁的信息中抽绎出符合诗歌意脉、诗人心境的义项，或者不迷信权威辞书，发明新义项，进而更好地理解诗作、涵泳其妙。如果腹内枵然而完全"技术化"注诗，便会出现辞典之外瞠目不能对、辞典之内茫然无所择的状况，对理解诗歌实无益处，也屡屡受到读者批评。欲解决这一问题，既需要注释者具有感悟诗歌、解读文本的诗心，也需要诗歌注释学形成一些成熟的理念与方法，以使注家知其所避、明其所向。作者在注释过程中颇有收获，又不止步于具体问题的解决，而是形成了一套关于数字化时代诗歌注释方法的思考，故而此书又有了超越选本整理、为广大注家提供经验与参照的意义。

在附录三中，作者详细讨论了注释中典故、语词、地名、诗意等多方面的问题。之所以造成上述问题，并非因注家懵然无知，而是由于注家对诗歌意脉缺乏合理的把握，不能觉察到注解中的不确之处。作者在解诗过程中，尤重意脉的梳理、语句互文性的阐发，力求解诗圆融贯通。这一工作往往是隐性的，但也有部分体现，如于武陵《客中》一诗，作者即细致剖析其章法、意脉，详论"文成法立"之妙。在细读的过程中，作者发现不少传统解读下意脉的窒塞之处，进而将其总结为一系列问题类型。如王维"广武城边逢暮春，汶阳归客泪沾巾"，传统注家注明广武城地理、楚汉相争之事固然不错，但这与"泪沾巾"的联系便不甚明确。而注出阮籍于此慨叹"竖子成名"之事，诗意遂得贯通。作者由此指出，在通常数典合用之外，还有"像岩层一样层层累积了多层典故"的情况，只有"全部注出才能明晰诗意"，这就推进了对用典复合现象的研究。又如王周《道院》，旧注和权威辞书按普通道院解，忽视了尾联"谁知是官府"之语，作者详加考证，注出道院在宋代发展出了"公事稀少的地方官署"的新意，这就发明了该词的新义项。在抉择语词、典故义项时，作者还强调需留意语词的适用场域。如李嘉祐《送王牧往吉州谒王使君叔》中"应念倚门愁"一句，旧注或谓指叔父倚门而望，作者通过考察"倚门"一词的使用语境、诗歌的前后意脉，认为是说父母倚门悬盼而非叔父倚门而望，切中人情。上述注释，虽就具体诗句而发，但在作者归纳、提炼后，便成为具有更普遍借鉴意义的阐释理念。此外，作者还很重视阐发诗歌意蕴、艺术手法，如评裴说《春早寄华下同人》"岳面悬清雨，河心走浊冰"一联谓"写岳言面，谓河有心，正以雨比泪，将冰拟闷"，洞见诗心；解喻凫《龙翔寺居喜胡权见访因宿》"扣月一钟残"的曲喻手法，谓诗人因月之光色如玉盘而联想其可扣，并以残钟比衬，曲尽其妙。在正确理解诗意的基础上，对诗艺进行恰当、透辟的解说，无疑也是优秀整理本应具备的特质；作者的注释实践及其蕴含、提点的诸多阐释理念，值得注家乃至研究者予以重视。

《唐诗三体家法汇注汇评》不仅在材料搜罗编排、吸纳前沿成果等方面法度谨严，更说明了此选本的独特价值、提出了诗歌注释的诸多理念，对于今日从事"深度整理"的注家颇有启发借鉴意义。不过，此书卷帙既富，鲁鱼之讹，实难尽免。如第47页补注杜牧《送隐者》，转引他人注本引用之牧诗夹注中的"东坡补注"："王献之览镜见发，顾儿童曰：'日月不相饶，村野之人，二毛俱催矣。子等何汲汲为竞，寸阴过而不可复得也。'"此为伪苏注，似可略去。又如第178页将中和四年作844年，第456页误署武元衡生卒年，第607页将天宝十一载作725年，皆属笔误。上述问题皆属千虑一失，无关宏旨。回顾全书，作者诚无愧为周弼与《唐诗三体家法》的异代解人。

唐诗选本的汇评本，此前已有《唐诗三百首汇评》《唐贤三昧集汇评》等。《唐诗三体家法汇注汇评》继之梓行，与选本"才情双绝抵清新"（森槐南题《三体诗评释》）的选目水平、曾风行一时的影响力无疑是相称的。作者积十余年之功而汇辑众说，补注精当，更为此选生色。《才调集》《唐诗鼓吹》《唐诗别裁集》等其他知名唐诗选本,皆有特色,亦不乏前贤注、评,我们颇可企望其有类似于《唐诗三体家法汇注汇评》一类的"深度整理"本问世。而作者在结束本书的工作后,又续有笺注陈三立《散原精舍诗》的计划。散原瓣香西江,"自是诗人之诗"(钱锺书语,引自汪辟疆撰,王培军笺证《光宣诗坛点将录笺证》,中华书局2008年,第24页),其校注工作正待方家,笔者亦十分期待拜读作者的新作。

《中唐古诗的尚奇之风》

□ 李 伟

(葛晓音著 北京大学出版社 2023年6月)

在学界的普遍印象中,唐诗是中国古典文学研究领域中的重镇,这意味着一方面蕴含着古往今来丰厚的学术积累,众多知名学者投身其间,铸就学术经典,构建起后世对唐诗史的研究脉络、理解维度和阐释意涵〔关于唐诗研究的学术总结,可参阅陶文鹏先生《20世纪前半叶的唐诗研究》,《湖北大学学报(哲学社会科学版)》1999年第5期;尚永亮教授《近二十年唐诗研究述论》,《文史哲》2021年第3期;杜晓勤教授《20世纪隋唐五代文学研究述论》中的唐诗研究部分,北京大学出版社2021年;以及吴相洲教授《中国诗歌研究史·唐代卷》,人民文学出版社2020年〕;另一方面则是面对这些前贤的学术丰碑,后来者如何能够继续推陈出新,开拓出唐诗研究的新局面和新境界。毕竟在早已翻熟的唐诗研究中想再取得一点有价值的学术进步,都是需要付出绝大努力的。因此从某种意义上来说,唐诗研究已经超越了其自身所代表的范畴领域,而是成为我国古典文学不断取得开拓和进取的学术风向标,成为影响和引领中国古典文学研究学术范式更新的重要表征之一。具体到研究成果而言,真正能够在唐诗研究中取得实绩的著述,则必定是研究者苦心孤诣、深沉探索的思想结晶,唯其如此,才能在本已充实的唐诗研究中留下自己的学术印记。

新近出版的葛晓音先生的大著《中唐古诗的尚奇之风》,可谓是近年来唐诗研究的一部力作。在笔者看来,葛先生这部著述的学术价值,只有结合其一以贯之的研究历程、唐诗研究的学术风气以及中国古典文学研究内在理路的探索等重要命题,方能明了其中独具特色的研究方法、迥出众流之上的学术境界以及她对唐诗复杂流变的会心理解。

20世纪80年代中期以后,葛晓音先生就已不断致力于汉魏六朝唐代文学研究,其中唐诗是其研究领域中的重中之重。誉满学界的《汉唐文学的嬗变》《山水田园诗派研究》和《诗国高潮与盛唐文化》等精深著述,已成为后来者继续探索唐诗艺术的必读书目。再广而言之,葛先生早期的唐诗研究是建基于对宋前诗史的充分理解之上的,《八代诗史》与《汉唐文学的嬗变》中的唐前研究部分,都可见出葛先生并非孤立地研究唐诗,而是充分联系宋前诗史的发展脉络来深入探究唐诗的独特性及其何以如此的各种原因。这些研究无不透露出葛先生既深入唐诗文本肌理,又能广泛探究时代风气、文化思潮与多维文化因素对唐诗风貌形成的影响。由此可见,葛晓音先生在20世纪后二十余年的充实研究,折射出唐诗和唐代文学研究的一个重要面向,即在重视文本内涵的基础上充分挖掘影响古典文学发展的历史文化意蕴,这既保证了古典文学研究的"文学"本位和尽力探究审美艺术发展流变的价值立场,同时能以更加开阔的历史文化视野去审视和分析文学史的重要现象,从不同的视角解析其中发生、发展以及何以如此的文化根源〔关于20世纪后半期的唐代文学研究,可参阅傅璇琮先生《唐代文学研究:社会—文化—文学》,《华南师范大学学报(社会科学版)》2005年第2期〕。

进入21世纪以后,葛晓音先生在具体研究领域上更加追根溯源,即从唐诗研究上溯先秦汉魏六朝,在融通中外古典诗学的研究基础上(葛先生对中国古典诗歌体式的创作原理发生研究兴趣,有感于我国这方面的研究还多是停留于古典诗话的评论层面,极少有学者能够从现代学术研究的立场出发,对我国古典诗歌体式原理进行深入的探究。另一方面,日本学者松浦友久的《中国诗歌原理》对葛先生启发很大,但葛先生能够突破松浦友久的研究而自成一路,对中国古典诗歌的不同体式进行了全面的研究,从"史"的纵向发展把握体式流变的进程,从而总结诗歌体式生成的艺术原理),从诗歌体式的角度对唐前诗歌进行了一番彻底的学术研究,完成了《先秦汉魏六朝诗歌体式研究》,这是从语言、节奏、结构艺术与表现方式等方面对我国古典诗史的全面研究(该书于2012年由北京大学出版社出版发行,其中的相关内容都以单篇论文的形式在各大期刊发表)。这部著作最突出的特色就是极为强调诗歌"文本"的研究立场,通过阅读大量存世的唐前诗歌作品,总结节奏音组,归纳表现方式和结构艺术,进而上升到时代创作的总体趋势,在纷繁复杂的诗歌艺术现象中探寻隐含的发展规律。这使得该书的研究具有鲜明的重视文学的"内部研究"的价值趋向。而这一点也正是葛先生在坚持原有研究方法的基础上,继续强化"文学"的本位研究,从而形成了独具特色的研究典范(关于如何开拓古典文学的"内部研究",可参阅葛晓音先生的《读懂文本为一切学问之关键》,发表于《羊城晚报》2012年7月8日。另外刘宁教授对葛先生的采访《探索古典文学的内在之理——葛晓音教授访谈录》,《文艺研究》2016年第1期,亦可参阅),在古典文学研究领域独树一帜。因此,这一研究不仅仅是完成一个课题,而是从研究方法、视野观照和学术格局上形成了更加鲜明的个性化特征,以一种全新的研究范式从根本上回应了中国古典文学研究今后向何处去的宏大命题,亦即如何不断继续深入中国古典文学内在理路的探索。

时至今日,传统的唐诗研究多给人难以为继之感,除了全面的文献整理和借助域外汉籍以拓展唐诗研究外,大家普遍慨叹于读常见文献进行唐诗研究的开拓之难(目前的唐诗研究以文献整理蔚为大宗,代表性学者为陈尚君教授,他积四十余年之功、以个人之力完成的《唐五代诗全编》可谓典范。另外,以张伯伟、查屏球、金程宇为代表的一批学者借助域外汉籍开展唐诗学研究,成为近年来唐诗研究的热点之一。可参阅张伯伟《域外汉籍与唐诗学研究》,《学术月刊》2016年第10期)。然而,葛晓音先生的研究恰好如黄钟大吕之声一般,给学界以全新的启示和示范,那就是坚守"文学"本位的古典文学研究依然有其强大的学术生命力,关键在于学者能否真正下功夫深挖常见文献中的文本内容，在繁复的文献材料中寻求文学史料之间的深层联系，从而形成有价值的学术见解。回顾葛先生四十余年的学术研究，这无疑对我们深刻理解《中唐古诗的尚奇之风》具有极为重要的助益。纵观本书的全部内容，可以看出在选题立意、结构思路和问题意识等方面，都显示出独具特色的研究个性，而这些正是葛晓音先生四十余年唐诗研究的经验展现。

首先是选题立意之正大开阔。前文已述，近年来的唐诗研究多以文献整理与借助域外汉籍的研究成果见长，传统的唐诗研究则是以拾遗补阙式的补充研究为主，选题格局略显琐屑馂饤。而葛先生之《中唐古诗的尚奇之风》，则是将研究内容聚焦于中唐时期颇具奇险风格的古体诗创作。"中唐"本为唐诗研究中的热点时代断限，清代诗论家叶燮称之为诗史的"百代之中"，即中唐诗歌转型奠定了唐宋之际诗歌发展的基调，可见选择"中唐"诗歌就是瞄准了唐代诗歌发展的新流向，就如文章学中强调之"起承转合"中的"转"义，这意味着唐诗从"盛唐气象"走出，逐渐出现新变，用中唐大诗人白居易的话来讲就是"诗到元和体变新"。但至于白居易眼中的诗体是如何发生新变的，则是古往今来诸多诗评家言不尽意的经典话题。葛先生回应中唐诗史的大问题，从崇尚奇险艺术风格的古体诗入手，以韩愈、孟郊和李贺三大诗人为中心，由运思趋向、想象方式、声调结构和篇体节奏等角度切入，充分剖析中唐古诗中奇险艺术风格在不同诗人个性作用下的多维展现。同时，再将上述研究内容置于中国古典诗歌艺术源流和盛中唐之际的时代剧变中予以立体式的考察，从而为中唐古诗中尚奇风貌的形成寻求其内因与外因的互动关系。至于中唐古诗尚奇之风的诗史意义，它既是唐诗发生时代剧变的重要阶段，为诗歌走出盛唐而开辟新境界做出了有益的艺术探索，同时又是与盛中唐之际的时代政治紧密相关，安史之乱后的唐帝国面临着政治重建与文化调整的时代命题，身处其间的文士历经时代动荡后而渐趋奋发有为，他们革新政治的主动精神也必然辐射到诗歌创作领域中，古体诗的尚奇创新无疑是这种文士时代精神的艺术反映。由此可见，葛先生的这一选题可谓是"超以象外，得其环中"，看似普通寻常，却攫住了中唐诗变的要害，以最能彰显中唐诗人艺术想象力的奇险古诗来探究盛唐过后的唐诗发展之可能性，当然也是从诗艺创新的视角对中唐士风和时代精神的一种别样探究。就这个研究意义而言，葛先生的《中唐古诗的尚奇之风》在选题立意上具有"正大开阔"的气象，可谓是对经典诗史时代之典型艺术现象的综合立体研究。

其次是研究方法上既强调"文学"本位，又不废历史文化的多维视角阐释。前文已提及，葛晓音先生在其四十余年的学术研究生涯中极为重视对"文学"和"文本"的深入探索，她认为任何文学研究都应当以解决"文学"相关的问题为中心，对其他学科和知识领域的借鉴也应以此为标准。换言之，就是文学研究应该是以"文学"和"文本"为本位，欧洲著名小说家米兰·昆德拉曾指出："小说的职责就是发现只有小说能发现的东西。"因此，葛先生的唐诗研究一直强调"文学"与"文本"的基础性地位，一切都要围绕这个中心展开，而不是与此相反。近年来一些学者也有感于葛先生的这一研究理念而大力呼吁古典文学研究向"文学"本位的回归，不要让古典文学研究沦入为其他学科"打工"的境地。这部《中唐古诗的尚奇之风》可以说是体现了葛先生重视"文学"和"文本"的一贯方法，以奇险风格的"古体诗"为研究对象，这使得本书的整体研究具有突出的"文学性"，而且内中所有章节都是围绕奇险风格的"古体诗"在不同诗人的艺术个性催生下是如何产生的，正如本书后记中张伯伟教授评价葛先生的近作是"进入诗人大脑的'创作实验室'"。通过对艺术构思、想象方式、古诗句调和艺术意脉的体会与总结，葛先生深刻把握了以韩愈、孟郊和李贺为代表的中唐奇险风格的诗人们是如何调动自我新奇的艺术思维，在总结前代诗歌传统基础上不断推陈出新，从而完成了走出盛唐的诗歌艺术新变之路。

当然，这种对"文学"和"文本"的本位坚持，并不意味着葛先生放弃了对诗歌史发展的外围研究。只不过她格外重视古典文学研究的外因探究都应该以文学内在因素的驱动为导向，亦即只有从文本和作品中呈现出的内容出发，才能真正找寻到深刻影响该文学现象的时代外因。因此，葛先生在本书中所涉及的时代外因之探讨,并非面面俱到式的罗列排比,而是紧紧扣住影响"古体诗"呈现尚奇风貌最为相关的文士艺术思维特征,由此引申而将之归结于中唐时代兴起的文化复古思潮与"补元化"的哲学理念。这种时代思潮对中唐推崇奇险风貌的古体诗人大力提倡"笔补造化"的创作思想是有直接作用的,他们将对上古三代的奇特想象与现实的颓靡可憎形成鲜明的对比,对古道的坚守更加强化了中唐士人推崇政治理想而不愿与世俗同流合污,这使得他们在艺术思维上重视以自我为中心,为了逃避现实的流俗而不断高扬自己的艺术思维,这才是造成中唐古体诗人走向奇险诗风的直接文化诱因。由此可见,葛先生这种由"内"而"外"的唐诗研究无疑为我们树立了古典文学研究的方法论典范,即真正从解决"文学"问题出发而探寻影响文学史发展的时代外因。这种"内""外"融通的研究方法也打通了传统的文艺学、文献学、历史学、哲学、宗教、思想史等相关研究的学科壁垒,是一种更加开放而又独具"文学"艺术个性的研究方法。

再次是本书整体透露出鲜明的"问题意识"。葛先生曾撰文强调"问题意识"为推动学术研究的重要动力之一,她认为但凡学术史上能够被称为经典的著述都真正解决了某些有价值的学术问题。因此,在学术研究已经较为成熟的今日,强调"问题意识"则更加具有特殊的意义。毕竟综论式和概论式的宏观研究已为前贤所涉及,学术研究日渐成熟后就需要学者以更加敏锐的学术眼光去发现和解决"问题",这种"问题意识"的凸显恰是学术研究走向深入的标志(葛晓音《国学研究和教学中"问题意识"的培养》,《中州学刊》2007年第1期,后收入《进学丛谈》,商务印书馆2021年)。当代学术论著价值高下的评判标准之一就是看能否真正解决一些有价值的"问题"。葛先生的《中唐古诗的尚奇之风》一书显然具备鲜明的"问题意识",她在章节设置上避免了宏观求全的整体论述,而是突出个案研究,全书重点以韩愈、孟郊和李贺三位诗人的古体诗创作为中心,分别就孟郊的艺术视野生成、创作思维奇变、韩愈的险怪诗风生成的内在逻辑、篇体节奏和人物描写,以及李贺古体诗的艺术表现、体式特色与古诗意脉的个性化表现等展开专题研究。葛先生在探讨每一个论题之前,都有较为详细的对前代研究的辨析比较,特别是那些针对同一研究对象而提出的不同见解,能够做出中肯而客观的评价。在此基础上,她再提出自己的独特理解,其中有的是对前代矛盾理解中引申生发的新问题,如对孟郊"踢天踏地"和"胚胎造化"的辩证关系的研究,则是葛先生深入通读孟郊诗作并对前代研究进行充分排比后的崭新之见;有的则是借助诗歌史源流的比较而产生的新认识,如"韩愈古诗中的'性情面目'与人物百态"一章就是通过分析由杜诗的写人艺术到韩愈古诗中的写人技巧而发生的创作变化,深入剖析了韩愈借鉴杜诗写人艺术,同时又融入以古文为诗的创作理念,在体现人情交往的赠答古诗中完成了自我艺术个性的塑造,从而为赠答诗的创作开辟了抒情兼刺时的新方向。

综合而言,葛先生《中唐古诗的尚奇之风》是近年来唐诗研究在注重"文学"性探究方面的一部力作。张伯伟教授评价葛晓音先生的此种研究颇似"进入诗人大脑的'创作实验室'",这说明我们的文学研究究其根本是要从艺术创作的思维特色上给予作者一个最贴近其创作意图的合理化解释。虽然学术研究和文学创作的原理并不一致,有时正好体现为一个相反的过程,但真正能够搞清楚文学创作运思原理的研究者,才会更加贴近"文学"研究的本意,这也是"文学"研究的题中应有之义。当然这一过程极为耗费精力,需要研究者虔诚地全身心投入、对文字艺术的敏锐感悟以及对文学创作原理的多学科理解,并在此基础上形成自己的理性认识,才有可能触摸到文学艺术阐释和理解的真谛。葛晓音先生的研究已经在这方面为我们树立了很好的示范,就让我们沿着这一道路继续探寻古典文学的艺术之美,同时真诚祝愿葛先生永葆学术青春,期待未来能有更多的研究力作嘉惠学林。

《东亚唐诗选本丛刊》(第一辑)

□ 王连旺

(查清华主编　大象出版社　2023 年 6 月)

唐诗是中华文明发展史上一幅绚烂多彩的精美画卷,生动地勾勒出恢宏壮丽的大唐气象,还通过"书籍之路"传播至朝鲜半岛、日本列岛、越南等地,为区域文学的发展注入了新的生机与活力,演奏了一幕幕中华文明海外传播的华丽乐章,余音透彻东亚,回荡千年。东亚诸国通过阅读、传抄、注释、创作、翻译、选刊等方式接受唐诗,并衍生出诸多东亚唐诗学文献,这些文献不仅是研究唐诗海外传播的珍贵材料,也提供了唐诗本体研究的异域视角,具有重要文献价值。因此,应突破国别与语言的拘囿,将唐诗置放于东亚乃至更为宏大的视野与研究脉络中重新审视与定位。在此背景下,查清华教授倡导并积极推动的"东亚唐诗学"愈发显示其理论魅力与实践指导意义。作为国家社科基金重大项目阶段性成果之一,其主编《东亚唐诗选本丛刊》(以下简称《丛刊》)(第一辑)(大象出版社 2023 年)的出版则是这一理论的具体实践,为国内的唐诗学研究提供了可堪利用的新资料,扩大了"东亚唐诗学资料的开发空间",同时也拓展了中国古代文学的研究边界。《丛刊》共十册,收录日本江户、明治时期唐诗学选本十二种。具体如下:

第 1—3 册　周弼选编,熊谷立闲集注,林雅馨、杨焄整理《三体诗备考大成》

第 4 册　李攀龙选编，宇士新纂辑，竺显常集补，翁其斌、翁源、闵定庆整理《唐诗集注》

第 5 册　李攀龙选编，竺显常注解，翁其斌、闵定庆整理《唐诗解颐》

平贺晋民编撰，吴夏平、陈思颖整理《唐诗选夷考》

新井白蛾解，高倩艺、徐樑译，潘伟利整理《唐诗儿训》

第 6 册　新井白蛾编撰，郭勇译，潘伟利、闵定庆整理《唐诗绝句解》

皆川淇园编撰，朱易安、张超整理《唐诗通解》

葛西因是编撰，徐樑译校《通俗唐诗解》

第 7 册　入江南溟编撰，姚华、姚骄桐整理《唐诗句解》

第 8 册　李攀龙编选，千叶玄之口述，崔红花译，黄鸿秋、但白瑾整理《唐诗选讲释》

第 9 册　周弼编撰，野口宁斋评释，徐樑译校《三体诗评释》

第 10 册　高棅选编，东聚笺注，戴建国、刘晓整理《唐诗正声笺注》

从所选书目与整理、翻译人员的构成等信息，可以看出《丛刊》的选书理念、整理思路、文献价值等诸多信息。

第一，选书理念。所选书籍皆包含日本学者对唐诗的注释与阐发，而非单纯的选本，且所选文献集中在江户、明治时期。日本对唐诗的接受大致可分为四个阶段。第一个阶段为奈良、平安时期。这一时期的唐诗受容尚未全面展开，除《王勃集》《李峤百廿咏》《白氏文集》等少数文献东传日本外，大规模的阅读、传抄与注释尚未形成。而《白氏文集》的流行占据主导地位，风靡数世纪。因此，这一时期的唐诗受容研究，也多围绕《白氏文集》展开，中日两国学者皆有诸多研究成果，但包含奈良、平安时期日本学者对以白居易诗歌为主的唐诗加以注释与阐发之作，相关文献比较零散，尚在搜集整理。第二个阶段为镰仓、室町时期。与奈良、平安时期相比，唐诗传入日本的途径实现了多元化，规模上也有较大发展，白集独领风骚的局面有所改善，展现了日本接受唐诗乃至中国文化的深化与进步。这一时期，最为流行的唐代诗人是杜甫，产生了数量众多的《杜诗抄》《杜诗续翠抄》等抄物（注释书）文献。另外，南宋周弼选编《三体诗》的天隐注本、裴庾注本是最为流行的唐诗总集，产生了万里集九《晓风集》、月舟寿桂《三体诗幻云抄》等多种抄物。研读与注释《三体诗》的风气延绵至江户乃至明治时期，例如素隐《三体诗抄》等。《丛刊》第1—3册《三体诗备考大成》也成书于江户初期，第9册《三体诗评释》初刊于明治二十六年（1893），显示出该书在日本唐诗受容史上的持续影响力与重要地位。近年来，国内学者意识到《三体诗》的重要性，并着手开展研究，杜晓勤、查屏球、卞东波、陈斐等在版本系统考订、古注宋诗辑佚、资料发掘影印、文献汇注汇评等领域皆有重要成果推出。中世日本抄物文献的特点之一是具有类聚性与层累性，往往后出转精，汇众家注释为一集，《丛刊》选取《三体诗备考大成》或正基于此，即《整理说明》所谓"体量最大，注解最详细之本"。但《整理说明》稍显简略，没有结合先行研究介绍《三体诗》的注本系统及各本优劣，也没有通过实例展示选本依据，可谓微瑕。第三个阶段为江户时期。该时期是日本接受唐诗的进发期，在木下顺庵、荻生徂徕等人的推动下，唐诗在日本的受容呈现多样化面相。尤其在贞享、元禄年间，荻生徂徕开创古文辞学，形成蘐园学派，风靡一世。荻生徂徕推崇李攀龙、王世贞的诗文，而李王沿袭了前七子"文必秦汉，诗必盛唐"的文学主张，这自然会影响荻生徂徕及其门生的文学倾向。由此，李攀龙编《唐诗选》成为蘐园学派学习唐诗的最佳"教材"，在江户时期长期流行。《丛刊》第4册《唐诗集注》、第5册《唐诗解颐》《唐诗选夷考》、第8册《唐诗选讲释》均为此属。第7册《唐诗句解》所附姚华、姚骄桐撰《整理说明》指出，该书"意图纠正当时流行于日本的唐诗选本《唐诗训解》一书之讹误。托名李攀龙、袁宏道所编的《唐诗训解》是《唐诗选》进入日本的最早形式，在江户初期颇为流行"。可知，《唐诗句解》的成书也与《唐诗选》有较大的关联性。此外，《唐诗选》还是新井白蛾《唐诗儿训》《唐诗绝句解》的重要参考书籍。总之,以上书籍很好地反映了《唐诗选》在江户日本流布、覆刻、和训、翻译、借鉴的多元接受样式和整体形态。由此可以看出,《丛刊》编者在选材上设计了推崇中晚唐诗风的《三体诗》与重视盛唐诗歌的《唐诗选》两条主线,不偏一家,总体呈现了唐诗在日本江户、明治时期传播接受的多元样貌,可谓用心良苦。

第二,整理思路。日藏汉文典籍回传或回流中国有两个高峰期。第一个高峰期是清末、民国时期,彼时两国建交,互派使节,遂有大批中国知识精英抵达日本,并在各地公私藏书机构见到大量珍稀文献。杨守敬、张元济等通过影印的方式将大批日藏汉籍介绍到国内。第二个高峰期是21世纪初至今,出版日藏汉籍的数量与广度远超前代,成为学术研究热点。但出版方式大多延续"影印"的传统,这一传统在操作层面固然有快捷便利、保存原貌的优点,但从利用者的角度来讲,录文标点、校勘整理的文本显然更便于阅读。再者,日本、韩国、越南等国的古籍数字化事业发展较快,大量汉文典籍陆续公开,大大压缩了"影印出版"的合理性与价值性。如果说在21世纪前20年古籍数字化尚未发达的年代,"影印出版"还具有较高学术价值的话,进入20年代后,"影印出版"应限定在秘藏珍本的范围内,略施解题便排山倒海式地影印大型丛书无疑是对国家出版资源的巨大浪费。故而,《丛刊》采用录文标点、校勘整理的方式,显示出编者、整理者勇于挑战、敢于担当、严谨负责、求真务实的学术态度。因为采用这种方式耗费人力物力,还容易出错,往往费力不讨好。同时,也展现出《丛刊》团队的自信与底气。《丛刊》依托上海师范大学唐诗学研究中心强大的学术实力,汇聚老中青三代学者的研究力量,为《丛刊》的整理出版奠定了前期基础和人才储备。具体而言,20世纪五六十年代马茂元、胡云翼等先生开启上海师范大学唐诗学研究之端绪,奠定了高起点研究基础,80年代陈伯海先生提倡唐诗学,先后组织出版《唐诗书目总录》《唐诗论评类编》《唐诗汇评》《唐诗学文献集粹》《唐诗总集纂要》等享誉学界的重要图书。2014年上海师范大学唐诗学研究中心成立,于2016年结集出版"唐诗学书系"8种17册。除此之外,团队成员还整理出版过《白居易诗文精读》《罗隐集系年校笺》《韩愈诗文精读》等唐人别集、选集。因此，在唐诗学文献整理研究方面，拥有丰富经验与人才储备。《丛刊》团队成员中，既有朱易安、查清华、闵定庆、杨焄、吴夏平、戴建国等活跃在学术前沿的专家学者，还有姚华、刘晓、黄鸿秋、潘伟利、张超等学界青年才俊，以及林雅馨、但白瑾等优秀博士生。此外，崔红花、郭勇、徐樑、高倩艺等通晓日本学的专家学者翻译了《唐诗选讲释》《唐诗儿训》《唐诗绝句解》《通俗唐诗解》《三体诗评释》等五种文献，译文古雅，质量上乘，使得《丛刊》突破了录文标点、整理出版的传统古籍整理范围，增加了"翻译"这一新方式，成为《丛刊》的一大亮点。这在传统的中文学科中并不多见，可以说是跨学科合作研究的典范，值得进一步推广。总之，在强大的学术团队的共同努力之下，《丛刊》整理、翻译体例严谨，校勘缜密，水准上乘，可堪利用。

第三，学术价值。唐诗作为中华文化之瑰宝，其文献资料至后世愈积愈多，陈伯海、朱易安《唐诗书目总录》著录唐以降文献多达四千余种，这些资料为国内的唐诗学研究提供了重要保障。但近年来，在发掘新资料方面遇到了严重的瓶颈期也是不争的事实。因此，积极发掘海外唐诗学资料，开拓"东亚唐诗学资料的开发空间"成为行之有效的方案。从这一角度来看，《丛刊》的出版首先是对唐诗本体研究的新资料贡献。利用这些新资料，自然可以提出更多的新问题，促进唐诗研究领域新的学术增长点。其次，可为日本唐诗接受史研究提供新资料。日本的唐诗接受可以从抄录、选刊、编辑、注释、翻译、传播、借用等各角度展开探讨，而这些也都需要文献资料的有力支撑。从另一个侧面讲，研究日本唐诗受容史也是中华文明海外传播史的重要一环，其意义不言而喻。再次，《丛刊》的出版可以拓展中国古代文学研究的边界，助力中国的唐诗学成为东亚视域中的唐诗学。

据悉，《丛刊》第二辑已经在出版社编校，后续各辑将继续推出古代日韩学者编撰的唐诗总集和别集评注本。笔者建议，从"唐诗学"这一概念出发，近现代日本唐诗研究名家如森槐南、铃木虎雄、吉川幸次郎、前野直彬、铃木修次等人的唐诗译注本乃至唐诗学论著亦可纳入整理翻译的考虑范围,他们的研究承前启后,由传统考究走向现代学术,在日本唐诗学研究史上具有重要意义。

总之,第一辑当是《东亚唐诗选本丛刊》的日本篇,是查清华教授倡导"东亚唐诗学"理论的阶段性展示,具有重要的文献价值与学术意义。唐诗不仅是中国文学,也是区域(东亚)文学乃至世界文学的重要组成部分,这就要求我们不能以"宗主国"自居,闭门造车,应以开放心态打破国别的藩篱与语言的拘囿,从更宏大的全球视野,更广阔的地域空间,多学科的研究方法,多语种的综合史料来更新知识,创新方法,革新观念,进而推动东亚诸国唐诗学研究共同体的形成与发展。伴随韩国唐诗学文献、越南唐诗学文献的陆续出版,《东亚唐诗选本丛刊》将逐渐显示出其整体面目,为我们勾勒出横看成岭侧成峰、变幻无穷的东亚唐诗学多元景象。

《杜诗学通史·唐五代编》

□ 龙伟业

(张忠纲著　上海古籍出版社　2023 年 7 月)

在中国,杜甫被誉为"诗圣",杜诗被尊为"诗史""诗中六经"。在亚洲、欧美乃至全球,杜甫也享有崇高声誉,被世界和平理事会评为"世界文化名人"。古今中外有无数学人对杜甫作品进行纂辑、诠释、借鉴、翻译等,早在宋代就有"千家注杜"之说。至金代元好问揭橥"杜诗学"一词,这门学问有了确定的名称,系其名下的是浩如烟海的资料。张忠纲等《杜集叙录》(2008 年)共收杜诗学文献 1261 种,其中我国自唐至清 753 种、现当代 350 种,国外 158 种。可以说,杜诗学史源远流长,梳理其演变轨迹,总结其得失经验,不仅可推动杜诗学和中国诗学的发展,还有助于理解杜甫和中国文化在全球的传播和影响。

新旧世纪之交,张忠纲教授在《20 世纪杜甫研究述评》中展望称:"目前杜诗学研究已到整合阶段","建构完整的杜诗学体系的条件已经成熟,我们期待着集大成式的杜诗学史的出现"。(《文史哲》2001 年第 2 期)在此前后,虽有许总《杜诗学发微》(1989 年)、胡可先《杜甫诗学引论》(2003 年)、赫兰国《辽金元杜诗学》(2012 年)、刘重喜《明末清初杜诗学研究》(2013 年)、魏景波《宋代杜诗学史》(2016 年)等专著出版,但直到 2023 年张忠纲教授主编的《杜诗学通史》问世,读者才迎来首部贯通古今、涵盖中外的大型杜诗学史。这部接近 230 万字的大书分为《唐五代编》(张忠纲著)、《宋代编》(左汉林著)、《辽金元明编》(綦维著)、《清代编》(孙微著)、《现当代编》(赵睿才等著)、《域外编》(赵睿才等著)六编,脱胎于张教授培养博士生所设的大课题"杜甫与中国传统文化研究",如《辽金元明编》《清代编》即在20年前张门博士论文的基础上增订而成。此外张教授主持编著《杜集叙录》(2008年)、《杜甫大辞典》(2009年),终审统稿《杜甫全集校注》(2014年),也为撰写《杜诗学通史》打下坚实基础,曾祥波教授以"布局长远,水到渠成"评之(会议发言),十分贴切。

张教授在《杜诗学通史·总序》中介绍该书着力的三个方面:(一)杜甫其人其诗对后世的影响;(二)历代对杜甫其人其诗的研究;(三)杜诗流传、刊刻、整理情况。三者各有侧重又互有交叉,包含影响史、诠释史、传播史等内容,比元好问《杜诗学引》设计的"子美之传志年谱及唐以来论子美者在焉"更全面、更合理。作为系统论述杜诗学史第一阶段的首部专著,张教授执笔的《唐五代编》便充分兼顾上述三者,以下由此切入略作评述。

一、杜诗流传、刊刻、整理情况

杜甫晚年曾自叹"百年歌自苦,未见有知音"(《南征》),且现存十几种唐人选唐诗中只有《又玄集》收录杜诗,因此有人以为杜诗在唐代流传不广。《唐五代编》首章"杜甫生前杜诗流传情况考辨",通过杜甫《戏赠阌乡秦少府短歌》、任华《杂言寄杜拾遗》、郭受《杜员外兄垂示诗因作此寄上》、韦迢《潭州留别杜员外院长》等诗,说明杜甫在安史之乱前后数年已经声名大振,最晚在大历年间"已经成为诗人追慕思慕的对象"(第42页);"李杜"连文并称在中唐元稹、韩愈、孟郊、杨凭等人处已经明确,降至晚唐五代更是常见。"关于樊晃与《杜工部小集》"一节指出,樊晃在润州刺史任上所编《杜工部小集》虽已亡佚,但在现存文献提到的此集所收杜诗中,有写于大历五年的《暮秋将归秦留别湖南幕府亲友》,而此集编于大历五年至七年间,"湖南所作之诗,很快就流传到了润州(今江苏镇江)一带,可见杜诗的流传之广,传播之快,影响之大"(第51页)。至于现存唐人选唐诗,张教授问道:《玉台后集》《中兴间气集》《御览诗》《极玄集》未收李白、孟浩然、高适、岑参等人诗,"难道我们据此就可以断定上述诸人的诗没有得到广泛流传吗?"(第212页)彼时战乱频仍,资料留存不易,"仅以今存资料的多少而断定杜诗在当时的影响,难免有所偏失"(第153页)。

凭借"竭泽而渔"式的挖掘,张教授辑出有关樊晃《杜工部小集》、后晋开运官书本杜集这两种已佚杜集的吉光片羽,分别涉及杜诗61首、126首,又设"唐五代遗逸杜集考索"一节论列已佚杜集13种,与上揭论证一起,得出"杜诗在中唐已大行于天下。到晚唐、五代,亦应得到广泛的流传"的论断(第153页),使误解得到澄清,不明之处也有了合理解释。

二、杜甫其人其诗对后世的影响

杜诗既"大行于天下",自然带来日渐深远的影响,宋人就说"沾丐后人多矣"(《新唐书·杜甫传》)。清人叶燮《原诗·内篇上》亦云:"自甫以后,在唐如韩愈、李贺之奇崛,刘禹锡、杜牧之雄杰,刘长卿之流利,温庭筠、李商隐之轻艳,以至宋、金、元、明之诗家,称巨擘者无虑数十百人,各自炫奇翻异,而甫无一不为之开先。"《唐五代编》设"杜甫与韩孟诗派""杜甫与元白诗派""杜甫影响下的'小李杜'""皮、陆与'吴体'之谜""韩偓与韦庄"等专节,逐一讨论杜甫对韩愈、孟郊、贾岛、姚合、李贺、白居易、元稹、张籍、王建、李商隐、杜牧、皮日休、陆龟蒙、韩偓、韦庄等人的影响。可以看到,中晚唐五代的重要诗人、流派几乎囊括其中,在此时段的文学史和文学批评史,杜甫都是值得大书特书的一笔——从"唐音"到"宋调"的转变、"新乐府运动"的兴起、律诗内涵与功能的拓展等重要关头,无不可见他巨人般的身影。

在这里,张教授施展出扎实的文本细读功夫,列举大量诗例,呈现后人学杜的不同角度及其得失,如韩孟诗派求新求奇、以文为诗、以议论为诗,元白诗派反映民瘼、造语通俗、大写长篇排律,李商隐学习杜诗的沉郁顿挫而自成沉博绝丽之格,皮、陆仿作"吴体"往返唱和,等等。这不仅要烂熟杜诗,还要通览杜甫身后数量庞大的唐五代诗,并对诗歌艺术深有领会,方能抽绎两者之间或显或隐的关系。张教授对"功夫要死,心眼要活"师训的恪守,也于此可见一斑。除了做足微观考察,他还注意从宏观视野揭示杜甫产生影响的历史背景,如韩愈尊杜与唐代儒家思想发展的关系,"诗史"说的提出与唐代《春秋》学发展的关系,等等。"这不是历史的巧合,而是'安史之乱'所引起的时代剧变的风云交汇,意识形态领域适应剧变而形成的新气象。"(第255页)

三、对杜甫其人其诗的研究

现存唐五代文献中没有杜诗注本,彼时的"杜甫研究"主要体现于官方史书、私人笔记等史料的零星记载。一些影响千年的著名理论、争议、传说,如"诗史""李杜优劣""李白嘲诮杜甫""严武欲杀杜甫""杜甫死于牛肉白酒""杜诗治疟"等出现于此时。《唐五代编》中"刘昫《旧唐书·杜甫传》平议"一节、"唐五代笔记小说有关杜甫记载考索"一章聚焦于此,在厘清脉络、权衡众说之后裁以己见。如对"严武欲杀杜甫"说,追溯其源为《云溪友议》"严黄门"条,经《新唐书》杜甫、严武传记转述而流传愈广,虽然早在宋代就有洪迈驳斥其非,但当代学者如郭沫若仍以为"不是完全不可能"。张教授列举《云溪友议》所载之四处错讹,再将杜、严交往分为四个阶段,详论二人持续终生的深厚友谊,可以说为这桩公案画上了句号。

张教授对真伪混杂的纷纭史料抱有客观公允的态度,如一方面对《旧唐书·杜甫传》的"错谬纷出"条分缕析,一方面又肯定它"作为国家正史的第一篇为杜甫立传的文字,自是功不可没"(第222页);一方面指出唐五代笔记小说多有记载失实甚至荒诞不经处,一方面又认为它们"多方面地反映了杜甫及杜诗的影响"(第249页)。史料所见的"第一人""第一次""第一篇"也受张教授重视,他尽量标出杜诗学历程的一座座界碑,增强全书"史"的意味,如称任华为"并尊李杜第一人"(第53页),韩愈《调张籍》在千余年"李杜优劣"论战中"第一次公开提出为后人服膺的公允评价"(第94页),元稹《唐故工部员外郎杜君墓系铭并序》是"第一篇全面而系统地评价杜甫及其诗歌的历史文献"(第141页),顾陶《唐诗类选》是"第一部尊杜唐诗选本"(第158页),孟启《本事诗》第一次提出"诗史"说(第249页),《明皇杂录》《云溪友议》最早揭出《江南逢李龟年》诗(第289页),等等。

总之,《杜诗学通史·总序》所建构的杜诗学史体系,在《唐五代编》中得到充分的体现。相比之下,其余五编不免有所轻重,或偏于创作影响,或偏于传播与诠释。杜诗学史不应只是"杜诗诠释史"甚或"杜诗注本编纂史",注本固然值得深究,但散见于诗话、序跋、书信等处有关杜甫的丰富信息,都是构成杜诗学大厦的砖瓦。历代文人创作对杜甫作品的借鉴,也应是这座大厦的柱梁,方能与"自北宋以来,学杜者如林"(清乔亿《剑溪说诗又编》)的实际相匹配。当然,时代越晚,文献的数量和形式越多,均衡兼顾各个方面的难度就越大,足以兴望洋之叹,我们不应求全责备。《杜诗学通史·唐五代编》对今后的杜诗学史研究和其他经典作家学术史研究,都有重要的启迪意义。

《杜甫画传》

□ 张忠纲

(左汉林著　商务印书馆　2023年7月)

诗圣杜甫,光耀千秋,名传寰宇,为其作传者,代不乏人,近世尤盛。举其影响较大者,即有冯至《杜甫传》(1952年)、洪业《杜甫:中国最伟大的诗人》(1952年)、日本田中克己《杜甫传》(1976年)、俄罗斯别仁《杜甫传》(1987年)、韩成武《诗圣:忧患世界中的杜甫》(2000年)等。另有俄罗斯谢列布里亚科夫《杜甫评传》(1958年)、刘维崇《杜甫评传》(1969年)、陈贻焮《杜甫评传》(1982—1988年)、莫砺锋《杜甫评传》(1993年)等。还有李森南《杜甫诗传》(1980年)和日本吉川幸次郎《杜甫诗注》(1980年)。以上这些杜甫传记之作,可谓各擅胜场,精彩纷呈,但有两个共同点:一是大都为纯文字叙述,或仅有几张插图;二是对杜甫行踪遗迹没有进行实地考察,或仅有部分的实地考察。

而左汉林教授的《杜甫画传》可谓是一部别开生面的杜甫传记,而且是我国出版的第一部杜甫的"画传"。本书用通俗的语言,对杜甫生平事迹进行了生动细致的叙述。在唐代诗人中,杜甫的生平行迹可以说最为复杂。本书用八章的篇幅,分别叙述了杜甫的家世与故里、杜甫青年时期的漫游及其在长安的十年、安史之乱中杜甫的奔逃及其自陇右至蜀中的经历、杜甫在蜀中及夔州的行迹及其漂泊荆湘的苦难历程。总体上说,本书对杜甫生平事迹的叙述既突出了重点,讲述了杜甫生平中的主要事件,又脉络清晰,生动细致。杜甫生活的时代,正当唐代由盛唐转向中唐的巨变时期,其间又发生了安史之乱这样的重大历史事件。本书在叙述杜甫生平时,广泛参阅了两《唐书》及《资治通鉴》等史书,在一个较为宏阔的历史背景上生动展示了诗圣杜甫曲折的一生。

本书又结合杜甫生平,对诸多杜诗名篇作了解读,不仅使读者了解诗意,还可了解诗歌产生的时代和历史背景。杜甫是唐代的著名诗人,读者一般对其诗歌名篇有一定了解,却未必了解这些诗篇产生的背景,本书很好地解决了这个问题。在详细分段叙述杜甫生平时,本书列出了杜甫在此期创作的诗歌名篇,并对其进行简略解读,这就使读者理解了诗歌产生的具体背景,了解了这些诗歌是杜甫在何时何地何种情况下写出的,从而加深了对杜诗的理解。在叙述每一段杜甫的经历之后,本书都有对杜甫此期诗歌创作总体情况的总结,概述杜甫在此时段诗歌创作的数量、内容、体裁、风格及艺术特征,这对读者了解杜甫诗歌的总体情况是颇有裨益的。读者凭借此书可以了解杜甫的生平,可以了解杜甫各期的诗歌名篇和诗歌创作的总体特征,所以本书实际上可以作为杜诗学研究的入门书,读者可以借此进入杜诗学研究的广阔天地。

本书的特别之处是收录了作者实地考察杜甫行踪遗迹所拍摄的116张照片以及书画、书影等图片17张,并使用了作者自绘的《杜甫行踪图》,从而使本书成为一部图文兼备并美的杜甫传记。阅读杜甫的传记了解杜甫的生平和诗歌创作,如果没有地图的帮助,读者凭空想象,较为困难且不够准确。如果没有各类图片,对各类文学景观的展示则不够生动。本书通过绘制地图,准确展示了杜甫的行踪。又通过大量的图片,特别是作者亲自拍摄的照片,生动展示了各类文学景观的具体情况。与杜甫行踪有关的城市、村庄、山河、关隘、驿道、祠庙、石窟等各类文学景观,其本身就是杜诗学研究的主要内容和资料,因此,在杜甫传记中插入和集中展示这些景观图片,是很有意义的。

这部杜甫传记的完成,是汉林教授艰苦卓绝重走杜甫之路的艺术结晶。汉林教授服膺杜甫,酷爱杜诗,又对摄影情有独钟,他用了五六年的时间,先后到杜甫所经行和生活过的地方进行实地考察并拍照,可以说是完整地重走了杜甫之路。在此基础上,他撰成《朝圣:重走杜甫之路》一书(东方出版社2018年),为本书的撰写创造了必要的条件。

由于作者精研杜诗,又对杜甫的行踪遗迹进行了深入细致的全面考察,故有不少新的发现和不同于常说的见解。如在叙述杜甫漫游吴越时,作者指出杜甫游览苏州阊门时可能曾游览专诸巷。这是他的发现,而为杜甫诸谱所未载。作者判定杜甫曾游览专诸巷基于以下两个原因:首先是因为专诸巷距离阊门非常之近,从阊门进入苏州城,自西向东数十米就可到专诸巷北口。杜诗《壮游》有"嵯峨阊门北"之句,可见杜甫曾游览阊门,而游览阊门则一定会游览专诸巷。其次,杜甫游览专诸巷还可在其诗中找到证明。《壮游》"蒸鱼闻匕首"之句,即言专诸事。注杜者对此句多未加注释,或仅列出《史记·刺客列传》中的材料。本书据杜甫行踪,认为"蒸鱼闻匕首"之句当指杜甫曾游览专诸巷和专诸墓,并由此想起历史上专诸刺吴王僚的故事。此不仅可补前人之遗漏,而且可使读者加深对杜诗的理解。

关于杜甫《两当县吴十侍御江上宅》一诗的创作时间和地点,自宋代至今,颇多歧见。或以为作于成都,创作时间为杜甫寓居成都期间;或以为作于长沙,创作时间为杜甫漂泊江湘期间;或以为作于秦州(今甘肃天水),时在杜甫寓居秦州期间;或以为作于两当县,时杜甫专程或顺路去两当县探访吴郁故宅。作者通过深入考察和研究,认为杜甫并未到过吴郁宅,该书指出:"在嘉陵江边,行至长举县城、槃头城、虞关一带的杜甫临江北望,不由想起这位故人(吴郁),遂作《两当县吴十侍御江上宅》一诗以为怀念。诗中的'阴风千里来,吹汝江上宅。鹍鸡号枉渚,日色傍阡陌'都是杜甫的想象之词,并非杜甫所亲见。"该书认为,杜甫写作此诗的地点当在嘉陵江边临近虞关附近的一座小城中,创作时间则判定为乾元二年(759)十二月初。以常理论,杜甫于艰难苦寒之中不可能去探访一座江上空宅,且杜甫自同谷经栗亭入蜀并不经过两当县,所以杜甫一家人枉道去往两当县于理不合。作者的这番推理,可备一说。

对杜诗名篇《石壕吏》,作者认为石壕村是崤函古道上的旅客投宿之地,石壕村村民在历史上多以开村店谋生,其收入远远超过种田所得。所以,杜甫的投宿之处当在石壕村的村店之中,而不是老翁家里。作者曾沿崤函古道考察自洛阳至长安的杜甫行踪遗迹,对石壕村一带的地理情况以及石壕村与崤函古道石壕段的相对位置颇为熟悉,因此本书中提出的杜甫居住于村店中的说法值得注意。此说虽本清人施鸿保之说而发挥之,但较学术界长期以来的成说,确能新人耳目。

最近一个时期以来,文学地理学研究取得了长足进展,将文学地理学理论运用到古代文学研究之中也取得了不少成果。因为文学地理学在理论和实际研究中所取得的成绩,文学地理学甚至具有发展为一门独立学科的趋势和可能性。文学地理学理论特别重视实地考察,或曰现地研究,该理论强调只有到达产生文学作品的现地,才能达到对该作品的深入理解。本书作者对杜甫行踪遗迹的考察,可以说是对文学地理学理论中现地研究理论的自觉运用,至少是与该理论方法暗合。《杜甫画传》对杜甫行踪的叙述准确而详细,也得益于其前期所进行的实地考察。本书作者曾撰写文章,详细论述其在杜甫现地研究中的学术发现,其中涉及杜诗诗意、诗歌背景、杜诗系地系年、杜甫行踪、杜诗地名、杜甫葬地等多个方面,读者可参看。应该说,现地研究的理论非常适合杜甫和杜诗学研究,这种研究方法已经显现作用,今后还会在杜诗研究中产生更多成果。

总之,《杜甫画传》中的推陈出新之说时见,不胜枚举。但因杜甫经历复杂,杜诗博大精深,对其一诗一事一地一词,甚或歧见纷出,莫衷一是,于中定夺,确实不易。故书中所述,偶有不尽确切之处,或于诸说中选从一说,虽是见仁见智,却非最佳选择。但瑕不掩瑜,该书确为一部图文并茂、富于创新的杜甫传记。读者随文观图,犹如身临其境,定可爱不释手矣!

《独钓寒江雪:尚永亮讲柳宗元》

□ 谷维佳

(尚永亮著 湖南文艺出版社 2023年8月)

时至仲冬,万籁俱寂。天地浩浩,雪漫琼枝。随着央视《宗师列传·柳宗元篇》的热播,"柳宗元"这个名字,裹挟着那一场在江面上下了千年、似乎永不会停歇的漫天大雪,再一次以清冷孤峭的姿态,走进了人们的视野。寒冷意味着什么呢?相比于让人慵懒怠惰的温暖而言,寒冷让人头脑清醒,变得理性,而此时诗人的笔端仿佛也饱沾风雪,冷冽而犀利,宇宙万物以更加阔大的视野铺展开来,画面静止,但思想清晰。

这本《独钓寒江雪:尚永亮讲柳宗元》作为"大家讲人文"的系列著作之一,恰于开播前不久,由湖南文艺出版社出版。董伯韬先生在主编弁语里写道:"'往古之时,丛木曰林。'在一本文集的小引中,海德格尔这样起笔。他说:'林中有路,每入人迹罕至处,是为林中路。'他叮嘱人们,那些路看似相类实则迥异,只有守林人认得。由此亦可想见,认识些诚实的守林人有多幸运。"我想,柳宗元应该就是那个诚实的"守林人",以他那一颗孤独敏感却炽热倔强的心,守护着那场风雪,更守护着那个独钓寒江的老翁。而千年之后,尚永亮先生则又以学者的真诚和挚爱,守护着风雪中的柳宗元,并且给大家指出了这样一条通往柳宗元内心的"风雪之路"——著者自述大约于五十年前,从作品阅读开始,与柳宗元首次接触,到近三四十年的潜心钻研,著书立说,随后担任柳研会会长之职,这种种努力,无一不显示着,他是认得并且极其熟悉那条"风雪之路"的。

路径之一:心性为主,审美为辅。全书由10篇论文结构而成,前五篇属于"心性信念论",后五篇属于"审美风格论"。相比于其他唐代文人而言,柳宗元的人生经历相对简单,明显分为贬谪前后两个时期,落差极大,但线索清晰,对其人生的考索似不应成为主流研究方向。相反,这种巨大的断崖式的人生跌落,对文人心态的影响更为典型,以柳宗元来考索文人的"贬谪心态",是极具代表性的,全书的前半篇幅都致力于此。第一篇《圆外方中:柳宗元被贬后的心性设计与主客观矛盾——以与杨诲之"说车"诸书为中心》从柳宗元与友人杨诲之的书信往来出发,以"书信"这种剖白心迹的具有"自述性质"的文体,来探索柳宗元被贬谪后的心态变化,"通过这场争论,柳宗元最大的收益便是深化了对士人文化人格内涵的认识,并从理论层面间接完成了以'方中圆外'为标准的对自我心性的主观设计"。(第13页)那么柳宗元是否真正做到了这一点呢?作者敏锐地意识到:"这样的一种设计和变化,一方面固然说明在人的自我防御机能导引下,柳宗元越来越学会了保存自己的生存技巧,由当年的血气之勇走向了智慧成熟,走向了恭宽谦退;但从另一方面看,伴随智慧成熟、恭宽谦退而来的,也不无一份敢怒敢骂、自由洒脱之真性情的失落,不无一种对生活之不合理做出的认肯和退让。"(第13—14页)甚至,更深一层挖掘,从旁观者的视角,拉开了上千年的距离,再来看,"在此种设计和变化的背后,似还深隐着连柳宗元本人都未必明确察知的自我压抑的痛苦,凝聚着因专制政治和混浊世风无情摧残而导致的心理萎缩和性格变异"(第14页)。这样寻根究底,层层深入心理的最深处,拨开表面障眼的迷雾,对柳宗元心态转变的细微把握可谓擘两分星,入木三分。

《柳宗元的生命悲感与性格变异》正是紧接上篇而来,对柳宗元在实践自己这种"圆外方中"的心性设计的过程中,基于"被抛弃的苦闷心理""类拘囚的生命体验""缘于生命荒废的个体悲情",又经长期的"时间的损伤",是怎样一步步发生性格变异的。而这种性格变异,直接影响到了其诗文以"冷峭"著称,且几乎凝固化了的偏执风格的形成,"并从深层展示出贬谪诗人在屈辱、苦难境遇中不肯降心辱志而努力挣扎的痕迹"。(第 37 页)因此，"解读柳宗元的作品，似当首先着眼于此"。(第 37 页)随即，在《柳宗元之"孤愤"》一篇中，对其"孤愤"心态进行了细致深入的剖析。"刘柳"作为唐代文人中知名的"最强 CP"之一，谈柳宗元，自然离不开刘禹锡。《人生逆境中的信念持守——柳宗元、刘禹锡执着意识的三大特征》《佛学影响与儒者情怀——柳宗元、刘禹锡贬后心态侧窥》两篇正是以刘禹锡为对照，以见出二人"同中有异"的贬谪心态。而这些细微之处，需要细细阅读，才能感同身受。

下半篇幅中，《寓意山水的个体忧怨与美学追求——柳宗元游记诗文的直接象征性和间接表现性》率先从最具"柳州本色"(林纾语)的山水游记这一文体出发，以"弃人与弃地间的同感共应""客观对应物的选择与意象营造""忧乐结合的心理流程与表现方法的交相为用"层层递进地展示柳宗元在山水游记中着意营造的"忧怨美学"。接下来，《冷峭：柳宗元审美情趣和悲剧生命的结晶》更进一步，由表及里，从忧怨到冷峭，深入审美的核心内里，并结合柳宗元本身生命的"悲剧性"，解读千古名篇《江雪》。《柳宗元古近体诗与表述类型之关联及其嬗变》则从柳宗元不同阶段所偏爱的古近体诗的差异，做了具体的考辨。文学的定量分析，作为一种方法，有时候也是必需的，它能以更直观的方式，展示诗人在不同人生阶段的心态变化和个人好尚。关于柳宗元的书法造诣，甚少人论及，《柳宗元书法造诣与承传论略》一篇则在某种程度上，给我们揭开了柳宗元身上的又一重神秘面纱。《〈种柳戏题〉之传播讹变与本事推探》是颇具轻快趣味的一篇，作为整本书的结尾，以轻松愉快的"变调"，提振了前文略显消沉冷寂的氛围，柳宗元生前清冷孤凄，身后却因姓氏、官职的机缘巧合，生发了这样一段妙趣横生的文人公案，文人及其作品的后世接受，颇有意料之外的惊喜。

路径之二：心态研究，宜同中求异，虚实相生，才能发隐抉微、鞭辟入里。本书不仅可作为文人贬谪心态研究的典型范式，且对普遍性的文人心态研究亦具参考价值。这本小书主要致力于探讨柳宗元贬谪后的心态与创作。文人心态研究，相较于具体问题的考实而言，因其个性强烈，难以捉摸，又随境变化，殊为不易。著者非不能为考证，而是基于其前三五十年对柳宗元作品的反复研读和大量问题的实证性研究〔尚永亮先生多次选读柳宗元作品，赏析结集，出版有：《柳宗元诗文选评》上海古籍出版社，2003年、2017年；《柳宗元集》凤凰出版社，2007年、2014年。前者以入仕、谪居、诏还、再贬等人生经历为节点，后者按照诗文内容分类。至于研究论文，在其两百多篇论文中，柳宗元专门研究几乎占五分之一。以早年《关于柳宗元与佛学》（《文学评论》1992年第5期），为起点和代表，三十余年，不曾间断〕。在此基础上，深入一层，聚焦于柳宗元的心态变化和心性转变，借此深入探究其独特诗文审美风格艺术形成的内在机制，故而能发隐抉微，鞭辟入里，不虚浮，落实处。

　　从这个角度而言，阅读是书是一种享受。对相似概念的细微区别，时时贯穿于全书的行文之中，比如对"孤愤"的进一步索解，"所谓孤愤，自然以愤为中心，但也包含着浓郁的悲伤。这里，悲伤是孤愤的前提，孤愤是悲伤的发展；孤愤赋予悲伤以深度，悲伤则增加了孤愤的浓度，二者相包相容，不可或缺"。（第38页）"所言孤愤已于哀凉悲怨之外增添了一种由人生感恨长久郁积而向外喷发的怨怒抗争情怀。"（第40页）而这样的析毫剖厘、洞幽烛微，正是心态研究的精妙奥义所在。

　　那么，面对人生的苦难，该如何自我拯救？著者认为："一般来说，人们面对忧患主要表现为两种态度：或在精神上竭力摆脱忧患的萦绕，忘怀得失，超然物外，以获取自我心灵的自足自适；或与忧患抗争，执着地持守固有信念，即便内心承受着撕裂般的痛苦也在所不辞，从而展示出一种伟大的人格和顽强克服悲剧的精神。"（第59页）刘、柳空有忧国忘身、刚正不阿的心志，却被朋党小人谗害污蔑，背负着罪人的恶名万死投荒，且承受着浮谤如川的舆论谴责和心理压力，因而一直希冀着能够洗脱冤屈，昭雪心迹。其顽强的生命意识和执着固持的信念都源于此，"志节的坚定、意念的执着源于他们在深刻反思中对固有信念的再度确认，源于他们对自身公忠正直却惨遭贬谪之遭际的深深不平，源于他们对无耻小人、政治仇敌乃至专制君主的无比愤怨，而从本质上说，却源于他们诗人的真诚。这是一种杜绝了市侩庸人之鄙俗习气的真诚，也是一种充溢着至大至刚之气时时自我警戒自我提升的真诚"（第 65 页）。即使是同样的人生经历，因时势境遇不同，内外心性差异，主客观因素有别，也有可能朝着完全相反的方向发展延伸，心态研究不仅要归类求同，更要见出同中之异。

心态研究更离不开实际考证，虚实相生，以实处为基石，虚处方不落浮薄。《柳宗元古近体诗与表述类型之关联及其嬗变》从最基础的柳宗元在不同创作时期所使用的诗体定量分析入手，得出结论"在柳宗元贬谪生涯中，主要创作于永州、以五七古为载体的独白在数量上占优势地位，而随着时间的推移，到了诏返、再迁和柳州期，独白诗急剧减少，酬赠诗大量增加，而酬赠诗的载体几乎为清一色的近体诗，就中尤以七绝、七律、五律、五排为多"（第 138 页）。诗人为何会在不同的人生阶段发生这种诗体类型偏好的转变呢？作者认为，首先是由于不同诗体的功能差异，"一般而言，写心明志、兴寄咏怀多用古体，寄赠交往、展示才艺多用近体；述往思来、表现复杂深曲的情感纠葛多用古体，触景生情、呈露当下之感怀和单纯之体验多用近体"（第 138 页），而且"这种情形，到了中唐时期，已大致形成诗人创作的一个习惯"（第 138 页）。

那么，缘何柳宗元在永州时期多钟情于古体的独白诗？从诗人的创作倾向与其生存处境、心理态势、诗体偏好等关联处入手，似乎就有了可索解的途径。大致有几点原因：第一，政治打击造成了柳宗元极度的精神痛苦，形成了其抒悲泄愤的强烈冲动，又顾忌着罪人的身份和高压的气氛，以及限制了他自由的人际交往，形成了其公开言说的巨大障碍，故而用独白的方式自明心曲。第二，贬谪之地荒远僻塞，人文条件欠缺，由此渐渐形成一种集苦闷、悲伤、忧愤于一体而又难以言状的精神空落感，一种自甘寂寞、疏于交游的内向化性格变异，一种在创作中自说自话而不愿示人的封闭倾向。而古体诗则是独白方式的最佳载体。同时，也与柳宗元贬谪期间追慕陶、谢，自觉地追求古淡诗风有关。

相对而言，酬赠诗则多为被动应酬，具有礼尚往来的性质，既要尊重对方，又不落下风，用近体诗来写作，多表示客气、郑重或尊敬之意。"在柳宗元这里，近体与古体有若厅堂与内室，其待人与处己之功用是颇有分别的。"（第143页）"厅堂与内室"这样的譬喻既新颖又贴切，显见得在柳宗元这里，古近体诗功能的内外区分是很明显的。

不仅古近体诗功用不同，会影响到诗人的创作偏好，不同的生存处境、心境的变化，也会反映在诗歌创作中。短暂的诏还、北迁，以及再度南迁柳州，柳宗元经历了人生的大起，以及再度大落，但二次南贬，却并无第一次的消沉颓唐，反而积极创作了大量近体诗，作者认为："心情和处境的改变，使他具备了用近体写酬赠诗的主观愿望；途旅鞍马劳顿，时间匆迫，使得近体诗成了他表情达意最方便的工具；与精熟近体的好友刘禹锡同往返，给他提供了借近体以相酬和的绝佳条件。"（第150—151页）随后，诗人在柳州期间，完全疏远古体而拥抱近体，创作了大量的名篇佳句，将七言律、绝提升到了精纯的高度。

路径之三：研究文人心态自然离不开心理学基础理论，在中国文学研究的过程中，如何做到中西诗论的融通互释，是一个值得探讨的方向。虽然个人的性格具有先天性的因素，但随着后天的人生际遇、所处环境的变化，也在不断发生改变，且各个阶段又会随着时间的推移有所不同，这种心性转变是过程性的，非一蹴而就。尤其是在面对人生的陡转跌落，这种改变在最初往往显得激烈，而后随着时间的疗愈渐趋沉潜含蓄，甚至会变得麻木冷漠，柳宗元正是此类典型。

著者慧眼独具，看出了柳宗元心态随着时间而发生的这种转变，并利用心理学的观点加以分析，"心理学认为，刺激是随着时间的延长而递减的，也就是说，当刺激已达到其阈限的时候，此后的刺激便难以产生初次刺激那样明显的心理反应；但从另一方面看，这种递减只是对刺激强度之反应的递减，而非受刺激者对刺激之感知深度的递减。事实上，由于刺激的反复作用，由于时间的沉潜力量，被刺激者极易形成一种固定化了的、潜意识的心态以及与之相应的性格特征。柳宗元的情况便是如此"。

(第34页)区分了因受刺激的"强度"和"深度"的不同,导致的文人心理性格变化的差异。

而随着时间的迁延和刺激感知深度的增加,人的心理会变得冷漠,并以冷漠麻木来自我防御,他运用西方学者罗洛·梅《爱与意志》中对"冷漠"的论述分析道:"冷漠是一种奇特的状态,它是人防卫打击以免于实质损伤的一种方式。当然,它如果持续过久,人也会遭到时间的损伤。这种状态持续愈久,冷漠也就愈是迁延下去并最终发展为一种性格状态。这种漠然状态意味着从旋风般的要求中退避出来,面对高强度刺激无动于衷;意味着由于深恐被激流淹没而站在一边不予响应。"(第35页)"时间的损伤""精神的冷漠",即由此而来。

柳宗元被贬谪后的心态变化不同于心性刚直的韩愈,这种抑郁甚至最终导致了他抑郁而终、英年早逝的悲剧性命运的发生。而这种伤害是随着时间而日渐加剧的,这种"时间的损伤"不仅是身体的摧残,更是心灵的折磨。

在论述作者情感和文学思想之间关系的时候,作者又引用别林斯基的观点,认为诗的"感情越深刻,思想也越是深刻","思想消灭在感情里,感情又消灭在思想里,从这相互的消灭就产生了高度的艺术性"(第53—54页)。在对柳宗元《行路难三首》的分析中,引用韩醇的观点,认为这三首作品"意皆有所刺",诗歌中对夸父遭遇的描写,对材木惨遭砍伐的描写,对贵贱易位、世事变化的描写,"不独是写自己由高而低的生命沉沦,更是对整个人生世事的透彻体认,其中包含的,与其说是一人一时一事的感慨,毋宁说是超越具体人事时空的哲理表述以及由此外溢的一种宇宙性悲凉"(第53页)。

柳宗元的作品中除了底色的悲凉之外,往往还带有某种悲天悯人的哲理和情思。正是这种于人生的苦难中对人世普遍性的悲悯,让他在精神层面走出了拘囚"小我"的狭窄一隅,以理性的思辨看待自己的无罪被贬,深析其理,并以自省与批判并存的笔触,持守着自我的信念。因而,对他的人生和作品的解读,亦需从心态和理论相结合的最深处寻根究底。

路径之四:文学研究"理性"之外的感性、同情与才情。文学研究不同于科学研究,不仅要以客观冷静的眼光去理性地考证问题,研读史料,更要有人文学者的情怀和关怀,以感性的同理心,甚至是同情心,来观照诗人,以高雅的审美和艺术的眼光来鉴赏其作品,甚至是以文人的才情来与这些已经被铭刻在历史上的诗人进行远隔时间和空间的"精神唱和"——越贴近,越理解。

附录《柳宗元四讲》围绕着"永贞革新"这一关键事件,从"柳宗元为何要参加永贞革新""该怎样评价这一参政事件",以及该事件与"柳宗元的身世、性格和理想"之间的关系入手,先论及"家国理想与政治遭际""贬谪生涯与寂寞心灵",后延伸至其"独具一格的散文创作"和"柳诗风格及表现手法",从人物理想、仕途经历,到心态演变、文风变化,步步关合,层层推进,真可谓"知人论世",对读者深入了解柳宗元的跌宕人生和文学创作发挥着"理解之同情"的功效。作者在最后总结概括:"如果说政治是他的追求目标,哲学是他的思想基础,那么文学便是他的生命表征,是他超越桎梏而进行自由的、美的追求工具。更重要的是,他的文学,是一种融入整个生命体验的文学,是一种在自然山水中寄寓孤独心灵的文学,因而特别能打动人心。"(第237页)柳宗元以整个生命和全副身心的燃烧化为诗文,这大概正是他的文学魅力所在吧!

尚永亮先生不仅在柳宗元研究方面潜心论道,且以诗人的才情写下了不少咏叹柳宗元的诗歌,仅据后记中提到的,即有2010年在永州参加第五届柳宗元年会时所作《永州柳学会感赋》,2014年为筹备柳学会口占七言,以及2017年第八届柳宗元国际学术研讨会所作《西安柳学会吊子厚五绝》。心香柳子,遥寄深情。今择《吊子厚五绝》其一与其四,以管窥柳宗元的人生际遇及著者的吊柳情怀,并作为这篇小文的结笔吧!

少年胆气欲干云,许国焉能谋一身。宦海风波无限恶,天涯从此久沉沦。(其一)

残魂零落渐无亲,边域甘为一草民。何奈皇穹勒雨露,徒令后世哭诗人。(其四)

《宫廷文化与唐五代词发展史》

□ 张　晶　耿心语

（孙艳红著　中国社会科学出版社　2023 年 8 月）

吉林师范大学孙艳红教授精于词学研究，曾出版过《唐宋词的女性化特征演变史》（中华书局 2014 年）、《性别诗学与词学研究论稿》（吉林出版集团股份有限公司 2016 年）、《唐诗经典分类品鉴》（中国社会科学出版社 2020 年）等著作。近来又添佳作，这部《宫廷文化与唐五代词发展史》2023 年由中国社会科学出版社付梓发行。全书共五章，近 17 万字，凝结着作者对于宫廷文化与词的发展问题的关注与审视。该书不仅从宏观上着眼于唐五代词的发展，归纳出宫廷文化与词史之关系，以时间为线索将唐五代各阶段词体特征串联起来，而且兼顾细节，以各阶段代表性词人为支点，以点带面，最终形成唐五代词宫廷文化书写的完整脉络，可见作者著学用功之深。基于此，笔者试从三方面浅谈此书独到之处。

一、帝王对词体创作的参与及推动

在中国古代文学史上，皇权一直对文学起着影响和规范引领作用，"一代帝王喜欢舞文弄墨、推行特殊文艺政策、对文学之士格外予以奖掖之时，文化和社会背景对艺术创作的影响便显得更加突出和直接"（陶尔夫、诸葛忆兵《北宋词史》，黑龙江教育出版社 2002 年，第 442 页）。从隋至唐，帝王创作中宫廷文化的书写一定程度影响着身边的文人和词学发展走向。孙教授敏锐地发现这一点,并详细论述其过程,在书中总结了帝王对词进行文化参与的形式,大致有以下三种情况。

(一)帝王对宫廷音乐的变革,有利于词乐的发展和完善

唐五代史上很多帝王都有着良好的音乐素养,元代燕南芝庵《唱论》曰:"帝王知音律者五人:唐玄宗、后唐庄宗、南唐李后主、宋徽宗、金章宗。"(史双元《唐五代词纪事会评》,黄山书社1995年,第36页)这些帝王对音乐的改革和创制,为新乐的发生和完善作了准备。

该书行文第一章起始即介绍隋炀帝对音乐的变革,言其虽政治上多暴虐之举,但对宫廷燕乐的变革有巨大贡献,也为初唐音乐提供发展路径。一方面隋炀帝扩招乐工,网罗人才,"括天下周齐梁陈乐家子弟,皆为乐户。其六品以下,至于民庶,有善音乐及倡优百戏者,皆置太常。是后,异技淫声,咸萃乐府,皆置博士弟子,递相传教,增益乐人至三万余"(魏徵等撰《隋书·裴蕴传》,中华书局1973年,第1574—1575页)。另一方面增定新声,在胡乐的基础上再创新曲,广泛搜集各地乐舞,促使燕乐迅速发展,为曲词产生奠定了基础。至唐代,帝王沿袭隋朝乐制,在此基础上,增九部乐为十部。唐朝皇帝对音乐情有独钟,唐高祖时设立教坊,唐太宗自己创制《破阵乐》《破阵舞图》等大曲乐舞,唐高宗时音乐加入参与者的即兴演唱,唐中宗时催生著词歌舞,唐玄宗时教坊中有皇帝直辖和执教的梨园……唐代帝王对音乐的变革,促使与之相配的曲词的巨大需求,随之便带来了曲词的兴盛,为词体的正式出现提供了音乐条件。

(二)帝王常与臣子、文人在宫廷宴集唱和,文人有意进行宫廷应制创作

《旧唐书·穆宗纪》载:"前代名士,良臣宴聚,或清谈赋诗,投壶雅歌,以杯酌献酬,不至于乱。国家自天宝以后,风俗奢靡,宴席以喧哗沉湎为乐。而居重位、秉大权者,优杂倡肆于公吏之间,曾无愧耻。公私相效,渐以成俗。"(转引自唐圭璋《唐宋两代

蜀词》,《词学论丛》,上海古籍出版社1986年,第883页)可见唐代游宴之风极盛。作为宴会的乐趣,文人越来越重视声乐曲词,唐诗被作为演唱文本,七言绝句以声诗的形式供乐妓演唱,甚至从七律等长篇中截取四句来演唱,"如高达夫'开箧泪沾臆',本古诗,止取前四句;李巨山'山川满目泪沾衣',本《汾阴行》,止取末四句是也"(王士祯《香祖笔记》,上海古籍出版社1982年,第100页)。文人应制创作往往受帝王的明示或暗示,应和着帝王宴饮享乐的心情。欧阳炯在《花间集叙》中说:"在明皇朝,则有李太白应制《清平乐》词四首。"(赵崇祚编,杨景龙校注《花间集校注》第一册,中华书局2014年,第1页)李白是词体的奠基者,曾做过唐玄宗的御用文人,身伴皇帝左右,《唐国史补》记载:"李白在翰林多沉饮。玄宗令撰乐辞,醉不可待,以水沃之,白稍能动,索笔一挥十数章,文不加点。"(李肇《唐国史补》,上海古籍出版社1979年,第16页)《宫中行乐词》《清平调》即典型例子。后来中唐王建,西蜀温庭筠、韦庄,南唐冯延巳的宫廷文化书写皆受帝王影响。

(三)帝王自己进行词体创作,周边文人集团形成填词风尚

帝王作词可追溯到唐玄宗创作的《好时光》,"玄宗皇帝好诗歌,精音律,多御制曲……今传者有《好时光》一词"(王兆鹏《唐宋词汇评·唐五代卷》,浙江教育出版社2004年,第9页)。该词描写宫廷女子的妆发"偏宜宫样"(曾昭岷、曹济平、王兆鹏、刘尊明《全唐五代词》,中华书局1999年,第6页),有着年龄带来的娇憨之态,也展示出词体产生之初对女性的关注。全唐五代帝王中作词最佳者当是南唐后主李煜,其词创作根植于南唐宫廷文化土壤,呈现出奢中求雅、风流秀曼的特点,前期词写宫廷生活之奢靡,亡国后多写怀恋往日宫廷生活以及忧患生存问题。

帝王在词学领域积极参与,上行则下效之,身边文人受其影响,自觉进行宫廷文化书写。南唐的君臣相和即典型案例,《阳春集跋》云:"南唐起于江左,祖尚声律,二主倡于上,翁(宰相冯延巳)和于下,遂为词家渊丛。"(温庭筠等撰,曾昭岷校订《温韦

冯词新校》，上海古籍出版社1988年，第405页）冯延巳历仕两朝，官至宰相，受南唐二主影响，在其词中展现了南唐宫廷生活风貌、皇室贵族的审美情趣以及宫廷文人的精神状态。其词承自花间，带着宫廷特有的富贵和华美，孙教授对这种风格作了量化分析，如"其词中'金'字出现34次，'玉'字出现35次，'凤'出现11次，'鸾'出现7次，其中'凤'和'鸾'都有着鲜明宫廷文化属性"（第174页）。

二、宫廷为词学创作提供素材

宫廷题材本身就具备神秘奢华的魅力，寻常百姓是接触不到宫廷的，只有皇帝的近侍宠臣才能窥其一角，词人将宫中百态描写出来，扩展了词学创作的题材，该书中孙教授认为全唐五代词作的宫廷文化书写主要描写对象有宫廷器物、宫廷人物、宫廷建筑等。

（一）词人对宫廷景致进行书写

建筑是宫廷景致的核心，词发展至中唐，呈现两种类型，其中"一类是以王建为代表的沿着盛唐李白宫廷应制词而来的宫词创作"（第95页）。孙教授运用量化统计的方法得出结论，认为王建《宫词百首》写到很多宫殿，如大明宫、含元殿等，这些宫殿外观和内部构造都别出机杼，展现古人的智慧。温庭筠词中也多次写到建筑（据孙艳红教授统计共11次，包括馆娃宫、宜春苑、兴庆宫、六宫、邺城、九重宫、景阳楼、上阳宫和南苑），如"南内墙东御路旁，预知春色柳丝黄"（温庭筠撰，刘学锴校注《温庭筠全集校注》卷九，中华书局2007年，第859页））写唐玄宗的故宅兴庆宫内的春光。

除了建筑，宫廷中精美且价值不菲的器物同样引起词人的注意。温庭筠词中喜欢描写器物之美，因而其词"富有装饰性，追求装饰效果，好像精致的工艺品"（袁行霈《中国诗歌艺术研究》，北京大学出版社1987年，第32页）。孙教授认为温词中一个比较典型的宫廷器物是"辇"，如《清平乐》其一"上阳春晚，宫女愁蛾浅。新岁清平思同辇。争奈长安路远"(彭定求《全唐诗》卷八九一,中华书局1960年,第10065页),在宫女眼中"辇"代表着君王的宠爱。同样李煜生于深宫,词中皆是精致华美的宫廷器物,如《采桑子·辘轳金井梧桐晚》中的"玉钩",《谢新恩·樱花落尽阶前月》中的"象床",《南歌子·云鬓裁新绿》中的"鸾飞镜",皆是名贵之物。

(二)词人对节庆宴饮进行书写

王建词"皆记唐宫之事,可做掖庭记观"(俞陛云《诗境浅说》,北京出版社2003年,第244页),是记录宫廷节庆习俗和礼仪的典型代表。孙教授归纳王建的相关词作,如《宫词百首》中的第三首"龙烟紫气日曈曈,宣政门当玉殿风。五刻阁前卿相出,下帘声在半天中"(王建撰,尹占华校注《王建诗集校注》卷十,巴蜀书社2006年,第456页),写百官朝见的礼仪;第七首"延英引对碧衣郎,红砚宣毫各别床。天子下帘亲考试,宫人手里过茶汤"(《王建诗集校注》卷十,第459页),写唐代殿试礼仪;第十三首"秋殿清斋刻漏长,紫微宫女夜烧香。拜陵日到公卿发,卤簿分头出太常"(《王建诗集校注》卷十,第466页),写公卿拜陵礼仪;第五十九首写皇帝寿宴,用"金花纸"写"榜子";第八十九首"金吾除夜进傩名,画袴朱衣四队行。院院烧灯如白日,沉香火底坐吹笙"(《王建诗集校注》卷十,第526页),写除夕进傩习俗;等等。

同时作者通过大量文本分析李煜词中书写宫廷宴饮的场景,如《浣溪沙·红日已高三丈透》,唐圭璋言"此首写江南盛时宫中歌舞情况"(杨敏如《南唐二主词新释辑评》,中国书店2003年,第73页),伴随着歌舞的宴席,充满着众人的欢声笑语;又如《玉楼春·晚妆初了明肌雪》写"春殿嫔娥鱼贯列",美女如云,皆是肌肤似雪,宴席奢靡可见一斑。

(三)词人对宫廷女性进行刻画

对于词之女性题材研究,孙教授早有大量研究成果,对唐五代词作中的宫廷女性刻画更是驾轻就熟。作者从宏观上总结了不同时代词人宫廷文化书写的特征,又注重书写表达的传承性,比如王建继承李白的宫怨题材,注重对宫廷女性的描写,如《宫中调笑》写女子的悲剧命运,令人叹息,有意识地"营造与女性紧密相伴的柔性美感"(杨海明《杨海明词学文集》,江苏大学出版社 2010 年,第 49 页)。孙教授认为王建为宫体文学提供了写作典范,后世效仿者众多,花蕊夫人、和凝、宋徽宗等内容上大都承袭王建。同时王建的百首宫词,对中晚唐的柔媚诗风影响很大,有风向标的作用,"为词体最终落实在飞卿体和花间体柔媚之美的风格,作出了积极的贡献"(孙艳红《宫廷文化与唐五代词发展史》,中国社会科学出版社 2023 年,第 112 页)。

在细节上作者也很下功夫,能以敏锐的笔触写出不同词人刻画宫廷女性的差异。如写西蜀温庭筠、韦庄,认为温庭筠不仅注重女子的服饰、外貌,而且注重女子心理刻画,如《杨柳枝》"金缕毵毵碧瓦沟,六宫眉黛惹香愁"句,香软而华丽,揭示女子幽怨的内心世界;韦庄词女性形象最大的特征是雅化,外貌描摹大大减少,"不似飞卿就人一一刻画,而只是为约略写出一美人丰姿绰约之状态"(唐圭璋《词学论丛》,上海古籍出版社 1986 年,第 896 页)。

三、对词体形成问题的再思考

关于词之起源,是词体形成过程无法回避的重要问题。在序言部分,孙教授重新提起词之起源问题,记录和分析权威学者对词源的不同观点,认为大致分为三种学说,即诗词同源说、词源于燕乐说、词源于民间说。

持诗词同源说观点的学者比较多,有词源于《诗经》、词源于宫体诗、词源于乐府诗等观点,故作者择要诉之。孙教授举出不同观点的代表性人物,如词源于《诗经》代表人物是清初的王森、徐釚;词源于宫体诗代表人物古有徐釚、汤显祖、贺贻孙,近现代有浦江清、施蛰存;词源于乐府诗代表人物有王灼、宋翔凤、方成培、朱熹。

作者还介绍了一些学说的回响和文学史中所持观点,这是该书对此问题探讨的一大亮点,可以直观地感受到不同学说的发展和丰富。近代回响如诗词同源说在近代词学研究中得到进一步发展,比较有影响的代表人物是梁启超、任半塘、王易等,孙教授善于发现不同学者的独到之处,梁启超通过分析推论出词之产生;任半塘用二重证据考辨词体之起源问题;王易则从宏观和微观角度作判断。文学史中关于词的起源问题大多认为词源于燕乐,孙教授亦列举几部代表性文学史,如袁行霈等主编的《中国文学史》,章培恒、骆玉明主编的《中国文学史》、方铭主编的《中国文学史》,并得出结论,"以燕乐的兴起来诠释词体的起源,似乎成为词与音乐关系的定论"(第19页)。

除了词之起源问题之外,孙教授对词体本身发展过程也重新进行思考,从宫廷文化视角出发探讨词体之初起乃至兴盛,对每个阶段都有自己的独到判断,按照时间线索对各章节命名,如隋代初唐的宫廷文化与词体初起、盛唐宫廷文化与词体形成、中唐宫廷文化与词体过渡等。

关于中唐宫廷文化与词体过渡一章,思维逻辑尤为缜密。章末专列一节探讨中唐词词体的过渡性特征,首先作者据吴梅《词学通论》论及白居易的词分析,认为虽然如今把《杨柳枝》《竹枝》等词亦认定为词,但其与绝句的相合,过渡的性质是显而易见的。接下来从词本体艳科属性和女性化特征角度入手,认为中唐时期的词作尚未走向词体狭深道路,其女性化的情思是深藏于内心深处的。最后把中唐文人词与晚唐文人词、敦煌曲子词相对比,认为中唐文人词更接近敦煌曲子词朴拙的特点,仍旧保有诗体的特质,在文体特征上还没有定型。多角度层层推理论证,极具专业性与严谨性。

另有南唐宫廷文化与词体兴盛一章,值得注意,章末设"其他五代词的宫廷文化书写"一节,作者并没有仅停留于南唐,对其他五代词中的宫廷文化书写也进行了分析。后晋宰相和凝、后唐庄宗李存勖、毛文锡、李珣、欧阳炯的词作都有宫廷题材的词作,论述过程中详略得当,紧紧围绕着宫廷文化这一核心进行阐释、梳理、辨析、整合、提炼,相得益彰。

作者在论述词体形成过程中,还涉及了词本体女性化特征,这方面孙教授乃是行家,有《唐宋词的女性化特征演变史》(中华书局2014年)一书专讲唐宋词的女性化特征。孙教授在本书第四章第三节"花间词与词体的定型"专节探讨花间词体的女性化特征,从花间词的题材内容、创作视角和抒情主体、艺术表现等方面全面细致地论述花间词体"艳科"的女性化品格、"小巧"的女性化风范、香软华贵的女性化词风,对花间词的词史地位进行界定,认为花间词奠定词体特征,直接影响宋人"词为艳科"观念的形成。

在对唐五代词本体女性化特征进行分析过程中,作者对于学者观点进行归纳总结,在科学分析后,作出自己的论断。深入词作抒情主人公的内心世界,体味其中的思绪和情感,语言严谨且文辞优美,娓娓道来,顺畅自如。如"词中的小巧意象,普遍具有柔软质地和婉丽美感,这正是中国传统女性阴柔婉美的艺术呈现",有着独特的美感,也启发读者对词学与女性之关系进一步思考。

当然,该书仍有一些值得进一步论述挖掘之处。比如关于词之起源问题的再思考,虽然作者已经把各家代表性说法列举归纳出来,也列出了近代学者的回响,但要能把现当代词学论者的观点融入其中,则该书内容会更加充实,更为全面。从词体发生到兴盛都离不开帝王的影响,该书对初唐、盛唐、南唐介绍得尤为详细,中唐、西蜀阶段则略微逊色,若是对这两阶段再挖掘,一定能锦上添花。另外,关于词人的宫廷文化书写涉及景致、节庆、宴饮、人物等诸多方面,若是能再兼及论述宫廷政治、经济等相关因素,则更会引起读者更多思考。

概而言之,《宫廷文化与唐五代词发展史》无疑是一部值得一读的佳作。它以独特的视角和深入的分析,揭示了唐五代时期宫廷文化与词之间的紧密联系和相互影响,为词学研究提供了新视角,也为词体形成梳理了新脉络。全书有大量翔实的材料支撑,行文酣畅淋漓、体察入微。而该书后记中,作者言其构思源于博士就读期间,历时悠久,近二十年的理解和思考,反复地精心修改和论证,使得这部著作成熟且焕发着生机。

《文化生态与唐代诗歌》

□ 陈彝秋

(戴伟华著　中华书局　2023 年 11 月)

戴伟华先生的《文化生态与唐代诗歌》是一部在文化生态视野下推进唐诗研究的示范性著作。著者的实证治学精神与文本细读功力,外化为本书视野广阔、思理绵密、考论精详、探索创新的学术格局;探讨地域文化与诗歌创作关系时,情思并举的"能不忆江南"系列研究,缘于著者浓郁的故乡情怀;而《〈文化生态与唐代诗歌〉书成用杜工部戏为六绝句韵以诗代序》的别出心裁,则映照出著者热爱生活、诗歌、书法的雅人深致。这部专著因此呈现出严谨诗意兼容,守正创新相成的学术气象。

作为一部熔铸学者理性与文人深情的学术著作,《文化生态与唐代诗歌》不仅较为系统地反映出戴伟华先生的治学理念,也彰显着他努力推进学术发展的思考与担当。文化生态可以简单理解为文化形成与存在的状态,在文化生态中研究文学,符合文学发生、发展的实际。本书篇章内容各自独立,又自成体系,在宏大的文化生态背景下研究唐人诗歌,对相关文学活动、文学现象进行了细致精微又宏观立体的观照,突出诗歌主体地位的同时,对诗歌性质更有别出新意的发微。以文化生态为视野、方法的研究,使本书所涉及的论题既深且广,所取得的成果也具备创新性的学术价值。本书的学术风格,要而言之,略有四端。

一、新颖多元的研究视角

文化生态是一个处于不断发展与完善中的动态概念，具备开放包容、涉及面广等特点，不同的研究目的，会赋予它不同的内涵与外延。《文化生态与唐代诗歌》以文化生态视角切入文学研究，结合时代、制度、地域、政治、地理、风俗、律历等对文化生态与诗歌关系进行丰富多元的阐释。

戴伟华先生对诗歌文本的解读，常因观察角度的别致而产生创新性的结论。强、弱势文化是本书考察文化生态与诗歌关系的一个重要视角，不妨援此为例。立足宫体诗"自赎"、七言诗"自振"的研究，已彰显出张若虚《春江花月夜》非凡的文学史意义，此已为人所熟知。本书《与帝京对视的〈春江花月夜〉》篇则结合初唐南北文化差异与冲突并存的文化生态，从江南文化"自尊"的新角度，阐释了此诗为何而作的问题，有理有据，新人耳目。不仅如此，在戴伟华先生的研究理念中，"所谓强、弱势文化视野，与其用之于考察研究对象的性质，还不如用之于考察对象的方法"。他从地缘角度重新审视岑参边塞诗，认为这些侧重西域舆地的诗歌完整地展现了一位盛唐诗人西域生活的心灵史，对岑参及其边塞诗独一无二的诗史地位、价值的重新认识，也因这一视角的引入得到有力支撑。

学术研究中，视角、理论、方法是共生互彰的关系，本书视角的新颖多元源于相应理论、方法的合理使用与重新阐释。地域文化、时运诗学、传播学、道技、才性等理论与诗歌研究的深度相融是本书的重要特色。例如，著者很早就关注到文人"才""遇"错位及由此引发的文学史书写问题，《李白待诏翰林及其影响考述》一文已有专门讨论。《才性论与裴、李"初唐四杰"才性之争》的撰成与刊布，是著者对此问题持之以恒的思考成熟化的标志，始于孔子的"才性论"也因之得到更为明晰的阐释。本书第三章"政治与文学'才''性'论"以此为基础，更具体、更集中地论析了初唐四杰、李白、杜甫、刘禹锡、柳宗元等诗人的命运，认为只有正确理解文学与政治两个标准中的"才""性"之别，才可避免文学史编写、文化生态品评中的淆乱。

文化生态与诗歌创作的关系,不仅关乎视野、视角,也是阐释文学问题的重要方法。本书的研究表明,文化生态与文学关系的多元视角兼具学术视野、理论与方法论的多重价值。

二、敏锐清晰的问题意识

文学研究中,新理论的提出、新视角的选取、新方法的运用,最终目标都是发现新问题、解决新问题,以更好地认识文学及与文学相关的现象,否则便失去从新视角进入文学的意义。敏锐清晰的问题意识是本书引人瞩目的又一研究特色。

新的研究视角,有助于新问题的提出与解决。面对研究已相当深入的唐人唐诗选本《河岳英灵集》,著者提出"乡居江南的编选者殷璠是如何获得入选诗歌的""《河岳英灵集》的编选意图是什么""为何殷璠在《叙》中称'开元十五年后,声律风骨始备矣'""《河岳英灵集》'起甲寅'的依据是什么"等一系列问题,这些疑问涉及诗歌传播、诗人交往、文人心理、人物品藻等诸多视角。经过翔实考论,著者一一予以阐释。在阐明这些问题的过程中,著者阅读这一选本的态度与路径,也为与文献编纂相关的文学、文化研究提供了有益的启示。

在文学与文化分层理论的影响下,《文化生态与唐代诗歌》的研究也敏锐地关注到诗歌作品的文化性质以及与之相关的问题。《状江南》系列研究中,戴伟华先生指出李峤《十二月奉教作》贵族化、文人化意味浓厚,敦煌《咏廿四气诗》是典型的民间化文本,与此二作相异,后出的文人诗歌《状江南》则兼带民间化的特征。从写作风貌、方法与角度对这些作品进行对比,可以略见文学创作中文人与民间的互动。戴伟华先生还特别论及孟浩然《过故人庄》与《咏廿四气诗》相类的"接地气",认为此诗"为探索盛唐文人创作与民间创作相互影响提供了可行性案例分析"。诗歌创作与传播过程中,文人化与民间化存在互动融通现象,这极有可能成为唐诗研究一个新的学术增长点。

与文化生态这一概念的动态属性相一致的是,戴伟华先生对相关问题的思考、表达，也呈现出动态的特征。"余论"一章中，他特意谈及自己对乾元元年（758）杜甫、王维等人《早朝大明宫》诗歌唱和的处理过程。从文化生态着眼，以"长安"为背景讨论这一问题，常规的处理方式是将重心落于地域文化与诗歌创作的关系，进而探讨文人的生存环境、心理境界与时代的关联。但为了更好地凸显"为何四人的唱和诗都没有留下安史之乱的痕迹"这一问题，他将研究的重心调整为解答方回对四人乱后之诗仍然"夸美朝仪，不已泰乎"的质疑，研究的中心、结构也随之发生变化。在动态而自由的研究视角下，以有利于问题的解决、研究的深入为目标，精心思考并安排问题提出及解读的方式，是《文化生态与唐代诗歌》给人的整体阅读感受。

三、深厚扎实的文献功力

文学研究的深入，要求研究者对研究对象做出精细化的处理。戴伟华先生的学术研究以文献功力深厚、文理分析深微著称，本书是他实证治学的又一力作。在处理相关文学与文化问题时，他不仅能发掘域内常见文献的深层价值，观他人所未察、论他人所未思，也善于将诗歌作品与敦煌文献、出土文书、墓志以及域外汉籍进行互证，其研究成果呈现出材料为解决问题服务、问题决不为材料所役的境界。

扎实的文献工作有助于发现新的学术问题。文学研究中，可信的材料是基础，对文本的细读是王道。戴伟华先生发现有关大历年间鲍防等人《状江南》唱和的研究成果中，"状"的含义一直处于被忽视的状态，与相关文本的误写有关。《全唐诗》题作《状江南》的组诗，在宋代文献《古今岁时杂咏》《唐诗纪事》中的诗题为《状江南十二月每句须一物形状》，秦瑀为鲍防亦有参与的《柏梁体状云门山物》唱和所作序文中，有"状，比也""义取睹物临事"的记载。戴伟华先生认为这不仅说明《状江南》"睹物临事""每句须一物形状"的写作规范是诗人们的集体约定，而且通行字典亦应补上"状，比也"的义项。由此可见，被明确了的概念可以促进相关研究的深化，而对可信文献不同角度的思考，能发现并解决新的学术问题。

以解决问题为旨归的严谨考述,是《文化生态与唐代诗歌》的研究方法,也是研究风格。戴伟华先生对文本与文献的精熟掌握与高度敏感,落实到本书的研究,主要表现在以下两方面:第一,善于对常见材料进行深度解读。在政治、律历与文学关系的视域中,重新审视王湾"海日生残夜,江春入旧年"被张说书于政事堂的史实时,他阐明这一事件不仅具备引领盛唐气象的诗学史意义,也表达了政治家们的理想与锐意改革的决心,可称眼光独到。第二,重视发掘极易为人忽视的"隐性"材料,解决了一些长期以来被学术界误判的问题。"隐性材料"这一概念是戴伟华先生在《李清照〈武陵春〉词应作于绍兴元年考——兼说"隐性"材料的价值和利用》一文中正式提出的,这既是他深厚文献功力的理论化,也是他治学精神具体而微的一个侧面。从理论、概念出发是学术研究的有效视角。例如,唐代的"江南"指长江以南,但因杜牧的《遣怀》《寄扬州韩绰判官》,"扬州"在唐代是否属"江南"易生歧见。诗歌传播视角下的《寄扬州韩绰判官》,无论初版本还是改定本,皆作"秋尽江南草未凋",这直接引发"唐代扬州属江南"与"此诗作于杜牧分司东都时期"的错误认知。戴伟华先生引证谢枋得"《寄扬州韩绰判官》诗,其实厌江南之寂寞,思扬州之欢娱"的注文,以及杜牧《自宣城赴官上京》等诗揭示出的诗人赴京,取道宣城这一事实,将诗歌意旨与隐性材料对读,认为寄赠韩绰之诗可能作于宣城,也可能作于杜牧有"庐"有"薄产"的义兴(宜兴)。这一"隐性"材料的发明,纠正了上述两个长期被误解的问题。基于数据库的广泛使用,当下的部分学术成果存在以材料掩饰浅陋的弊病,材料堆砌如七宝楼台,炫人眼目,却提不出真正有价值的学术问题,也很难于其中看到研究者的精见卓识,可谓得"筌"而忘"鱼"。"E考据"的学术环境下,重视"隐性"材料的倡扬与力行,又无疑具备了匡扶学风的现实意义。

四、守正创新的治学精神

守正创新是推动学术发展的关键。文学研究的对象是文本与文献，与之相关的研究可以析为两重目标与意义，一是把研究对象搞清楚，二是使文本及其研究产生意义。本书守正创新的价值内涵与现实导向也可从这两方面加以体认。

戴伟华先生对扬州学派考证精详、敢于创新的学术传统有自觉的归依与发扬，他认为学术创新不是刻意猎奇，而是在具体作品、现象的论述中探索一般性的知识结构与理论体系，以发明文本新的意义与价值。本书具体创新的类型有二：一是对自己既往研究的补充与完善，一是源于多元视角与文本细读而形成的新观点。前者可以杜甫《饮中八仙歌》的重新阐释为例。戴伟华先生认为此诗并非作于传统所言的困守长安时期，系于乾元元年杜甫居官左拾遗时更为合适。当时的杜甫并未处于被边缘化的政治境地，《饮中八仙歌》是他这一时期生活状态、精神面貌的文学化，杜甫意在以酒为媒，与符合自己理想的饮中八仙神交，并构建自己的盛世记忆。因为此诗，"饮中八仙"也成为长安乃至大唐盛世风流的文化符号，故不宜赋予此诗过多的政治化解读。后者以《状江南》研究为代表。著者认为《状江南》不仅因"每句须一物形状"的写作要求在咏物诗史上自成一格，也开创了月令诗比喻体叙事的艺术新范式。特别值得一提的是，在揭明《状江南》的叙事喻物特征时，著者兼论了敦煌《咏廿四气诗》，"花几个月的时间去学习古代历法知识"（《戴伟华教授访谈录》）之后，最终确认这组诗是为配合《开元大衍历》推广普及的民间创作，是提供给劳动者生活与农事活动的指南。文学研究中的"文化生态"这一概念，其内涵与外延"通常与研究主体的研究对象及其学术经验有关联"，戴伟华先生的这一研究在拓宽他本人知识视野的同时，也反映出他学术经验的丰厚，让人印象深刻。

将严谨的学术研究与对当下的深切关怀融为一体，是戴伟华先生始终如一的学人风范。以《文化生态与唐代诗歌》而论，作为视野、理论与方法的"文化生态"极具开放性和包容性，在此理念之下不断探索、勇于创新的研究，又与中华文明守正创新的突出特性呈现出精神上的契合。本书对长安与江南的思考，对岭南文人张九龄的关注，既缘于著者对唐诗数十年如一日的热爱，也是对当前文化热的回应。虽然研究对象是历史文化场景中具体的文本与现象，但对现实的自觉关注已深融于著者的意识。在指出《状江南》别样格调与开拓意义的同时，戴伟华先生特意强调说："现在各地都在做地方文化梳理、挖掘，《状江南》唱和组诗艺术的特殊性和创新性，在江南文化研究中应被充分重视。"又如，这种当代意识也体现在对岑参边塞诗以诗证史价值的重审，著者认为这些与西域舆地有关的诗歌，"对于今日新疆而言以诗证史是唯一性的"。汲古润今的学人情怀于斯毕见，与此同时，这些个案研究的现代意义也有了具体的指向。

　　作为新的文化生命体的中华民族现代文明，是"革故鼎新、辉光日新"的文明，是熔铸了优秀传统文化的现代文明。非物质形态的文化本质上是一个作用于人类精神史的记忆机制，而传统文化与现代文明的连接点正是记忆与传承。如果说作为本书研究对象的《早朝大明宫》《饮中八仙歌》与大历浙东诗人们的《忆长安》等作品，意在承续诗人们对盛世大唐的文化记忆，那么，《文化生态与唐代诗歌》的深层寄托便是戴伟华先生传承文化的责任感。唐诗的创作只是在时空上远去，唐诗承载着的文化魅力却可以借由读者的情感共鸣、学者的精深研究生生不息。

问题研究综述

浙东唐诗之路研究谱系的建构与探索

□ 胡可先

唐诗发展的地理和空间研究,近年来取得了很多重要的成果。聚焦于唐诗之路研究与开发,更是在各地形成了一定的热潮。基于此,中国唐代文学学会唐诗之路研究会于2019年11月3日在新昌成立,标志着唐诗之路研究进入了新的发展阶段。而在唐诗之路研究当中,浙东唐诗之路命名最早,更具有地域特点,核心内涵较为明确,影响力与辐射力也非常巨大。由我组织的浙东唐诗之路研究团队,受浙江省哲学社会科学规划办的委托,进行"浙东唐诗之路诗人诗作系列研究"项目的研究。这里我就以项目为出发点谈谈对于浙东唐诗之路研究谱系的建构。

一、浙东唐诗之路诗人诗作系列研究

"浙东唐诗之路诗人诗作系列研究"是我主持的浙江省文化工程重大委托项目,重点进行浙东唐诗之路的基础研究,研究的宗旨是为浙东唐诗之路的总体研究以及文化建设做一些学术方面的基础性的奠基工作。就目前整个唐诗之路研究的现状而言,这一领域的研究还非常薄弱。因此,这项研究定位于纯学术方面的研究。

这一研究分专题进行,设定为四个专题,分别由四位专业研究者负责:第一,浙东唐诗编年史长编,由浙江大学中文系胡可先教授负责;第二,唐代浙东诗人群体研究,由浙江大学中文系咸晓婷副教授负责;第三,唐代诗人浙东游历寓居考,由浙江大学中文系杨琼博士后负责;第四,浙东唐诗之路的诗歌创作与艺术特色,由浙江大学中文系胡秋妍博士后负责。这四个专题,第一个是以实证为主的浙东唐诗之路综合研究;第二个侧重于浙东唐诗之路的诗人群体研究;第三个侧重于浙东唐诗之路的文献研究;第四个是浙东唐诗之路诗歌的艺术研究。

(一)浙东唐诗编年史长编

研究内容:1.较为全面地梳理唐诗之路的诗人生平、行迹和交往。将其纳入每一年的叙事之下,以体现唐五代三百余年间浙东唐诗发展的轨迹,并提供一份完整的浙东唐诗研究资料。2.浙东诗歌系年。举凡唐代诗人在浙东留下的诗歌或涉及浙东的诗歌,都根据史料尽可能地加以编年,成为有唐一代浙东唐诗编年的集大成著作。3.浙东重要诗作的评论要录。浙东唐诗之路上的一些名篇佳作,如李白《梦游天姥吟留别》《秋下荆门》,贺知章《回乡偶书》等,历代学者有一些评论,辑录这些评论,对于了解浙东唐诗的地位与影响作用很大。4.浙东诗人事迹。全面辑录籍贯为浙东的唐代重要诗人的事迹,有些诗人没有在浙东留下诗歌,但也在考证之列。重要浙东诗人包括:虞世南、骆宾王、贺知章、徐安贞、秦系、严维、徐浩、舒元舆、冯宿、朱庆馀、项斯、吴融、杜光庭,以及释清江、释灵澈、释贯休等人。5.对浙东唐诗发生重要影响的政治事件、哲学思潮、文学活动等问题的考证。

研究目的:编写一部浙东唐诗编年史,为浙东唐诗之路研究或开发奠定学术基础。即把唐代三百年间的浙东诗人与诗篇做一个总体的梳理,不仅提供一部研究浙东唐诗以及浙东文化的文献资料,也勾勒出浙东唐诗发展的大致脉络。

编写体例:1.编排次第:采取纲目互见的方式编排,即先用概括的语句叙述一件事,如一种文学现象或诗人某一年的事迹,作为"纲";然后引用相关资料加以印证,作为"目"。做到言必有据,持之有理。"目"的部分,材料尽量翔实,内容尽量丰富,引证尽量真实,带有一种"年谱长编"的性质。2.收录标准:收录诗人,主要是唐代在浙东留下踪迹与诗歌的诗人;籍贯为浙东而又不一定在浙东留下诗歌的诗人。收录诗歌,与浙东相关的所有诗歌。3.年代考订:前人已经考订出年代的诗人诗作择其优,前人没有考订出年代的诗人诗作补其阙,前人考订有误的诗人诗作订正误。全书重点阐发编著者的见解。书中所记年月根据古代文学研究惯例,以阴历书写年月。

(二)唐代浙东诗人群体研究

选题宗旨:集中考察唐代浙东地区历次影响较大的诗酒文会活动,研究其地域特征与时代特征。浙东地区的诗酒文会活动在中唐时期有一定的典型性和代表性。诗人们追慕"兰亭集会"的高雅传统,集中在一起宴饮唱和,歌咏浙东的明山丽水与社会风俗,互相切磋诗歌艺术,提高了参与者的诗歌技巧,有力地促进了中唐文学的繁荣。更重要的是,不同时期的诗会活动表现出不同的时代风貌及文人心态。深入研究这些诗会活动,有助于我们把握唐代不同的社会背景下文人心态及诗歌风貌的变化,进一步推动唐代文学的研究。

研究内容:重点考察唐代浙东诗人群体的八个方面:1.唐代浙东诗人群体的构成与特点。在唐代三百年中,浙东地区形成与活跃着很多诗人群体,尤其是安史之乱以后的中唐时期,群体更为繁盛。2.浙东大历诗人联唱群体。鲍防、严维是这一集团的中心人物。这一群体最为典型,有诗人群,唱和后编写了联唱集,对于后来的文学发展影响很大。3.浙东观察使府诗人群体。这方面形成的群体较多,较为典型的有元稹观察使府和李绅观察使府群体。4.浙东禹庙唱和诗群体。这是集中于某一地点的诗人群体活动,将诗人、山水、宗教结合在一起。5.台州送日本僧人组诗。这是绾结浙东唐诗之路与海上丝绸之路的重要组诗,同时又将政治、宗教、文学融合在一起。6.贺知章与吴越诗人群体。盛唐时期,以贺知章为首的吴越之士,已经形成了一个文学群体。这在两《唐书·贺知章传》和新出土《徐浚墓志》中表现出来。勾勒这一诗人群体,可以展现盛唐时期以越州为中心的吴越文学风貌。7.唐代浙东诗僧群体。浙东是佛教繁盛之地,高僧辈出,在诗歌鼎盛的国度,也出现了不少诗僧。诗僧群体贯穿整个唐代,以中唐以后到五代十国为盛。与前面几种类型的群体相比,诗僧群体较为松散,且重点由诗人与其他文人组成,对浙东文学发展作用则较大。8.《会稽掇英总集》专题研究。《会稽掇英总集》是宋人孔延之编纂的一部浙东地方文学文献总集,其中记载浙东文人群体活动甚多,因此,以这一集部为中心进行浙东文人群体的研究,就与前面几个部分有所不同而形成自己的特点。

(三)唐代诗人浙东游历寓居考

研究思路:唐代漫游成风,吴越地区是文人漫游最重要的目的地之一。漫游浙东与浙东山水诗歌创作成为唐代重要的文学、文化现象。本课题将广泛搜集、分析浙东地区相关唐诗,细致梳理作者的生平、行迹以及交游经历,进而对唐代诗人在浙东的游历、寓居情况作出重点考察。

研究内容:1.唐代诗人漫游浙东考。主要可以分为四类:壮游、宦游、避难、隐居。考证出游历的时间、地点,游历的具体方式、路线以及交游情况等。2.唐代诗人游历浙东的特征分析。受政治、经济、文化、宗教、交通等因素影响,唐代诗人的浙东漫游在时间、空间上都有其自身特征。3.唐代诗人游历浙东的路线总结。4.唐代寓居浙东诗人考证。相比游历而言,寓居则是一个静态、长时段的过程,就寓居的原因来看,亦可分为几个类别:出生、隐居、任职、探访亲友。本课题拟对这几类寓居诗人进行考察,逐一考证他们的寓居时间、具体地点。5.唐代诗人寓居浙东特征分析。通过考证唐代诗人寓居经历,总结他们落脚的具体地点,通过静态分布图的方式加以直观展现,并分析这些点周边的环境特征,与其他景点的连接、辐射情况,以及以这些点为中心形成的文学活动等。

(四)浙东唐诗之路诗歌艺术研究

总体思路:总结浙东唐诗的艺术特色,发掘浙东唐诗的艺术价值,是浙东唐诗之路研究的首要任务,而这方面研究也是浙东唐诗之路研究目前最薄弱的环节,亟待加强。本课题从诗歌创作与诗歌艺术两个方面着手,诗歌创作侧重于创作空间与创作时间的基础性梳理,诗歌艺术侧重于诗歌创作的审美性把握和诗歌艺术地位的论定。

研究内容:1.唐代浙东诗歌创作的总体风貌,包括诗歌渊源、文化传承、空间形态、时间流程、重要作家、主要题材。2.唐代浙东诗歌的艺术个性,可以分类进行研究,包括山水诗、佛道诗、怀古诗、赠答诗。3.唐代浙东诗歌艺术专题探讨,如李白浙东诗研究、寒山拾得诗研究、沃洲山唐诗研究。4.唐代浙东诗歌艺术的传承与影响研究。5.浙东唐诗与浙东历代文体发展交融研究。

二、浙东唐诗之路研究谱系建构的思考

我在这方面的思考仍然以基础的学术研究为范围,不包括文化建设、旅游开发、产品设计,也不包括相关的文学创作等。因为,浙东唐诗之路在初步的启动和宣传之后,最为重要的是基础的学术工作,这项工作做不好,一切都是空中楼阁。

(一)时间维度

时间维度主要是对浙东唐诗发生发展演变进行纵深的研究。这样的话,以下三个方面的研究就非常重要。

一是浙东唐诗编年史。对于以时间流程为轴线的通代和断代文学编年史已经出现多部,如代表作品是傅璇琮先生主编的《唐五代文学编年史》,而我们现在如果开创编写浙东唐诗编年史,则是文学史体例的一大创新。这首先是将历史编年的体例用于文学史研究,其次是以实证为基础的文学史研究,再者是以区域为对象的文学史研究,三者合一,对于浙东唐诗之路的研究必定会有重要的开拓。

二是浙东唐诗发展史。这与前面以实证为主的编年史有所不同,是以唐诗发展为主线的浙东唐诗演变的梳理,这样可以分时段地总结出浙东唐诗演变的情况以及有别于整个唐诗发展的特点。

三是浙东唐诗学术史。对于唐诗之路的文化渊源、文学发展、诗人行迹，实际上从唐人开始就有了总结与研究，宋代以后一直到当代处于不断发展和兴盛当中，这些研究都值得梳理和总结。浙东唐诗学术史，还要注重浙东唐诗的渊源与影响研究。渊源方面，六朝浙东文人的创作对于唐诗之路的形成起到举足轻重的作用，而这样的创作包括诗、赋、文与小说；影响方面，浙东唐诗对于后代文学的影响也是非常关键的研究选题，如宋诗、宋词、元曲、明清小说，以及后代的佛道文学等等。

由上面的浙东唐诗编年史、浙东唐诗发展史、浙东唐诗学术史三位一体的融合，就能够形成浙东唐诗之路研究方面带有综合性质的文学史研究体系。

（二）空间维度

空间维度主要是对浙东唐诗之路进行地理与地域层面的研究，是唐诗之路研究的核心内容。这些方面的研究，可以采取点、线、面三者相互结合的方式。点的方面最多，比如起点问题，我就写了一篇论文《西陵·渔浦：浙东唐诗之路的起点》，现在还在修改，尚未发表。还有重要的点如终点问题。而这样的点又可以分类来策划研究选题，如与山相关的点：天台山、天姥山、四明山、萧山、东山、沃洲山；与水相关的点，如钱塘江、浦阳江、婺江、曹娥江；此外，还可以专门研究古代浙东的每一个驿站、每一个景点，这些都很多。就线而言，主要是沿着路线，尤其是水路为主，如钱塘江一线、曹娥江一线、浙东运河一线、瓯江一线；当然也还有陆路。就面而言，可以研究整个浙东唐诗之路的总貌，包括文学的、文化的、艺术的、宗教的、经济的、旅游的等等；也可以研究浙东某一州郡的唐诗发展的情况，如越州、台州、明州、婺州、衢州、处州、温州，可以分别作为对象和专题研究。空间维度还有一个特殊的方面就是浙东唐诗之路的国际化影响，我在2018年台州学院召开的学术研讨会上，提交的一篇《天台山：浙东唐诗之路与海上丝绸之路的交汇》的论文，就是说明这个问题。这篇论文刊于《浙江社会科学》2019年第12期。在这方面，肖瑞峰教授有《浙东唐诗之路与日本平安朝汉诗》的重要论文,发表在《文学遗产》1995年第4期上。这方面的研究需要我们放开眼界,走出国门。

(三)人物维度

人物维度重点是对于唐诗之路的诗人进行主体研究,除了我们的项目研究团队正在进行"唐代浙东诗人群体研究"课题研究以外,可以组织编写"浙东唐代诗人传记丛书",如编写"虞世南传""骆宾王传""贺知章传""朱庆馀传""秦系传""方干传""罗隐传"、诗僧"寒山传"等等。还可以选择著名的浙东诗人编写年谱,因为浙东诗人有些已有了年谱,如骆宾王、贺知章,有些诗人还没有年谱,我们从研究浙东唐诗之路出发,可以将这些年谱编写得更为详尽具体,而且还可以进一步突出唐诗之路这一主题。唐诗之路研究会可以组织"年谱丛书"等系列著作的出版。

(四)艺术维度

从艺术维度看,因为浙东唐诗之路是一条具有深厚文化渊源的文学之路,也是一条自然风景极为优美的山水之路,更是一条开放的国际交流通道,故而引起了很多一流诗人的重视,留下了很多名垂千古的诗篇,因而浙东唐诗之路的艺术研究就是一个极其重要的方面,而唐诗研究的核心是文学研究,故而艺术研究又是最本位的唐诗之路的研究对象。唐诗之路的艺术研究会涉及以下几个方面:重要诗人研究,如虞世南、骆宾王、贺知章、朱庆馀、方干;经典名篇研究,如骆宾王《早发诸暨》、李白《梦游天姥吟留别》《秋下荆门》、贺知章《回乡偶书二首》、杜甫《壮游》、王维《西施咏》、孟浩然《渡浙江问舟中人》;文体交融研究,如就诗本身而言,浙东唐诗之路上的诗歌,几乎古体、近体、齐言、杂言、联句等各种体裁都有,而且这些诗人,同时又创作各种散文,有时群体作诗,诗前还有代表人物写诗序或集会序,这样就将多种文体融合在一起,从而促进了浙东唐诗之路文学的多层面和多元化;区域文化研究,这是最能体现浙东唐诗之路研究价值与意义的研究范围,尽管此前的研究取得了一定成就,这一研究空间的可开拓性仍最大。

三、浙东唐诗之路研究需要处理好的几个关系

浙东唐诗之路涵盖面极广,涉及的内容很多,而且现在的地方政府和高等院校都在重视这一方面的研究,但各自的取向往往很不相同,因而处理好下面几个关系就非常重要。

(一)"诗"与"路"的关系

大体而言,"诗"是文学,"路"是地理,"诗"重文本,"路"在交通。"诗"一旦创作出来,文本就是凝固的;"路"随时代的变迁,是不断变化的。我们现在研究唐诗之路,实则上是以文本凝固之唐诗还原唐人经行的道路,也是以现在变化之路印证千年凝固之唐诗,而且以唐诗之路研究促进当前学术研究的繁荣和文化建设的发展。当然,文学研究者可以以诗为本位,重点在文,历史研究者可以以路为重心,重点在史。因此,唐诗之路研究,与一般的唐诗研究或唐代文学研究就有着很大的区别,后者一定要处理好文学本位与学科延展的关系,而唐诗之路研究则是多学科之间的综合研究。清人徐松《唐两京城坊考序》云:"校书之暇,采集金石传记,合以程大昌、李好问之《长安图》,作《唐两京城坊考》,以为吟咏唐贤篇什之助。"台湾学者严耕望《唐代交通图考》前言云:"凡此百端,皆详征史料,悉心比勘,精辨细析,指证详明,俾后之读者治史,凡涉政令之推行,军事之进退,物资之流通,宗教之传播,民族社会之融合,若欲寻其径途与夫国疆之盈亏者,莫不可取证斯编,此余之职志也。至于解诗、正史,补唐宋志书之夺伪,纠明清志书之失误,皆余事也。"徐松研究两京地理,重在证诗,严耕望考察唐代交通,以诗为余事,但最终都成为史学巨著。故我们研究唐诗之路,不必拘泥于学科,不能胶柱鼓瑟,而应有广阔的胸襟。对于不同的学者而言,既可以重在"诗",也可以重在"路"。我在《天台山:浙东唐诗之路与海上丝绸之路的交汇》一文中,曾列出"浙东唐诗之路特色关系示意图",可以供研究者参考:

浙东唐诗之路特色关系示意图

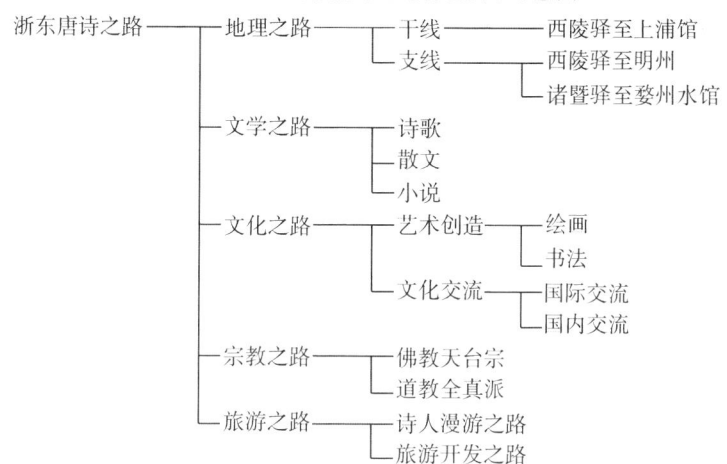

```
浙东唐诗之路 ─┬─ 地理之路 ─┬─ 干线 ─── 西陵驿至上浦馆
              │            └─ 支线 ─┬─ 西陵驿至明州
              │                     └─ 诸暨驿至婺州水馆
              ├─ 文学之路 ─┬─ 诗歌
              │            ├─ 散文
              │            └─ 小说
              ├─ 文化之路 ─┬─ 艺术创造 ─┬─ 绘画
              │            │            └─ 书法
              │            └─ 文化交流 ─┬─ 国际交流
              │                         └─ 国内交流
              ├─ 宗教之路 ─┬─ 佛教天台宗
              │            └─ 道教全真派
              └─ 旅游之路 ─┬─ 诗人漫游之路
                           └─ 旅游开发之路
```

（二）基础研究与应用开发的关系

浙东唐诗之路是唐代文人因漫游、为官、隐逸、贬谪经行浙东并留下了众多的诗篇而形成的客观的道路，而"浙东唐诗之路"这一概念的提出则是来源于民间学者竺岳兵先生的创举。这一概念起始就是侧重于应用的，从20世纪90年代初期这一概念的提出到2018年浙江省推行诗路研究的数十年中，都是偏重应用的、地方的，因而并没有上升到较高的学术研究的境界和品位。最近两年浙江各地兴起了唐诗之路研究的热潮，然而其兴奋点还在于经济、文化、旅游诸方面，而对于真正基础的学术研究，仍然处于荒漠的状态，底蕴不足，热闹有余。因此，"中国唐诗之路研究会"的成立，定位于以学术研究为重心，而辐射到其他各个领域，应该看成是浙东唐诗之路甚或全国唐诗之路研究带有里程碑意义的学术举措。唐诗之路研究应该在学术研究的基础上再进行全方位的应用开发，而应用开发也通过各自的优势促进基础研究的发展。

（三）文献整理与理论建构的关系

浙东唐诗之路研究，在学术上可以说是刚刚起步，因此文献整理和理论建构同样重要。就文献而言,我们首先要摸清家底,比如浙东唐诗之路到底留下多少诗篇,到底涉及多少诗人,这些诗人行踪到底如何,这条诗路上还涉及哪些领域的文献。这些文献可以分类整理,如文学文献、历史文献、宗教文献、艺术文献、地方文献等。就文学文献而言,有诗歌汇集、诗人行迹、文学著作、名著整理等。在基本文献整理的基础上,再进行诗人传记的撰写、诗歌年代的考证、文人著作的叙录等。这样按部就班、循序渐进地进行,逐步形成浙东唐诗之路文献的集成化。而对于学术研究而言,文献整理是远远不够的,更需要的是理论建构。文献整理与理论建构的关系,前者是基础,后者是升华。没有文献支撑的理论研究是空中楼阁,而没有理论指引的文献整理也会是一盘散沙。而较文献整理而言,理论建构更需要综合的眼光、高远的识见。而本文的第二部分,重点是以文学为中心对于唐诗之路研究谱系建构的一些思索,唐诗之路研究如果能够在这样的谱系上展开,就能够向更高的层次提升,向更高的境界攀登,也向更广的领域辐射。

总体而言,浙东唐诗之路研究在目前的情况下,首先要做好的是基础学术研究,而且是要成体系的研究,不能总是散兵作战,这是研究的根本和出发点。而我们现在的唐诗之路研究呈现的局面是旅游文化虚热而基础研究薄弱,因而中国唐诗之路研究会的成立,正是抓住了这个时机,将浙东唐诗之路乃至全国唐诗之路的研究推向纵深发展。而我以上的一些思考也只是对于浙东唐诗之路研究的一些设想,抛砖引玉,希望唐诗之路研究在21世纪得到突飞猛进的发展。

(原载《唐诗之路研究》第1辑,中华书局2020年)

东亚唐诗论评与唐诗学研究

□ 杨 焄

在极为漫长的历史时段中,相继出现在朝鲜半岛、日本群岛、琉球群岛的诸多东亚国家以及越南等东南亚国家,都曾受到过中国传统文化的普遍沾溉和深远影响,其中尤以日本、韩国这两个东亚国家最为显著。(这里所谓的"日本""韩国"是依循现代民族国家观念的称呼,背后其实涵盖着非常广阔的历史时空。以韩国为例,本文所述就包含着从高句丽、百济、新罗鼎立的三国时期,直至随后建立的高丽、朝鲜两个王朝。为方便起见,统一采用韩国这个称呼。)最重要的表征之一便是共同使用汉字作为日常通行的书面表达语言,由此形成了相当特殊的文化现象。正如史蒂文·罗杰·费希尔所言,"汉语成了东亚的'拉丁语',对所有的文化产生了启迪,其程度远远超过了拉丁语在西方的影响"([新西兰]史蒂文·罗杰·费希尔著,李瑞林、贺莺、杨晓华译,党金学校《阅读的历史》,商务印书馆2009年,第93页);或如周有光所说的那样,"文字是文化传播的主要承载体。两千年来,汉字文化流布四方,在东亚形成一个广大的汉字文化圈"(周有光《世界文字发展史》,上海教育出版社1997年,第96页)。语言交流障碍的消除,使得中国历代作家的创作,时常得以突破地域、种族和国家之间此疆彼界所导致的各种限制,经由不同途径得到广泛的传播和积极的回应。作为中国古典诗歌发展史上的繁盛巅峰,唐诗尤其受到汉字文化圈内各个国家的重视。从公元7世纪开始,唐诗就伴随着中外文化的密切交流,通过使臣、学者、商贾、僧侣等中介,借助颁赐、购置、酬赠、寻访等不同方式,陆续流传到这些国家。在这个进程中,并非仅有唐诗面向周边各国的单向输出,同时也存在着周边各国对唐诗的积极反馈,甚至出现各国之间往复叠加的交流互动,由此形成极其独特的唐诗环流现象。

伴随着唐诗在汉字文化圈中的广泛流播,大批相应的论评资料也应运而生。其中既包括源自中国本土而保存于东亚各国的汉文资料,也包括以中国典籍为依据加以翻刻、抄录、选辑、笺注的各种汉文文献;而域外文士们在对唐诗歆羡神往和心摹手追之际,也很自然地迸发出寻章摘句和研读评赏的热情,尝试着将其融入自己的汉诗文创作,甚至着手撰作专门的批评论著。这些唐诗论评呈现出开阔而多元的异域视角,既能够提供丰富多彩的参照比勘,有助于深入考察唐诗在源流、分期、体式、功能、背景、风格、派别、语词等各方面的特性,经过细致周详的排比整合,还能够作为重要线索或典型个案,可资寻绎中国传统文化在汉字文化圈中传播、受容、衍生、歧变的繁复进程和基本规律。可惜长期以来因为研究条件所限,学界对此并未给予应有的重视。近三十年来多种以"唐诗学"命名的研究论著,如陈伯海《唐诗学引论》(知识出版社1988年)、郭扬《唐诗学引论》(广西人民出版社1989年)、黄炳辉《唐诗学史述论》(鹭江出版社1996年)、陈伯海主编《唐诗学史稿》(河北人民出版社2004年)等,都集中于对唐诗在本土传播历程的梳理而无暇旁顾;而相关论评资料的裒辑汇编,如陈伯海主编的《唐诗汇评》(浙江教育出版社1995年)、《历代唐诗论评选》(河北大学出版社2003年)、《唐诗论评类编》(上海古籍出版社2015年)、《唐诗学文献集粹》(上海古籍出版社2016年)等,虽然堪称旁搜远绍而颇能嘉惠学林,但也没有将域外文献纳入搜求范围。显而易见,东亚唐诗论评将是拓展唐诗学研究时亟须开拓的新领域,尚待作系统而完备的搜集、整理和考察。

迄今所存东亚唐诗论评资料渊源各异,形态不一。举其荦荦者,大体上可以分为四大类:其一是留存于域外诗话中的论评资料;其二是依附于各种唐人诗集的序跋、题识、评解;其三是域外学者撰作的诗文作品和研究论著;其四是散见于其他各类文献

（包括类书、书目、行纪等等）的论评资料。以下参酌学界已有的相关成果，就各类文献的基本情况及其与唐诗学研究的密切关联略作介绍。

一、留存于域外诗话中的论评资料

作为一种特殊的诗学批评体裁，"诗话"起源于宋代，因其不拘一格而活泼灵动的特性，在汉字文化圈内备受关注和效法。日、韩两国留存至今的唐诗评论资料种类丰富，而数量最为庞大且最具参考价值的大抵出自诗话类著作。唐德宗贞元二十年（804）跟随遣唐使前来求取佛法的日本僧人遍照金刚，就乘便纂辑过一部被视为"日本诗话之宗"的《文镜秘府论》，其中包括不少唐人诗论的原始资料。覆案其具体编排过程，正如日本学者兴膳宏所言，"并不是把唐代中国的理论单纯当作资料来收集的，而是以他个人的意见加以取舍，成功地整合而成一个具有体系性的著述"（兴膳宏《〈文镜秘府论〉解说》，戴燕选译《异域之眼——兴膳宏中国古典论集》，复旦大学出版社2006年，第307页）。书中天卷《调声》、地卷《十七势》、南卷《论文意》等部分，依照不同专题辑录过盛唐诗人王昌龄所撰的《诗格》。据遍照金刚在《献书表》中自述，"此是在唐之日于作者边偶得此书，古诗格虽有数家，近代才子切爱此格"（陆心源《唐文续拾》卷十六），足见诗格类文献在当时极受欢迎。《文镜秘府论》中载录的尽管只是部分片段，但不仅有助于判定此后在中国本土流传的署名为王昌龄的《诗格》及《诗中密旨》的真实性，并且因其更接近王著的最初面貌而可以作为研讨盛唐诗论时的重要文献。〔参见李珍华、傅璇琮《谈王昌龄的〈诗格〉——一部有争议的书》，《文学遗产》1988年第6期；后又先后收入李珍华《王昌龄研究》（太白文艺出版社1994年）及傅璇琮《唐诗论学丛稿》（京华出版社1999年）〕遍照金刚稍后又在《文镜秘府论》的基础上提要钩玄而删繁就简，另行编纂成《文笔眼心抄》一卷（参见遍照金刚编撰、卢盛江校考《文镜秘府论汇校汇考（附文笔眼心抄）》，中华书局2015年），同样具有极其重要的参考价值。而在日本学者使用汉字撰著的诗话中,唐诗论评资料也极为可观。如虎关师炼的《济北诗话》论及杜甫《别赞上人》中"杨枝晨在手,豆子雨已熟"两句,指出"诸注皆非,只希白引《梵网经》注上句'杨枝',不及下句'豆子'。盖此'豆'非青豆也,澡豆也,梵网十八种中一也。盖此二句,褒赞公精头陀,诸氏以'青豆'解之,可笑",匡正了前人注释的讹谬。安积觉的《老圃诗賸》评价王勃的创作特色,强调"初唐诗亦有炼字琢句极尖巧者,如王勃《泥溪》排律'溜急船文乱,岩斜骑影移',又云'风生蘋浦叶,露泣竹潭枝',此等语犹不能脱齐梁绮靡之习,而其雄浑之气,自然胚胎于盛唐诸子,观其全篇可知矣",凸显其承上启下的作用。津阪东阳《夜航诗话》指出,"韵脚若三平相连,对句亦叠三仄以应之,唐诗拗格中往往有之,是鹤膝病之尤者,变体中变体耳,故非拗体者,未尝见之也。盖古人造语适到,因以连用,本出于不得已,后人遂立以为格",分析近体诗拗救的规律和初衷。这些论评或推敲诗句含义,或评骘诗作优劣,或考较声律诗法,都有值得重视采纳的意见。

中国诗话著作也有一部分留存于韩国,如宋佚名编纂的《唐宋分门名贤诗话》,郭绍虞《宋诗话考》曾将其归入亡佚之列,同时又指出"此书当为宋代汇辑诗话之最早者",开此后阮阅《诗话总龟》、胡仔《苕溪渔隐丛话》之先河(郭绍虞《宋诗话考》,中华书局1979年,第195—196页);并在《宋诗话辑佚》中,根据《皇朝事实类苑》辑得该书五则佚文(郭绍虞《宋诗话辑佚》,中华书局1980年,第530—531页)。实则在韩国奎章阁尚藏有该书的朝鲜刊本,据卷首目录所载,全书共二十卷,依照品藻、鉴戒、讥讽、嘲谑、纪赠、知遇等类目编排,虽然现仅残存前十卷,且内容多系抄撮群书而成,但也可供校订比勘。(参见张伯伟《稀见本宋人诗话四种》所收《朝鲜版唐宋分门名贤诗话》,江苏古籍出版社2002年)韩国本土诗话中也有大量针对唐诗的评论,如李仁老在《破闲集》中评说杜诗,"岂唯立语精硬,刮尽天地菁华而已,虽在一饭,未尝忘君,毅然忠义之节,根于中而发于外,句句无非稷契口中流出,读之足以使懦夫有立志",着力表彰其眷念家国的忠节。李齐贤的《栎翁稗说》强调,"古人多有咏史之作,若易晓而易厌,则直述其事而无新意也",随后举杜牧、唐彦谦、张方平、刘攽、王安石等唐宋诗人的咏史之作,称许诸作都是"禅家所谓活弄语也"。梁庆遇《霁湖诗话》辨析唐宋诗的差异,认为"盛唐用事处亦多,时时有类宋诗,然句法自别,世人鲜能知之","唐宋之辨,在于格律音响间,唯知者知之",着重从句法、声律加以辨析。任璟在《玄湖琐谈》里评价唐诗,"趣真而语得,自成韵格,诗当如此矣。大抵泥于意趣,遂失格律,诗家之禁;而专务格律,失其意趣,尤不可也。趣属乎理,格属乎气,理为之主,气为之使,从容乎礼法之场,开元之际,其庶几乎",兼顾意趣和格律,并以盛唐诗作为典范。这些评议或品鉴题材诗旨,或分析风格意趣,或考察承传源流,足见韩国文士对唐诗寝馈至深。

域外诗话与中国诗话渊源颇深,有时还会围绕某些脍炙人口的唐诗形成隐性的对话关系。如欧阳修《六一诗话》曾提到张继《枫桥夜泊》所引起的争议,"说者亦云,句则佳矣,其如三更不是打钟时"。从宋代开始就有很多人对此提出异议,叶梦得《石林诗话》认为,"欧阳文忠公尝病其夜半非打钟时,盖公未尝至吴中。今吴中山寺实以夜半打钟"。胡应麟《诗薮》则强调"诗流借景立言,惟在声律之调,兴象之合;区区事实,彼岂暇计?无论夜半是非,即钟声闻否,未可知也"。韩国文士对这个话题也很有兴趣,徐居正的《东人诗话》提到在一次文人雅集中众人议及此事,"有一僧奋然曰:'自古文士不识僧家之事,今设斋之寺,彻夜击小钟,何但夜半而已乎?'满座大笑"。南羲采《龟磵诗话》则征引史籍以证明"夜半钟乃吴中故事",并进而联想到"放翁诗:'杳杳霜钟十里清,娟娟江月半窗明。陈编欲绝又堪读,微火相依却有情。'想此老书斋光景,亦似是夜深后钟声也"。中韩两国诗话里立场各异的意见,为深入研讨这首唐诗佳作提供了丰富契机和重要线索。

日、韩两国的历代诗话著作,目前已经有过一些大型的资料汇编。日本学者池田胤编纂的《日本诗话丛书》十卷(文会堂书店 1920—1922 年),收录日本诗话六十余种,另误收韩国学者徐居正的《东人诗话》一种。韩国学者赵锺业在其基础上又略作增删,重新编次为《日本诗话丛编》(太学社 1992 年)。另据张伯伟在《论日本诗话的特色——兼谈中日韩诗话的关系》中披露,他多年来已经陆续收集到近四十种此前不为人知的日本诗话著作,尚待进一步整理。(张伯伟《论日本诗话的特色——兼谈中日韩诗话的关系》,《外国文学评论》2002年第1期,后收入作者《域外汉籍研究论集》,北京大学出版社2011年)韩国诗话方面,朝鲜时代的学者洪万宗纂辑过《诗话丛林》一书,效法阮阅《诗话总龟》、胡仔《苕溪渔隐丛话》、魏庆之《诗人玉屑》等中国诗话的体例,分为春、夏、秋、冬四部,采摭二十余种著述,"合诸家所著,而专取诗话,辑成一编","其清丽雄豪,各臻意趣;品题考核,无不的当。我东方诗学之盛,斯可见矣"(洪万宗《诗话丛林序》)。(参见洪万宗编撰,赵季、赵成植笺注《诗话丛林笺注》,南开大学出版社2006年)唯辑录内容多为片段,无法窥知原著全貌。为了弥补这一缺憾,赵锺业编纂过《韩国诗话丛编》(太学社1989年),随后又增订为《修正增补韩国诗话丛编》(太学社1996年),收录韩国诗话一百余种,均据原书影印。这些大型丛书,基本上已经囊括了日、韩两国现存所有的诗话著作,具有极高的文献价值,也日渐引起不少中国学者的重视。如蔡镇楚在参酌日本、韩国学者成果的基础上,编辑过《域外诗话珍本丛书》(北京图书馆出版社2006年),共辑录日本诗话48种,韩国诗话41种。可惜只是根据原书直接影印,其中部分版片已经出现漫漶甚至脱漏错简,没有经过细致深入的校理,阅读使用多有不便。有鉴于此,部分学者着手根据原始资料进行整理。马歌东编选的《日本诗话二十种》(暨南大学出版社2014年),就以池田胤编《日本诗话丛书》为据,挑选了最有价值的部分作品予以校点。蔡美花和赵季主持整理的《韩国诗话全编校注》(人民文学出版社2012年),主要依傍赵锺业编《修正增补韩国诗话丛编》,共收录韩国诗话136部,逐一予以标校注释,是迄今为止规模最大的韩国诗话文献集成。由赵季、叶言材、刘畅三位辑校的《日本汉诗话集成》(中华书局2020年),共汇聚150余种日人所撰诗话著作(含部分诗韵类书籍),逐一予以标点校勘。令人稍觉遗憾的是,其在编校过程中往往参以己意对原作进行删削,未能呈现原著的完整面貌,所作校注也稍显简率且多有讹谬。

上述各种大型诗话汇编,尽管收录著作颇丰,可美中不足的是均没有编制详备的索引或是加以细致的分类编排,在使用过程中不免令人畏难惮繁。韩国学者李锺殷、郑珉曾合作编纂过《韩国历代诗话类编》(亚细亚文化社1988年),依据三十余种诗话,根据作家、时代、体制、作法、品评、辨正、论文、杂记等类别,分别摘录相关内容,书后另附有详细的人名索引,极便参考利用。只是所据诗话数量有限,且其重心主要放在韩国本土诗人诗作之上。与此可以互补的则是中国学者邝健行、陈永明、吴淑钿合作编纂的《韩国诗话中论中国诗资料选粹》(中华书局2002年),根据赵锺业《修正增补韩国诗话丛编》,精选其中涉及中国诗歌的评论资料。虽然这两种资料汇编取资的内容仍然有限,而且并不局限于唐诗论评,可其选编方式还是很值得参考借鉴的。

二、依附于各种唐人诗集的序跋、题识、评解

唐诗主要通过别集、总集等形式在日本、韩国等东亚各国传播,这些诗集既有在中国本土编选笺注完成的,也有不少是由日、韩文士学者亲手编选诠解的。在编订刊刻这些唐人诗集的过程中,他们也留下了数量可观的序跋、题识和评解资料。

日本历代刊行付梓的唐诗选本,数量和种类都极为丰富。有直接翻刻中国选本的,如南宋周弼编《三体唐诗》、明李攀龙编《唐诗选》,在日本都有各种不同翻刻本;有针对中国选本加以评释诠说的,如森槐南撰《唐诗选评释》、野口宁斋撰《三体诗评释》;有依据中国选本进行增删或补遗的,如筱崎弼编《唐诗遗》即从沈德潜《唐诗别裁集》中精选五百余首而成,竺显常编《唐诗解颐》根据李攀龙《唐诗选》删略而成,大槻崇编《周选唐贤绝句拾遗》则专为弥补周弼《三体唐诗》的阙漏;有通选一代诗作的,如太宰春台编《新选唐诗六体集》、石作驹石编《李唐名家诗选》;有专选某种体裁的,如宫泽云山编《唐诗佳绝》、蓝泽南城编《中晚唐七绝抄略解》;有专选特定门类的,如冈崎庐门编《唐咏物诗选》专选咏物题材、松平冠山编《唐释教诗》专选释子吟咏;有数

家合选的,如大高坂芝山撰《唐四贤精诗纂》、山本泰顺编《李杜绝句》、馆机枢卿编《中唐二十家绝句》;有单选某家的,如释永瑾雪岭《杜诗抄》、喜多尾道诚《王维诗评释》、井口驹北堂《白乐天诗评释》;甚至还有为了满足某种实用目的(如应制、应试、唱酬、发蒙等)而专门编选的各类诗集。(参见查清华等《日藏唐人诗集知见录》,大象出版社 2018 年)这些唐人诗集或附以序跋题识,或施加评点注解,显示出编选者的良苦用心和真切体会。如平安时期汉学家大江维时所编的《千载佳句》,依照四时、时节、天象、地理、人事等十五个部类,使用摘句的形式选录唐诗佳句,是迄今所见最早的唐诗名句选本。江户时期的儒学者林春斋在跋语中提到:"就思此集所取唐人之句,维时悉见其全集乎?抑亦有所传闻乎?其博赡岂其容易乎哉!方今余家唐诗数百卷,有各集、有类纂,暇日当并考而知其全篇,正其陶阴,则千岁之同志乎!"(大江维时编纂、宋红校订《千载佳句》,上海古籍出版社 2003 年,第 174 页)虽寥寥数语,却可窥见唐诗在日本早期流传的情形。另如近藤元粹撰《韦柳诗集》,卷首《绪言》称曾广泛搜集《全唐诗》《唐四家诗集》《唐诗品汇》《唐诗正声》《唐诗鼓吹》《古唐诗合解》《唐诗贯珠》《唐才子诗》《唐贤三昧集》,摘录参酌有关评语,并与自家评注相互参错,"所谓清奇、清远、清拔、清俊,只任学者之取,不啻从来摘抄本之仅窥一斑也",足见他对韦应物、柳宗元诗作的喜爱,为此耗费的精力也极多。

韩国历史上也有类似的情况,刊行过大量唐诗总集和别集。如由高丽僧人释子山纂注的《夹注名贤十抄诗》是一部七律选本,现存残本收录了刘禹锡、白居易、温庭筠等 26 位唐代诗人共计 260 首作品,并附有大量夹注。释子山在序言中提到:"偶见本朝前辈巨儒据唐室群贤,各选名诗十首,凡三百篇,命题为《十抄诗》。传于海东,其来尚矣。体格典雅,有益于后进学者。"(释子山夹注、查屏球整理《夹注名贤十抄诗》,上海古籍出版社 2005 年,第 1 页)可知在此之前已经存在着同样的编集方式,不难推想唐诗在高丽时期传入韩国的大致情况。(参见冈田千穗《〈十抄诗〉及其注本的文献价值》,张伯伟主编《域外汉籍研究集刊》第 1 辑,中华书局 2005 年)另如佚名所撰《樊川文集夹注》,

现存永乐十三年(1415)公山刊本及正统五年(1440)全罗道锦山刊本。后者附有郑坤所撰跋语,介绍刊刻的缘由:"小杜诗古称可法,而善本甚罕。世所有者,字多鱼鲁,学者病之。今监司权公克和与经历李君蓄议之,令详校前本之讹谬而刊之。"此书很有可能出自韩国学者之手,可见杜牧诗作在当时所受欢迎程度。(参见金学主《朝鲜时代刊行中国文学关系书研究》Ⅺ《关于杜牧的〈樊川文集夹注〉本》,首尔大学出版部2000年)其夹注也极具文献参考价值,能够反映作注者所处的宋元之际的文坛风尚和文学思潮。(参见杨焄《论朝鲜刻本〈樊川文集夹注〉的文献价值》,《复旦学报》2004年第3期,又收入作者《域外汉籍传播与中韩词学交流》,上海古籍出版社2017年)在韩国古代文学史上,最受推崇的唐代诗人是杜甫,相关的杜诗选本也层出不穷。在朝鲜世宗二十五年(1443)和成宗十二年(1481)由王室主导,先后两度发起对杜诗的大规模整理,相继完成《纂注分类杜诗》和《分类杜工部诗谚解》,后者也是最早的杜诗外语全译本。深受杜甫影响的朝鲜诗人李植也亲手编撰过《纂注杜诗泽风堂批解》,是朝鲜文士所纂首部评解杜诗的选本,尤为注重考辨异文、分析结构、阐明句法,在朝鲜时代汉文学史上极具影响。(参见左江《李植杜诗批解研究》,中华书局2007年)附带说一下,韩国洌上古典研究会曾经编辑出版《韩国序跋全集》(太学社1989年),收录近一千七百篇序跋,虽然并非唐集序跋专辑,但也有一些与唐诗论评有关,尚待进一步覆核钩稽。

三、域外学者撰作的诗文作品及研究论著

日本、韩国等东亚各国的文人学者在使用汉语进行诗文创作之际,也会涉及对唐诗的论评,比如论诗诗以及各类杂说、专论等;与此同时,还有一些专门针对唐诗的研究论著,内容也比较多样,或品鉴诗作风貌,或探究诗法诗格,或考索词汇语意等。如能删汰繁芜,披沙拣金,也多有取资参酌的价值。

日本历代汉诗文创作有着悠久的传统,虽然并不刻意地品评唐诗,可偶有涉笔也会有交流切磋和鉴赏批评。如一畠圣瑞

的《赞孟东野》:"龙钟白首据吟鞍,棘句钩章卒未安。快意看花春一日,溧阳寂寞老微官。"既称许孟郊苦吟推敲的诗风,也感慨其落寞沉沦的境遇。希世灵彦的《次韵从子岁暮留客论诗之作》云:"非诗何得永今夕,细说唐并宋以来。林下僧风蔬笋气,桥边驴雪豆秸灰。老来漫与客名甫,穷后愈工人姓梅。数百年间无此作,黄鸡白日自相催。"以杜甫和梅尧臣为例,漫谈唐宋诗风,想来评较唐宋高下正是当时热衷的话题之一;同时信手将杜诗"老去诗篇浑漫与"和欧阳修评梅尧臣的"穷而后工"融入诗中,更可见作者汉诗文的修养之深。另如横川景三的《以清字颂》云:"老杜诗云:'清新庾开府,俊逸鲍参军。'盖谓太白诗豪放飘逸,无敌于世也。孔子曰:'不学诗,无以言。'是止于周诗《国风》而已。无文师有谓曰:'少学夫诗,若七言四句得于《七佛》,五言得于《楞严》《圆觉》,古风长篇得于《华严》。'严沧浪又曰:'论诗犹如论禅,汉魏晋与盛唐之诗,则第一义也。学之者,临济下也。'由是言之,吾徒之言诗也,与儒教相表里,以传不朽,实不诬焉。"从解说杜甫诗句入手,又围绕诗歌创作的渊源递嬗旁征博引予以论列,进而生发议论。

　　日本历代还出现过大量唐诗研究类专著,比如陈人风物的《俗谈唐诗选》、斋藤銮江的《唐诗发挥》、笠原云溪的《唐诗法律》、松村九山的《唐宋诗论》、释显常的《杜律发挥》等,大抵围绕篇章词句加以解说分析,有时也涉及意境、风格等问题。为了指导初学者揣摩唐诗并进而从事汉诗创作,不少专供选取诗材、推敲字韵乃至模仿体式的专著也相继问世,如石川大凡的《唐诗础》、释雪岩的《增补唐诗础》、三村石床的《唐诗擢材》、清田儋叟的《唐诗府》、大江玄圃的《盛唐诗格》、诸葛琴台的《唐诗格》、田玠晋卿的《唐诗材》、公西维恭的《增补唐诗材》、冈崎庐门的《唐诗联材》等。此外,还有专门研究唐诗语词声律的专著,如源孝衡的《诗学还丹》、卢玄淳的《唐诗平侧考》和《诗语考》、释显常的《诗语解》和《诗家推敲》等等,其中也多有唐诗论评方面的资料。如铃木松江在《唐诗平仄考》中强调:"诗而不唐则已,苟欲其唐,《律兆》《诗考》其津梁也,岂可废诸?"释显常在《诗语解》中指出:"诗之与文,体裁自异,而其于语辞,亦不同其用。大抵诗之为言,含蓄而不的,错综而不直,而其所使之能如是者,正在语辞斡旋之间。诗文之所以别,唐宋之所以殊,皆以此。语辞于诗,不亦要乎!"可见从声调格律和语词训释的角度也可以增进对唐诗风神情韵的领会。

韩国历代汉诗文创作中也有值得注意的唐诗论评资料,形式也比较丰富。有些以论诗诗的方式呈现,如李奎报的《论诗》云:"迩来作者辈,不思风雅义。外饰假丹青,求中一时嗜。意本得于天,难可率尔至。自揣得之难,因之事绮靡。以此炫诸人,欲掩意所匮。此俗浸已成,斯文垂堕地。李杜不复生,谁与辨真伪?"强调以"意"为主,并将李白、杜甫视作矫正诗坛流弊的准则。李奎报在《白云小说》中曾强调,"夫诗以意为主,设意最难,缀辞次之",与诗中所述恰可相互印证。韩国文士还有一些径以"读某诗"为题的作品,记述个人的心得体会,实际含有对诗人诗作的评价。如李穑《读杜诗》二首,其一为:"锦里先生岂是贫,桑麻杜曲又回春。钩帘丸药身无病,画纸敲针意更真。偶值乱离增节义,肯因衰老损精神。古今绝唱谁能继,剩馥残膏丐后人。"其二:"操心如孟子,纪事如马迁。文章振厥声,恻怛全尔天。法服坐廊庙,礼乐趋群贤。门墙高数仞,后来徒比肩。何曾望堂奥,矫首时茫然。"对杜甫推崇备至,足证杜诗在韩国的盛行。李穑另有《读樊川集题其后》云:"绿叶成阴子满枝,湖州水戏负前期。非关杜牧寻春晚,自是周墀拜相迟。"与此极为相似的还有申光汉的《哀王孙·戏赠童女八娘》:"寻花太早误开期,却恐重来较又迟。风摆成阴未几时。叹吡离,莫负当年杜牧之。"将杜牧《叹花》诗及其创作本事隐括在内,由此也可推知当时"专尚晚唐"(权应仁《松溪漫录》卷下)的风尚。(参见杨焄《汉籍东传与韩国櫽括词的创作》,《中山大学学报》2010年第5期,又收入作者《域外汉籍传播与中韩词学交流》)有的韩国文士则采用咏古、怀古的形式进行创作,如李齐贤《洞仙歌·杜子美草堂》:"卜居少尘事,留得囊钱,买酒寻花春恼。造物亦何心,枉了贤才,长羁旅、浪生虚老。却不解、消磨尽诗名,百代下、令人暗伤怀抱。"对杜甫的坎坷遭际深表同情。还有一些则是以专论或专著的方式表现,如李植的《学诗准的》、金昌协《农岩杂识》等意在指点诗学门径,崔炳哲《诗声律辨》、金世洛《治诗律说》等意在考校诗律,洪圣民《以学为诗说》、金万英《诗学发挥》等则注重阐发诗学理念。如金昌协《农岩杂识》论及明人"诗必盛唐"的风气时,特意指出"余尝谓唐诗之难,不难于奇俊爽朗而难于从容闲雅,不难于高华秀丽而难于温厚渊澹,不难于铿锵响亮而难于和平悠远。明人之学唐也,只学其奇俊爽朗而不得其从容闲雅,只学其高华秀丽而不得其温厚渊澹,只学其铿锵响亮而不得其和平悠远,所以便成千里",颇能抉发出明人学唐之肤廓浅陋,对研讨明代唐诗学的发展不无启发。韩国古文献研究会曾经编过《韩国古典批评论资料集》(永进文化社 2001 年),收集了部分唐诗论评文献可供参考。不过还有大量资料散见于各家别集中,没有经过系统的搜集。目前刊行的《韩国文集丛刊》(景仁文化社)共计三百五十册,收录韩国历代文集约七百种。另有韩国文集编纂委员会编《韩国历代文集丛书》(景仁文化社),已经陆续刊行了三千册,所收文集数量也将近三千五百种,亟待做全面调查和深入开掘。

四、散见于其他各类文献的论评资料

在日、韩两国留存下来的历史文献中还有一些资料,包括类书、书目、行纪等等,其撰著旨趣虽然并非文学评论,可是其中部分内容也与唐诗论评相关,适当予以关注也不无裨益。

类书编纂的过程通常是博采群书,并分类编排各类文献,以便读者寻检采撷,不过某些部类其实和诗文批评密切相关,有时甚至还会融入编纂者个人的裁断意见。如沈炳震所编《唐诗金粉》十卷,今存安永三年(1774)的和刻本,内容系摘取唐诗中足供吟讽的佳句,依照天文、时令、地理、人事、人伦、仙释、职官、文史等部类予以编排。沈氏在《自序》中回顾编辑经过:"长篇短律,既倒海以采珠;隽句英谈,亦倾昆而耽琰。三珠树下,叶叶都珍;二酉山中,篇篇尽宝。琢磨梁栋,固巍峨五凤之楼;咀嚼英华,亦珍重一脔之味。"对唐诗的欣赏推崇溢于言表,无疑是了解唐诗传播的极佳史料。日本学者长泽规矩也编有《和刻本类书集成》(汲古书院1976—1977年），所收类书大部分在中国本土已罕见流传，值得予以关注。韩国历代编刻的类书也有不少，如李晬光所编《芝峰类说》共二十卷，分天文、时令、灾异、地理、诸国等二十余部，其中文章部即占七卷；李裕元所编《林下笔记》共三十九卷，分为四时香馆、琼田花市、金薤石墨、挂釖余话等门类，各门之下又另分小目，如卷一《四时香馆编》有《评诗》，卷二《琼田花市编》有《乐府》《五言古诗》《七言古诗》《近体歌行》《近体律诗》《排律》等，都值得重视。李晬光《芝峰类说》在分析唐人诗法时说，"诗家所谓正格，乃第二字侧入，如'天上秋期近'之类是也；所谓偏格，如'四更山吐月'之类是也。唐人多用正格，杜诗用偏格亦十无二三。然古人于诗，盖出于自然，非有心于偏正也"，阐发唐人诗律偏正的特征；李裕元《林下笔记》称"古作者家起于汉魏，成于唐宋，其辨别者，韩文公也"，大力表彰韩愈在诗史上的重要地位。这些内容往往和诗话的性质相仿，所以洪万宗所编《诗话丛林》就采摭过《芝峰类说》中的资料，赵锺业所编《修正增补韩国诗话丛编》也辑录过《芝峰类说》和《林下笔记》中的论诗部分。

　　书目文献虽以著录、考察文献递传源流为主旨，可是有些叙录、解题也与唐诗论评息息相关。日本近代汉学家岛田翰在《古文旧书考》中缕述自己访求《白氏文集》的经历，就顺便提到唐代文化流播东瀛的盛况，"当是之时，世际嵯峨淳和之盛，遣唐之使、留学之生，靡靡不绝，举世沉涸于唐俗，其记籍则记以骈体与古文，不复用邦语雅言。唐习之化流俗不鲜，而文学之所被为殊甚。先是杨、王、卢、骆之作，虽非不舶载，未至盛行，自白氏之集一流传，举世皆学之。自是以来，盛而不衰，流风遗习，至今不竭"，足见白居易诗文对日本文化影响之深远。朝鲜学者洪奭周所撰《洪氏读书录》意在"取凡余之所尝读而有得，与夫愿读而未及者，列其目、识其概而告之"，近似于推荐书目，对唐诗文献的论评就更多。如在评述杨士弘所编《唐音》之际曾品评此前各家选本的得失，"选唐诗者，自殷璠《河岳英灵集》始，宋元之间，以王安石《百家诗选》、元好问《唐诗鼓吹》为最，然约者近陋，烦者伤芜，率又详于晚而略于盛，专乎近体而遗古诗，是书也，虽不足以备唐人之长,抑可谓得其精矣";又称道高棅所编《唐诗品汇》,"飙宋以来选唐诗者,莫备于是书,亦莫正于是书,虽袁宏道、锺惺、钱谦益辈迭出而力抵之,竟不能废焉";介绍历代杜诗注本时说,"旧有集千家注,所集者实十余家耳。行于世者以宋蔡梦弼、黄鹤,清钱谦益、仇兆鳌为胜。本朝李文靖公植亦为之评点,而其曾孙判书箕镇衰之为成书,世所传《泽风堂批解》是也"。将这些资料整合在一起,对深入考察韩国唐诗学的演进显然多有助益。日本的书目文献现有"日藏中国古籍书志"丛书(上海古籍出版社2014年)可供使用,目前已经整理出版涩江全善等《经籍访古志》、岛田翰《古文旧书考》、河田羆《静嘉堂秘籍志》,各书后均有书名索引可供检核。韩国方面的书目资料则有张伯伟编《朝鲜时代书目丛刊》(中华书局2004年),共搜集二十六种书目,均据原书影印,并附有书名索引,使用极为便利。

　　日本、韩国等国在和中国交流时,主要通过遣唐使、燕行使、朝天使等往还传递信息。这些使臣、使者、僧侣在出使过程中留下过大量记录见闻的行纪类作品,其中也保存了部分唐代诗歌评论的内容,尽管只是吉光片羽,也同样值得注意。如日本高僧圆珍在唐宣宗大中七年(853)渡海入唐,在华求法居停长达六年之久,撰有《在唐巡礼记》记录自己的见闻。此书虽已不传,但另有后人从中节录出的《行历抄》和《在唐日录》可供参考。圆珍与唐代文士屡有交往酬赠,"先后所呈之诗,稍及一十卷"(善清行《天台宗延历寺座主圆珍传》),后由日本僧人敬光编成《风藻饯言集》,收录了高奉、蔡辅、李达、詹景全等唐人诗作(参见白化文、李鼎霞《行历抄校注》,花山文艺出版社2004年),为考察唐诗在唐代的域外传播提供了最真切的史料。另如朝鲜学者朴趾源在《热河日记》中提到在康熙年间所编《全唐诗》中阙载的唐玄宗《赐新罗景德王》,其实尚保存在韩国史籍中,由此感叹:"始知前代坠文,非耳目所可穷,而海外偏邦之士,反或有阐幽之功,岂非吾辈之厚幸也欤!"书中还提及明清以来宗唐、宗宋风气的嬗变,也可供研讨唐诗在后世的流传及影响。行纪方面的资料多年来已有很多积累,尤其是韩国方面极为丰富,主要有林基中编的《燕行录全集》(东国大学校出版部2001年)、林基中与夫马进合编的《燕行录全集日本所藏编》(韩国东国大学校韩国文学研究所2001年)、弘华文主编的《燕行录全编》(广西师范大学出版社2010年)、复旦大学文史研究院与韩国成均馆大学大东文化研究院合编的《韩国汉文燕行文献选编》(复旦大学出版社2011年)。

以上从不同方面略述了留存在日本、韩国两国各类文献的唐诗论评,不少资料还有待做更为深入系统的搜集和整理。首先,不妨全方位、多角度地爬梳、筛选各类域外文献,钩稽排比各种资料,尽可能做到竭泽而渔,巨细靡遗;其次,可以依照以时为序、以类相从的原则,分别从时代论、作家论、体制论、作法论等不同角度,对业已经过取舍的资料重新予以整合编次;最后,这些东亚唐诗论评资料还应当纳入整个唐诗学递嬗演进的脉络之中,与中国历代唐诗论评相互比勘对照、彼此引申发明,既体现各自的侧重所在,也呈现两者的逻辑关联,使唐诗学研究所应具有和可能具有的整体构架得以完整如实地呈现。我们相信通过学界同仁的共同努力和协同合作,有关东亚唐诗论评的考索必定能够推进唐诗学研究的深入展开,使其焕发出崭新的面貌。

(原载《上海师范大学学报》2020年第5期)

港台及海外研究动态

香港唐代文学研究概况(2022—2023)

　　□ 吕牧昀

　　本年度香港唐代文学研究,依旧以唐诗研究为中心,与此同时,诗与画、音乐与诗论、政治与文学等跨领域议题亦见学者发挥。可以说,既有宏观面向之探讨,亦见微观层面之考索,角度多样。本文接续《香港唐代文学研究概况(2021—2022)》,收录文章之期限,原则上为 2022 年下半年至 2023 年。资料来源包括各大学线上图书馆资源库、论文期刊资源网站、学术研讨会论文集、线下与在线图书馆资源或实体书刊等。有的研究成果仅见篇目,故未能于此探讨。而如梁树风《唐代郁金考述》(《汉学研究》2023 年第 41 卷第 1 期)一文已见录于往年《概况》综述,此处亦不再赘述。此外,因篇幅所限,诸多研究成果仅能择要讲解,或有挂一漏万、断章取义之虞,敬请学界同仁海涵。如有歧义,仍应以作者原文为准。

　　以下为方便论述,笔者将本年度香港学界之研究成果分为唐代文学整体研究、唐诗研究、唐代文学批评与接受研究、唐代笔记小说与传奇研究四大类,以期能廓清眉目,展现香港学界唐代文学研究之整体面貌。

一、唐代文学整体研究

　　唐代文学整体研究共有学位论文 1 篇与期刊论文 2 篇。其中,学位论文为王雪婷的《唐肃代时期文学空间的发展及其承载》(香港浸会大学 2023 年博士学位论文)。王文将讨论重心放在唐王朝由盛转衰,诗歌风调巨变之肃、代两朝,关注战争下的文人流动及其群体形成的区域文学空间。文章依次论述两京(长安、洛阳)与江南三地的不同文学风貌,并于第四、五章中,择取三地的代表性文学空间展开讨论——长安的都市文学空间、洛阳的园林文学空间与江南的寺院文学空间。同时,分析不同空间的文学承载与特点以及对文人创作之影响。作者指出,文学与现实环境之关系尤为密切,文学空间既提供给文人多样的生活形态,也深刻影响了其文学作品的内涵与风貌,就此而论,肃、代两朝文学创作的兴盛,文学空间之发展可谓是重要的诱因。

两篇期刊论文皆为吕家慧所著。其中《容告神明:盛世叙事传统与玄宗时代的典礼颂》(《学术研究》2023年第3期,第162—168页)一文,着眼于政治与文学之关系,以玄宗朝的典礼颂为关注点,探讨这一文体在盛世叙事中的重要作用。文章首先定义盛世叙事乃是由王者受命、致太平、封禅告成功三部分组成,而致太平则须从自然界与人间秩序两方面共同达成。前者如阴阳和、风雨顺、万物各得其所,以祥瑞为象征;后者如河内晏然、天下大洽,以符瑞为体现。以此为基础来制礼作乐,以建立一套协和天人的"轨则",颂声即为其中之重要体现。但作者特别指出,颂声与祥瑞一样,同为自然而发,却在统治者的刻意安排下有意而作。自汉代王褒、南朝鲍照,直至初唐王勃、陈子昂,逐渐形成独特的文学传统,以"容告神明"与"告成功"为目的。文章继而举玄宗朝张说之《起义堂颂》《上党旧宫述圣颂》《大唐祀封禅颂》和苏颋《封东岳朝觐颂》等为例,说明盛世叙事的基本模式,主人公为天与帝王,而叙事者则是臣子,作颂旨在宣告太平,借此与天沟通。

《感人心而天下和平:中唐政治观念与文章新变》〔《北京大学学报(哲学社会科学版)》2023年第3期,第58—68页〕一文,旨在论析中唐文学之新变,同样关注政治与文学之互动。文中指出,有别于盛唐制礼作乐之盛事叙事,中唐则以感动"人心"为主,试图重建理想秩序。这一政治文化转向也体现在文章观念上,文人遂从颂美盛世改为以文章感动人心,进而改良政治。作者认为,这种转变之所以产生,与时人对安史之乱的反省有关。安史乱后,包括贾至、陆贽等政治家,皆以得"人心"为要务,陆氏之"感人心"说正是中唐政治观念之基础,是以科举当中便出现与"直言极谏"相关之制目或试目。而在文学上,则有白居易、元稹等创作之讽刺诗。但作者也指出,创作讽刺诗歌并非要与朝廷对立,而是出于对"感人心"的回应,白居易《与元九书》中强调的正是这一点,但过去甚少为学界所注意。文章继而提到,伴随着礼乐制度在中唐的变化,雅颂之文也随之退出文学中心,为直言讽谏或诗歌美刺所取代。同时,褒奖忠义之士、塑造楷模、表彰殉难忠臣及其后代等敕文成为中唐以后之新常态。反映在文学中,则表现为文人书写之书、表中对贤德之人的推荐,以及对有道无位之人的歌颂等,其目的仍是通过"感人心"而达到中唐之理想秩序的重建。

二、唐诗研究

唐诗研究对于香港学界来说,仍属于热门课题,研究角度多样,成果颇丰,堪当香港学界研究之半壁。基于此,遂按研究范畴将唐诗研究细分为"唐诗及选本研究"与"唐代个别诗人研究"两项。兹择要综述如下。

（一）唐诗及选本研究

唐诗及选本研究共有学位论文1篇、期刊论文1篇与专书1部。李小妮的《微波与远调——初唐诗歌的两条发展脉络》（香港中文大学2023年硕士学位论文）一文属于整体唐诗研究。作者意在打破过往文学史、文学研究中轻视初唐诗歌阶段并将之视为盛唐诗歌先声之固有观念,聚焦于初唐诗歌之发展脉络,并以初唐史官、知贡举为切入点,考察其在公共和私人领域中的诗歌创作与观念的异同,从而挖掘初唐诗歌之特色,补足学界对初唐诗歌的认知。为此,文章重点考察了初唐两段时期的诗歌发展:一是唐太宗贞观时期,考察史官群体的诗学观念和诗歌创作,探讨史书如何塑造其创作,又如何影响其作品风格,进而呈现清赡、典正、绮靡、古朴之面貌。二是高宗武后时期,在进士科加入诗赋后,宫廷应酬奉和活动增多,知贡举群体的作品如何在文句与情感层面反映唐诗的演进。作者认为,从形式上看,初唐诗歌虽然保有南朝诗歌之余韵,但在精神和技巧上已然超越南朝,成为独立之文学阶段。

选本研究包括期刊论文1篇与专书1部。许建业《"可解"与"不可解":江户时代〈唐诗选〉注解本的注解特色》(《中正汉学研究》2023年第41期,第59—90页)一文,聚焦于晚明诗坛"可解不可解"之争论,秉持诗"可解"观念而出现的唐汝询《唐诗选》在传入日本后,对江户诗坛产生重要影响。具体来说,作者首先归纳明人看法,认为诗有"诗之意"和"诗之妙"两类。"诗之意"的"可解"缘于《诗经》推阐"兴喻",以抉发道德或政治深意为核心;而"不可解"则指不刻求深细的牵合串解。"诗之妙"的"可解"指诗歌中实在的语言声律、有迹可循的法度规范、形容布置等;而"不可解"则指诗歌兴象所诱发的、虚无不定的审美体悟与精神感通。唐汝询正是通过《唐诗选》来实践诗之"可解"。次章中,作者论述日本江户流传之《唐诗选》及衍生版本如何引发广泛批评,这些批评又如何呈现了江户学人的注解观念与主张。文中依次回顾了17世纪后期的"简注浅解"派与18世纪中期兴起的"博引详辩"派,最后在宏观角度下考察江户学人对三部《唐诗解》注解的回应。作者认为,这些评论可从日本人对《唐诗解》之受容角度来理解。而包括《唐诗选》在内的诸种唐诗选本文本(包括副文本)在流入日本后,怎样经受挪借、变造,仍有待进一步考索。

黄自鸿编校的《江户杜律注本三种》(台北新文丰出版社2023年)一书为江户杜律注本之汇总,其中包括宇都宫遯庵《鳌头增广杜律集解》六卷、大典显常《杜律发挥》三卷及津阪东阳《杜律详解》三卷。此三部杜律注本,皆受江户初期传入之明代邵傅《杜律集解》的影响。该书进行汇总,旨在借由诸家注杜诗之论述,以助学界进一步探讨日本杜诗研究之特点和读解策略。

（二）唐代个别诗人研究

个别诗人研究共有期刊论文 4 篇。其中包括王维研究 1 篇、李白研究 2 篇与韩愈研究 1 篇。以下按诗人年代先后，分别作介绍。

王维研究见凌超《试论王维辋川诗集中负空间的认识论及"诗中有画"》(《文化软实力研究》2023 年第 8 卷第 3 期，第 5—20 页)一文。该文将中国画"留白"技法与诗法相结合来思考，论述诗与画如何互为影响，及其背后之哲学含义。文中还提出了"负空间"(negative space)这一概念，其意义等同于山水诗中的"留白"，指依靠读者联想补充构造出的空间。作者认为诗与画存在密切的关联，而诗学中的"空""意在言外"也与"留白"类似，呈现出由实入虚的表达技巧。文章特别指出，王维是诗人画家中的关键人物，奠定了明清以降的文人画传统。禅宗式的诗歌创作与南北朝初唐的绘画语言相整合，使辋川图与其他水墨长卷自成一派而持续发展，譬如董其昌等名家就受其很大影响。文章进一步细读辋川诗 20 首文本并辨析其内涵。最终，作者认为在中国传统山水画的发展历程中，王维是重要的过渡人物，在他以后，山水画的创作与阅读便逐渐转变为"诗意的表达"。

李白研究见黄小笛《随波去留，诗凌沧洲——浅析李白〈江上吟〉》(《文学艺术周刊》2023 年第 16 期，第 13—15 页)一文。该文以李白七古《江上吟》为中心，在此基础上揭示诗歌文本与诗人内在情绪之差异。文章指出，《江上吟》虽然表面上描写江上豪饮之盛景，场面繁奢，气势豪迈，实则是诗人政治理想失落之后寻仙心理的展露。但从《江上吟》的寻仙思想看，诗人对仙人又进行了否定。作者从此发挥，辨析《江上吟》运用的诗典，从"仙人有待乘黄鹤，海客无心随白鸥"到"兴酣落笔摇五岳，诗成笑傲凌沧洲"，尝试论述李白对回归自然生活之向往，此意无关寻仙。但作者也指出，李白从未放弃寻仙访道之理想。因此，回顾《江上吟》中对仙人之否定，实应理解为诗人酒后痛苦的感情流露，以及基于痛苦的自我放纵。

韩愈研究见王季畅《韩愈亲情诗研究》(《大众文艺》2023 年

第17期,第16—18页)一文。王文聚焦于韩愈诗歌中的亲情题材,试图探讨韩诗中涉及的家庭构成、亲情观、教育理念等命题,以发掘韩诗研究之新面向,或可补充唐代亲情诗研究之一面。为此,作者首先将韩愈之生平划分为两类空间——"稳定的家"与"转移的家"。前者为韩愈携家居京,或与近亲往来之时;后者则为韩愈与亲朋分离、遭贬谪而奔波于路途之际。作者归纳出韩愈亲情诗共计51首,通过分析内容,认为韩愈亲情诗创作的动机有二:其一是对侄孙韩湘、次子韩昶教育的关注,有"以兴吾家"之期许;其二是诗人对亲情伦理的重视。最后,作者总结韩愈的家庭观念,认为其人虽然恪守儒道,却也不死守刻板。反映在诗歌内容中,便是诗人对温情脉脉的家庭秩序之追求。

三、唐代文学批评与接受研究

唐代文学批评与接受研究共有论文4篇。陈颖聪《从明代宋诗刻本看"崇唐抑宋"》(《中国韵文学刊》2022年第36卷第3期,第37—43页)一文,立足"崇唐抑宋"之学术思潮,以明代图书出版为材料,讨论宋诗刻本之传衍。陈文首先对明代宋诗板刻作全面梳理,指出宋诗以黄庭坚、严羽、苏轼、朱熹、陆游、林逋、文天祥为多。文章接着分别辨析宋代诗人受到明代青睐之缘由,如江西诗派因其以杜甫为宗、以盛唐为法的创作宗旨;严羽亦因其对盛唐诗法的推举;朱熹因其思想之影响;林逋则因其清高孤傲之士人品质。文章继而指出,文天祥诗的爱国情绪则值得注意,考虑到明朝代元而立的历史背景,其诗的流行和板印之意义已然超越唐、宋诗孰扬孰抑的争论。另一方面,明人板刻的宋诗的综合选本也值得注意,在崇唐抑宋之风最盛的嘉靖至万历年间,选本数量可与唐诗选本相媲美。作者认为,这与明人有意破除"宋无诗"的既定观念有关。此外,不少诗家秉持儒家诗教的传统标准审视宋诗、提倡世教,从而出现对"崇唐抑宋"风潮的反拨。然而,作者始终认为,明人刊刻宋诗选本,"以唐存宋"只是一方面,更重要的是,在明人看来,宋诗已足够能与唐诗相媲美。笔者认为,陈文立论之核心虽以明代诗坛对宋诗之接受为主,但就"崇唐抑宋"这一论说的历史发展而言,陈文的论述也值得纳入,并为唐诗研究者所注意。

宋长建《音乐之喻与中国古典诗学批评》(《暨南学报(哲学社会科学版)》2023年第3期,第12—25页〕一文,重点探讨中国古典诗学批评中以音乐论诗的譬喻传统。宋文虽聚焦于古代文学批评范畴,综合探讨音乐之喻的发展与演变,但其中一些论述也牵涉唐人与唐诗,故纳文于此。该文首先梳理历代诗论批评中的音乐之喻。其中提到,在音乐之喻进入诗学领域后,唐人接续了前代以乐器为喻来鉴赏的做法,如权德舆以笙磬合奏之妙音赞美陆鸿渐、萧公瑜、崔茂实的唱和之作,李德裕的《文章论》也以金石琴瑟、丝竹鞞鼓为喻来论古诗。但文中指出,相较于往后历代,当时的论述还是较为粗浅的。作者继而论述以音乐喻诗的学理依据,提到唐人如何看待"琴"这一乐器。尤其在晚唐时期,琴乐开始出现雅俗之分,并最终在明代确立了以琴喻诗的文化惯例。最终,作者认为音乐与诗天然相似,因经历长期的文化濡染,最终进入诗学批评论的范畴,而这种譬喻模式也为中国古典诗学批评开拓了新的感官模式与阐释空间。

李白接受研究见潘如忆《从"兴趣"说看严羽对李白漫游诗之批评》(《大众文艺》2023年第10期,第12—14页)一文。该文以严羽《沧浪诗话·诗辨》之"兴趣"说为切入点,以李白漫游诗为观照,来探讨严氏对盛唐诗人李白的接受。文章首先辨析"兴趣"说之内涵,阐释"兴"与"趣"概念的历史发展脉络,分析《沧浪诗话·诗辨》中严羽对"兴趣"之概念的理解与运用。作者认为,严羽"兴趣"说中的"兴"直接继承了"触物兴情"之概念,而"趣"则较侧重于作品中的情趣,其重要特征在于吟咏情性,以"羚羊挂角,无迹可求"为尚,从而达到"言有尽而意无穷"的境界。文章继而分析严羽如何接受并看待李白的诗歌创作。文中首先提及严氏将李白诗歌定义为"太白体",接着以《渡荆门送别》一诗为例,说明"太白体"所具备的吟咏情性之风调与严羽之"兴趣"相契合。作者复举《远别离》一首,谈论李白飘逸洒脱之诗法正是"羚羊挂角,无迹可求"之典型体现,有别于江西诗派所谓"无一字无来处",而更显清新别致,似用非用。最后,作者认为李白漫游诗之风格"无迹可寻、缥缈不定",如《秋浦歌·其一》同样体现出严羽"兴趣"说之美学特征,足见严氏推举盛唐诗歌并且深受李白之影响。

骆宾王接受研究见许建业《文人与义士之间:明代金华地区乡贤编写中的骆宾王》(《人文中国学报》2023年第36期,第1—31页)一文。许文关注元明时期地方乡贤编写之材料,而聚焦于明代金华乡贤对骆宾王形象之接受与塑造。作者认为,跳脱出文学史视野的乡贤编写是明代文人肯认自我价值与定位的一个重要讨论场域。文章首先从金华乡贤对骆宾王之平反论起,提及万历年间,在胡应麟的积极推动下,骆宾王始得祀于义乌乡贤祠。亦从此时开始,地方志传逐渐将骆宾王归入"忠义""气节"门类,从"叛臣"变为"义士",并称徐敬业反周为义举。除历史评价之转变,文章又提及骆宾王"文学"与"忠义"形象之位移,即官修方志人物传与私撰乡贤传记处理传主之差异,从中反映出撰者的旨趣与偏向。为此,作者全面梳理骆宾王在地方志、传记中的身份归类情况,发现其从明初的"儒学""文学"类转为"气节""忠烈"类,其背后当与时人的价值取舍关系密切。作者遂延伸讨论明代士人"先器识而后文艺"之争论,而骆宾王便顺理成章成为时人论文章与气节、立身与立言的绝佳话题和突出例证。当然,文章也指出,骆宾王的文学才华依然为乡贤编写所重,这体现了古代文人自我价值肯认的复杂心理。

四、唐代笔记小说与传奇研究

唐代笔记小说与传奇研究共有期刊论文2篇。伍钧钧《论王仁裕〈开元天宝遗事〉的撰录动机》(《中国小说论坛》2023年第8辑,第21—40页)一文,针对王仁裕《开元天宝遗事》之撰录动机展开讨论。该文首先梳理过往论者对《开元天宝遗事》史料真伪之看法,其中肯定并采用其材料者有司马光、王应麟、脱脱等,而质疑书中记载史事之真实性的则有洪迈。直至晚清以来,《开元天宝遗事》被纳入"小说""杂事"类,几乎成为虚构小说无疑,但作者认为此观点仍值得商榷。文章继而回顾《开元天宝遗事》序文并分析王仁裕撰录之动机，由此提出三点看法：其一，王仁裕身为五代士人，憧憬盛世繁华而怀古追昔；其二，根据序文可知，王仁裕搜集材料不以真实为重要考量，而以搜奇志异为目，以备前书之阙；其三，序文明言"不助于风教"，则自我排除信史之外的《开元天宝遗事》或有"可资于谈柄"之用。为此，文章进一步回顾王仁裕担任前蜀中书舍人、翰林学士的经历，猜想《开元天宝遗事》正有引为谈资之用，也符合晚唐以来以"玉堂"为背景的诗文、笔记小说普遍记录朝廷遗事并以为谈笑之资的惯例。据此，作者全面归纳《开元天宝遗事》之内容取材，确定其核心读者为士大夫群体。并以《开元天宝遗事》之故事为例，论析王仁裕如何塑造人物、营造趣味来吸引士大夫读者。最后，文章认为，研究唐五代笔记小说之创作动机与心态，对中国小说发展史研究有着重要意义。

姚诗聪《唐代小说〈三梦记〉中的长安生活及其他》（《文史天地》2023年第3期，第74—77页）一文，聚焦于白行简创作的传奇小说《三梦记》，辨析虚构小说与现实社会制度、观念、文学、宗教等领域之差异以及形成差异的原因。文章从《三梦记》的三个故事入手，分别论析"宵禁制度""男女之别""门阀观念"与"钟情首都"的虚实差异。在第一个故事中，作者分析主人公刘幽求身份官职在小说与史书中的差异，论说白行简如何调整人物背景来切合故事主题。此外，又论及白氏如何借助刘幽求妻子这一人物来抒发个人观点。至于刘幽求与妻子的关系，则借男女之别一窥唐代女性的社会地位。文章继而提及《三梦记》中的人物郡望，从虚构与现实之间探查唐人根深蒂固的门阀观念与郡望意识。而在第三个故事中，作者则留意到女巫于华岳祠祝神这一风俗，并结合唐代诗歌中广泛的华岳祠女巫书写，认为《三梦记》的故事可为当时风貌之旁证。最后，作者认为《三梦记》的三个故事都不约而同地发生在陕西（朝邑、长安、潼关），这反映出唐都长安及京畿道地区在唐传奇小说作家乃至唐人心目中有着特殊的地位与含义。

五、结语

总的来说,本年度香港唐代文学研究依旧以唐诗、诗人研究居多,并且切入议题的角度亦渐趋多样化。具体来说,宏观视野之研究如李小妮的《微波与远调——初唐诗歌的两条发展脉络》,关注到过往常为人所忽视的初唐诗歌发展情况。微观视野之研究则可参考个别诗人的诗作研究。值得留意的是,其中也有不同面向之发挥,如凌超《试论王维辋川诗集中负空间的认识论及"诗中有画"》一篇便是将画之"留白"概念与诗法结合,提出"负空间"概念来进行诠释阐说,文中对西方文艺理论的援引亦颇见学力。选本研究则见许建业《"可解"与"不可解":江户时代〈唐诗选〉注解本的注解特色》一篇,其持续关注于唐诗选本研究与域外汉学之交汇,实已深耕多年,成果颇丰。

至于唐诗研究以外的其他文学研究范畴,首先应当留意吕家慧《容告神明:盛世叙事传统与玄宗时代的典礼颂》与《感人心而天下和平:中唐政治观念与文章新变》两篇。作者长期关注盛唐、中唐文学中政治与文学文化的关联,本年度发表的两篇论文即有先后承继关系,读者不妨一同参看。其往年发表的《史学意识与中唐文章观念的新变》和《盛世叙事:中宗、玄宗朝的龙池书写》同样也为这一主题下之发挥,这两篇论文综述可参看拙文《香港唐代文学研究概况(2021—2022)》。另外,在文学批评与接受范畴,亦当注意整体研究中对唐代文学议题的触及。这些篇章的主题与唐代文学范畴虽然不是直接相关,但却为学界认识唐代文学的某一方面作了补充。如宋长建《音乐之喻与中国古典诗学批评》一文就结合音乐、乐器与古典诗学批评一同讨论;又如陈颖聪《从明代宋诗刻本看"崇唐抑宋"》虽以明代宋诗刻本为讨论核心,却也触及明代诗坛"崇唐抑宋"这一议题;再如许建业《文人与义士之间:明代金华地区乡贤编写中的骆宾王》注意到乡贤编写这一文本类型,角度很是独特。

从数量来看,本年度香港学界的研究成果共有论文 15 篇、专书 1 部,可以说仍保持着一定的研究规模。当我们深切哀悼前辈学人邝健行教授离去的同时，也应欣喜于学界有更多青年学者（硕博士）投入唐代文学研究之行列，发表其研究成果并多有创见。须知学界的长足发展正仰赖于新鲜血液的加入方能持续壮大，从而不断充实香港地区的古代文学研究。对此，笔者表示乐观，亦相信未来的成果值得期待。

台湾唐代文学研究概况(2022—2023)

□ 洪国恩　林淑贞

在源远流长的古代文学中,内容和体量皆宏大的唐代诗文,无疑是启迪与塑造近代文化与文学的最大推手。在这样的文化背景下,现代人通过对唐代文学的具现和新诠,有意无意地展现出当代思维,并将当代思维与作者的生命相连接。近年来台湾地区唐代文学研究便呈现出多重主题。譬如"融合与转变"主题,似乎近人有意创造典范又忽而扭转经典。"流动与流域"主题,则重在体现空间并展现新义,让文学能一面继承并一面突破与超越。而后又显现出"变迁与衍义"的主题,一方面体现为研究思维和问题意识都具有明确的"变迁"性质——从对既有研究事物的再商榷、再框定,到对新元素和新定义再建构;另一方面更体现在"衍义"方面,将经典变成新经典,原先因陈的研究在新事物或新观点的介入下,似乎逐渐呈现出唐代文学的崭新风貌和思考脉络。

本文承袭诸多前人研究成果,以及笔者自 2017 年至 2022 年所撰之《台湾唐代文学研究概况》。需要说明的是,本年度重新拟定起讫时间,以符合台湾各大学之学期与学位论文发表最后时限,故改为 2022 年 8 月起,2023 年 7 月讫,望读者先进知悉。爬梳本年度唐代文学的研究论文,彰显台湾地区唐代文学的研究成果,并细分为诸文体类别,包含总论、唐代诗学与诗人、唐代文化与文学、唐人小说及其他,依学位论文、单篇论文、专书等分门别类,以期能较清晰地呈现本阶段台湾唐代文学研究的关怀对象、思维突破和新观察。

然而由于近几年来期刊资料、学位论文等在流通上的限制，虽然刊载渠道众多，但搜集极为不易。线上查询系统如台湾期刊论文索引系统、台湾博硕士论文知识加值系统，无任何一平台能够统摄全文，甚而在台北"国家图书馆"翻阅资料时，仍发现部分论文的摘要、关键词等皆无，且不对外流通，或因论文未公开和遗失，或因关键词未标录唐代或相关之近义词而未能进行有效检索，仅能通过一笔笔资料的翻查侥幸觅得。因此笔者仅能分别至北、中、南各大学图书馆，通过逐个翻找或索取资讯的方式查询，故而在资料搜集与编汇上，确实难以全面，仅能尽量搜罗统整，若有疏漏处，还望诸先进指正。

一、学位论文

本次有关唐代文学研究的学位论文数量虽不如以往，却多有创新性甚高的论文书写，通过文化、思想等嬗变，结合具现和思考，构建出一种细致化、情感化以及脉络化的唐代文化与文学的独特视域。在研究内容上，大致可分成唐代诗学研究、唐代文化研究及唐人小说研究等三个方向。相较于去年，缺乏唐代赋学研究，取而代之的是唐代文学文化研究，并且进入重新建构和思考的过程。以下分类别综合论述之。

（一）唐代诗学研究

本次有关唐代诗学研究的学位论文成果甚丰，有其独特性和启发性，既包含诗学的流衍与变迁，也明显展现出对唐诗的具现与诠释。在作家作品研究方面，有陈立新《李商隐与其诗情新探》（东吴大学 2022 年博士学位论文）一文。该文以"知人论世""以意逆志"等诗学阐释方式来探讨李商隐诗歌，并试图重新诠解李商隐。其中包含了"文本意涵""历史背景""仕途薪俸""民俗风情"以及"行为心理"等诸多层面。除了分析文本内涵、字词意义之外，亦探究故事及背景知识，了解典故意涵以及作者写作习惯等，从字面意义之解释转向纵深思想之挖掘，以重新诠解李商隐的诗文作品。文章通过上述方法论证出李商隐一生仕途并非不济，并没有因排挤打压而沉沦幕府，任职幕府可能是其出于经济因素考量下的自愿选择。该篇亦认定李商隐与女冠间并无刻骨铭心之爱情生活。最后作者提出笺解李商隐隐晦诗作的途径，即不应先入为主地将其诗作与其仕途不济、情爱难言等人生遭际相附会，只有这样方可逆志看到李商隐诗的真面目。该文所体现出的诗学诠释方式以及诠释者的基本学术操守，都是很有见地和启发意义的。

此外还有王之敏的《吕洞宾诗研究》（高雄师范大学2022年博士学位论文）一文。该篇集中探讨吕洞宾诗歌内涵并进行详细阐释，从其道教"真仙"的身份，说明其不仅是正史记载的真实人物，而且精修丹道，卓有所成，能时显奇迹。因此宋代以降，香火络绎不绝。其浑然天成的诗歌特色与身心俱进的炼养方式，都能够体现出吕洞宾深厚的内丹素养和儒释道三教合一、性命双修的核心主张，以及成仙度人的大乘婆心，揭示出吕洞宾游化逍遥的襟怀与无心闲淡的境界。同时，其诗歌亦具浓厚的道教色彩，其中诸多的炼丹方法诗、炼丹步骤诗、成仙度人诗等作品，具有深刻的警世度人与传习教化之功能，并反映出吕洞宾对健康长寿、修身养性、提升心灵、变化性命、融入宇宙元智慧等生命境界的追求。吕洞宾认为仙根出于人类善性，人人都可以通过激发善念与修炼成仙，这样的道德实践与其诗中入世修行度人之理念相合。文章最后提及传播接受的问题，认为吕洞宾影响了丹道南宗如刘海蟾、张伯端、石泰、薛道光、陈楠、白玉蟾等人，以及丹道北宗如王重阳、丘处机等人。该文探悉吕洞宾的角度，不从道教切入，而是通过文学研究路径，新诠吕洞宾在文学和思想上的不同面目，有其独特性。

在时代风格研究方面，有谌仕蓁《苦吟的身体语言：中唐三家诗人研究》（台湾大学2022年硕士学位论文）一文。文中以三位中唐苦吟诗人——孟郊、李贺、贾岛为研究对象，从"身体语言"切入中唐"苦吟"这一议题，探索苦吟诗人"在语言表达中的身体"以及"关于身体的语言表达"，并辅以梅洛-庞蒂的知觉现象学、现代开展的诗歌语言分析，来阐释"苦吟"这一独特的写作方式与思考路径。论文先探究三位诗人在中唐社会所面临的人生难题,以及如何将其转化为苦吟的原动力。再从感知主体的角度,切入"苦"的身体感受,探讨苦吟诗歌中的身体图式,其中孟、李二人的生理体现出较为刻凿的书写力度,贾岛则因云水释心而略显冲淡。同时,将其知觉场拉向外界,形成一个与自身知觉联动的处境性空间,主客交融而造就了身体与空间、感官与物体的统一浑融。接着,该文认为诗人起初通过择取物象和运用光色,来打造知觉最先体会的画面底蕴,并从水和境来反映主体观看视角或内心情感,已初步勾勒出三位诗人各自不同的诗歌意境。至此,从用字遣词、篇章结构、巧思等方面,已可窥见其奇险、奇诡、奇僻的诗歌风格。而后,郊、岛和李贺彻底分道扬镳,前二者相似的苦寒之境规定了苦吟诗风的整体印象。最后,文章从创作过程中身体主体角度讨论"吟",诗歌形式、语言在吟咏吐纳间体现身心独特的律动、诵咏的复沓、句式的创举、格律的翻新等,一步步运用"时与力",从古体的贴近诗人的性情和身心节律,到近体因句联的吟对趋近空间化的演变,呈现出自孟郊到贾岛的不同的苦吟内蕴,表现出由个人化到典范化再到理论化的发展路径。通过聚拢、比较和分梳的方式将三家"苦吟"置于一起讨论,进而分别诠释,具现出一条崭新的诗学理路,有其卓越的贡献。

姓名	学位论文	学校/系别	硕/博士
陈立新	李商隐与其诗情新探	东吴大学/中国文学系	博士
王之敏	吕洞宾诗研究	高雄师范大学/国文学系	博士
谌仕蓁	苦吟的身体语言:中唐三家诗人研究	台湾大学/中国文学系	硕士

(二)唐代文化研究

本次唐代文化研究的学位论文,多将唐代历史、文学和文化等诸多方面进行结合,展现出融合、具现与多元诠释的可能性。其中将历史融入文学者,有张慧兰《唐代女性墓志研究》(世新大学2022年博士学位论文)一文。该文试图重新诠释唐代女性的理想形象,指出唐代虽然被普遍认为是女性生活开放的时代,但随着唐代墓志的大量出土,为数不少的女性墓志让她们的生命样貌得以呈现于世人,从中可以发现她们不乏相似的德行与生命历程。文章将这些墓志志主分为"在室女""姬妾""妻、妾、女""特殊女性亲眷""才女、宫人"等不同女性身份,尝试通过研究其家庭、家族、墓志撰写者,以及相关的历史事件,认为这些墓志虽在某种程度上有扬美志主的倾向,但其中的女性都有相似的人生。她们绝大多数在家为孝女,出嫁为贤妇,终能为良母,足以反映出唐代理想中的完美女性人生。因此,通过对现存唐代女性墓志文的阅读分析,考察撰志者如何形塑志主的一生,并结合志主、撰志者及其亲人的相关事迹,可以更好地了解当时女性的生活状态与处境。该文的特殊之处,即是以墓志为材料,试图具现其过去的特征,并推翻传统,赋予唐时女性一个崭新的诠释。

而将文学融入宗教文化者,有廖如慧《和合二仙形象与当代信仰实践研究——以寒山、拾得为主的考察》(政治大学 2022 年硕士学位论文)一文。该文以和合二仙为主题,首先通过文献分析法,探讨和合精神文化。进而对不同的传世古籍进行汇整并归纳概括出"和合"观,此概念后来演变为祭祀对象"和合神"。清代封寒山、拾得二人,其不同的成神过程所呈现的精神文化和儒家、道家、法家、墨家不同的和合观相融合,体现出和合神可能的核心职掌:家庭和合、婚姻和合、人际与财富和合,以及从异僧万回的神行与谶言转向诗僧寒山、拾得的诗趣与癫狂,表现其执掌功能之转移。其次通过图像分析法,以年画为例,探究和合精神文化投映于物质生活的现象,分别讨论以和合二仙为主角和配角的年画特性。最后通过田野调查法,观察和合二仙在当代台湾的信仰与实践,其中重点考察了台湾北部"月老和合二仙殿""万里情月老庙""元宝山仙石府"等三间庙宇,在此基础上反思和合二仙在当代社会精神层面和物质层面的特殊意义。

于文学中提炼形象并进行概念的具现与建构方面,有张鑫诚《唐代干谒文中的知遇想象与士人形象建构》(台湾大学 2022 年硕士学位论文)一文。该文认为唐代干谒文中呈现出的知遇想象模式,实则是士子所构建的一套非为历抵公卿,乃为结交知己相合的干谒话语模式。"知己"被赋予了功利化与政治性的含义,而干谒文则建立了对话的语境,不仅能够书写士人自身困境,表达知遇想象并期许达到见字如面的效果,同时也是表现士人出处知遇观、"士不遇"心态,以及人伦鉴赏品评的"符码"。通过干谒文的书写与阅读,可观察到唐代士人"被建构的"人生切面中所包含的扬善避短的自鬻需求,他们常常从塑造自身贫苦如寒士或穷士的形象、肩负奉养父母妻小的责任、展现自身有着良好的家学教育等方面进行书写,用身份的低微及"本质"的鄙陋,将作品视角聚焦在自身生命的不遇遭逢,多从"时""势"的历时性、人生乖舛角度叙事,使被干谒者心生同情并产生援引下士的责任感;而被干谒者形象的建构在干谒文中也必不可少,在表达对被干谒者的了解与理解,以符合自身的知己论述的同时,发挥颂美功能,塑造被干谒者的"礼贤"风采,反映地位阶级差距下的输诚,使其一方面书写自身以期被读者理解并欣赏,另一方面在干谒文中呈现出对"荐"这一行为的理想论述与职责要求,以"荐贤"的职责说服甚至语带胁迫,使"知遇"的过程转变为双向选择且彼此成就的过程。

同样通过文学建构、具现身份者,亦有黄绢文《杜甫儒者身份建构研究》(成功大学 2022 年硕士学位论文)一文。文章从杜甫对儒者身份的认同切入,探讨杜甫如何建构、实践其儒者身份。同时,从马克斯·韦伯(Max Weber)的儒教视域及卡里斯马的角度切入,探讨杜甫行事、救世的原则。先从杜甫儒者之身份认同,即"我是谁""我如何成为谁"的答案进行探究,以此来界定儒者身份所具有的特征,并将之与佛、道相比较与区分。通过"匡道"这种使社会秩序回归运转的儒者救世法,实践并证实自己的儒者身份。同时,通过仕与不仕的问题、在道与势的矛盾中如何抉择,以及为官时的制度意识与职责意识,无官时又针砭时事、多发议论等方面来表现杜甫的行事、救世原则。该文以全新的面向去理解、诠释杜甫,试图建构出杜甫儒者形象的独特丰姿。

姓名	学位论文	学校/系别	硕/博士
张慧兰	唐代女性墓志研究	世新大学/中国文学系	博士
廖如慧	和合二仙形象与当代信仰实践研究——以寒山、拾得为主的考察	政治大学/中国文学系	硕士
张鑫诚	唐代干谒文中的知遇想象与士人形象建构	台湾大学/中国文学系	硕士
黄绢文	杜甫儒者身份建构研究	成功大学/中国文学系	硕士

（三）唐人小说研究

本次的唐人小说研究，在文献新诠方面，林起生的论文《唐人小说集〈潇湘录〉研究》（政治大学 2022 年硕士学位论文）有其特色。文章着墨于晚唐时期柳祥所撰志怪小说集《潇湘录》，该书作于小说发展较为衰落之晚唐，对小说题材之运用有其独到之处，并明显有借小说以抒发其思想意蕴的创作目的。该篇文章首先探讨《潇湘录》的编纂流传情形，梳理《潇湘录》的作者、成书年代及流传概况，并探讨书名取作"潇湘"的用意。继而关注《潇湘录》的题材源流与叙事特色，分别探讨"异类婚配"中的及时行乐、异类之子、归隐自然，"谐隐精怪"的谐隐手法、寄寓道理、三教论衡，"人变异类"中的因癖变形、跳脱因果报应以及"木鸟飞行"等四类题材之内容、源流及叙事特色。最后归纳和统摄其对于政治和人事的思考评述，展现其对世间伦常的诠释及对生命意义的定位。

周贝迪《〈西阳杂俎〉之博物书写研究》（台湾大学 2022 年硕士学位论文）一文亦足以重视。该文由"博物"联结到"类书"，重新探索《西阳杂俎》的价值。文章首先追溯唐前博物书写的渊源，考察博物书写在先秦两汉时期的表现形式，以及在魏晋南北朝时期分化出"博物杂记"与"类书"两种不同的形态后，二者各自的演进过程，提出"杂俎体"是"博物杂记与类书的交织之点"。接着论述"摘记"和"引录"的重要性，进而探讨《西阳杂俎》的书写体例与文献来源。最后回到作者生命本身，认为作者浪迹西川、壮游荆扬、长安修行的经历，以及与文人集团间的人际交往，都是构成其知识框架的基石。总之,该文通过抉发博物学与类书学视阈下的《酉阳杂俎》,铺写出该书独特的知识视域,具有重要启发意义。

姓名	学位论文	学校/系别	硕/博士
林起生	唐人小说集《潇湘录》研究	政治大学/中国文学系	硕士
周贝迪	《酉阳杂俎》之博物书写研究	台湾大学/中国文学系	硕士

(四)小结

综观本次学位论文,台湾博士、硕士的唐代文学研究成果,可谓重质不重量,虽然数量不多,但每篇论述都非常精彩。主要聚焦点由前几年以唐诗学为主,转向以文学文化建构和思索为核心。关于唐诗学的研究,主要有《李商隐与其诗情新探》《吕洞宾诗研究》《苦吟的身体语言:中唐三家诗人研究》三篇,分别对唐代重要诗人进行讨论与重新诠释;关于唐代文化研究,主要有《唐代女性墓志研究》《和合二仙形象与当代信仰实践研究——以寒山、拾得为主的考察》《唐代干谒文中的知遇想象与士人形象建构》以及《杜甫儒者身份建构研究》四篇,不仅能通过旧文本或新材料、新方法重新诠释建构出新思考、新概念乃至新结论,同时亦能通过多元建构以呈现崭新的身份与形象;关于唐人小说研究,主要有《唐人小说集〈潇湘录〉研究》和《〈酉阳杂俎〉之博物书写研究》两篇,前者重在对新文本的利用与发掘,后者则呈现出一种新角度、新思维的诠释方式和视野。

除此之外,亦有如陈咏诗《唐五代笔记核心动词研究》(台湾师范大学 2022 年硕士学位论文)一文,对唐五代笔记中的核心动词,按语义分成概念场进行系统的研究,进而探究核心词当中动词演变的轨迹和方法。其中包含了"饮食动词"的吃、喝、咬,"言说动词"的说,"感知动词"的听、看、知道,"手部动词"的拿、捆、打等,并尝试描述、建构核心词从口语进入书面语后的演变过程。

总而言之,由于对重点内容筛选搜罗之需要,故而进一步排除了大部分关联性较小之论文,如中文教材编制、应用,以及与唐代文学研究不太相关的文化研究,诸如音乐、艺术、绘画等,还有唐史的研究等。但本年度之硕博士学位论文堪称精彩,虽仅能列举数则较为相关的类型供参酌,但足见可观,其余遗珠则待后进者挖掘。

姓名	学位论文	学校/系别	硕/博士
陈咏诗	唐五代笔记核心动词研究	台湾师范大学/国文学系	硕士

二、单篇论文

近年有关唐代文学研究之单篇论文,多散见于各大学学报以及部分研讨会所出版的定期性期刊中。近年来,针对唐代一朝,或唐代专书如《群书治要》等研究,也逐渐形成相关体系。不仅是期刊,研讨会之篇什亦可观察到唐代文学之研究趋势与脉动,故本次将其收录于此,惟研讨会论文非正式刊行,为维护作者后续出版权利,故仅简单叙述与收录名称。在资料搜集方面,仍以台湾期刊论文索引系统之资料为主,并循台北"国家图书馆"之途径查找,但部分论文在资料杂沓、全文阙漏和关键词难以联结等状态下仍较不完备,部分较非学术的文章亦屏除于此文之外,仅能以分别翻查为主。由此,大抵可以切分为几个部分观之,分别为唐代诗学研究、唐代诗人研究、唐代文学研究、唐人小说研究等,皆是近年单篇论文较为常见之类目。以下分别论述。

(一)唐代诗学研究

本次唐代诗学研究,主要呈现出一种诠释思维的拓展和对于诗意或语境的具现,除了经典的主题性研究外,更着重于新方法、新材料和新领域的拓展,并且从中生出新诠与新意。陈伟强在《众神护形,步虚玉京——李白的谪仙诗学》(《清华学报》2022年第52卷第4期)一文中,考察李白诗中道家、道教和神话传说的母题元素的特有意象、境界的建构及生成背景,整合李白的诗学体系。并以李白的"谪仙"意识为主要脉络,吸取上清经系的意象和意境,以及灵宝经系中的"步虚"科仪场景营构,用作"谪仙诗学"叙事抒怀的新手段,也是一种新诠。许玫芳《中唐诗人之眼疾及与之相关的内科疾病——以中西医理研析》(《台北大学中文学报》2023年第33期)一文,从疾病书写的角度切入,与台大医学院助理教授石富元医师采用跨域研究。其结论有四:一是中唐诗人得眼疾之岁数——最年轻的是韩愈33岁,最年长的是许浑69岁;二是中唐诗人得眼疾的种类——眼暗(眼昏、看花未明……花似雾中看,可能是白内障)、视茫茫(极可能是老花眼)、眼花(可能是飞蚊症)、视短(可能是老花眼)、饶泪眼常昏(可能是慢性结膜炎、沙眼或泪管阻塞)、眼痛(可能因失意造成的忧劳等,以及因神经过敏、神经衰微、神经过劳所诱发的神经性眼睛疲劳症)、眼干涩(可能是干眼症或眼睛疲劳);三是中唐诗人之眼疾及与之相关的内科疾病——白居易可能伴随"糖尿病""病肺及肺伤"(可能是慢性支气管炎)等内科疾病;四是中唐诗人医治眼疾的方法——以各种草药与金篦术救治。本篇论文探讨疾病与书写的关联性,通过该篇文章,可以重新具现中唐诗人的生活和认知。此外,王家琪的《唐诗资料库语词检索之探讨——以"沧海桑田"典故筛选为例》(《艺见学刊》2022年第24期)一文,通过资料库的索检,也呈现出一种新方法的示范效应。而吴智雄《〈全唐诗〉中海洋典故运用之统计与数据分析——兼论数位人文研究法之得失》(《海洋文化学刊》2022年第33期)一文,则更进一步运用数位(数字)人文学的方式,对《全唐诗》进行分析,其成果斐然,确能让唐诗学有更进一步的空间。

姓名	论文名称	期刊名称/日期/页数
陈伟强	众神护形,步虚玉京——李白的谪仙诗学	《清华学报》第52卷第4期/2022年12月/第675—715页
许玫芳	中唐诗人之眼疾及与之相关的内科疾病——以中西医理研析	《台北大学中文学报》第33期/2023年3月/第35—93页

续表

姓名	论文名称	期刊名称/日期/页数
王家琪	唐诗资料库语词检索之探讨——以"沧海桑田"典故筛选为例	《艺见学刊》第 24 期/2022 年 10 月/第 23—45 页
吴智雄	《全唐诗》中海洋典故运用之统计与数据分析——兼论数位人文研究法之得失	《海洋文化学刊》第 33 期/2022 年 12 月/第 1—28 页

(二)唐代诗人研究

本年度关于唐代诗人研究的期刊论文,仍旧延续上期,呈多点开花的研究态势,主要涉及李白、李商隐、杜牧等诗人。然而不管是在主题研究、知人论世,还是在咏物、生命思想等方面,都具有一定的研究能量,这正可以明显地反映出唐诗,或者唐代文学,或者唐代诗人,都在中国文学史上具有高度的典范性质。值得注意的是,一些成果依然能通过新视角、新方法,结合传统的具现,创造出新视野和新思维。从新诠的角度来看,如王家琪《李白"东海"诗歌"海洋词汇"之探究》(《台北海洋科技大学学报》2023 年第 14 卷第 1 期)一文以"海洋词汇"为核心,以李白的 59 首"东海"诗歌为研究对象,指出李白运用了 15 个"海洋词汇"来指涉"东海",可以分类为"海""溟""蓬莱""沧桑"等四组,并进一步对其如何创作东海诗歌进行探讨,以此来印证并彰显出唐代海洋诗歌及"海洋词汇"的繁复多元,呈现出一种新视角的诠释。又如陈秀美《从"情境回归"论李商隐牡丹诗之"感兴"意象经营》(《德霖学报》2023 年第 36 期)一文,通过运用"情境回归"的新方法,结合对背景思维的细读,探讨李商隐如何经营意象,呈现出一种感知和联想,正是一种新诠下所产生的具象。然而从"历史再现"的角度来看,也能够触及作者的创作思维和思考方式。再如林淑贞《杜牧歌诗中历史叙事策略与书写意图——以〈感怀诗〉〈杜秋娘诗〉〈郡斋独酌〉〈张好好诗〉诸诗为论》(《静宜中文学报》2023 年第 23 期)一文,通过对《感怀诗》《杜秋娘诗》《郡斋独酌》《张好好诗》这四首诗的分析,揭示杜牧

"以诗写史、论史"的策略,说明杜牧"以诗著史""以史寓怀"的忧悯情怀,其通过叙事手法,探讨谁在说(视角)、说什么(内容)、如何说(技巧)、为何说(意图),并以历史为镜,借史来表述个人对历史事件的感念与思考。以此探勘杜牧面对唐代由盛而衰和藩镇割据冲击时,以在场意识表述其对时代的忧惧,钩稽其历史关怀所展现出的史识与史观。

姓名	论文名称	期刊名称/日期/页数
王家琪	李白"东海"诗歌"海洋词汇"之探究	《台北海洋科技大学学报》第14卷第1期/2023年3月/第81—102页
陈秀美	从"情境回归"论李商隐牡丹诗之"感兴"意象经营	《德霖学报》第36期/2023年3月/第155—176页
林淑贞	杜牧歌诗中历史叙事策略与书写意图——以《感怀诗》《杜秋娘诗》《郡斋独酌》《张好好诗》诸诗为论	《静宜中文学报》第23期/2023年6月/第1—30页

(三)唐代文学研究

本次唐代文学研究大致有三篇,分别是林伟盛《驯化自然:以柳宗元永州山水书写为个案》、杨明璋《敦煌讲史变文的佛教叙事及其讲唱者的身份》、林盈翔《论〈群书治要〉对三国志的笔削与取义》。这三篇文章恰恰代表了山水书写、敦煌文学和《群书治要》这三个备受台湾学界关注的唐代文学研究部分。林伟盛《驯化自然:以柳宗元永州山水书写为个案》(《思与言》2023年第61卷第1期)一文聚焦于柳宗元谪居永州时期的山水书写。元和四年(809)以降,柳宗元积极地通过"发现"与"命名"等行动与永州当地的山水产生联系,使得原来可怖的异域,驯化为可以栖居的地方。主体的人通过参与异地山水书写,从而转化为一种自身的存在状态,由此得以在贬谪困苦中,重新体验精神自由并找到心灵的安顿。与山水建立关系,呈现出一种人与非人之间的"交互主体性",这也是唐中叶时所出现的一种新形态的人对自然的诠释。杨明璋《敦煌讲史变文的佛教叙事及其讲唱者的身份》(《清华中文学报》2022年第28期)一文,对敦煌讲史变文中可见的佛教叙事作品进行分析探讨。文章先就讲史作品中佛教叙事的情节由来、叙事特色及作用进行论述,进而推断其作者身份,大致有两种情形:如《故圆鉴大师二十四孝押座文》《舜子变》《韩擒虎话本》《董永词文》等,基于对其作品中形象、主旨等的判断,应出自僧人或对佛教深刻了解人士之手;而《唐太宗入冥记》《叶净能诗》的佛教叙事杂糅仙道方术,主题要旨模糊,应出自民间艺人。另外如《韩擒虎话本》杂糅《隋书·高祖上》的河东女尼,《续高僧传》《法华经玄赞要集》对南朝梁法云讲疏《法华经》传说的记载,以及移植 P.3570V、P.3727、P.2680 的《隋净影寺沙门慧远和尚因缘记》的部分内容,实则显示出其抄写与重新生成文化语境的独特之处。林盈翔《论〈群书治要〉对三国志的笔削与取义》(《成大中文学报》2023年第81期)一文,从"《三国志》'畏惧之史'的消融"与"《群书治要》'本求治要'的劝诫"两个方面入手,认为《群书治要》在编纂《三国志》时,在要求治要的原则下,重视君臣相处之道,因此大量选录劝谏之文,显示出对英明好谏、言无不纳之君主与忠直无隐、事无不言之臣子的政治期盼。虽并非刻意地将《三国志》的核心转换,但确实消融、解构了陈寿《三国志》"畏惧之史"的内涵,并呈现出独特的史家心识。

姓名	论文名称	期刊名称/日期/页数
林伟盛	驯化自然:以柳宗元永州山水书写为个案	《思与言》第61卷第1期/2023年3月/第1—38页
杨明璋	敦煌讲史变文的佛教叙事及其讲唱者的身份	《清华中文学报》第28期/2022年12月/第145—196页
林盈翔	论《群书治要》对三国志的笔削与取义	《成大中文学报》第81期/2023年6月/第1—31页

（四）小结

本次台湾唐代文学研究的期刊论文数量并不甚多，但从中取义变化者却不少。唐代文学分布平均，呈现出一种新材料、新方法、新思维下的诠释和具现。在唐代文学的延伸部分，更有接受史、传播史或文化史方面的研究。此外，还出现了与唐人类书功能相关的交互参酌研究，譬如锺晓峰《李怀民推尊中晚唐诗探析：以〈重订中晚唐诗主客图〉为主的讨论》（《东海中文学报》2022 年第 44 期）一文，通过对李怀民《重订中晚唐诗主客图》的探讨，挖掘其自成一家的诗学论述。一方面通过与盛唐诗、晚唐体、宋诗的对照，阐发中晚唐诗的独特之处；另一方面，通过作品的结构章法、创作主题，辨别张、贾之派的分殊与差异，具体指出张籍秋居诗的影响传播、贾岛赠僧诗中的禅悟苦修等特色。不仅建构了张籍、贾岛两派说的诗学内涵，也从选本批评与唐诗接受的角度，丰富了清代诗学的内容。又如梁树风《唐代郁金考述》（《汉学研究》2023 年第 41 卷第 1 期）一文，通过分析"郁金"传统文献和现今《植物志》，延伸出对植物学下之文学的一种独特呈现。再如吕安妍《"背恩"何以"无行"？——从李商隐的政治评价谈干谒文化下"公私"观的转变》（《佛光人文学报》2023 年第 6 期）一文，即从文人干谒切入，认为受权贵提拔而衍生出的"知遇恩情"，致使士人理想中的"公"道必须仰赖"私"人关系才能运作，而"知恩"意识竟质变成检视干谒者操行的标准。文中推论，后人对李商隐"背恩无行"的评价，实则是建立在文人普遍的"忘恩"意识之上，如此使得李商隐的"背恩"行为被贴上"无行"的标签，实肇因于唐代士人"公私"观念的转变。

姓名	论文名称	期刊名称/日期/页数
锺晓峰	李怀民推尊中晚唐诗探析：以《重订中晚唐诗主客图》为主的讨论	《东海中文学报》第 44 期/2022 年 12 月/第 53—89 页
梁树风	唐代郁金考述	《汉学研究》第 41 卷第 1 期/2023 年 3 月/第 77—117 页

续表

姓名	论文名称	期刊名称/日期/页数
吕安妍	"背恩"何以"无行"？——从李商隐的政治评价谈干谒文化下"公私"观的转变	《佛光人文学报》第6期/2023年1月/第91、93—115页

三、专书、讲座及其他

本阶段的唐代文学研究专书收获颇丰。在敦煌学方面，有林仁昱《敦煌佛教赞歌写本之"原生态"与应用研究》（新文丰出版公司2022年）一书，集中研究并考校敦煌写本的"原生态"，以探索其流传与实用功能。书中重点选择寺院常见且意义重大、行仪明确的"散花"赞歌、"出家"赞歌、"阿弥陀赞文"、"观音"赞歌，以及《和菩萨戒文》《四威仪》《四弘誓愿》《大乘净土赞》《佛母经》《佛母赞》等类型集合或单篇进行探究，以明确其展开行仪、传戒教诲、安住修行、僧伽仪范、导引禅净、组赞而唱、依经转赞、礼赞菩萨等表现特色与应用价值。在唐诗学方面，有吴品萫《诗中"诗"——〈全唐诗〉中论诗词汇之考察》（台湾大学出版中心2022年）一书。该著以"词汇"为考察中心，结合认知语言学、认知隐喻学、广义修辞学等方法，综观《全唐诗》中的论诗词汇，考察唐代的诗歌思想与观念。书中涉及从"隐喻的视野""观看的视野"对隐语进行分类，从风景到观物及其真实性问题，以及关于如何"制造'诗人'"等重要方面。最终提出将"词汇认知"作为"唐诗诠释"与"诗学观念"研究新路径的可能性。除了传统唐代文学研究外，唐诗诠释学虽不完全属唐代文学，但亦是目前的研究重点。如陈美朱专著《屈复〈唐诗成法〉点校本》（成大出版社2022年）即以屈复（1668—1745）《唐诗成法》为核心。《唐诗成法》对选录的唐诗进行圈点与论评，并从"诗法"的角度，针对诗作的用字、用词与章法结构，提出具体的品评意见与修改建议，这是清人拣选唐诗的重要材料，对现今社会的唐诗省察也甚是有益。

除唐代文学研究的专书外,在研讨会、讲座、课程等方面亦是硕果累累。关于研讨会的研究成果,除了前面提到的散见于研讨会的单篇论文外,则以"第四届《群书治要》国际学术研讨会——《群书治要》与老庄思想"和"第十五届唐代文化国际学术研讨会"为主。成功大学中文系主办之"《群书治要》国际学术研讨会"以《群书治要》为核心,另辟蹊径从专书视角进行延伸,并和其他主题、专书、思想相融合,挖掘出唐代文学更多的可能性;其举办的"第四届《群书治要》国际学术研讨会——《群书治要》与老庄思想"(2022年9月23日、24日),便将《群书治要》与老庄思想、生命意识、道家内涵相联结,多元阐发与具现其风格。发表的论文有杨儒宾《尧天舜日与本土政治〈群书治要〉的当代解读》、赖锡三《〈庄子·应帝王〉的"以道克巫"——壶子四示与游化主体》、刘沧龙《作为"旁观者"的庄子——从鄂兰与霍耐特的观点解读齐物思想》、林明照《庄子的生命政治观》、锺振宇《庄子的"之间"哲学:材与不材之间》、叶海烟《道家的政道与治道——以〈群书治要·庄子〉的文本诠释为核心》、金镐《朝鲜学者张维"以儒解庄"的内涵析论》、郑文泉《马来文明的道家内涵》、邓伟龙《试从〈群书治要〉对道德经的引用论唐代道家思想影响》、林朝成《儒门内的文子:〈群书治要·文子〉的接受与应用诠释》、林淑文《用无如何可能?茶道哲学与茶禅一味对日常知觉的反转》、陈德兴《老庄原始道家与大乘佛学空宗义理的语言定位之异同探析》、李志桓《迈向交互共存的养生——〈庄子·养生主〉试释》、蔡岳璋《〈庄子〉向左转?对于汪晖的章太炎诠释的再思考》、聂豪《锺泰〈庄子发微〉"以〈易〉勘〈庄〉、以〈庄〉合〈易〉"之诠释架构探析》、朱志学《论"大伤心人"视域下的庄子畸人叙事》等。

而本次"第十五届唐代文化国际学术研讨会"由台湾大学和佛光大学联合举办,发表的论文有蔡瑜《唐代殷璠〈河岳英灵集〉的音律论》、杜晓勤《唐宋时期孟浩然作品的流传与结集——兼论宋蜀本〈孟浩然集〉文本形态和文献价值》、黄奕珍《论陆游学习岑参诗之动机》、余欣《中古墓幢的宗教景观和情感世界》、仇鹿鸣《唐末五代昭义地方社会一瞥——兼谈中下层墓志中的书写格套》、林韵柔《中国中古时期江南地区的僧神交涉——兼论"神佛习合"源于中国说》、陈柏言《幻设的游历:〈古镜记〉〈游仙窟〉与唐人小说文体的发生》、林伟盛《"唱和":作为交往行动的诗歌属作——以元白与韩孟为主的讨论》、于晓雯《唐代判文中的乡里纠纷》、张淑惠《五代诏书所见之重敛与官吏贪黩现象》、刘锬靖《敦煌本地论学派义章文献之"一乘义"及其思想与定位》、邱琬淳《灵山宿习:从〈智者大师别传〉论〈法华经〉忆念叙事之承衍》、徐国能《唐代骚体诗的承变》、廖美玉《"水部家法"与"贾师法门":论李怀民的中晚唐五律美典建构》、金卿东《"行到水穷处,坐看云起时"——论唐诗"A时,B时"句的意义特征》、夏炎《白居易杭州祈雨所见唐代江南官方修庙立石与区域治理》、妹尾达彦《9世纪的转型——长安街东社会的形成》、许凯翔《唐代民间的药物交易场所》、朱玉麒《"高昌童谣"与唐代西域的战争》、山本孝子《书仪与书札之间——编纂的步骤、性质、内容的再认识》、陆穗琏《敦煌变文所见的梦象及其运用》、爱甲弘志《从晚唐时期看杜牧的真貌及通过杜牧看晚唐文学》、林淑贞《杜牧歌诗中的历史叙事:以〈感怀诗〉〈杜秋娘诗〉〈郡斋独酌〉〈张好好诗〉诸诗为论》、白玉冬《突厥人牲考——以暾欲谷碑的Az族为例》、林冠群《唐代吐蕃文化史研究二三则》、冯培红《鱼与白:步落稽人东迁的混融与共生》、张小艳《〈太子成道经〉与〈悉达太子修道因缘〉关系之研究》、张家豪《论敦煌佛传经典之再造》、胡可先《中唐时期的荐士与选才——韩愈〈与祠部陆员外书〉释证》、刘宁《从〈祭十二郎文〉看韩愈古文的亲情书写》、刘晨《草稿作为一个问题——以颜真卿〈祭侄文稿〉为例》、赵晶《灵异、犯罪与司法——唐代笔记所见法律文化之一端》、萧锦华《唐初律令官制内外之重要文官考析——以枢要、皇储两类机构要官为中心》、锺佳伶《人道与恤刑的展现——唐宋时期与孕妇有关的法制规定》、荒见泰史《〈叶净能诗〉与玄宗皇帝》、杨明璋《敦煌本〈释佛国品手记〉与僧、俗讲》、林仁昱《敦煌"五台山歌曲"之写卷样貌与应用研究》、陈俊强《唐代流刑的特质:兼论汉唐刑罚的变革》、陈登武《御史台与宦官在中晚唐的司法审判权争夺战》、桂齐逊《试析唐代敕节文对原有唐代律令规范的改变——

以"覆奏""杖杀"制度为例》、李宜学《从〈玉溪生诗说〉到〈点论李义山诗集〉——论纪昀的李商隐诗评点》、查屏球《义山情感世界参照系——由〈雁塔题名〉看李商隐及第及与令狐家族关系》、孟宪实《皇权的日常表达式——唐代"王言"研究》、朱振宏《唐三受降城修筑时间新考》、古怡青《唐高宗巡幸从驾官员研究——从"万年宫铭"谈起》、锺志伟《谪居之胜概：柳宗元〈柳州东亭记〉之知觉空间及宋人续衍现象探赜》、童岭《唐玄宗的〈敕新罗王书〉与〈敕日本国王书〉——〈曲江集〉所载敕书文本研究》、许圣和《论〈唐文粹〉选赋与"王言体"的关系》、毛阳光《唐大和六年状头李珪及妻郑氏墓志考释》、拜根兴《新出〈唐梁行仪墓志铭〉关联问题探微》、赵太顺《唐朝颜体楷书对朝鲜书法家之影响——以金奎泰〈双鹤铭〉为例》、赖信宏《〈补江总白猿传〉所见抢婚情节的民俗意涵》、康韵梅《以"杂学"世其家——晚唐段氏家族的小说撰作》等。

此外，本年度各大学亦皆有开设唐代文学相关课程，除大学部的基础课程外，在专题课程方面，有台大中文曹淑娟"中唐文学文化专题"、康韵梅"唐代小说专题讨论"、政大中文杨明璋"唐宋传记文学专题研究"、清大中文许铭全"唐代文学专题"等课程，将更多的后进学者纳入唐代文学研究的阵营，推动唐代文学研究向多元化开展。同时，还延邀相关学者进行唐代文学专题讲座，包括唐代诗文、声律、文化等不同类型的演讲，对唐代文学研究的延续性具重要价值和贡献，比如戴荣冠"跟着诗人走天下——唐代诗人与DocuGIS实作"（辅仁大学中文系演讲，2022年5月2日），即将唐代诗人和数位（数字）人文进行结合，自有其特殊性和创新性。

四、结语

通过将本年度的唐代文学研究概况以"具现与新诠"进行较为完整的归纳之后会发现，相较于前一年度的"变迁与流衍"，本年度更重视通过新材料、新思维、新方法的运用，对传统研究进行重新诠释，重新整理，甚至是概念的重新建构。同时，也注重对新领域的探索,如数位人文、资料索检等研究方式的介入,讨论唐代文化在当代如何具现,如何新诠其思维,以此推动唐代文学和文化研究进行转变、突破和创新。

此外,本次辑录的台湾地区有关唐代文学的期刊论文、学位论文、学术研讨会和专书研究,数量众多,文献杂沓,必然有误,还请方家指正。以下简要对本年度的学位论文、期刊论文,及研讨会论文做概括性小结。

(一)学位论文

在学位论文上,本次收录篇章共计10篇,包括3篇博士论文和7篇硕士论文,虽然在数量上并不甚多,但含金量较高。本次研究的重点在于对形象的梳理与重新建构,譬如《唐代干谒文中的知遇想象与士人形象建构》《杜甫儒者身份建构研究》等论文,通过对文人行为的分析,呈现其背后的文化脉络和思维辩证,将其思维模型或知识构筑转变为外缘的具现和建构,有其困难性,但也具有独特性;从其他不同视域切入者,如《酉阳杂俎》之博物书写研究》《李商隐与其诗情新探》《唐五代笔记核心动词研究》等,都使用了新的诠释方式,审视并理解唐代文化,有自己独到的眼光和想象;此外,亦有较经典的研究,如《吕洞宾诗研究》《唐人小说集〈潇湘录〉研究》《唐代女性墓志研究》等,虽有融合取法其他观念者,但更重视新文献或新材料的独特性。综言之,都使唐代文学研究在对于经典深入发微之余,开创出更多新诠的可能性。

(二)单篇论文

本次唐代研究的期刊论文共计13篇,基本上以诗学研究和专家诗研究为主,计有7篇。其中,如《中唐诗人之眼疾及与之相关的内科疾病——以中西医理研析》《唐诗资料库语词检索之探讨——以"沧海桑田"典故筛选为例》《〈全唐诗〉中海洋典故运用之统计与数据分析——兼论数位人文研究法之得失》等文章,采用跨领域、跨学科的方法进行新诠,隐然在思考时代困境及人文领域的意义和价值。唐人文学研究方面计有3篇,恰好代表了山水书写、敦煌文学和《群书治要》这三个备受台湾学界关注的唐人文学领域。本次期刊论文重视反省文本,不仅思索变迁与定位,更开始尝试新思维、新诠释,具现文化和思索新诠,希望能重新提供研究的新观点、新方法,让后学能在观览唐代作品时也能够回望自身,并接受融合各种思维方法,塑造更多姿多彩的唐代文学与文化视野。

(三)专书、讲座及其他

本次唐代文学研究的专书、讲座、课程等方面,虽然并未产生相关学术专著,但也多有创获。中国唐代学会所举办的"第十五届唐代文化国际学术研讨会",发表论文 80 余篇;"第四届《群书治要》国际学术研讨会"发表 26 篇与《群书治要》研究相关的论文;"第五届《群书治要》与《贞观政要》国际学术研讨会暨经典现代化论坛"(2023 年 10 月 13 日、14 日)更是产生了多篇高质量成果。在课程上,仍可见唐代文学深植于各个大学的教学课程中,除大学部的基础课程外,研究所也开设了专家诗、唐诗学、唐诗接受学、唐人小说、敦煌学、唐代文学及文化史等相关课程,足见对于唐代文学的重视,既有助于唐代文学研究继续保持高效势能,同时也有助于不断地培养和注入新的后进学者队伍。

总之,本年度台湾唐代文学研究虽然就数量上来说不及前数年,但就突破性来说却并不逊色。对比近年硕博士的招生量、论文总量来说,在中文系领域,仍可称得上是重要研究标的。虽然囿于少子化、后疫情时代的多重性,唐代文学仍在台湾古典文学研究中占据重要地位。近几年的唐代文学正在发生重要的转型与升级,从过去潜藏的变迁、再定义和逐渐反省的流衍,慢慢转向了具现和新诠,但无论如何我们都已将唐代的作品、思维、意识等置入自身生命,继而用更多的分析方法和辩证思维进行反省,从文学名家的历史记忆到自身的生命体验,唐代文学与文化正在不断地被树立、解构、再建构,这对于深化唐代文学研究具有重要的价值与意义。

日本唐代文学研究概况(2022—2023)

□ 佐藤浩一

日本 2023 年的唐代文学研究成果甚夥,既有综合性的研究专著,同时也涌现出诸多高质量的单篇论文。从内容上看,主要包括日本汉籍研究、传奇小说研究、杜甫研究及其他方面研究。本年度的作家研究以杜甫为中心,同时还涉及白居易、王绩、李贺等诗人。从研究方法上看,既有传统的文献考证分析,也有跨区域、跨学科的交叉对比研究。以下择其要加以介绍。

一、日本汉籍研究

2023 年日本学界在汉籍方面的研究成果很多。首先是佐藤道生先生的《日本人的读书——探求古代、中世的学问》(勉诚出版)一书。佐藤道生先生是庆应义塾大学日本文学系的名誉教授,同时也是日本汉学研究的专家代表。作者认为日本向来非常重视从中国、朝鲜传来的汉籍。根据国家的制度,承担研究的博士家们从各种汉籍中研究中国文化,从而逐渐形成了一门独特的学问——汉学。古代和中世日本人的阅读历史,可通过保存在书籍中的注释、记录家族史的字句以及汉学家的逸事等资料来阐明。该书详细地说明了日本人自古以来是如何阅读的。大致来说,日本汉学可以分为三个时期:第一是奈良平安时期,第二是镰仓室町时期,第三是江户时期。

川上萌实先生的《怀风藻的诗和文》(汲古书院)是奈良时期日本最早的汉诗集《怀风藻》的研究专书。一直以来,考察《怀风藻》收载汉诗的研究都是比较多的,但考察序文的研究却很少。川上先生的这部著作不但分析汉诗,而且还研究序文,从中可以感受到作者对学术研究的热忱。

三木雅博先生的《下层阶级的汉文世界如何跟〈本朝文粹〉的汉文世界相对——没注意到来自平安朝汉文学的另一个世界》(《梅花女子大学文化表现学部纪要》)很值得一读。提起平安朝的汉文学传承者,一般会联想到在大学寮内的博士家,他们是一群能够自如地运用汉语进行诗歌和文章创作的文官,如菅原道真、大江朝纲、大江匡衡、菅原文时以及院政时期的大江匡房等人。然而在平安时代,用汉语写汉文的并不仅仅是这些著名的文官。在这些文官的庇护下,朝廷中从事次要工作的官员,或者在县衙及其分支机构工作的地方官员,还有在都市或地方寺院从事文书制作的僧侣等,都把写汉文作为他们的职业。三木先生将重点放在关注这些下层官员和僧侣们创作的作品以及构成这些作品的汉文世界,探讨下层阶级汉文作品的存在意义。

刘昱江先生的《敕撰三汉诗集的女性像》(《文化交涉》13)重点考察平安初期的三部汉诗集《凌云集》《文华秀丽集》《经国集》。这三本敕撰汉诗集是非常重要的,半谷芳文先生最近在大著《敕撰三汉诗集的研究》(研文出版 2022 年)里首提"敕撰三汉诗集"这一称呼,刘昱江先生的论文沿用该称呼并进行了进一步考察,今后关于敕撰三汉诗集的研究应该会受到更多的关注。陈雪溱《嵯峨天皇宸笔"光定戒牒"和唐代皇帝御书——初唐、盛唐期的王羲之的规范化和流通》(《美术史》73)主要阐述嵯峨天皇如何受到中华的影响。上揭的《凌云集》《文华秀丽集》是嵯峨天皇敕撰的,可见他在当时是首屈一指的中国通。"光定戒牒"是最澄的弟子光定受大乘菩萨戒的时候嵯峨天皇写的资格凭证,陈雪溱先生考虑到嵯峨天皇的笔迹受到了王羲之《集字圣教序》的影响。中山大辅先生的《道真〈菅家文草〉〈菅家后集〉的汉语研究》(《学习院大学国语国文学会志》66)一文则是考察菅原道真如何使用汉语及其具体的表现。

关于江户时代的汉籍,对《唐诗选》和当时文人的研究比较多。大庭卓也先生的《〈唐诗选事证〉和〈唐诗国字辨〉》(《比较文化年报》28)考察了迄今为止未充分研究的本桥霞岫著《唐诗选事证》(明和五年跋刊)的成书经过。大庭先生指出这本书的许多注释主要依据冈岛竹隝(生卒年未详)所著的两部注释书《唐诗选国字辨》和《唐诗要解》,同时指出竹隝的《唐诗选国字辨》实际上跟京都书肆文林轩田原勘兵卫出版的《唐诗国字辨》是同样内容的书。先行研究认为田原刊《唐诗国字辨》的作者是宇野东山(享保二十年至文化十年),但本文提出异议,并明示江户书肆嵩山房小林新兵卫后来出版的《唐诗选国字解》(天明二年刊)的一些相关背景。

马艳艳先生的《〈唐诗选〉里的怀古诗、边塞诗、送别诗、闺怨诗的收录情况——通过跟〈唐诗三百首〉比较》(《中国中世文学研究》76)一文,重点考察《唐诗选》流行的背景。念唐诗的时候,中国人一般依据《唐诗三百首》,而日本人却依据《唐诗选》。有一种日本研究认为,念唐诗的盛行是由于《唐诗选》是文坛领袖荻生徂徕、服部南郭先生推荐的;也有一种日本研究认为《唐诗选》包含有怀古诗、边塞诗、送别诗、闺怨诗等诸多种类,这些主题比较契合日本人的情绪等等。马先生客观地分析这些主题在《唐诗选》里所占的比例,证实了《唐诗选》里的诗作,仅边塞诗比较多,其他主题的作品并不多。但《唐诗选》为什么给人以怀古诗、边塞诗、送别诗、闺怨诗比较多的印象呢？马先生认为,由于依据《唐诗选》所作的《通诗选》中包含诸多相似主题的作品,所以容易让人觉得《唐诗选》里怀古诗、送别诗、闺怨诗有很多。

藤井嘉章《荻生徂徕的杜甫次韵诗》(《树间爽风》2)和黄莺《服部南郭的韵律意识——以〈南郭先生文集〉的律诗为线索》(《日本语、日本学研究》13)两篇文章对两位文坛领袖创作的汉诗进行了考察。荻生徂徕自称"物茂卿"这一中式名字,他很想成为中国人,所以很重视汉诗。他的律诗创作师法杜甫,对仗严密,他的绝句追步李白,展现出李白式的艺术技巧,从中可见荻生徂徕学习唐诗的路径方法,藤井先生的论文证实了这一点。关于荻生徂徕的诗作,田口一郎先生、荒井健先生的《荻生徂徕全诗》(平凡社东洋文库)值得参考。服部南郭是荻生徂徕的弟子,他们的学问都基于中国古典。

永田知之先生的《日本的书籍目录之汉籍——江户时期以前的书目》(《情报科学与技术》73)一文梳理了汉籍目录在日本的变迁。自古以来,日本保存着大量的汉籍。但江户以前,基于传统的四部分类的书目极为罕见,这主要是因为当时的书目大多是针对佛典的圣教目录。然而,进入江户时期后,开始明显地转向编纂使用四部分类的非佛典汉籍书目。汉籍数量增加、寺院外的汉学兴起,以及《四库全书总目》分类法从中国的引入,都是这一变化的原因。从大正时期开始,专注于汉籍的目录已经普遍存在了,实行四部分类也不再罕见。永田先生是2023年去世的京都大学名誉教授兴膳宏的高弟,他2023年的论文中还有一篇是《书仪和罪意识——哀吊死者言说的定型化》(《敦煌写本研究年报》17),该文对魏晋南朝直至唐代的书仪进行了考察,是一篇传承了兴膳先生中国学的优秀论文。

蔡丽文先生的《江户俳谐的牡丹句——以白居易牡丹诗的接受为中心》(《比较文化研究》153)一文考察了江户时期流行的俳谐,俳谐是其后产生的俳句的源流。大桥贤一先生的《大町桂月"李白"札记》(《旭川国文》35)一文则考察了明治、大正时期的文学者大町桂月(1869—1925)撰写的《李白》。堀诚先生的《日本的寒山寺补遗——张继枫桥夜泊诗碑》(《亚洲、文化、历史》14)是两年前发表的《日本的寒山寺》(《亚洲、文化、历史》12)一文的续篇。藤田爱先生的《泉镜花"外科室"——李贺和语言》(《あいち国文》16)一文考察了李贺对日本小说家泉镜花(1873—1939)的极大影响。李贺的幻想表现对日本作家有很大的启发,泉镜花、芥川龙之介是其代表人物。

山本嘉孝先生的《模拟古人——近世日本汉诗文作者的自己像和拟古》(《国文论丛别册》1)一文提出了为什么日本人爱读中国古典这一问题。山本先生以新井白石、荻生徂徕模拟李白为例,说明了新井和荻生崇拜古人,通过将自己视为古人来建立自我形象,从而获得生活指南。

二、传奇小说研究

高桥文治先生的《在于历史和文学之间——探索唐代传奇的实像》(东方书店)是一部个性鲜明的专著。高桥文治先生是大阪大学名誉教授,擅长从社会历史角度对戏剧、小说等文学资料进行研究解读。今天我们倾向于将中国的幻想故事视为虚构作品,但事实上,它们最初被写作"事实记录",传统的中国读者也将其视为"事实记录"。因此,本书探讨的不是幻想本身,而是隐藏在幻想之中的叙述者的意识,以及他们所持有的世界观和人生观。

小山瞳先生是期待的新星,2023 年陆续发表了三篇论文。一是《虎女房谭生成考》(《人文学论集》41),二是《关于中国文言系说话的"会说话的动物"——以〈太平广记〉为中心》(《千里山文学论集》103),三是《关于唐代小说的"亲近人类的老虎"的意象形成》(《中国古典小说研究》25)。这三篇文章都是基于她的博士论文而成。

沟部良惠《关于张鷟〈朝野佥载〉》(《庆应义塾大学日吉纪要中国研究》16)一文梳理了作者张鷟的经历、《朝野佥载》的文本、先行研究及其问题所在,进一步考察《朝野佥载》中对暴政的批评、正妻的机智和嫉妒等问题。

另外,还有泽崎久和先生的《唐代小说〈封陟〉和〈任生〉》(《国学院杂志》124)、唐钰先生的《阴阳有殊,俱是同州——唐代传奇小说的冥界观"冥界的行政区域跟现实世界一样"》(《中唐文学会报》30)等相关文章。

三、杜甫研究

2023 年下定雅弘先生卸任日本杜甫学会会长,由松原朗先生担任新会长。2023 年日本杜甫学会《杜甫研究年报》(勉诚出版)中"安史之乱"专题共刊载 4 篇论文:远藤星希《杜甫诗的"山河"和其变化——以安史之乱左右为中心》、高芝麻子《杜甫诗中的月亮照耀着什么》、好川聪《杜甫自注中所呈现的编年意识——〈自京赴奉先县咏怀五百字〉以降的展开》、后藤秋正《"家书"到了吗——关于杜甫〈春望〉的"家书抵万金"》。

《杜甫研究年报》还有另外3篇：松原朗先生的《杜甫〈示从孙济〉——活在门阀意识的诗人》一文阐明了杜甫的门阀意识。从杜甫作为爱国诗人和人民诗人的角度来看，门阀意识与理想化的杜甫形象并不相称。对至今未被讨论过的门阀意识对杜甫的文学作品有何影响，松原朗先生做了进一步探究。成泽胜先生的《〈杜诗谚解〉的结构和其解释的位相（其一）》一文考察了朝鲜的杜诗注释本。赵蕊蕊先生的《日本新世纪（2000—2020）杜甫研究综述》原载于《杜甫研究学刊》（2021年第1期）。赵蕊蕊先生是曾在日本大阪大学留学的日本通，熟知日本的研究情况。由于这篇论文写得很出色，所以日本杜甫学会在咨询了《杜甫研究学刊》后将其翻译成了日文。日本杜甫学会表示，如果有值得翻译的关于杜甫研究的学术论文，今后打算积极翻译并刊载于《杜甫研究年报》。

川合康三先生的《杜甫》下卷（《新释汉文大系诗人编》7，明治书院）收录了杜甫成都期至终焉的206首诗歌，和2019年刊行的上卷中181首合并，总共分析了387首。川合先生的导师吉川幸次郎先生也写过上下卷的杜甫译注本（《杜甫》Ⅰ·Ⅱ，世界古典文学全集，筑摩书房1967年），时隔半个世纪，吉川先生的闭门弟子再次描绘了杜甫的新形象。

种村和史先生的《纪元前八世纪的杜甫——严粲诗经解释里的唐诗引用》（《庆应义塾大学日吉纪要中国研究》16）一文考察了严羽的表弟严粲的诗经解释。严粲常常提倡独特的诗经解释，种村先生指出当时的严粲为证明自说的正确，曾多次引用了杜诗。

四、其他研究

下定雅弘先生的《中国古典怎样阅读——偏离规范、回到规范》（勉诚社）是一部长年致力于传承阅读中国文学乐趣的学者论述，既是一部研究论著，又是一部了解中国文学的指南。下定先生把过去解释不明确的古典作品，以"偏离规范、回到规范"作为创作手法的关键，进行了再解释。

中村裕一先生的专著《隋唐的诏敕》（汲古书院）是1991年《唐代制敕研究》的增订版。该书复原了隋唐时代的诏书格式（大事和小事的诏书格式）、慰劳诏书格式、发日敕式、敕旨式、论事敕书格式、敕牒式、皇太子的隶书和令旨式。中村先生还强调古代日本的诏敕并不是模仿隋唐的文书格式。

另外还有以下成果：丹羽博之先生的《王维对白居易诗的影响》（《大手前大学论集》23）、金鑫先生的《关于唐代的"仄韵律诗"》（《日本中国学会报》75）、李嫣寒先生的《唐诗中筝的接受和演奏实践的考察——通过与其他乐器的比较》（《音乐研究大学院研究年报》35）、王若冲先生的《鱼玄机诗中的"月色沉沉"》（《冈山大学大学院社会文化科学研究科纪要》55）、御船明彦先生的《中国诗人陈子昂的隐遁思想和日本的隐者》（《东北公益文科大学综合研究论集》45）、山田和大先生的《韦应物〈秋夜寄丘二十二员外〉再考——作为诗语的"散步"》（《中国中世文学研究》76）、猪井敏也先生的《王绩小论——关于王绩诗的"野"》（《中国中世文学研究》76）、李恒先生的《作为政治系统的"文学"——元载的文学者像》（《中唐文学会报》30）、小田健太先生的《李贺诗论》（《早稻田大学出版部》)等等。

韩国唐代文学研究概况(2022—2023)

□ 金昌庆 黄玥明

2023年韩国的唐代文学研究有了两个较为明显的变化,首先是研究视角在沿袭传统之外扩展了新的研究范围,多篇研究成果使用现代研究理论,包括跨学科的理论来重新研究和分析唐代文学作品,重点分析了唐代文学在现代生活中的意义。文学艺术是一种文化传承,如何让其不断展现出新的生命力和创造力应是学者们共同的使命。其次是出现了一批新的专注于唐代文学领域的研究者。本文拟从唐代文学整体研究、重点作家作品研究、比较研究与接受研究、佛讲故事及其他研究四大板块,尽可能详尽客观而又精简凝练地对该年度的所有研究成果进行梳理和述评,以期能为其他研究提供些许帮助与支持。

一、整体研究

较之以往,韩国唐代文学的整体研究所涉及的范围较广,研究的广度和深度都有所加深,下文将分而述之。

以诗歌创作地域为主体的研究。李胜超、崔柃傅的《唐代越州诗歌繁荣探究》(《中国学论丛》第78辑)一文以越州为中心展开论述,认为越州是"唐诗之路"的起点,唐代安史之乱迫使众多北方文人南迁,无论是本土诗人还是漫游诗人、贬谪诗人、隐逸诗人都在越州找到了灵魂的栖息地。同时,文章指出"越州诗歌"是浙东唐诗的核心与代表,是江左诗坛重要的组成部分,可见地理区域变化对文人士大夫文学创作有着巨大的影响。

关于诗歌体裁的研究。张俊宁《作为相互交流体系的唐代"赠答诗"研究》(《外国文学研究》第 91 辑)一文运用现代的传播理论分析唐代"赠答诗",拓展了古代诗歌的现代性功能。作者认为"赠答诗"作为一种交流系统,其各种实际功能和社会文化意义应具体运用到现代的社会生活中,并充分发挥其"超链接"的功能。以此进而探讨人们应如何接受"赠答诗"这种交流文化,并实现将其演变成一种活的艺术的可能性。

唐代叙事文学研究。爱情是文学艺术亘古不变的主题。崔世贤、崔真娥《唐代爱情类传奇的再媒体化研究——通过与韩国言情网络漫画的比较》(《中国小说论丛》第 70 辑)一文以"唐代爱情故事传"为研究对象,或者说是将"唐代爱情传奇"看作一个具有强大传播价值的古代爱情故事 IP 来研究的。作者将唐代爱情类传奇与韩国言情网络漫画进行比较和分析,认为唐代爱情类传奇被再媒体化后人物性别发生改变,悲剧结局减少,同时婚姻观和价值观都发生了改变。这些变化的原因如同网络漫画一样,即由"以用户为中心"这一大的原则特征造成的。该文的研究者具有很强的分析能力,研究思维也很有跳跃性和创造性。

唐代传奇小说《莺莺传》的研究。釜山大学陈瑶艺的硕士论文《性别文化视野下"莺莺故事"的变迁研究》从性别文化的角度,考察了不同时代作品中所反映出的人物形象、思想观念、性别意识等差异,旨在将中国古典小说与性别文化研究相契合,为"莺莺故事"变迁研究提供了新的研究视角。

关于诗体形式的研究。金俊渊《"歌行"诗体唐诗研究》(《中国学报》第 104 辑)一文,以数据分析的方法分析了全唐诗中收录的 1267 首"歌行"体诗歌,在此基础上对其形式和内容特征进行了分析和讨论。这些诗歌中有 65.8% 的七言句,但也有许多其他不同格式的诗歌。作者使用语料库分析工具 AntConc 进行分析后得出的结论是:"歌"比"行"具有更强的个体颜色。并进一步用李白、杜甫的诗歌进行实证探索,推断出"歌"更多地反映了个人经验,而"行"则更倾向于表达对社会现实的关注。这篇论文的形成过程借助了语言学的工具进行统计分析,无疑是一次有益的跨学科实践。

晚唐时期咏物诗的研究。侯美灵《从诗史视角管窥晚唐咏物诗之特色——以李商隐、罗隐的咏物诗为中心》(《中国语文学志》第83辑)一文从"诗史"的角度对晚唐咏物诗进行了研究,具体以李商隐和罗隐两位诗人的咏物诗为代表,深入分析了他们各自的特征。在此基础上,从宏观的角度提出了晚唐咏物诗承前启后的诗史价值,比如晚唐咏物诗遍咏诸物,这就为北宋咏物诗取材的日常化提供了范本和方向。

唐诗中"情感表达"的研究。金东珍《试论唐诗中的羡慕嫉妒恨》(《中国人文科学》第85辑)一文以唐代诗歌中所蕴含的诗人心理为研究对象,从研究视角上看很有趣味性。诗人的嫉妒和羡慕与诗的中心思想有何关系?诗人是如何表达嫉妒和羡慕的?诗人如何克服嫉妒以及嫉妒所产生的负面情绪?为了解决这些问题,作者从诗歌中的"修辞手法"以及包含羡慕的"羡"字两个角度入手整理资料并展开论述。为了增加分析的客观性,研究不仅利用了文学分析,还利用了有关嫉妒和羡慕的心理学理论。

对唐代词的研究。韩珂《论花间词情境构建的整一性》(《中国人文科学》第83辑)一文论述了花间词的三项审美追求,即探寻生活意趣、抒发微观情感、彰显修辞魅力。作者认为这三项审美追求在本质上是一个统一的整体,而花间词情境的三点寄托,即现实、精神、话语也构成了一个整体。此文的结论是:花间词情境的整一性来自作者在创作过程中有意识地集中文本指涉对象、统筹文本意象选用、规范文本措辞风格。

关于诗歌体裁的研究。济州大学朴喜淑硕士论文《近体诗的律格与内容之间的相互关联性研究——以〈唐诗三百首〉的拗题律诗为中心》,以《唐诗三百首》中不遵循格律规则排列的五七言律诗为研究对象,分析出现此种情况的因由。论者从"诗人的不平心思吐露"和"通过虚实照应营造氛围"这两个角度进行解释说明。此论文强调诗歌的解读应注重"格律的音乐性和文本的关系",进而实现诗歌文本研究的"立体链接",诗歌的研究不应该只依靠文字,应与音律相结合才能鲜活立体。

对于唐诗阐释学的研究。徐宝余《韩国诗话中的唐诗解释学》(《中国人文科学》第84辑)一文提出韩国人对唐诗的阐释采取了多种方法,如以经解诗、以理解诗、以唐解唐、以方言风俗解诗以及以个人经历读诗等。韩国的唐诗阐释学具有重要的学术历史价值,尤其是作为一种异国的解读视角,应该引起中国学者的关注。

关于诗歌理论的研究。诗人和批评家在读诗和进行创作的时候自觉不自觉地都会对前代的诗人作品进行品评,这同时也是一个学习和批判继承的过程。有些诗人还留下很多诗论等文学批评类的作品,来表达自己或者所处时代的创作态度。徐盛《王夫之对杜甫的批评及其诗歌逻辑》(《中国语文论丛》第115辑)一文,其主要研究对象是王夫之批判杜甫的诗论,以及王夫之为何严厉批判杜甫。该文阐述王夫之对杜甫的批评的同时表达了自己的审美逻辑,同时也表达了其纠正"集体情感"秩序、"重构情感文明史"的使命感。总之,该文认为王夫之对杜甫的批判揭示了这样一个事实:王夫之的思想中包含了从诗歌的文学独立性到文明的拯救等多个方面。

二、重点作家作品研究

唐代重点作家中最受韩国研究者关注的是杜甫,对杜甫及其相关作品的研究一直占据"榜首",不仅以其为研究对象的研究成果占比较高,而且单篇论文所涉及的研究范围以及研究视角也越来越多样。研究重点不仅集中在常见的创作特色和思想内容等方面,诗歌中所表现出的"边界意识"也有所涉及,研究者更善于从某一具体的研究视角入手,深入地分析诗歌中所传达出的主体意识。以下具体分而述之。

关于杜甫及其诗歌的研究。李奎一教授长期以来关注杜甫较多,成果颇丰。他的《杜甫诗眼评论研究》(《中国学论丛》第78辑)一文以"诗眼"为切入点展开论述。首先明确杜甫善于运用"诗眼"来增强诗歌的内涵以提高诗歌艺术性这一创作手法。后世评论家认为杜甫诗中的"诗眼"主要有两种形态:一是能在一篇融叙事、议论和抒情为一体的长篇文章中清楚传达深刻思想,而不受字符数量抑或是典故的限制,整篇文章都可以被称为"诗眼";二是能捕捉到生动且具有创造性的文字,并成功地将诗人的情感投射到景物上,从而能更巧妙地描绘景物,创造出含蓄的美感。此外,将色彩文字与动词连接的技术以及使用虚词的破格组合也被认为是杜诗"诗眼"的重要特征。对"诗眼"的使用是杜甫创作方法的核心,故而杜甫的诗歌创作也被视为"诗眼"理论中的重要文本,成为讨论"诗眼"特征及其效果的标本。

郑镐俊《杜甫乐舞诗的特性考察》(《中国研究》第 97 辑)一文以杜甫诗歌中含有"乐舞内容"的 16 篇代表作品为研究对象。其中有以音乐舞蹈为主题的诗,写有关不同主题的音乐和舞蹈的故事;也有写观看表演的诗,以及写自己随着音乐起舞的诗;还有部分诗歌看似只讲音乐,但从整体情况来看也包含舞蹈的内容。诗人用"歌舞"的欢乐反衬自我内心隐藏的悲伤,这种以极端情感互衬对比的方式表达出来的悲伤更具同情和动人的效果。此外,作者还通过分析乐舞诗中对舞蹈的描写,考察了唐代社会乐舞在西域的传播情况和影响。

郑镐俊不仅仅关注到杜甫诗中的"题材",也关注其诗歌中对生命的尊重意识。他的《杜甫诗歌里所表现的生命尊重意识之研究》(《中国学研究》第 103 辑)就以此为研究中心。值得一提的是,论者认为杜甫的作品中所体现出来的对生命的歌颂及其敬畏生命的精神具有重要的"现世价值"。

崔晳元的《杜甫七言绝句系列诗歌中出现的边界特征考察》(《中国学报》第 105 辑)一文认为,杜甫七言绝句系列诗大部分是由五首或五首以上的诗组成,并由此确认长篇七言绝句系列诗的模式和格律的使用。此外,文章通过杜甫绝句创作中出现的场所化与界限性来考察其体现出的"边界特征",提出了一个新的研究视角。

关于李白及其诗歌的研究。李白和杜甫同是唐代诗坛的两座高峰,因其个性鲜明的创作风格和杰出成就而备受关注。2023 年,釜庆大学黄玥明的博士论文《李白诗歌中海意象审美特征研究》是一篇以意象研究为核心的论文。李白诗歌的意象研究一直是学界研究的重点,通过大量的先行研究进行统计可知,学界对李白诗歌中"海意象"的研究有所涉及但不够深入,此篇论文从审美特征的角度进行了阐述,虽较为全面但不足之处仍有待完善和补充。

黄玥明、金昌庆《李白海意象诗歌中的用典研究》(《东北亚细亚文化研究》第 77 辑)一文是对黄玥明博士论文的补充。李白擅用典故,不同类型的诗歌所使用的典故类型也不同。此文认为李白的海意象诗歌中使用了大量的"神仙"及"历史人物"典故,这些典故与"海"的壮阔博大相契合,从而营造出蓬勃激昂的审美体验。

考据类的文章中有关于李白作品真伪的讨论。金真熙的《关于李白作品真实性争议的反思——以乐府诗〈去妇词〉和〈猛虎行〉为中心》(《中国学论丛》第 82 辑)一文,在梳理李白诗歌集的基础上,以存在争议的《去妇词》和《猛虎行》为重点,并从三个方面进行对比分析:一是诗歌内容的整体对比;二是诗人同类作品之间风格特色的对比;三是诗歌创作时间与所写人物死亡时间的对比。

关于王维及其诗歌的研究。学术界对王维的研究大多集中在王维的佛教思想和山水诗的创作上。明奕兵《王维山水诗的道家美学之研究》(成均馆大学 2023 年硕士学位论文)即是从道家思想角度分析其山水诗的创作。王维接受的道教思想不仅吸收了道教的养生及其长生仪式等外在表象形式,更是融入了老庄深邃的哲学。王维山水诗亦禅亦道,道家思想的审美特质圆融无碍地渗透到其山水诗的创作中。尤其是后期,王维山水诗对道家美学的追求达到了顶峰,同时融汇心境,形成了"闲静""天乐""忘言""淡泊"等独特的道家美学风格。

黄玥明、金昌庆《王维诗歌中雨意象架构下的意境生成》(《东北亚细亚文化研究》第 75 辑)一文则从意象角度进行研究。"雨"有其天然的自然属性,作为诗歌中的意象又被赋予了丰富的人文属性。唐代不同的诗人在使用这一意象表情达意时皆具有极其明显的个人特色。在王维诗中,雨意象的内涵和外延都得到了扩展和延伸,多了份雨中静思、雨中禅想。雨意象从外部空间延伸至诗人的情感世界,带动了诗人的静思冥想,从而走向更深层次的对人生哲理的思考,这是王维与唐代其他诗人的不同。

关于李贺及其诗歌的研究。李贺是韩国学界历年都不会忽视的研究对象。朴惠敬《李贺诗歌批评术语"奇·怪·鬼"的研究》(《中国语文学论集》第68辑)便是一篇对李贺诗评进行讨论的文章。作者指出,历代诗评家多用"奇、怪、鬼"来评价李贺诗歌在语言上的表现力的同时,也认为其存在过于注重形式而损坏了诗歌雅趣的弊端。

关于晚唐其他诗人的研究。步入晚唐,随着政治社会等大背景的变化,诗歌创作的题材及风格都发生了很大的变化。诗人的观照视角从向外关注社会转为向内关注私人生活,开始追求私人空间的美感。裴景珍《晚唐杜牧、李商隐、温庭筠的艳情诗研究》(韩国外国语大学2023年博士学位论文)以晚唐最著名、也最具代表性的三位诗人所创作的艳情诗为研究对象,进行对比分析。论文结合诗人的生平特点及创作特点得出各自艳情诗不同的审美特征,同时也归纳总结出三人所代表的晚唐艳情诗的共性,即从男性作家的视角出发重新认识女性形象,女性被描述为可以与之分享爱的对象。晚唐艳情诗描绘了女性的美,表达了男女之间真诚直率的爱情。

关于其他文体的研究。唐代除了大放光彩的诗歌,还有诸多其他的文学品类,如散文也同诗歌一样在唐代这个开放的大环境下得到了急速的发展,出现了一大批优秀的创作者和作品。金基元的《沈亚之文学的创作背景和类型小考》(《中国人文科学》第84辑)以中唐时期的文人沈亚之(781—832)为研究对象。沈亚之作为"韩门弟子"中的一员,他的作品分布在从传奇到诗歌等领域,但地位却未能与同期文人相"左右"。此文通过考察他的生平经历及中唐时期文坛的特点,来探求沈亚之其人及其文学创作被低估的原因,同时也探讨了与他相关的文献缺失之原因。此外,论文对《沈下贤集》收录的作品进行了分类梳理和简要介绍。总之,这篇论文从沈亚之的诗文出发,进而分析其文学创作活动的背景并探讨其被低估的原因,可以说比较立体地还原了唐中期沈亚之个人及其作品创作的原貌。

三、比较研究与接受研究

长期以来,比较研究和接受研究在韩国唐代文学研究界一直占据重要的地位。研究者大都好奇并乐于思考这样的问题:唐的文学艺术、文化礼仪、社会制度是如何在异地传播发展进而产生影响的。同时,在传播的过程中又发生了哪些变化,接受与改造是如何进行的等等。现将2023年的相关研究成果分别整理如下。

(一)比较研究

同一题材的创作对比研究。蔡美贤《白居易与韩愈诗歌中衰老认知作品的比较研究——描绘面孔的作品为中心》(《中国语文学论集》第141辑)一文比较了白居易与韩愈关于衰老认知和面部描写的作品。白居易一直关心白发、脱发、牙齿脱落等问题,当发现衰老迹象时往往多有哀叹。韩愈则将衰老视为一种变化,并解释了这种变化如何对日常生活产生影响。他通过客体化和日常化来表达自己对衰老的情感和心理距离,从这个意义上说,他在自我意识和主体表达上无疑体现出特定时代影响下的个人化特征。总之,诗歌中的自画像反映出各自不同的衰老观,也流露出不同的自我意识和审美意识。

乐府诗的对比研究。李在赫《作为奋斗之场的乐府诗——以〈苦寒行〉为中心》(《中国语文学志》第84辑)一文通过探讨中国与韩国不同版本的《苦寒行》,认为乐府诗作为一种超越性的跨文化形式的存在,其传播发展并非仅仅表现为简单的模仿和复制。该文通过阐明隐藏在乐府诗歌形象背后的个别作者的声音,为更全面地描述乐府诗的多层次身份和功能做出了贡献。

创作特色的对比研究。吴文善《金时习"心儒迹佛"的实质及与李白的文学关系》(《中国研究》第95辑)一文认为,李白壮丽夸张的诗歌使唐代的道教美学达到高峰,金时习"清迈脱俗,自去雕饰"的山水诗也彰显出道教率性自然的诗歌美学。并进一步指出金时习的诗歌风格与李白相类,二者的内在精神之间有着深厚的渊源和联系。

韩中诗人诗歌创作的对比研究。韩继镐《鳌川韩伯愈与李白诗的比较研究》(《渊民学志》第40辑)一文指出,国家数字化韩国博物馆中编者不详的《李白诗谚解》注解中所使用的"双扇格"是在韩伯愈的《鳌川遗稿》中发现的,故此可知其对李白诗的接受是有据可查的。此文试图从"试题""诗语""韵律""风格"等方面考察李白诗歌对鳌川韩伯愈诗歌创作的影响,同时试图厘清朝鲜时期《李白诗谚解》的编撰目的。作者从具体的材料考据中进行考察和分析,思路清晰,论证严整。

韩中同题材诗歌创作的对比研究。李小园《韩中自然诗比较研究——以尹善道和王维为中心》(嘉泉大学2023年硕士学位论文)将朝鲜诗人尹善道与王维所创作的山水诗进行对比分析,探讨作家内心流露的思想意识以及自然诗中表现色彩之美的方法。在方式上,尹善道在色彩组合上多运用对比的方式,而王维在色彩组合上则具有多样性;在思想上,尹善道以儒家思想为基础的自然诗中蕴含着忠孝思想,而王维的自然诗中则表达出佛教禅宗思想的空灵静美。总的来说,尹善道和王维的自然诗歌在韩国和中国文学史上都占有重要地位。

叙事文学的对比研究。杨倩《〈霍小玉传〉和〈周生传〉的叙事比较研究》(《温知论丛》第75辑)一文将《霍小玉传》和《周生传》进行对比,并分析概括出两个相似点。在内容上,这两部小说的故事内容一致,皆为"关于男女之间自由感情的作品"。在叙事结构上,两部小说大致都以"邂逅"→"绝望"→"变心"→"女人的诀别"为叙述流程。作者将两部小说的叙述过程概括为"相遇、分离、过渡和结果"四个阶段。该文将朝鲜时代的汉文小说与唐传奇进行对比分析,并以"叙事结构"为切入点来展开论述,反映出唐传奇在异域的传播及影响。

不同诗人作品传播的对比研究。贾鹤《唐诗在中日跨文化传播中的影响研究——以王维、白居易诗的传播为例》(庆南大学2023年博士学位论文)以具体的文献材料为依据,从日本汉诗对王维和白居易诗的接受入手,分析日本汉诗在中日跨文化传播中对中国唐诗的继承与发展。并在系统分析日本诗话等各类型著作的同时,探索汉诗能得以繁荣发展的学术渊源和诗学基础,从而发掘汉诗在中日跨文化交流中的学术价值及汉学文化圈的社会价值。

唐诗译文对比研究。崔晢元《西洋对唐诗翻译的研究——以20世纪上半叶英译唐诗选集为中心》(《中国学报》第103辑)一文以20世纪上半叶唐诗英译活跃时期的译本为研究对象,分析西方对唐诗的解读及其看法。此文在概述了20世纪初出版的英译唐诗的基础上,着重考察了对唐诗译本有影响的 Gems of Chinese Verse(《英译唐诗选》)和 The Jade Mountain: A Chinese Anthology, Being Three Hundred Poems of the T'ang Dynasty, 618—906(《群玉山头:唐诗三百首》)两部著作。论者在对具体翻译案例的分析中得出英译本具有突出专有名词翻译的特征,借此以识别中西方对"诗歌"认知的差异。此文的分析研究方法和对比角度可为韩国从事唐诗翻译的学者提供一定的参考。

(二)接受研究

关于唐代边塞诗的传播研究。靳雅姝《唐边塞诗在朝鲜朝的传播和影响研究》(《韩国语言文化研究》第68辑)一文认为,朝鲜朝文人对唐代边塞诗的关注涉及方方面面,从主题内涵到格律规范,从边塞事物到人文典故,从对唐代边塞诗的品评比较到对前人注释的解读和评判等。朝鲜朝文人对唐代边塞诗的学习和模仿也表现在诸多方面,比如对唐代边塞诗意象的使用,与唐代边塞诗主题的契合等。此外,朝鲜朝文人常常以唐代边塞诗人的作品为标尺来衡量或评价本国文人的作品。

关于诗歌创作风格的研究。刘珍熙《朝鲜前期诗风研究——以唐宋风的实存状态为中心》(檀国大学2023年博士学位论文)一文,通过考察朝鲜初期代表性作家的作品来论证朝鲜初期诗风是如何发展的以及表现在哪些方面。在此基础上,对朝鲜前期诗风进行深入分析并探究其诗风的实质内容。文章通过对朝鲜初期的代表作品进行归类分析,确认唐风诗与宋风诗都受到创作者的青睐,并且创作唐风诗的作家多于创作宋风诗的作家。朝鲜前期的诗风并不偏向宋风体,而唐风体的诗也不是一种特殊的倾向,而是一种普遍的倾向。

关于音乐与舞蹈关系的研究。唐代不仅有诗歌和文学,还有音乐、舞蹈等行为艺术形式,这些艺术形式常常与文学结合在一起,互为你我,共同发展。金秀姬《唐代〈霓裳羽衣〉音乐与文学的相关考察——聚焦于外来音乐与舞蹈的接受方面》(《中国文学》第117辑)一文探讨了唐代音乐舞蹈"霓裳羽衣"及其歌词的相互关系,认为外来音乐舞蹈与唐代本土文化具有同等的重要性。在音乐方面,《霓裳羽衣》采用了道教和佛教音乐的共同元素,并交替使用了中外音乐。在舞蹈方面,以西王母为中心的舞蹈结构体现了道教与佛教的交汇,并以传统舞蹈的表现形式描述了胡乐,这说明唐代文化通过积极接受外来文化而得到了进一步的发展。

关于唐诗选本的研究。诗歌在唐代的繁盛和发展是任何一个时代都无法企及的,也正是由于唐代积累了大量优秀的诗歌作品,宋元时期对于诗歌创作的讨论与思考越发兴盛。诗歌从厚积薄发的创作实践中逐渐走上了理论思辨的道路,各种诗歌的结集传播也成为一种时代风尚。袁堃《元代唐诗选研究》(全北大学2023年硕士学位论文)以唐诗的现存七部元选本为研究对象,探求元代的文学思潮以及时代背景对诗歌选编者的影响。论者对元代唐诗选本进行梳理与分类,并分析讨论了编选者的编选目的。文章主体部分分析元代唐诗选本的审美风尚,并总结出元代两种主要审美倾向:一是以盛唐为宗;二是举世尊杜。此论文的贡献在于对被忽视的唐诗选本进行了补充和说明,这对于研究唐诗在元代的接受具有重要的意义和价值。

四、佛讲故事及其他研究

唐代是一个高度开放、兼容并包的时代,文学、艺术、思想、宗教都在这一时期自由发展、互相碰撞、互相交融。佛教作为外来宗教,在不断融合发展的过程中,对唐代的文学艺术产生了深远影响。因此,对佛教与文学的关系的研究便成为一个重大的方向。以下简略介绍韩国学界2023年有关该方面的研究成果。

李佳慧、崔羚傅《儒学视域下的〈论佛骨表〉小考》(《中国学论丛》第80辑)一文从韩愈《论佛骨表》入手,探讨唐代佛经流通和儒、佛思想的冲突碰撞。唐代的历代君主都对佛教礼遇有加,且举办过崇佛的大型祭祀活动。韩愈作为很有影响力的文人是当时最大的"反佛派",也是新儒学的开拓者。他的名篇《论佛骨表》是史上著名的反佛檄文,其中言辞激烈地反对唐宪宗即将进行的"奉迎佛骨"的祭祀活动,明确表达了自己排佛的立场和决心。此文从新儒学的角度出发,通过《论佛骨表》分析韩愈儒学观及其与佛教的对立和冲突,涉及"伦理观""身体观""祭祀观"及"民众教化"等诸多方面。此外,文章指出唐代佛经流通有着多种途径和方式:皇室颁布官方译本、寺院里收藏阅览抄写本、市场购买抄写本或印刷本。佛经通过这些途径流传到民间社会,而民间社会的各种人群通过这些流通路径,选用符合自己要求和目的的佛经而活用,故而"佛经的流通"当是佛教世俗化的重要途径。

佛教传入后,在思想和文化领域都产生了一定的变化和影响。罗佑权《佛教传入后寻找道教的身份——以唐代"传奇"为中心》(《道教文化研究》第58辑)一文在对唐传奇中的形象进行分类的基础上,从不同的角度阐述佛教的影响以及对其他宗教的偏见。文中将佛教的传入过程概括为拒绝、接受和重塑三个阶段,并分析其所产生的影响。作者以《杜子春故事群》为对象,论述东亚人性转变的运动过程。以裴铏的《韦自东传》、许筠的《南宫先生传》和芥川龙之介的《杜子春传》为对象,指出在东亚语境中,父母和孩子之间的关系是一种自然的情感,不应该被误解为痴迷。此外,文章还指出道教对佛教的接受是辩证的、批判的,认为佛教的优势在于强调修心,但佛教的利他主义不符合儒家的礼仪规范。总的来说,该论文从唐传奇入手分析宗教的流传及接受,既有一定的趣味性,同时又有理有据,分析阐释清晰明确。

唐代审美艺术包罗万象,文学、诗歌与书法绘画等皆是传世的美学。迟晓辰的《中国唐代人物画形式美研究——以格式塔心理学为中心依据》(《东洋艺术》第59辑)一文便是以格式塔心理学为基础,探讨中国唐代人物画的审美形式,试图用西方现代美学理论研究中国传统唐代人物画,通过跨界来寻求西方美学研究的经验。论者从视觉格局平衡、倾斜运动力和格式塔体验这三个方面,对中国唐代人物画的形式美学意义进行了梳理和解读。同时,在此基础上运用比较分析研究,进一步深化对中国唐代人物画形式美感的探索。这种跨界研究方法的实践有望为中国唐代人物画形式分析的探索提供一定的参考和借鉴。

诗歌、绘画、书法与音乐是唐代诗人的标配。禹在镐《晚唐诗僧贯休的书法诗与通过历代诗文看贯休的书法》(《中国语文学》第94辑)一文从贯休书法诗及后世评论出发,挖掘评价贯休书法特色与成就。贯休是唯一一位以诗成名,同时又以书法闻名的僧人,且酷爱书法诗的创作。论者从唐代书法诗、唐代以及后人对贯休书法与书法诗的评价中进行考察,最终认为,在唐代的草书僧人书法家中,贯休的草书并没有像怀素一样达到顶级的水平,也比不上高闲或訾光的书法,仅与亚栖的书法相近,当可认定为彼时五佳之一。并认为贯休的书法特征为尚奇求奇,其草书更是奇特。

唐代尚乐舞,音乐和舞蹈在唐代得到了极大的发展,相互融合,关系密切。程祯棠《古代中国"清商乐"的变迁过程研究》(岭南大学2023年博士学位论文)旨在探讨"清商乐"的演变过程,希望能为中韩两国的研究者提供一些研究思路和研究线索。论文将"清商乐"的演变过程分为成立期、发展期、鼎盛期以及转变期四个阶段,并从演变过程、清商曲辞、音乐编排三个角度深入阐释。北魏建立后孝文帝实行"汉化改革",完善了乐官制度,促进了胡汉音乐的融合。发展至隋唐时期,又融合多民族音乐,清商乐遂成为一种"部乐"。隋唐时期经过整编成为"华夏正音",进而发展成为一部宫廷乐曲。

唐代的音乐融合了诸多的域外元素。对于"苏祗婆调"的来源途径,各国学者如田边尚雄、林谦三、秋琼孙、岸边称雄等都进行过研究和讨论。申东城《苏祗婆琵琶调与天竺乐律之关系》(《2023年中国人文学会研讨会论文集》)一文基于前人研究成果,将各家观点概括为"外来说"与"自生说"两类,"外来说"又分为"波斯说"与"天竺说"两类。为了解决这一问题,论文从天竺音调与苏祗婆调的对比入手,考察二者之间的关系。研究者比照《隋书·音乐志》与《辽史·乐志》中出现的音乐术语——"旦",指出苏祗婆调实际上是天竺变化音节中的不完全音节,之所以用"旦"表达,是因为苏祗婆调在做上下行演奏时并不全部使用七声。在考察苏祗婆调的实际音高时,研究者又注意到玉尺律、铁尺律、水尺律、皇祐新律等不同乐律制作的律管音高不同,考证出苏祗婆调的音高同玉尺律的同时,指出了铁尺律、皇祐新律与玉尺律之间的律差"二律不足,一律有余",从而证明了沈括《梦溪笔谈》所说的"二均不弱,二均有余"的意义。此论文采用史籍互证的方式条分缕析,用"考据"实证证明了自己的猜想,这种研究态度是值得现代年轻学者多加学习和实践的。

晚唐时期戏剧研究。吕承焕《〈樊哙排君难〉研究》(《中国学论丛》第80辑)一文细致地考察了《樊哙排君难》的历史背景和表现情况。故事的题材是"鸿门宴"上樊哙救刘邦的情景。《樊哙排君难》在唐代的演出记载大都见于宋代文献。据记载,昭宗光化四年(901),宫廷宴会上演奏了《樊哙排君难》。昭宗设宴嘉奖孙德昭救命之恩,并命演员表演《樊哙排君难》。因无具体的记录,因此无法得知当时的《樊哙排君难》是怎样的内容和形式。樊哙打开军门的那一幕,想必是整场演出最引人关注的亮点。在《樊哙入鸿门赋》这一文学作品中,樊哙的表演被描绘得淋漓尽致,故事在流传过程中会被加以想象和加工,越发生动形象。"鸿门宴"的故事自汉代以来就广为流传,在唐代,它也以乐舞、歌词、木偶戏等形式流行。唐代的戏剧表演十分盛行,《樊哙排君难》也可能已经以戏剧的形式存在了。

2023年,韩国学界对唐代的关注不仅限于文学这一领域,也涉及文化社会制度等范畴。郑炳俊《唐代的封爵继承与嗣王》(《中国古中世史研究》第69辑)一文以唐代封爵制度为研究对象并展开论述。在有关封爵继承的规定中,亲王的儿子被封为嗣王、郡王、郡公三种之一,承袭嗣王和郡王的人会降一等级,被封为国公。但在实践过程中,封爵有时与规定不同,不按规定封爵继承的情况也会发生，这与武则天引起的宗室断绝及其恢复有密切的关系。神龙元年(705)中宗复位后大举追复宗室诸王的官爵并册立多位嗣王，其理由是要重新建立武则天时期受损的宗室权威。及至玄宗诸子，其子孙被封为嗣王的情况大幅减少，这种状况在安史之乱以后越发严重，也就是说唐代后期的嗣王制度实际上似乎已经形同虚设。至唐朝末期，册封嗣王的事例又重新增多，其中也有高祖、太宗、高宗的后代，笔者认为这是在唐王朝命数将尽的特殊状况下，为了维持宗室命脉的特殊之举。文学即人学，了解作者生活时代的政治、经济文化制度和演变，对理解其创作的作品也是有所助力的。

唐代地理杂记研究。张美卿《〈岭表录异〉的地理背景及历史资料的价值研究》(《中国文学研究》第92辑)一文以《岭表录异》为中心来展开研究。《岭表录异》是唐末刘恂任广州知县后对广州当地独特文化、风土人情、气候现象以及奇事的记录，是研究1100多年前广东社会文化的重要文献资料。此文以《岭表录异》辑佚本当中的"聚珍本"为基础，提取《岭表录异》中记录的"岭""五岭""岭表(岭外)""广"及"广州"等地名进行检索，从而得出其所代表的地理背景。此外，《岭表录异》还包含许多与文化、自然环境、食品等相关的重要记载，这些都有助于增进现代人对岭南地区的了解，对韩国与中国的文化交流也具有重要的作用。随着唐代文学研究的发展，跨学界研究受到越来越多的学者的关注，一些地理杂记类的作品对我们理解某些诗人所记述的地名、植物名等也有所助益和补充。

五、结语

综上所述，2023年韩国学界唐代文学的研究除了延续以往以重点诗人、重点作品为中心这一传统外，还关注到其他艺术作品。以唐代文学为核心向外延伸，涉及音乐、绘画及歌舞剧等艺术形式。同时，接受研究与比较研究的范围也得到了延伸和扩展，不再集中在原有的范围和领域。这些成果不仅扩展了唐代文学审美研究的范围，也丰富了研究的思路和方法，为后续研究者打开了更为广阔的视角和空间。此外,本年度韩国唐代文学研究队伍中出现了几位从事唐代文学领域研究的新成员,新生力量的注入对于韩国唐代文学研究的发展是一件幸事,相信会有越来越多的高质量研究成果持续呈现。

《秦妇吟》与北美中国文学史

□ 吴琦幸

唐代诗人韦庄的长诗《秦妇吟》是中国文学史上最具现实意义的作品。由于韦庄公元880年在长安应试不第,亲身经历了黄巢起义及破城的过程,该诗极其真实地描写了这一中国历史上悲惨的一幕,尤其是叛军在城中烧杀淫掠、老百姓遭抢受屠的悲惨状况。诗成之后获得众口称颂并广泛传播,很快就有许多人家将诗句刺绣在屏风、幛子上,"流于人间,疏于屏壁""冬寒夏热,入人肌骨,不可除去"。由于这首诗的广泛流传,当时的韦庄被称为"《秦妇吟》秀才",在文学史上与白居易的"长恨歌主"并称。诗中揭露残暴的黄巢农民起义之后所出现的"内库烧为锦绣灰,天街踏尽公卿骨"的恐怖现实,引起唐公卿世族的不满,使当时想要晋升士族阶层的韦庄处于尴尬之地。在韦庄发达之后,便极力收回社会上所有原本,特别在其《家诫》内嘱咐家人"不许垂《秦妇吟》幛子"。以此之故,韦庄的弟弟韦蔼后来给他编定诗集时,遵兄长之嘱没有把这首诗编进去,以至于这首史诗从此失传千年。

1907年,英国人斯坦因来到敦煌,以14块马蹄银取走24箱文献及5箱绘画、织锦与其他艺术品,其中包含《秦妇吟》的三个抄本。1908年,法国汉学家伯希和来到莫高窟,又用大量银子换取了6000余件写本和200多件古代佛画与丝织品,其中就有《秦妇吟》的六个抄本。伯氏认识到这卷长篇逸诗在中国文学史上的重要性,抄录此诗寄给国内著名学者罗振玉,在当时被予以极大的重视,自此在中国学界掀起了研究此诗的热潮。此后著名中外学者如翟理斯、王国维、罗振玉、陈寅恪等，分别从考据的角度，对此诗进行辨证、校讹、补正和再发现，其中尤以翟理斯《〈秦妇吟〉之考证与校释》、陈寅恪《韦庄〈秦妇吟〉校笺》为最重要。翟文考证"黄巢乱事"和"韦庄事迹"，对了解《秦妇吟》一诗所反映的史实，对了解韦庄的生平事迹都有较大帮助。陈寅恪先生则在考订、发微方面贡献尤巨，他以其大文化史的眼光，沿用其《元白诗笺证稿》等"以史证诗"的手法，抉微发隐，真知灼见，或为定论，或成一家言，为后世留下了比较接近原作的《秦妇吟》诗稿。

以今日眼光来考察该诗，可以深刻地感受到：诗与社会紧密地切合，其现实主义的写实风格，刻画的深度和广度，都超过了唐代另两首现实主义长诗——《琵琶行》和《长恨歌》。该诗共238句，1666字，时跨三年，涉及的背景有长安、三峰路、杨震关、新安东等。更何况，该诗不仅辛辣地点出黄巢叛军烧杀抢掠、穷凶极恶之面目，而且以冷眼旁观的笔锋，点出了唐军实际上比叛军更加凶残这个事实，同时对各地诸侯的军队也都做出辛辣的批判。其惊人的洞察力令人读后无法抹去脑海中一幅幅惨状，至今仍有着震撼力。这也是在当时的现实中遭到全面封杀的原因之一，且导致该诗在后来的中国文学史上曲折诡异，一波三折，出现了中国文学史上优秀作品被打压的传奇遭遇。

一、《秦妇吟》的被压抑与被发现

如果说韦庄这首诗在近千年的文学史上被封杀，敦煌文献的发掘则给了这首诗与唐代其他长诗一个同样的众口流传的机会。但是在新中国成立后编写的中国文学史教材中，很少能见到这首诗的踪影。其原因是该诗借"秦妇"之口对黄巢农民运动的残酷和破坏性作了深度抨击，由此在文学史研究领域中出现了截然不同的立场纷争，对这首诗的评价和介绍俨然出现两种极端的看法。一是认为《秦妇吟》基本思想倾向是反动的，所表现的主要是仇视农民起义的反动思想，有一层浓厚的封建地主阶级的感情色彩，"对起义军的革命暴力作了恶毒的歪曲和夸张"，"充分地表达了封建地主阶级的观点、情绪和愿望，成为他们忠实的代言人"。甚至干脆说"对于处于农民革命风暴时期而敌视革命的韦庄，我们理所当然地要给以必要的批判"。（文研所《中国文学史》）而相反的观点则认为，《秦妇吟》歌颂了农民革命战争，具有"史诗"的价值，可与杜甫的现实主义诗歌甚至西方的荷马史诗相提并论。两种观点虽然针锋相对，但有一点是大体相同的，那就是如何对待农民起义，并以此来衡量和确认这部作品的思想价值。遗憾的是，除了少数在新中国成立之前后发表的文章以外，在此后相当长的一段时间内，并没有文章触碰《秦妇吟》一诗在中国文学史上的意义和重要价值。

　　此种互相对立的观点导致 1949 年之后《秦妇吟》在各种文学史编写中很少被选入。即使到了 20 世纪 90 年代，复旦大学章培恒、骆玉明主编的《中国文学史》中也仅留下这么一段简短的介绍："（韦庄）的长篇歌行《秦妇吟》写一个上层妇女在黄巢军队攻入长安以后的遭遇，曾传诵一时，后世失传，直到近代才又从敦煌遗文中发现。诗中固然表现了作者的阶级意识和对黄巢军队的仇视态度，但也确实反映了那种历史大震荡中的不少真实情形。从叙事技巧来说，它在唐代同类诗篇中也是相当突出的。"〔章培恒、骆玉明主编《中国文学史》（中），复旦大学出版社 1996 年，第 262 页〕对这首诗的现实主义艺术特色、在文学史上的重要价值，却不置一词。

　　对该诗作客观详尽的艺术分析和解释，首推施蛰存先生在《唐诗百话》中的说解。1978 年 1 月 2 日施先生开始撰写《唐诗百话》，选择一百首唐诗进行说解，将《秦妇吟》作为该书的压卷之作，或可视为扛鼎之作，他在书中说："解放以来，《秦妇吟》被目为反动诗，从来没有人选读。如果把抗日战争以后十多年的动乱时期一起算进去，这首诗又已失传了五十年，今天要找一个印本也不容易了。长篇叙事诗，在中国诗坛上历来就不多，《孔雀东南飞》以后，名篇屈指可数。作为唐代篇幅最长的叙事诗，《秦妇吟》应当有它的文学史地位。再说，《秦妇吟》的思想性虽然属于反动的一类，但这是作者阶级意识的客观反映。作者的态度只是反映现实，而没有意识到诅咒农民起义的革命行动。

中国历史上有好几次农民革命行动，多数是由于军纪不好，在打倒封建统治阶级以前，先骚扰了人民，非但没有取得人民的拥护，反而使人民成为他们的敌人。黄巢起义的革命意义，我们应当予以肯定，但也不必连带地肯定他的部队对人民的骚扰和迫害。如果从以上几个角度来评价，我以为《秦妇吟》还不应当受到'反革命分子'的处分。为了免得它再度失传一千年，所以我把《秦妇吟》作为韦庄的代表作来讲解。同时，也把它作为我选讲的最后一首唐诗。从个人的成败来看，黄巢是个失败的农民革命领袖，如果从他所领导的革命的效果来看，这一场革命毕竟加速了李唐政权的崩溃。从这一意义来认识《秦妇吟》，它是反映唐代政治现实的最后一首史诗。正如杜甫的《北征》是盛唐最后一首史诗。"（施蛰存《唐诗百话》，上海古籍出版社 1987 年）

在海外的中国文学研究学者编撰的中国文学史中，同样以比较客观公正的态度来评价这首诗的最早有陈受颐编写的《中国文学史略》(*Chinese Literature: A Historical Introduction*)(1961 年)，再则有柳无忌的《中国文学概论》(*An Introduction Chinese Literature*)(1966 年)。两者都对《秦妇吟》作了详尽客观的分析，尤其是《中国文学史略》，也是海外的中国文学史著述中，第一次揭示这首长诗在文学史上的重要地位。

二、北美中国文学史与《秦妇吟》的被重视

中外诗作功能和风格的一个较大区别是西方的长篇叙事诗多作为一种史诗形式出现，在各个民族中都有源远流长的传统，并以此留下一国之历史、文化、重大战争以及民间重要传说的口头和书面史料。这种形式的史诗保留了人类早期文明的观念和历史遗迹，例如距今 4000 年以前，苏美尔人就已经流传吟唱史诗《吉尔伽美什》。而以著名的《伊利亚特》和《奥德赛》为代表的希腊史诗，早在公元前 1000 至公元前 400 年，就在地中海地区形成了雏形。与此相异的是，中国最早的诗歌，如《诗经·国风》里的篇章，不仅内容十之八九是抒情诗，而且篇幅千篇一律都比较短小。在随后的演进中，西方像乔叟（Geoffrey Chaucer）的

《坎特伯雷故事集》、斯宾塞(Edmund Spenser)的《仙后》、弥尔顿(John Milton)的《失乐园》《复乐园》和《力士参孙》一类的长篇叙事诗,合力丰富了西方诗歌的叙事传统。但在中国,虽然偶尔也出现一两篇长篇叙事诗,如被沈德潜称为"古今第一长诗"的《孔雀东南飞》(《焦仲卿妻》),虽有350多句,1700多字,但与西方史诗相较,充其量不过是一种短篇叙事歌(ballad),无法列入长篇叙事诗(epic),和西方长篇叙事诗动辄数万或数十万字相比,差距实在太大。

虽然中国缺少史诗的传统,却仍然保留着反映现实主义的中短篇诗歌作品,如白居易《长恨歌》、杜甫《兵车行》等,其中最令世人刮目相看的则是前述的唐代篇幅最长的叙事诗——《秦妇吟》,可以称得上是中华民族史诗式巨篇杰作的代表。该诗以一个遭难妇人的自述,将黄巢起义对唐朝社会经济、人民的摧残与颠覆,做了精彩的描绘和叙说,其刻画之深邃、描写之生动、叙事之细腻,在中国文学史上无出其右。但由于上述的种种原因,导致新中国成立之后攻读中国文学史的学生、研究生甚至都不知道《秦妇吟》,以至于有关研究这部长诗的学术探索,几乎成为一个空白。我以为,新时期首先不应该从意识形态的角度来研究《秦妇吟》。如果认为《秦妇吟》的思想性属于反动的一类,也应该像施蛰存先生所指出的,"这是作者阶级意识的客观反映。作者的态度只是反映现实"。从这一角度来看,《秦妇吟》可以视为韦庄诗作中的代表,其艺术性、现实性及罕见的长篇史诗的价值,到今天仍具有很重要的意义。

这部在中国文学史中被湮灭了千年的长诗,却在海外的中国文学史教学中作为文学史的重要篇章得到重视。如当年受到胡适、林语堂极力推荐的美国高校中国文学教材——《中国文学史略》,其作者陈受颐专门用将近一章的篇幅来介绍《秦妇吟》诗对后世的影响力。不过,也有学者将海陶玮的汉语教材《中国文学论题》作为第一部北美中国文学史的高校教材。《中国文学论题》全名为《中国文学论题:纲要和书目》(*Topics in Chinese Literature*: *Outlines and Bibliographies*),而将陈受颐的《中国文学史略》排在海陶玮《中国文学论题》之后。海陶玮(James

Robert Hightower)1915年出生于俄克拉何马州,两岁丧母,后跟随父亲回到科罗拉多州。大学刚进校时主修化学,转而对文学更感兴趣,尤其是读到埃兹拉·庞德(Ezra Pound)翻译的中国古诗之后开始转向学习中文。1936年,海陶玮在科罗拉多大学博尔德分校获学士学位,旅居欧洲并进入索邦大学和海德堡大学研究中国古典文学。1937年末返美,之后进入哈佛大学修读比较文学,包括中国古典文学,1940年获取文学硕士,1946年获远东语言学博士。博士毕业后留校,先后担任哈佛大学远东系讲师、助理教授、副教授,1958年升格为教授,后成为哈佛燕京学社教授及美国艺术与科学院成员。

海陶玮长期在北美高校教中国语言文学课程,是哈佛大学中国文学课程的开拓者之一,《中国文学论题》就是他授课时采用的基本教材。前此,海陶玮先后教授过"初级汉语""中级汉语"等课程,但是当时并没有一部合适的中国文学教材。当年赵元任、梅光迪等人在北美所使用的教材也都是自编自研或借用中国传统教材为材料,以汉语学习为主。后来出于为汉语专业学生讲授语言、文学之便,海陶玮就自己着手编写教材,遂成《中国文学论题》一书,这也是他出版的第一本专著。该书共120页,其中正文66页,书目占了54页,勉强能满足中国文学的授课需要。

依据这本教材及其修订版,海陶玮在哈佛大学从事了长达30多年的中国语言文学教学生涯。作为教材的这部中国文学史著作,的确在中国语言文学教学以及美国汉学人才培养中发挥了重要作用。但是如以今天的眼光来看这本书,实在构成不了一部中国文学史。当然海陶玮在汉语教学中培养了不少学生,例如编著《哥伦比亚中国文学史》(*The Columbia History of Chinese Literature*)的梅维恒(Victor H. Mair)出于对老师的敬意,他对这部启蒙的中国文学教材喜爱有加,赞说道:"对于想了解中国文学概况的读者来讲,这本书仍然是最好的中国文学简史。"很谨慎地用"了解中国文学概况"的"中国文学简史"来作为定义。实际上该书只是一些学习中国文学的必备"书目"的汇总而已,它提供了世界范围内的英文中国文学研究"书目",每章结尾都列有和这一章相关的参考书目(Bibliographies),体量占到全书的一半,个别章节书目体量大于正文。可见《中国文学论题》未能详尽介绍中国文学史的源流,而只是一部中国文学史的书目汇总,对于当时学习中国文学的学生来说确实是一部很好的启蒙教材。该书书目分两部分,一部分是权威文献(Authorities),另一部分是译本书目(Translations)。"权威文献"涉及日文、中文和西文的书籍,重点参考文献都做了星号标注;"译本书目"则列出了正文所述文体的代表性作品的译本,给不了解中国文学的非汉语读者推荐了按文体分类的阅读书目,以英译本优先,还涉及法文、德文译本。可见,这与我们此处讨论的"中国文学史"是完全不同的类型。

北美真正的中国文学史教材应该从1961年出版的陈受颐英文版的《中国文学史略》开始,此后有柳无忌的《中国文学概论》(1966年)、梅维恒等主编的《哥伦比亚中国文学史》(2001年)、孙康宜和宇文所安编撰的《剑桥中国文学史》(2010年)。而这些文学史的编撰,无一不受到陈受颐《中国文学史略》的影响。虽然早期的汉文学学者海陶玮、霍克思都对陈著吹毛求疵,大加指责,但是如果缺少陈受颐《中国文学史略》对中国文学史上最有分量的长诗《秦妇吟》的介绍和分析,就不能成为真正的中国文学史研究著作。

三、《中国文学史略》中的《秦妇吟》

以下是这部文学史对《秦妇吟》一诗的说解和评价:

> 除了采用新崛起的诗歌形式"词"来写作之外,韦庄也大量地使用古老的诗歌传统写作。韦庄的诗作是晚年由他人搜集编撰的,中国诗人一般都如此。韦庄的作品远近闻名,但他所写的最长的一首诗,具有史诗价值和艺术价值的《秦妇吟》,在中国文学史上却被刻意排除在唐诗之外。
>
> 在农民起义领袖黄巢率领的军队的马蹄践踏下,公元874年到884年的十年间,唐王朝帝国的很多地区不断被

蹂躏，最终导致首都长安被占领（880年）。唐僖宗率领着宦官趁夜逃走了，其他很多来不及逃走的官员几乎被屠杀殆尽。据史料记载，叛军进城时，两千多名宫女在大街上迎接叛军首领黄巢。三天后，强盗的个性再次出现，京城到处是抢劫和勒索，强奸和纵火。几个月后，穷途末路的唐王朝勾结了沙陀贵族李克用，凶狠地向义军反扑，起义军内部又出了叛徒，黄巢不得不退出长安。唐朝官军一直穷追不舍，其他地方的起义也同时被镇压。到此时，唐末农民大起义历时十年，已经横扫了大半个中国，沉重地打击了唐王朝。唐僖宗返回帝都之后，当时的和平与秩序无法很快恢复，叛军军队流散各处，无法全部受到纪律处分，于是僖宗决定对帝都进行一场大规模的血腥之屠，将参与黄巢起义或与其勾结的人等全部格杀勿论。

这就是韦庄撰写这首238行、文学史上罕见的史诗《秦妇吟》的背景。诗歌从一个避难女子（秦妇）的自述中再现这场战争及首都长安的惨状。一开头，韦庄就别具风格地呈现了叙事的开场白：

中和癸卯春三月，洛阳城外花如雪。
东西南北路人绝，绿杨悄悄香尘灭。
路旁忽见如花人，独向绿杨阴下歇。
凤侧鸾欹鬓脚斜，红攒黛敛眉心折。
借问女郎何处来？含颦欲语声先咽。
回头敛袂谢行人，丧乱漂沦何堪说！
三年陷贼留秦地，依稀记得秦中事。
君能为妾解金鞍，妾亦与君停玉趾。

接着秦妇以其亲眼所见，叙述了长安发生的真实场景：

长安寂寂今何有？废市荒街麦苗秀。
采樵斫尽杏园花，修寨诛残御沟柳。
华轩绣毂皆销散，甲第朱门无一半。

> 含元殿上狐兔行，花萼楼前荆棘满。
> 昔时繁盛皆埋没，举目凄凉无故物。
> 内库烧为锦绣灰，天街踏尽公卿骨！

在她继续叙说从长安到洛阳途中国难的细节之前，秦妇还悲愤地描述了她离开长安时所见的荒凉画面：

> 来时晓出城东陌，城外风烟如塞色。
> 路旁时见游奕军，坡下寂无迎送客。
> 霸陵东望人烟绝，树锁骊山金翠灭。
> 大道俱成棘子林，行人夜宿墙匡月。
> 明朝晓至三峰路，百万人家无一户。
> 破落田园但有蒿，摧残竹树皆无主。
> 路旁试问金天神，金天无语愁于人。
> 庙前古柏有残枿，殿上金炉生暗尘。

终于，她对摆脱荒凉和无望的贫困感到完全困惑，正如她在华北其他地区所看到的"野色徒销战士魂，河津半是冤人血"那样，最后以一线的希望结束了她的独白：

> 适闻有客金陵至，见说江南风景异。
> 自从大寇犯中原，戎马不曾生四鄙。
> 诛锄窃盗若神功，惠爱生灵如赤子。
> 城壕固护教金汤，赋税如云送军垒。
> 奈何四海尽滔滔，湛然一境平如砥。
> 避难徒为阙下人，怀安却美江南鬼。
> 愿君举棹东复东，咏此长歌献相公。

诗里所称呼的"相公"，可能是浙江镇海节度使周宝。中和三年（883），韦庄之所以来到江南，是因为听说江南的情况较好，自从黄巢军去中原后，江南倒是比较太平。最后这两句可能是用来歌颂江南统治者周宝的。后来韦庄果然如愿以偿,得以在"相公"周宝帐下当幕僚,算是过上了一小段难得的安心日子。

黄巢之乱结束后,《秦妇吟》对朝廷官军黑暗腐朽之状的揭露,引来了王朝的不满。尤其是诗中"内库烧为锦绣灰,天街踏尽公卿骨"这样的警句,引起公卿贵族的愤怒。迫于压力和潜在的危险,韦庄费尽周折,派人到各处去回收各种版本的《秦妇吟》进行销毁。这首伟大的现实主义作品就此湮没在历史的烟尘之中。后历经五代十国、宋元明清千余年,诗钞文集,浩如烟海,人们再也没有见过这首诗。仅有的记载是五代文人孙光宪在其《北梦琐言》中所言:"蜀相韦庄应举时,遇黄寇(黄巢)犯阙,著《秦妇吟》一篇。内一联云:'内库烧为锦绣灰,天街踏尽公卿骨。'尔后公卿亦多垂讶,庄乃讳之。时人号'《秦妇吟》秀才'。他日撰家戒,内不许垂《秦妇吟》幛子,以此止谤,亦无及也。"

这首 238 行的杰作注定要被人遗忘一千多年。当时在大唐不同地方有许多抄本,至少有五份零散的副本安全地保存在敦煌的藏经洞中。幸运的是,这五个文本可以用来相互补充阙疑的文字,最终由中国著名学者王国维与英国学者莱昂内尔·吉尔斯(应为翟理斯)(Lionel Giles)于 1924 年和 1926 年初步完成重建,使这首长诗得以重见天日。(此诗不载于韦庄自编的《浣花集》,显见作者被迫割爱。宋元明清历代徒知其名,不见其诗。敦煌文献中始发现。后人把此诗与汉乐府《孔雀东南飞》、北朝乐府《木兰辞》并称为"乐府三绝";或以此诗继杜甫"三吏三别"和白居易《长恨歌》之后,唐代叙事诗的第三座丰碑。若以其长度,《秦妇吟》则为第一。)

吴案:上述文字即为陈受颐在其《中国文学史略》中对《秦妇吟》的叙述,从文学史角度进行了简洁但很有见地的说解,并为海外学生浓缩了这首诗的精彩段落,由此在北美文学史中第一次如此详细介绍了这首在中国历史上湮灭已久的杰作。

四、《中国文学概论》中的《秦妇吟》

另外一位美国汉学教授柳无忌同样也将《秦妇吟》作为其文学史的重要解释部分。他在该书的第七章"中晚唐诗人"部分，先介绍了《秦妇吟》的发现始末，然后叙述道：

> 唐代大诗人的最后一位是《秦妇吟》的作者韦庄（836—910）。此诗作于农民起义的领袖黄巢攻占关中地区，包括京城长安后不久的883年。在这次农民起义期间，农民军两次攻入长安，惩办了一些贪官污吏、贵族豪门。据史书记载，也有不少的无辜百姓死于双方的拉锯争夺中，《秦妇吟》是对这次战争的概括描写。它未收在韦庄的集中，一千多年后，它的抄本才在敦煌残卷中被人发现，收藏在伦敦大英博物馆和巴黎国家图书馆。
>
> 《秦妇吟》是唐代最卓越的长篇叙事诗之一，甚至比《长恨歌》（840字）更长。《长恨歌》的内容偏于浪漫，《秦妇吟》则完全纪实。它是由一个目击者叙述出来的发生在黄巢造反的那个兵荒马乱、人民流离失所的年代的悲惨故事。虽然全诗不如《长恨歌》匀称、优美，但却毫无修饰，以生动自然见长，其中某些片断悲怆动人。
>
> 长诗开头简略地介绍作者暮春于洛阳途中遇见一个少妇，接着转入叙述她三年前在秦中亲眼看到发生的变故。当时皇帝从京城出走，长安一片混乱，四面火起：
>
> > 扶羸携幼竞相呼，上屋缘墙不知次。
> > 南邻走入北邻藏，东邻走向西邻避。
> > 北邻诸妇咸相凑，户外崩腾如走兽。
> > 轰轰昆昆乾坤动，万马雷声从地涌。
> > 火迸金星上九天，十二官街烟烘焊。
>
> 命运最不幸的是妇女，许多被乱军所杀或自尽。她留

得性命，被迫嫁给黄巢的一名部下，虽然免于饥饿，但却跟父母亲人离散，精神上寂寞孤单，担惊害怕。她描写（应为描述）劫后长安的情况说：

长安寂寂今何有？废市荒街麦苗秀。
采樵斫尽杏园花，修寨诛残御沟柳。
华轩绣毂皆销散，甲第朱门无一半。
含元殿上狐兔行，花萼楼前荆棘满。
昔时繁盛皆埋没，举目凄凉无故物。
内库烧为锦绣灰，天街踏尽公卿骨！

她孑然一身逃出长安，途中遇到一个乞讨的老人，他向她说到他流亡在外的缘故，是官兵把他家洗劫一空：

自从洛下屯师旅，日夜巡兵入村坞。
匣中秋水拔青蛇，旗上高风吹白虎。
入门下马若旋风，罄室倾囊如卷土。
家财既尽骨肉离，今日垂年一身苦。
一身苦兮何足嗟，山中更有千万家。
朝饥山上寻蓬子，夜宿霜中卧荻花！

诗人以下面两行来概括中国历史上这一时期的残酷无情的现实：

野色徒销战士魂，河津半是冤人血。

最后她告诉诗人，听说江南形势比较安定，她打算逃往那里避乱。

在黄巢领导的农民起义后二十年左右，唐朝终于灭亡（907），随后继之而起的是为期都不长的五代。韦庄于900年左右入川，在王建的前蜀政权中担任要职。这段时间内他在文学上成为蜀中词人的领袖，也是著名的唐、五代词集

《花间集》的作者之一。他的前期作品《秦妇吟》可以说是为曾经光芒四射的唐朝的悲剧性结局所建立的一座恰如其分的纪念碑,他的词则对最初产生于唐,后来由五代到宋四百年间盛行的一种新的诗歌体裁起着普及的作用。

吴案:以上两位汉学家对《秦妇吟》的不同引述,互为补充,确实充实了中国文学史的内容,也可以窥见20世纪60年代海外学者参与《秦妇吟》一诗褒贬争论的一页。

盛德清风

悼邝健行先生

□ 徐希平

2023年5月6日,农历十七,正值立夏节气,刚刚"五一"大假后,补课、听讲座、聚会,一整天安排满满,到深夜才回家。成都的街头下起了小雨,没有初夏的热度,让人微微感到几分寒意。午夜时分,窗外雨越下越大,让人不想入睡,在灯下翻阅微信,突然,朋友圈中看到莫道才教授转发的一条信息:"邝健行老师于五月六日离世,璞舍同仁敬悼。"图文同在,让我莫名震惊,不敢相信。在我的印象中,邝先生身体一贯硬朗,虽退休多年,仍笔耕不辍,学术研讨之余喜欢登览吟作。五年前来成都,在杜甫学会第19届年会上不仅发表高论,还与大家一道乘车到眉山丹棱,健步登临大雅堂,吟咏唱和,精神矍铄,十分康健。近年由于疫情,许久没能见面,但还是偶有问候,还期待着疫情结束后能够再见,聆听教诲。怎么会突然传来噩耗呢?从此天人相隔,永难遂愿。老天无情,感伤不已,通宵难眠。第二天清晨,心犹不甘,向香港老友刘卫林教授核实,得到确证。随即报知草堂有关老师、杜甫学会理事会和老同学沈时蓉等关系密切者。同时联系了解香港有关邝先生治丧委员会相关事宜。可能是今年闰月之故,气候反常,成都连续多日夏雨不绝。整天浑浑噩噩,若有所失。勉强振作,赋一挽诗,托卫林兄转呈。诗云:

> 立夏港湾噩耗知,痛失良友兼良师。
> 卅年情意感恩重,夜雨锦城无尽丝。

回想与先生相识相交的点点滴滴,感慨万分,三十余年,经久弥新。三年前我在悼挚友杭伦兄的文章中曾有所叙述:"大约在80年代后期,我因研究中唐诗人姚合的缘故,发表了几篇小文章,香港浸会大学著名学者邝健行先生读到后特地来信,鼓励有加,我给邝先生回信后,又介绍邝先生和杭伦兄认识联系,由此结下我们之间数十年的交谊。不久杭伦兄随邝先生去香港攻读博士学位,并成为邝先生的学术助手。90年代邝先生来成都开杜甫学会年会,到杜甫草堂参观,见其办公条件很差,便个人捐赠了一台复印机,也是草堂的第一台复印机。"不意刚刚悼罢先生弟子杭伦兄,今又再哭先生之骤逝,人生无常,伤如之何?

我与邝先生之交往情谊,全因学术而结缘。20世纪80年代中期,内地与港台地区的学术交流还不是很多,我研究生毕业后分配到西南民族学院任教不久,收到一封寄自南京某宾馆的来信,署名香港大学中文系邝健行。我当时初出校门尚未进入学界,对邝先生的学术成就和地位一无所知,却为邝先生对学术的追求和对青年教师的真诚所感动。邝先生从香港来南京出席学术会议期间,读到我根据硕士论文《姚合年谱》修订发表的唐代诗人姚合生平考订文章,颇感兴趣,刚好他也正在做姚合卒官等相关研究,立即用宾馆的信笺给我写了一封长信,既有认同鼓励,又有商榷探讨,治学严谨,态度谦逊平和,表达流露出"吾道不孤"的欣喜,让我深受启发和教益。我立即按照邝先生留下的香港大学中文系地址写了回信,感谢赐教,并阐明己见,从此便与邝先生结识,就一些学术问题书信往来,持续数年。后来大学同学詹杭伦兄从南开访学归蜀,我便帮助他与邝先生也取得了联系,此时邝先生已经转到香港浸会大学任教。杭伦兄后来争取到给邝先生作学术助手并攻读博士学位的机会,我们的联系就更为密切。

90年代中,我和杭伦兄跟着前辈学者开始频繁参加杜甫草堂的活动与学术会议,此时邝先生也正进行杜甫研究,发表相关研究文章,共同的学术兴趣使我们又有了更多的话题。利用开会的机会,邝先生来到成都,访问了草堂。我们通信多年后终于见面,我陪同先生游览市容,品尝小吃。先生学问精深而温润如玉,谦谦君子而待人真诚,兴趣广泛,诲人不倦,长者之风令人钦敬。当时草堂条件还很简陋,办公开会和《杜甫研究学刊》编辑工作量很大,全馆却一台复印机也没有,先生回港后就捐款给草堂购买了一台复印机,可谓雪中送炭,让草堂领导和工作人员都难以忘怀,常常念及这份真情,先生也成为草堂的常客和贵宾。对于草堂和四川杜甫学会的学术会议与工作,先生都大力支持并经常参加,我们见面的机会就更多了。先生许多论文都在《杜甫研究学刊》发表,并收入其著作《杜甫新议集》中。除成都举办的年会之外,2000年在内蒙古大学召开第11届年会,我带了几位研究生参会,与邝先生一道拜谒昭君墓,体会杜诗"环佩空归夜月魂"的意境,又翻越大青山,在蒙古包中品饮奶茶,大草原上骑马奔驰。以后先生又多次应邀出席各种重要活动,如2002年成都市举办纪念杜甫诞生1290周年大会,2012年文化部与四川省政府联合举办杜甫诞生1300周年纪念大会,2018年杜甫千诗碑落成典礼等,邝先生都作为海外著名学者代表致辞和主题发言,可以见出其成就和影响。

在从事杜甫研究的同时,先生晚年还特别致力于中华文化的海外交流传播。20世纪90年代末先生参与谋划发起国际东方诗话学会,每次年会都积极组织和参与,与徐志啸先生被并称为"九朝元老"。先生收集并整理韩国诗话中有关中国诗歌的资料并出版相关著作,学会团结大批日本、韩国、新加坡、越南以及中国港澳台地区学者,为文化交流做出重要贡献。2001年1月,学会刚刚成立不久,先生就邀请我去香港参加第二届年会,引导我参与相关研究,这也是我第一次赴香港参加国际学术研讨会。在港期间,先生对我予以特别关照,介绍了韩国赵忠业、金善祺、柳晟俊,香港李立信等许多著名学者与我相识。会后还特意亲自驾着尼桑轿车带我和杭伦兄去维多利亚港湾,随后在附近餐厅用餐,餐后刷信用卡的结账方式也是我第一次见到,当时觉得很新鲜、很新潮,留下深刻的印象。此时先生正担任浸会大学《人文中国学报》编委,我手中有一篇关于师兄祝尚书新著《宋代别集叙录》的书评文章,即烦请邝先生审阅,2002年便发表在《人文中国学报》第9期上,也成为我发表在海外学术期刊为数不多的文章之一。东方诗话学会后来还在上海、延边、台湾等地,以及韩国举办会议。十年之后的2011年,杭伦兄任教于香港大学中文系,主办第七届年会,我又应邀到香港参会,故地重游,感慨不已。邝先生会后又陪我们参观了饶宗颐图书馆和书法展等地。这次会上四川去的代表比较多,记得有曹顺庆、刘玉平、钟仕伦等人。会上确定第八届会议在四川召开,由四川师范大学、西华师范大学、西南民族大学联合主办。2013年10月25日至27日,会议如期召开,开幕式在四川师范大学举行,然后代表们一同乘大巴车去南充我的母校西华师大继续其他议程。会后我们一道攀登陈寿撰写《三国志》的万卷楼,往返途中,邝先生兴致高昂,吟咏不绝,毫无倦容。回到成都后,西南民大文学院又在大宅门火锅为代表们饯行,举杯畅饮,歌吟唱和,情深意切,留下美好而难忘的记忆。

2018年12月1日,杜甫草堂千诗碑落成典礼和第十九届学术研讨会在成都召开,先生应邀出席,虽然已是耄耋老人,但依旧神态从容,步履稳健。此次会议规模较大,薛天纬、刘跃进、刘明华、葛景春、杨明等许多著名学者与会。大会主题发言后,张志烈会长即席赋诗盛赞:"论学草堂识见高,杨公娓娓薛公豪。二刘广阔邝公实,五朵金花示后曹。"(注:五朵金花谓杨明、薛天纬、刘跃进、刘明华、邝健行)邝先生当即唱和一首,题为《敬和张志烈先生听大会主题发言》,诗云:"闲语詹詹安得高,愧居台上并贤豪。且摇唇舌传双耳,莫畏金声震尔曹。"非常自谦。随后周裕锴先生再和以《敬和张志烈、邝健行二先生诗》:"工部文章北斗高,二公耄耋更吟豪。洪钟大雅谁能继,愧我赓酬陋邹曹。"我也不顾浅陋,附和一首:"盛会草堂李杜高,名家纵论各英豪。弘扬诗圣传风雅,万古江河育我曹。"气氛十分热烈,当天正值祁和晖先生八旬寿诞,会务组精心安排,准备了生日蛋糕,邝先生参加晚宴,品尝蛋糕,其乐融融。第二天我们又一起乘车前往丹棱大雅堂参观,整个会议开得十分成功,讨论深入,获益良多。岁末之前,我赶紧起草大会学术总结,于元旦当天以微信发给邝先生,邝先生非常高兴,对我所谓完满收官之说表示赞同。但谁能料这是邝先生最后一次来成都,也是我和邝先生最后一次见面。当时音容笑貌宛在眼前,情难自已,不胜哀伤。

先生返港后,仍耕耘不止,屡有新作,并不忘关心李杜研究。2019年1月19日,先生来信写道:

> 知悉四川大学同学在草堂博物馆举行"杜甫读书会",同学们认真研习讨论,十分难得。
>
> 读书会中讨论了《杜甫〈赠李白〉诗意新探》一文,此文我未看过,先生能告知出处,好去寻找否?谢谢。

2019年2月25日,先生来信曰:

> 希平教授:
>
> 古今诗词,近人有谱成艺术歌曲者,如《满江红》《红豆词》之类。李白、杜甫诗歌,国内有人谱成新曲否?
>
> 香港中文大学新亚书院歌唱团一位成员前天问我此事,表示如有可能,一唱新曲。我无所了解,故向先生请教。

表现出一如既往的谦逊和对学术新知的探索,令人感动。最近三年,疫情原因,阻隔来往,我时常挂牵先生却音讯稍疏。2020年10月23日,杭伦兄忽然于海外病逝,先生有所闻知而不太确切,于次日给我发信道:"希平教授:侧问杭伦先生有事故,消息确否?邝健行。"我还未及回复,几分钟后,再发一信,哀婉悲痛:"已见先生数小时期前发布之痛悼挚友消息。我与杭伦先生交游论学近三十载,良友遽逝,伤如之何!"故人情深,引得我潸然泪下。几天后,先生读到我的《痛悼杭伦兄》,再次来信称:"读大作,情文兼至,阅后伤感。詹君在香港行事及其在此间所撰诗文,稍后作记述及收集。"可谓一唱三叹,重情重义。而收集整理杭伦兄香港行事及其诗文,竟成遗愿。每念及此,黯然神伤。

其实,遗憾的事何止于此。先生宽厚待人、热心相助,提携后学,而又严于律己。多年来,对我扶持帮助甚多,却从无有何企求。反倒是有几件小事,我处理不够妥当,为此深感愧疚。先生曾多次应我恳请莅临我校讲学,学校官网上还有我的博士生平海涛写的2011年邝先生到我校演讲的报道:"邝健行教授以《古代文学研究漫谈》为题,由著名的'推敲'二字作为引题,给同学们讲解了'推敲'的来历和与意义,旁征博引了众多名家的看法。从文献还原与文学批评结合的角度提出个人独到见解,并以此说明学习研究之方法。邝教授还幽默而细致地回答了同学们的提问。邝教授的渊博知识和讲学魅力,令同学们受益匪浅,整个交流会气氛热烈,达到了预期效果。邝先生的演讲对扩展民族高校学子视野,促进学科建设具有积极意义。"但让我愧疚多年的是2001年,当时学校大刀阔斧进行人事改革,文学院刚刚成立,我从一个普通教师被任命为分管教学的副院长。为了打开局面,我邀请正带领学生到内地交流访问的邝先生来校讲学。这也是我上任后举办的首次校外著名学者讲座,广大师生都满怀期待。具体讲的内容已经记不清楚了,但可容纳数百人的西讲演厅座无虚席,其空前盛况和效果可以想见。讲座结束后我联系学校车队派车,送邝先生和他的博士一行去外地考察,记忆中还有他的学生董就雄先生。因为学校事务,我没有陪同前往,全权委托詹杭伦兄代为陪同。由于缺乏管理接待经验,对两日旅途食宿没有任何安排,甚至也没有支付分文演讲劳务费。邝先生毫不介意,一如既往地支持我和我校文学院的工作。我为此常感内疚,却因不好意思从未给邝先生提及旧事。

大概在2003年,先生来成都开会期间,我陪先生逛送仙桥古玩市场,同时选购一些旧书。先生看中了一套旧版《苏曼殊全集》,书籍品相不错,大约八成新,但中间缺少一本,先生翻阅把玩良久,爱不释手。书摊老板热情推荐,说他会尽快补全完璧。我当时不太理解先生何以对这位民国诗僧作品如此感兴趣,后来才了解到,先生于希腊哲学、古代文学、东方诗话及诗赋骈文创作之外,武侠小说亦颇有研究,造诣精深,与梁羽生为好友,曾为其文集作序。加之祖籍广东台山,这可能都是先生对曼殊和尚这位乡人作家诗歌小说特别关注的原因。不免喜形于色,但此时先生即将踏上归程,故而难于割舍定夺,我见此情形便给老板叮嘱,谈好价钱,请他补全后把书留住,过几日我再来取后寄往香港。先生执意给我留下数百元钱,推辞不得。谁知几日后我再去时,该书已经另售他人,不知是当时没有电话老板不能及时通知还是其他原因,我与爱书失之交臂,无法申说,只能暗暗自责嗟叹,愧对先生。

21世纪初期,先生在进行韩国诗话研究时,曾来信托我在四川代为查询李调元《续涵海》,以便校对其所收朝鲜李德茂《清脾录》。我浅尝辄止地询问了一下,当时四川省图书馆正处于新旧调整时期,旧馆资料封存不予查阅,新馆迟迟未予开放。我未能进一步设法,有负先生之托。但先生十分理解。后来从其他途径查阅,完成整理工作,2010年由上海古籍出版社出版后,很快签名寄送给我,让我倍感先生之宽容,也由此对巴蜀历史名人李调元刻书内容及其中外文化交流之贡献有了更深的了解。先生著述甚丰,每有新著,多题名相赠。先生之书法造诣精深,自成一家。

虽然有各种遗憾,但先生从未计较,始终对我爱护有加,信任如初,令人感动。疫情防控期间,我不时微信叩问。先生多报以平安,谓居家少出,即出外亦小心作防护措施,令我心稍安。此外,可能由于境外通信快递业务障碍之故,先生较长一段时期收不到《杜甫研究学刊》,故而相告,我便转知学刊编辑部彭燕,查询原因,尽快设法送达,先生为之还特别请我代为致谢。每逢年节时分,我时致礼问。三年大疫,终于结束,正待整理行囊,漫游四方,欢会畅饮,老友重访。孰料造化无情,从此永诀一方。不禁令人悲从中来,黯然神伤。

先生去世第二天,詹杭伦夫人沈时蓉也悲不自禁,发来挽诗:

> 忽闻噩耗心惊颤,顿感春阳冷似冰。
> 教诲声声犹在耳,温言句句自为铭。
> 诗心高远海天啸,学问渊深金玉鸣。
> 此去蓬莱难相见,心香一瓣向风呈。

我请香港刘卫林兄转呈邝先生治丧委员会。不久卫林兄也传挽诗一首:

> 庠序久兴教,早成桃李蹊。
> 搜吟继骚雅,论学贯中西。
> 清气乾坤在,荣名日月齐。
> 泪零思绛帐,风雨正凄迷。

可谓感同身受,天人同悲。在我辈眼中,先生实为继饶宗颐之后的香港著名学者代表,学贯中西,功力深厚,博学多才,辛勤育人,于人类文化传承交流与弘扬居功甚伟。文质彬彬,态度蔼如,无须大师之名而具大师风范也。正所谓蜀山苍苍,江水泱泱;先生之风,山高水长!

先生道德文章,永为后学榜样!窗外夜雨还在下个不停,犹如绵延无尽的思念。邝健行先生千古!

2023 年 5 月 10 日午夜草
2024 年元月 14 日于越南芽庄订正

长者风范，书生本色
——追记恩师房日晰先生

□ 魏景波

房日晰先生于 2023 年 12 月 16 日溘然长逝，永远离开了我们。门生弟子失去了一位可敬的师长，古典文学研究界痛失一位勤勉的学者。

1939 年 11 月 28 日，房日晰先生诞生于古豳之地的陕西旬邑，家境贫寒而苦学力文。1960 年考入陕西师范大学中文系，1962 年被统一安排返乡放长假一年，1965 年毕业分配至西北大学中文系。最初从事现当代文学研究，1979 年至武汉大学中文系进修，师从著名文学史家胡国瑞先生，同年调至古典文学教研室。1988 年晋升副教授，1994 年晋升为教授。先后担任教研室副主任、主任，2001 年退休。房老师的学术研究起步于改革开放之后，一生勤奋治学，曾在《文学遗产》《文艺研究》《文史》《中国古典文学研究丛刊》《词学》《学术月刊》《北京大学学报》《光明日报》等刊物发表学术论文 200 余篇，著有《唐诗比较论》《唐诗比较研究》《李白诗歌艺术论》《宋词比较研究》《宋词研究》《论诗说稗》等专著，主编《中华经典中的寓言》，参编合著有《唐代诗人咏长安》《李白全集编年笺注》《古书情节辞典》等。

房老师的学术研究涉及唐代文学、宋代文学与古典小说等，其中唐诗研究成就最为显著，尤以《唐诗比较论》为代表。房老师很早就注意到唐代诗人齐名并称现象，认为限于古人著述体例，古代诗论著述多是直观感悟式、零散碎片化的只言片语，缺乏深入的学理考察，因而下决心予以系统性的比较研究。《唐诗比较论》出版于 1992 年,收入陕西人民教育出版社"学子书斋"丛书,1998 年由三秦出版社推出增订本。2015 年再由台湾花木兰出版社推出新版,收入龚鹏程先生主编的《古典诗歌研究丛刊》第十八辑。此版框架篇目有所调整,相比之前的论文集,更具有唐诗史的视野,在学界产生巨大影响。增订本收录论文 39 篇,最早的一篇《论李贺诗歌艺术上的瑕疵》,发表于《唐代文学》1981 年创刊号。最晚的一篇《刘半农与李贺》,发表于《上海师范大学学报》1997 年第 2 期,跨度达十七年。论及的诗人有沈佺期、宋之问、初唐四杰、陈子昂、张九龄、王维、孟浩然、高适、岑参、李白、王昌龄、杜甫、崔颢、李贺、韩愈、孟郊、贾岛、韦应物、刘长卿、柳宗元、白居易、杜牧、李商隐、温庭筠、韦庄、许浑等 29 位诗人,唐代诗歌史上的主要诗人基本都涉及了。

《唐诗比较论》既有多维横通的比较视角,也有源流纵贯的诗史视野,而在纵贯与横通研究中,又能落实到具体入微的文本分析上。试举一例,在论及王孟田园诗的比较时,书中以孟浩然《过故人庄》与王维《渭川田家》为例。分析孟诗曰:"诗人好像是在客观地描写,并把自己摆进所描写的画面里。其实诗人把他浓烈的感情渗透到客观景物的描写中。情景不分,浑然一体。"分析王诗则云:"这是一幅颇为感人的农村风俗图,但遗憾的是,诗人并没有直接加入到这个欢乐的人群中去,而是置身于人群之外。扮演了一个旁观者的角色,故不可能了解并写出他们思想深层的欢乐与痛苦,仅仅只看到他们表面的闲逸。"这种对比分析,入情入理,且不满足于浅层的平面比较,而能够结合诗人经历的考察,探析这种区别形成的前因后果:"孟浩然长期生活在田园,并亲自参加了劳动,因此他的田园诗感情就比较真实而深沉。王维住在别墅,他只是农村劳动的旁观者,其田园诗感情就难免肤浅和隔膜。"这样的分析建立在文本细读与逻辑推论的基础上,又在某种程度上带有房老师早年农村生活的体验。其他各篇如高岑比较溯其渊源,沈宋比较重其影响,亦各有侧重。而在具体分析上,既同中求异,也异中求同,从体裁倾向、题材内容、写作风格、源流影响、代表作品等多个维度、多个层面,进行全方位立体式的比较考察,真知灼见,时时闪现。

除了并称诗人,《唐诗比较论》也从影响与接受的角度,考察不同时期诗人的异同。书中收有多篇关于唐代杜诗学的论文,如《杜甫与李商隐的七律比较》一文,论及李商隐七律风格多样,指出其主调有二:"一是近似杜甫之沉郁而稍秾丽,一为含蓄朦胧而真意莫测。"接着写道:"杜甫在《滕王亭子二首》中云'清江锦石伤心丽,嫩蕊丽花满目斑',如果用这两句诗来形容李商隐的七律,倒是十分贴切的。李商隐诗的风格在秾丽之中带有沉郁,在顿挫之中又含有委婉。他的一些七律,真是嫩蕊丽花,满目斑斓,而在迷人的景色中,含着诗人的泪水。"以杜诗句喻义山诗,既建立了少陵、义山的精神联系,也点出了李商隐诗以丽词写哀情的特点。文中论李商隐《曲江》二首说:"前者写凄婉哀伤的别离,后者抒发吊古伤今的感情,这两首诗,都以秾艳的外衣遮盖着幽约细微的感伤情绪,以密致缠绵的笔调,表现出忧郁的时代气氛,有着典型的晚唐审美特征。"文中对李商隐七律审美的总体把握精到妥帖,对具体作品的分析也很细致入微。总体而言,《唐诗比较论》点面结合,分析细密,结论确当,对推动唐诗演进与唐诗流派的研究自有其价值。

《李白诗歌艺术论》出版于 1993 年,收入论文 16 篇,由分体论、综合论、比较论三部分组成。附录 6 篇,考证李白生平事迹。值得一提的是,房老师从青年时起即喜欢旧体诗创作,至晚年吟兴不减,很多作品发表于诗词期刊。因而,他的学术研究也倾向于义理阐释与辞章鉴赏。房老师曾夫子自道,说自己不太喜欢做考证文章。其实,他也有不少考证论文,持论公允,成就不俗,往往能于无疑处生疑,发前人所未发。就此书而言,除了李白诗艺的论列深入细致,考辨文章亦颇令人耳目一新。如《为李白七律少一辩》一文,跳出前人论列李白不愿或不善作七律的窠臼。以诗体演进的目光,考察初盛唐七律一体的成熟过程,并以量化统计的数字与比例,说明初盛唐七律创作尚不盛行,得出"在盛唐名家中,李白七律偏少一点,但不悬殊"的结论,视野宏通,持论平正。《李白被逐探微》备列前人观点,指出其扞格之处,接着由王仁裕《开元天宝遗事》一则材料入手,探析李白婚姻与武韦集团政治势力之关联,从而引起玄宗的猜忌。进而通过对李白在京所作所为的探析，得出李白被逐出于玄宗本人，而政治原因为主因的结论。文章剥茧抽丝，抉隐发微，对李白生平研究具有重要价值和意义。

房老师的唐代文学研究，不随俗不跟风，实事求是，通过作品细读提炼新观点，他的李贺研究就有点反潮流作翻案文章的意味。专论李贺诗瑕疵两文均发于1981年，起因是当时学界掀起不切实际的大捧李贺风潮，遂予以"纠偏"，这不仅体现了房老师独到的艺术鉴赏眼光，更体现了他所追求的学术坚守与学术品格。

房日晰老师退休之后，学术重点逐渐转至宋代文学研究。2010年，《宋词比较研究》由安徽大学出版社推出。全书收文36篇，厘为三编。上编"宋词比较论"，对宋词史上13组并称或同派词人进行比较研究。中编"词人作品论"与下编"综合鉴赏论"，以词人与词作立目，对一些习焉不察的问题进行了深入的探讨。全书涉及词的思想题材、体式格调、语言修辞等。在《宋词比较研究》的基础上，房老师又于2021年推出《宋词研究》，增加"比较论"之后的新成果，篇幅扩大一倍有余。此书以唐宋诗的嬗变演进为参照，指出宋词亦有"唐调"与"宋腔"之分，唐调明快而宋腔晦涩。这一观点是通过广搜资料，在细察作品与统观词史的基础上提出来的，因而具有说服力。宋词研究之外，他的系列辑佚论文《读〈全宋诗〉偶记》《读〈全宋诗〉札记》《〈全宋诗〉补遗》《〈全宋诗〉误收重出考辨及补遗》等，也在学术界引起了较大反响。

房老师的一生精力，主要聚焦于唐诗研究，而古典小说研究，可谓是他的另一种"情结"所在。他的第一篇论文《关于〈儒林外史〉的"幽榜"》和最后一篇论文《论吴敬梓的词》都与小说有关。早在20世纪70年代末从事现当代文学研究时，他就开始研究《儒林外史》与《三国演义》，陆续发表论文，后来还当选了中国《儒林外史》学会理事。房老师关于小说研究的路数颇不同于时贤，能独辟蹊径，自成一脉，因而曾被有些学者誉为古典小说研究的"长安学派"。

从1965年参加工作，至2001年退休，房老师在西北大学工作了36年,把一生奉献给了教书育人事业。他对待教学工作兢兢业业、一丝不苟,培养了无数优秀学子,深受学生的好评与爱戴。他教过的历届本科生如今已成为社会各行各业的栋梁之材,可谓桃李满天下。可惜指导研究生甚少,只招收了两届共八名研究生。1994年带第一届,招收两名硕士生。1997年带第二届,招收六名硕士生。招生方向为魏晋南北朝隋唐五代文学,学生毕业后不久即于2001年退休。八名硕士生多在高校工作,现在都已成为各个单位的业务骨干。

我是房老师指导的第二届研究生,1997年从长安县林业局考入西北大学。房老师是我的学术启蒙老师,在他的悉心指导下,我完成了从地方政府小科员到古典文学研究者的身份转变,也为之后博士阶段的学习打下了基础。记得入学第一课,房老师说古典文学研究既要有历史意识,又要有现代眼光。强调在熟悉中国文化基本元典的基础上,精读十部重要文学典籍,包括朱熹《诗集传》、王逸《楚辞章句》、李善注《文选》、陶澍集注《陶渊明集》、王琦注《李太白全集》、仇兆鳌《杜诗详注》、钱仲联《韩昌黎诗系年集释》、马其昶《韩昌黎文集校注》、刘学锴与余恕诚《李商隐诗歌集解》、王琦《李贺诗歌集注》以及清编《全唐诗》。并指导我们在读书过程中发现问题,进而广泛搜集资料,深入思考,撰写论文。

房老师曾开两门专业课,一门"唐代诗人研究",一门"中国散文史",采取老师讲授、学生自学、师生讨论相结合的方式。在讲授的同时,定期举行圆桌会议进行讨论,学生各抒己见,老师答疑解惑,期末提交一篇论文作业。房老师对学生的作业常常不厌其烦,反复修改,我发表的第一篇论文《东坡题跋思想艺术浅论》,就是在房老师耐心指导下完成的习作。

房老师对待学生经常温言呵护,从未见疾言厉色,无论是学业还是生活都关爱有加。硕士毕业后,我先后在复旦读博、在川大从事博后研究。出站后掉头归秦,入职陕西师大。年节时常拜望房老师,听他谈读书学问与学界轶事,饶有兴味,他戏称为"话聊"。有时他月旦人物、抨击时弊,在慈眉善目之外又有点金刚怒目,在温和宽厚之余尽显书生本色。

房老师步入耄耋之年，身体状况虽不如前，但亦无大碍。读书作文，并不稍歇。他的最后一本专著《宋词研究》出版于2021年，最后一篇论文《论吴敬梓的词》以"特约稿"发表于《燕山论丛》2022年第1辑，时已八十三岁高龄。2023年夏，我去房老师家"话聊"，他背驼得更厉害了，但精神健朗，还兴高采烈地聊起近来所读的莫言小说。口讲指画，神采一如少年。本欲岁末再去拜望老师，12月16日中午却听到噩耗，让人不敢相信，震悼不已。老师是从家里走的，事发突然。他的猝然离世，让亲友学生悲痛莫名。但从另一个角度而言，比之缠绵病榻、遍身插管，居家以八十有四之寿从容远行，又何尝不是一种仁者的福报！

2023年于我而言，可谓多事之秋。一年之中，我接连失去了两位老师。盛夏七月，我的博士后合作导师祝尚书先生驾鹤西去。隆冬十二月，硕士导师房日晰先生遽归道山。旧悲新痛，接踵而来。祝老师辞世时，我因事在外，无法临哭致祭。曾拟挽联"弘道立言，心无挂碍辞江海；滋兰树蕙，晚有弟子传芬芳"，化用祝先生《八十自寿》之末联"霞挂桑榆君莫笑，待辞江海赴鸿蒙"，不计工拙，但寄哀思。两位老师皆早年坎坷，大器晚成，为人处世淡泊自守，皆蔼然长者，他们获得的名声远低于所取得的成就。因而在房老师送别仪式发言中，以此联为引。谨将发言稿附志于文末，表达对老师的无尽哀思与永恒纪念：

> 弘道立言，心无挂碍辞江海；滋兰树蕙，晚有弟子传芬芳！

今天在这里，在这个西安入冬以来最寒冷的日子里，作为门生弟子，我们怀着感恩之心与惜别之情，含泪送别敬爱的房老师。依然记得二十六年前读研期间，老师对我们的殷切希望与谆谆教诲；难以忘怀毕业之后这么多年来，老师对我们学业与事业的关心与鼓励。

房老师对待学生春风化雨、润物无声，开学第一课就要求我们树立道德、文章双丰收的远大目标。老师上课常常比我们学生先到教室，批改论文更是一丝不苟。不仅以言传，而且用身教鼓励我们积极向上、学有所成。房老师视学术为生命,一生治学勤奋,至耄耋之年仍笔耕不辍,在唐代文学、宋代文学、古典小说等方面成就卓著,是古代文学研究界的著名学者。房老师的系列著作与论文视野宏通,功力深湛,熔"义理、考据、辞章"于一炉,既严谨求实又勇于创新,具有朴实无华的书生本色,堪称关中学人与长安学派的杰出代表!房老师一生襟怀坦荡,淡泊名利,为人宽厚。既教会了我们读书做学问,更教会了我们做人与做事。不仅是宅心仁厚的仁者,也是可亲可敬的长者;不仅是大智若愚的智者,也是处世通透的达者。

哲人其萎,山河同悲;著述不朽,风范永传!今天,我们从求道、问道的学生,已成为传道、弘道的教师。敬爱的房老师,我们一定不辜负您的教导,将"士志于道"作为自己安身立命的座右铭,在各自的岗位上追求卓越,不断进取,以优异的成绩告慰您的在天之灵!

终南苍苍,渭水泱泱;先生之风,山高水长!敬爱的先生,您翩然远行,一路走好!

痛悼先师许总先生

□ 黄立一

临近2024年元旦的一个晚上,也就是12月29日晚10点左右,我突然接到许总老师儿子许持的电话,说许老师已在弥留之际。这一个月来已听闻许老师病情危殆,但仍没想到发展得如此迅疾。急急赶到医院,先生却已于几分钟前永远离开了我们。师母说再过几天就是先生的七十周岁生日,听闻此言,我的眼泪不禁夺眶而出。看着先生静静躺在那里,往昔的一幕幕不觉浮现于眼前。

先生早年供职于江苏省社科院,2001年应华侨大学之邀南下执中文教席,我也是在那时与先生结下师生情缘。记得最初先生为我们讲授古代文学史和近古诗学课程,他认为学习唐宋文学,诗为居首,中国古代文学批评理论亦以诗学为大端,若不谙诗词创作,于文学史与古人诗论终致隔膜,故每于授课之余,鼓励我们进行诗词写作练习。一次周末班级活动同游泉州惠安海滩,归来后先生赋诗,我与同学数人步韵和之。习作很稚嫩,但蒙先生不弃,多加揄扬,且渐授以诗学密旨,由此与先生日益亲近,并立志攻读先生的研究生。读研后,先生对我们要求更加严格,开列许多必读书目,也着意培养我们的专业研究能力。先生见我对古代诗论尤感兴趣,即为我拟定毕业论文的题目《翁方纲诗论与清中期诗学思潮转向》。毕业后先生将我留校任教,先生担任学院副院长分管研究生与科研工作,我亦兼任研究生秘书和科研秘书,因得与先生朝夕相处,直至先生2013年退休。

此间晨昏侍侧，亲领謦欬，为学稍有长进，也对先生的治学之道有了一些自己的体悟。

先生治学广泛，遍涉唐宋文学、中国古代文艺理论、中国思想史与文学史，是国内"杜诗学"研究领域的开创者，在文学史学研究方面有独特的贡献，在唐宋文学研究方面有多项开拓性成果。这种打通文史哲的宏通视野，透过文学现象探究文坛生态、艺术原理和思想内蕴的思辨精神，构建文学演进图景进而追索文学史学原理的学术抱负，使得先生的唐代文学研究呈现非凡的气象，取得富有创造精神的成就。概而言之，约略体现为以下几个方面。

首先，从宋诗研究的视野观照唐诗进而探寻唐宋诗之通变，再更进一步构建宏观的唐宋诗整体论。许总先生是国内较早进行宋诗研究的学者，20世纪80年代末至90年代初，他就把研究课题转向宋诗，以一年时间完成了一部53万言的《宋诗史》，这是国内第一部宋诗通史。从北宋初期的唐风笼罩到南宋"中兴四大家""永嘉四灵"的唐风复现，许先生为我们勾勒了一个宋诗发展的完整历程，由此也见出，宋诗的发展始终笼罩在唐诗高峰"影响的焦虑"下，宋诗的"复"与"变"都是以唐诗作为最重要的参照系。我们今天对唐诗的认识很大程度上来自明清时人的建构，而许先生以宋诗反观唐诗，对唐诗的发展、裂变、流衍有更接近原态的认识。正如先生在《唐诗史》卷首所题"音接六朝绪，流分两宋疆"，在当时，先生的宋诗研究为其唐诗研究提供一般人所没有的独特视野和领悟。

《宋诗史》完成后，许先生于1991年初又投入《唐诗史》的写作中。此书被列为江苏省社科院重点研究课题，并获国家社会科学基金列项资助，他深感任务艰巨，日夜奋战，终于以两年半的时间完成了这部95万字的鸿篇巨制。《唐诗史》是第一部大型的全唐五代诗歌发展史。在这部著作中，许先生一改传统的史本位唐诗发展观，打破了以政治盛衰为依据的"四唐"分期法。他指出过去这种受传统"正变观"影响、以政治兴衰和时代变迁为依据、将文学发展和政治历史一体化的分期是与唐诗自身发展规律不相吻合的。许先生将唐诗的发展划分为六大阶段——

承袭期、自立期、高峰期、扭变期、繁盛期、衰微期,颇具宏识。并且与《宋诗史》一样,它不同于一般文学史著作的纪传式或长编式写法,而是注重于描述之中的理论把握,在文化背景的铺展、诗人心态的显微、诗史整体结构的联结与叠合中立体地展开诗歌史的逻辑与进程,展示了当时文学史写作的新径和最高成就。韩经太先生在 1995 年第 4 期《文学遗产》上发表文章评价说:"本书最基本的理论支点,是要超越长期以来史本位文学史观的制约,从而给世人一个诗本位的唐诗史……揭示出了较前人显然要清晰和生动的唐诗流变风貌,而且提供给人们一种接近和认识唐诗历史的思维方式。"许总先生的这部著作在海外亦负盛名,张宏生先生日前发给许结先生的一条微信中说,他还记得 1996 年在哈佛大学访学时和宇文所安教授谈起中国大陆学术界,宇文所安教授对《唐诗史》就称赞有加。

在这两部诗史撰写的基础上,许总先生逐渐扬弃历来"分唐、宋之畛域"的观点而形成将唐宋二代视为一个完整的文学史时代的想法。他认为此两朝恰恰是中国古代文人诗最为辉煌的时代,且唐宋诗的演变表现出"整体→裂变→整合"的复杂的嬗递状态与交织关系。具体而言就是唐前期主要是文人诗的规范时期,形成整体的统一性;唐中期至北宋是裂变期,分裂出与"唐音"不同的另一种范式"宋调";南宋是文人诗的重构时期,"宋调"趋变而与"唐音"整合,恰与黑格尔的"正反合"理论暗通。许先生的这种建构深入文学演进的肌理,抓住文学史的转关,可谓独具只眼又树立宏达,在当时"重写文学史"的呼声中,具有里程碑的意义。傅璇琮、罗联添二位先生主编《唐代文学研究论著集成》评价《唐诗史》:"作为一部断代文学史著作,本书的最大特点是并未局限于这一断代本身,而是构建了独具个性的文学史观念,形成自身的文学史理论体系。"董乃斌、陈伯海、刘扬忠几位先生主编《中国文学史学史》在评介 20 世纪 90 年代出现的超越 80 年代的文学史时认为,这些新成果大致可以分为两类,"前一类史著中范式较新、学术含量较大的作品是许总的《唐诗史》和《宋诗史》"。在对这两部诗史进行大篇幅引述和评论后指出:"《唐诗史》一书的诗史序列建构宏大而精美","大致达到了著者的预期境界";《宋诗史》"同样是著者以新的文学史观视野对特定时代诗歌发展历程进行新的观照与描述的力作"。

从接受史、批评史与理论史的视野反观唐诗,则是许先生治学的第二个路径。先生的第一本专著即为《杜诗学发微》,首次对杜诗研究史加以宏观描述和重点开掘,试图从学术史的角度,同时也是从批评史的角度,开辟出杜诗研究中当时尚为一片处女地的新领域,对杜诗艺术现象本身也进行了一些新探索和再评价。此书一出,即获学界好评。王运熙先生在给许先生的信中说:"大著内容丰富,有不少独到之见。关于'诗经学'、'文选学'、'红学',近人、今人均有专著,'杜诗学'尚缺如,大著有开创之功。"罗宗强先生在致函中说:"《杜诗学发微》是对一个新领域的拓展,甚感钦佩。傅璇琮先生曾多次提到应对研究史进行研究,先生已先走一步……"这本专著不仅表明许总先生对学术史的关注,也延续其一贯的学术兴趣,即对接受史和批评史、理论史的深入思考。

观察具体文人的接受史,许先生能发现一般人所难以发现的一些问题。如其细察历代论家对王维诗特征的把握与评价,发现其中的微妙变化,当时人如殷璠评价王维诗重点在"秀""雅"二字,表现的是当时都城贵族审美风尚;后世人则重其诗风之旷逸冲淡,所谓"语无背触,甜彻中边,空外之音也,水中之影也",反映的是后世诗学对于意境范式的审美建构。而早在1989年许总先生就译介了日本学者铃木虎雄的《中国诗论史》,对中国古典诗学的演进及其特点了然于心。古人浸淫于特定的文化语境中,对作品的理解有今人不可企及之处,特别是宋代以后,古典诗学朝文艺学的方向有极大的拓展,如明人的"格调"、清人的"神韵"诸说对唐诗艺术都有独特的认知。从近古以来具体的文学批评以及抽绎出来的文学理论入手观照唐诗,挖掘其中有价值的认识和审美感悟,是治唐诗的终南捷径和不二法门。

许先生第三个治学特点则是缔结思想史研究与文学史研究的联姻。在《社会、心理与传统的文化整合——论宋代理学与文学的联结基础》一文中,许先生写道:"作为宋学核心的理学,其基本精神自然渗透于包括文学在内的意识形态各个领域。而时代性的人文文化氛围和理性思辨精神对宋代文人心理的浸润，进而铸就宋代文学的根本的文化性格。同时，传统儒家思想的表达，无不借助于文学的形式，儒家是先秦诸子中与文学关系最为密切的，因此，作为新儒学形态的宋代理学，在表达方式上也难以割断与传统儒学的联系。"深入探析了思想与文学联结的基础及其互相作用的机制，有效地解释了文学史演变的一大成因。在此思想引导下，许先生主编了《理学文艺史纲》，并著有《宋明理学与中国文学》《理学与中国近古诗潮》等一批著作。

从思想史的角度看，文学极度繁荣的唐代在思想创新上却似略显荒芜，不过许先生对唐代文学的研究仍然秉承注重抉发其思想动因的思路。《唐诗史》中对唐初宫廷诗新变的思想内蕴、武后时期新兴庶族文人的思想变化、开天时期诗人的精神风貌以及儒释道三教并盛融会的特点、安史乱后现实精神的抬头、中唐时期政治图变氛围中的文学革新精神与儒学复兴萌芽、晚唐五代文人的颓废苟安心态的阐发，无不着眼于文学与思想的联结。其中归纳出的一些文学家的思想完全可以补充进思想史，特别是中唐时期士庶文化、雅俗文化嬗递之际，文学中展现的"大传统"与"小传统"的奇妙融合，更是可以作为此一时段思想史写作的重要参照。《文学评论》2005年第4期发表的许先生《论理学与唐宋古文主流体系建构》一文尤具特色。该文指出，文学史上的唐宋古文运动与思想史上的理学发展各自形成"文统"与"道统"，但由于共同的重振儒学的思想源头，两者实具密切的联系。一方面，唐宋古文运动前期作家的思想被宋代理学家扬弃吸取，成为宋明理学许多重要理论的出发点。另一方面，唐宋古文作家同时作为思想家，特别是宋六家在宋代思想史上占有重要地位，建立了属于自己的学派，又时时受到作为宋学核心体现的理学基本精神的深刻影响。尤其值得注意的是，由明代唐宋派文人明确提出的在文学史上影响深远的"唐宋八大家"之名目，实际上在南宋理学家手中已初具雏形。唐宋古文主流体系，正是通过理学家的初建才逐渐流行确立起来。可以看出，此文不仅从文学史的原生态，也从其接受态的广阔场景中展现文学与思想的扭结，展示了文学如何在思想史演变中被塑造重构。

此外，许先生的唐诗研究还有许多特色。先生工诗，因此对于诗歌创作原理和诗歌美学特征有独到的颖悟。他借助此优长，善作文本细读，并进一步阐发文本背后的作家心态和不同时代作家群体的精神气质。我印象比较深的是先生在《宋诗史》中以欧阳修的心理变异论证宋诗的理性化进程。他特别举了欧阳修《白发丧女师作》一诗，抉发其悲痛断肠，由肠而心而骨而血而泪而毛肤而须鬓，由极里至于极表循序不紊的描述顺序，将之与杜诗《自京赴奉先县咏怀五百字》写丧子一段作比较，以此体现宋诗的理性化特点，再由欧而苏勾勒这一进程。再如论李商隐诗，指出其深受李贺的影响，但与李贺建构一种超越现实乃至自身的外张型的斑斓怪异之美迥异，义山诗最显著的标志是内向型的绵邈幽深、朦胧恍惚之美；又说李商隐通过变意象的联系性为并列性以扩展诗的艺术张力与容量的方式，直接承自杜甫对艺术时空关系重组的创造性实践，但是杜诗的跳跃性思维方式主要作用于包容历史的广度，李商隐的隐断性表现特点则主要作用于开掘心灵的深度，由此便造成其有别于杜甫沉郁顿挫的惝恍迷离的主导诗风。这些三十年前的论述今天看来仍令人敬佩不已。

先生又善于抓取特别的角度揭示文学演进的动因或文学生产的机制，比如从文学体派这一新的视角勾勒唐宋诗的演进。近年来学界对文学群体的研究蔚然成风，上自梁园、建安、金谷、兰亭诸文人集群，下至云间、虞山、湖湘、同光诸诗派，都有数量可观、质量上乘的论著进行研究。不过唐宋时代是文学体派形成的关键时期，文学史上第一个具有自觉意识的流派即出现在宋代的江西诗派，许先生敏锐地抓住这点进行一个"完整的文学史时代"的论述。对于诗人群体、诗歌流派，唐以前大体称"体"，宋以后则"体""派"互见，而唐宋时期"体""派"本身的多义性，使其具有了十分丰富的内涵，包含了诗歌体式、文学传统、时代风尚、诗歌流派等多重意义。就唐诗而言，整个唐诗发展史的阶段性转折和演进，某种意义上是各体派新生、衰亡、递嬗或延续的结果，其存在方式也表现为诸多体派的嬗递、反拨和延续。以此视角观照唐诗演进,别具特色。

许先生的唐诗研究也不乏一些文人行迹的考证,如 2004 年由中华书局出版的《元稹与崔莺莺》一书,从一般被视作传奇小说的元稹《莺莺传》入手,将小说中的情节与元稹文集中的诗文、张生的行踪与元稹本人行迹、小说所述事件与贞元时期的史实一一比勘对照,将说部作为诗文研究的重要文献资源,这正是陈寅恪先生用"新材料""新方法"研究理念的赓续。近年来许先生致力于《诗经诗解》一书的撰写,此书最引人注目之处就在于以诗解《诗》,在三百五篇诗歌原文、注释之后都缀以解诗七言绝句一首,既赓续由杜甫开创,元好问、王士禛、赵翼、袁枚等发扬的以七绝论诗的传统,又首开以诗论《诗》、篇篇皆论的新格,实两千余年"《诗经》学"史上所未有。以近体七绝追摹风雅,在书中又常以唐诗情境揣摩《诗》文本义与《诗》人本心,也鲜明地体现了一位唐诗研究学者的风采。

总的来说,许先生的学术研究,无论是建构一整个时代的文学史,还是深入接受史、批评史进行考察,抑或探寻文学史与思想史的关联,其结穴还是回归文学本位的研究,研究文学的本质内涵、生成机制、创作原理、传播路径以及接受形态。张伯伟先生在《回向文学研究》中说,百年来的文学研究几乎就是一场考据与理论之间的拉锯战,无论怎样的此起彼伏或此消彼长,都有一个共同的倾向,那就是程度不一的对于文学自身的远离甚至背弃;而许先生多个层面的唐代文学研究范式,或许可以为当下的古代文学研究提供一些启示。

许先生个性坚强果毅,这两年来他努力地与病魔抗争,亲自参与每一次专家会诊,与专家协商制定治疗方案。因为所患疾病较为罕见,并没有直接对症的特效药,在两次治疗效果并不理想的情况下,他仍寄希望于养好身子,以便进行第三次治疗。怎奈天不遂人愿,身体每况愈下,不具备继续治疗的条件。或许是先生不愿在我们面前展示其病容,也想着治好病再见我们,这两个月来谢绝一切探访,只在师母、家人的照料下顽强地与疾病搏斗。也因为此,他的许多学生听闻噩耗,竟然毫无心理准备,有些同门三四个月前还和先生愉快地交谈用餐。在先生遗体的告别会上,许多从全国各地赶来的师兄妹在先生灵前失声痛哭,这种至情,源于先生对我们倾注心血的爱护培养,也源于先生博大人格的感召。甚至直到最近半年,只要身体允许,许先生在积极治疗的同时,仍肩负仰恩大学校长的繁重事务,并于2023年年初出版积十年之功撰成的皇皇六十余万字的《诗经诗解》一书,先生的坚毅笃厚让我们仰之弥高。许结先生为许总先生撰挽联云:"为子孝为父慈为学勤为文兼唐宋,立身廉立功成立德明立论贯古今。"可谓是先生一生写照,真儒者也!我亦窃撰一联:"精研诗学贯通三元直溯二周风雅,允称师表寝梦两楹惟留满园芬芳。"先生往矣,痛何如之,只能以此苍白文字聊表师门哀忱。

先生的父亲许永璋老先生精研杜诗,先生亦酷嗜之,且首开"杜诗学"的研究。在此化用杜甫的四句诗:"树立甚宏达,苍茫自咏诗。乾坤一真儒,痛哭送吾师。"借以寄托学生的哀痛之情,愿天堂之上的老师安息!您的高风懿行和学术光辉将留在您的亲人、朋友、学界同仁、学生以及一代代学子心中!

学生黄立一泣血写于泉州
2024年1月10日

索引目录

2023年唐代文学研究专著索引

□ 李青杉

唐诗讲读　　　　　　　　　程郁缀著　北京大学出版社　2023.01
中古时期敦煌文人诗歌传播研究
　　　　　　　　　　　　　侯成成著　中国社会科学出版社　2023.01
唐诗十讲　　　　　　　　　刘青海著　北京大学出版社　2023.01
杜甫研究新探索：杜甫研究高端论坛论文集
　　　　　　　　　胡可先、咸晓婷主编　浙江大学出版社　2023.02
闻一多唐诗十六讲　　　　　闻一多著　江苏凤凰文艺出版社　2023.02
东亚唐诗学研究论集（第四辑）　查清华主编　上海辞书出版社　2023.02
诗仙李白在济宁　　　　　　张自义编著　中国文史出版社　2023.02
我认识的唐朝诗人　　　　　陈尚君著　中华书局　2023.03
唐诗之路与文学空间研究　　胡可先著　中华书局　2023.03
唐诗夜航　　　　　　　张起、张天健著　中国文史出版社　2023.03
门类增广十注杜工部诗（残本）门类增广集注杜诗（残本）草堂先生杜工部
　　诗集（残本）（杜诗宋元注本丛书）
　　　　　［唐］杜甫撰　［宋］佚名注　张家壮点校　凤凰出版社　2023.04
樊川文集夹注
　　　　［唐］杜牧撰　［南宋］佚名注　韩锡铎点校　辽宁美术出版社　2023.04
神游大唐：《酉阳杂俎》里的奇异世界
　　　　　　　［唐］段成式著　虫离先生译注　上海社会科学院出版社　2023.04
漂泊西南天地间：杜甫行踪遗迹考察　　方伟著　巴蜀书社　2023.04
唐代文学研究（第二十二辑）　李浩主编　社会科学文献出版社　2023.04
从萧门到韩门：中唐通儒文化研究
　　　　　　　　　　　　　李桃著　中国社会科学出版社　2023.04
粤西唐诗之路探源与诗人寻踪　莫道才编　中华书局　2023.04

书名	作者	出版社	时间
元结考论	肖献军、胡娟著	中国社会科学出版社	2023.04
唐诗物候	曾莹著	南方日报出版社	2023.04
醉白之路:品读白居易	陈才智著	河南人民出版社	2023.05
王绩集会校	韩理洲校点	上海古籍出版社	2023.05
同道中国:韩愈古文的思想世界	刘宁著	生活·读书·新知三联书店	2023.05
唐传奇鉴赏辞典	上海辞书出版社文学鉴赏辞典编纂中心编	上海辞书出版社	2023.05
论王维	王志清著	商务印书馆	2023.05
唐诗之路上的唐代摩崖	许力著	浙江古籍出版社	2023.05
耘斋古典文学论丛	张忠纲著	山东大学出版社	2023.05
杜陵烟雨	蔡德初著	湖南大学出版社	2023.06
唐诗三体家法汇注汇评	陈斐辑著	凤凰出版社	2023.06
中古唐诗的尚奇之风	葛晓音著	北京大学出版社	2023.06
韩愈诗文艺术谭	雷恩海、蒋凡著	读者出版社	2023.06
唐代文学研究(第二十三辑)	李浩主编	社会科学文献出版社	2023.06
唐诗中的女性形象研究:性别视角下的考察	王蕊著	天津大学出版社	2023.06
四时的风雅:唐诗里的日常之美	何婉玲著	黄山书社	2023.07
贬谪文化与贬谪诗路:以中唐元和五大诗人之贬及其创作为中心	尚永亮著	中华书局	2023.07
诗狂何处	石光明著	人民出版社	2023.07
杜诗学通史·唐五代编	张忠纲著	上海古籍出版社	2023.07
杜甫画传	左汉林著	商务印书馆	2023.07
唐代交通与文学(增订本)	李德辉著	中华书局	2023.08
历史文化发展视域下唐代文学的创作研究	马莉娜著	中国纺织出版社	2023.08
宫廷文化与唐五代词发展史	孙艳红著	中国社会科学出版社	2023.08
独钓寒江雪:尚永亮讲柳宗元	尚永亮著	湖南文艺出版社	2023.08
东亚唐诗选本丛刊(第一辑)	查清华主编	大象出版社	2023.08
东亚唐诗学研究论集(第五辑)	查清华主编	上海辞书出版社	2023.08
白杨集:竺岳兵唐诗之路学术研究文集	竺岳兵著、俞晓军编	浙江大学出版社	2023.08
寻找缭绫:白居易《缭绫》诗与唐代丝绸	赵丰著	浙江古籍出版社	2023.08

敦煌变文名物辑释	张春秀、秦越著	四川大学出版社	2023.08
杜诗与朝鲜时代汉文学	左江著	中华书局	2023.09
濡羽编:讲辞、讲稿与讲纲(李浩学术文集)			
	李浩著	陕西人民出版社	2023.10
张一南北大国文课:唐代文学篇	张一南著	岳麓书社	2023.10
文化生态与唐代诗歌	戴伟华著	中华书局	2023.11
唐代文学研究年鉴(2023)			
中国唐代文学学会、首都师范大学文学院编		广西师范大学出版社	2023.11
流浪的诗歌与山河:唐代西南流寓诗歌及其传播			
	丁红丽著	社会科学文献出版社	2023.11
唐代小说《板桥三娘子》考:东西方变驴、变马的系列故事			
[日]冈田充博著	张桦、独孤婵觉译	西北大学出版社	2023.11
明月出天山:丝绸之路与唐人书写	高建新著	人民出版社	2023.11
唐代《诗经》学与诗学:经典诠释及其对诗学发展的影响			
	唐婷著	学苑出版社	2023.11

2023年唐代文学研究论文索引

□ 李青杉

总　论

文学古道研究论略:以唐宋文人在关中古道的活动研究为例
　　　　　　　　　李世忠、朱昱霖　重庆第二师范学院学报　2023.01
丝路文学之光:唐代内迁粟特人的文学之路
　　　　　　　　　龙成松　地域文化研究　2023.01
唐宋诗赋中"杞菊"饮食传统文化探赜　戴婵、雷勇　美食研究　2023.01
《文选》五臣注与开元初年的文学风向:从阮籍《咏怀十七首》注说起
　　　　　　　　　邢乐萌　杜甫研究学刊　2023.01
论唐末易代文人的焦虑心态及文学书写:以杨凝式、冯道、和凝为考察中心
　　　　　侯琳琳、和谈　哈尔滨工业大学学报:社会科学版　2023.01
《全唐五代诗》《全唐文》初盛唐韵文作家籍贯献疑:以《中国历史地图集
　（第五册　隋·唐·五代十国时期)》及《中国历史地名大辞典》为参照
　　　　　　　　　汪业全、廖灵灵　中国韵文学刊　2023.01
唐代文学史上的第三次吏治与文学之争　田恩铭　北方论丛　2023.02
若耶溪:唐代江南魅力溪流　　　　　景遐东　文史知识　2023.02
论初唐四杰文学经典地位的形成:兼及人物并称与内涵的发展变化
　　　　　　　　　洪迎华　文学遗产　2023.02
孔颖达以"兴必取象"为核心的兴象观:"兴象"范畴的前理论形态
　　　　　　　　　郁薇薇　文艺评论　2023.02
"五代文学""十国文学"概念史与论说语境
　　　　　　　　　罗时进、朱付利　社会科学战线　2023.02
"小李杜"诗文中晚唐长安的历史记忆
　　　　　　　　　米彦青　内蒙古社会科学　2023.02
唐代意象论中主体"意"的时空探索　初娇娇　社科纵横　2023.02

日本天理图书馆藏珍善本唐代诗文集叙录

　　　　　　郝润华、司丽丽　闽南师范大学学报:哲学社会科学版　2023.02

中晚唐浙东使府文人的佛事活动及其文学效应

　　　　　　陈晨　励耘学刊　2023.第2辑

论武周时期洛阳政权中心的诗学意义

　　　　　　卢娇　河南科技大学学报:社会科学版　2023.03

感人心而天下和平:中唐政治观念与文章新变

　　　　　　吕家慧　北京大学学报:哲学社会科学版　2023.03

唐代墓志中新见唐人著述诗文辑考　蒋润　临沂大学学报　2023.03

论唐代意象创构中"象"的时空合一主题　初娇娇　唐都学刊　2023.03

唐宋"辞学"考绎　张兴武　浙江大学学报:人文社会科学版　2023.04

风物·政治·文教:南唐在江南文化中的地位与意义

　　　　　　史笑添　东吴学术　2023.04

唐宋文学编年地图平台的价值共创与应用实践

　　　　　　王艳、王孟　中南民族大学学报:人文社会科学版　2023.05

唐代新兴文化家族仕进路径拓展与文学圈层的"复式"营构:以蜀中鲜于家族为研究中心

　　　　　　王伟　陕西师范大学学报:哲学社会科学版　2023.05

唐集"以书为序"考　李成晴　北京大学学报:哲学社会科学版　2023.06

空间分布视角下初唐诗文韵系与鲍明炜初唐诗文韵系阳声部之比较

　　　　　　汪业全、洪理铭　汉字文化　2023.09

论唐穆宗时翰林诗文的共时双相:同类性场合下"识度"与"才丽"的平衡

　　　　　　王冰慧　中国诗学　2023.第35辑

诗　词

衬托、影略、不说破:与唐省试诗关系密切的几种写作手法

　　　　　　王群丽　聊城大学学报:社会科学版　2023.01

唐诗中的清远文学景观　黎焕怡　清远职业技术学院学报　2023.01

论唐代对项羽形象的接受:以咏史诗为例

　　　　　　国淑雅、王利锁　大庆师范学院学报　2023.01

高适、李白、杜甫、李邕"济南之会"考辨

　　　　　　刘明川、董灏　洛阳理工学院学报:社会科学版　2023.01

另一部"唐诗三百首":论《唐诗中声集》的结构与旨趣

　　　　　　顾漩、曲景毅　文艺理论研究　2023.01

| 世积乱离与中晚唐早朝诗 | 吴玉婵 | 唐山师范学院学报 | 2023.01 |

女性诗人的生命体验与自我表达：解读薛涛、鱼玄机诗歌的情志世界

	陈必应、卢芮青	山东农业大学学报：社会科学版	2023.01
唐代曲江诗研究综述	魏兴、陈正奇	西安文理学院学报：社会科学版	2023.01
论初唐贬谪现象较唐前的变化和对贬谪诗的影响	杨照	中国文化研究	2023.01
唐代宫怨七绝中的空间书写	黄园园	中国韵文学刊	2023.01
《全唐诗》中的园林萤景研究	宋雨晗、曹成全	乐山师范学院学报	2023.01
唐诗中的和谐共生思想	辛鹏宇	中国社会科学报	2023.01.16
唐诗之路的体系构架及文学场域功能	李德辉	唐代文学研究	2023.第23辑
程式与个性：唐代早朝诗的延承与新变	刘晓旭	唐代文学研究	2023.第23辑
论汉唐乐府学典籍的分类与著录	郭丽	唐代文学研究	2023.第23辑

离合·酬赠·题壁：以元、白贬途互动与诗路书写为中心

| | 尚永亮 | 中国高校社会科学 | 2023.02 |

个体的吟唱：唐宋诗中"诗/吟+个体指涉"诗语考论

	刘林云	汉语言文学研究	2023.02
元人"唐诗分期"谫论	赵彬	内蒙古民族大学学报：社会科学版	2023.02
基于图形—背景理论的唐代边塞诗歌意境凸显研究	唐燕玲、秦建安、蒋君兰	岳阳职业技术学院学报	2023.02
唐代诗歌竿箑书写研究	赵慧芳	安康学院学报	2023.02
唐宋诗歌地理中的庾岭梅花	侯艳	临沂大学学报	2023.02
文学与图像视野下唐代诗歌女性形象书写	杨贺	保定学院学报	2023.02
作为一种"叙事实体"的"新乐府运动"	程刚	中国韵文学刊	2023.02
论般若思想对唐代禅诗"空性"的影响	齐兰英	中国韵文学刊	2023.02
论唐诗中的琵琶意象	王爽、杨勇	山西广播电视大学学报	2023.02
试论浙东唐诗之路形成的内生动力	徐永恩	台州学院学报	2023.02
论浙东唐诗的创作范式与时代价值	姜欣星	台州学院学报	2023.02
唐诗：璀璨华章成就"诗的国度"	莫砺锋	中国民族报	2023.02.03

唐诗中的"青楼"意象演变及其文化意蕴研究

| | 张敏 | 濮阳职业技术学院学报 | 2023.03 |

盛唐五言诗古近辨体要素论析:基于历代唐诗评选			
	杨照	中国典籍与文化	2023.03
涉蕃唐诗之诗人群体、内涵特色综论			
	顾浙秦	西藏民族大学学报:哲学社会科学版	2023.03
唐代节俗诗序及其民俗文献价值	张红运	天中学刊	2023.03
论唐人元日早朝诗中的多重角色及情感抒写			
	傅绍良	山西大学学报:哲学社会科学版	2023.03
唐宋诗学梅香三境中的"壮"与"幽"			
	李晓峰、郭钰	新疆大学学报:哲学社会科学版	2023.03
盛唐诗用事的比兴精神、创作范式及诗史意义			
	黄琪	文学评论	2023.03
"唐诗学"研究及其学科建设	丁放	文学评论	2023.03
园与境:山水审美的园林转向与唐"诗境"说的形成			
	王书艳	浙江社会科学	2023.03
唐代士人出世观与入世观共同的"自我"思想根基:以言志诗为中心的考察			
	熊忭	北京大学学报:哲学社会科学版	2023.03
唐太宗、玄宗畋狩诗之军礼衍义与诗教互摄			
	杨晓霭	西北师大学报:社会科学版	2023.03
唐代诗歌中的乐器意象探析	郑哲	汉字文化	2023.03
唐人南行北归诗空间三层位论	李德辉	中国文学研究	2023.03
唐代庐山茶诗探析	胡夏青	九江学院学报	2023.03
京畿空间与中唐吏隐诗学的体系建构	徐贺安	杜甫研究学刊	2023.03
唐代新乐府与乐府体的重构	吴大顺	光明日报	2023.03.27
论新乐府的歌辞性质	万紫燕	光明日报	2023.03.27
新乐府相关问题辨析	张煜	光明日报	2023.03.27
"制度与文学"视阈中的唐代休假诗:以旬假、节假等常规假为中心的考察			
	张利国、钟涛	河北师范大学学报:哲学社会科学版	2023.04
唐人元日早朝诗中的"观""陪"书写及其早朝心态			
	傅绍良	甘肃社会科学	2023.04
唐代近体诗律"特殊句式"考论	郝若辰	文学遗产	2023.04
做还是不做?:以《全唐诗》为样本库对后悔情感特征的考察			
	霍四通	当代修辞学	2023.04
唐代佛教与山水共生的寺院诗			
	左福	重庆师范大学学报:社会科学版	2023.04
唐诗中"酹"字的内涵分析	霍佳雨	西北成人教育学院学报	2023.04

论儒家思想下对"诗佛"王维、"诗仙"李白的误读
　　　　　　　　　　　　高玮、李琦　三峡大学学报:人文社会科学版　2023.05
《唐诗近体》的曲折境遇与编选旨趣
　　　　　　　　　　　　张蕾　河北师范大学学报:哲学社会科学版　2023.05
论唐代诗人并称现象
　　　　　　　　　　　　廖介山　河北北方学院学报:社会科学版　2023.05
选本视域下《诗经》编纂观对唐人选唐诗的多维影响
　　　　　　　　　　　　赵鹿园　宁夏大学学报:人文社会科学版　2023.05
唐代诗格的功能错位与"体裁之辨"的滞缓
　　　　　　　　　　　　周玮璞　天水师范学院学报　2023.05
唐诗木叶意象发微
　　　　　　　　　　　　何继恒、郜冬杰　河南科技大学学报:社会科学版　2023.05
唐宋诗词与现代生活　　　莫砺锋　人民政协报　2023.05.15
换一个角度选唐诗　　　　田璐、王小盾　文史知识　2023.06
唐《教坊记》作者崔令钦身世辨正
　　　　　　　　　　　　曾智安　河北师范大学学报:哲学社会科学版　2023.06
胡笳文化与盛唐诗歌
　　　　　　　　　　　　龙正华　宁夏大学学报:人文社会科学版　2023.06
驿路唐诗对边域陌生事物的书写
　　　　　　　　　　　　吴淑玲　河北大学学报:哲学社会科学版　2023.06
数字人文视域下《文选》与唐诗的互文空间
　　　　　　　　　　　　程宁　清华大学学报:哲学社会科学版　2023.06
《全唐诗》七律中"青山"意象的象征意蕴　　林翠　汉字文化　2023.07
唐诗中辽鹤意象的审美视角与情感表达　　王逸帆　文化学刊　2023.07
路程·生活·经验:唐诗之路的三重构境　　罗时进　中州学刊　2023.08
互文视域下唐代壁画诗与敦煌壁画之研究
　　　　　　　　　　　　徐小洁　绵阳师范学院学报　2023.09
大历诗风与盛唐余响　　　刘学锴　学术界　2023.09
晚唐诗"格卑"说平议　　　傅宇斌　光明日报　2023.09.04
中国古代诗歌史上的盛唐概念　　黄琪　光明日报　2023.09.04
唐诗选本中李杜优劣观的嬗变　　卢燕新　光明日报　2023.09.04
请君为我倾耳听:盛唐诗人的音乐生活　　黄敏学　光明日报　2023.09.08
唐诗中的玉兔　　　　　　陈慧萍　中国社会科学报　2023.09.27
中晚唐乐舞诗中"霓裳羽衣"意象的生成与审美
　　　　　　　　　　　　何鑫妍　湖北文理学院学报　2023.10

仕心与隐意的交杂:唐诗中的剡溪	李伟昊	文史知识	2023.12
唐诗颜色词转喻现象的汉英翻译策略探析			
	李成明、梁梦	汉字文化	2023.15
唐诗文化负载词中的文化缺省及翻译补偿策略探析			
	李成明、梁梦	汉字文化	2023.16
论唐诗中的男性演奏	徐航	名作欣赏	2023.23
论民俗在唐代哀悼诗中的修辞手法	温瑜	汉字文化	2023.23
中唐文人园林诗中的人文精神分析	肖瑶	汉字文化	2023.23
由实入虚:"轺车"与唐诗意象之建构			
	闫艳	中国诗歌研究	2023.第24辑
晚唐诗人马戴、刘沧籍贯考辨	刘珊珊	中国诗歌研究	2023.第24辑
审美理想、婚姻伦理与家国情怀:《全唐诗》杨贵妃书写的多重文化意蕴			
	张翠真、朱少峰	名作欣赏	2023.26
唐代诗歌的"鹿"意象及其文化意蕴研究	宋雯	名作欣赏	2023.29
唐德宗的诗歌创作及其对贞元、元和诗坛的影响			
	陶承昊	名作欣赏	2023.29
中唐诗人创作心态的嬗变:以白居易和李贺为例			
	张秀珍	名作欣赏	2023.33
疆域巨变与唐宋诗风:以"边塞"为中心的考察			
	张思桥	古代文学理论研究	2023.第56辑
跨文化交流下唐诗的图像阐释:以《唐诗选画本》为中心			
	郁婷婷	古代文学理论研究	2023.第56辑
花间别调:毛文锡词的艺术成就探析	于广杰	保定学院学报	2023.01
论唐宋词的戏剧意味	陈晓清	中国韵文学刊	2023.01
风气·格调·范式:论西蜀宫廷园林对花间词的生成作用			
	罗燕萍	唐代文学研究	2023.第23辑
论"诗骚传统"与花间词的精神向度			
	郭艳华	中山大学学报:社会科学版	2023.02
唐宋词接受研究的现状分析			
	范方华	三门峡职业技术学院学报	2023.02
《花间集》的诞生:基于后蜀初年伎乐建设及"诗客曲子词"创作的考察			
	杨传庆	文学遗产	2023.03
"经典咏流传"中唐宋词演唱情况研究			
	张海鸥、谢丽娜、杨友城	河北师范大学学报:哲学社会科学版	2023.04
论唐宋间词体的流变	张昌红	中国韵文学刊	2023.04

谁为谁面放言"愿作乐中筝":唐代一首《忆江南》词引发的历史考辨

　　　　　　　　　　　　　　　李婷婷　中国美学　2023.第12辑

浅析《花间集》的词作特点及文化意蕴　　孙静静　汉字文化　2023.15

传奇小说

"唐人始有意为小说"与鲁迅的汉唐小说史识

　　　　　　　　　甘文博　西华师范大学学报:哲学社会科学版　2023.01

术语翻译、比较研究与"唐人传奇"概念的现代演化

　　　　　　　　　　　　　　朱银宁　文艺理论研究　2023.01

《朝野佥载》之女性婚恋观　　　张艺伟　焦作大学学报　2023.01

论唐传奇微观地理空间叙事　　侯晓晨　曲靖师范学院学报　2023.01

20世纪上半叶小说史中的唐传奇之辨

　　　　　　　　　　　　　李蔚　中国社会科学报　2023.01.04

本事的性质及其与唐代小说的关系:以《本事诗》为中心

　　　　　　　　　　　　孔妍文　唐代文学研究　2023.第23辑

裴铏《传奇》考论　　张玉莲　宝鸡文理学院学报:社会科学版　2023.02

唐传奇中的窥视叙事及其文化意蕴

　　　　　　　　　　　　谷文彬、李雨薇　天中学刊　2023.03

唐代小说中洛阳景观书写及其文化内涵

　　　　　　　　　　　李岚　三门峡职业技术学院学报　2023.03

唐人小说中的龙宫书写及其文化意蕴

　　　　　　　　　　张雨、刘胜杰　濮阳职业技术学院学报　2023.04

女侠的萌芽:《谢小娥传》新解

　　　　　　　　　　　林保淳　太原学院学报:社会科学版　2023.06

简论唐传奇叙事中的游历模式　　王雅倩　汉字文化　2023.07

玄奘《大唐西域记》的文化价值　　董晓波　光明日报　2023.07.09

唐传奇《古岳渎经》原名试考　　李小龙　文史知识　2023.10

唐传奇中的"洞庭"书写及楚文化渊源

　　　　　　李艺萌、李传印　齐齐哈尔大学学报:哲学社会科学版　2023.12

《李娃传》的"间断性"　　　　马舒影　名作欣赏　2023.26

从唐传奇看唐人的女性理想　　范洁、王锐　名作欣赏　2023.30

论唐代精怪故事的谐隐化与文人化转变:以狐精故事为例

　　　　　　　　　　　　　　郎美棋　名作欣赏　2023.30

论《霍小玉传》和《李娃传》中的悲喜剧效果

          韩全、范学新 名作欣赏 2023.32

源流·文体·文采:"唐人传奇"地位提升之途径

         朱银宁 古代文学理论研究 2023.第56辑

散文、赋

赋可以群:唐代同题赋创作与唐赋传播 曹世瑞 文学评论 2023.01
昭陵碑志与初唐女性文学考论   徐焕 杜甫研究学刊 2023.02
容告神明:盛世叙事传统与玄宗时代的典礼颂

         吕家慧 学术研究 2023.03

唐张阶《黄赋》本事考   周兴泰 江海学刊 2023.04
唐代翰林学士制诰文本的生成机制

     王冰慧 安徽大学学报:哲学社会科学版 2023.05

南唐"四六"的逸情雅韵 张兴武 光明日报 2023.05.15
唐宋古文的小品化趋势 王芊 光明日报 2023.05.29
唐代节日赋的文化意蕴 周兴泰 中州学刊 2023.07
日本《影弘仁本〈文馆词林〉》与隋唐文

       林家骊、何玛丽 浙江社会科学 2023.11

唐代哀辞新变   温瑜 汉字文化 2023.22

书　评

一部史学、诗性兼备的厚重之作:简评陈贻焮《杜甫评传》并论当代杜甫研
  究之格局 吴怀东、潘雪婷 杜甫研究学刊 2023.01
流动的诗,有形的史:评《有诗自唐来:唐代诗歌及其有形世界》

              王佳琪 读书 2023.01

聂巧平点校整理《新刊校定集注杜诗》序

         陈尚君 唐代文学研究 2023.第23辑

中唐诗歌研究的新开拓:读柏红秀《音乐雅俗流变与中唐诗歌创作研究》

         曹明升 中国韵文学刊 2023.02

读左江的《高丽朝鲜时代杜甫评论资料汇编》

         李煜东 社会科学动态 2023.02

闻一多唐诗研究未完成稿之学术价值及治学理路

     赵鹿园 内蒙古大学学报:哲学社会科学版 2023.03

从讲义编写到文学史撰述:论苏雪林《唐诗概论》的学术价值
        程磊 安庆师范大学学报:社会科学版 2023.03
观听与歌唱:原型批评与中华文化意象空间的建构——以傅道彬《晚唐钟
  声》的意象分析为中心   田恩铭 文艺评论 2023.03
闻一多《唐诗杂论》与《唐诗大系》的诗学会通
        牛志强 宁波大学学报:人文科学版 2023.04
诗意婉转崤函道:欣读李久昌《崤函:唐诗之路》
        许智银 三门峡职业技术学院学报 2023.04
探索文人文学传播意识,还原唐代文学传播生态:评黄俊杰《唐代文人文
  学传播意识研究》   王毅 豫章师范学院学报 2023.06
陈伯海唐诗学质性论的理论意义
        何潇 濮阳职业技术学院学报 2023.06
刘传启《敦煌亡文辑校与研究》序 伏俊琏 乐山师范学院学报 2023.11
陈铁民《守选制与唐代文人的诗歌创作研究》
        吴夏平 唐宋历史评论 2023.第11辑
透过"虚""实"两山远望经典:《追寻谪仙:李白诗歌及其评论》序
        方葆珍、朱蔚婷、王健欣 中国文学研究(辑刊) 2023.第37辑
闻阊九叩杜陵秋:田晓菲主编《九家读杜诗》中的古人、古诗与当代阐释
        汪习波 中国文学研究(辑刊) 2023.第38辑

作家作品

许敬宗

许敬宗领衔集体著述及文学创作系年
        陈冠明 唐代文学研究 2023.第23辑
论许敬宗的辞章理论与《文馆词林》的编纂
        林家骊、汪妍青 浙江大学学报:人文社会科学版 2023.06

张　鷟

唐代深州张鷟家族士人心态及作品研究
        王凯、辛志英 内江师范学院学报 2023.07

张九龄

论张九龄的兴寄诗学与创作实践
        赵晓华 北京大学学报:哲学社会科学版 2023.01
论张九龄独特的庾岭体验与书写
        王利民、周婷 赣南师范大学学报 2023.02

论张九龄诗在明代的接受:以唐诗选本的定量分析为考察中心
         武雅欣 韶关学院学报 2023.04
论张九龄的文化史意义
    杭勇、马莉娜 哈尔滨工业大学学报:社会科学版 2023.05

宋之问

宋之问《函谷关》诗证伪   孙利政 江海学刊 2023.01
宋之问二贬岭南行程及诗路书写考论
      闫梦涵 中国文学研究(辑刊) 第37辑

王 勃

王勃乐府诗论析   刘紫薇 湖北科技学院学报 2023.03
《滕王阁序》释义商补二则 杨荣祥、康振栋 中国语文 2023.03

杜审言

杜审言《早春游望》中日接受异同探略 沈儒康 杜甫研究学刊 2023.03

陈子昂

论陈子昂《感遇》的整体性、主题渊源及复古价值
         赵晓华 文艺理论研究 2023.06
诗人陈子昂的三次远行与成长 张一南 文史知识 2023.07

沈佺期

沈佺期应制诗探析   马晨 湖州师范学院学报 2023.01
沈佺期《古意》通考梳理 盛大林 太原学院学报:社会科学版 2023.03

张若虚

张若虚《春江花月夜》思想与艺术审美十论 李金坤 语文学刊 2023.02
千年孤独客,何处置归心:《春江花月夜》赏析
         廖鹏飞、赵敏 汉字文化 2023.12

李 华

唐代李华生卒年研究述评   徐艳芹 社会科学动态 2023.07

孟浩然

"汉风禅境"里的孟浩然诗歌域外英译
      [加]江岚 唐代文学研究 2023.第23辑
孟浩然:好"卧"好"游"的隐士及其心理机制——兼论李白《赠孟浩然》诗对孟浩然的描述与认知   吴怀东 学术界 2023.03
人事有代谢,往来成古今:论孟浩然诗歌的哲学意蕴
         李明 湖北科技学院学报 2023.03
频作泛舟行:解读孟浩然舟行诗中的线性叙述结构
      梁炜婧 九江学院学报:社会科学版 2023.03

王士禛对孟浩然诗歌书写的接受	尚莹轩	湖北文理学院学报	2023.09
孟浩然与宋玉:恋阙思君企用世	姚守亮、程本兴	湖北文理学院学报	2023.10
孟浩然田园诗中的乡村美学物像体系解读	张子慧、刚祥云	名作欣赏	2023.17

王昌龄

王昌龄"物境"说的激活及其理论效应:基于当代西方环境美学视域	周思钊	中国文学批评	2023.01
"孤城遥望玉门关":王昌龄笔下的丝路戍守	高建新	内蒙古大学学报:哲学社会科学版	2023.03
论王昌龄《诗格》身体理论的创构	张世衡	太原学院学报:社会科学版	2023.03

李 白

误读与重塑:论李纲对李白的评价与接受	刘岩	国学学刊	2023.01
李白诗"人"意象的文化内涵与天人合一的境界	王素美	河北大学学报:哲学社会科学版	2023.01
哲思视域中饮者精神世界的多维面向:论《将进酒》的诗化人生与醉意生活	戴兆国	江南大学学报:人文社会科学版	2023.01
李白诗文园林文化空间的建构与续构	李小奇	新疆大学学报:哲学社会科学版	2023.01
论李白的赞文	赵聪、莫山洪	漯河职业技术学院学报	2023.01
三十年来福建地区的李白研究论略	林大志	闽南师范大学学报:哲学社会科学版	2023.01
李白《行路难》三首用典释读与系年再议	詹福瑞	唐代文学研究	2023.第23辑
杨齐贤、萧士赟、徐祯卿三家李白诗注与宋元明诗学	李鹏飞	励耘学刊	2023.第1辑
论李白作品中的自由精神	刘宁	文化学刊	2023.02
试述李白人格形成的前提条件	崔际银	绵阳师范学院学报	2023.03
杜甫入蜀后的李白读解与创作表现:兼论蜀人苏涣的李白接受	苏焘	中国韵文学刊	2023.03
《清平调》新解:兼论李白被"赐金放还"	陈前进	杜甫研究学刊	2023.03
第一部李白诗集英译本的百年出版传奇	石春让、戴玉霞、梁丽群	出版科学	2023.04

| 诗仙远游:《玉书》里的李白 | 蒋向艳 | 中国文学研究 | 2023.04 |

| 边省地区文化传统的选择与赓续:以清代贵州李白接受为中心 |
| 方丽萍 | 临沂大学学报 | 2023.04 |

| 论李白《古风》艺术的"复古"与"创革" | 王秋秋 | 理论界 | 2023.06 |

明代嘉靖张氏家塾刻本《李诗选》选源考
　　　　　　　　　雷磊、陈君忆　贵阳学院学报:社会科学版　2023.06

人文地理意象视域下李白诗作的道路形象
　　　　　　　　　梁福根　桂林师范高等专科学校学报　2023.06

"天才的白日梦"与"现实苦闷"的挣扎:李白诗中精神困境探奥
　　　　　　　王锐、徐定辉　绵阳师范学院学报　2023.07

论李白诗作中的历史意识　王雪凝　绵阳师范学院学报　2023.07

李白《蜀道难》异文改笔研究及疑难辨正　张立华　文史知识　2023.07

李白诗歌中的自相矛盾　张巍　光明日报　2023.08.28

李白诗作《春日醉起言志》在德语地区的传播与译介
　　　　　　　杨扬　齐齐哈尔大学学报:哲学社会科学版　2023.11

论朝鲜王朝文人徐居正对李白诗风的接受
　　　　　　　陈泉颖　绵阳师范学院学报　2023.12

"范碑"不朽,李白不朽　薛天纬　名作欣赏　2023.13

浅论李白《将进酒》中的儒道结合　林韫琨　名作欣赏　2023.20

自信、自恋、自狂:从李白早年交游诗文探究其性格的形成
　　　　　　　刘思阳　名作欣赏　2023.27

试论用小说评点技法细读唐诗:以李白诗歌为中心
　　　　　　　樊梦瑶　古代文学理论研究　2023.第57辑

王　维

基于理想化认知模型王维田园诗歌的语篇连贯认知研究
　　　　　　　范敏、赵生学、徐善文　皖西学院学报　2023.01

论王维诗歌的简朴技巧　王媛　白城师范学院学报　2023.01

论王维诗中的青色系词
　　　　　　　刘莉莉　连云港师范高等专科学校学报　2023.01

论王维《与魏居士书》:兼论王维作品被"误读"之深层原因
　　　　　　　邵明珍　求是学刊　2023.01

论王维和孟浩然对屈原的接受　赵建明　杜甫研究学刊　2023.02

王维《终南山》诗的政治倾向与道教文化　吴怀东　学术界　2023.03

论王维诗歌在禅林中的传播与接受:兼及"禅林唐诗学"的史料范围
　　　　　　　侯本塔　中北大学学报:社会科学版　2023.03

| 王维先祖及籍贯考 | 李广浩 | 晋阳学刊 | 2023.03 |
| 王维自然田园诗中的人格研究 | 刘桢 | 汉字文化 | 2023.04 |

"三化论"视角下王维山水诗汉英翻译之意境美探析:以许渊冲译本为例
　　　　　　　　　　　　　　陈莹莹、贾学睿　汉字文化　2023.04
| 王维晚年陷伪行实考 | 黄鸿秋 | 杜甫研究学刊 | 2023.04 |
| 王维"终南别业":究竟是有还是无 | 张进 | 文学遗产 | 2023.05 |

渭城、《渭城曲》与《阳关图》:一个诗路别离意象的生成与经典化
　　　　　　　　　　　　　　　　　　李芳民　中州学刊　2023.08
| 论王维《终南别业》的文化内涵 | 姚懿 | 汉字文化 | 2023.08 |

"其神俊逸,其势矫健":王维笔下的凉州、居延及阳关
　　　　　　　　　　　　　　　　　　高建新　光明日报　2023.08.21

岑　参

论岑参边塞诗的精神美
　　　　　　　邵洋洋　中央民族大学学报:哲学社会科学版　2023.04
论岑参七言诗歌在清代的高度接受:以选本和诗话为中心
　　　　　　　雷正娟、张中宇　河北北方学院学报:社会科学版　2023.05

高　适

梁宋文化在高适送别诗中的文本呈现与情感表达
　　　　　　　　　　　　　　　　　　王逸帆　保定学院学报　2023.03

杜　甫

论清初私修杜集与官修杜集关系:以杜诗异文为中心
　　　　　　　　　　　　　　　　　　姬喻波　中国文学研究　2023.01
《黄氏补注杜诗》黄鹤成刊刻时间考辨	胡永杰	中国文学研究	2023.01
杜甫七绝别体在清代的确立、倾赏与呼应	庄文龙	国学学刊	2023.01
谈杜甫《旅夜书怀》之"独"而不得自由	王霞	保定学院学报	2023.01

杜诗《冬日洛城北谒玄元皇帝庙》编年考
　　　　　　　　　　　　　　　　　　张诺丕　杜甫研究学刊　2023.01
| 论"随时敏捷"与"诗圣"杜甫的诗歌创作 | 徐铭 | 杜甫研究学刊 | 2023.01 |

宋人对杜甫诗病的指摘及其诗学意义:以宋代诗话为中心
　　　　　　　　　　　　　　　　　　宋蕾　杜甫研究学刊　2023.01
| 2022年杜甫研究综述 | 冷加冕 | 杜甫研究学刊 | 2023.01 |

杜诗几种特殊诗体体制研究及后世接受之述评
　　　　　　　　　　　　　　　吴淑玲、韩成武　南都学坛　2023.01
| 论杜甫的经学与诗学 | 刘强 | 复旦学报:社会科学版 | 2023.01 |

杜甫家族中的道教信仰及相关杜诗新解			
	王新芳、孙微	中国文学研究	2023.01
从吐鲁番文献到杜诗	王启涛	杜甫研究学刊	2023.01
杜甫与李商隐七律诗色彩词比较	曲秋萌	贵州文史丛刊	2023.01
论杜诗的虚构之境	韦敏珠	陇东学院学报	2023.01
论杜诗之"野"	杨衍亮	重庆第二师范学院学报	2023.01
杜甫《旅夜书怀》的思想蕴含及其育人价值			
	黄学义	德州学院学报	2023.01
论杜甫陪宴诗中的角色特征及成因			
	傅绍良	唐代文学研究	2023.第23辑
杜甫应天宝六载制举事质疑:兼论天宝中杜甫的行止			
	卢多果	文史	2023.第1辑
评杜·拟杜·书杜:论马一浮对杜甫的接受			
	胡书晟、郝润华	唐代文学研究	2023.第23辑
长安陷落前后杜甫行止考辨			
	孙微、王新芳	安徽大学学报:哲学社会科学版	2023.02
杜甫诗歌系年研究中的诗歌氛围迷思			
	李煜东	安徽大学学报:哲学社会科学版	2023.02
赵翼对杜诗的接受及其意义	程蒙	杜甫研究学刊	2023.02
日本国立国会图书馆藏《徂徕先醒杜律考》考论			
	何振	华文文学	2023.02
作为东亚"世界文学"的杜诗:《秋兴八首》在日本的阅读、阐释与拟效			
	王茹钰、卞东波	杜甫研究学刊	2023.02
论"同俗体"的确立及影响	王路正	杜甫研究学刊	2023.02
论"诗王":杜甫接受史的一个别样角度			
	陈才智	杜甫研究学刊	2023.02
视其所读,察其所译:宇文所安译杜镜鉴读杜综论			
	李霞	杜甫研究学刊	2023.02
雅俗视域下的宋人贬杜论平议	李昊宸	杜甫研究学刊	2023.02
杜甫卜居诗的生命意识探微	谭思思	四川职业技术学院学报	2023.02
"怕春"考:杜甫《文选》李善注受容例证			
	陈翀著、陈铃玉译	杜甫研究学刊	2023.02
"诗史"中的实录与想象:以杜甫《奉先咏怀》中华清宫宴会书写为中心的讨论			
	浦仕金	九江学院学报:社会科学版	2023.02
论杜甫诗中的"人"意象及其文化内涵			
	王素美	邢台职业技术学院学报	2023.02

杜甫《绝句》一诗解析:兼与葛晓音商榷			
	苏勇强、温司	贵阳学院学报:社会科学版	2023.02
论杜甫诗歌的身体观	杨衍亮	西昌学院学报:社会科学版	2023.02
沈德潜论杜诗诗法	张东艳	天水师范学院学报	2023.02
诗文一理、聚观通证:杜甫诗与文章学关系综论			
	谷曙光	中国人民大学学报	2023.03
直用赋法:杜甫歌行体咏物诗指要	赵化	文史知识	2023.03
从史家之心到诗人之眼:杜甫《洗兵马》史事及主旨新证			
	卢多果	文学评论	2023.03
《集千家注分类杜工部诗》引《楚辞》注考论	马旭	北方论丛	2023.03
"矫变"的智者与"阔壮"的心性:论郑珍对杜甫的新阐释			
	周芳	求是学刊	2023.03
论杜甫的竹诗	李亚婷	镇江高专学报	2023.03
杜甫《牵牛织女》诗之理、事、情的三维观照			
	张慧佳、潘链钰	湘潭大学学报:哲学社会科学版	2023.03
《临洞庭》《登岳阳楼》阐释变迁及其诗学意义			
	雷正娟	洛阳理工学院学报:社会科学版	2023.03
杜诗集大成说再探:以杜诗中"马"的形象建构为中心			
	袁书会、邓秋华、李雯雯	西藏民族大学学报:哲学社会科学版	2023.03
杜甫代言体诗歌的心理透视			
	彭凯、徐定辉	西安文理学院学报:社会科学版	2023.03
"晚节渐于诗律细"与"老去诗篇浑漫与":论杜甫晚年律诗和绝句创作的两种倾向			
	葛景春	杜甫研究学刊	2023.03
"昔"与"忆昔":杜甫往事书写的文学史意义			
	傅绍良	杜甫研究学刊	2023.03
杜诗凉州书写的文学主题与文本地理空间			
	陈尧	杜甫研究学刊	2023.03
"集大成"作为诗歌创作理论的建构:宋诗话的杜诗接受			
	黄爱平	杜甫研究学刊	2023.03
初阶导读到二级研读:大卫·霍克斯译释杜甫诗歌赏析			
	倪豪士、刘城、刘桂兰	杜甫研究学刊	2023.03
日本大典禅师《杜律发挥》本源发覆举隅	杨理论	国学学刊	2023.03
杜甫题画诗与杜甫诗意图的同质论	马旭	国学学刊	2023.03
"推见至隐":孟启"诗史"说探赜	谢贤良	国学学刊	2023.03
秘密藏的破译:赵次公对杜诗"来处"的多维阐释			
	刘欢	国学学刊	2023.03

| 《钱注杜诗》注文抉原 | 曾祥波 | 文史 | 2023.第3辑 |

论杜诗中连贯句的运用艺术
    李谟润、卢盛江 河南师范大学学报:哲学社会科学版 2023.04
"诗圣"的多维度阐释
      南生桥 宝鸡文理学院学报:社会科学版 2023.04
关于西方三部论杜著作的评价   查屏球 杜甫研究学刊 2023.04
吴汝纶杜诗评点及其影响   胡健 杜甫研究学刊 2023.04
20世纪以来杜诗评点研究述论 张学芬 杜甫研究学刊 2023.04
《杜诗详注》中杜诗异文的著录方法及其弊端
           毛婷婷 杜甫研究学刊 2023.04
鲁訔《编注杜少陵诗》考论   罗清 杜甫研究学刊 2023.04
由"触邪之义"到"正色立朝":杜甫进《雕赋》的政治文化内涵及相关问题
 论析   王雨晴 杜甫研究学刊 2023.04
杜甫祔葬偃师杜预墓之论的生成与建构
           李煜东 杜甫研究学刊 2023.04
杜甫与盛唐气象论纲   王树森 光明日报 2023.04.17
论杜甫《绝句》("两个黄鹂")的赏析与评价 张立敏 晋阳学刊 2023.05
论清代杜诗阐释对李泌事迹的牵合
      卢多果 安徽大学学报:哲学社会科学版 2023.05
杜甫诗歌中的"鲍谢"并称及其影响
         陈秋婷 豫章师范学院学报 2023.05
《杜诗详注》征引江淹诗赋考辨 孙联博 天水师范学院学报 2023.05
构建事象:杜甫体物之法与古典诗歌叙事性
       白松涛 河南科技大学学报:社会科学版 2023.05
精神实录与边塞想象:杜甫《前出塞》《后出塞》疏证
         李俊 复旦学报:社会科学版 2023.05
论杜甫的朝班记忆与谏官形象重塑
      傅绍良 陕西师范大学学报:哲学社会科学版 2023.05
"杜诗入史"现象与早期杜诗学话语体系
        吴夏平 南京师大学报:社会科学版 2023.05
杜甫题画诗研究综述   刘亚旭 商洛学院学报 2023.05
美国诗人大卫·杨的杜甫诗歌翻译
       任晏言、党争胜 中国社会科学报 2023.05.08
杜甫"家国同构"观念中的"家"研究 刘桢 汉字文化 2023.06
试论杜甫《咏怀古迹五首》用韵与情感之关系 陈莉 汉字文化 2023.06

杜甫《天狗赋》"献赋"性质考论	吴怀东	文学遗产	2023.06
杜甫献《三大礼赋》后未能立即授官原因新考	孙微	文学遗产	2023.06
清前中期桐城杜诗阅读传统与桐城义法的生成	程维	文学遗产	2023.06
杜甫七律修辞的创新性成就论析	段曹林	海南师范大学学报:社会科学版	2023.06
杜甫诗中的儒家理想伦理人格	吴中胜	光明日报	2023.07.15
杜甫《同诸公登慈恩寺塔》的文学评议:以《文心雕龙》"六观说"为视角	魏笑	文化学刊	2023.08
杜甫与高适的友谊	陈尚君	文史知识	2023.09
杜甫诗歌的"以古入律"及诗史意义	华若男	乐山师范学院学报	2023.10
论杜甫的诗法与画法	杨衍亮	湖北文理学院学报	2023.10
"兴观群怨"视角下的杜甫诗歌	丁贝宁	汉字文化	2023.11
杜甫与郑虔的忘年交	陈尚君	文史知识	2023.12
末年重逢:宏大的历史性悲哀——《江南逢李龟年》的赏析与对读	俞冰越	名作欣赏	2023.23
《秋兴八首》在日本江户时期的接受研究	张德懿	中国诗学研究	2023.第23辑
杜甫《赠陈二补阙》考论	金沛晨	中国诗歌研究	2023.第24辑
杜甫寓湘诗的家国情怀及其当代价值	虞莎、李有梁	名作欣赏	2023.29
杜甫《春望》中"国"与"连三月"所指释义探究	卢达成	名作欣赏	2023.29
杜甫《幽人》《昔游》诗解读与系年:兼谈杜甫及其朋友的隐逸书写	罗宁	中国文学研究(辑刊)	2023.第37辑
朝鲜王朝杜诗接受的互文性阐释:以朝鲜文人卢守慎为例	王琳、严明	中国文学研究(辑刊)	2023.第38辑
黄文焕《杜诗掣碧》考论	耿建龙	古代文学理论研究	2023.第56辑

钱起

| 论钱起诗歌中的"片" | 许柳泓 | 广东开放大学学报 | 2023.01 |

张继

| 时空流转与意象形塑:《枫桥夜泊》"钟声"的五山回响 | 方舒雅 | 外国文学评论 | 2023.02 |

王之涣

《凉州词》"黄河远上"文本的文献学解读

      郝润华 首都师范大学学报:社会科学版 2023.03

韦应物

论白居易与韦应物诗歌惭愧表现之异同

      吴嘉璐 中国韵文学刊 2023.01

"慕谢始精文":也论韦应物的诗歌渊源与风格

      焦缨添 西安文理学院学报:社会科学版 2023.02

王维和韦应物山水诗比较探析 辛雪芳 名作欣赏 2023.32

李益

雪寒天山下的一曲剑舞:李益边塞诗的研究综述

      王艺乔 唐山师范学院学报 2023.04

张志和

张志和《渔歌子》之西塞山位于黄石考

      沈月 唐代文学研究 2023.第23辑

陆羽

作为诗人的茶圣陆羽 陈尚君 文史知识 2023.02

李幼卿

《唐李幼卿墓志》及其相关问题谫论 胡可先 文学遗产 2023.01

武元衡

论中唐以武元衡为中心的诗歌唱和及其诗学史意义

      朱其欢、奚日城 绵阳师范学院学报 2023.03

韩愈

初期宋学与韩愈思想

      宋宇轩 洛阳理工学院学报:社会科学版 2023.01

论韩愈的鬼神观念:从"多尚驳杂无实之说"谈起

      唐秋楠 巢湖学院学报 2023.01

从对才性品评的疏离看韩愈碑文的艺术创变

      刘宁 华南师范大学学报:社会科学版 2023.01

韩愈《毛颖传》与明代假传文新论

      高惠 南京师范大学文学院学报 2023.01

韩愈杂文首创成语的语言文化分析 武丽娜 焦作大学学报 2023.01

韩愈《南山诗》版本异文缉考

      沈文凡、尹亦凝 唐代文学研究 2023.第23辑

韩愈两度南贬与诗路书写刍论
　　　　　　　　尚永亮　北京大学学报:哲学社会科学版　2023.02
朝鲜金泽荣对韩愈散文的批评与接受　　王成　殷都学刊　2023.02
长安之外的韩愈　　　　　　　　　王树森　学术界　2023.03
韩愈七绝的雄直倔强拗折论
　　　　　　　　张萍、魏耕原　周口师范学院学报　2023.03
隐微叙事与清人对韩愈墓志铭的批评　诸雨辰　中国文学研究　2023.03
"昌黎长于质"发微　　　　　　刘天利　中国文学研究　2023.04
韩愈散文在朝鲜古代的传播与经典化建构
　　　　　　　　张克军　东北师大学报:哲学社会科学版　2023.04
韩孟诗派最后十年的孤芳与微澜:以备受争议的《石鼎联句》为中心
　　　　　　　　孙羽津　北京师范大学学报:社会科学版　2023.04
论韩愈对贞元十九年关中旱灾书写的话语价值
　　　　　　　　唐元　湘潭大学学报:哲学社会科学版　2023.04
王安石与韩愈"以问为诗"的对比研究
　　　　　　　　张敏、赵超　周口师范学院学报　2023.04
韩愈墓志创作与古文文体新变之关系研究
　　　　　　　　王伟、曹宇瑄　天水师范学院学报　2023.05
走向下层:明代科举视域下韩愈古文的流播
　　　　　　　　莫琼　杜甫研究学刊　2023.05
论韩愈两度南贬之心性特征与诗风转变
　　　　　　　　尚永亮　中山大学学报:社会科学版　2023.06
俳谐的沉浮:韩愈《毛颖传》的经典化历程　李三卫　天中学刊　2023.06
论宋代《韩愈年谱》的编纂及意义
　　　　　　　　卜晓雪、焦体检　周口师范学院学报　2023.06
韩愈的初心与《原道》　　张弘韬　周口师范学院学报　2023.06
从文道之辨到文集校勘:北宋前期韩愈文集传播论略
　　　　　　　　宿美丽、赵娟　鲁东大学学报:哲学社会科学版　2023.06
韩愈在汴州　　　　　　　陈尚君　文史知识　2023.07
韩愈涉病诗文及其病中心理研究　邓喻丹　韶关学院学报　2023.10

柳宗元

试论柳宗元岭南生活的隐忍与融入
　　　　　　　　陈胤　广西科技师范学院学报　2023.01
从《永州八记》的特性看其文学贡献
　　　　　　　　刘翼平　湖南科技学院学报　2023.02

论清代康乾时期官方的柳宗元批评
　　　　　　　　　　　　梁观飞　湖南科技学院学报　2023.02
论柳宗元哀祭文里的人生观　　张春萍　运城学院学报　2023.02
柳宗元诗歌的简淡至味在宋代的因缘际会
　　　　　　　　　　　　成明明　复旦学报：社会科学版　2023.03
传子、传贤与立长、立贤：君权传承的机制与体制Ⅱ——柳宗元《舜禹之事》与韩愈《对禹问》比较研究　刘真伦　周口师范学院学报　2023.03
"章句"师风与柳宗元"传道"师论的建构　杨智雄　天中学刊　2023.03
本事批评与文学阐释：柳宗元《谪龙说》新探　张伟　天中学刊　2023.03
《永州八记》的空间书写与柳宗元的精神困境
　　　　　　　　　　　　丁炜　豫章师范学院学报　2023.04
论柳宗元流寓文学创作的意象图式与隐喻编码
　　　　　　　　　　　　周水涛、张学松　江汉论坛　2023.04
《庄子》之"愚"与柳宗元处世品格的修正　姚艾　天中学刊　2023.05
场域变化中柳宗元的长安情结发微：以"奉诏还京"与"再迁柳州"诗歌为例
　　　　　　　　　　　　王平　中国诗学　2023.第35辑

刘禹锡

论刘禹锡七律的典范性
　　　　　　　　　　　　蒋寅　华南师范大学学报：社会科学版　2023.02
刘禹锡《忆江南》及其"曲拍为句"新探：兼论文人词发生期唱和史实及其意义　　　　　　　　　　　戴伟华　学术研究　2023.02
前度刘郎与贞元朝士：宋人对刘禹锡玄都观诗的接受
　　　　　　　　　　　　刘晓旭　励耘学刊　2023.第2辑
唐诗新变视域中的刘禹锡唱和诗　肖瑞峰　文学遗产　2023.05
运河上的新作发表会：刘禹锡《金陵五题》与刘白扬州诗会
　　　　　　　　　　　　查屏球　文史知识　2023.12

孟　郊

略论中唐至清末佛教类诗歌对孟郊的接受
　　　　　　　　　　　　李小荣　中国诗学研究　2023.第23辑

张　籍

张籍的闲居抒怀诗　　　　李国瑞　文史知识　2023.05
诗人张籍与白居易的交往始末　陈尚君　文史知识　2023.10

李　贺

李贺诗歌"求取情状"的两种思路　葛晓音　文艺研究　2023.02
李贺诗集在日版本的流布与传承　张悦、李均洋　外语研究　2023.02

李贺听出了怎样的"弦外之音"?:《李凭箜篌引》新解

     鲁卫鹏 焦作师范高等专科学校学报 2023.02

李贺诗歌的齐梁传统及其新变:以《河南府试十二月乐词》为例

     黄文浩 乐山师范学院学报 2023.03

似屏风,似童话:《李凭箜篌引》"师心"之境阐发

     徐子娴 文史知识 2023.04

论李贺歌诗中的春日抒写 虞锦慧 汉字文化 2023.12

元 稹

元稹诗在明代的接受起伏及其原因:以唐诗选本为考察中心

     刘莹、张中宇 丽水学院学报 2023.01

论元稹与白居易佛教接受之差异

     罗尚荣、黄旗艳 豫章师范学院学报 2023.03

元白集诗题的"应然"与"例校" 李成晴 文献 2023.04

谪迁·酬唱·结集:以《元白唱和集》为中心

     沐向琴 中国韵文学刊 2023.04

元白通江唱和的交互 杨懿璇 九江学院学报:社会科学版 2023.04

贬迁视域下的元、白唱和与时段特点 尚永亮 文艺研究 2023.08

白居易

方东树《昭昧詹言》评白乐天述论

     肖城城 安庆师范大学学报:社会科学版 2023.01

日本学者丸山茂对白居易诗歌时间层的研究

     邱美琼、杨操 中北大学学报:社会科学版 2023.01

20世纪以来日本学者的白居易诗歌研究

     胡唯哲、杨衍亮 浙江师范大学学报:社会科学版 2023.01

论白居易闺怨诗的主题内涵、文化意蕴及文学地位

     王子怡 西安文理学院学报:社会科学版 2023.01

白居易商州诗的情感特质及变异探析 南超 商洛学院学报 2023.01

白居易《劝酒十四首》在朝鲜的接受及其意义

     [韩]金卿东 汉语言文学研究 2023.02

救济人病,裨补时阙:白居易咏物诗思想内涵略论

     于志鹏 华北电力大学学报:社会科学版 2023.02

日本那波校本《白氏文集》所见诗文新证

     文艳蓉 中国文学研究 2023.02

《白居易诗集校注》补正三则 文艳蓉 江海学刊 2023.02

由名号入诗看白居易在宋代的接受
      洪嘉俊 西安文理学院学报：社会科学版 2023.03
论白居易的涉商诗 黄巧铃 贺州学院学报 2023.04
古代朝鲜诗家对白居易诗歌艺术风格批评刍议
      常馨予、张丛晔 社会科学战线 2023.05
白居易天人思想探析：从《捕蝗》诗说开去 雷达 人文杂志 2023.06
白居易的"自适"说 阮忠 光明日报 2023.08.28
缭绫何所似：寻找白居易《缭绫》诗中的唐代丝绸
      赵丰 光明日报 2023.09.02
以诗代柬：白居易的别趣诗情 郭杰 文史知识 2023.10
白居易《序洛诗》新证 文艳蓉 文史知识 2023.11
白居易《冷泉亭记》解读 胡可先 文史知识 2023.12
病态审美：白居易诗歌中的生命意识 梁嘉懿 名作欣赏 2023.23
极尽奢靡的织造：白居易《红线毯》《缭绫》再解读
      高建新 名作欣赏 2023.28

薛 涛

生态翻译学视域的薛涛诗汉英翻译研究
      张淑玥、王峰 汉字文化 2023.10

朱庆馀

诗人朱庆馀：人生道途上有幸有不幸 陈尚君 文史知识 2023.08

杜 牧

汉唐时期黄河中游泛水乡现象与《清明》诗中杏花村的归属地
      王青峰 运城学院学报 2023.02
论京都长安的社会现象与杜牧的诗歌创作
      张玮航、张喜贵 西安文理学院学报：社会科学版 2023.03
七绝《清明》的作者是杜牧吗 杨民仆 新华日报 2023.03.31
论地理空间对杜牧诗歌风格的影响：以长安、扬州为例
      张玮航、张喜贵 汉字文化 2023.11

许 浑

许浑诗集的稿本与定本之辨 赵庶洋 文献 2023.04

李商隐

清人引赋注义山诗考论：以朱鹤龄、程梦星、姚培谦、冯浩四家笺注为例
      田竞 西华师范大学学报：哲学社会科学版 2023.01
冯浩笺注李商隐诗文缘由探微 田竞 天水师范学院学报 2023.01
李商隐诗文被称"西昆体"之解读 张明华 南昌师范学院学报 2023.02

李商隐的回旋曲(外二章) 　　　　　　　　王蒙　读书　2023.02
李商隐桂管之行前后的心路历程　　　翟志娟　焦作大学学报　2023.02
李商隐《河清与赵氏昆季宴集得拟杜工部》学杜释证
　　　　　　　　　　　吴怀东、潘雪婷　云梦学刊　2023.03
李商隐《无题》与中国诗歌诠释传统
　　　　　　　　　蒋寅　华南师范大学学报:社会科学版　2023.05
《夜雨寄北》是"寄内"之诗　　　　　　罗漫　光明日报　2023.07.31
"无题诗人"李商隐　　　　　　　　　　卓然　光明日报　2023.08.18
论李商隐无题诗的"召唤结构"　　　陈艳萍　名作欣赏　2023.20
幕府经验与李商隐的诗歌创作　　王树森　中国诗学研究　2023.第23辑
朝鲜活字本《李商隐诗集》考论
　　　　　　　　　李俊标、庄璞山　中国诗学研究　2023.第23辑
留得残荷听雨声:谈李商隐诗歌意象的使用特点
　　　　　　　　　　　　　　　　　龚慧兰　名作欣赏　2023.35

贾　岛

贾岛奇思"入僻"的理路及其古、律之分
　　　　　　　　　葛晓音　中山大学学报:社会科学版　2023.01
晚明诗学审美嬗变与贾岛诗歌接受起伏谫论
　　　　　　　　　宋冯珂　西安文理学院学报:社会科学版　2023.04

温庭筠

温庭筠词的设色与意象建构:以《菩萨蛮》十四首为例
　　　　　　　　　　　朱博杨　广西民族师范学院学报　2023.01
温庭筠词时空建构的创新意义　　吕晓琪、颜庆余　汉字文化　2023.04
诗文误读与传主正史:以《旧唐书·温庭筠传》为例
　　　　　　　　　　　　　　刘学锴　光明日报　2023.04.03
温庭筠词作意象探析:以《花间集》中六十六首温词为例
　　　　　　　　　　　　　　　　张小敏　汉字文化　2023.23

皮日休

从唱和竞技到儒家济世:皮、陆《阴符经》唱和的诗歌史意义
　　　　　　　　　　　徐贺安　中国诗歌研究　2023.第24辑

司空图

司空图《二十四诗品》的批评特色和审美风格
　　　　　　　　　李巍　宝鸡文理学院学报:社会科学版　2023.03
司空图"味"论中的诗之二维审美空间及其生成
　　　　　　　　　　　梁小悦　广西科技师范学院学报　2023.05

《二十四诗品》"含蓄"与"超诣"风格差异研究　董丽　汉字文化　2023.08
"司空图作者说"与清人《二十四诗品》阐释
　　　　　　章华哲　古代文学理论研究　2023.第57辑

曹　唐

一诗三重境:略论曹唐《萧史携弄玉上升》之用典
　　　　　　李静　中国文学研究(辑刊)　2023.第37辑

李山甫

高丽朝《夹注名贤十抄诗》所选李山甫诗校补
　　　　　　郭殿忱　中国韵文学刊　2023.02

郑　谷

耒阳江口春山绿・恸哭应寻杜甫坟:郑谷诗对杜少陵的接受蠡析
　　　　　　罗尚荣、李小莉　湖南工程学院学报:社会科学版　2023.01

黄　滔

诗人黄滔:历经曲折终得成名的闽南文宗　陈尚君　文史知识　2023.04

裴　说

裴说诗歌特点分析　　　　　钟云兴　汉字文化　2023.02

杜光庭

论杜光庭与青词的定体及转型
　　　　　　韩文涛　古代文学理论研究　2023.第57辑

孙光宪

论孙光宪词作的怅惘抒写　　　王春　社会科学动态　2023.09

李　煜

李煜词的内容与语言特色探析　王岩　白城师范学院学报　2023.04
李煜诗中的"二律背反"
　　　　　　吴昌林、张蕊　山西大同大学学报:社会科学版　2023.05
李煜后期词的意象书写及其悲剧意识　崔玲　皖西学院学报　2023.06
冯延巳与李煜词的悲剧色彩比较分析　张鑫媛　名作欣赏　2023.36

王梵志

王梵志诗的审丑现象研究　　　陈蕾　山西能源学院学报　2023.01

敦煌文学

敦煌唐写本《啸赋》残卷校理
　　　　　　刘明　辽东学院学报:社会科学版　2023.01

敦煌写卷《渔父歌沧浪赋》探析　　　　　　苏慧霜　鹿城学刊　2023.01
敦煌写本 P.2567 及 P.2552《唐诗丛钞》异文的特征与价值
　　　　　　　　　张琴、黄征　辽东学院学报:社会科学版　2023.02
从中古写本文献的生成方式看敦煌变文古已结集的可能性
　　　　　　　　　刘郝霞　西华师范大学学报:哲学社会科学版　2023.02
唐五代敦煌佛教的隆盛与曲子词的流播及词调的衍生
　　　　　　　　　　　　　　　李昊博　唐都学刊　2023.02
《丑妇赋》:另类书写的本质指向　　庄亮亮　陇东学院学报　2023.03
敦煌与汉赋　　　　　　朱赞斌　中国社会科学报　2023.03.13
《云谣集》在文学史上的价值　　　何芬　陇东学院学报　2023.04
论敦煌遗书中的丑女形象及其审美意韵
　　　　　　　　　　邓巧　乐山师范学院学报　2023.09